图书在版编目（CIP）数据

《民族文学》精品选 . 2018—2022 . 评论卷 / 石一宁主编 .
-- 北京：作家出版社，2024.5

（石榴籽丛书）

ISBN 978 - 7 - 5212 - 2621 - 8

Ⅰ. ①民…　Ⅱ. ①石…　Ⅲ. ①少数民族文学 – 作品综合
集 – 中国 – 当代　②中国文学 – 当代文学 – 文学评论 – 文集
Ⅳ. ①I29

中国国家版本馆 CIP 数据核字（2023）第 247606 号

《民族文学》精品选 . 2018—2022 . 评论卷

主　　编：石一宁
责任编辑：韩　歌
装帧设计：书游记
出版发行：作家出版社有限公司
社　　址：北京农展馆南里 10 号　　　邮　　编：100125
电话传真：86 – 10 – 65067186（发行中心及邮购部）
　　　　　86 – 10 – 65004079（总编室）
E – mail: zuojia@zuojia. net. cn
http: // www. zuojiachubanshe. com
印　　刷：中煤（北京）印务有限公司
成品尺寸：170 × 240
字　　数：402 千
印　　张：24.25
版　　次：2024 年 5 月第 1 版
印　　次：2024 年 5 月第 1 次印刷
ISBN 978 – 7 – 5212 – 2621 – 8
定　　价：56.00 元

《民族文学》精品选（2018—2022）
丛书编委会

前　言

石一宁

　　《〈民族文学〉精品选（2018—2022）》是继光明日报出版社 2018 年出版的五卷本《〈民族文学〉精品选（2011—2017）》之后，编选的又一套作品集。两套"石榴籽文丛"，大致可谓新时代十年《民族文学》的剪影，或许这只是刊物面貌一个模糊的轮廓，却也清晰地印刻了此期间的《民族文学》深深浅浅的足迹。作为国家级的少数民族文学期刊，《民族文学》的这些作品也映现着这些年少数民族作家健步前行的身姿，是新时代少数民族文学的厚重收获。

　　《〈民族文学〉精品选（2018—2022）》仍以中篇小说、短篇小说、散文、诗歌、评论分卷，收入 15 篇中篇小说、29 篇短篇小说、48 篇散文·纪实、60 首（组）诗歌、92 篇评论。2018 年至 2022 年，是不平凡的五年，涵括了改革开放 40 周年、新中国成立 70 周年、抗击新冠疫情、打赢脱贫攻坚战、中国共产党成立 100 周年、中国共产党第二十次全国代表大会召开等重要时间节点和重大事件，《民族文学》设立相关专号、专栏并得到各民族作家们的热切响应。各民族作家们心怀"国之大者"，以对生活的热爱、对人民的深情、对祖国未来的憧憬，倾心谋精品，竭力谱华章，向时代与读者奉献出一篇篇优异之作。收入丛书的这些作品大都以鲜明的民族特色和个性风格呈现中华民族的悠久历史，中华文明的丰富内涵，仁人志士抛头颅、洒热血的悲壮慷慨，人民共和国走过的风雨历程，改革开放的春风吹拂神州大地，城镇化建设、脱贫攻坚、乡村振兴大潮中涌现的新生活、新人物、新情感……这些作品记录历史也反映现实，是中国式现代化进程的美学写照，是历史巨轮庄严行进中的人性絮语、情感唱吟与命运沉浮。诸多理论评论与卷首语，则闪亮着理性的火焰与文学的灼见，是文学思想的结晶与成果。

这五年，也是《民族文学》办刊快速发展、事业继续前进的五年。2019年，为适应新时代少数民族文学繁荣发展的新形势，《民族文学》汉文版进行重大改版，刊物从160页增加到208页，进入刊发长篇作品的期刊行列。自2019年第1期至2022年第12期，《民族文学》汉文版共刊发了15部长篇小说、3部长篇纪实文学，而且大多作品之后已由出版社出版了单行本。2022年发表的维吾尔族作家阿舍的长篇小说《阿娜河畔》、瑶族作家陈茂智的长篇小说《红薯大地》分别入选了中国作家协会"新时代文学攀登计划"项目和"新时代山乡巨变创作计划"项目。这五年，《民族文学》一如既往得到社会各方的关注与激励，北京大学等多家高校图书馆研究和编制出版的《中文核心期刊要目总览》2017、2020年版（分别于2018年、2021年出版），《民族文学》继续入选。各主要文学选刊、各出版社出版的文学年选以及相关文学排行榜，《民族文学》的作品亦颇为常见。

这五年来《民族文学》佳作甚多，但仍因篇幅所限，这套丛书的编选原则是：小说卷、散文·纪实卷和诗歌卷，选入获得《民族文学》年度奖、《民族文学》主办和共同主办的"祖国在我心中——庆祝新中国成立70周年多语种有奖散文征文"奖、"甘嫫阿妞"全国少数民族女性文学征文获奖作品和部分栏目头条作品；评论卷除了收入获得《民族文学》年度奖的作品，主要选入关于少数民族群体创作和文学现象批评的文章以及部分卷首语。在此前提下，还适当考虑民族多样性、90后作家、入选中国作协"中国少数民族文学之星"项目作家的作品；同时，整套丛书中，同一作者只收入一篇作品。长篇作品囿于篇幅只作存目处理。如此这般，挂一漏万的遗珠之憾在所不免，殊为可惜。

《民族文学》是中国56个民族作家共享的文学园地，是铸牢中华民族共同体意识、构筑中华民族共有精神家园的重要载体，《民族文学》的点滴成绩，依靠党和国家的重视和关怀，亦离不开各民族作家、读者和社会各界的关心和支持。这套丛书的出版，亦是这五年《民族文学》办刊工作的一个汇报、一次请益。诚挚欢迎广大作家、读者和各界方家批评和指教。

作家出版社对出版这套丛书的热忱与负责精神，亦让我们深受感动与鼓舞。在此同时鸣谢。

目　录

001　民族文学写作者应自信　　　　　　　　　任芙康

003　民族文化的再发现　　　　　　　　　　　范　稳

005　现实主义与现实题材创作　　　　　　　　石一宁（壮族）

007　唯有常怀文学初心，才能做到文学出新　　王　冰

009　为各族人民提供丰富的精神食粮　　　　　杨　彬（土家族）

011　生机盎然的民族文学　　　　　　　　　　徐　坤

013　自他不二，相依共进　　　　　　　　　　刘大先

015　以崇高情怀书写伟大时代　　　　　　　　哈　闻（锡伯族）

017　勇做时代的代言人　　　　　　　　　　　徐　可

019　向伟大的祖国致敬　　　　　　　　　　　吉狄马加（彝族）

021　寒冬已过，暖春不远　　　　　　　　　　梅　卓（藏族）

023　思想性与文学形象　　　　　　　　　　　关仁山（满族）

025　身在传统之中　　　　　　　　　　　　　李修文

027　闪光的标记　　　　　　　　　　　　　　黄发有

029　今天的文学　　　　　　　　　　　　　　金仁顺（朝鲜族）

031　静下心来　　　　　　　　　　　　　　　刘庆邦

033　条条大路通罗马　　　　　　　　　　　　徐则臣

035　极简而不简　　　　　　　　　　　　　　范小青

037　我们万众一心　　　　　　　　　　　　　扎西达娃（藏族）

039　女性的文学力量　　　　　　　　　　　　何向阳

041　当诗人成为一个倾诉者　　　　　　　　　林　雪

043　文章的诗意之美　　　　　　　　　　　　梁　衡

045	石库门前的断想	何建明
046	文学的边界与裂隙	任林举
048	文学：大有可为的时代	杜学文
050	雅俗从来是一家	马步升
052	让文学点亮心灯	郭文斌
053	文学创作与社会审美	陈亚军
054	赋写新时代名词意象	王跃文
055	把真实上升为艺术	王宏甲
056	浅议文体之兴衰	柳建伟
057	从生命的原乡出发	刘玉民
058	一滴水的姿态	王宗仁
059	小说的形式与内容一样重要	乔 良
060	中国文学的多彩光芒共同体理念的生动演绎	铁 凝
061	深入生活与研究实践	龙 一
062	散文要与时代心神相契	李晓君
063	大地行走与灵魂守望	刘广远
071	"老"作家的"新"写法	徐文海
074	理想的讲故事的方式：贴地飞行	范咏戈
077	唯其脆弱，才有力量	兴 安（蒙古族）
080	关于少数民族作家的民族身份、民族意识和民族超越的思考	白崇人（回族）
086	一生完成一个故事	顾建平
089	双重视角看乡村	黄伟林（壮族）
093	让青春在爱中重新出发	陈思广
096	文学书写与生态文明建设的时代互动	卢 瑜（壮族）
100	书写满族女性的坚韧与善良	孙春平（满族）
103	佤族文学的崛起与创作的突围	袁智中（佤族）
113	以真诚的现实主义情怀书写中国精神	谢镇泽
117	历史与现状：西藏长篇小说创作观察	普布昌居（藏族）
125	知青文学新开拓 乡村大地新风景	张志忠

129	将个人命运与时代进步紧紧联系在一起	李朝全
134	蒙古族当代母语小说创作的现代转型与自我超越	阿 荣（蒙古族）
141	红日《码头》：多重阐释的空间	张柱林
144	书写现实的理性目光和开放胸怀	贺绍俊
148	"少即是多"：作为可能性的少数民族诗歌	霍俊明
157	七十年来家国，三千里地山河	李美皆
173	往事未必如烟	海日寒（蒙古族）
176	光辉绚烂的新世纪蒙古族文学	策·杰尔嘎拉（蒙古族）
185	写鸟界，更是写人类	张燕玲
189	发掘脱贫攻坚的内生动力	蒋登科
194	致敬每个不平凡的"1"	李斯颖（壮族）
199	女人离奇失踪之后	张 莉
202	新中国语境下土家族文学的崛起与繁荣	向笔群（土家族）
213	新时代少数民族文学书写话语转向观察	邱 婧
227	生态题材现实主义小说的新探索	王 迅
232	呈现作品与生活的敌意并拥抱生活	申霞艳
236	生的悲辛与爱的传奇	沈庆利
240	为中国革命的先驱者塑像	李云雷
245	新时代哈萨克牧民生活的多重变奏	吴道毅（苗族）
250	为新时代的审美原则作注	周景雷
254	少数民族女性文学的地方书写	张淑云
263	生命的领受与伦理的风暴	曾 攀
269	温和而坚定的力量	卓 今
273	新时期以来壮族文学的繁荣发展	欧造杰（壮族）
285	在爱者与被爱者的合一里齐声默吟	苏 涛（回族）
289	人与动物和谐共处的深度探索	宋家宏
293	新疆少数民族当代诗歌美学特征分析	吐逊江·亚森（维吾尔族）
301	蔡测海的精神乡土或文化乡愁	黄菲苪
304	交往交流交融：少数民族文学发生的现场	何 英
311	看得清纹脉和方位的乡土志	李林荣

320 地域性的当代多样形态与少数民族作家的现实主义书写 安少龙

333 小说与历史的互证 胡 平

336 "百鸟醉"与"火车来了" 郭 艳

338 文学仍要以现实主义精神向时代发言 范玉刚

348 爱和罪，以及救赎的可能性 金赫楠

351 讲故事者的幽默与匠心 李 壮

356 作为一种生命需要的写作 梁鸿鹰

359 归乡者、失忆症与情感共同体 乌兰其木格（蒙古族）

362 新世纪广西少数民族作家文学空间的建构 陈代云

370 独特的风景 韩传喜

374 爱情点燃的青春之火 孟繁华

民族文学写作者应自信

任芙康

前些日子，收读微信，通知聆听一场会议。议题有二，一为民族文学的地域性，一为民族文学的多样性。赫然"两性"，叫人熟悉而又隔膜。说熟悉，二三十年间，多次沐浴民族文学的雨露，如此内容，回回打头碰脸，已成绕不开的话题。说隔膜，正是张三来言，李四去语，揉搓的论点、论据，既不换汤，又不换药，所谓研讨，常常沦为与会者的空谈。

不少评论家口技非凡，将地域性与多样性话题玩弄于唇舌之间。一忽儿举重若轻，站在文学的前沿；一忽儿举轻若重，站在思想的尖端。一嘴数用，且充满辩证，比方，断言地域性与多样性奥秘无穷，各自独立是合理的，相互制约是合理的，彼此依存仍是合理的。若说你地域性浓了，必然缺乏多元观照，作品便降格为坐井观天；若说你地域性淡了，必然丧失故乡情怀，作品便成为无根之木。若说你多样性强了，必然追逐新奇时尚，作品便归类水上浮萍；若说你多样性弱了，必然坠入呆板沉寂，作品便形同枯枝败叶。总而言之，有的评论家质疑少数民族作家、作品，地域性和多样性成为一把功能灵验的标尺。想说煤炭白，横竖有理；想说棉花黑，头头是道。

无论你写诗，写散文，写小说，都逃不脱评论家关于地域性与多样性的质检。你的地域性，何以有了短处；你的多样性，何以有了缺陷，他们会煞有介事，同时又满面悲悯，一会儿用中医的传统术语，一会儿用西医的现代词藻，反正让你有病无病，都免不了疑神疑鬼。

而如此话题，近来颇有跨领域、大穿越的趋势。在一些并非民族文学的研讨中，地域性、多样性已开始探头探脑。地域性与多样性的话题像是一个框，又像是一个筐，拿来作品一套，一拢，一装，什么历史迭进，什么政治变迁，什么风物演变，什么宗教传承……全能侃侃而谈，高深至极，又简便至极。

我啰唆这些，想法很简单。民族文学写作者，故土的地域通常海拔不低，理应相信自己，天生就"高人一等"。对不思修行却满嘴歪经的外来和尚，压根儿无须迷信。拿起笔，写你熟悉的天、熟悉的地、熟悉的人、熟悉的事，写你内心的跳动，写你族群的共鸣。这可能才是走向成功的不二法门。

（原载于《民族文学》2018 年第 3 期）

民族文化的再发现

范 稳

　　云南有着二十六个世居民族，除汉族以外有二十五个少数民族，是中国少数民族最多的省份，许多少数民族只有数万人，但这一点也不影响在这片民族众多的高原上，各民族文化与历史所呈现出来的五彩斑斓的色彩。中国古人有个很美丽的比喻来形容这片土地：彩云之南。彩云之下，西南一隅，南中国的大地遥远神秘，丰饶美丽，绝对是一个"诗和远方"的神明之地。我们知道每一个民族都有自己的历史与文化，有自己的信仰、传说以及民风民情。二十六种生活方式汇聚一片高原上，就像大地上的一块巨大的调色盘，常常会美不胜收，应接不暇。在云南，你向任何一个方向出发，都会发现一片民族文化的新大陆。从这个意义上来说，云南的作家是得天独厚的，因为他们面对的是如此深厚而广袤的民族文化资源。

　　新中国成立以后，尤其是在改革开放四十年以来，云南的民族文学日益繁荣，民族作家队伍茁壮成长，每一代作家都有自己的代表性人物。曾几何时，无论是文学还是其他艺术形式，来自西南边陲之地题材的文艺作品，总是以某种或异域风情，或清新动人的艺术魅力感动了无数的中国人。世代生活在这片多彩土地上或旅居云南的作家艺术家们，仿佛只是在这民族文化的百花园里随手采摘几朵小花几棵小草，就足以令人耳目一新，流连忘返。毋庸置疑的是，灿烂多彩的各民族文化滋养了作家艺术家的创作灵感，在饱含深情的文化回忆和文化发现中，这片美丽富饶的土地一直在拓展人们想象力的边界，一直在丰富着中国文坛乃至世界文学的百花园。

　　如果说生活是写作的源泉，文化就是写作的资源。那么，作为一个生活在云南的作家、诗人、散文家，他该怎么去发掘自己拥有的文化资源？他又该如何去审视、表现、传承自己本民族的文化？

　　我们常说的深入生活，其实就是去发现生活，去发现生活中的文化亮点和文学因子。作为文学写作的主流之一，文化发现型的写作方式一直被作家们从理论到实践，经久不衰地践行。它会鼓励一个作家有勇气走向生活，走向大地，有信心展现自己的创作才华，继续写下去。就像发现新大陆对人的诱惑一样，写作中的文化发现，就是作家自我放逐到一片崭新的大陆中去拓荒。而对云南的许多民族写作者来说，他们既在回望，也在前瞻——童年的寨子曾经多么诗意而单纯，当下的生活又是如何的迷乱而充满挑战。他们是率先拥有本民族文化自信的一群，他们也是超越了母语、跨文化写作的弄潮儿。他们在本民族文化和汉语书写之间，搭建了一座彩虹般的桥梁，让我们能够走进一个个陌生而新奇的世界，并走进不同民族的心灵。因为民族文学作为民族文化传承与弘扬的主要表现载体，是用文学的形式把一个民族的文明和文化、社会与现实、风俗及风情，以及人物形象生动地展现在世人面前。在文学经典中，我们总是能够通过一部文学作品了解到一个民族的过去与现在，并展望它的未来。优秀的文学作品，是进入一个民族心灵的便捷之门。

如今，云南二十五个少数民族都有了自己本民族的书面文学作家，白族、彝族、纳西族、哈尼族、藏族等还形成了本民族的作家群体。云南的民族作家，对本民族文化无比热爱，有强烈的民族责任感和文化使命感，都希望用自己手中的笔为本民族的历史与现实讴歌。云南的民族文学，既是云南文学事业的一张特色名片，也是中国少数民族创作队伍的中坚力量，在传承与繁荣云南民族文化中功不可没。这是一道亮丽的风景线，呈现在共和国的西南边陲，既拙朴浑厚，又婀娜多姿，相信你我都不会错过。

（原载于《民族文学》2018 年第 9 期）

现实主义与现实题材创作

石一宁（壮族）

现实主义文学，是改革开放四十年来中国文学的主流。加强现实题材创作的提倡，再次凸显现实主义文学的重要性。

诚然，现实题材与现实主义并不能画等号。但是以现实主义的手法创作现实题材作品，是当下许多中国作家的选择。

现实主义文学，应包含两个层面，即现实主义精神和现实主义创作方法。这是互相关联又有分别的两个层面。

现实主义精神，我理解，它首先是一种真实性，一种对现实的忠实、客观的观照和把握。所谓忠实和客观，不仅是指对现实的外表，更是对其内涵、意义和本质的领会与依循。现实主义精神是一种形而上的精神，是文学的哲学。而现实主义的创作方法，是按照生活的本来样貌来表现生活、塑造人物的一种写作手法，它强调细节的真实和塑造典型环境中的典型人物。现实主义创作方法是形而下的技巧，是操作和应用层面的。一部现实主义作品，必定是现实主义精神指引下、以现实主义创作方法创造的。但是，现实主义精神与现实主义创作方法不存在孰主孰次、孰轻孰重的问题，优秀的现实主义作品，是现实主义精神与现实主义创作方法融合无间、相辅相成、相得益彰。这就是现实主义经典理论家所说的不应为了观念的东西而忘掉现实主义的东西，不应为了席勒而忘掉莎士比亚。

现实主义文学，首先要求作家的现实主义精神的养成。缺乏现实主义精神的作家，创作不出现实主义的作品；现实主义精神不充分的作家，作品的现实主义自然是虚弱的。现实主义精神，既是一种视野，也是一种能力，更是一种勇气。

现实主义的真实性，不是对生活真实的简单的复写和再现。首先，复写和完全再现生活真实事实上是不可能的。其次，现实主义的真实性，是一种建立于生活真实基础上的艺术真实，是经过了典型化的处理从而更抵达生活本质的真实。

当下现实题材创作的误区，许多正是因为对真实性的误解。一些作品不能说其中没有作者的耳闻目睹的真实，也不能说作者没有写出细节的真实，但也仅此而已。在这些作品中，无论是环境描写还是人物塑造，都没有让人看到典型化处理的努力。现实主义固然要写真实，要摒弃瞒和骗，然而现实主义的真实不是表面的、片面的真实，而是本质的、完整的真实。现实主义对真实的现象要知其然还应探索其所以然。现实主义创作尤其要将典型人物的塑造提到应有的重视高度。新世纪文学的人物画廊里，十分稀缺性格鲜明、令人难忘的人物形象。淡化故事、淡化情节、淡化人物，或许可以成为其他流派的创作方法，然而，现实主义文学应该与之保持距离。

现实主义文学要自觉地区别于别种流派，坚守现实主义创作方法的质的规定性，并非拒绝借鉴他山之石。现实主义文学发展史表明，现实主义源远流长，然而它又不是一成不变的固定模式。后时代的现实主义文学，总是在继承前时代同流派文学传统的基础上，同时借鉴吸收历史的和当代的一切文学流派的经验和技巧，形成现实主义的崭新风貌。

（原载于《民族文学》2018 年第 10 期）

唯有常怀文学初心，才能做到文学出新

王 冰

习近平总书记在 2016 年 7 月 1 日举行的庆祝中国共产党成立 95 周年大会上，首提初心，并就不忘初心、继续前进提出了八个方面的具体要求。在党的十九大上，习近平总书记再次明确提出"中国共产党人的初心和使命，就是为中国人民谋幸福，为中华民族谋复兴"。那么，在这样的时代背景和精神指引下，我们必须去思考，文学的初心是什么，面对文学的初心，文学何为？

在我看来，作为一名作家，不论他是哪个民族的作家，都要力争成为一个为国家需要的作家，为读者需要的作家。而要为国家需要，为读者需要，就要随时代前行，深刻书写时代的进步，就要忠实记录社会的巨大变化，反映人民在前行道路上遇到的困难，收获的幸福，他们的欢乐与悲伤。而要做到这一点，就要学好、悟透并深入贯彻习近平新时代中国特色社会主义思想。这不仅仅是我们的精神指引，更是我们观察世界、理解社会的强大理论武器，没有这一点，就难以成为一个真正优秀的作家。在此基础上，广大作家和文学工作者更要进一步增强责任感、使命感，更加自觉地承担起举旗帜、聚民心、育新人、兴文化、展形象的使命任务，为人民群众提供更丰富、更有营养的精神食粮，更好地满足新时代人民群众对精神文化生活的新期待。

在我看来，好的作家也必须是中国传统文化的继承者和发扬者。中华传统文化，是，也一直是中国作家创作的首要文艺素养，也必须是一个作家创作的最为重要的艺术支撑，当然，也必然是当下中国作家创作所依靠的理论背景。我们知道，历来文章都是"事系时治"的，很是强调文学与时代和社会的关系，比如刘勰在《文心雕龙》里说到的，"时运交移，质文代变"，"歌谣文理，与世推移"，"文变染乎世情，兴废系乎时序，原始以要终，虽百世可知也"等等，这些在"正朔屡移，文质更变"（唐代康显贞语）中的坚持，都是我们当下的作家需要坚持的。其中所渗透、体现和表达出的那种古代士子内心怀有的忧患意识和家国情怀，以及由此涵养出来的修养和境界，既是中国传统文化的重要内涵之一，到现在，也是中国文学创作所必需的，是一个优秀的作家所必需的。

由此看来，时至今日，当下的文学迫切需要为读者写作，为社会写作，为国家写作，为改革开放取得的巨大成就大声歌唱。在这样的初衷下，也就有了这期以改革开放为主题的专刊。这些作者都是曾经在鲁迅文学院参加过各种班次培训的少数民族作家，他们对于改革开放四十年的巨大变化，拥有较为深刻的认知、颇为真诚的情感，有探明社会真谛、洞察复杂心灵、描摹时代精神的愿望和能力，在他们的作品中，这些作家回首过往的悲与喜，展望我们更加美好的前景，对此，我们鲁院表示感到欣慰！

当然，从世界范围内来看，作为一名有着责任意识的文学家，也应当进一步去正视全球范围内的文化思想和文论思想的选择、融合和重塑，有足够的勇气和智慧去面对文化思想和文论思想之间的对峙和渗透，才能把中国的故事讲得更为多彩和动人。

如同中国作协党组书记、副主席钱小芊同志在第八届全国作家青年创作会议所作的报告《塑造时代新人　攀登文学高峰》中所讲到的，作为一名作家，我们要不断认真学习和坚决贯彻习近平总书记就文艺创作和文艺工作发表的重要讲话；要以马克思主义和习近平新时代中国特色社会主义思想为引领；要去开采时代生活的富矿；要把自己的创作之根深深扎在中华文化沃土之中；要拿出更多的"中国创造"，去塑造时代新人，攀登文学高峰。

因此，我想，只有始终怀有创作上的文学初心，才能创作出深受人民欢迎、无愧于时代的具有创造性和创新性的优秀作品。

（原载于《民族文学》2018 年第 12 期）

为各族人民提供丰富的精神食粮

杨　彬（土家族）

习总书记指出："文化是一个国家、一个民族的灵魂。"文学是文化最重要的有机组成部分，它最形象地表现和反映一个民族的心路历程和社会生活。新中国少数民族文学肩负着繁荣社会主义文化事业和为各族人民提供丰富精神食粮的崇高使命，带着辉煌的成就进入了新时代。

从作家队伍来说，新中国成立以前，有作家文学的少数民族不到二十个。新中国成立以后，各少数民族作家开始大量运用文学形式表达翻身解放的喜悦，反映各族人民的社会主义新生活。二十世纪五十年代至七十年代，不断涌现出优秀的少数民族作家，其代表有玛拉沁夫、李乔、陆地等。改革开放四十年来，少数民族文学更是人才辈出、作家队伍空前壮大。我国五十五个少数民族都拥有了本民族的中国作协会员，少数民族作家队伍呈现出老中青共同发展的态势，很多少数民族还形成了本民族作家群。

从创作内容上看，二十世纪五十年代至七十年代的少数民族文学内容主要是歌颂新中国、描写各民族在翻身解放中的阶级斗争故事，同时，少数民族风情风俗描写也是这一阶段少数民族文学的突出特色。而新时期少数民族文学不再仅仅描写外在的风俗风情，而是深入到民族文化内核进行多维审视。玛拉沁夫的《活佛的故事》、扎西达娃的《系在皮绳扣上的魂》、霍达的《穆斯林的葬礼》、阿来的《尘埃落定》等作品，主题内容完成了从政治表达到文化挖掘的深化，使少数民族文学具有了独特品质，激发了新时期文学的灵性与活力。

在创作方法上，二十世纪五十年代至七十年代的少数民族文学主要运用现实主义创作方法，虽然取得了较大成绩，但也明显存在主题概念化、人物类型化、手法单一、情节雷同、美学底蕴不足等诸多缺陷。新时期少数民族文学开启了浪漫主义思潮，张承志的《黑骏马》、乌热尔图的《七叉犄角的公鹿》等作品，表现出回归大自然和传统的浪漫主义倾向，以少数民族特有的浪漫主义特色占据了寻根文学的半壁江山。随着现代、后现代文学思潮的引进，新时期少数民族文学又相继出现了意识流、现代派、先锋派、新历史主义、魔幻现实主义、女性主义等多样化的创作手法，少数民族文学创作走向了多样化时期。

从成就地位上说，二十世纪五十年代开始出现的少数民族文学创作，在较长一个时期里处于当代文学边缘地带。在国家民族平等、民族团结政策的推动下，经过几代少数民族作家的努力，少数民族文学的这种边缘地位，在进入新时期以后被逐渐突破，李準的《黄河东流去》、霍达的《穆斯林的葬礼》、阿来的《尘埃落定》相继获得茅盾文学奖，表明中国少数民族文学已经抵达中国当代文学前沿地位。

"随着人民生活水平不断提高，人民对包括文艺作品在内的文化产品的质量、品位、风格等的要求也更高了。"新时代少数民族作家要坚定不移高举爱国主义旗帜，弘扬民族团结精神，深入开掘少数民族文化内涵，探索多元创作手法，努力创作出更加丰富的各族人民喜闻乐见的优秀作品。

（原载于《民族文学》2019 年第 4 期）

生机盎然的民族文学

徐　坤

先说生机盎然的《民族文学》杂志社吧。我现在供职的地方，与《民族文学》恰好在同一个楼层，北京三里屯往东，CBD 延长线上，中国作家出版集团大楼。这里是中国文学的重要平台，《文艺报》《人民文学》《诗刊》《民族文学》《中国作家》《小说选刊》以及作家出版社都在这里办公。每次上班，看到《民族文学》六个语种的各民族编辑们在八楼楼道里出出进进，偶尔，我们《小说选刊》编辑部的小姑娘们会偷偷猜一猜他们都是什么民族，怎么举手投足间都洋溢着对生活的无比热爱。

正是《民族文学》杂志社，把这些优秀的青年从祖国各地集结到一起，不仅出版了名声远扬意义宏大的五个语种的少数民族文字版，而且汉文版也在今年扩版，从一百六十页猛增到二百零八页，一下子增加了三个印张，三步上篮，一个跳投，就追上了《人民文学》，简直盖了帽啦！今年杂志的内文栏目精细，厚度也足可发原创长篇，封面高端大气上档次，用的是著名插画家陈新民的钢笔画，古朴而典雅。一切都呈现出大庆之年的欣欣向荣新气象。

再说生机盎然的民族文学创作。我曾在《人民文学》杂志社供职多年，发表过大量的各民族优秀作家的作品，如阿来、关仁山、石舒清、鲍尔吉·原野、次仁罗布、金仁顺、肖勤、王华、包倬等。在选稿审稿时，专门想过作家的民族身份问题吗？答案是没有。对于文学而言，标准都是共同的，那就是思想的标准，艺术的标准，审美的标准。优秀的文学作品，必定是书写人民的生活，表达人民的喜怒哀乐，尽心描绘大地上的山川河流和海洋，生动歌吟天空星辰飞鸟与永恒。从这个意义上说，包括汉民族文学创作在内的所有文学创作，都是整体中华民族文学创作的一部分，共同丰富了我们国家和民族的精神血脉。

生机盎然的民族文学文化交流互鉴，推动了人类文明进步和世界和平发展。

"文明因交流而多彩，文明因互鉴而丰富。"《求是》杂志第9期发表的习近平总书记在巴黎联合国教科文组织总部的重要讲话中，深刻指出了这一点。愿所有民族作家共同努力，书写新时代、新人物、新情感，以优异的作品为弘扬民族精神、实现富强民主文明和谐美丽的"中国梦"而提供强大的精神动力。

（原载于《民族文学》2019年第6期）

自他不二，相依共进

刘大先

  从经验的角度而言，无论我们给予文学的起源和功能以何种解释与界定，它总是源于个体自我表达的冲动和与他人交流的愿望，这决定了其原初的自由天性——以审美直观的形式超脱于日常话语之上，而并不首先考虑功利与意识形态的规约。但是因为任何具体的个体总是历史中的个体，高飞远举的心灵、徜徉游弋的精神之下，也无法摆脱坚实大地的支撑——文学是一种贴地的飞翔，轻盈而不轻浮，沉重但又不凝滞。任何一种文学总是以它背后活生生的生命与生活作为底色，因而文学的话语归根结底是生命与生活的话语。

  少数民族文学同样不是一种静态、固化的规定性，而是随着时代与社会发展变化的。作为一种文学形态，其命名是就特定历史语境中的身份而言的，前缀的"少数民族"限定了它的标准和范围。二十世纪八十年代以来关于如何界定"少数民族文学"颇有争议，其中较为苛刻的要求是：首先作家是少数民族，其次作品所反映的内容是少数民族生活或者具有少数民族特点，最后作品的语言是少数民族语言。但是事实上作品的题材与美学风格很难强求，因为无法限制一个作家的创作选材，也不可能将何种美学趣味归为某一民族；少数民族语言创作固然是题中应有之义，但母语创作只是少数民族文学中的次属分类，越来越多的少数民族作家采用了国家通用语汉语进行写作；所以从逻辑上来说只能以作家族别身份来确定少数民族文学的归属，而这一点正是回到二十世纪六十年代少数民族文学学科建立之初的论述和共识。

  身份不应该成为束缚少数民族作家创作的枷锁，也即少数民族文学同时也是中国文学和世界文学的有机组成分子，它的经验与表述、观念与形态应该是敞开的。各民族同胞都是生活在同一个时空与人文的语境之中，在每个个体的自发或自觉的书写之中，面对的是共通的人性、时代与社会的命题，因而我们有必要提出一种"开放的少数民族文学"观念，将目光放置在彼此交流融通的关系网络之中，而不仅仅局限于单一族群、地域或者文化的亚共同体内部。

费孝通先生在论述中华民族多元一体格局的时候曾经用"你来我去、我来你去，我中有你、你中有我"来概括各民族之间的关系，这是一个动态的、混血、融合的历史过程。从命运共同体意义上来说，虽然不同民族与文化自有其个性，但自我与他者、个性与共性并不矛盾，民族身份与国家认同之间并行不悖。个性是满天星斗，交往是彼此互动，现实生态是共同发展。所以，开放的各民族文学内在的理念可以归结为：万象共天，千灯互照，自他不二，相依共进。

（原载于《民族文学》2019 年第 7 期）

以崇高情怀书写伟大时代

哈　闻（锡伯族）

在迎接共和国七十华诞的喜庆氛围里，8月1日，中国人民解放军建军九十二周年纪念日已然到来。建军节，对我这个曾经的解放军战士来说，自然有着一份特别的亲切感。我们这一代"生在新社会，长在红旗下"的"五〇后""六〇后"，是唱着《东方红》《我的祖国》，看着《地道战》《上甘岭》，读着《狼牙山五壮士》《谁是最可爱的人》成长起来的一代人，在潜移默化中受到了爱国主义和英雄主义的精神滋养。正所谓"大德无功，大化无痕"，这一切在当时觉得很平常，好像理应如此，现在越加体会到它的意义所在。可以说，这是党的"文艺为人民服务，为社会主义服务"的"二为"方向的成功贯彻和实践。这其中，我们优秀的作家艺术家，我们的文学艺术组织部门和工作者居功至伟！

鲁迅说："自古以来，我们就有埋头苦干的人，有拼命硬干的人，有为民请命的人，有舍身求法的人……这就是中国人的脊梁！"中华民族是崇尚英雄热爱英雄的民族，有着历史久远、根基深厚的爱国主义传统。近代以来，在中国共产党领导的反抗外来侵略、追求民族解放的伟大事业中，在"保家卫国"的抗美援朝战争中，中华民族爆发出了前所未有的巨大能量，英雄辈出，爱国主义和英雄主义精神空前高涨，热爱英雄、学习英雄成为时代的风尚。在英雄英勇事迹和崇高品德的感染和激励下，老一代作家和艺术家创作出了一大批优秀的文学艺术作品，这些作品点亮了一代人的人生理想，至今仍然散发着感人的艺术魅力。

近些年，出现了一种错误倾向，一些人以"去政治化"为借口，虚无历史，解构英雄、消遣英雄、矮化丑化英雄。须知，我们的英雄可是我们共和国最宝贵的财富。他们的英灵守护着中华民族的尊严和自信，守护着我们每个人、每一天。这样的写作于心何忍？可以断言，在当今实现中华民族伟大复兴的时代进程中，这样的写作是没有任何前途的。没有崇高的情怀，文学将何以感人！

今年7月16日，习近平总书记在致中国文联中国作协成立七十周年的贺信中，对广大文艺工作者提出："记录新时代、书写新时代、讴歌新时代，努力创作出无愧于时代、无愧于人民、无愧于民族的优秀作品，为繁荣发展社会主义文艺事业、建设社会主义文化强国，为实现'两个一百年'奋斗目标、实现中华民族伟大复兴中国梦作出新的更大的贡献。"殷殷期盼，情真意切，再次为广大作家艺术家的创作指明了方向。

（原载于《民族文学》2019 年第 8 期）

勇做时代的代言人

徐　可

在中华人民共和国成立七十周年之际,《民族文学》"鲁迅文学院庆祝新中国成立七十周年少数民族学员专号"与大家见面了。

作为我国国家级文学院,鲁迅文学院坚守"为人民培养作家,培养人民作家;为时代培养作家,培养时代作家"的办学理念,以"继承、创新、担当、超越"为训导,形成了独具中国特色的作家培训培养模式,被誉为中国的"文学黄埔""作家摇篮"。几十年来,一批又一批优秀中青年作家,在这里得到了文学的滋养和丰润,成为文坛的中坚力量。

我国是一个多民族国家,在新中国文学史上,少数民族文学始终是重要组成部分。鲁迅文学院从成立之日起,即重视培养少数民族作家。进入改革开放新时期,更多的少数民族作家获得到鲁迅文学院培训和深造的机会。《民族文学》是我国全国性少数民族文学期刊,拥有汉、蒙古、藏、维吾尔、哈萨克和朝鲜六种文版,对繁荣我国少数民族文学事业和促进民族团结进步发挥了重要作用。鲁迅文学院和《民族文学》杂志社强强联合,集中刊发曾经在鲁迅文学院学习的部分少数民族作家的作品,是一件很有意义的事情。

捧读"鲁迅文学院庆祝新中国成立七十周年少数民族学员专号",一股浓郁的时代气息扑面而来。这体现出各少数民族作家强烈的时代使命感、社会责任感和敏锐的洞察力。习近平总书记指出:"文艺是时代前进的号角,最能代表一个时代的风貌,最能引领一个时代的风气。""反映时代是文艺工作者的使命。广大文艺工作者要把握时代脉搏,承担时代使命,聆听时代声音,勇于回答时代课题。"这些重要论述为广大作家指明了努力的方向。

文艺作为人类文化传承的载体,在人类文明发展史中发挥着重要的推动作用。就中国而言,从《诗经》《离骚》,到唐诗、宋词、元曲、明清小说,再到现代以鲁迅为代表的一批优秀作家的作品,都反映了伟大的时代和人民的心声,成为时代精神的表征、时代前进的号角。文艺与时代息息相关。文艺的产生、发展都离不开时代的丰沃土壤，进步的文艺又为它的时代提供积极的精神营养和思想力量，提高人们的精神境界和道德情怀，推动时代进步、社会发展。现在，我们身处伟大的新时代，广大作家要自觉承担起记录新时代、书写新时代、讴歌新时代的使命，为时代画像、为时代立传、为时代明德。

一个时代有一个时代的文艺，一个时代有一个时代的精神。文学是时代的产物，总要打上时代的烙印。即使是反映历史题材的作品，也有作家所处时代的印记。文学的产生、发展和变化，与当时的社会生活有着密切的关系。不同时代的社会生活、政治状况、学术风气以及社会思潮等，都能给文学以深刻的影响，从而决定着或影响着文学的发展变化。因此刘勰指出："文变染乎世情，兴废系乎时序。"白居易认为："文章合为时而著，歌诗合为事而作。"这是文学发展的一个基本规律。作家要关注时代，反映时代，勇于做时代的代言人。

（原载于《民族文学》2019 年第 9 期）

向伟大的祖国致敬

吉狄马加（彝族）

今年是中华人民共和国成立七十周年，这是一个值得中华各民族共同庆祝的日子，因为在七十年前这一伟大的历史事件，彻底地改变了中华各民族的命运，让我们这个从近代以来就一直备受欺凌、屈辱的国家和民族，真正实现了人民的自由、民族的解放和国家的独立，也从更广泛的意义上影响了二十世纪人类的历史进程。毫无疑问，同样因为七十年前中华人民共和国的诞生，才让我们这个具有五千年文明史的民族，开始进入了一个令世界瞩目并不断创造一个又一个奇迹的伟大时代。

能够创造这些奇迹并让这些理想成为现实，最重要的就是始终坚持了中国共产党的领导，始终坚持了中华各民族共同选择的社会主义制度，我们不仅取得了物质文明建设的光辉成就，同样我们也在精神文明建设上获得了丰硕的成果，在这其中，中国少数民族文学的发展和繁荣，中国多民族作家队伍的壮大形成，就是一个最生动的例证。因为中华人民共和国的建立，不仅实现了中华各民族在政治上的平等，同时也给中华各民族实现经济上的快速发展，以及在文化上的全面提升提供了坚实的保障和可能。在中华人民共和国建立以前，中国文学史并未将少数民族文学包含在其中，或者说没有从更完整的意义上把它作为文学史的一个部分，也没有"少数民族文学"这样一个概念，可以这样说，"中国少数民族文学"这个概念的确定和真正形成，都是与新中国的建立紧密联系在一起的，而中国少数民族作家队伍从小到大的成长过程，也是伴随着共和国的七十年峥嵘岁月而一同走过来的。令人可喜并足以自豪的是，今天的中国少数民族文学已经成为了伟大的中国社会主义文学的重要组成部分，并以它的多样性、丰富性以及蓬勃的创造性，为我们呈现出了多姿多彩的并极具个性的绚丽华章。平等、团结、互助、和谐的社会主义民族关系，为我们促进各民族文化的共同繁荣发展，营造了良好的环境和条件，与今天世界许多多民族（多族群）国家相比较，作为执政党的中国共产党的民族政策，已经被历史和现实所证明，其先进性、正确性和实践性都是无与伦比的，这一光辉政策的本质特征就是在中国共产党的领导下，生活在中华民族大家庭中的每一个成员都是这个国家的主人，这个大家庭中的每一个成员都怀着无比的忠诚以及极大的热情去奉献和建设我们共同的国家，当然这个国家就是我们共同的祖国——中华人民共和国。

人类的历史总是在创造中不断向前发展，今天的中国和世界一样，也正在经历着急剧的变化和发展，正如习近平总书记所说的那样："现在，我们比历史上任何时期都更接近实现中华民族伟大复兴的目标，比历史上任何时期都更有信心、更有能力实现这个目标。"我相信，只要我们坚定不移地迈向这个目标，那么中华民族伟大复兴的中国梦就一定会实现。同样，在实现这一伟大梦想的过程中，中国少数民族文学的繁荣和发展，也一定会迎来一个无比灿烂的光辉前景。

（原载于《民族文学》2019 年第 10 期）

寒冬已过，暖春不远

梅　卓（藏族）

　　此刻，牧场上冰雪依然。随着气温渐升、大地回暖，长江上源楚玛尔冰河就要消融，黑颈鹤从远方飞来，各种水鸟来到水边嬉戏，阳光灿烂、万物复苏，姗姗来迟的春天把温暖带给三江源，也带给与这片土地共存的芸芸众生。几乎会在同一时间，仿佛大自然一声神秘的号令，野牦牛开始了春季迁徙，与此同时，野马成群奔向远方，藏羚羊轻盈地掠过河谷，机警的雪豹隐退到石山背后，红狐烈火一样的身影渐行渐远，笨拙的野熊偶而露出峥嵘，而狼群也消失在黄昏的沼泽边缘。三江源的牧人们仿佛与大自然签定了一份承诺书，严格遵守着约定，也将开始迁徙、转场，按时按点回到往年同一个季节里住过的地方，四季轮牧，牛羊得到食物，土地得到休养，大自然和谐共生。这是玉树大地震后的第十年，已经平复创伤的人们，满怀着希望迎接又一个春天。

　　此刻，一封平安信千里飞鸿，从三江源顺流而下，传到了长江中游的湖北黄冈市，这片目前深陷困境的土地，深深牵动着中国所有人的心。正如十年前，玉树地震，全国驰援，新玉树的建设和发展见证了中国力量和中国奇迹，而国内教育重地湖北黄冈也给予了有力的帮助，黄冈市中等职业学校与玉树达成多种合作，先后为玉树开设高中班和中等教育职业班，已累计为青海三江源地区培养了千余名优秀学生。而在1月2日，此校有九十名师生寒假返乡回到玉树，得知武汉暴发新型冠状病毒感染的肺炎疫情后，黄冈与玉树立即两地联动，成立工作组，联系已经散布到玉树各地的师生们。由于牧场辽阔，通信艰难，黄冈方仍不辞辛苦，通过学生会和往届校友多方寻找，终于在两天内全部联系上。玉树方迅速安排医疗隔离，每日报告隔离情况，密切关注疫情进展。当隔离期顺利结束，九十名师生安然无恙时，他们的感恩方式是第一时间向黄冈报平安，并寄上师生们支援黄冈阻击疫情的捐款。

　　此刻，中国的传统节日春节还在继续，长街静寂、光影暗哑，人们却谨守足不出户的特殊承诺，一日一日地焦急守候着远方的消息……

抗疫鏖战仍然在祖国大地上悲壮地进行，磅礴的力量正在全国凝聚，关注疫情、援助武汉的事迹时时刻刻令人泪目。国有战，召必回，战必胜，钟南山院士以及众多的白衣天使们，成为这个寒冬最美的逆行者，带着嘱托奔赴而去，他们身上的那一束光，击退了寒冬最后的凛冽，照亮了黑暗后的希望。生与死，人与自然，奉献与担当，我们在灾难面前引发诸多思考，援助武汉的声音与行动遍布神州大地。"惟楚有才"古来就令人心向往之，如今全国人民众志成城、共克时艰，我们更加坚定地相信那座英雄的城市一定能够平安度过危险，迎来暖春。

生命蓬勃，武汉加油！

（原载于《民族文学》2020 年第 3 期）

思想性与文学形象

关仁山（满族）

　　文学创作需要思想，思想性的减弱甚至缺失，是新时代的文学创作需要反思的。小说的思想锋芒与思想深度，取决于超越故事层面人物形象的情感深度。思想性不是神乎其神的东西，是作家对生活的看法。面对纷繁复杂的时代，作家要赋予作品更丰富的内容、更多的灵性和经验，赋予作品独到深刻的思想。

　　人性有污浊，但是生活永远不会欺骗你，而是你误解了生活。说到思想与经典里的农民形象，这是一个很好的话题。小说的思想力量靠塑造的人物说话，离开此轨，便无所谓小说的成功；离开鲜活而深刻的文学形象，思想必然苍白。文学经典里那些活生生的农民形象，深化我们对这个世界的认知和理解，有一种激活，有一种挑战。

　　最早、最著名的农民形象，是鲁迅笔下的阿Q。鲁迅的其他小说也塑造了许多经典形象，如《祝福》里的祥林嫂、《故乡》里的闰土，《风波》里的九斤老太和《离婚》里的爱姑。当然，最著名的是农民阿Q。茅盾小说《春蚕》里也有农民老通宝。另有一类不太为传统文学正史提及的农民形象，如沈从文《边城》里的翠翠，"在风日里长养着，把皮肤变得黑黑的，触目为青山绿水，一对眸子清明如水晶。自然既长养她且教育她，为人天真活泼，处处俨然如一只小兽物"。这里的翠翠，不是正统的受压迫的农民形象，而是乡野间不羁的精灵。之后，我们印象深刻的农民形象还有：赵树理笔下《小二黑结婚》中的小二黑、小芹，丁玲《太阳照在桑干河上》里的进步农民张裕民、程仁，周立波《暴风骤雨》里的革命群众赵玉林、郭全海，《山乡巨变》里的优秀青年邓秀妹、刘雨生，赵树理《三里湾》里的金童玉女王玉生、王玉梅，柳青《创业史》里的"土地神像"梁生宝、梁三老汉，梁斌《红旗谱》里的革命前辈朱老忠，浩然《艳阳天》里的肖长春、弯弯绕，还有《李双双小传》中的李双双，《许茂和他的女儿们》中的许茂老汉，《陈奂生上城》里的陈奂生，《人生》中的高加林，等等。这让我琢磨农民形象。我们今天的新农民是什么样子的？关于典型化问题，渐渐有些开窍：典型化是一种向终点行进的态度。朝着这个方向继续前行，我在创作中试图继续做着塑造典型形象的努力。为什么选择新农民作为主角，我想还是考虑对我们时代的概括问题。当下变革的时代，农村里谁能代表真正的农民？传统农民形象显然无法概括今天，乡村的变化简直是翻天覆地的，所有问题和希望都是前所未有的。所以我想，塑造新农民形象是我们必须完成的责任。

改革开放四十年来，我们国家不断强大，逐渐走进世界舞台中央。生活在变，对作家思想跟进提出新挑战。现实主义创作又重新回到了主流文学当中，它起于文学创作与当下生活血肉相连的关系之中，激励情志与强壮筋骨，同时也发挥出新的良知的批判力量。这种良知与批判力量使我们似乎又回到了现实主义文学的鼎盛时期，并随着一批作家思想以及个人风格的成熟，塑造出新的典型形象，使文学呈现出多元繁荣发展的势态。

（原载于《民族文学》2020 年第 4 期）

身在传统之中

李修文

在我家乡的许多楚墓里，都能找到"告地书"。所谓"告地书"，即是阳间之人为死者前往阴间世界所写的介绍文书，字字句句，往往视死若生，今天读来，仍然令人为之深受触动：它们如此服膺于天道和正统，却又如此美而自由；与"告地书"诞生差不多同时，屈原写出了《天问》，我们同样会发现，一如"告地书"，在那么久远的年代里，一个人便持续对上天展开了发问与倾诉，在其中，疑惑有之，迷乱有之，但天之高远与人之热望更有之，一如里尔克所言："如果我叫喊，谁能从天使的序列中听见我？"

这便是创造。我们的传统，从来不是死水一潭，而是充满了挑战和冒险，今日里被我们供奉的经典，在它诞生之时，无不是大闹天宫的产物——在屈原之前，我们几乎从未发现还有人像他一样去将香草比作美人，以此开启以物喻人之传统，但是，自屈原之后，太多字词和物事都未能入诗，即是说，诗与生活，并未能真正合二为一，直到杜甫出现，无数普通人的影子和生活，才在诗歌里得到了命名和证明，并以此构成了新的传统，也因此，我们得以发现：传统之为传统，正是因为它在不断地获得新生。

而今正是重新拥抱传统之时。当此之际，在西方现代文学传统与中国人的生活相结合如此之久后，在我们的文本中，那些能够真正印证此时此刻中国人面目的典型人物，仍然少之又少，我们甚至有可能发现，太多此时的感受与体验，太多我们所亲近的同路人，在大量的文本和叙事范式里是无法安放得下的，仅以中国式的情感为例："天下没有不散的宴席"如何安放？"白茫茫一片真干净"如何安放？而这样的情感体验，在我们的今日遭际中，可有一朝一夕一时一刻曾经断绝过？

船山先生王夫之论诗之时，尤重"正统"二字，在他看来，《古诗十九首》便是正统，它们好就好在知耻，在我看来，这"知耻"所强调的，其实是一个时代、一个社会的伦理边界，《古诗十九首》如此深切、正当而新异地肯定了日常生活，当然体现了创造的力量；而另外一面，它们所展现的日常生活，既是人伦，更是天道。如果逾越了这样的人伦与天道，那便是不知耻——是的，在今天，再次回到传统之中，寻找到挑战与冒犯的勇气，重新激活今日的生活和词汇，这绝不仅仅是在进行美学上的创造，而是通过这些创造，我们得以在一个崭新的时代、一个紧迫的关口，又一次去分辨、明晰和建立了我们的伦理边界。

何以重新拥抱传统，并且寻找到它最动人的力量？朱熹曾说过"充实"二字，所谓"充"，就是尽可能去扩大自己的生活场域；所谓"实"，强调的是尽可能地去及物，让命运帮助你验证和挑选出属于你的词汇。而这条路正是屈原和杜甫走过的路，也因此，他们成为了中国文学的"父亲"。唯有成为"父亲"，生下儿女，去命名，去抚育，我们才能配得上继续去做传统的儿子。

（原载于《民族文学》2020 年第 6 期）

闪光的标记

黄发有

最近翻阅当代少数民族文学的原始史料，发现进入二十世纪八十年代以后，少数民族文学的发展进入了快车道，这和文学制度的建设与完善密切相关。在油印的《中国作家协会一九八〇年工作计划要点》中，第五条内容为"加强兄弟民族文学工作"，具体内容包括两个方面："（1）设立民族文学委员会，积极开展各兄弟民族文学的调查研究工作，加强同兄弟民族作家的联系。（2）拟与中央民族事务委员会等有关单位联合召开少数民族文学工作会议。"1980 年 7 月中国作家协会和国家民委联合召开了第一次全国少数民族文学创作会议，这次盛会规模空前，具有里程碑意义，来自全国各地的四十八个少数民族的一百零二位作家、诗人、翻译家和评论家参加会议，翻开了少数民族文学的新篇章。1981 年中国作家协会创办了《民族文学》杂志，并且和国家民委共同创立了全国少数民族文学创作奖。中国作家协会文学讲习所 1981 年春天开办少数民族文学创作班，这是第一次全国性的少数民族作家培训班。在 1981 年 4 月 17 日的开学典礼上，国务院副总理杨静仁到会祝贺并讲话。全国性的少数民族文学作家组织、文学期刊、文学奖项、创作班应时而生，这些举措相互呼应，形成了一种合力。

少数民族文学制度建设取得突破性进展，有力推动了少数民族文学创作的跨越性发展。而《民族文学》是展示改革开放以来少数民族文学创作成就的动态窗口，称得上是近四十年少数民族文学史的简写本。一批批作家从此出发，走向广阔的文学道路。乌热尔图发表于《民族文学》的《一个猎人的恳求》《七叉犄角的公鹿》《琥珀色的篝火》连续获得 1981 年、1982 年、1983 年的全国优秀短篇小说奖。扎西达娃 1981 年在《民族文学》亮相，其名篇《系在皮绳扣上的魂》《去拉萨的路上》都在此首发。阿来 1984 年 9 月首次在《民族文学》发表作品《红苹果，金苹果……》，至今已发表二十篇。铁依甫江、饶阶巴桑、李乔、玛拉沁夫、金哲、晓雪、张承志、吉狄马加……五十六个民族的作家都在此留下坚实的脚印，从这里还走出了鄂温克族等多个民族的第一位作家。那些优秀的作品就像路灯，就像星光，既是绚丽的沿途风景，也为后来者照亮脚下的路。《民族文学》在"创刊词"中这样定位自己的办刊宗旨："以自己独特的艳丽色彩，使各民族的文学百花盛开。"经过近四十年的努力，《民族文学》如同春雨润物，陪伴一代代作家共同成长，为繁荣少数民族文学事业做出了历史性贡献。

（原载于《民族文学》2020 年第 7 期）

今天的文学

金仁顺（朝鲜族）

从来没有哪个时代的读者，像今天这样，借互联网平台，分分钟把全球资讯一网打尽，技术的力量变成了世间魔法，上天揽月、入海捉鳖；可以天马行空，可以深入细胞深处，一窥微观究竟。这种便利快捷，深入浅出，滋养了博学和无知、骄傲与渺小的并存，读者从来没有如此自负、如此不耐烦过。阅读很多时候不是为了生命需要，更像是一种参考，以便自己在表达某些观点时，能在获取各种信息基础上，一鸣惊人。作家从来都是读者，现如今读者里面，"作家"的比例越来越高；将来，"非作家，不读者"的境况也很有可能发生。

网络把作品发表的门槛拉低了，但也使得文学表达的方式更多元丰富，博客、微博、微信、网络评论，这些碎片和泡沫里面，处处闪动着文学的影子，日常、短小、感性、生动、机灵却缺少深思熟虑，有时还不乏粗糙、粗俗、粗暴。

在中国当下，网络作家号称超八千万人，他们不再谋求在传统的文学期刊上发表作品，也不在乎是不是能出版纸质书，评论家们的评价无关他们的痛痒，互联网上的点击率才是他们作品的生命指标。一方面有巨额利润诱惑，一方面又缺乏约束监管，网络作家们的创作不乏精品佳作，但同时也滋生了更多的低劣跟风和剽窃之作，网络文学作品从诞生之初，其商品属性就远远大于艺术属性，不少网络读者阅读作品不追求艺术享受和文学高度，而是为了满足故事的玄幻吊诡、情色或者猎奇。

传统文学的头依然高昂，但光鲜亮丽的羽毛却在被拔掉、脱落、褪色的过程中。有些优秀作品难以与所处的时代和社会兼容，有些则曲高和寡，偏居深闺无人识；经常要通过奖项、影视等其他途径的传播才得以广为人知。优秀作品中塑造的人物形象，通常卑微细小，退缩幽居在时代的毛孔里面。可也恰恰是他们，更多承载了这个时代人们的共同经验：成长的沮丧，爱情的难以捉摸，婚姻的举步维艰，金钱的强大气场，沟通的不可能实现，个体跟集体的爱恨交织、互为参照……

在丧失了阅读耐心的今天，在关键词流行的今天，在题目即是中心思想，或者流量带货广告的今天，还有很多严肃、认真、用写作来盛载生命意义的写作者：没有关键词，却有持久的耐心；没有远大高深，却尽量细心精致；在重大题材中间，寻求人物情感的幽微曲折，在平凡日常中间，探找精神和情操；用大情怀去描摹当下生活的微末，抑或，用帕慕克的话说是：用针去挖井——

用针去挖井，在枯燥和重复中间，诚恳地、专一地进行下去，进行到底，把生命和生活嚼碎砸烂，作为燃料，最终，作家有可能完成历史和现实之间的贯穿，找出自己文学源泉的所在。

这涓细的一脉清流，其意义不可思议，其影响不可估量。

（原载于《民族文学》2020 年第 8 期）

静下心来

刘庆邦

我们的写作都是从个人出发，从内心出发，倾听的是自己的心声，凝视的是心灵的景观。要做到这些，有一个前提，自己的心必须静下来。心底静无澜，万物方得映。心静无疑是通向内心世界的必由之路，舍此就找不到自我，写作是谈不上的。

然而从目前来说，要做到心静并非易事。因为外部世界的信息、诱惑、干扰太多，各种各样的声音过于嘈杂，喧嚣。人们每天一睁开眼，就见许多信息在争相推销，仿佛在说：看我吧，看我吧，我是很吸引眼球的，点击率是很高的。又仿佛有许多声音在耳边争鸣：听我的，听我的，我的声音最动听，最爆棚。君不见，许多人已被社交媒体所绑架，不管是走路、坐车、吃饭，或蹲厕所，他们都在低头刷屏。有人甚至在刷牙的那一小会儿时间，嘴里喷着白沫，眼睛还在斜盯着手机。据报道，北京地铁站的工作人员几乎每天都能在站台下面的轨道池里拣到手机。那是因为，有的乘客在上下车时还在目不转睛地看手机，被别的乘客一挤一碰，手机就脱手掉了下去。绑架的结果，使不少人患了数字依赖症，甚至是数字焦虑症。在以前没有互联网，通信手段不发达的年代，倒不会出现这样的情况。可见科技越是进步，生活越是现代，人心就越乱，越恐慌，很难平静下来。

影响我们心静的不只是外部环境，还有内部原因。比起外部环境来，一些内部原因往往更让我们糟心，更不得安宁。之所以如此，是因为我们心里常常不干净。不干净是我们老家的一种说法，它并不是指人心里有多么肮脏，是指人心里有事儿。那些事儿或千头万绪，乱七八糟，或轻于鸿毛，庸人自扰。但那些事儿却盘桓在人们心头，推不开，放不下，使人戚戚，徒生烦恼。若深究起来，那些事情多是世俗中的是非之心、名利之心、男女之心、贪婪之心等等在作怪，它们魑魅魍魉一样追赶纠缠着人们，使人们难以做到心中干净和安静。如果一个人不从事写作，心态如何就随它去吧。而一个从事写作的人，如果心里老是不干不净，写作恐怕就难以进行。

沧海横流，方显英雄本色。这正是考验我们的时候，考验我们是不是有力量，内心是否真的强大。这个力量不是体力，也不是智力，而是意志的力量、心上的力量。所谓意志的力量，就是坚韧、耐烦、持久、抵抗和勇于战胜自我的力量。通常人们认为，那些善于追赶潮流，并在风口浪尖踏浪的人，才显得有力量。岂不知，激流中的砥柱，或逆流而上的人，则需要更加强大的力量。作为一个写作者，他的先决条件不是乱动、变化和无休止的热闹，而是独处、沉静、坚定和耐得寂寞。只有真正静下心来，才能排除外界的一切干扰，有望找到通向内心的道路，并在广阔的心灵世界走得远一些。

（原载于《民族文学》2020 年第 9 期）

条条大路通罗马

徐则臣

重读加西亚·马尔克斯的中篇名作《一桩事先张扬的凶杀案》(以下简称《凶杀案》)。

毋庸讳言,好小说对作家来说是非法的,它要跳出你的预设,要溢出,因为人物和故事有自己的逻辑。托尔斯泰写安娜·卡列尼娜,小说结束时,安娜成了另外一个人。这一个安娜肯定比托翁当初构想中的那个安娜要动人,要自然和符合人性,她水到渠成地成为了自己。由此,有识之士语重心长地告诫我们:别想得太清楚,主观意志不能太强大,要贴着人物写。

说得非常对。但是加西亚·马尔克斯不这么干,他要准确,甚至准确都不够,要精确。在《凶杀案》里,他手执罗盘,精确地操控着小说的航向,写完了他说:"……我所希望写的东西百分之百地、准确无误地达到了。"这话倘非出自大师之口,肯定会招致一片骂声。文学不是科学,卷尺、量杯和数字对它是无效的。但是加西亚·马尔克斯坚持用此类工具写出了《凶杀案》,你不得不承认,它依然是小说,而且是绝对一流的小说。他在这个小说里证明了,小说家可以是上帝。

掌控力之强首先在结构。《凶杀案》里充满了各种环,大环套着小环。整部小说是个大环。开头就写圣地亚哥·纳赛尔的死。被杀死的那天早上,他五点半起床,然后出门,从外面回来时,在家门口被杀倒下。这是一个封闭的环形结构。进入小说的细部,依然是环形的小结构,从某一处开始讲,且走且退,倒叙中又有前进,绕了一圈情节又回到出发点。如此一个个小环往下推,最后成就了一个大的环形。对一个训练有素的作家,讲个好故事不算难,难的是给故事找一个精妙的结构。一个匠心独运的大环结构已是相当不易,加西亚·马尔克斯还在小说内部整出了比奥运五环还多的诸个小环,确实是让人惊叹。

然后是巧合。在现代小说里,巧合其实是个忌讳,它意味着匠气和作家的偷懒，好小说要依赖情节和逻辑的必然性展开，而不是命悬一线在某个巧合上。加西亚·马尔克斯不管，拼命地在小说里使用巧合。他就是要证明巧合是如何导致一桩大家事先都知道的凶杀的发生，他要证明巧合在这里就是不可避免，如同宿命和规律。他做到了，依仗对每一个巧合的掌控，以及对通篇无数的巧合的精确谋划。

　　小说的可能性源于开放和歧义，小说的可能性也可以来自封闭与精确。所谓天马行空，所谓文无定法，所谓破后能立，说到底都不是乱来，你要在艺术上足够强大，方能随心所欲、步步莲花。

（原载于《民族文学》2020 年第 10 期）

极简而不简

范小青

　　我在九十年代的某一阶段，迷恋上了一种极为简洁的小说方法，大约写了几十个类似的短篇小说，多是普通平民百姓的生活，写得有滋有味，自我陶醉。但，有些朋友或者编辑却干脆直接告诉我，你这些小说太疏淡了。这多少让我有些沮丧，但是我仍然按照自己喜欢的方式写作。直到十多年后，我读到了卡佛的小说。卡佛带给我莫名的惊喜和激动。那些被称为极简主义小说的代表之作，写的都是普通人的日常生活故事，文字漫不经心又暗含忧伤。卡佛让我的内心又遭遇了撞击，那是无比美妙的撞击，那是心领神会的撞击。

　　在这里我想谈一谈卡佛的两篇很短的小说。

　　《保鲜》很简单，太太下班回家后发现冰箱坏了，被解雇的丈夫躺在沙发上看电视，并不知道，淌了一地的水。她现在得尽快把冰箱里所有的生的东西做熟，而且，更重要的是一定要重新买一台冰箱。然后他们从报纸上发现当晚社区有个拍卖会，决定要到那里去看冰箱，一定要去，必须得去。整个晚上，他们都在说着这件事——但是根本不可能，因为他们没有钱。最后，太太只是看着一汪水旁边的丈夫的光脚发愣。

　　这样的小说有什么意思？把悲伤苦痛暗含在平淡的故事和语言之中，看过以后，你会觉得，是没什么大事，但是心里难过——我想，这就是好的小说。

　　《还有一件事》，更简短，大约两三千字吧。一个失业的丈夫天天在家酗酒，骂孩子。母女俩决定把他赶出去，只有很短的对话，没有具体交代，怎么失业，心情如何，家境怎样，都没有，小说的最后三行是这样的：

　　　　L.D 把剃须袋夹在胳膊下面，拎起了箱子。

　　　　他说："我只想再说一件事。"

　　　　但是他想不起来是什么事。

真的十分令人心酸。

这样的小说对读者是有要求的。不光没有谜底，甚至又增加了一个谜、两个谜，到底他要说什么呢？他说出来，母女会不会不赶他出去呢？

揭开谜底的是欧·亨利和契诃夫，比如《麦琪的礼物》《最后一片叶子》之类。而现代小说不是这样的，现代小说的对话和结尾许多都是有让你继续思考、继续猜测的可能性。也许读者会说，哎呀，我上当了，原来不是那样，原来不是这样，最后怅然若失。但是我想，这已经足够了，说明读者思考了，失落了——这就是好的小说——当然不是唯一的好小说。也要看读者的口味和品位。

卡佛的极简主义和生活的貌似平淡有关。正因为生活并不是天天惊心动魄，有时候看起来日子真的很平常，但是平常之中，平淡之下，是有暗流涌动的。卡佛的作品极简，却暗含了生活中的苦痛和尴尬、困惑以及前景未卜——极简而不简，因为它精心设计了人物对话，精心设计小说的开放式结尾，让简短的小说蕴含了丰富性，处处有暗示，有隐喻，而到最后，给读者的不是一个准确的答案，不是一个揭开的谜底，不是简单地解开包袱，因为生活本身并不是猜谜。

（原载于《民族文学》2020 年第 11 期）

我们万众一心

扎西达娃（藏族）

在人类历史的长河中，有些年份是注定要被载入史记，成为一代人甚至几代人挥之不去的集体记忆。如1918年的西班牙大流感；1929年的美国经济大萧条；1945年第二次世界大战的结束；2008年的国际金融危机。

而即将结束的2020年，则注定将成为人类历史上的一个重要节点。就在这一年，就在此刻，我们和全球七十五亿人，共同经历和见证了这个世界正在发生诡秘而变幻莫测的重大转折：各国频发的山火、地震、洪涝等自然灾害、世界经济的衰退、全球股市的熔断、不同文明国家的撕裂、中美两个大国间的博弈、正在肆虐全球感染数千万人夺走近百万人生命的新冠肺炎病毒的蔓延……

人类的脚步再一次踌躇地站在了命运的十字路口，我们的社会、经济、文化，我们的日常生活、我们的未来正在被永久而深刻地改变。

我们的文学，将如何重新书写？

危机时刻是觉醒，是奋发。

危难时刻，中华民族从来都能迸发出一种伟大的精神力量，就是两个字：凝聚！

作为统一的多民族国家的古老中国，作为中华民族儿女，千百年来，我们彼此水乳交融，血脉相连，我向你迁徙，你朝我走来，凝聚成东方中央之国，诞生出中华民族之魂，书写成五千年的文明史。

近些年来，我们欣喜地感受到，许多的少数民族作家，已扩展出以往困囿于乡土风物和原乡民俗的狭小视野，超越以往对少数民族文学单一族群叙事低吟浅唱的"独奏曲"，对于文学创作的探索与思考，开始立足于中华民族国家意识大思维的高度、站在全世界人类文明的维度上重新俯视和书写自己民族和本土日常生活以及个人命运的感受，这种彰显出国家叙事的文学气质，回荡着多重声部时代韵律的文学作品，由此汇聚成一曲唱响中华民族多元一体、促进各民族交往交流交融、构筑中华民族共有精神家园的"交响乐章"。

这种具有划时代意义的多民族的文学，同样蕴藏着一种伟大的精神力量，就是两个字：凝聚！

正是国歌中的一句歌词："我们万众一心！"

（原载于《民族文学》2020年第12期）

女性的文学力量

何向阳

马克思曾在《致路·库格曼》中讲，"每个了解一点历史的人也都知道，没有妇女的酵素就不可能有伟大的社会变革"。的确，妇女的解放是社会进步的尺度，女性的进步是社会进步的一面镜子，女性对社会的文化思考，也已成为整体社会向前运动的重要推动力量。

在《社会变革中的女性声音》中，我曾表达这样一个观点，中国女性在二十世纪经历了三次解放。1919 年前后新文化运动，使中国妇女从"三从四德"中解放出来，这次解放所带来的文化进步，使冰心、丁玲、萧红等女作家写出了她们的代表作。1949 年新中国成立，宪法规定男女平等，中国妇女的地位发生了巨大变化，经济上的独立及各领域活力的释放，使得杨沫、草明、茹志鹃等多有佳作推出。1978 年改革开放，思想上的解放使作家焕发出极大的创造力，女作家作为作家中思想更活跃、更敏感的群体，以其特有的温暖、幽默、智慧、灵性的表达，展现了女性文化视角介入历史现实的丰富性，呈现出新时期以来愈发强劲的写作态势。

二十一世纪，中国社会发生了巨大变化。在中国前进历程的忠实记录者中，中国女作家以清新的语言、扎实的笔力，热切书写时代变革中的百姓生活，从容体认中华文化的美学精髓，她们的作品，有柴米油盐的实在，有细碎日常的温情，有人性的驳杂丰富，有现实生活的坚韧，更有人类理想的光芒。

今日中国，正经历着中国历史上前所未有的深刻变革，进行着人类历史上前所未有的伟大实践，新时代为文学艺术的创造提供了强大的动力和广阔的空间。作为中国社会变革的见证者，作为人类文化进步的推动者，中国女作家们正以比她们前辈作家更为广阔的社会观察的视野，更为丰富的艺术手法的积淀，更为开阔的胸襟、更为敏锐的洞察和更为细腻的书写，投入中国突飞猛进的现代化建设的新征程，为我们提供着时代变革与文化进步的精神档案。可以预期，不久的将来，我们不仅会从她们的作品中见识到一个创造力得以充分发挥的时代女作家们集体的创造力量，而且，我们将从她们的创造中得到的思考与收获，也必会比历史上任何一个时期所获得的都更为丰富和丰硕。

（原载于《民族文学》2021 年第 3 期）

当诗人成为一个倾诉者

林 雪

　　自有新诗以来，人们一直在为什么是好诗诘问不止。在这个问题里还包括一场诗歌品质与承诺的对决。卷帙浩繁，诗篇众多，但究竟有多少能触及生命更多的角落，从而发掘和表达出人们正在经历着而尚未说出的感受，使诗歌的内容达到新鲜和深刻的？正因为如此，创新并寻找深度是重要的和难能可贵的，也是一个诗人和一部诗集走向独立和成熟的标志。这些是在我们已经有了那么多诗和诗人之后的今天应该发生的。不能想象一首好诗怎么能对日常生活中美与新生的事物不敏感？怎么能对日常生活中的苦难置若罔闻？好诗没有了对苦难、疾病和死亡的书写，就没有了审美和道德意义上的崇高壮烈，没有了那种善于从日常细小的幸福中断裂，那种逝者对生的渴望，和未亡人试图用回忆把断裂后的幸福缝补起来的努力。对了，一首好诗就是要充当美好事物的未亡人。同理，诗人应该有意在文本中探险，以检验自己是否有能力从以往诗歌或光明或黑暗的框囿中，从中国古典和西方文学的强势围剿中突围。当诗人成为一个倾诉者，诗句中的形象就注入了诗人自己的智慧。生活是一种宿命，而文学却有着无限的可能。在自己意识到风险、制造出风险后，诗人就能够做到自己挽救自己，也能做到用好诗挽救诗。

　　诚实的生活与诚实写作之间，只有焊接，没有破绽。据此，那些被书写的诗句才能被赋予一种永久的体面与庄重。阅读和诗意能否为生活找到一个出口？诗歌或许真的不能使特别现实的问题迎刃而解，却可以滋养我们的心灵并使之智慧，像是精神上持续的洗礼："通过她，我们能看清世界。"如果说经历了生活和人世，我们有可能对这世上的部分事物激赏、思考，并获得力量和纯粹的话，那么其中包括了文学化的人生，包括你和诗歌决定性的、奇妙的邂逅。在我以一个个体思维，用诗歌向世界有限地展示时，也会有其他艺术，可以把人类全景式地、毫无遮掩地向苍穹打开，那些青春年代的愤怒，对友情的珍重，对爱情婚姻的惋惜，还有对生活深刻的、不无忏悔的爱。诗性化了的文体展开了生活中的真我，似乎生活可以用文体承载一切：人生的光荣胜利和生活的焦虑，诗人在日常生活中的差距，矛盾，鼓舞，忧虑，失败，一切的一切，如此等等。

（原载于《民族文学》2021 年第 4 期）

文章的诗意之美

梁　衡

　　我们常说文章写得好，有诗意。为什么说好文章像诗一样，而不说好诗像文章一样？

　　诗和文章的区别主要在表达功能、艺术形式与审美侧重点的不同。诗更趋向于艺术性，求精致；文章更趋向于实用，实用而后求精。诗是从美出发为美而存在的，可以有无题诗（正如有无标题音乐、绘画）；文章是从内容出发，为传播思想而存在，不可能有无标题文章，如果有这样的文章，它实际上已经变成了一首诗了。文章中有应用文一类，而诗歌中就没有应用诗。诗歌要是能用来打借条、订合同、发文件，就如同将一块华美的丝巾当抹布用了。曾有某市领导用一首六百句的长诗作年度工作报告，自鸣得意却传为笑柄。

　　诗与文章都追求意境。因为诗以抒情为主，意境就更空灵一些、虚幻一些、唯美一些，如空中五彩的云朵；文章要叙事、写景，意境更饱满一些、实际一些，如水上的莲花。文章的实用功能限制了它不能百分之百地用来审美，这种务实的内容必然冲淡唯美的意境。

　　诗与散文都讲求文字的美。诗歌的文字是戴着脚镣跳舞，是有声韵、节拍的音乐美；散文的文字是脱缰的野马，是自由奔放、无拘无束的美。

　　总的来讲，无论是意境还是文字，诗比文章都要精致一些。说文章有诗意，实际上是指文章超出了自身的标准而达到了诗境之美，好比一朵篱笆上的牵牛花不经意爬上了树梢。

　　相对于文，诗的美感主要是：浪漫的、朦胧的、凝练的、音乐的美。

　　文如饭，诗如酒，在文字分工中，文章主要是管现实生活的，要实在一些；诗歌主要是管精神生活的，要浪漫一些。如果吃饭时再来一点儿酒，在现实的基础上增加一点儿浪漫会更好。

　　文章要美，还要学习诗制造出一点儿朦胧。在不妨碍内容表达的前提下，让文字裹一层淡淡的情绪，像月亮周围有一个晕圈，或者一树花暗香浮动。如"遥看草色近却无"，伸手却又抓不住，只能去感觉，去体味，去想。

如果说浪漫是向外翻江倒海的发散之力，凝练就是吸纳百川的内收之功，把思想情感浓缩提炼为一个永恒的意境。文章本来是不缺思想的，但单说思想又失之于枯燥。功夫在于把思想赋予形象，糅合情感，合炼而成一个隽永的意境，经时间的打磨愈见光辉。

诗文的浪漫、朦胧、凝练都要借助形象和情感。浪漫是情感鼓荡着形象的大开大合、张扬呼唤、腾挪飞舞；而朦胧则是情感笼着形象，"烟笼寒水月笼沙"，轻涂淡抹、沉吟发酵、去形留香；凝练则是将情感注入形象之中，沉淀收敛、情凝思结、浇铸定格然后辐射致远。

另外，文章还要学习诗歌的音乐美。因为读者虽然是在"看"文章，他脑子里还是有一个潜在的音韵留存，何况许多时候文章还要大声念出来，是一种朗诵艺术。

（原载于《民族文学》2021 年第 5 期）

石库门前的断想

何建明

现在，我就站在上海兴业路七十六号（原望志路一百零六号）门前，身后是一幢典型的上海石库门建筑。这里曾经是一户李氏人家居住着，因为一百年前的一次会议，使这一门户载入了中华民族不朽的史书。它，就是中国共产党第一次全国代表大会会址，一个让每一个中国人尤其是中国共产党人感到神圣和温暖的地方……

是的，这曾经是一个非常普通的家。但因为这里诞生了一个伟大的政党，这个家就不再是普通的家了，它是每一个中国共产党人的生命起源之"家"。当然，它也是今天全国各族人民获得幸福与温暖的"家"的起源点。没有这个"家"，中国或许仍在迷蒙中寻找出路，或许还在流血和牺牲中战斗，或许五十六个民族仍在四分五裂的相互仇杀中痛苦地挣扎着……

有了这个"家"和"家"里传扬出的马列主义和中国人对共产主义信仰的新声音之后，我们的民族，从此开始了思想的觉醒与奋进的行动。于是我们不用去低着头、看着外人的眼色，去低微地、卑贱地、无望地求一口生存下去的米粒，吞下一口口苦涩的阴沟水……

呵，石库门内的这个"家"，是孕育新中国的温床，是民族复兴光芒的火种，是亿万万今天在全世界面前昂着头、骄傲地说着"我是中国人"的人们思源的那口"井"。是的，这个"家"如同我们的根一样，无论我们走向何方，无论我们的国家和民族强盛到何等地步，我们回眸它的时候，就不会迷失，就不会枯萎，更不会丧失继续奋斗的意志，也不会在挫折与压迫之下屈服；而中华民族的大家庭才可能更加温暖、更加团结，并向着更富足与和谐的未来前行。

石库门，我凝望你的时候，心中会腾起一片霞光；我紧贴你的时候，浑身都是踏实与力量。你的耸立，就是我们家园的坚固；你的不朽，就是我们民族的千秋。

（原载于《民族文学》2021 年第 7 期）

文学的边界与裂隙

任林举

世间万物皆有类别。各从其类，各领其土，各司其职，各享其用，既有利于时空的合理分配、合理利用；也有利于资源的均衡占有和个体个性的独立发挥。用唯物的观点说，这是自然法则；用唯心的观点说就是天意。

关于文学，也是如此。从大类上分，有虚构和非虚构；从体裁上分，有诗歌、散文、小说、纪实或报告文学等等；从群体上分，有少数民族文学、地域性文学、网络文学、边疆文学、军旅文学、乡土文学、儿童文学等；从概念上分，有献礼的、歌颂的、揭露的、鞭笞的、唱和的、时尚的、伤痕的、温暖的、冷峻的、主旋律的、边缘的、颓废的、后现代的等等，不一而足。

由于种种边界的存在，使各类各种文学作品都拥有了独立的品貌和特征，也使写作者在创作过程中有所依凭和遵循，更使阅读有了趣味和好恶上的自由选择。唯其如此，才构成了一个丰富多彩、姿态纷呈的文学生态。所谓的百花齐放，就是花有花的时节，草有草的领地，树有树的空间，蕨有蕨的机遇，彼此独立又彼此依存，相互竞争又相互滋养，有边界却没有隔阂与裂隙。

然而，文学的现实总是不尽如人意，呈现于我们面前的各种边界，比如虚构与写实、全域与地方、此文体与彼文体之间并不能如自然界中的草木一样互补互动、相互滋养、助力，而是在彼此的隔阂、排斥甚至诋毁中，画地为牢，一任种种用于增加辨识度的边界演化成越来越大的裂隙。人们似乎忘记了文学的属性，它本是一个自由的精灵，无论什么形式都不过是一件无足轻重的外衣或躯壳。也就是说，无论其样貌、风格如何复杂，只要剥离掉附着其表的形式和外在因素，它单纯、求真、向善和审美的本真就会裸露、飞升出来，如流动的光，照亮人们同样开敞着的心灵。

既然文学生发于当下的人文环境和人们的心灵，任何主题和方向都有其存在的合理性和必要性，只要我们能够尊重本心和客观事实，不造作粉饰，不刻意抹黑，都会创作出精神独立、个性突显的优秀作品。

先别急于根据以往的成见和惯性思维做出评判，有时因为我们的格局、境界、心胸、视野所限，并不握有评判的权柄。对于文学，只有文学性才能成为弥合各种裂隙的黏合剂。当一切的裂隙消除之后，你终会发现，很多作品已经完美地整合了时代、现实社会和人们内心的诉求。在这里，它们必然要完成必须完成的某方面使命——完成大与小、多与少、表与里的辩证，给人们以温暖、希望、烛照以及警醒和激发的力量。

（原载于《民族文学》2021 年第 8 期）

文学：大有可为的时代

杜学文

　　中国共产党建立一百年来，中国发生了翻天覆地的变化。习近平总书记指出，经过全党全国各族人民持续奋斗，我们实现了第一个百年奋斗目标，在中华大地上全面建成了小康社会，历史性地解决了绝对贫困问题，正在意气风发向着全面建成社会主义现代化强国的第二个百年奋斗目标迈进。百年来，中国文学日益显现出旺盛的创造力、想象力，以及不断增强的国际影响力，进入了发展繁荣、大有可为的崭新时代。

　　正在发生着深刻变革的中国社会为文学提供了新的、更为丰富的可能。随着中国现代化程度的日益提高，人们的生产方式、生活形态、社会结构、伦理关系、情感样式等都发生了重大改变。许多过去不曾存在的事物逐渐成为日常现象，人们习惯了的一切正在产生变化。新兴科技如智慧技术、信息技术、太空技术、生物技术等越来越深入到社会生活的方方面面，影响并改变着我们的生活、情感。面对这种迅捷纷繁的变化，需要文学给予充分关注。

　　人类走向未来的现实需求需要文学提供积极的价值引领。我们从来没有像今天一样更接近、更有信心与能力实现民族复兴。中华民族的伟大复兴亦将为人类走向未来提供思想与文化启迪，帮助人们在有限的空间内找到相处共生、永续发展的方向。文学有责任表现人类的思考选择，提供正确的价值引领，昭示历史的发展必然，提升人们的精神境界，从而点亮前行的道路。

　　时代变革进程中审美形态的新建要求文学做出积极的贡献。在新的历史条件下，如何继承中华优良审美传统，吸纳民间积极文化元素，适应现代社会生活要求，借鉴他人于我有益成分，为全面建成社会主义现代化强国提供精神支撑、价值引领、审美经验是文学的历史使命。抱残守缺不可取，囫囵吞枣害死人，偏安一隅没前途。如何创新转化，形成新的具有现代意义的审美形态，对文学提出了挑战。我们依然有许多工作要做。

新的一百年已经拉开帷幕，乘风启航。对文学而言，定将是一个充满希望的时代，一个大有可为的时代。

（原载于《民族文学》2021 年第 10 期）

雅俗从来是一家

马步升

　　文学从一开始，似乎都有雅俗之分，甚或雅俗之争，但却从来没有分开过，也没有争出什么高低，分或争的结果，几乎无一例外，都是雅俗握手言和，然后雅俗同体，皆大欢喜，最终，呈现为一种新的文学景观：雅中添加了俗的成分，使得作品更具趣味性和传播力；俗中注入了雅的底气，作品的艺术性和传承性都获得了提高。

　　在这方面，第一部诗歌总集《诗经》给我们树立了一个颠扑不破的良好榜样，也可以说，为几千年的文艺及文学格局和审美标准，编订了一部基本的秩序册。《诗经》中的三大板块，以土风歌谣为主的"风"，以正声雅乐为主的"雅"，以宗庙音乐为主的"颂"，题材不同，风格相异，价值指向各自有别，却同在一册，安然相处，而且共同为"经"，联手成为几千年中华民族重要的精神源头。以漫长的文学史的眼光去看，几乎可以断定，凡是有重要文学建树的时代，这个时代的文学必然是雅俗并包的；凡是有杰出文学创造力的作家，这位作家必然是雅俗同体的；凡是有较高艺术水平的作品，这件作品必然是雅俗共赏的。其中的区别仅在于，有的时代，在对待雅俗问题上有某种轻重，有某种倾斜，体现在具体作家或作品上，有的偏雅，有的则偏俗。在对待雅俗问题上，各个时代也会有分歧，有争论，但却从来没有真正达到水火不容的境地。这种雅俗一家现象，从《诗经》《楚辞》，到汉魏，到盛唐，到宋元，到明清，贯穿了整个文学史。即便到了民国，文学面临大幅度的文白决裂，其"分"也彻底，其"争"也激烈，但其结果却是培育了现代文学的繁荣之花，代表性的作家，无一例外，在他们的作品中都体现了雅中有俗俗中见雅的品格。

　　改革开放以来，文学的雅俗之分之争，再度成为文学的日常话题，一时聚讼纷纭，莫衷一是。可是，其分其争，非但没有为文学降温，相反，两者倒很像是同谋，互相间看似在推搡挤对，却无异于在互相搀扶着往前走，一时间，严肃文学热火朝天，通俗文学声势震天。进入网络时代，一种名叫网络文学的文学样式，以迅雷不及掩耳之势风行天下，网络作品似乎在不经意间，已经占据了文学的半壁江山，而网络作者的经济收入则让人目眩神迷。文学的雅俗之分之争再度成为话题。心智上已经充分成熟的文学界人士，尽管在文学观等等方面还不能很快达成共识，但有一点：网络文学作家收获的是真金白银，而这些真金白银正是来自广大文学消费群体的自掏腰包。为什么会出现这种情况，常识告诉我们，谁的钱都不是大风刮来的，无疑这是等价交换的必然结果。短暂争论磨合的结果，以纸质出版物为主要传播途径的严肃文学，开始尝试吸收以电子文本为主要传播手段的网络文学的一些长处，比如超乎寻常的想象力，比如自由散漫的文字表达方式，等等；而网络文学也从严肃文学那里获取了自己缺少的营养，比如文学应当承担的历史使命感和社会责任感，比如文学在审美面前的不懈追求和精进，等等。折冲樽俎间，互相取长补短，各有进益。

因此，在文学上，雅俗从来是一家，雅要雅到通俗易懂，俗要俗到文质彬彬，所谓雅俗共赏，从来都是，也许永远会是文学的至高境界。

（原载于《民族文学》2021年第11期）

让文学点亮心灯

郭文斌

真正的文学应该有一种把人带向高级生命认同的力量，有一种把人从物质倾向带向精神倾向，又从精神倾向带向本质倾向的力量；真正的文学应该是核心价值体系，是一种改造力、引导力、建设力、和谐力，是优秀的中华传统文化的文学化，是优秀的西方文化的文学化；真正的文学应该最终体现在一个民族的思维方式和生活习惯上，只有让文学成为人们普遍的思维方式和生活习惯，才能成为永恒生命力。

为此，文学教育就很关键。文学教育应促进审美教育。

审美教育应该首先开发孩子的智慧，而不是堆积知识。积累再多的知识，也不能反映宇宙之万一；但开了智慧，一切都会豁然开朗。打开智慧的孩子在愉悦中进行学习，没有打开智慧的孩子在痛苦中学习。其次，审美教育应该培养孩子在日常生活中享受最高快乐的能力。最后，审美教育应该努力把孩子带向生命的本质状态，让他喜悦、圆满、永恒、坚定、心想并努力事成。

一切外在的光明都是靠不住的。灯笼里的灯，风大了会灭，油尽了会灭，摇晃的时候会灭；而生命中有一盏灯，再大的风也吹不灭，再剧烈的摇晃也摇不灭，是永远亮着的，那就是我们的根本光明。

"未改心肠热，全怜暗路人。但能光照远，不惜自焚身。"文学要点亮心灯。真助人就要帮他点亮心灯，帮他找到内在的、本有的光明。一旦点亮了心灯，就找到了幸福，幸福就是心灯照亮的地方！

（原载于《民族文学》2021 年第 12 期）

文学创作与社会审美

陈亚军

人们的活动及人性状态是离不开社会的：它呈现在社会生活、活跃于社会关系、变化自社会发展。所以说，文学创作者的社会审美追求，就是认真严肃地考虑作品的社会效果，把握社会本质、人学本质和审美本质的有机统一。

社会进步与发展，是文学创作的应有认知。我们正经历着广泛而深刻的社会变革，以及宏大而独特的创新实践，里面有文学创作的细节，有人物命运的矛盾。有位著名作家说，在提供文学作品的同时，就等于呈现了一个社会文本。提炼主题于时代之变，萃取题材于中国之进和人民之呼。实践证明，创作具有历史性意义的作品，需要敏感的、丰沛的、深刻的感受力，需要不被非主流现象所蒙蔽的洞察力和思考力。

社会核心价值，是文学创作的精神追求。习近平总书记强调，要"把社会主义核心价值观生动活泼、活灵活现地体现在文艺创作之中"，告诉人们什么是应该肯定和赞扬的，什么是必须反对和否定的。在对社会生活美的探索中，人的发展状况始终是核心。我们所提倡的社会主义核心价值观，涉及国家、社会和公民三方面，它承载着中华优秀传统文化，反映了时代发展的丰富内涵，是构建社会文明的软实力。所以社会主义核心价值观，是新时代文学的核心价值追求，是新时代文学培根铸魂、展现新担当的重要内容。

各民族交往交流交融，是文学创作的新时代视野。在我国，民族关系的特殊内涵就在于其社会性与民族性的高度契合：一是你中有我、我中有你的互嵌式社会结构，一是长期社会生活中全方位的民族交融。由此形成利益相关、情感相通的民族共同体的社会形态，成为激发社会活力和社会进步的不竭动力。新时代文学创作所追求和塑造的社会审美，内含于中华历史之美、山河之美、文化之美的表现与弘扬之中，建立在铸牢中华民族共同体意识之上。这是助建民族团结进步的社会基础，是构筑中华民族共有精神家园的社会认同。

（原载于《民族文学》2022 年第 2 期）

赋写新时代名词意象

王跃文

　　中国文学史是从《诗经》开始的,《诗经》又是从一声鸟鸣开始的。"关关雎鸠,在河之洲","诗三百"由此响亮开篇。于诗,这是起兴;较之小说,则是环境和景物描写。读《诗经》会读到很多名词,所谓"多识于鸟兽草木之名"。我们能说出的名词世界有多大,我们的世界就有多大。文学中的名词,并非单纯客观的物象,而是贯注着写作者的独特情感、标识着写作者不同的精神气质、附丽着不同时代的声音。如此,普通的名词就成了意象。有了意象,就有了意境,就有了诗,有了生动与美,有了言有尽而意无穷的蕴藉。从雎鸠开始,中国文学卷轴随展随长,在这卷轴上精灵般跳动的文学名词和文学意象有如繁星满天,标识和记录着各个时代人们的丰富情感、价值追求和审美意趣。

　　意象意境之美是中国文学的独有之妙,往往数个意象组合,便意蕴无穷,构成只可意会、不可言传的意境。"昔我往矣,杨柳依依。今我来思,雨雪霏霏。"这里三个名词意象构成的意境,时隔两千多年依然直击人心。鲁迅先生独创了自己的名词体系,夜、月亮、路、辫子、野草、地火等等,它们都是鲁迅思想和情感的载体,深邃、凛冽、美丽、广大。外国文学中也有经典的意象,比如阿喀琉斯之踵、卡夫卡的甲虫等等,但总不如中国文学的意象来得那么自然,完全取自日常生活。

　　中国历史已豪迈地跨进新纪元,新时代呼唤与之相适应的新时代文学。作家既要有对传统文学经验的传承,也要有对外来文学经验的吸收,更应有对文学精神的再造和创新。面对崭新的生活场景,感受崭新的精神气象,作家当发现和创造前所未有的文学名词和文学意象,塑造耳目一新的文学形象,让新时代中国文学卷轴日益绚烂与宏阔。

（原载于《民族文学》2022 年第 3 期）

把真实上升为艺术

王宏甲

写下这个标题，是从人们对报告文学的有关说法和看法想到的。譬如有人说报告文学最多是准文学，有人说纪实就是纪实，扯不上多少艺术。现实中，有人会把即使很难读懂的小说视为艺术，甚至把越读不懂的越视为艺术。但看报告文学，即使深受感动，也很少有人想到这里有什么艺术。其实，报告文学能承载多少文学，到底有没有艺术，是可以通过以下这样一种方式来窥望的。

世界上不存在没有限制的艺术，艺术就是对限制的认识和突破，在突破中获得表达的自由。譬如诗中的"五绝""七律"形式都是限制，如果谁做七律感觉某句用七字不足以表达，便用八个字……只要多一字，这律诗就作废。

李白在那限制中自由如云，宛若诗仙，所以是李白。再看走钢丝，那一条钢丝就是很严峻的限制，杂技演员在限制下出色地表演，所以称杂技艺术。

小说塑造人物，按鲁迅先生的说法，可以杂取种种而成阿Q。报告文学写人则不行，你只能努力从张三身上去写张三，不能把别人的事放在张三身上。写报告文学，某种程度上也有如走钢丝，写出来众目睽睽，写得不像或不是，认识张三的人都会喊起来，就像你从钢丝上掉下来。

我以为，限制是对作家的挑战，是对能否运用思想认识和艺术造诣去实现突破的挑战。报告文学创作受到许多特定的限制，若在种种限制中仍能写出生动的人物，并通过性格迥异的人物去反映出社会生活的本质且感人至深，怎能没有艺术！

应该说，限制越大，挑战越大，所能造化的艺术就越发壮丽。这里就有报告文学艺术的诞生，也有报告文学艺术的特征。真正的问题在于作者的认识力和表达力能达至多少自由。屈原"吾将上下而求索"，司马迁"欲以究天地之际，通古今之变"，都是在努力寻求突破时空的种种限制，寻找认识历史、记述历史，以及抒写社会和人生的自由。并非报告文学不是文学，而是你能不能把真实上升为艺术。

（原载于《民族文学》2022年第5期）

浅议文体之兴衰

柳建伟

文学体裁是一个最基础的文学概念。弄清这个概念并详察各个主要文体之兴衰规律，无论对于一般读者，还是对于文学从业者，都是极为重要的。

几千年的世界文学，文体流变了几千年。文体的兴衰，形成了中外均认可的包括诗歌、戏剧文学、散文、小说、报告文学和影视文学在内的主要文体种类。这些主要文体几千年间，在不同的地域、不同的种族、不同的时代的兴衰流变，构成了我们今天所看到的色彩斑斓的世界文学史。

不同的文体，都有自己的兴衰史，都有占据文学舞台中心的光鲜亮丽，也有退居文学舞台边缘的寂寞悲凉。如古希腊的悲剧作为一种文体，也曾风光一时，衰败千余年后，直到英国人莎士比亚横空出世，后人才再次领略了戏剧文学这一文体拥有的万丈荣光。中国的《诗经》《楚辞》，及至唐诗、宋词辉煌之后，古典诗歌这一文体千余年来虽有无数后来者想让它重回文学舞台的中央，但留下的只是此路不通的标记。散文这一文体，在国外，法国人蒙田后罕有能望其项背的后来者；在中国，唐宋八大家之后，文言散文也无可称高峰的耸起。

而小说这一文体，特别是长篇小说这一大型文学体裁，自成熟的长篇小说《源氏物语》出现至今，千余年来，总是显示着茁壮生长的勃勃生机，仍在呈现着它描画世道人心沧桑巨变的无与伦比的能力。

在世界范围内来看，长篇小说这一大型文学体裁，还在成长着、变化着、创造着。同时，长篇小说还在深刻影响着影视文学这一新兴文学体裁的生长。近三百年来的世界文学史，长篇小说一直在演主角，欧美如此，中国亦如此。电影文学这一新文体诞生一百二十余年，电视剧文学这一新文体诞生八十余年，其重要作品，大都受过长篇小说这一文体的滋润和影响。

文学的未来，我以为更寄希望于长篇小说。

（原载于《民族文学》2022 年第 6 期）

从生命的原乡出发

刘玉民

每个人都有一个属于自己的生命原乡，我的生命原乡是在山东半岛最东端的一个濒临黄海的小山村。那里有我生命的第一声啼号、第一行脚印，有我的痛苦与快乐、成长与认知——对世界和人生的最初也最本真的认知。由此，当我第一次拿起笔，试着要写下点什么的时候，眼前涌现的全是家乡的人和事，身边的景与情。

若干年之后，在我已离开家乡千里之外，并且在大城市里娶妻生子、经历了种种风霜雨雪之后，再次拿起笔时，瞄定的依然是山东半岛的乡村和生活。

那时农村改革风起云涌，一大批农民企业家正在纵横驰骋。可在不少人的眼里，那是一群只配遭受谴责和鞭挞的"罪人"。然而，凭着对家乡农村的了解和深入农村的所闻所见，我几乎是立刻便改变了原有的观念，看到了一个改天换地的时代和一群堪称"先锋"和"骄子"的人物；当然，也看到了存在于他们身上的种种历史的局限和尘埃。由此，长篇小说《骚动之秋》应运而生。

再后来就是《过龙兵》了。在这部作品中，我试图再现了山东半岛半个世纪的历史风云。在分享创作体会时我用了一个词，叫作"生命体验"。我说，那是只有在"生命原乡"才能够获得和激活的特殊的情感和能量，是作家的命根子，也是催生和赋予作品以鲜活、顽强生命力的"荷尔蒙"。

陈忠实在《白鹿原》之后一直没出大作品，有人说你这样的大作家，到下边去走一走看一看，好作品不就来了吗？陈忠实的回答是：你懂个锤子！

我没有问过陈忠实他那个"锤子"的真意何在，但我认定他说的就是"生命体验"。作家体验生活、积累生活是完全必要的，如果没有生命的体验，即使你有再多、再丰富的生活，也很难写出真正意义上的大作品。这或许就是古今中外不少大作家，都选择从自己的生命原乡出发的原因吧。

（原载于《民族文学》2022 年第 7 期）

一滴水的姿态

王宗仁

在 1958 年那个飘着大雪的深冬，当我驾驶着二战期间淘汰下来的德国"大依发"载重汽车驶上青藏公路，四千里路程就成为我体验生命的跑道。登上唐古拉山，离太阳近了，离死亡也近了——从第一次亲临这座山到后来的百余次翻山，我始终是这种感觉。之后，曾有那么几年，我每年都要跑一趟青藏线，这样心里才有着落。从高原军营的土壤中汲取了足可以让我在城市无法心安理得待下去的兵情，所以我才敢说，在这个世界上，凡是思想者都是孤独无助地在思想。在唐古拉山那个只有三个兵的执勤点上待久了，当然最少不要少于二十四个小时，时间越长越好，那时，你肩膀上是蓝蓝的天空，脚下是皑皑的冬雪，唯有一种茫然；正是这茫然使你有了单一的洁净的想象，生发了很有张力的语言。这时你就会心悦诚服地明白，文学只有远离了繁杂的喧闹，才能拓展开阔的天地。

一个兵站三个兵。三个兵少吗？那是从十几亿人中挑选出来的精英，来为祖国守卫大门。十几亿人派出的代表还会寂寞吗？你站在他们中间，你也成了他们，在寂寞中升华的一种境界一种高度。确实如此。说不定有那么一天，三个兵中突然有一个兵被高山反应夺走了生命。一个有生命的墓碑便永久地立在了世界屋脊上，立在你身边，你可以伸手触摸那墓碑。这时候作为一个亲临者，我不相信你没有顶上去站在那个缺位上的想法。三个兵还是三个兵，你也成了十几亿人民派出的"代表"！这叫融入，先是身体的融入，才有感情的融入。所谓深入生活就是这样，把自己那些虚伪的光环隐藏起来，或者索性铲除掉！隐藏起来，越深越好，保持一滴水的姿态，不冻泉里一滴水，雅鲁藏布江中一滴水，大海中的一滴水。这是生命的源头、文学的源头。

（原载于《民族文学》2022 年第 8 期）

小说的形式与内容一样重要

乔 良

为什么说比起写什么来，怎么写更重要？因为对于审美口味越来越挑剔、刁钻的读者来说，平庸地讲述故事会毁掉故事本身。进入二十世纪之前，作家们追求的是要写一个好故事，至于怎么写，也许并不重要。于是，小说的形式和技巧在二十世纪之前的作家那里，就成了一台运载工具，一辆大卡车，只负责搬运故事。同一辆车，运完这个故事，再运下一个。而二十世纪之后，作家们终于意识到，要写出一部让别人无法超越——超越就得另辟蹊径——的小说，就必须让小说的形式，从外在内化为小说本身不可分割的一部分，即小说的形式不再只是一件外衣，而是身体不可分割的元件，这就需要独特的技巧去构成"这一部"小说的形式。有了这种意识，二十世纪的小说才最终呈现出不同于此前文学的独特风貌。

或许有人会说，文无定法，掌握小说技巧真有那么重要吗？是的，在我看来非常重要。起码其重要性不亚于故事本身。有一种说法，特别是在相当长的一段时间里，这种说法成为小说界的一面旗帜，即认为"小说就是讲故事"，一部小说的成功，就是讲好故事。很多人都支持这个观点，认为讲故事就是小说最重要的功能，从古至今都是一样的。但我们却忽略了凡是二十世纪的大师，都格外在意怎么讲故事，而不是像我们这样，只把编好故事塑造好人物作为天经地义的事。怎么讲好故事，怎样塑造人物，你有不同于他人和前人的方式吗？你讲的故事，能给这个民族或国家的文学增添不一样的东西吗？

比如鲁迅，鲁迅对于中国文学的贡献，是真正拓宽了中国文字、文学乃至文化的表达力和穿透力。一个作家编故事的能力再强，如果没有拓宽文字表达力——更不要说文学和文化——即使作品中也不断触及了文化层面的东西，但对这种文化的认知，却从未脱离传统文化的窠臼，那么是很难创造出不同于前人也不同于自己早前作品的独特形式和技巧的。

（原载于《民族文学》2022 年第 9 期）

中国文学的多彩光芒共同体理念的生动演绎

铁 凝

在中国文学的百花园中，少数民族文学别具斑斓异彩，各领馥郁芬芳，是中国文学不可或缺的重要组成部分。伴随着伟大祖国铿锵前进的步伐，中国少数民族文学不断繁荣发展。

四十年来，《民族文学》积极培养、壮大我国少数民族文学队伍，为少数民族文学的繁荣兴盛发挥了重要而独特的作用。经由《民族文学》这一平台，优秀的少数民族作家一批批、一代代成长起来。大量优秀的少数民族文学作品融入了各民族读者的心灵和记忆之中。《民族文学》展现着中国文学的丰沛活力和多彩光芒，体现着中华各民族人民心连着心的信念和情感。

《民族文学》凝聚着党和国家对少数民族文学事业的高度重视和亲切关怀。刊物发展成为汉文、蒙古文、藏文、维吾尔文、哈萨克文和朝鲜文六个文版，这是党和国家民族政策优越性的具体体现，在世界文学期刊界都是独一无二的。

《民族文学》发表的各类文学作品，形象地反映了中华民族的历史和现实生活，书写和讴歌了新中国成立后特别是改革开放以来我国民族地区发生的深刻社会变迁，铭刻了新时代各族人民在中国共产党的领导下为建设社会主义现代化国家、实现中华民族伟大复兴而不懈奋斗的伟大实践。《民族文学》四十年的成长发展，正是伴随着我国各族人民锐意进取、改革创新，团结、和谐、进步的奋斗历程，是各族人民休戚与共、荣辱与共、生死与共、命运与共的共同体理念的生动演绎。

（本文系作者《中国文学多彩光芒的生动展现

——在〈民族文学〉创刊 40 周年座谈会上的讲话》节选）

（原载于《民族文学》2022 年第 10 期）

深入生活与研究实践

龙 一

一个生手写小说，自然要选择自己最熟习的内容。我开始学习小说创作时，便选择了唐中宗、唐睿宗至唐玄宗开元初年这段充满了欲望、阴谋、背叛、勇气和希望的时期为故事背景，选择了当时世界上最大的国际化大都市——西京长安作为小说人物的舞台。小说的写作过程其实是一个说服读者的过程。这个说服的过程，最重要的就是细节。试想，一个小说人物在一座曾经真实存在的伟大都城中四处行动，如果我不能为读者提供一些真实的"城市信息"，并借此生发出情节、戏剧性场面，那么，这个人物便如同行走在虚空，行动于鬼域，便等于放弃了许多说服读者的有力细节，同时为读者提供的趣味性也将减色不少。

幸运的是我有一本《唐两京城坊考》。参考书中的缩略图和文字，以及在唐代史料中能够找到的相关记载，我动手绘制了长安的地图。这样，我的小说人物便如同行动在一座被复原的、生机勃勃的城市当中了。

这次亲自动手的经验，为我后来的写作提供了一种工作方法，也就是今天我们谈到的"回家深入生活"。此后，我的小说创作转入中国革命史题材，"深入生活"的目标也就自然集中到相关内容。比如，当年的城市革命者很难买到真正的炸药，他们都需要自己动手。在研究实践中，我发现了一个关键的细节，就是炒制化学材料时散发出来的味道极大，为此邻居们恶声四起。这也就意味着，当年的革命者必须得选择远离人群的地方进行这项操作，同样，如果是一个没有经验的人居然在居民区里进行操作，那么，有趣的故事也就应该随之发生了。

再如，为了写长征题材小说，我试验过用"发熊掌"的方法煮皮鞋、皮带，等等。写小说许多年，类似的事情真是没少干。这其中的乐趣，绝非读书、写作可以得到的。我的观点是，要想将小说创作变成一场战斗、一所大学、一种娱乐，甚至是一连串的体验，需要想尽一切办法让枯燥的写作生涯充满乐趣，才能耐得住默默无闻的寂寞，并能坚持到自觉发现此项工作的价值。

（原载于《民族文学》2022 年第 11 期）

散文要与时代心神相契

李晓君

  散文是生活的"虹"：那是经过太阳光折射后事物的变形与幻彩。好的散文与好的小说、诗歌一样，都是源于生活、高于生活的"变形术"和"炼金术"。但散文比小说更质朴，它承担真实的言说，而非虚妄的想象。散文与诗歌不是兄弟关系，它们是远亲关系。诗歌是散文走失的亲人，散文是故乡耐心的守望者，以无限宽厚的胸怀拥抱诗歌这个异乡的浪子，津津有味地听闻他在异乡的消息。散文宽厚、仁慈，但并不保守、呆板，像个爱幻想的芳邻，在清晨带来昨夜梦的涟漪，带来你对生活美好的幻想与咏叹。好的散文有时代境遇最细腻和敏锐的表达，是心灵倒影和时代之声。

  散文是"目击道存"的真实言说。一个富有责任感的散文家，应该是眼、手、心相统一的书写者：我看见，我写下，并在心灵的层面让人共情。时代是个无比宽阔和深刻的场，不能书写这个时代，任何对过去时代的书写对这个时代都难以增益。由于距离较近，书写当下在技术上没有远距离回望来得从容。这或许是许多散文家更愿意将目光放到童年甚至历史的原因。但时代斑驳繁复的肌理，鼓励着热情的书写者，与它彼此摩擦，相互成全。散文是一种有担当的文体。自古以来，一代代文人以"写史之心"，留下属于他们时代的散文。这些作品，又在后面的时代中，激发起读者最深切的共鸣。

  时代是人造就的。书写时代，就是书写这个时代的人。时代的本质隐含在人的实践当中。散文要有时代的烟火气，但不能停留在表层的云遮雾绕，而应像强光，照射深处。散文在书写人的幸福忧患时，同样要让人喜悦地沉浸其中，以一种忘掉世界的方式来感知世界的存在。散文呈现的是世界本身的朝露、青草、江河、沙漠、落日……在散文中，让人重新看见。

  这个世界的面相，也许与别的时代并无不同，却又清澈如新。

（原载于《民族文学》2022 年第 12 期）

大地行走与灵魂守望

——2017年《民族文学》诗歌综述

刘广远

大地哺育着精神之花，天空导引着灵魂之灯。诗歌就是精神之花、灵魂之灯，而灿若星辰的诗人就是散落在浩渺苍穹中的点点火光，耀射着天空，俯瞰着大地。各个民族都有着自己悠久灿烂的历史，有着博大精深的文化，在其或恢宏绵长或婉曲跌宕的文艺长廊里都有着一盏不灭的明灯——诗歌。如果不吝笔墨，从古到今，我们能够数出浩如烟海的少数民族诗人。诗人是行走在大地的浪子，是漫步于森林的精灵，歌德在《论文学艺术》中讨论诗人与现实的关系时说："他既是它的奴隶，又是它的主人。所谓'奴隶'，就是艺术家无法脱离现实；所谓'主人'，就是他必须超越自然，进行创造。"[1] 这些精灵或浪子，用他们细腻的笔触、独特的嗅觉在风中、在雨中捕捉灵感、寻找触点，激发内在潜隐的冲动或无法遏制的情感，去书写自然、谱写生命。

一

大地与故乡，是灵魂的生发地与源发地。诗意地栖居，是要在大地和故乡寻找一种可靠与温暖。"'根性'的说法或有着历史、地理、现实的诸多层面，但最终是词的指向，抑或诗歌精神的现实性指向。这种根性多数时候如倒映的光亮，并有可能在众多的当代诗人那里呈现出趋同性。"[2] 我们谈论"根性"，可以喻指为乡土和大地。来源于土，生长于土，埋葬于土，大地与故乡深深滋养着诗人的魂灵和精脉，我们迎着风雨成长，而根却永远在此。当在的时候，我们可以讴歌；当不在的时候，我们可以叹惋——用诗用曲，用心灵用精神去锻造。学界史

---

1 ［德］歌德：《论文学艺术》，范大灿、安书祉、黄燎宇译，上海人民出版社2004年版，第3页。

2 高春林：《根性写作，或现实的词群》，《诗建设》2016年秋季号。

上曾有这么一问——鲍斯韦尔："那么，先生，诗到底是什么呢？"约翰逊："啊，先生，说诗不是什么要容易得多。我们都知道光是什么；但是要真正说清楚光是什么，却很不容易。"[1] 诗是什么？诗就是你在与不在，始终萦绕在你灵魂深处的歌；你想与不想，始终陪伴你左右的影，当大地与故乡都弥散在风中，你依然可以用诗去找寻和探索。根在诗中，诗为根生，根性就是一根坚硬的骨头、一块斑痕的岩石、一叶疯狂的野草，如影随形，精神的搏动、呼吸的声音都能附着其鲜明的印迹。

故乡，是具有普遍性、永恒性的，所有人的故乡，都会带给你一次生长、一次存在、一次经历。

家乡的星夜 / 唤醒我沉睡的情怀……

家乡的星夜 / 把我带回童年……

家乡的星夜 / 是世间难寻的仙境……

家乡的星夜 / 是一个无边无际的幻想……

（《家乡的星夜》吾斯曼·卡吾力 维吾尔族）

家乡的星夜，最能唤起人的关注。深邃与辽远的星夜，似乎蕴含着无数童年的奥秘、无数沉睡的情怀，只有在远方以远的天际、云上存云的星空，才可能把深藏的秘密和隐藏的声音倾诉。诗人艾合买提江·图鲁甫（维吾尔族）在《晚秋情愫》中发出诘问："我亲爱的城里朋友 / 你心里是否还能发出 / 乡下这个词的发音 / 即便你已经没了记忆 / 假如你能聆听我的歌声 / 乡村对你并不陌生"，门前的老柳、院中的小池塘、放牧的蒿草地、背风的黄土墙，都是记忆深处的童年，而渐行渐远的乡土，渐行渐远的童年则是内心的永恒。诗人邹元芳（布依族）在《静物》（组诗）的《有一个我死在故乡》中吟咏："当无数个我从故乡的土壤里开始觉醒 / 我将刚刚发芽的一个埋在这里 / 带着其他人离开，去找寻幸福"，《归途》中写道："我知道总有一天我还要回去 / 回到人们口中的乡下 / 都市的霓虹照不到它的末端 / 而它曲折泥泞的起点才是我的归途"，"离开—归去—再离开"是

---

1 转引自［美］艾布拉姆斯：《镜与灯——浪漫主义文论及批评传统》，郦稚牛、张照进、童庆生译，北京大学出版社2004年版，第1页。

浪子的写照，而无数人类的本心都是"叶落归根""故土难离"，故乡成为少数民族诗人的共同旨向与隐含情结，书写故乡成为一种隐喻。诗人王志国（藏族）《雪花的反抗者》（组诗）蕴含着凝重的乡土情感与清晰的文化符号，回乡是一个主题，组诗中的《无邪》体现怀念童年的温度，《春天说出的话》怀念童真的情趣，《秋天独自走上山岗》《仰望》从不同的角度对故乡做了深入骨髓的摹写。

　　父亲、母亲是故乡的符号。无论我们在故乡，依偎在父母的身边，还是远去他乡，离开父母奔向异地，父母永远是我们的坐标。吴基伟（侗族）在《守望》中对父亲做过描摹，"突然／你越来越离不开爬山／你说／爬得越高／就可以／把城市踩在脚下／可以／为远在城市漂泊的我／拨开迷雾"（《父亲　父亲》），这种故乡的守望、田园的守望，是一种情绪的表达和记忆的回现，这种情绪与记忆是诗歌与思想的源泉和触点。阿尔泰（蒙古族）在《牧牛人》中倾诉："父亲是牧牛人……牧牛一样美妙的营生／这世上哪里去找？"然而凄风苦雨、蚊蝇叮扰、蜂蜇蛇咬等自然的侵袭，还有来自特殊时代的戕害，老人的不易和艰辛跃然纸上。诗人末未（苗族）所写的《犁铧》写道：

　　　　犁铧和农业一样重
　　　　他那几根老骨头
　　　　已经扛不动了
　　　　他正是我当年的父亲

　　沉重的犁铧压垮了父亲，给命运带来无法承载的重荷，然而曾经的岁月，犁铧是和父亲共进退、共命运的伙计。诗人的诉说借助于朴实无华的句子，谱写了人间的真情。诗歌是淳朴的，也是有爱的；是故事的，也是真诚的，如"疲惫的母亲，轻轻地推了推摇篮，那也是诗歌""从后山扔下的／一根绳索／颤巍巍垂到了山脚……绳索的那一端，母亲已经松手／退到了后山"（《后山》王志国，藏族），读到这里，已经泪湿衣襟，后山是故乡的图像，后山是母亲的幻影。母亲不在、绳索不在、后山不在，忧伤而又浓重的意象让读者心领神会。

二

大地是神祇的存在、灵魂的驻地。无论大地丰盈还是大地贫瘠，都不能阻挡人类对大地的匍匐与融入，从《诗经》《楚辞》的流淌，到唐诗宋词的曼妙，大地就在诗人的心中，从鲁迅的小诗、艾青的土地到海子的麦地，我们无一不驻足于广袤的大地，"为什么我的眼里常含泪水？因为我对这土地爱得深沉"（《我深爱这土地》艾青）。

舒洁（蒙古族）的《柴达木》（组诗）巧妙地运用大地的物象、柴达木的物语、德令哈的想象表达人类的关切。辽阔而无垠的高原，席地而卧的柴达木盆地，这种苍凉而美丽、孤寂又广袤的物镜，恰恰是诗歌的源发地、是诗歌的灵魂地。"今夜，在柴达木／天空中飞着远古的马群"（《今夜，在柴达木盆地》），"德令哈，你是另一个蒙古，在一句箴言／庇佑的海西，你距天空最近"（《奔向德令哈》），"我将神秘还给柴达木，将金色还给德令哈／将所有的奇异，还给高原盐湖"《格尔木》，作者对德令哈所有的想象都能埋藏其中，诗歌如泣如诉、如歌如舞，打通远古与现代、神秘与通晓、高远与切近的距离。1988 年 7 月 25 日，海子坐火车经过德令哈，写下著名的诗句，使德令哈成为一道地标式的象征物与隐喻体。象征和隐喻两种修辞相辅相成，成为诗歌的特有症候。此后，德令哈成为诗人的想象与联想，打通与海子的隐秘通道，德令哈的记忆瞬间复活。

诗人刘春潮（白族）的《我所说的向日葵》（组诗）中，表现大地是生长的希望。"无所谓遗忘／当一个诗人和一株向日葵并肩／站成大地上重要的子民"（《我所说的向日葵》）；"它的尽头也许不是海洋／但它流向哪里／哪里的土地就长出森林／哪里的森林就长出村庄／哪里的村庄就长出炊烟"（《盲目的河流》），山川、河流、向日葵，甚至是楼兰、村庄都从大地升起，甚至包括父亲、母亲都是大地子民，生于斯，葬于斯。大地意象，升腾成为一种隐在的生命母体，世间万物，花鸟虫鱼，都是大地的希望，诗歌追求的是神言与人言相融合的精神体验。

然而，大地并不总是平静，工业文明与农业文明的发展，形成新的对撞与冲突。华多太（藏族）在《思想的翅膀》中描述城市中酒后的抑郁、哭泣的女人、雾霾中的麻雀，诉说生活的不平静、发展的负面代价，体现一种责任意识。黄爱平（瑶族）在《秋天的思绪》中诉说了归乡和离乡的相向而行，是城市文明和农村文明的对撞。"那么多楼房／高高低低红红绿绿／总没有家乡的青山／好看"

（《城市的窗口》），"漫步街头，常常忘了自己，是个什么样的人"（《漫步街头》）。离乡与归乡形成理想和现实的对撞，形成历史与现在的碰撞，进而产生耀眼的火花、释放璀璨的诗火，让读者对现状进行理性思考。类似的还有冯连才（回族）的《黄土地》等。故乡与他乡、城市与农村、古典与现代，在漂泊的流浪者的笔下的景象与状态是移动的、游走的，是混沌的、变化的，"可怕的美已经诞生"（叶芝语），大地、村庄、河流、树木都是诗人的意象，然而其中蕴含的自然想象和精神的疑问却不是以往的"献歌"和"颂曲"。诗人的世界是复杂的、丰富的，其多重的想象、跌宕的构造、繁复的意象涂写成系列的成长的图谱，书写出时代的变化与发展，表达了诗人的思想与精神。

三

民族话语和宗教想象相融共生，这是少数民族诗人的诗歌特质之一。土家族诗人芦苇岸在《西兰卡普辞》中提供了"陌生化"想象，"粗粝的土瓷碗""梭子、顶针和铺盖上的云纹""原木拓印的神秘字符""苞谷烧的乡恋""白虎鼎隐喻的乾坤""离家的毕兹卡"等这些或神秘的意象，或简单的物件，让土家族的世界丰富而博大。所以，责编手记这样写道：在芦苇岸的这组诗中，西兰卡普所体现的，正是土家民族的根性秘史与现代性的某种嫁接，是诗人对民族身份的深情凝望与爱抚。

宗教性与民族性杂糅，是一种民族色彩与宗教色彩相互辉映的体验。康若文琴（藏族）的《尕里台景语》体现了乡土性、民族性、宗教性的杂糅。村庄里的孩子、寺庙的喇嘛、午后的官寨、寨子的夯土谣、舞蹈的藏历年等，浓郁的文化特质和俗世的生活显得互相匹配。雷子（羌族）的《甲骨文·"羌"》既有民族风范，更有宗教意味。《神之光芒·三星堆》《这一站，到大藏寺》《马鞍戒》等从不同角度回味文化，体察民俗。蓝晓（藏族）的《伸出手与你的灵魂紧握》也有独特呈现。正午的夏炎寺庙、画唐卡的男孩，都充满了宗教色彩，具有浓浓的宗教色彩与隐喻。谁是神秘的、虔诚的、敬畏的，为谁悬挂的经幡？为谁点起的桑烟？酥油灯为谁，长夜不熄地照亮？男孩画的唐卡，如何开出莲花的温润，释放金刚的威力，那是什么样的梵音？诗的神秘叙述令读者痴迷于佛音，沉浸于教语，似与上苍对话，又似身入佛家，感受到浓厚的佛力召唤，体悟到诗歌的谜魅之力。同时，茫茫的天际，漫漫的草原，青海湖、德令哈、阳关、敦煌等，生在斯，长在斯，如"辽阔的蓝和广袤的金黄在视线里无尽延伸"，可以直接目触自然的伟岸，直接感悟苍穹的浩渺，诗人用其苍茫的笔触和辽远的想象为物象的苍茫和辽远增其阔大和丰富。

　　诗人汪青拉姆（藏族）的《陌生的小路》中写道："七月的雨，编成一串佛珠／供在神山之巅／日月昼夜照拂"，尘世的雨化成佛珠，这个比喻关联性很强，然而神山之巅的存在最后还是化为尘土。岁月似乎不在这里，晨钟暮鼓，尘世不知。诗人末未（苗族）在《清晨的护国寺》中写道：

　　　　从里面走出来一位僧人
　　　　他先是迎风洗脸
　　　　然后又黄袍飘飘，去斋房
　　　　会见一碗清水中的五谷杂粮……
　　　　僧人走在通往天堂的路上
　　　　我是一句遗落红尘的偈语

　　二者都来自人间，各自走向不同的道路，认证了身份，也表明世象，"赶着各自一辈子的活"，似乎"僧人"也是职业，"诗人"也是职业，然而身份的不同，却是互为印证，你中有我，我中有你，彼此虽来路不同，却殊途同归。诗人马文秀（回族）在《光的存在与穿越》中叙述体验："古寺，端庄高雅，一座连着一座／飘逸着《古兰经》里行善者的祷告／人与自然：后世满杯的甘甜和许多的苗圃"，不管是入世还是超世，最终回归尘世。《古兰经》是祷告，《古兰经》是呓语，《古兰经》是故事，《古兰经》是一个民族的经典与凝聚的精神。

四

　　哲思是诗歌的重要思考方式，诗之思，思之诗。诗歌天生具有哲学的意味，其跳脱、跨越、奔腾、辗转、断裂等叙述方式是思想产生的助推器，是哲学发生的点火机。如卢梭在《论人类不平等的起源》中说："一个人放弃自由，就是作践自己的存在；一个人放弃生命，就是完全消灭了自己的存在。"[1] 自由是生命所向，生命是存在之基，我觉得这就像诗，但又是哲思。羊子（羌族）的《浮现》让读者体会到情绪和经验的理性骚动。"我看见，我是普遍，我听见，我是唯一……我是一股气息，我是一道光芒，我是宇宙的另一个倒影……我经过我，抵达我，我是我的分支和源头。"我相信诗人潜意识中有豪迈的开创精神，同时，也是浪漫主义与现实主义的激烈碰撞。曾兵（土家族）的《照相术》是一种冷静的旁观，是一种深邃的思考，犹如跳出存在的世间，客观地看世间；犹如跳出运动的自我，冷静地看自我。鲜花、青山、川泽、房舍、飞鸟、走兽、日出，"我拍过的所有照片，无疑都将成为遗照"（《照相术》），这是一种残酷的客观和理性的叙述。"我挑逗着冷血的生活／写下诗"（《挑逗》），"我每天可以看见长江／却很少想念长江"（《想长江》），诗人冷僻的想法、客观的叙述、理性的思考犹如现世的学者、出世的贤人，不带温度的情感，不带温暖的体悟，告诉读者世界的真相、现实的本真。

石舒清（回族）的《蓝火》更是充满诡异的哲理思考，彰显另一种惊悚和奇异。诗人大概是个悲观主义者，如"这么好的果子，吃上一个算一个，这么多的花，能打扮谁呀"（《花儿》），"你穿的这件其实别人早就试过／直到你穿着新衣服回家／最合适的那件／还在店里"（《服装店》），"还没有落笔，一滴浓墨就掉到纸上／就像冲出人群，拦轿喊冤的人"（《浓墨》），"清亮的灯火始终孤独／我出来进去／越来越近于一个虚影"（《忏悔》），《蓝火》的题目本身就具有诡异色彩，我们常说红红火火，却从不提"蓝火"，这个题目就是提醒读者，我对这个世界要提出自己的疑问。诗人是悲观主义者的体认和感知，或者说是走在批判和质疑的路上。他认为这个世界上满是失望和绝望，充满悖论，如适合穿的衣服还在店里；开的花是不能打扮别人的；浓墨，会喊冤的；空瓶子，装满就变成哑巴；拼命活，还得看生命本身的寿命，蜉蝣怎么能活过海龟？想起北岛的振聋发聩的《回答》："告诉你吧，世界／我——不——相——信！／纵使你脚下有一千名挑战者，／那就把我算作第一千零一名。"我们习惯于顺从，不习惯于反抗；我们习惯于跟随，不习惯于发问，世界值得怀疑和反思，我们也应该有叛逆的思考和逆向的思维。安然（满族）的《不可能什么都是直的》也向世界发问。不可能什么都

---

1 ［法］卢梭：《论人类不平等的起源》，吕卓译，中国社会科学出版社2009年版，第75页。

是直的，是啊，什么能是直的呢？辩证唯物主义的道理都懂。世间万事万物都是如此，"只有是弯的 / 更多的事物 / 才会是直的"，一个简单的道理，却需要历练和成长，才能理解和明白。我想到，恩格斯在论述《辩证法》的总结还是值得重新温习："辩证法的规律不是别的，正是历史发展的这两个方面（自然界和人类社会）的思维本身的最一般的规律。实质上它们归结为下面三个规律：量转化为质和质转化为量的规律；对立的相互渗透的规律；否定的否定的规律。"[1] 从哲学到诗学，从抽象到具象，"弯"的月亮、河流、镰刀到人的命、人的一生，一以贯之，"不可能什么都是直的"。

当然，2017 年度《民族文学》诗歌既是原有诗坛力量的聚集，又有新人的闪耀；既有世界性、普遍性、时代性的体验，更有民族性、宗教性、个体性的感知。先锋的力量一直前行，潜隐的力量得到迸发，诘责的力量充分释放。我们挂一漏万，限于篇幅，还有情感叙事、弱势群体、地方文化等方面没有充分地观察和阐释。我们相信，进入新时代，扎根生活，扎根人民，扎根民族，民族诗歌的璀璨未来更值得期待。

（原载于《民族文学》2018 年第 1 期）

---

1 ［德］马克思、恩格斯：《马克思恩格斯选集》，人民出版社1973年版，第484页。

"老"作家的"新"写法

——评郭雪波的小说《乌兰牧骑女孩》

徐文海

郭雪波是一个名副其实的"老作家",这个所谓的"老",一是强调年龄,虽然他依然充满活力,但用老话来说,已经过了"古稀";二是强调创作,他很小就抓起了创作的笔,从草原写进北京,又站在北京望草原,早已成了草原作家的代表人物,其作品也形成了自己的风格,甚至有人给他贴上了"生态作家"的标签。

这篇小说,从总的立意来说,延续其一以贯之的思想艺术追求,也可以归到"生态文学"这个系列当中。但是,在具体写法上,他却勇于探索与出新,不禁让人眼前一亮。

王蒙先生曾这样评价郭雪波的创作:"他写沙漠,写沙漠上的动植物,写沙漠的灵魂与躯体对于她的子民、对于我国生活在沙原上的兄弟民族的哺育。他不但为我们的文学增添了新的画卷,新的地域与地域文化背景,而且带来了一种对于大自然、对于沙漠的新的观念;它既是强悍的又是虔诚的;它既是严峻的又是多情的;它既是现实的,又是浪漫的……越是现代化越是需要郭雪波,需要他把我们带进另一个世界里去,更纯朴,更粗犷,更困惑,更浪漫,更有想象力,也更温柔……"

拿这一段话来归纳郭雪波以前的创作恰如其分,但评价现在这篇作品就不太充分。

首先,这篇小说并不是如以前作品那样死盯住草原的一块癫疮疤——沙漠,从这里看不出什么"大漠之子"与"沙漠文学",着力于"蓝蓝的天上白云飘","风吹草低见牛羊"。郭雪波对海德格尔所说的"人不是存在的主人,人是存在的看护者"这句话非常感兴趣,在这个作品中也涉及了想要当"主人"的人与甘为"看护者"的较量,但无意于过多的剑拔弩张、刀光剑影,却在一片洒脱当中表现了感情的深沉与思想的深刻。

这篇作品还有一个突出的特点就是注意文体的改革。小说的语言有创意，基本上打破了正常的小说叙述方式，没有明确标识的对话，作者的叙述语言与小说中人物的语言贯穿到一起，但一般读者又都能很容易分辨出哪里是作者的语言，哪里是作品中人物的语言，能分辨出人物之间语言的转化与作者语言与人物语言的转化。作品追求的是散文化的风格，不以戏剧化的冲突取胜，却在形散神不散的结构当中，呈现出一个美妙的艺术世界。看他的小说，如看杨朔的散文，欲扬先抑，峰回路转，卒章显志。

正像王蒙所说，郭雪波的创作"既是现实的，又是浪漫的"，这点本篇亦如此，却又不尽相同。作者以往的作品基本上在"现实"的份额占绝大数，而这篇作品却重点在于"浪漫"。乌兰牧骑女孩主要不是演出，而是骑着马，走草原，寻找海姐儿奶奶，向她老人家学一首歌——《乌尤黛》——"真正的乌尤黛"。在这个过程中，从"女巫"到"女神"，从登场亮相到揭开面纱，海姐儿奶奶的故事，美轮美奂的蝴蝶泉，少女洗浴的奇特风俗，关于蝴蝶泉的凄美传说，尤其是两位草原美女：

宽衣解带，有点羞涩，顾看左右，但还是裸身下到泉潭里去。透明的泉潭温润而舒适，燥热的身上顿时清爽无比。此时，从四周又呼啦啦飞出来千万只雪白色蝴蝶，在她们的裸身周围飞舞，渐渐形成白色朦胧的帷幕遮住她们纯洁的女孩子玉体，如梦如幻，如在仙境中编织出一幅人类本真的清纯美景图案。似是远古的传说，浮现出幻觉：雪白蝴蝶的迷人幕瀑中，自古以来无邪少女们都如此沐浴、嬉戏，笑声如歌，人与蝴蝶若隐若现，如仙女下凡，如蜃景幻影，完美显现生命之超凡脱俗的自然之美。

此段描写充分展现了作者的浪漫情怀及优美文笔，体现出非凡写意。这对于作者以往的写法来讲是一种崭新尝试。郭雪波虽是一位"老作家"，却没有止步不前、故步自封，依旧在对自身作品进行探索，力求创新与突破，这对于一位"老作家"而言是难能可贵的。

同时，本篇虽着重浪漫，却也没放弃对现实的思考。海姐儿奶奶当年拼命保住女儿泉，几十年后仍默默守护，都体现出人物对环境的珍爱，也是郭雪波一系列"生态文学"中的一贯主张。伴随现代化发展，草原不断沙化，野生动物越来越稀少，人与自然的关系日趋紧张。人们的生活虽愈发便捷，却也付出沉重代价。郭雪波从不对这种代价一笑而过，高声提倡人与自然和谐共处。这就宛如是一种核心价值观念，潜移默化地融入作者骨髓，自然而然表达于作品，给读者感动。这是一位"老作家"的执着与风骨，并非单纯喜"新"厌旧，而是将一直以来的思想与"新"结合，相得益彰，由此才会使《乌兰牧骑女孩》成为一篇浪漫情怀与现实意义并存的优秀作品。

（原载于《民族文学》2018 年第 2 期）

理想的讲故事的方式：贴地飞行

——读小说《舞蹈》

范咏戈

　　初读小说《舞蹈》就会感到一股扑面而来的蒙古族生活气息。蒙古族人挚爱草原，相信"男人的世界在马背上"。小说中的阿日图村（蒙族村子也称为"营"）平静、温馨，安吉斯的"祖宗农场"有瓜田篱下，翁和日的皮匠铺子师徒正一张张晾开熟好的皮子，乌尤的"千缕丝"理发店常有赶都赶不走的男青年，壕沟西头的打谷场是村子的"新闻发布地"，那森布赫的酒馆可以喝到不花钱的酒，蒙医希都古日的村诊所人声嘈杂，灵悦寺里的老喇嘛阿日善给村民们精神滋养……村民们打猎、种庄稼、喝酒、跳舞……独特自然的环境和生活方式往往造就一个民族的文学底色。《舞蹈》以现实主义的精细还原的当下内蒙古的一个小山村有呼吸、有命运。打破他们生活秩序的是小山村一夜间发现了矿藏，上级正安排村子整体搬迁。小说由此转入叙事主干，也就切入了当代中国文学中"乡下人进城"的当下创作母题。即将进城里的村民们猜测、焦虑。小说如何经营这种焦虑或者说如何显示现代性思考，妙在它只写了一场闹剧：原来不做梦的村长旭日干最近老做梦，而且都是莫名其妙、八竿子打不着的怪梦。他那个被梳着村理发店乌尤头发样式的白花母牛追他的怪梦在村子里传开后炸了锅，原先的秩序全乱了套。有意思的是，农夫安吉斯原先种的二十亩地被政府征用后，他赶在工程队的车来之前，披星戴月地和老伴把地里的秧苗移植到只有半亩地大小的宅院里，五谷杂粮，山药地瓜应有尽有。他的家被村民们戏称为"祖宗农场"。翁和日的皮匠铺活不多了，闲得浑身不舒服。最让村民刮目相看的，是村里蒙医希都古日的儿子进城改学了西医后，居然开着奔驰车进村接他爹进城了。生存的尴尬，乡下人进城，他们的失落、焦虑和向往，这正是出于现代性体验下的真正的不确定性。《舞蹈》的现实在这里被现代性体验提升为当下蒙古族人生活的"第二现实"，实现了现实主义创作的"贴地飞行"。终于，在希都古日老爷子七十寿辰他的儿子开奔驰从城里回来给他过寿的酒宴上，村民们的焦虑以酒后狂舞的方式得以释放。《舞蹈》的可圈可点之处在于它不乏蒙古族文化的深厚底蕴，但作者肖龙并不满足于对生活的本土化的忠实记录，而是积极思考了现代性文学主题，文学更深层次的一些东西。通过对审美对象的文学把握进一步追问生活生命生存的价值和意义，并且力争通过作品的人物形象和情感形象把他们所认识的生命价值和生命意义传达出来呈现给读者。在当下转型期社会发展中，现代性主题担负的文化重构的任务是非常有意义的。从这个点上看，《舞蹈》达到了"生活写实，主题写意"的"贴地飞行"。作者发现了小说家应该发现的东西。作为"有意味的形式"的小说，意味在于它的主题。小说中村民的焦虑在最后有一个很蒙古式的宣泄，也使小说获得了叙事的形式感。即全体村民在那森布赫酒馆喝酒后狂欢、跳舞。每一个族群的传统文化是这个民族有别于其他民族最本质的特征，凝聚着一个民族在它的历史自我生存发展中不断形成的智慧理性和创造力，以及自我约束力，在适应本民族特殊的自然环境和社会环境方面有着独特的品质和功能，也是治疗现代人精神疾病的良药。

小说是语言的艺术，语言是思想的直接现实。《舞蹈》耐看还在于它的叙事语言。它是一部随性的小说。作者回避小说的历史形式去寻求语言表达的最大自由度，能够透过语言的缝隙去显示人和事的根本。如旭日干做完梦："猛地醒来，满身汗臭，心脏跳得像手扶拖拉机，梦却没有走远，梦挂在屋檐下，被月光映衬得黢黑，扑棱棱打着窗棂。""山风从街口吹过来，吹过铃铛麦吹过灰灰菜，吹到榆树上就没有了力气，成了挠痒痒的手。风的手纤细，翻卷着。""村委会就要拆迁了，营子里的人也都将像秋天的婆婆丁（蒲公英）一样四处蓬散，消失在县城不同的楼群里。""现在冬天不是冬天夏天不像夏天的没形样，那时的冬天拎把刀，专拣人露肉的地方割……"《舞蹈》在个性化的语言中又不失时机地透露出蒙古族的豪放。最后写跳舞："他们趔趔趄趄——趔趔趄趄就是舞蹈；他们扭脖子伸腿——扭脖子伸腿就是舞蹈；他们蹲下去站起来——折腾就是舞蹈；他们大声喘息——大声喘息就是舞蹈；他们擂胸踩脚——擂胸踩脚就是舞蹈；他们上树爬墙——上树爬墙就是跳舞……"这样的语言热力喷薄、有生命力，亦可看出作者在小说"有意味"上是下了功夫的。小说的艰难正在于不断地探索新的表现方式。法国作家戈蒂耶回忆巴尔扎克时曾说："当他穿着教士所穿的袍子坐在案头的时候，正是夜阑人静，配着绿色罩子的七支蜡烛组成的灯照在洁白的纸张上，他忘记了一切拿起笔来，于是一个比雅各和天使斗争还要可怕的斗争开始了，我说的是形式与内容的斗争。"《舞蹈》也在进行着这种"可怕"却可贵的搏斗。当然，它虽称得上是一部"贴地飞行"的现实主义小说，也吸取了一些变形魔幻手法，通过"梦"的闹剧反映了农村农民对生活的焦虑，但还走得不够远，飞得不够高。想象力如腾飞得更高一些，小说也许会有更好的品相。

（原载于《民族文学》2018 年第 3 期）

唯其脆弱，才有力量

——读肖勤的中篇小说《亲爱的树》

兴　安（蒙古族）

从《暖》（见《十月》2010 年第 4 期）到《所有的星星都有秘密》（见《人民文学》2017 年第 7 期），肖勤的创作越来越有声色，叙述洒脱、自然而有节制，语言也愈发简洁而有意韵。她在悄悄地进步，静静地扩展和变化着自己的视角和领域。但是，她关注现实，体察民生，关怀弱势群体的主旨和情感却一直没有改变，反而愈发深刻而真切。中篇小说《亲爱的树》便是她的最新收获。

作为中篇小说，《亲爱的树》篇幅不长，故事也不复杂，人物关系也比较鲜明清晰，但是小说的内在矛盾与冲突却如暗流涌动般酝酿生涨，布满全篇。小说的主角照野是一个生活在最底层的老实巴交的工人，一生循规蹈矩，无声无息，被妻子树儿称作一辈子"任由人揉"的"软绵绵"的"棉花"。他初中毕业正赶上全国支持三线建设，他响应号召，走进大山里的保密军工厂。四年后，阴差阳错被退回地方当了拖拉机厂的工人。改革开放后，他又被朋友拉着做沙发生意，最后落脚在冥货铺，为亡人做殉葬品。老贺是照野生活中唯一的朋友，也是他一生中的关键人物，甚至是推动他人生走向与变化的一个外动力，让照野在被动中完成着自身的宿命。从退出三线到学做沙发，再到开设冥货铺，都是贺精在其中发挥主导作用或陪伴左右。照野一生有两个女人，一个是树儿，一个是枝儿，两人虽为亲姐妹，但心性却迥然不同。树儿是他唯一爱过的女人，可惜结婚两年便因宫外孕死去，但在他的心中，她并没有离去，一直陪伴着他，就等同院子里那棵木槿树。而枝儿却是一个陷阱，外号"大扫荡"，一个想方设法"吃定了他"的有心机的女人，由此也酿就了他后半生的痛苦和悲哀。小说中的另一个重要角色是明生，一个似乎在故事中从始至终没有站起来，肥胖得像一坨"软体动物"的家伙，是故事中一个毫无美感的"恶之花"。他本是酒鬼、赌徒的儿子，母亲早死，父亲给他找了个继母，就是枝儿。父亲因为赌光了公司的收款而进了班房，房子也被没收，母子俩便抓住了照野这根稻草，死皮赖脸地搬进了他的家，而屋子的真正主人照野却被挤到了过道，三个没有血缘关系的人凑到了一起，一直过了四十二年。小说无意探讨血缘关系对人与人之间的影响，而是力图揭示人性中善与恶之间的较量。照野是一个有善根的人，所谓不贪、不嗔、不痴。他不仅对枝儿的欺诈以及明生的鄙夷，逆来顺受，而且将他们以亲人相待，舍己而为他们母子。明生则绝对是一个积有恶根的人，用老贺的话是"猪投胎"，从小照野便像对亲儿子一样供养他，却始终没能换来一次好脸，一句好话（在他们母子面前，他永远是被呼来唤去的"喂"）。以至最终以小孙子为要挟，企图霸占他视为命根儿的小院，薄情寡义到了极致。在读这篇小说的时候，我每每为照野这个人物鸣不平，为什么如此善良无私的一个好人，却常常得到不公正的境遇与回应？而"善"在面对"恶"的时候，为什么总是变得脆弱而无能？记得多年前我看过一本美国伦理学家写的书，叫《善的脆弱性》（作者为玛莎·努斯鲍姆），书中探讨了人在无法掌控命运时，"善"所经受的胆怯、脆弱与困境。照野的内心是善的，但表现出来的却是懦弱、隐忍和没有自我。工作中他被老贺牵引，亦步亦趋，无怨无悔；生活中他被枝儿、明生挟持或戏弄，狼狈不堪，无地自容。当然，照野的"善"也是有底线的，就是那棵院子里的木槿树，它是亡妻树儿的化身，谁也不许打主意，但是明生所代表的"恶"，又带有"无赖"的特征，强词夺理，寡廉鲜耻，一步步将照野逼入走投无路的人生困境。我以为，在照野身上充分体现了善的"脆弱性"和无力感。尤其当"善"的主体缺乏力量维护自身的时候，反而滋长或纵容了恶的生长，所以，此时的"善"只能威信扫地，与主人公一起成为一场悲剧的焦点。

令人意外的是，在小说的后半部分作者设置了一个类似反转式的高潮，就是让十四岁的小孙子江河站出来，道出他那个年龄本不可能有的惊人之语：

> 其实我们完全可以换一个思维——你可以把产权让给我，我保证不砍树。说实话，产权给他们两个，实在是靠不住，以前他们啃你，以后肯定是啃院子——产权迟早给他们吃空花尽，给我呢，至少我可以拿去动手术（文中交代，小孙子有先天性心脏病，十八岁时要进行手术）——等我十八岁的时候。总之，我爸我妈咱俩都靠不着，不如咱们自己玩。

小江河毕竟是照野亲手带大的，尽管两人没有血缘关系，但孩子的心里是清楚的，尽管他的表达过于直接，也含有功利性，但从中照野终于感受到了善与亲情的力量，也体会到了恶有恶报的因果逻辑。当然，在我看来，孩子的揭竿而起或许是作者理想化的一个愿望和对弱者的道义支持，或者是文学想象为绝望的现实增添的一个希望，但不管怎么说，我们听到了公正的声音。

小说的结尾非常让我感触。照野与老贺这两位相依为命的老人留宿在冥货铺，烤着炭火，回味着自己的一生。小说写道：

> 二十平米的冥货铺，柜架上塞满香烛、阴币、纸钱和寿衣老被，柜台里也是。中间一个小过道，睡上一个他，有一点活人横在棺材里的感觉，这叫向死而生呢，还是视死如归？都不像，没那么坚强。他想，如果将这冥货铺当成火化炉，一把火烧下去，和着这么多冥人冥器冥纸洋，得烧多久？顶上这片天会不会灼得唤痛？一丝丝老旧细弱的心思，长长短短地，交错着悲欢离合，与夜里野猫过路凄凉的叫声合在一起，有点像做道场时的高高低低婉转曲折安魂归西的唱经。

一个饱经屈辱的老人，在生与死的临界点上终于找得了自我和安宁。他替那么多的亡灵制作了冥物，送别他们，却第一次将自己置身其中，躺在自己亲手编制的冥器旁边，仿佛灵魂已经飞升，自上而下地观看着自己的躯壳，"向死而生"，或者"视死如归"。此刻，人无须坚强，此刻，人更多的是需要看破生死阴阳，看淡人生长短。这一场景，如同一次庄严的演出，又是一次安详的谢幕，让我们看到这个脆弱而又卑微的老人积攒一生的能量的喷发。最后，我用玛莎·努斯鲍姆的一句话，作为文章的结束，也作为对照野这个人物的致敬："人，唯其脆弱，才有力量，才有美，才有卓越和高贵。"

（原载于《民族文学》2018年第4期）

关于少数民族作家的民族身份、民族意识和民族超越的思考

白崇人（回族）

地球上的每一个人都有一个民族身份，而这个民族身份一生基本上是不变的（只有个别成员有变更的可能）。

民族身份包括自然的和社会的两个要素。所谓自然要素，也可以说是生物性要素，就是我们常说的一个人的血统。这是不可变的。所谓社会要素，也可以说人文要素，就是一个人对自己民族身份的认同。如果一个人的父母分属不同民族，他（她）在十八岁前可以选择父亲的民族身份，也可以选择母亲的民族身份（依我国法律）。一旦选择，一般就不再变更了。这种社会性、人文性来自民族历史、民族文化、民族心理、民族传统以及生活的民族环境等。这就有了民族认同。

民族认同是一个人民族身份的重要根基。没有民族认同，就等于丧失了民族身份。除了极特殊的情况外，血统和认同，两者缺一不可。

民族身份对于少数民族文学来说，是极为重要的。

关于少数民族文学的定义，曾有过多种理解和不同意见。在二十世纪八十年代初，经过热烈讨论（有时是争论），最终统一了意见：凡是少数民族作家书写的文学作品都属于少数民族文学。如蒙古族作家书写的文学作品（不论是使用蒙古文还是使用汉文，也不论是本民族题材还是非本民族题材），均属于蒙古族文学。因此，作家的民族身份就成为少数民族文学赖以生发和存在的唯一条件。就是有了这唯一的条件才为少数民族文学的属性以及发展繁荣提供了既简单又科学的依据和保证。

正因为少数民族文学的作家都必须是具有民族身份认同的少数民族作家，就为少数民族文学的特质做了界定，就使得少数民族文学区别于中国主流文学——汉文学，也就使中国文学具有了民族多元性。

作家的民族身份对文学书写具有内在的影响。一是，作家的民族血统不但继

承了民族的生理基因，而且也继承了民族的心理基因、性格基因。二是，民族的自我认同，使作家受到民族历史、民族审美情趣、民族宗教、民族习俗等的陶冶、铸造，即产生了民族意识。而民族意识正是少数民族文学萌生和发展的强大动力和情感基础。

民族身份和民族意识，使少数民族作家必然深深地爱着自己的民族。他们天然地将自己列为这个民族的子孙，仰望自己民族的祖先，记住自己的根。他们或多或少知道自己的民族历史渊源，融入这个民族的文化之河。如果他对自己民族进行过比较认真的探究和思考，他一定会发现自己民族的长处和优点，也一定会痛感自己民族的弱点和缺憾，甚至自己民族的劣根性。少数民族作家不但有一种不可撼动的自豪感（不论自己民族的人口有多少，也不论自己民族的历史有多悲凉），而且在内心深处荡漾着一种不可解脱的忧患。他们中的多数，对自己民族的历史和现状格外关注。他们身在自己的同胞之中，深切了解和理解自己的长辈、同辈和晚辈的心思和喜怒哀乐，把自己作为他们的代言者，尽自己的民族情怀和文学才华去表现自己民族人民的生活和理想、追求，改变自己民族的命运。这一切卷起作家自己的心潮，并将这股澎湃起伏的心潮化为文字。也许文字所表现的并不十分充实，也许作品并不完美，但肯定打着自己民族的烙印，散发着自己民族的生活气息和生命跳动。

由于历史、社会等原因，在新中国成立前少数民族作家极少。有些少数民族作家的民族身份也不为人所知。新中国成立后，由于时代的嬗变，社会的进步，少数民族的社会地位有了翻天覆地的变化。少数民族地区的经济、文化、教育等方面也有突飞猛进的发展。平等的民族关系逐渐形成。少数民族文学也受到重视。老舍先生在中国作家协会第二次理事会（扩大）会议上所做的《关于兄弟民族文学工作的报告》（1965 年）说："特别值得我们兴奋的是：有文字的民族，像蒙、维吾尔、哈萨克与朝鲜等族，我们知道，已经有了新时代的现实主义文学。没有文字的民族也产生了用汉文写作的作家。"[1] 可见，少数民族作家的民族身份突显了作家的重要性。少数民族作家对自己的民族身份也有了一种荣誉感和责任感。新中国成立后，在少数民族文学发展中有两次明显重视作家民族身份的潮流。伴随而来的则是民族意识的强化。

1《文艺报》1956年第5—6期。当时"少数民族文学"被称为兄弟民族文学。

第一次是二十世纪五十年代至六十年代中期（"文革"爆发前）。1949 年新中国成立，中国以此为开端，整个社会发生了翻天覆地的变化。中国进入了一个全新的发展阶段。我国少数民族在政治上翻了身，在经济、文化、教育上出现了光明前景。民族振兴成为少数民族人民的迫切愿景。二十世纪五十年代中期，"少数民族文学"的概念正式提出。这给我国少数民族作家开拓了广阔的创作空间和提供了巨大的创作动力。少数民族作家把自己的书写活动视为对自己民族振兴的一种神圣责任。少数民族作家，都纷纷点燃起胸中的心火。少数民族文学出现了一个全新的发展阶段。

在这一个历史阶段，不但少数民族作家在乎自己的民族身份，强化了民族意识，因为他们破天荒地、光明正大地走上中国文坛，就连汉族大评论家如茅盾先生，也十分关注少数民族作家的民族身份。经过十多年的奋斗，在中国大地上逐渐形成了由老、中、青组成的少数民族作家群。这一作家群中，既有用母语书写的作家，也有用汉语书写的作家。特别是众多的只有语言而无文字的民族作家，找到了书写民族历史和现实生活，抒发心灵感受和激情的语言——汉语表达方式。从而形成了少数民族文学发展进程中的一个高潮。

第二次，是粉碎"四人帮"后，结束了十年动乱，至二十一世纪初。

"文革"十年，少数民族文学遭到践踏，少数民族作家绝大多数经历了被压制，甚至被迫害。有时，少数民族身份成为一种莫须有的"罪过"。

粉碎"四人帮"后，我国的民族政策得以恢复。1980 年 7 月，在北京召开了"全国少数民族文学创作会议"。这次会议的一个议题就是为少数民族作家正名。参加会议的一百多位各族作家代表又一次扬眉吐气地以少数民族身份登上文学殿堂。他们看到了在自己面前又重新出现了一条康庄大道。

民族身份在少数民族作家中成为珍贵的"财富"和强大的创作动力。一些少数民族作家说："一定要用自己的创作为本民族争光。"一些过去没有写过本民族题材的作家，开始以满腔热忱书写自己民族人民的生活（历史的和现实的），甚至有的作家改回少数民族身份（父母一方是汉族，一方为少数民族，户籍填为汉族）。有些生活在内地的少数民族作家，多没书写过反映本民族生活的作品，也开始深入本民族人民的生活，研究本民族的历史和文化传统，创造出许多以自己民族人民生活为题材的小说、散文和诗歌。有的还获得了各种文学创作奖。

少数民族作家对民族身份的重视以及民族意识的深化，在创作中对"民族性、时代性、艺术性"的追求，成为这一历史阶段我国少数民族文学的突出特点。

时代的巨轮飞速向前。少数民族文学也随着时代飞腾，并出人意料地形成令人惊叹的创作群体。新人涌现，新作丛生，创作阵势和创作水平都有了很大的提升。进入二十一世纪，少数民族文学跨入了一个新的发展阶段。

许多少数民族作家不再囿于传统的民族意识的困守，而是展开翅膀，在更高的云天翱翔，鸟瞰世界，俯视现实。这就要求少数民族作家在思想境界上有一个质的飞跃，表现在创作上就是民族超越，即超越自己民族的小天地。

这是时代的鼓动，是历史的必然。

进入二十一世纪，中国加快了发展进程。经济、社会、文化、教育等都在突飞猛进。我国已经成为世界第二大经济体，已经成为国际秩序的参与者、维护者。中国社会正在为全面实现小康而努力。少数民族与汉族之间、边疆地区与内地之间在经济、文化、教育等领域的交流日益密切，人员交往（外出务工、求学、经商……）更加频繁，城镇化、异地搬迁的普遍化，甚至异族婚姻也出现逐渐增多的现象。

此外，在全球化的热浪中，中外文化（包括文学）的交流与相互影响也成为常态，世界上各种文学作品、文学理论、文学思潮、文学创作方法不断被介绍到我国，并进一步打开了我国作家（包括少数民族作家）的思想之窗。在这种世界新语境中，少数民族作家的知识层面和创作思想提升到一个新的高度。心灵的飞腾冲出云层。他们的心境不再局限在一个民族或少数民族的小天地里。心中不仅装着自己的民族，也装着整个中国人民，并对世界的大环境产生了强烈的探索精神。在高空俯瞰祖国大地，俯瞰世界风云，那是多么惬意的事！在这种状况下，可以想见少数民族作家对自己民族身份的认知和民族意识该有多大的变化呀！

当少数民族作家书写本民族人民的生活时，他们经过深思和辨析，不再盲目表达对本民族的朴素感情，而是能够从历史、文化、经济、社会、哲学、宗教、美学等诸多层面，深入理解自己民族的过去、现在和未来。他们追踪自己民族的历史命运和现实状况，特别是在观照现实生活时，能从宏观和微观两个方面，表、里两个层次，从历史渊源与现实背景中去观察、思考，去汲取四面八方的思想精华和艺术逻辑，用自己的笔去记录、描绘自己民族的历史脚步、生活轨迹、民族心理和性格、理想追求和喜怒哀乐。他们进入半自觉性和完全自觉性，不再满足于对自己民族人民生活浮光掠影的简单描写，不再满足于轻浮的自豪感和廉价赞颂。他们的赞美更有深度，抒发得更加真诚，描绘得更加真实，批判得更加大胆。入木三分，触及灵魂，震撼心田。艺术精湛，成为他们追求的目标。

民族身份的强化，必然要超越固有的排他的民族意识。我们知道：一个民族要进步，必须要善于学习，学会包容，自觉地去自我批判。一个成熟的民族作家，就要超越民族，跳出民族的局限性。

少数民族作家除了书写本民族人民的历史和现实生活，他们将眼光投向更广大的世界，去书写其他民族或中华民族共同的题材。这时，搁置自己的民族身份，超越自己的民族意识，就成为自然而然的事了。

当此民族作家书写彼民族人民生活的题材时，由于我国民族关系的紧密性、交融性、互动性，使这个民族的作家对那个民族人民生活受到心灵的触动，产生了创作的灵感和冲动。他便毫不犹豫地拿起笔去书写那个民族的生活。这种情况，有两个必备的条件：其一，熟悉并理解那个民族的历史、文化和社会生活；其二，对那个民族有真情实感，尊重那个民族的品格与基本价值观，而不是猎奇。最有代表性的例子是杨苏（白族）的《没有织完的筒裙》（佤族生活），张承志（回族）的《骑手为什么歌唱母亲》（蒙古族生活）。

这种创作模式，由于作者本身的民族文化心理和民族思维内核是不会搁置的，所以作品中仍浸透着作者本民族的价值观念和艺术取向。作者往往是以局外人的身份去观察、思考、选择和书写的。旁观者的角度就可以跳出本民族作家的一些束缚、制约、局限、盲点或盲区。这类成功的作品往往具有独特的艺术价值和思想韵味。上述两篇作品就是证明。

随着时代的前行，少数民族作家作为中华民族大家庭的一员书写中华民族共同题材的作品逐渐增多。少数民族地区的社会、经济、文化、教育发展日新月异，城镇化、网络化、异地搬迁、人员交流（如外出打工、外地上学、旅游交往）、民族杂居、异族通婚……方兴未艾。走出大山，走出戈壁，走出封闭，成为各族人民的共同愿景。这就使许多少数民族作家的视野更加开阔，心境更加高远，意境更加多元。特别是一些少数民族作家长期居住在以汉族人口居多或多民族共同生活的地区、城市。各民族的生产方式、生活方式、思维方式、审美观、价值观的交融、统合、趋同已经成为时代的一个崭新的标志。因此，这些作家在书写人民生活、感叹人生遭际、表达理想追求、抒发爱憎情怀时，便以中华民族大家庭的一个成员身份（中国人）去观察、体验、思考和表现社会矛盾、人民生活以及全国人民共同关注的现实问题和历史脚步。对于他们来说，民族身份已经不再重要，重要的是他们的创作是否真实、深刻、生动地表现中国各族人民的命运和生活，是否站在思想、道德、哲学、历史的高峰上鸟瞰历史长河、社会变迁、人生轨迹和人性美丑，是否将自己的心血融化在各族人民共同的历史命运、生活长河、理想光环和审美情趣之中。

我是谁？"我是中国人中的一员"，进而，"我是人类命运共同体中的一员"。他们超越了某一个民族的民族身份，撇开了某一个民族的民族意识。

当然，这种现象不等于说他们丧失了自己的民族身份，丧失了对自己民族的认同。对于大多数少数民族作家，民族身份仍然是他们永远不可丢失的血脉，民族历史和文化永远留驻在他们心田。只不过是时代的巨手将他们擎上浩瀚的高天，自由飞翔于民族之外。当他们创作过程中（包括观察、体验、选材、构思、书写等环节），题材决定了他们是以一种什么心情、心性、心境去完成作品。当题材是本民族的，他们便从自己民族出发，以更深刻、更全面、更生动、更饱满的民族精神、民族感情、民族理智去创作；当进入中华民族共同体题材时，他们便以一个中华民族的子孙的心情、心性、心境去创作。有时甚至作为人类的一员去创作。他们完全进入一个自我的世界，进入一个忘我的艺术理智和艺术表达的境界。

当然，不可否认，少数民族作家，他们的民族历史记忆，文化心理基因，他们的情怀和民族品格以及他们的世界观和价值观，成为一种隐性密码，浸透在他们的书写中，只是不去刻意流露和表白。作家此时只是一个独立人格的人，一个不代表任何一个民族的独立的人，一个走进自己审美画廊的人。此时，只有自己的立场，只有独立的人生哲学。他们只是一个超脱具体民族身份的中国作家。

（原载于《民族文学》2018 年第 7 期）

一生完成一个故事

顾建平

      尽管《我的姑姑纳兰花》（以下简称《纳兰花》）起始于一个悬念，中间也有诸多的悬念存在，但它却不是一篇致力于写故事的小说，也没有着力塑造人物，用意主要在写姑姑纳兰花的一生命运。假如说，每个人从生到死是一个有开头结尾有起承转合的故事，那么也不妨认为，姑姑纳兰花这一生只是为了完成一个故事。

      《纳兰花》开篇，姑姑纳兰花割腕自杀了，叙述者"我"对此并不感觉意外震惊，而是陷入了深深的回忆之中。但是对于读者来说，提前告知了姑姑的结局，就形成了一个巨大的悬念，读者会在惊愕之中好奇："我"的姑姑究竟有怎样的遭遇，何以走上如此绝路，以如此血腥的方式告别人世？她的生活是什么状态，她的家庭呢？

      小说由此一层一层展示我姑姑的生平。纳兰花是乡村里出类拔萃的姑娘，读书好，考上了师范学校，在县城工作，人长得漂亮，有情趣、懂审美、性格温柔，一路顺风顺水，成了村里人人艳羡的对象。

      让姑姑命运转折的是她的婚姻。姑夫张大为疼爱妻子，但是妒忌心旺盛，他看到了纳兰花先前恋人的信件，怒不可遏，责问甚至打骂纳兰花，过后又道歉自责，如此反反复复数年。在乡邻、兄弟姊妹眼中过得光鲜亮丽的纳兰花，实际上的生活是如此屈辱不堪，只有侄女"我"知情，但又无法介入。

      随着情节进展，疑问一个接着一个：那个写信给姑姑的王润玉现在何处？在姑夫的严防死守之下，姑姑是怎样和他取得联系，并决意要各自离婚重新走到一起的？"我"给姑姑的那封长信她究竟看到没有，何以此后许多年她对"我"不闻不问？

      赛赛是姑姑生活的旁观者、见证者，甚至是一段时间的参与者，小说用第一人称叙述，写的都是"我"亲眼所见，亲耳所闻，以及姑姑的当面自述。姑姑以自杀结束她不如意的一生，但没能终结这个故事；时间上的终结，未必是结构上的终结，还有漫长的时间空白需要填补，有巨大的疑团需要消解。小说最后在叙事轨道上又滑行了一段，但结尾依然留下了多处空白、多处矛盾；空白可以由读者用想象填补，而矛盾之处便是复杂之处，还需要读者在想象之外用逻辑推理让情节接榫。

姑姑去世，"我"已经是接近更年期的副处级干部，距离"我"大学毕业已经二十年。"我"结婚的时候没有见到姑姑姑夫，此后有没有见过面？依照小说开首的叙述，在姑姑去世前，"我"和她在医院神经外科有一次巧遇，做了两人之间最长的一次交谈。姑姑和成年侄女既然谈到了性生活这个禁忌话题，那么此前的那些疑问，应该有机会得到解释。她的婚姻、家庭状况怎么样，女儿怎么样了，与王润玉的约定呢？作为曾经亲如女儿的侄女，"我"为什么不把姑姑从生活低谷中拯救出来？二十年里，"我"有充足的时间为姑姑做点事情，但终究什么都没做，这似乎不合人情，也不合常理，其中一定有巨大的心理阻力。

小说结尾绕了个远道来解释疑问。姑姑去世后"我"看到一张报纸，从一个被处分的副处级干部王润玉的忏悔材料中才得知，再次不守约定，让姑姑遭受第二次感情打击，这可能是姑姑轻生的最大的助推力了。"我"心中的疑团已经解开，但姑姑却永远听不到王润玉的忏悔了。

在这篇小说中，有两个男人——多疑善妒的丈夫张大为和犹疑背信的男友王润玉，他们都曾让姑姑的生命闪耀光辉，然后长期被阴影笼罩，生命的光亮逐渐暗淡。结婚时姑姑纳兰花是一颗明亮耀眼的星星，美满婚姻幸福人生令无数人艳羡，而她内心的黯然却无人体察：她的所爱依旧是王润玉，与张大为结婚只是出于不得已。这种心理在婚后会无意中流露出来，当张大为看到王润玉诉说衷肠的情书之后，妒忌与愤怒爆发，姑姑的苦难岁月从此开始了。

姑姑纳兰花早早地抵达她的生命巅峰，余生都是身不由己走下坡路，虽然也曾试图扭转局面，但终究失败，她弃绝人世时想必已生无可恋。

《纳兰花》的精妙之处在于写出了各种境况下"我"的微妙心理。比如写"我"面对姑姑、姑夫的争吵产生了古怪的心态："姑父像防贼一样防着姑姑，总是怀疑姑姑随时都有出轨的可能。所以他严防死守，处处设防，不惜动用语言暴力和肢体暴力。在他一遍遍的追问和强调下，有时候我也会有一种感觉，觉得姑姑这个女人不是安分守己的好女人，她就是个随随便便谁都可以勾搭的贱货，她和无数的男人有着说不清楚的关系。她就应该被丈夫这样管束和教训。可是看看姑姑的反应，和一向对她的了解，我又觉得这不可能，就是姑父在胡闹，在造谣，在臆想，在欺负人。两种奇怪的感觉，常在我心里交织，扭曲，撕扯，像冷水一样泡着我的心，像熔岩一样灼烧着五脏。"写在医院巧遇，身为长辈的姑姑主动跟"我"谈到她的性生活时"我"的心理反应："那一刻，我忽然有种冷不防一脚踩进一个大泥坑的感觉，心惊，恐惧，但是还有一点忽然就突破了某种障碍的豁然，和喜悦。"

《纳兰花》是回族青年女作家马金莲的一次去标签化写作。西海固，干旱的黄土高原，回族乡村，伊斯兰教，这是此前马金莲小说中的重要元素。《纳兰花》里赛赛和姑姑虽然依旧出身于西北乡村，回民，但这些元素已经不参与到故事进程中，是完全可以被置换的。去标签化之后，马金莲将进入一个更广阔的写作场域，同时也是竞技性更强的场域，失去题材和文化的先天优势。她需要和其他民族的汉语作家，甚至其他语言的外国作家同场竞技，她会暂时失去因标签而拥有的辨识度，然后在更高层面上建立自己的风格特色，再次获得辨识度。

《纳兰花》中，张大为的猜忌善妒和王润玉的犹疑背信，是古往今来人性中固有的弱点，人们道德上的一切努力都是为了克服人性的弱点。姑姑纳兰花的青春美好，她的善良孝顺，她遭遇的曲折以及悲惨的结局，也是世界文学中常见的主题。此前马金莲发表的中短篇小说，也包含一些地域性、民族性特征不明显的作品，但《纳兰花》所要呈示的人性之明暗，所展示的"将美好的东西毁坏给人看"的悲剧性，更具有人类的普遍性。因此我们说，《纳兰花》是马金莲的一次去标签化写作，一次自我变法之作。虽然作品的完成度、完美性还有提升空间，但她努力的方向是值得嘉许和期待的。

（原载于《民族文学》2018 年第 8 期）

双重视角看乡村

——评黄佩华小说《乡村大厨》

黄伟林（壮族）

近十多年来，壮族作家发起了一场"重返故乡"的行动。所谓"重返故乡"，大概是这些已经离开了故乡的壮族作家，重新回到故乡，或体验生活，或重温乡情。我也有幸参加了几场"重返故乡"的活动，阅读了多篇"重返故乡"的主题散文，这些主题散文大多叙述作者与故乡的关系，从中我们可以感受到壮族作家与他们生活的乡土之间的那种血脉相连。

有意思的是，这种"重返故乡"的活动对壮族作家的创作确实产生了影响。最典型者莫过于凡一平，凡一平虽然出生成长于壮族山村，但很长时间，甚至他的成名作、代表作，基本都是书写城市题材的，有一段时间甚至被纳入城市书写的"新市民写作"，然而，自从有了"重返故乡"活动后，乡村书写在凡一平的创作中实现了"逆袭"，"上岭村"系列小说的影响，大有超越《寻枪记》《理发师》《女人漂亮男人聪明》等作品的势头。

黄佩华与凡一平情况并不相同，他是一个执着于书写壮族乡土的作家，长期在壮族历史与现实之间徘徊。不过，他最新的短篇小说《乡村大厨》，仍然给人某种"重返故乡"的意味。因为，这个小说书写的平用寨，正如凡一平书写的上岭村，都是他们真真切切、土生土长的家乡。不过，黄佩华这次写平用寨，似乎与他过去写家乡不太相同。过去，黄佩华大都写的是老年人、中年人，这回，他写的却是年轻人。

说年轻，其实已经不年轻了。小说的主人公李元生已经三十五岁。这个年龄的人，在过去的小说里，应该已经是有担当的中年人了，但在《乡村大厨》这个小说里，李元生给人的感觉却是一个年轻人。

为什么会给人这样的感觉呢？

是不是因为李元生尚未结婚？是不是因为李元生尚未有自己的事业？应该有这样的因素。孔子曰：三十而立。既未成家，又未立业，如何能够算是有担当的中年人呢？

还是让我们看看小说中的李元生吧。

说起来，黄佩华已经是一个技法娴熟的小说家了。他的小说叙事已经有点举重若轻的感觉。整个小说采用的是李元生父母李金光夫妇看李元生的视角，而且有欲扬先抑的意思。

从李金光夫妇的视角，我们看到，李元生卖掉家里两头大肥猪之后曾经失联一个半月，回家后的李元生穿的是一套白制服，原来的染黄长发也变成了板寸头，而且一回家就睡了两天。两天后李元生开始给他的狐朋狗友阿牛阿昆阿毛打电话，聚到一起后对李金光提出的要求竟然是又要宰杀家里最后那头大肥猪。随着叙事的进展，我们得知李元生杀猪为的是参加即将来临的八达镇美食节。美食节上，李元生订了一个铺位，名字叫平用土猪香锅。

在八达镇美食节上，李元生的平用土猪香锅拿了美食节亚军，并入选八达镇十大传统名佳肴。

接下来，村委会主任来找李元生为那桐寨掌勺长桌宴，李元生与他的那群狐朋狗友接了这个活儿。然后，李元生又连续为周边村寨做了十多次大厨，他创新制作的全羊宴和土酒火焰鹅新吃法令人惊叹不已。

由是李元生乡村大厨的声名远播，引来了省城搞农业开发投资的张董事长，陪同者恰是李元生的童亲黄家阿花，阿花考上大学后离开乡村自然解除了她与李元生的婚约。张董事长先是想请李元生做她的私厨，听说李元生想开一家厨艺公司后，又欣然表示入股投资。小说的结尾是李元生并未立刻答应张董事长的要求，他还要想想。

整个小说读起来轻松愉快，是个喜剧。这个喜剧与我们今天的主流导向很合拍。作为父亲的李金光有一手竹编手艺的绝活，是竹编非物质文化遗产的传承人。作为儿子的李元生从城里学来了一手好厨艺，有了市场开拓的可能性。乡村的物质资源和非物质资源都得到城市的"青睐"。如此看来，黄佩华的"重返故乡"就有了"乡村振兴"的意味。李元生这个乡村大厨的故事，也就汇入了当今新时代的宏大叙事。

然而，这只是作品主体叙事的一面，值得注意的是，作品还有非主体叙事的一面。

李金光夫妇共两儿一女，大儿子早年到南宁打工，和当地的一个卖菜女子结了婚，整天忙于打理小生意，两三年不轻易回来一次。小女儿人长得好，八年前没读完高中就跟一个浙江老板走了，逢年过节能收到她寄回来的一些钱物，人却未曾回来过一次。李元生本来也是去打了几年工的，可是换了不少地方，都因为脾气差，动不动就跟老板顶杠，和工友也合不来，干不了多久就走人。最终还是回到了老家，整天不是蒙头大睡就是和两个老人大眼瞪小眼。

李元生小学二年级的时候因爬树摔坏了腿，成了残疾人，李家也因此家道中落。李元生与本来有腿疾的黄家阿花定的亲，也因为黄家阿花进城而终结。李元生因此成了娶不到老婆的光棍汉。关键在于，平用寨像李元生这样的光棍汉还有不少，他的狐朋狗友阿牛阿昆阿毛没一个娶到老婆。小说有一段陈述：

> 平用是个不大不小的寨子，祭山神的时候名头就有一百五十余户，逾六百人口。除去外出务工的人员，经常住家的也还有近四百人。然而在这样一个寨子里，像元生这样尚未婚配的男子竟有不下五十人。男人们打光棍的原因多种多样，不过最主要的原因还是无人可娶。平用这个地方有点怪，女孩子都特别爱读书，而且成绩一般都比男孩子好。她们一旦上了高中，几乎都能上个高职高专以上的学校，进了高校就几乎留在了外面，不再回村里了。而进不了高校的男孩们一部分选择了去打工，一部分则去读中职，毕业后进了企业公司，另一部分则留在村里，或照顾老人，或耕田种果。天长日久，男孩们渐渐都长成了男人，娶不上女人的就成了光棍汉。

六百人的寨子，竟然有五十多个中青年光棍，这不能不说是一个惊人的数字。虽然小说在主体叙事给人轻松喜剧的感觉，但其非主体叙事以及没有感情色彩的数字，却透露了乡村衰败的现实。

一方面是乡村的"逆袭"，主体叙事前景光明，小说感性内容逸兴飞扬：李金光的竹编手艺得到政府的奖励，李元生的大厨技艺得到市场的看好；另一方面是乡村的衰败，非主体叙事现实堪忧，小说理性内容沉郁顿挫，稍有能力的人纷纷逃离，留守乡村的多为劣汰男性。这是否是作者内心的分裂：他看清了乡村的现状，却试图遮蔽和粉饰？然而，这种看似矛盾分裂的景象，却造成了小说叙事特有的张力。两极化的呈现，使我们意识到今天的乡村既有忍辱负重的现实，也有千载难逢的机遇。

我们读过多少当代乡村题材的小说，《创业史》《艳阳天》《金光大道》，我们得到过多少承诺，我们寄托过多少希望，然而，那些金光灿烂的小说叙事，并没有带给我们金光灿烂的乡村现实。

今天的中国乡村确实面临一个数千年未有之变局。四十年的改革开放，一方面使中国的城市出现了天翻地覆的变化，另一方面，在将农民从土地上解放出来的同时，也使土地受到了极大的漠视和歧视。与其说李元生是一个乡村大厨，不如说李元生就是中国乡村本身。正如前文所说的，这个三十五岁了还给人年轻感觉的农民，这个年轻包含的是尚未成家立业的意思，而不是好像早晨八九点钟的太阳那样的朝气蓬勃。事实上，对于尚未娶妻生子的男性而言，三十五岁的年龄多少带有某种迟暮之感。三十五岁尚未成家立业，而且曾经挫折行走不便，但突发感悟掌握了大厨手艺，事业有了发达的可能。这是否正是中国乡村现实的象征，在历尽沧桑之后，他负重前行，虽然有政府和市场的助力，但是否能够真正实现乡村的逆袭？

小说结束在李元生面对城市入股投资诱惑的时候，表示还要想一想。是的，这个已经不年轻了的年轻人，应该不会再像昔日乡村文学经典里的那些主人公那样天真，他是需要好好想一想。而中国那广袤而又千疮百孔的乡村，同样需要一个冷静、审慎、深谋远虑的重新出发。

（原载于《民族文学》2018 年第 11 期）

让青春在爱中重新出发

——读尹向东的短篇小说《我们回家吧》

陈思广

　　"人生的道路虽然漫长，但紧要处常常只有几步，特别是当人年轻的时候。"当我读完尹向东的短篇小说《我们回家吧》，很自然地想起柳青当年在《创业史》中写下的这句话。

　　《我们回家吧》是一篇典型的成长小说，作者以温朴的笔墨书写了青年杨广与少年吴昊在人生紧要处的心理行为与转变历程，传递了让青春在爱中重新出发的真诚心愿与美好祝福。

　　杨广是康定"街娃儿"的头，因为一场恋爱，十八岁的他决定让他的青春在爱中重新出发。他之所以做出这一决定，直接的动因缘自于爱，缘自于心中埋藏已久的神圣的爱情；间接的动因缘自于渴望得到人们真正的尊重与敬意，而不是被世俗的偏见所固化的厌恶与鄙视。前者发自于对弱者的同情与怜悯，即发自于对与他同龄但却早夭的吴昊姐姐的同情与爱怜——之后转化为对纺织女青年蒋菁菁的同情与爱怜，转化为对正在成长的少年吴昊的同情与爱怜；后者发自于对自我价值实现的期待——冬季征兵后成为部队中的一员，在更为严格的环境中得以历练与成长，为自己人生情感的第一次真正的付出做好充足的蜕变。虽然他不知道如何蜕变才算达标，但他知道，给自己一个清白的交代，是走向成功、实现理想的重要前提。他所制订的两条计划——远离曾经的朋友们和等候冬季征兵，就源于这一基本动因。

　　吴昊是一个稚气未脱但却向往"街娃儿"生活的十二岁少年。按常理，杨广与他难以成友，但因同在一个院子里，邻里关系，吴昊的家又是个残缺的家，其父曾专门托意杨广引领他，这使他无法拒绝与吴昊的往来。而吴昊由于学业成绩差加之家庭情况特殊，受环境的影响，他自然向往许多同类少年相似的道路，而他也确实向这个方向滑行。他先在外形上向"街娃儿"靠拢：穿皮夹克，手里玩着一个小折刀，模仿"街娃儿"们的典型动作与表情。他甚至不会抽烟，但也学着将烟放进嘴里，并不吸进肺去又吐出来。"他嘴里不断讲着生硬的粗话，满脑袋都想着该去什么地方惹点祸闹点事。"继而在行动上扮演"街娃儿"的角色：先是小跑过去挨个踢翻情歌广场上整齐排列着的指示交通的条纹塑料筒，随后又用一个拖把做道具，玩弄砸着开门人，惊吓主人并弄脏衣服的恶作剧。夜幕之下，吴昊以他各种使坏的伎俩博取杨广的欢喜与认同，而杨广也在吴昊的身上看到了自己年少时那种扭曲的破坏规则的身影。如果仅仅是这些，确也无伤大雅，只需适当地引导就足矣，但接下来的一幕令人异常愤怒却也不出所料：三个"街娃儿"正在调戏一个女孩，杨广本想让吴昊去解救以考验其品行，但吴昊竟然把在杨广的威严下解救后的女孩拉倒在楼梯上，持刀欲行不轨。此刻，"吴昊的表情狰狞恐怖，双眼全透着邪恶"。杨广没想到所有小坏集聚起来，会演变为目前的邪恶。他立刻上前制止了这一邪恶的行为，之后对吴昊说，我们也回家吧。路上，杨广严厉地对吴昊说，以后不准抽烟，也不准玩刀，不准穿这破皮夹克。吴昊虽然对其有所误解，杨广也解释不清楚，但他知道，向善、遵规、守法是人生的正途。面对正欲步入歧途、正处在青春叛逆期的少年吴昊，适时地予以关爱，予以引导并制止其邪恶的念头，才能避免其走上犯罪的道路，才能回家并沿着正确的人生轨道健康成长，最终成为服务于社会的有用之人。

小说构思巧妙，不仅写出了青年杨广让青春在爱中重新出发，还写出了一个极力要扭曲正常的青春，把自己悬到崖上，努力向下探的"危险"少年吴昊在杨广的爱的引领下重新出发，从而使小说充满温情，充满虽野性却不失温馨的感动。而作者也再一次告诉我们，关爱每一个青少年的成长，特别是那些处在悬崖边上的少年，引领他们健康成长，是我们每个成年人义不容辞的责任。而面对弱者的同情与关怀，生成向善的意愿，生成爱的情愫，即：一种自觉地引导自我与他人追求生命中积极向上的力量，一种不混同于世俗的健康的价值观与行为准则，让青春在爱与阳光下成长，这样的青春才有意义，生命也才有价值的主题，使《我们回家吧》如同一曲充盈着人性温暖的爱的颂歌，流向人们的心田，而读者也在这感动中与爱一起生长，一起出发。

近来，尹向东开始关注康定的"街娃儿"问题，刚问世不久的短篇小说《刺青》（《上海文学》2018年第9期）就是这一题材的新探索。宝儿出身军人家庭，由于父亲的军事化管控引发了宝儿的青春期叛逆行为，他以刺青的方式昭示自我的存在并以之对抗父权。但之后，伙伴们渐次离开"街娃儿"的生活，回归正常的生活方式，而宝儿却仍沉溺于争勇斗狠不能自拔，他的父权抗争演化为一种生活常态。显然，宝儿一直处于心智的青春叛逆期，年龄的增长并没有使他同步健全至同龄人的心智，及至成年仍然追怀少年时期的街头荣光，以打架斗殴作为自我存在的明证，而他的最终结局是在一场争斗中被更年轻的"街娃儿"殴打致死，他的父母也在绝望中自杀。宝儿一生令人叹惜的悲剧昭示人们，良好的家庭教育对青少年的健康成长多么重要！这些"街娃儿"若能在成长的关键期（如叛逆期）得到正确的引领和有效的约束，使他们建立起健康向上的价值观与人生观，他们的青春与生命一定会呈现出不同的样貌。

从这个意义上看《我们回家吧》，其中的探索与思考无疑更为深刻，指向也更为明晰。这无疑是一个极为有益的探索。我们也期待着尹向东的康定"街娃儿"系列成长小说能为新世纪的文坛提供新的内涵。

（原载于《民族文学》2018 年第 12 期）

文学书写与生态文明建设的时代互动

——评中篇小说《阿尔善河水长又清》

卢 瑜（壮族）

生态文明主题的文学作品，以梭罗的《瓦尔登湖》与奥尔多·利奥波德的《沙乡年鉴》为较早期的自然文学典范。两位作者的生态思想，也随着译介而被植入各国文坛。1962 年，著名畅销书《寂静的春天》出版，1972 年《世界可持续发展宣言》出版，这份宣言影响了世界的生态环保政策。随着世界生态危机进一步加重，生态主题的文学创作更加为人瞩目。其创作上更为关注重建人与地球、人与其他生命之间的伦理关系。文学书写为纾解时代之惑，提供了思想资源和审美尺度。文学书写由此而带上了显著的文明批判的特点。从这一意义上说，生态文明主题的文学创作，就是以文学的方式来反思和书写文明的进程。

当前我国生态文明建设正在加速推进，生态文明建设实践为文学创作提供了丰饶的土壤，作家自觉地把生态环保纳入创作视野，从植根于民族优秀传统文化的思想资源中，发掘艺术表现的丰富素材，探索文学艺术与环境保护积极互动的有效方式。

韩伟林的小说《阿尔善河水长又清》从苏和与图雅两位年轻人的爱情描写开始，逐步展开草原生态保护与资源开发利用的现实矛盾对立。随着情节的发展，小说叙述还触及了城乡一体化带来的人与人之间的关系变化，重点讲述了阿尔善河与牧民朝克一家几代人的命运关联。阿尔善河是牧区的母亲河，并且神秘地关联着牧民朝克一家几代的生死与悲欢。"阿尔善河水长又清"是一种文化隐喻，它象征着草原牧民们千百年来休戚与共的生命脐带，以及尊重和顺应自然所带来的美好愿景。奔流不息的阿尔善河水，这既是生生不息的文明理念的形象表达，也寄托了"马背上的民族"对人与自然之间关系的文化认同。

文化观念影响着个体与公共的行为选择，从这个意义上讲，现代化发展进程中，牧民个体的生存与发展，与生态环境保护的公共政策选择有着密切关系。

牧民朝克是一位致富能人，他与医生白雪相爱。图雅与父亲朝克相依为命，图雅的母亲早年死于因洪灾而引发的水库决堤。图雅的姥姥南斯日玛，却是当年的水库修建者。图雅与负责阿尔善河截流工程的设计员苏和曾是一对情侣，命运的阴差阳错，图雅与救命恩人牧民朝克鲁结婚。苏和因受牵连被控受贿，出狱后重返牧区做技术设计，并开始深入反思不同的发展模式，以及生态文明的观念，在一次次选择中，苏和不断地接受现实与信念的拷问。

小说的叙述，依托的正是当下波澜壮阔的生态文明体制改革背景；所反映的问题，鞭辟当下改革的深水区，击中攻坚的要害处，即利益格局的调整。作为一名年轻的规划师，苏和曾认为煤化工产业能让自己家乡的牧民增收致富，并以自己参与其中的规划为荣。然而，事实正相反。发展煤化工产业，没有给牧民们带来收入增加。并且，由于截流导致阿尔善河下游生态恶化，牧民连生存环境都在恶化。苏和本人也经历了命运的捉弄，付出了人生代价，而这反倒促成了他对于发展模式、生存现实与意义世界的新理解。重获新生的苏和与乌恩教授、朝克等，可以说代表了来自民间的环保监督力量。小说塑造的人物群像，除了朝克、苏和、图雅、朝克鲁、白雪、乌恩等公序良知的代表，作者还塑造了急功近利、罔顾环保的鲁克副旗长，以及规划设计院吴院长。他们俩是一对崇拜"奇怪的外国字"（GDP）的实用主义者。鲁克副旗长、吴院长可以被看作是利益庞杂交错的基层管理者的代表，他们构成国家治理体系中的基础环节。尽管作者对他们的描写着墨不多，但这对组合却是一股无法忽视的力量。还有同样以虚写来处理的煤老板。这些群体共同构成了治理体系中利益固化的节结，由此，甚至还能透视，地方经济唯 GDP 论英雄的某种盲动。

作者通过对小说情节的巧妙处理，艺术的逻辑走进了社会政治学的逻辑。小说结尾处，苏和在搜索报纸上公布的环保督察回头看的结果。叙述到这里极为省略，然而，"复杂早已归于奇简"，令人遐想，意味深长。读者可以想见，那些似乎不倒翁一般的利益板结，犹如亿万年前某次地质大变动的罕乌拉山，一部分依附的山体，正分崩离析，落坠后归于荒寂。而真正坚定的改革勇者，面对地动山摇，却会迎难而上，在探索中解决问题，在前进中坚定前行的方向。

生态文明建设涉及若干重大体制改革，如环保督查回头看，政绩观拷问、人民获得感等考核目标，这些内容在小说中都有所涉及。然而文学书写并不是罗列编排数据，而要以文学化的方式来提出时代之问。作者通过艺术技巧来呈现现实的矛盾与冲突，并邀请读者参与阅读审美，以达成文学的艺术浸染与社会动员的效果。

小说在叙述方式上采取虚实结合。环保督查事件的过程是虚写。从牧区动议工业立旗，导致阿尔善河被截流，到阿尔善河下游湿地生态恶化，继而被环保督查，这一系列的事件简笔交代背景而带过。而两组爱情故事是实写。规划师苏和与图雅、朝克鲁的姻缘转换为一条线索。牧民朝克与医师白雪的姻缘是第二条线索，由叙述普通牧民的家事而展开一幕幕场景，串联起普通人与这一起环保事件所发生的种种关联。小说的叙述以情感心理推演出事件推进的逻辑线索，简明轻快。作者还通过设定多重意象，进行场景式构图，叙述酣畅而充满活力，巧妙地将普通人的观感介入生态文明体制改革的时代背景中，通过叙述场景与感受，来呈现时代风貌，为时下现实主义的文学创作，带来一股清新之风。

语言风格上，这篇小说的语言表达富于民族特色，审美形态充满流动的开放性。语言学家索绪尔认为：语言符号中的"音像形象"具有"能指"的作用。文学书写中出现少数民族语言，其表音表意的多向性和不确定性，反而使得作者以汉语书写文本的表现力更丰富，接受者的感受也更加多样，这恰恰是文学语言所看重和追求的"有联想的意义"。例如，小说中的阿尔善河有另一种表达方式——即"额吉河"。"额吉"是"母亲"一词的蒙语表达，自带神秘的文化魅力。除了河流，还有苏木（乡镇）、嘎查（村）都叫阿尔善。蒙语"阿尔善"有吉祥之意，体验内涵也很丰富。还有，牧民朝克在那达慕（摔跤）上获授的章嘎（荣誉配饰）以及反复吟唱的长调《罕乌拉》，这些富于民族特征的细节，代表的不仅仅是关于蒙古族牧民历史记忆的一种仪式性书写，还构建出一种特殊的想象与叙事经验，尤其是反复出现的长调《罕乌拉》，虽不可闻，却含义丰富，韵味流动，拓展了文学书写的审美意象层次。

除了形式上的审美价值，这部小说也带来富于活力的审美资源，即为当代美学和生态主题文学创作贡献了文化哲学上的资源。黑格尔说过"每种艺术作品都属于它的时代和它的民族，各有特殊环境，依存于特殊的历史的和其他的观念和目的"。对生态文明做出时代拷问，从文化哲学角度进行反思，这是现实主义情怀作家的书写自觉。

生态文明主题的文学书写，经历了从观察自然的写作，到揭示生态危机的写作，再到整体性思考危机根源与对策，探寻人类精神文明发展而写作。整体性思考的书写者渴望将自己的心身融于自然与社会，在不断探索中去发现和实践整体性生态文明的意义。文学书写的魅力在于生动的审美体验，并通过体验来激发相向而行的信心。小说里草原神秘的恋物传说、神山圣水的通灵和合、民俗民歌的穿插设计，这些情节的巧智安排，让作品呈现一种多元文化杂糅共生的美学建构。比如，罕乌拉山厚实雄壮，阿尔善河水长又清，在苏和的梦中，阿尔善河流从不间断。山水象征草原民族自然存在的父性、母性文化图腾，形象地诠释了中华多元一体文化生生不息的整体性自然观。在文化反思上，作者通过对人与自然、人与人的关系反思，以苏和之问提出"发展的模式、文明的形态"应该"不止一种可能"的思考。与一般性揭露生态危机的文字书写相比，这篇小说在艺术表现上更具吸引力，在文化反思上更有穿透力，也更容易达成命运共同体的观念共识。

无疑，建构"人类命运共同体"的过程，也是一个文化认同的过程。为了地球家园可持续发展，人类需要生态文明的进步，也需要中国为世界贡献一个美丽中国。"山水田湖是一个生命共同体"，"尊重并顺从自然"，"发展与保护相统一"，这些观念的形成，都离不开民族文化的贡献。文学书写的民族性与世界性互为表里，民族文学处于现代化、全球化进程中，更为迫切需要构建起审美认同及其呈现的共生方式。文学书写与生态文明建设的时代互动，需要焕发书写者的主体性精神，自觉承担时代责任，以民族性的文学书写，构建出审美意义上的整体性、系统化的观念，朝着人类精神更深处探索前行，为中国和世界文学的丰富多彩，贡献民族文学独特的审美价值。

正是朝着这样的方向，小说《阿尔善河水长又清》完成了一次有意义的探索与发现。

（原载于《民族文学》2019 年第 3 期）

书写满族女性的坚韧与善良

孙春平（满族）

　　年轻的满族女作家李伶伶的创作战线开始迅猛地扩展并稳扎稳打地向前推进了。

　　李伶伶的小小说写得精彩，曾荣获过金麻雀奖，那是小小说创作领域的最高荣誉。她的一千五百字小小说《翠兰的爱情》被改编成三十集电视连续剧，河北卫视首播，创造了长篇影视剧脱胎于小小说的传奇。她的作品出现在全国高考试卷上，引得众多考生一再打探，李伶伶是谁，还有什么作品？李伶伶不满足已出版两本小小说作品集和厚厚的获奖证书，不满足只写小小说，她的笔触开始大踏步地往中短篇小说领域扩展。2019 年第 3 期的《北京文学》，发表了她的《不肯妥协》，那是她的短篇处女作。现在呈现在读者面前的《春节》则是她的中篇小说首秀。

　　素枝是大山里的一位普通农家妇女，丈夫五年前因车祸早亡，她去城市里当保姆。时至腊月底，她回到老家过年，两个在南方打工的儿子都还没回来，迎接她的只有冰窖般的农舍。短短的几天里，她去集市置办年货，她为二儿子即将带回家的儿媳做迎接的准备，她去亲家看日夜思念的小孙子，她去娘家略表久别的孝心，她去婆家主厨年夜饭并准备祭祖，她还要打理让她又是忧烦又是喜悦的与男友的复杂感情。素枝是普通人，在她身上发生的一切，都是平常又平凡的家长里短，几无波澜，也没有惊天动地的故事。但就是在这极普通的家长里短中，李伶伶却生动准确地描述了当下山乡农民的生活，让作品极具生活的质感。你看她晒被子，你看她面对亲家母的冷冰神情，你看她生灶火，每一个细节，字字句句无不透着对山乡生活的熟悉与亲切。

　　若是一位普通作者，能把作品书写得如此富有生活质感，似乎并不值得特别称道，但这样的文字出在李伶伶笔下，就大不同了，甚至让我们惊异。李伶伶出生在大山里，也成长在大山里。十五岁的时候，她患上了难以治愈的神经性怪病，从此全身肌肉萎缩，坐不起，也站不起，更别说劳作与走动，连去卫生间都需要父母相助。上帝留给她的只有两根手指可在电脑键盘上敲击，甚至她开怀大笑时你也难见她的笑容。她没谈过恋爱，更不可能有独属自己的小家庭。她对生活的观察与了解全凭眼睛和耳朵，还有内心的揣摩。但就是这样的不幸女孩，写出了一篇又一篇优秀文学作品。我知道她所在的那片大山叫医巫闾山，她家的村庄在北镇县罗罗堡镇北柳树屯。我对那里的了解，来自于二十多年前我曾去那里挂职深入生活。我没料到多年以后，那片大山会走出一位叫李伶伶的满族女作家。

我也是满族后裔。多年以来，不时有人问我，满族自入关后，汉化严重，现今还有什么独特的满族特质和习俗吗？我答不出，只记得少年时回老家过年，对太爷太奶奶的满式棉袍好奇，也记得爷爷奶奶喊太爷太奶奶为阿玛和额额（音nèng），再有的就是满族人礼节多，爷爷奶奶起床后的第一件事必是给太爷太奶奶请安，老人没起床，则隔着房门大声道一声吉祥。时间长了，见识多了些，慢慢有了些比较，有比较才有鉴别，我才知满族人还是与汉族颇有不同的，突出的一点就是满族的姑奶奶们没事不惹事，有事不怕事，敢作敢当，即使是娘家有了大事小情，弟兄们也要请回已出嫁的姑奶奶们商议，说满族姑奶奶进门，连家里的狗都要夹着尾巴不敢大声叫的。我想这样的族风，肯定与满族祖祖辈辈从不信奉男尊女卑三从四德有关，满族家庭一直是把女孩和男孩一样养的，满族的女人的确敢拿事，也扛事，要当家说了算。

当今的李伶伶只是个普通的满族农家女，但有山不靠山、无山便自立的满族女性性格却同样深植于她的基因深处。十五岁时，李伶伶还是个初中没毕业的小姑娘，便得了那种难立难卧的病症，她也曾绝望，也曾躲在无人处放声痛哭，但很快，她便让家人帮助找来一摞又一摞古今中外的各种小说，起初，还只是消遣，聊以打发时光，后来，她便开始学习写作，在经历了无数次的失败之后，陆续发表了二百多篇小小说，并让自己塑造的荧屏形象走进千家万户。她用自己的编剧稿酬在葫芦岛市海滨买下百余平方米的楼房，和老父老母一块住进去，她用自己的坚韧与刚强当之无愧地荣获葫芦岛市时代楷模光荣称号。巾帼不让须眉，况且她还残疾。与其说满族姑娘李伶伶创造了用小小说改编长篇连续剧的传奇，不如说，她本身就是一个传奇。

其实，李伶伶在自强自立的同时，也一直在用笔塑造着一个又一个百折不挠却又心怀善良的女性形象。《春节》中的女主人公素枝在丈夫亡故后，帮大儿子成了家，又要帮二儿子娶妻立户。本来，一直追求着她的长有一再表示要帮助她一起完成这个心愿，可她不同意，她宁可去城市里当保姆省吃俭用，也要独自了却这个心愿。回到村里后，道听途说长有与夏莲有瓜葛，她一声不吭，就是回到娘家，为了不让老父老母牵挂，也只是躲在被窝里默默哭肿了眼睛。大年三十儿午后，忙完祭祖和年夜饭的诸项事务后，素枝突然接到城里女主人打来的电话，她不顾公婆的百般拦阻，也不顾两个儿子就要回家，立即起身返回城市。那一刻，没有任何高大上的理由，她心中想的只是尽快找回走失的八旬痴呆老人。如果读过李伶伶的更多作品，可知她已不是第一次塑造这种刚毅不屈而又心地善良的女性形象了，如《翠兰的爱情》中的翠兰，《不肯妥协》中的梨花。但是李伶伶笔下的女性形象又是不同的，与素枝的刚强相伴的是她的纯朴与憨厚，听说夏莲与长有不清楚，不管内心怎样煎熬，她不哭不闹，选择的是避而远之，也许那种选择更能衬出她内心的强大。而翠兰的刚强则是一次次不动声色地巧用心智，直至让对手悄然退去。也许，深植于李伶伶内心深处的女性就应如此，有胆有识，有理有节，而且，她以自己雄厚的生活积累而设计的故事与细节虽然都发生在东北农村，却不见丝毫的重复。

李伶伶书写人物的另一个突出特点就是不动声色，笔墨尽用在细节刻画上。在《春节》中，一以贯之全篇的人物，除了女主人公素枝，就是长有了。多年前，仅仅因为买不买苹果，她与长有生出误解并失之交臂。当她再回到村庄，被长有和夏莲之间的种种传言所困扰，她躲回娘家暗自伤感，并狠心删除了长有的所有信息。但当她从大雪口中听说长有一直等着她回家杀猪灌血肠，她又开心地笑了。那一夜，素枝梦到长有又来到她家。一个真切的梦境，胜过书写者的千言万语。而在作品结尾，素枝为返城市在火车站买票，却见长有也追了来。面对素枝的追问，长有的回答是，你不放心我，我只能你走到哪儿我跟到哪儿。一对中年农村男女的恋情，在不动声色间书写得如此曲曲折折，尽用细节说话，真是非常难得了。尤其是，它是现实的，当下农村的，不含丝毫矫揉造作的，因此才越显人物的真实可信，也可爱。有人说，细节是小说的生命。细读李伶伶的细节运用，可见她对小说创作的精准理解。

我信心满满地期待，李伶伶的下一篇作品一定会更出色。

（原载于《民族文学》2019 年第 5 期）

佤族文学的崛起与创作的突围

袁智中（佤族）

佤族是云南的特有民族和跨境民族，是新中国成立后，未经民主改革，由原始社会末期跨越几个社会经济形态直接过渡到社会主义社会的少数民族之一。由于没有自己的文字，佤族的历史文化记忆均依赖丰富的口传文学口耳相传。直到二十世纪八十年代，佤族作家董秀英的出现，才终结了佤族文学没有书面文学的历史。在各级作协的关怀和培养下，一批批佤族作家迅速成长，佤族文学创作也在民族性书写的探寻和突围中崛起，有四位作家荣获了全国少数民族文学创作"骏马奖"殊荣，小说、散文、诗歌等文学创作领域均结出了丰硕的成果，佤族文学也成为云南少数民族文学一道亮丽的风景。

佤族书面文学的开拓者

新中国成立后，伴随着解放军挺进大西南的脚步，聚居于西南边疆阿佤山区的佤族进入了以军旅作家为代表的一批汉族作家的视野，创作出了一批反映佤族社会生活画卷的作品。但作品主要是从解放的视角，以"他者"的眼光和先进民族的审美立场去表现一个民族的新生和进步。佤族口传文学蕴含着的天孕地育的恒久信仰和对生存神秘性的咀嚼与感恩，没能真正构成这部分文学的表达和审美主题。直至1981年，毕业于云南大学中文系、时任云南人民广播电台拉祜语主播和编辑的佤族作家董秀英，在军旅作家彭荆风等文学前辈的鼓励和悉心指导下，在《滇池》文学期刊发表了第一篇短篇小说《木鼓声声》，才终结了佤族没有书面文学的历史，拉开了"以我手写我族""以我手写我心"的佤族书面文学的序幕。正如著名作家彭荆风指出的那样："虽然第一次写作，文辞、结构都较稚嫩，却写得朴实、清新、有感情。我很高兴，佤族这人数不少的民族，终于出现了第一篇文学作品，这可是'创世纪'。"

在之后短短的十年间，在各种文学思潮流派此起彼伏、"伤痕文学""寻根文学"蓬勃兴起的语境中，在中国作协、云南省作协和文学前辈的扶持和提携下，董秀英携带着故乡佤山的文化因子和浓重的母族文化气息一路狂奔。相继创作发表了《洁白的花》《海拉回到阿佤山》《佤山风雨夜》《石磨上的桂花》《九颗牛头》《最后的微笑》《河里飘来的筒裙》等十余篇短篇小说和中篇小说《马桑部落的三代女人》，连续斩获了"云南省'民族团结'征文一等奖""云南省1981—1982年文学创作评奖优秀作品奖""首届云南文学艺术创作奖一等奖""第二届全国少数民族文学创作评奖优秀短篇小说奖""第四届全国少数民族文学创作评奖优秀作品奖"等多项文学殊荣，成为新时期第一批民族作家群中一颗闪亮的明星。1991年，董秀英以《马桑部落的三代女人》为名结集出版了佤族第一本书面文学集；1992年，董秀英的长篇小说《摄魂之地》横空问世。在短短十一年的时间里，董秀英以自己的坚韧、勤奋、才情和文学担当，以佤族丰厚的民间文学为基石，从短篇、中篇到长篇，从散文到报告文学，以一己之力支撑和推动着佤族书面文学一路向着"走向全国""走向世界"的目标迈进。并在这样强大创作梦想的推动下，不断展开民族性书写的探寻与突围，以其"并不算圆熟的文字"传递着佤族从蒙昧走向文明、从黑暗走向光明、从大山走向世界的铿锵足音，以其独特的文学气质和文学审美在当代文学界引发起持久的震撼。

纵观董秀英的作品，不难看出以她为代表的第一代云南少数民族作家经历的从"乡土批判""伤痕文学"到"文化寻根"，再到部落族群文化审美重建与回归的努力。在董秀英以《木鼓声声》《洁白的花》《佤山风雨夜》为代表的早期作品中，虽然因为与生俱来的佤族身份和佤族部落的成长背景，使得她得以以"在场者"的身份、以部落族人的审美立场，去展示佤族真实生动的历史和鲜为人知的民俗生活画卷，但却像大多初涉文坛的少数民族作家一样，在对获得解放、"民族的新生和进步"为主题的"仿写"过程中，无声继承了新旧对比的写法，使作品打上了光明与黑暗、正义与邪恶二元对立的时代烙印。以佤族猎头祭谷、剽牛祭祀习俗为代表的传统习俗，以及与之相应形成的礼俗文化，成为被批判、需要被扬弃、革新的陋习。

然而，正是经历了这样的学习、模仿，董秀英创作日益成熟，沉睡于体内的民族文化主体意识在这样的民族性书写中日渐觉醒。正如彝族作家、评论家黄玲指出的那样："很多作家都是在民族文化的熏染下形成自己对世界的态度。一旦进入写作这一精神活动的空间，对母族文化的依恋和回望，会不自觉地贯穿于作品中。那是作家精神家园的根之所在，灵魂的归宿地。"带着"让你那古老、深沉、悠远的声音响彻阿佤群山"（董秀英《木鼓声声》）的雄心，董秀英决然放弃了"乡土批判"的审美立场和"伤痕文学"的影响，开始调转写作视角，立足于母族文化的审美立场，带着自第一篇作品诞生之日起就暗含着的强大母族文化烙印，以其独特的民间文学叙事风格和母族文化深刻的体验，创作出了《背阴地》《最后的微笑》《九颗牛头》《马桑部落的三代女人》等一批作品，自觉踏上了部落族群文化审美的探寻、重建与回归的历程。

短篇小说《九颗牛头》中，董秀英完全放弃了之前作品中对母族文化批判的立场，以母语部落族人的内部眼光和文化视角，讲述了佤族老人岩嘎为了实现父辈、自己"剽牛给寨子人吃、做一回真正的佤族男人"的夙愿，几乎用尽了一生的努力。当他一次性拿出九头牛来剽杀，成为寨子中除头人岩松外剽牛最多的人家时，看着墙角九颗齐展展的牛头，紧紧地闭上了双眼。没有对"落后"文化的批判，只有对母语部落族人价值取向和文化审美的深刻探寻和透视。中篇小说《马桑部落的三代女人》和长篇小说《摄魂之地》，虽然未能完全摆脱对母族文化的批判和对女性苦难命运控诉的立场，但无论是对人物的塑造还是文学的叙事，均摆脱了初入文坛时的生涩和拘谨，以一种回归母族文化的开放姿态和文化自信，以带有母语鲜明特色语言韵律的叙事和部落族人内部的文化审美，展开了语言的"冒险"和民族性写作的突围，推动着表现主体与语言意象的和谐与完美融合，丰富了民族文学创作的同时，也为中国当代文学提供了特殊的审美内涵。

佤族文学的崛起与繁荣

1996 年，正当文学界为这位赤着脚从马桑部落一路走来、昂首走向世界的佤山之女欢呼之时，四十七岁的董秀英却因病英年早逝。当文学界发出"刚刚兴起的佤族作家文学，是否会因为她的离去而夭折"的质疑时，1997 年，由佤族诗人聂勒出任责任编辑、云南民族出版社编辑出版的第一部佤族短篇小说合集《花牛梦》正式出版发行。全书收录了埃嘎（肖则贡）、袁智中、王学兵、萨姆·荣哉·茹翁、李明富、陈辉、李宏英、赵汝美、吴芳兰等近年来活跃在佤山沧源十名佤族作者的十一篇代表作。其中，李明富的《鸡头恨》不仅获得了本土期刊《佤山文化》1990年短篇小说征文一等奖，1991年还被《民族文学》全文转载；埃嘎（肖则贡）的《汉人》分别荣获了1991年《佤山文化》短篇小说征文二等奖和"庆祝中国共产党成立七十周年全省联合征文"优秀创作奖；短篇小说《那个没有人的地方》和《铁匠尼劳奥》则是袁智中、王学兵发表在《边疆文学》的处女作。这些佤族作家不仅与董秀英有着现实情感上的联系，在创作上也一直沿着董秀英开辟的民族性书写的道路跋涉。也正是在该文学合集出版的同年，袁智中的书信体短篇小说《最后一封情书》荣获了第五届全国少数民族文学创作"骏马奖"新人新作奖，成为继佤族作家董秀英之后获此殊荣的佤族作家。

自1991年步入文坛的十余年间，在中国作协和省、市作协以及文学前辈的培养和提携下，袁智中一路扬帆，先后创作发表了《女人心》《夫妻之间》《木鼓魂》《欲望的飞翔》《守护爱情》《丑女秀姑》《最后的魔巴》等十余篇短篇小说和中篇小说《落地的谷种　开花的荞》，并于2006年结集出版了第一部小说集《最后的魔巴》。之后，袁智中放弃小说创作，转向了以民族记忆重建为目的的文化散文创作，先后在《民族文学》《边疆文学》《文艺报》等文学报刊上发表了《失落的木鼓》《挂在崖壁上的文化》《石佛洞和石佛洞人》《牛的葬礼》《远古部落的访问》《小城的魅惑》《翁丁之旅》《走失的文明》等十余篇长篇文化散文，2007年结集出版了第一部散文集《远古部落的访问》，荣获了第九届全国少数民族文学创作"骏马奖"。

曾经出任第一部佤族短篇小说集《花牛梦》责任编辑的佤族编辑聂勒，也在新时期文学语境中，以诗歌创作的方式在民族文学界发出了自己响亮的声音。自1994年开始汉语诗歌创作以来，聂勒先后在《诗刊》《民族文学》《青年文学》《边疆文学》等文学期刊发表近百首诗作，先后荣获了《青年文学》《民族文学》诗歌奖和《边疆文学》《云南日报》文学奖。2004年出版的第一部诗集《心灵牧歌》荣获了第八届全国少数民族文学创作"骏马奖"，不仅成为佤族文学史上第一个出版个人诗集的诗人，也成为第一位获此殊荣的佤族诗人。2006年11月，聂勒作为唯一的佤族作家代表，参加了中国作协第七次全国作家代表大会，同年出版了自己的第二部诗集《我看见》。

在这样日益繁荣的民族文学语境中，在各级作协的关心和培养下，又一批佤族作家悄然崛起。其中最引人注目的是女作家伊蒙红木和诗人张伟锋。

2004年创作发表第一篇文学作品以来，伊蒙红木就带着佤族魔巴之女特有的魔幻思维和语言质感一路高歌闯进文坛。先后在《民族文学》《芳草》《青年文学》《边疆文学》等文学期刊发表了短篇小说《阿妈的姻缘线》《母鸡啼叫》和《悠悠谷魂曲》《银象奔驰的地方》《沧源崖石上的精灵》《嘎多记忆》《我的老木鼓》《感恩母土》等多篇散文和诗作。2011年11月，伊蒙红木作为唯一的佤族作家代表，参加了中国作协第八次全国作家代表大会。2012年，伊蒙红木出版了自己的第一部散文集《最后的秘境——佤族山寨的文化生存报告》，该书不仅为她赢得了第十一届全国少数民族文学创作"骏马奖"的殊荣，还让她赢得了第八届湄公河文学奖。2016年伊蒙红木出版了第一部诗集《云月故乡》，诗集集开天辟地、神话传说、民族迁徙、动物故事、童话歌谣、祭祀歌舞于一体，以佤族创世史诗和民间古歌的独特文化气息和语言叙事，为诗歌的民族性书写注入了一种清新的活力。

而与此同时，出生于1986年的佤族诗人张伟锋也异军突起，先后在《人民文学》《诗刊》《民族文学》《边疆文学》《大家》《飞天》《山东文学》等文学期刊发表近百首诗作，并在短短几年的时间，先后出版了《时光漂流》《风吹过原野》和《迁徙之辞》三部诗集，先后荣获"2014年滇西文学奖""第六届高黎贡文学节提名作家"，成为云南诗坛上一颗冉冉升起的明星。佤族书面文学不仅后继有人，且呈现出一种繁荣的景象。

民族性书写的探索与突围

正如董秀英自步入文坛之日起便责无旁贷肩负起民族文化的代言和民族文化记忆书写的责任一样。成长于新时期文学语境的佤族作家们，在经历了短暂的"仿写""精神流浪"之后，便沿着董秀英所开辟的佤族文学之路，以小说、散文、诗歌等不同文学形式展开了民族性书写的探索与突围。

自1991年，在《边疆文学》发表了处女作短篇小说《那个没有人的地方》后，袁智中便带着佤族族裔的鲜明标识踏上了文学创作之路。在经历了数年以女性生活为主题的短篇小说创作之后，2001年袁智中发表了短篇小说《丑女秀姑》，这篇带有鲜明地域文化色彩和审美特点的作品问世，成为袁智中自觉性的民族性书写的一个重要拐点。2002年11月，在相距不到一年的时间，袁智中在《边疆文学》发表了自己的首个中篇小说《落地的谷种　开花的荞》。在这篇带有鲜明家族记忆的小说里，袁智中用带有母语鲜明特色的语言韵律，以一名部落成员的身份和审美视角，以佤族部落头人达丁女儿叶隆姆的爱情故事为线索，展现了佤族部落向现代社会转型过渡，以及与汉族交往融合的发展过程。在小说的叙事中，作者抛弃了传统写作惯用的政治话语和叙述视角，采取人文表现视角和民间话语的叙事方式，讲述了佤族姑娘叶隆姆与部落猎王艾社·亚茹翁和汉人吴之间的爱情故事。特别是充满民间叙事的魔幻手法的穿插运用，为作品注入了独特的民族文化审美意味。评论家黄玲认为："如果说这个中篇小说是袁智中题材转变的尝试，那么应该是一次成功的尝试。体现了多年来她对佤族文化的思考与感悟，也是她对民族文化传统的心理回归在文学中的具体表现。是继董秀英之后又一篇表现佤族文化和民俗文化的力作。"（《高原女性的精神咏叹——云南当代女性文学综论》）袁智中也凭着这一篇力作，斩获了"2002年度《边疆文学》奖"。自此之后，袁智中在民族性书写的道路上越走越远，并以2007年出版的佤族文化散文集《远古部落的访问》为标志，以非虚构作品的方式，肩负起了在现代化全球化语境中，向世界讲述自己的民族、为本民族文化的保持与保存寻求突围的民族性书写的重任。

正是在这样的文学语境中，以"在场者"的身份，以血浓于水的深情去观察、记录佤族的历史文化和生存现实，让已经消失和正在消失的民族文化记忆重新变得鲜活起来，成为佤族作家的共同选择和文化担当。

自2004年发表第一篇作品以来，伊蒙红木的作品便以她作为佤族魔巴之女特有的魔幻思维、语言质感和从佤族民间文学汲取的丰厚营养，引发了文坛的关注。她的作品中时常充斥着这样富有魔幻色彩的语言："召望（魔巴）的剪刀在半空犹豫了片刻，然后从中间迅猛剪断连接阿妈阿爸象征姻缘的棉线。两段棉线从阿妈阿爸手中没落，像失魂的飞鸟。""从今往后，青藤不再缠大树，妇人，你生不是刘家人，死不是刘家鬼，刘家格龙神与你毫无瓜葛。"（短篇小说《阿妈的姻缘线》）在这样充斥着浓厚民间叙事的韵味中，总是让人隔着时空寻觅到还未曾远去的董秀英文学叙事的踪迹。

2004年，涉入文坛不久的伊蒙红木背起行装，以返回部落的写作姿态踏上了母语部落族群文化的重建之旅，并用长达六年的时间潜心创作了三十万字的报告文学《最后的秘境——佤族山寨的文化生存报告》，以图文并茂的方式，再现佤族渐行渐远的远古部落、远古习俗、现存文化现象、生存境遇、生活现状、精神状态和文化风貌。因为与生俱来的佤族文化身份和佤族部落的成长背景，使得伊蒙红木在展示佤族真实生动的历史过程和鲜为人知的民俗生活画卷时，不是站在异族文化的审美立场，或者是以一个观察者、窥视者的身份去展开的一种调查和文化解读；而是以"在场者"的身份和"文化持有者内部的眼光"，站在部落族人的审美立场，去回望佤族半个多世纪的历程，讲述佤族远古的传说、村落的故事和佤山的传奇。在讲述佤族猎人头祭谷、剽牛血祀、部落纷争等那些鲜为人知的历史，以及在漫长历史发展进程中形成的祭祀文化、文化礼仪、风土习俗时，不是站在"文化革命"、道德审判、二元对立的审美立场，而是站在本民族文化发展的特定历史长河，以第一手丰富翔实的田野调查资料切入，以一名部落族人的文化自觉，进行生动的讲述和忠实记录，不仅让全书打下了本民族历史文化的深刻烙印，也为自己的民族留下了一份弥足珍贵的文化记忆。

2010 年，另一位佤族作家布饶依露出版了自己的第一部散文集《神树的约定》，用三十余万字的篇幅记述了自己数十年间"走出民族"和"返回民族"的心路历程。

正当袁智中、伊蒙红木、布饶依露等佤族作家们沿着董秀英开辟的文学之路一路前行时，佤族诗人聂勒带着阿佤的阳光气息，以自己的诗歌创作在中国诗坛上激起一阵回响。"用不着太阳 / 介绍　我可以告诉你 / 我是一条小河的主人 / 用不着绿叶 / 解释　我可以告诉你 / 我是一座山寨的美梦 / ……真的不用告诉你 / 我是一个古老部落 / 落难降生后的幸福"。聂勒这位佤族的歌者，就这样带着阿佤山的炽热和天真，在一路高歌中开启了佤族诗歌创作的先河："一千头牛的婚礼 / 在一个小山村里举行 / 新郎是太阳　新娘是月亮 / 主婚人是我们可敬的梅吉 // 一千头牛的婚礼 / 在一个小山村里举行 / 新郎是艾不拉　新娘是叶门嘎 / 牵线是我们聪明的达太 // 一千头牛的婚礼 / 在一个小山村里举行 / 一千头牛彩礼靠勤劳获得 / 美丽的姑娘不嫁懒汉……"（《一千头牛的婚礼》）。正如著名诗人吉狄马加为他的诗集《我看见》作序所写的那样："作为一个民族诗人，他们所进行的诗的创造，都为他们各自的民族树立起一座精神的高山。""我一直对一种诗人怀着深深的敬意，那就是他们能把自己民族的原生文化与独特的诗歌美学观很好地融合起来，同时其作品又具备了强烈的现代意识。""我为这个世界上有洛尔加而感到幸福，同样我为佤族有一个像聂勒这样的诗人而感到欣慰，因为他们用自己的诗歌，捍卫了人的权利，并为这个世界的光明和未来歌唱。"

2010 年，云南诗坛迎来了另一位"八〇后"佤族诗人张伟锋。在短短不到十年的时间，这位"八〇后"佤族后裔不仅接连出版三部诗集，诗作也连续被《人民文学》《诗刊》《民族文学》《边疆文学》《大家》《飞天》《山东文学》等十余家文学期刊采用，成为继聂勒之后文坛上最为闪亮的佤族诗人，其中诗集《迁徙之辞》被列为 2015 年中国作家协会少数民族重点作品项目扶持推出的作品之一。

在新世纪文学场域中，当大多数"八〇后""九〇后"诗人将诗歌书写指向城市生活的时候，拥有佤山成长背景和完整现代汉语教育双重背景的张伟锋，却将书写的视角指向乡村和母语部落，让他的诗歌打上地域文化和母族文化烙印的同时，也让他在传统和现代之间获得一种全新的视域和表达："……今年的雨水特别少，今年的谷子不抽穗 / 今年的穗子不饱满，今年的寨子遇火烧 / 今年的饥荒来到了佤山，今年的苦难降临佤寨 / ……神啊，我们挥动了刀斧 / 砍下最茁壮的树木，拉运回来敬献给您——/ 神啊，请别让我们的灵魂摇曳不定 / 请别让我们的言辞和行为触犯您，请让我们的粮食堆满仓库 / 让我们的族人兴旺发达，站满山冈——"（《拉木鼓》）虽然这样的表达有时候会带着些许淡淡的忧伤："他们不知道异乡。他们的忧愁都是假的 / 刨根十年 / 我才看清流浪的面貌。我必须返回旧地 / 告诉父亲和母亲 / 我们有故乡。方向在何方，地点在何处 / 有朝一日总会知晓。外公已经去世 / 外婆跟随西游。他们必须在隔开的世界 / 同我拾起这个迁徙之辞 / 拾起那些丧失的苦痛和寒冷 / 返回故乡"（《迁徙之辞》）但却让张伟锋在这样超越地域和身份局限中为诗歌的表达注入了张力。

伊蒙红木的诗集《云月的故乡》则以其特有的佤族民间诗歌的语言韵律，拓展了佤族诗歌表达的边界，为母语部落族群文化审美的探索、发现、重建与回归提供了新的可能。在此期间，王学兵则放弃了小说、诗歌创作，毅然决然返回民间，历经十数年的收集整理，于 2004 年出版了散文体佤族创世神话《司岗里传说》。

民族性书写的困境与挑战

以 1981 年董秀英发表处女作短篇小说《木鼓声声》为标志，佤族书面文学已走过了三十八年的发展历程。三十八年来，在党的民族政策光辉照耀下，在各级作协组织的关心、扶持和培养下，佤族文学创作在小说、散文、诗歌等领域均结出了丰硕的成果。但纵观佤族文学的三十八年发展历程，也不能不看到，在新时代文学语境中，佤族作家民族性写作时所面临的困境与挑战。

小说创作上，继董秀英之后，以袁智中、伊蒙红木、王学兵、肖则贡、李明富等为代表的一批佤族作家先后在《民族文学》《边疆文学》《青年文学》等文学期刊上发表了二十余篇短篇和中篇小说，结集出版了《最后的魔巴》《花牛梦》《神林山寨》等中短篇小说集。但无论是从作品的数量上还是质量上均还相当薄弱，无论是短篇小说创作还是中篇小说均未抵达董秀英创造的高度；在董秀英第一部，也是唯一一部长篇小说《摄魂之地》创作发表长达二十七年的时间里，还没有一部新的佤族长篇小说诞生。

与小说创作相比，散文创作看似取得了重大突破和丰硕的成果。佤族作家们不仅先后在《民族文学》《人民日报》《文艺报》《边疆文学》等多家报刊上发表散文作品，袁智中、伊蒙红木、布饶依露还分别出版了个人的散文集。其中，袁智中的散文集《远古部落的访问》和伊蒙红木的散文集《最后的秘境——佤族山寨的文化生存报告》分别获得了第九届和第十一届全国少数民族文学创作"骏马奖"。

然而，文学指向的"民族性"书写，除了对这个民族千姿百态的社会风俗画和人文风景线的描绘外，更重要的是对这个民族情感最生动丰富的表达和对其精神最深刻的诠释和记录。在对新时期佤族文学创作的回望和审视中，便会发现，继董秀英之后，在新时代语境中，佤族作家在成功逃离"乡土批判""伤痕文学"的影响和束缚，以返回部落的写作姿态开始了文化的"寻根"与"扎根"之旅时，却再度跌入了狭隘的"民族性"书写的泥潭。佤族作家在对本民族传统文化的大量书写和记录中，忽视了在一个城镇化迅速启动和发展的背景下，在民族文化出现断裂的深谷中，对本民族的生存状态和命运走向的深切关注和尖锐书写。在"返回民族"和"走出民族"的艰难探寻中，由于缺乏对本民族文化的尖锐、深刻的观察和思考，使"民族性"书写长期停留在对传统礼俗文化和风情民俗的刻意展示和表层记录。在经济全球化浪潮中，在边缘部族文明遭遇前所未有危机的时代，缺席了文学对自己民族过去与当下处境的记录和书写，在重塑民族历史记忆与际遇中显得苍白乏力。

所幸的是，以布饶依露、袁智中、聂勒、伊蒙红木、张伟锋为代表的佤族作家们，仍然在董秀英所开辟的佤族文学的创作之路上坚持不懈地实践着、探索着。

（原载于《民族文学》2019 年第 5 期）

以真诚的现实主义情怀书写中国精神
——读韦晓明的中篇小说《春雷》

谢镇泽

文章合为时而著。习近平总书记指出，一切有价值、有意义的文艺创作和学术研究，都应该反映现实、观照现实，都应该有利于解决现实问题、回答现实课题。以文学的方式关注和思考现实，进而回答生活的现实诘问，是苗族作家韦晓明经年的坚守。近十年来，散文《云中故乡来》、中篇小说《三江红》《空谷》《群山青翠》《美丽如斯》等作品的面世，印证着韦晓明的写作已然取得不俗的成就。随着中国特色社会主义事业不断向纵深推进，韦晓明的现实主义文学情怀愈益坚定，也愈益宽广和深刻。中篇小说《春雷》所喻示的，正是韦晓明现实主义文学追求的新高度。

《春雷》的背景题材聚焦了当下的现实课题——"精准扶贫"。2012 年，党中央做出了"2020 年全面建成小康社会"的顶层设计并部署落实。自此，"精准扶贫"成为国内经济学、社会学等研究领域所关注的热点内容。按照党中央"打赢脱贫攻坚战，是全面建成小康社会的底线任务和标志性指标，是必须完成的重大任务"的决策部署，全社会都在为这个关乎国家发展前途和民族命运的宏伟目标凝心聚力。"精准扶贫"作为新时代中国特色社会主义建设的重大实践性课题和系统工程，通过小说的形式进行正面的艺术表现，因其体量巨大和正处于进行时，实难让作家进行从容的艺术审视和美学把握。韦晓明知难而上，以高度的文化自觉，用"脚力"丈量大地、用"眼力"观察时势、用"脑力"萃取精华、用"笔力"记录时代，他通过灵动的笔致，刻画出一幅西南大山深处苗族村寨的脱贫图景。除了质朴的现实情怀和浓烈的社会责任感，更彰显着作家可贵的创作勇气与艺术雄心。

《春雷》落墨于大山里的一个苗族村寨——云雾村，描述的是从大年三十到正月十八近二十天里发生的"扶贫"故事。围绕着二十几个出场人物之间的错综关系，韦晓明正面地写出了"精准扶贫"的实际现状、具体困难和美好前景。在生趣十足的情节进展中，或隐或显地揭示出了"精准扶贫"过程里涉及的各种问题，诸如对扶贫政策的理解和把握、生态环境的保护与利用、扶贫干部的能力水平与使命责任意识、农村基层组织建设、村民观念的转变、全社会参与、媒体助推、民族文化传统的继承与创新等等，并艺术化地通过情节安排给出相应的解决办法。在我看来，《春雷》几乎可以作为"精准扶贫"关键期工作的一个文学化样本。显然，这有赖于作者韦晓明精细的人生体察、深入的现实思考和圆熟的文学表现能力。

具体地说，韦晓明为表达小说的思想主题，在《春雷》里写出了三类人物：一类是下乡扶贫的机关干部，一类是到城里创业成功之后又回到村里参与家乡建设的新型农民，一类是贫困村里的干部和群众。第三类人物中，又有积极与消极、先进与落后、善良与邪恶的区分。总体而言，《春雷》的情感基调，倾向于真诚的肯定和热情的赞美。扶贫干部、云雾村第一书记韩巍是小说的主人公，他有强烈的使命感和高度的责任感，工作上有能力、有方法，富于自律意识，肯于舍小家就大家。原本下乡扶贫一年就可以回城了，他却主动延期到三年，还把家里仅有的十万元存款借给村里修路。作者对韩巍情有独钟，显然是把他当作现实社会中千万个下乡扶贫干部的形象代表来刻画的，这既是实际写照，也蕴蓄着创作主体的现实期盼和理想诉求。何建方是作者另一个钟情的人物。他从苗寨进城打工，凭借自己的聪颖、勤奋而在经济上翻了身，并在韩巍的劝说下回到云雾村创办了仿古实木家具厂。在作者的笔下，何建方为人朴实，既具有专业技能，在观念上又能够与时俱进，同时还富有道德担当和牺牲精神，是新时代"新型农民"的典型代表。小说中更为鲜明的，是对云雾村干部、群众的形象刻画。云雾村党支部书记贾奉途一身正气、毫无私心，有见识有魄力，总是能在关键时刻为韩巍助威助力。与他形成对照的，是慵懒不为的村主任贾正财和利欲熏心的村副主任龙建平。不止于此，韦晓明还把笔触伸向乡村贫困的纵深地带——思想贫瘠与精神贫困，进而揭示出"精准扶贫"的重心和难点，即扶贫必须与扶志、扶智相结合。一些不思进取、只想"等靠要"的贫困村民，被村支书贾奉途概括为：

有些人，根本就不想脱贫，他吃惯了救济，今天跟驻村干部说同年仔，还有陆川猪没，给一个我养嘛。明天说同年仔，还有狮头鹅没，拿几只我养养嘛。才养半大，杀了，邀三拉四一帮人喝得吐个满屋，连狗吃了地上的邋遢都醉倒。醒过来又问，还有没有……

所以，村民杨子林、马老三等就成为小说叙事中"攻坚克难"的主要对象。

杨子林是作者倾力描写的"中间人物"。这个云雾村里具有代表性的贫困户主，好吃懒做、不图上进，只热衷于斗马得奖，因缺少是非判断而受杨琏、龙建平唆使利用。在妻子被杨琏铲伤送到医院后，为省钱选择了不打破伤风针，最后导致她感染死亡。杨子林们在当前的"精准扶贫"工作中，是非常典型的某一类消极、落后农民的代表。他们在性格上游移畏葸，思想上庸碌少思，观念上因循守旧，行动上需要有效引领，是既要"扶志"也须"扶智"的群体。经历了惨痛教训之后，小说里的杨子林在韩巍、何建方等的劝导帮助下，终于走上了脱贫的正途。当然，韦晓明并没有美化和粉饰甚至有意拔高现实中的扶贫成果，而是进一步展现出"精准扶贫"的复杂性和艰巨性。换言之，扶贫工作的真正阻力并非只是杨子林们的存在，还有杨琏、龙建平们的贪欲和极度自私。比如韩巍在龙建平家被灌药酒险些落入圈套，成为小说的高潮部分，也映衬了美与丑、善与恶、正与邪斗争的惊险和激烈。正是因为写活了虽是极个别却又不容忽视的杨琏、龙建平等反面人物，小说中的扶贫故事才更具立体和真实。

韦晓明塑造人物的基本手段，是人物语言的个性化。小说中每个人物说话时的语词、语气、语调等，都很好地契合了人物的思想观念、道德水准以及性格、身份和年龄等个体性要素，使得各个形象鲜活灵动，凸显纸上。例如同为村干部说话，贾奉途的义正辞严、干脆利落，贾正财的推诿搪塞、故作镇定和龙建平的言不由衷、心虚气馁，在形成显明的性格对比的同时，也映衬出个人品质的高下优劣。再如杨子林的故作有理又含混躲闪、马老三的胡搅蛮缠又理屈气短、何三婶的坦诚正直又无可奈何、杨琏的阴险自负又猥琐恐惧等，都见出作者刻画人物的用力用心，让形象的个性魅力得到充分展现。

个性化还体现在叙事人的语言中。《春雷》以大山深处的苗寨为故事的发生地，少数民族淳朴的民风民情氤氲其中，使之独具地域和民族特色。韦晓明曾长期生活和工作在广西苗乡，熟谙苗家村寨的一山一水、一草一木，故而小说的叙事格调自然流畅，对苗乡景致和父老乡亲的爱意也常常会不自觉地倾注笔端。他曾在自己的博客里说："我与家乡父老同呼吸共命运，血脉相连。写他们，为他们而歌，是我的神圣使命。"为此，《春雷》采用第三人称全知叙事，俯瞰式地写出了对苗乡山水草木和风土人情的怜爱。同时，又不时聚焦于韩巍，从韩巍这个下乡扶贫干部的视角平视苗寨里人与人之间的恩怨情仇与喜怒哀乐，并表现出积极、肯定、爱护等正向的情感态度。总体上的全知视角与局部的参与视角巧妙融合，加之全篇质朴、平和的叙事语调，观照出的是韦晓明温煦、慈爱的情怀，进而构成一种特殊的叙事基调。

尤其值得注意的，是小说叙事从全知视角变换为韩巍的参与视角时，作品意蕴有了充分的扩展与提升。这一刻，韦晓明已经把自己对苗寨父老乡亲和山水风物的温情书写，提高到思考和关注国家民族发展与时代进步的层面上，并以此作为小说主题的核心要素。比如，《春雷》在结构上共分十二小节，第一节里作者就在韩巍办完何建方孩子入学手续后，从韩巍的视角发出由衷的感慨："嗬哟……一切都在变，都在往好的方向转变，城市反哺乡村，工业支持农业，全党动员，全民参与，脱贫攻坚战势在必赢啊！"这样的感慨和赞叹，是基于主人公韩巍的切身经历而发出的，从而形成贯穿渗透作品始终的乐观向上氛围，既真实真诚，也自然亲切。韦晓明对小说结尾的情节设计，更是别有韵味。韩巍、何建方、贾奉途三个云雾村脱贫致富的领路人，在惊蛰的晚上开车回到云雾村时，云雾山上春雷滚滚，雷声"久久回荡在群山之间"。

何建方说："这天气预报真的准啊！"

韩巍眺望着电光闪耀的云雾山顶，许久才说："是我们的祖先算得准，'到了惊蛰节，锄头不停歇'。惊蛰雷声，唤醒百虫万物，该展的展，该飞的飞，新的面貌出来了！"

在这里，"惊蛰雷声"不仅是点睛之笔，呼应着小说的标题，从艺术上促成文本结构的自足性，还在于其通过文题互衬显示出的隐喻意义，即韩巍所言春雷唤醒万物，"新的面貌出来了"。

是的，一切都在变得好起来。贫穷的苗寨在变化，时代在变化，国家在变化。一种蓬勃向上的民族精神，在韦晓明的小说中，与现实的社会发展形成互文。从这个角度看，《春雷》称得上是立足新时代，以真诚的现实主义情怀，艺术化地阐释中国精神、中国价值和中国力量的优秀作品。

（原载于《民族文学》2019 年第 6 期）

历史与现状：西藏长篇小说创作观察

普布昌居（藏族）

红西藏当代长篇小说创作起步于西藏和平解放初期，进藏部队中一部分文学青年是最早创作西藏题材小说的主力军，比如刘克、徐怀中、高平、杨星火等。1956年出版的徐怀中的长篇小说《我们播种爱情》是其中的代表作，小说以现实主义的笔触，真实表现了西藏和平解放初期的社会风貌，预示了西藏社会不可逆转的发展前景，被叶圣陶先生推荐为"近年来优秀的长篇之一"。

真正意义上西藏本土作家创作的长篇小说则起步于八十年代初。1977年《西藏文艺》（汉）创刊，1980年《西藏文艺》（藏）创刊，文学刊物的创立极大地激发了作家的创作热情，也为长篇小说创作培养了作家。更重要的是，改革开放新时期为作家提供了良好的创作环境和精神动力。西藏长篇小说也应时而生，迅猛发展，十年间集中产生了降边嘉措的《格桑梅朵》《十三世达赖喇嘛》，益西单增的《幸存的人》《迷惘大地》《菩萨的圣地》，叶玉林的《雪山强人》，秦文玉的《女活佛》，朗顿·班觉的《绿松石》，单超的《活鬼谷》《布达拉的枪声》等十多部作品。这些作品运用传统现实主义的写作方法，生动书写了西藏近代的历史变革和普通人的命运变迁，在国内外产生了重要影响。其中《幸存的人》《格桑梅朵》获得第一届全国少数民族文学创作"骏马奖"。而《绿松石》被业界称为"藏族当代文坛第一部直接用藏文写成的长篇小说，具有开拓性的历史意义"[1]。九十年代以来，西藏作家队伍发生了较大变动。不少汉族作家离开了西藏回到内地生活，这对长篇小说的创作产生了一定的冲击。值得肯定的是，尽管这个时期长篇小说的数量远不如八十年代，但还是出现了一些精品力作。1993年扎西达娃的长篇小说《骚动的香巴拉》由作家出版社出版，是这个阶段为数不多的长篇小说创作的代表。作者采用魔幻的表现手法，以1959年西藏民主改革和"文革"

---

1 次仁顿珠，《评析长篇小说〈绿松石〉》，西藏大学2010年硕士研究生学位论文摘要。

十年为写作背景，通过激烈动荡的社会局势，描写了各类人的思想动态和行为表现，构成一幅既现实又虚幻的历史画卷。时隔几年，1997年6月，中国青年出版社出版了藏族女作家央珍的长篇小说《无性别的神》，这部二十二万字的作品，通过主人公小女孩央吉卓玛的心路历程，以现实主义的手法描写了一个旧西藏大家族的衰败史，深刻揭示了旧西藏严峻的社会问题，强调唯有接受变革才是西藏发展的必然归宿。《无性别的神》的出现，让人耳目一新，使得西藏的文学叙事有了新的面貌，显示出现实主义文学写作的力量。也因此，这部长篇收获了第五届全国少数民族文学创作"骏马奖"的殊荣。一年后，1998年由旺多先生创作的长篇母语小说《斋苏府秘闻》出版。小说通过旧西藏贵族阶层内部激烈的矛盾纠葛，揭露了上层统治阶级内部尔虞我诈、明争暗斗的权力之争，有力地批判了旧制度的腐败。在这部长篇中，旺多先生以他丰富的历史学、民俗学的知识书写了西藏传统的风俗人情，是为作品的另一个亮点。

新世纪以来，西藏长篇小说创作显示出强劲的发展势头，在短短十多年的时间里产出了《拉萨红尘》《复活的度母》《紫青稞》《风雪布达拉》《祭语风中》《光芒大地》《藏婚》《藏漂十年》《天堂上面是西藏》《雪葬》《直线三公里》等汉文长篇小说和《昨日的部落》《花与梦》《天眼石之泪》等母语长篇小说，以及《绿松石》《斋苏府秘闻》《远去的年楚河》等汉译本长篇小说，共计三十多部。其中有不少作品在国内产生了很好的影响力。比如尼玛潘多的《紫青稞》（汉文），入围第八届矛盾文学奖，获得第六届珠穆朗玛文学艺术基金奖；次仁罗布的《祭语风中》（汉文）入选中国文艺原创精品出版工程，获得"2015年度中国小说排行榜"三强、2015年度"中版好书"殊荣；且巴亚尔杰的《昨日的部落》（藏文）获得第十一届全国少数民族文学创作"骏马奖"；艾·尼玛次仁的《天眼石之泪》获得第三届全国"岗尖杯"藏文文学奖，充分显示出西藏作家持续不懈的创作热情和不断奉献精品佳作的创作力量。

新世纪以来的西藏长篇小说创作，无论是创作的大环境、作家的文学观念、作品的内容与形式都有许多拓展与革新，这既是西藏长篇小说创作的现状，也预示西藏长篇小说创作新的方向，尤其值得我们关注和解读。

语境：市场经济大背景下的时代语境与创作环境

新世纪以来，置身于中国比较成熟的市场经济体制下的西藏图书市场呈现出欣欣向荣的局面，长篇小说的出版获得前所未有的生长气候。另外，新世纪以来活跃在西藏文坛的作家，大多经历过八十年代的长篇小说创作热潮的熏陶、滋养，九十年代的沉潜、学习、酝酿，进入新世纪后，他们在思想与技术上也逐步进入创作的成熟期。而时代也在纵横两条线索上为他们的写作提供了可书写的素材。从纵向看，西藏和平解放六十多年来，西藏社会的发展历史、充盈的现实生活、不断成长中的人，给长篇小说创作提供了丰富的创作素材；从横向看，新世纪以来中国经济飞速发展，中国与世界开展的交流更加频繁与深入，这些从根本上带动了社会环境、经济生活、价值取向、审美精神等一系列的改变，也引发很多的社会问题，构成了时代的复杂语境。西藏虽地处边疆，但在现代化建设的热潮中也不是旁观者，同样置身于时代的潮流中，加上西藏作为少数民族地区，多元文化的交融与激荡也为作家创作营造出特别的复杂语境，使得作家的创作获得了更为开阔的维度。

国家政策的倡导和文学奖项的激励，也极大地推进了西藏长篇小说的创作。目前，西藏文学的长篇小说创作可参加评奖的奖项除了国家级的奖项外，还有自治区级的"珠穆朗玛文学艺术基金奖"、西藏作协设立的"新世纪文学奖"，以及市一级的"拉萨市政府奖""雅砻文学艺术基金奖""珠峰文学艺术基金奖"等，这些政策和奖项的设立在发现作家、激励创作、扩大长篇小说的影响力方面起到了重要作用。

作家：创作追求与多元文化的成长背景

作家被称作"时代的代言人"，长篇小说在把握时代、反映历史方面又是最理想的体裁，因此，很多作家都会自觉地把写作长篇视为证明自我写作能力的一种方式。新世纪以来，西藏长篇小说创作的热潮也许和作家的这一主观动因有一定的联系。

与八九十年代的西藏作家不同，新世纪以来，中国经济飞速发展，互联网的普及与交通便利，使西藏与世界的距离不断缩小，全球化、现代化的影响走向纵深。与老作家相比，年轻的作家们接受到更多元的文化滋养，创作思想与视野更加开阔，知识结构不断完善。评论家周新民访谈作家次仁罗布时说："在我看来，您不仅仅接受了藏族文学传统的影响，也深受国外优秀文学作品的熏陶。您可否举例说明最喜欢的外国文学作品有哪些？它们给了您什么样的启迪？"次仁罗布在回答中，例举了海明威、福克纳、鲁尔福、川端康成、奈保尔等人的作品对他创作与思想的启发。[1] 无独有偶，中国作家网2014年1月3日发表的《白玛娜珍：悲悯情怀是文学境界　写作追求心灵的自由》一文中，作家白玛娜珍在回答西藏民族大学文学院教授胡沛平提出的"您时常阅读国内和国外其他作家的作品吗？有没有特别喜欢的作家？"的问题时说："我从十二三岁开始接触到外国文学的汉文翻译作品。文本显示出的那些不拘一格的叙述方式，具有异国文化特色的故事、人物及思想，给我留下了至深的印象。""除了文学作品，我的阅读兴趣较广泛，也喜欢时尚杂志、医学刊物、生命科学、宇宙之谜以及自然科学类、哲学、心理学、佛学类书籍等等都很爱看。"表现了作家开阔的阅读视野和多元文学思想的接受经历。

文学观：现实主义的文学观念与写作追求

八九十年代的西藏长篇小说创作，几乎都采用的是传统现实主义的叙事模式。九十年代扎西达娃的《骚动的香巴拉》在艺术上采用意识流、时空倒错等叙事手法，呈现出奇特风貌和神秘氛围，是西藏长篇小说中少数现代先锋文学的代表。新世纪以来，随着经济的发展，西藏的交通发生了天翻地覆的变化，旅游业日渐成为西藏的支柱产业，"天堑变通途"，"坐上火车去拉萨"成为一种时尚，曾经神秘的西藏更多地向世界洞开，对现实的西藏社会、西藏人的更深层次的了解成为很多人的愿望。从文学接受的角度讲，采用现实主义手法创作，有浓郁的藏地特色，有深厚的生活底蕴，有浓厚的烟火气息的西藏文学作品成为读者新的阅读期待。

新世纪以来，西藏本土作家逐渐成长，他们积极寻找适合表现现实生活和时

1　周新民，《次仁罗布：温暖与悲悯的协奏》，《芳草》2018年第3期。

代需要的文学叙事模式，而现实主义的文学创作理念与方法被更多的西藏作家认同并选择。在一篇题为《用笔还原真实的西藏》的访谈中，被访者次仁罗布说："'还原真实的西藏'就是要超越上世纪八十年代魔幻现实主义的藏族文学的辉煌，找到属于当下的一个叙事世界，在作品里呈现藏族人的内心世界和传统的价值观。"作家尼玛潘多也在《紫青稞》的创作谈中说："我看了很多关于西藏的书，但是神秘和猎奇大行其道。很多人对西藏真正的生活不了解，对普通老百姓的情感不了解。""我在创作之初，并没有预想要表达社会转型过程这么个宏大题材，或者肩负起历史、社会责任感，我只是很喜欢这样一群人，希望能够展现他们的生活。我希望能还原一个充满烟火气息的西藏，这也许就是不自觉的社会担当吧。"

也许正是阅读者和写作者共同的心理合力，进入新世纪以来，向现实主义的回归很快成为长篇小说创作的主流趋势。

作品：主题多元，文体新颖

1. 历史书写与政治叙事

吴秉杰在《"骏马"奔腾向前方——评近年少数民族长篇创作》一文中说："历史创作无疑是长篇小说的优势领域，它的线性长度与历史纵深的要求相一致，作为时间的艺术，综合性与宏观把握又与长篇的丰富及复杂性要求相一致。"[1] 也许正是出于这样的原因，新世纪以来，西藏作家的长篇小说创作大多把西藏几十年历史变革、世事沧桑作为背景，在历史发展进程中描写西藏社会的变革与人的发展。

《风雪布达拉》是克珠群佩、王泉共同写作完成的长篇历史小说。小说以二十世纪初拉萨城真实的历史风云为背景，生动表现了农奴主与贫苦农奴之间的矛盾斗争，歌颂了爱国宗教人士维护祖国统一、民族团结的感人事迹。小说在叙事方式上继承了革命现实主义的叙事方法，语言质朴，情节生动，具有一定的教育意义。

《紫青稞》是尼玛潘多的代表作，2011年由作家出版社出版。小说通过阿妈

---

1 吴秉杰，《"骏马"奔腾向前方——评近年少数民族长篇创作》，《文艺报》2011年12月31日。

曲宗和她的三个女儿的曲折人生经历，表现了解放以来，尤其是改革开放以来西藏农村、农业、农民的历史变革，生动表现了西藏农村女性自我意识觉醒、精神成长的历程。

《光芒万丈》是西藏作家张祖文的作品，张祖文是四川人，大学毕业后入藏工作。小说从异乡人的视角考察藏地生活的方方面面，客观呈现了西藏和平解放以来五十多年的历史变迁，表现了农民对土地的依恋、对爱情的忠贞，歌颂了汉藏民族间的血肉联系。

2. 民族志与心灵史

《绿松石》是朗顿·班觉的代表作，它是西藏和平解放后的第一部藏文长篇小说，新世纪初由次多、朗顿·罗布次仁合作翻译成汉文，2009年在《芳草》第2期全文刊出。

这部长篇围绕着一颗珍贵罕见的绿松石头饰勾连起各个阶层的人，讲述了平民班旦一家三口因为这颗珍宝而经历的曲折命运。作为已经具有了一定的政治觉悟的老作家，朗顿·班觉的这部长篇的立意为揭露旧制度的罪恶，表达对善良者的同情。值得肯定的是，朗顿·班觉没有让这部作品流于简单的表现阶级斗争主题的叙事模式，而是凭借自身丰富的生活阅历和广博的知识，"将上世纪二三十年代西藏社会上自噶伦下至乞丐的生活以及藏族传统的风俗礼仪等，进行了细致入微的刻画和描绘，鲜活地向我们展现了一幅旧西藏世俗生活的风景画以及藏族文化的精神特质及其历史记忆"**[1]**。

《复活的度母》是作家白玛娜珍的作品，作品以西藏五十多年的发展历史为背景，将普通人的情感经历与大时代的社会变迁相互交织，揭示了西藏的沧桑巨变，展示了普通人的生活和心灵史的发展轨迹。白玛娜珍在这部长篇中打破了传统的叙事方法，让琼芨白姆以及茜玛母女三人轮流充当叙事主角，第一人称的叙事策略突出了主人公微妙的内心世界，被吉米平阶誉为"藏族女性的心灵秘史"**[2]**。

评论家石华鹏在《一个成熟小说家的写作品质》一文中写道："一个小说家只有迈入成熟之阶段，写作才能散发出真正的自由和意义来。"近年来，次仁罗布的写作也开始显示出这样的成熟气象。《祭语风中》是次仁罗布2017年推出

---

1 俞世芬，《诗化的藏地民族志——评朗顿·班觉的长篇小说〈绿松石〉》，《当代文坛》2009年第3期。

2 吉米平阶，《藏族女性的心灵秘史》，《民族文学》2008年第7期。

的长篇小说，小说以主副两条线索推进，主线以西藏近五十多年来的历史变迁为背景，通过主人公晋美旺扎从僧人到俗人的经历，讲述了西藏历史上的1959年上层反动分子的武装叛乱、民主改革以及中印自卫反击战等重大历史事件。透过小人物的命运遭际，传达了藏族人的生死观念与生命态度，小说的辅线讲述了藏族历史上的藏密大师米拉日巴超越苦难、参悟生死的一生。小说中两条线的交织延伸，生动表达了藏族人的生死观念与生命态度。《祭语风中》的出版，标志着次仁罗布创作的一个新高度，也是新世纪以来西藏长篇小说的重要收获。

3. 现实观照与社会批判

次仁央吉是新世纪以来西藏藏文写作的重要作家，近两年，她的写作越发成熟。

在小说集《山峰的云朵》收获了第九届全国少数民族文学创作"骏马奖"之后，2017年她又推出了长篇小说《花与梦》，这是西藏第一部女性作家创作的母语长篇小说，小说一面世就引起了广泛的关注。

九十年代以来，随着社会主义市场经济的进一步深化，中国社会各行各业飞速发展，交通与通信的便利拉近了城乡的距离，更多的来自乡村的人走进了城市，近距离感受城市的现代与繁华。但城市的光鲜亮丽的景观与丰裕的物质背后也有更多的竞争与压力，有更加异化的心灵与冷漠的人际。在这里金钱至上的利益追逐，让传统的价值伦理观念面临更多考验，甚至溃败。没有根基和实力的农民工要想在城市梦想成真就需要付出百倍的努力，经历更多的挫折。

《花与梦》正是基于这样的时代背景，讲述了四个进城务工的藏族农村女孩的人生故事，描写了她们从心怀梦想到痛苦挣扎，从人生溃败到幡然醒悟的命运沉浮。小说如同一面镜子生动反映了几个女性经历的心路历程和精神磨砺，表达了作者对社会底层女性群体命运的深刻思考与人文关怀。

次仁央吉是一位认真写作的作家，她的写作不回避现实的矛盾，没有做作和夸饰。女性如何才能获得自己的幸福，如何才能在精神上成人，次仁央吉在《花与梦》中做出了自己的评价：在表达了对不幸者的深切同情的同时，作者也批判了物欲贪婪对女性心理精神的腐蚀，肯定了正直、勤劳的品格，提醒现代女性唯有自立、自强、自尊才是幸福的正途。

4. 文体的创新与探索

与九十年代西藏长篇小说创作中现实主义文学与先锋文学并存，多元文体相互融合的状况相比，新世纪的西藏长篇小说创作显示出鲜明的发展倾向：回归现实主义。但面对鲜活的作品，这样的判断不免归于笼统。如果我们对新世纪西藏长篇小说的文体进行细致地分析的话，又能在这些作品之间看到不同。次仁罗布在这一方面的探索具有代表性。他的长篇小说《祭语风中》在"怎么讲"上别开生面，安排了两条线索推进故事：一条线索是主人公晋美旺扎从僧人到俗人的经历；一条线索是十一世纪末到十二世纪初，藏密大师米拉日巴排除困难解脱成道的一生。小说中，这两条线索的自由交替，打破了时空的阻碍，让作者能够自由穿行于人物的前世今生，使叙事具有了更开阔的界面，这是现实主义与现代主义的成功融合，也是对西藏长篇小说文体内涵的丰富。

不足与问题

西藏长篇小说应时而生，顺势而为，取得了较为显著的成果，但从整体上来看还存在不少缺憾。长篇小说不仅仅是一个简单的文体，它更是一个写作者思想力、历史观、价值观的展开过程，对作家的知识储备、经验阅历、视野格局等都有一定的要求。从已出版的西藏长篇小说来看，不少作家在这一方面还有所欠缺，知识与经验的积累不足，驾驭长篇的能力较弱，使得作品对现实生活的广度与深度的把握不够，不能充分深入地表现人的命运和人性的丰富性，有一些作品甚至在人物形象的塑造上还存在概念化、脸谱化的现象，另外，不少作家还是乐于在写实主义的框架内创作，缺少对文学形式的创新和实验。新世纪新时代赋予长篇小说的责任与使命比以往任何时候都要重大，作为西藏长篇小说的写作者，唯有在创作中牢记使命与担当，正视不足，不断突破局限，方能写出有厚度、有高度的作品。

［本文为"藏财教指（2018）54号　中国语言文学学科建设项目"阶段性成果］

（原载于《民族文学》2019年第6期）

知青文学新开拓　乡村大地新风景

——孙春平《筷子扎根》简评

张志忠

　　孙春平的小说创作，借用一句广告词，就是"全包圆"。这里有两个层面，其一，从体式上讲，从长篇小说、中篇小说、短篇小说到小小说，孙春平通吃，而且都有相当的斩获；其二，就题材而言，乡村、部队、工厂、机关、学校、公安，他全面覆盖，视野开阔，思维活络，具有很大的包容性和统摄力。如果说，前者显现出孙春平在小说艺术上不倦的探索求新，后者则证明他阅历丰富，在生活中处处做有心人，还几次深入基层去挂职体验生活。摆在读者面前的这篇《筷子扎根》，就是他对知青文学的新开拓，勾画出乡村大地的新风景。

　　轰轰烈烈的知青下乡运动，是一代人心中永远的铭刻，是二十世纪风云中国的特殊记忆。知青文学作为一个重要的板块，参与了新时期之初文坛的狂飙突进，也确实凸显出时代的风骨。时至今日，知青文学风光不再，但关于这难忘往事的文学书写却时有所见。孙春平的《筷子扎根》在表现知青生活时独辟蹊径，写出一个依靠自身的机灵和智慧，从当年落脚乡村到后来叱咤商海的知青张海俊的人生轨迹。性格就是命运，张海俊的生活轨迹，有起有落，充满了悲喜剧色彩，而决定他命运的，是他的性格，学习和进取，让他注定与众不同。

　　在《筷子扎根》中，张海俊的第一个偶像是李向阳。作为共和国的同龄人一代，李向阳的故事深入人心，得益于电影《平原游击队》的反复上演，也得益于那个时代少年人从电影和时代中熏陶出来的战争情怀——战争硝烟已经散尽，但英雄崇拜有增无减，虚幻而又切近的随时准备上战场的心态，激荡着每个少年人的心，"我是李向阳，从来不投降"的儿歌，不知其出处在哪里，显然不是官方媒体所为，因为其诙谐顽皮，适合孩子们的心性，却大面积流传。张海俊的过人之处在于，他把这种英雄崇拜化作了自己的行为实践，无论是指挥知青们巧妙地从车站对逃票人的"围剿"中逃脱，还是他一个人勇挑重担，自告奋勇地去看管村西的玉米地，在那块最不容易看护的玉米地上创造了损失最小的奇迹。真是兵不厌诈，张海俊迭出奇招，既有虚张声势，又有巧设埋伏，他读过的《三国演义》《水浒传》和《三十六计》，让他深谙"兵者，诡道也"。一个毛头小伙子，爱读兵书，可见他对战争的迷恋之深；用在护秋上，令人感叹是大材小用，太委屈他了。

不过，这样的张海俊，还是过于生猛了一些，很快他就被邻村的姑娘袁玲擒获，被逼成婚。我也做过知青，深知知青与农村姑娘结婚的利害。虽然说，扎根农村干革命的口号喊得山呼海啸，但每个知青都在指望有机会返回城市，一旦像张海俊这样，和农村姑娘结了婚，就确实是扎根了，如作品的标题《筷子扎根》所示。在数千万知青这样的大基数之下，因为和农村姑娘结婚而注定了终身难以走高的是其大多数。更何况，张海俊还是处于没有任何退路下的低头妥协，使他处于非常低迷的状态。为了这桩婚姻，张海俊向父母亲隐瞒了许多年，甚至谎称自己已经招工到了保密的矿山，许多年间都以各种理由拒绝回城探望父母，其心灵伤痛之深，可想而知。这样的关节点，在作品中铺叙开来，沉甸甸地压在张海俊的心头，也让读者为之心疼。

张海俊虽然走错了一步棋，但是他的能力和智慧仍然让他不同凡响。他得风气之先，开始利用铁路职工家属的便利，进行小不溜儿的货物贩运，赚到人生的第一桶金，虽然说，后来的张海俊仍然多有波折，甚至还因为经销的假酒出了人命而坐牢，但在监狱中，他照样玩得转，成为给狱方经商创收的一方诸侯。

这样的简述，把作品的脉络理了一遍，相应的问题就浮出水面，为什么会将作品命名为《筷子扎根》？所谓筷子扎根，夸奖的是土地肥美，化生万物，作品所用大量笔墨写出的，却是张海俊顽强的生存能力和过人智慧啊。他担任生产队副队长出马第一枪，就是利用废弃砖窑的空场地搭温室种韭菜，变废为宝，既赶上了过春节把应时的韭菜送进城，又争取到公社的资金支持，兼得天时地利人和，令人叹服。照理说，张海俊这样的机智灵活，是插到哪里都能存活吧。

这就是作家的机心所在。世事洞明皆学问，人情练达即文章。孙春平见多识广，经验丰富，写出来的东西，静水深流，却又暗藏玄机。能够写笨人的作家一定是机灵人，能够写聪明人的作家一定是智者。回过头来再读作品，张海俊的机灵都是摆在明面上的，他在社会生活中"人争一口气"的精神也可圈可点，但是，他在乡村，连略施小计的袁玲和她的家人都斗不过，又谈何有大的智慧呢？还是生产队长大魔看事情看得透彻，他一锤定音地将张海俊留在磨盘湾，避免了到邻村的袁家做上门女婿的尴尬困窘。张海俊也曾经在分派护秋任务时自以为聪明过人，与大魔比试过一个回合，还自以为占了上风，但是，在后来的情节展开中，精明干练的大魔对张海俊的庇护和指点，才是张海俊得以走出人生低谷，进行新的追寻的重要节点。大魔不但看穿了袁玲打上门来以既成事实逼迫张海俊答应成亲的小把戏，他在新婚之夜对张海俊的教训也言简意赅，击中命门。后来，上级要求生产队要对张海俊以"投机倒把"的罪名在村子里批斗。我们还记得《平凡的世界》第一卷中，孙少平的姐夫王满银就是因为流窜在外卖老鼠药，被冠以"投机倒把"，在工地上强制进行劳动改造，而且更恶劣的是，不但王满银要接受"示众"的耻辱，还殃及家人，每个被强制劳动的人身边，还要安排一位亲属一起干活。王满银的老丈人孙玉厚就遭受这样的羞辱。好在张海俊所在的村子，队长大魔眼力甚强，他没有将张海俊"批倒批臭"，还变着法子让张海俊当上分管副业创收的生产队副队长，把为个人改善经济状况上升到为全队的农民谋福利。大魔所言，掷地有声："这年月，这不行那不行的事多了，干熬着受穷就行啦？你小子也不用怕这怕那的，遇事，不是还有我挡在前面吗？真要出了事，不过坐大牢，挨枪子儿，都由我一个人担着。"有这样的高人站在身后，张海俊才会做事情做得有底气，有胸襟。在张海俊人生的几个关键时刻，结婚成家、为村民创收、办社队企业等，都是得到大魔的指教和支持，才能够放开手脚，施展才能。大魔丰富的人生经验和知人善用，底蕴深厚，这才是筷子扎根的前提所在。

由此入手，我们会发现，在几乎是平铺直叙地讲述张海俊的大半生故事的同时，作家还别有心计，苦心经营；虽然是煞费苦心，却不显山不露水。这也就是通常所说的"巧构"。能人后面有能人，情节后面藏情节。能人背后有能人是说，不但队长大魔是能人，为了嫁给张海俊而敢于铤而走险放手一搏的袁玲也不可小觑，一个农村姑娘走出这一步险棋，不惜身败名裂，是需要绝大的胆识和勇气的。情节后面藏情节是说，许多地方，看似平淡无奇，但作品的内在节律都是互相呼应相互贯通的。袁玲逼婚是有孕在身，"背水一战"，后来才揭示这是"李代桃僵"，"渔翁得利"，让读者对袁玲刮目相看。公社的砖窑，第一次出现在作品中的时候，只是说到烧砖的人们偷村子里的玉米吃，我们不知道它后来还会不断地现身参与作品情节的发展，包括张海俊为什么不再到砖窑上烤玉米吃，包括它被巧妙利用改建为种韭菜的温室。这属不属于"伏线千里"？作品中写到张海俊要和袁玲结婚，得罪了全村的女知青，在这里讲出张海俊不但非常聪明，在校学习成绩不错，而且仪表堂堂，非常帅气。粗粗地读，也就一带而过，但是后面又讲到"我"和张海俊的妹妹海波谈朋友，被她的美丽所吸引，于此处特意去介绍他们当过列车长的母亲就是个大美人，兄妹二人都得到母亲的真传，对前面的情节做了补充，可谓是"背面敷粉"。

由此看来，《筷子扎根》就是具有双重蕴含的作品。它写了一个个性鲜明才智过人的知青张海俊，写了乡村智慧孕育出来的大魔，写他们两人的相得益彰，也从一个侧面展现出东北乡村中几十年的风云变幻，气象万千。也可以说，张海俊的人生道路，和共和国的命运纠结在一起，从"文革"年代一路走过来，走入市场化时代，个人命运的浮沉，和民族复兴的道路重合在一起。更为重要的是，张海俊的积极参与感和进取心，这在近年的小人物叙事中是不多见的。大时代的变迁，给人们的生活和工作造成很大的改变，但置身于一个充满各种矛盾和不确定性的社会中，也会造成普遍的焦虑和担忧，径直变为任由时代之手拨弄的卑微弱者。这种无力感影响到文坛，在底层写作和苦难叙事中，人们的无奈和无助在同情的目光下被凸显出来，赢得各种同情。但是，弱者的责任呢？个人对历史的回应呢？西谚说，人必自助，然后上帝助之。即便是弱者，也要努力自助和自救，即便是像张海俊这样，沦落乡村而且还陷身于婚姻的陷阱，他最终能够走出困境，首先是将个人的委屈和伤痛置之心底，仍然顽强地与命运抗争。他的诸多举止，没有豪言壮语，没有宏伟蓝图，有的是为了自救图存，有的是为了知恩图报，但在他和他身后的村民的积极参与下，他们改变了乡村面貌，更成为这个伟大时代的积极参与者和推动者。这才是作品最为深刻的启示吧。

（原载于《民族文学》2019年第8期）

将个人命运与时代进步紧紧联系在一起

——评《春天里的人们》

李朝全

　　文章合为时而著，歌诗合为事而作。报告文学是一种时代特征特别鲜明的文体，报道最新发生的事情，新近出现的重要现象、重要事物，涌现出的新人物，是报告文学承担其作为文学轻骑兵职责的重要表现。这种脱胎于新闻的文体的一个重要功能，也是它的一大审美特质就在于它能够向人们及时传递新鲜的资讯和信息，能够让人们了解许多希望了解的正在发生或新近发生的大事要事，正在发生着的重大变化和发展的趋势态势，让人们对未来能有一个基本的清晰的判断。

　　傣族女作家禾素的长篇纪实新作《春天里的人们》就是这样一部典型的具备新闻性价值的作品，它有助于人们认识和了解香港社会的当下实情及其未来发展走向。作品讲述的是数十年来在香港地区孜孜不倦勤勤恳恳兢兢业业地推广普通话的一群教育工作者平凡的经历。她们的经历也是芸芸众生的一种经历，但是她们都有一个志向一个愿景，并以此作为谋生的手段和职业，即：她们都以教授普通话、推广普通话教育作为个人事业、生命寄托和实现个人价值的一种主要方式。这些人大多来自内地，有许多是嫁到香港的内地女子，她们的经历有着许多相似之处，譬如，都是因为对原先的生活状况不满意，或者因为家庭破裂，独自到深圳打工，在打工的过程里结识了来自香港的未来的丈夫，由此开始进入香港这个大千世界，在这个竞争激烈的社会里摸爬滚打，奋斗拼搏，寻找自己生活的方向。她们中有的做过厨房的帮厨，有的做过私人教师，有的在幼稚园当过老师，干过各种各样的粗活脏活累活，只求能够自主自立，最终她们都发现了教授推广普通话是自己可以赖以存身和谋生的手段，于是都投入了很大的精力重新学习。无论原先的起点是大学毕业还是高中毕业，她们都通过继续教育，取得了教师资格，开始了正规的教授推广普通话的工作，以此谋生，并在这一工作中找到了心灵的寄托，从而摆脱了业已破碎或者分裂的家庭。其中有些女子因为职业上的独立和财务上的自由而勇敢地跨过了婚姻的樊篱，与原先的香港丈夫离婚，重新开始属于自己的自立的生活。菁是一位性情温和的人，就像大海中一朵小小的波浪，因为不懂英文和粤语，无奈之下直接去找校长要求报考，好不容易考上了，婚姻却陷入了僵局，但因为孩子小而隐忍住了。她通过帮助孩子攻克学习难关，从而找到了新的谋生路子，就是教问题学生，把七个有各种毛病的孩子教得很出色。她1994年从四川到深圳，先是到酒楼去当配菜工，后来因为结识了香港的这个男子而移民到香港，到港后却经历了婚姻上的种种不顺，但顽强的她扛起了生活的各种艰难，通过上中文专业拿到了教师证，开始教普通话，接着又学会并教人瑜伽，最终顺从内心的召唤与丈夫和平地分开，搬去北角独居。夏雪同样是一位要强的女性，因为压力大，和丈夫关系破裂，但她决不轻易向现实妥协，反而感谢那些伤害过自己的人让自己能够快速地成长，经历过的事情让自己能够不再惊慌失措。来自江苏的艾玲，与世交子弟、警察苏伟堪称青梅竹马，因此坚持要回家嫁给他，嫁人后却因家庭矛盾夫妻关系破裂，于是迁到香港定居，分到了公屋，转行教普通话。丈夫纠缠不放，也要求来香港，并且一再地背叛她，先是把赚的钱全都收走，接着又找借口回内地寻欢作乐重婚生子，丈夫人性丑陋的一面暴露无遗。这时艾玲不幸又患上了癌症，但是她的内心怀有无尽的善，让她克服了一个个生活的难关。几年后，她终于走出了婚姻的围城，再婚嫁给了一位心仪的艺术家。向真来自湖北，到深圳打工，经人介绍，对丈夫虽了解不多，但还是嫁给了他。嫁给丈夫到了香港以后竟是她噩运的开始，先是遭到婆婆百般虐待，接着丈夫又有了外遇，向真只好自求真正的独立。她一面体会到有些香港人的卑劣，一面通过教普通话谋生。在她把普通话中心的教师职务辞掉后，却又被本来讲好聘用她的幼稚园校长解聘。就在她陷入绝境之时，有朋友给她介绍了一个私人教师的活，才帮助她渡过了难关。

因此，这部作品给人感受最深的便是这群我们并不熟悉的独特的女性。她们的经历有类似的地方，那就是都是通过自尊自爱自强，最后实现了个人的职业自立、财务自由和人身自由，寻找到了个人的幸福和生命的价值。

这是一群普普通通的女子。而作者作为一名女子，她对这群女子显然怀有无尽的同情、体谅与关爱。作者的书写首先在于揭示这群女子的命运和人生轨迹。文学是人学，文学关注的是人性、人心、人道和人情，作者以一种同情心同理心去贴近这群女子，走进其内心深处，了解其最为幽微隐秘的心灵深处的悸动，去捕捉她们生命升华的每一个瞬间。这，正是对人性基本的尊重，也是对女性生存处境深切的体谅，是对于女性自我蜕变自我升华的一种生动的描绘。许维琳是普通话比赛的一名评委，作者选取了一个细节，一支参赛队因为一名胖学生的意外情况引起全场哄笑而导致比赛效果不佳，但是他们出色的发挥依然给了许维琳一个惊喜，因此她破例额外给了他们一个奖，使这群学生和老师受到了很大的激励。许维琳当年是香港的偷渡者。她的爱人先期到香港去投靠其开小厂的父亲，而许维琳则是通过交了八百元偷渡费，带着孩子冒险孤身前往，一路上经历了各种曲折和惊险，最终来到香港。然而这位华东师大毕业的大学生，在这里学历却不受认可，她只好重新学习，重新获得学位，才能找到工作。又因为不懂粤语，不懂英文，开始时只能委屈地到唯一一所用普通话教学的学校去当教师，语言成为了她的谋生手段。压力非常大，但是，许维琳没有放弃，每天四点就起床，勤勉敬业，最终做出了显著成绩，三十年后改行去了城市大学教普通话，而且参与举办香港校际朗诵节，担任比赛评委，后又加入了儿童文学会，成为了一名儿童文学作家。她的人生理想就是快乐做事，轻松做事，不求名利，知足常乐。曼君因为结识了香港的丈夫而来到香港，租了公屋，原先在学校的餐厅工作，为了能照顾女儿上幼稚园兼顾家庭和工作，她努力学文学、教育学，考取了高级教师文凭，开始做家教，又自编图像拼音教材，接着从私人教师转成普通话教师，因为好学而改变了自己的命运。她的人生感悟是：人活着的意义就在于传承，从家庭菜式到上一代的好东西，包括好的生活习惯、思想、知识，普通话教学也是在传承中国文化。珊珊原来在外贸集团工作，也是因为认识了在香港新世界集团当工程师的丈夫而嫁到了香港，为了谋生而开办普通话中心，"非典"期间赔了很多的租金，但是她坚持了下来，最终闯出了自己的一片天地。

……

这一个个女子的生活经历都相当坎坷，她们以教授普通话作为谋生手段，同时她们也是文化的使者和传播者，她们促进了香港这座包容性城市文化的融合。正如作者所言，她们为这座城市带来了新鲜的声音，这些声音会引导这座城市与祖国内地更加紧密地融合，加速香港的去殖民化。这些人都是普通人，她们的身上未必都有家国天下的情怀，未必都有强烈的爱国主义情操，但是她们个人的奋斗和作为，却对维持香港的繁荣稳定，推动香港的进步，促进香港和内地的融合，保证香港的可持续发展，做出了自己重要而独特的贡献。她们以自己的实际行动，践行了一个热爱祖国的普通人的职责，体现了公民意识，其生命的价值和意义也在这项工作中得到了彰显。

　　今年是中华人民共和国成立七十周年，也是香港回归祖国二十二周年。香港所走过的道路是曲折的，香港曾经有过一段漫长的不堪回首的殖民地的历史，一百五十多年的殖民历史给香港打上了沉重的精神和文化的烙印，这种烙印的后续影响可能会持续很长时间，甚至很难被完全消除。因此，对于一个重新回到祖国怀抱的特别行政区而言，它的文化传承，文化及精神的重构、重建既极其重要又相当艰巨繁重。文化化人，文化育人，一个地区之所以具有中国性，之所以成为中国的一部分，就是因为在这片土地上生生不息、绵延不断地传承了五千多年的中华文明和中华优秀传统文化。文化的重要载体是语言和文字，因此，在香港这片久别重归的特别的土地上推广普通话，推广传承中华传统文化和中华文明，其意义重大而深远。放到民族国家的层面上考察，这实际上是在为一个地域的重新融合重新融入祖国大家庭所进行的一种非常艰辛但却是极其重要的努力。一方面，香港广大居民有学习普通话、学习中国传统文化的迫切需要和强烈需求；另一方面，一大批有志于推广普通话、推广中华传统文化的有识之士加入到了这样的一股洪流之中；再一方面，政府部门特别是中央和香港特别行政区政府都有志于推广和传承好中华优秀传统文化。文化是根，文化是脉，文化是灵魂，文化是民族的精神标识，只有把文化传承好，弘扬好，这个地区的文明进步才是可持续的、绵延不绝的。漫长的殖民地历史有可能使香港的传统文化被拔根或被削弱淡化，被糅杂和多元化，那么，在这种多元化的文化中，坚持中国文化的主导主流地位，坚持中国文化对香港社会的全覆盖和引领作用，应该成为每一位有识之士共同的抱负和理想。推广普通话的这批工作者，她们自觉或不自觉地汇入了这场传承传统文化的时代大潮。她们都是小人物，但是历史不正是由小人物创造的吗？她们看似微弱的基础性的工作实际上也是在参与创造一部香港的新历史，书写香港的历史新篇，因此，她们的作用不可替代，她们的价值不可低估。而作为新加入香港区籍的移民，她们无疑是新香港人，她们对于香港是一种新鲜元素，一种活力和生机，她们为香港原先驳杂的文化格局注入了一股清流，带来了一阵清风。这是从祖国内地吹来的风。这种风尚的影响引领应该是一种长久的、可持续的，而且应该是一种引导性的、主导性的。现在回首看看香港回归二十二年来的历程，我们更加真切地认识到，推广普通话，推广普及中国传统文化，对于香港的未来至关重要，对于香港更好地融入祖国，和祖国同步伐共命运齐发展，组成一个命运共同体，尤为重要。从这些层面上说，《春天里的人们》这部长篇纪实作品无疑是特别的，有价值的，值得肯定的。

　　作者禾素1994年移居香港，从事教育及写作工作。在香港生活了二十多年，她对香港社会已然相当熟悉，尤其是对推广普通话的这个教师群体非常熟悉。她所采访的这些女性几乎都是她的朋友，或者有过多年交往，对她们的经历和事迹此前早已有所耳闻目睹，而经过进一步深入的采访了解，她也进一步揭开了这些女性的生命历程和心路历程。这种亲历式、耳濡目染式的采访，因为真实真切，因此具有很强的可信度和感染力。

（原载于《民族文学》2019年第10期）

蒙古族当代母语小说创作的现代转型与自我超越

阿　荣（蒙古族）

一、创作主题的多样化

随着二十世纪九十年代我国社会环境和思想文化的迅速转型，关于少数民族文学现代性的问题出现了诸多认知和看法。蒙古族当代母语小说的创作，虽然经历了曲折的、艰难的发展过程，但是始终与社会发展保持着密切联系。与中国当代文学同步，蒙古族母语小说创作经历了"十七年"时期、"文革"时期和"新时期"三个历史阶段。不同历史时期的蒙古族母语文学创作有着不同的风格。二十世纪五六十年代，在特殊的社会环境背景下，蒙古族作家创作了一批服务政治的革命历史小说和建设小说。例如，齐木德道尔吉的《西拉沐沦的波涛》（上部）、葛尔乐朝克图的《路》、宝音赫西格的《朝鲁爸爸的祝愿》等等。"文革"时期是蒙古族当代母语小说发展的特殊时期，由于作者队伍残缺、文学环境复杂等原因，蒙古族母语小说创作陷入了困境，作品的数量明显减少。反映"文革"斗争的马·古苏日扎布的《血缘》和巴·桑布的《灾难的草原》等作品是"文革"时期母语小说的代表作。由于受到社会现实的限制，这两个时期创作的蒙古族母语小说的思想性不深刻、艺术性较弱。

二十世纪七十年代末八十年代初，在新的文艺环境下，蒙古族母语小说的创作格局发生较大变化，出现创作风格变革的前景，顺应时代的变迁，出现了新主题，开启了新局面。二十世纪八九十年代，"伤痕小说""改革小说""反思小说""生态小说""乡土小说"的创作取得了显著的成绩。力格登、苏尔塔拉图、布仁特古斯、巴德巴、阿云嘎、布和德力根、满都麦、莫·哈斯巴根、巴图蒙和、嘎·希儒嘉措等第三代中青年作家的母语小说创作成就显著。二十世纪九十年代，以齐·敖特根其木格、苏布道、赛罕其其格、阿拉坦高娃为代表的女性作家，以女性个体的生活、生命、感情体验为线索，创作了一批反映现代女性面临的社会问题的作品，促进了蒙古族女性文学的发展。二十一世纪，蒙古族母语小说的创作紧跟时代步伐，探讨社会、反思历史、认识时代。尤其是书写人性和爱情以及反思历史的小说的成就较高。例如，策·布和德力格尔的《米丹夫人》、格日勒图的《阴阳树》等小说以历史上的重要事件或重要人物为题材，以特定历史时期为背景，阐释历史，并重新解读民族历史。

从以上分析来看，随着社会和时代的发展，蒙古族母语小说的创作主题得到了极大的拓展，作家的创作视野和审美观也发生了巨大的变化。蒙古族当代母语小说的主题逐渐多样化，从早期的革命历史、社会主义建设题材发展到书写传统文化、草原生态、民族历史、民族现代生存问题等等，从过去比较狭窄的维度拓展到更开阔的创作道路。总之，蒙古族当代母语小说的主题经历了从"单一"到"多元"，从"传统"到"现代"的演变过程，这体现了蒙古族母语小说创作方法的成熟以及文艺环境的现代性变迁。与此同时，蒙古族当代母语小说的创作主题还有很大的开拓空间，蒙古族作家应突破自身创作的局限性，提高对社会的敏感性和责任心，积极反映时代精神，超越本民族狭小领域，创造出具有人类世界普遍价值的作品。

二、对民族文化现代性变迁的思考

蒙古族当代母语作家植根于蒙古族文化土壤，叙述大草原上发生的故事，反映草原人民生活的变迁，深入思考民族传统文化的现代生存问题，体现出了作者的时代责任意识。

（一）自觉的母语意识。语言是文学创作的重要载体，凭借作品的语言，可以感知作者在作品中表达的审美意蕴。母语话语秩序是蒙古族作家的独特追求，作家坚持用母语写作，运用本土特征的谚语、方言土语和修辞手法，从而使得作品具有浓郁的母语气息。韩少功认为，"当一切都行将被主流文明无情地整容，当一切地貌、器具、习俗、制度、观念对现代化的抗拒都力不从心的时候，唯有语言可以从历史的深处延伸而来，成为民族最后的指纹，最后的遗产"[1]。少数民族传统文化严重流失的今天，少数民族作家依靠母语创作开辟了一条继续发展的

1　韩少功：《世界》，《花城》1994年第6期。

道路，发扬"母语"的魅力是少数民族作家对民族传统文化做出的独特贡献。

二十世纪八十年代开始的文学创作中的母语回归热是全球化语境中，在现代文化的冲击面前，是作者保护本民族文化的一种方式，也是现代性的一种独特思考。母语是表达民族文化的一种形式，是民族原始记忆的象征，是作者认同自我文化身份的重要途径。在中国当代社会中，蒙古族作者面临着语言的尴尬处境：一边是相对边缘的本民族母语；一边是强势的汉语。用母语创作，作品传播的范围相对狭窄；用汉语创作，作品具有广泛的读者和影响力，但是以抛弃母语为代价。在这种尴尬的处境面前，作者们出于民族文化责任意识，选择了母语创作。少数民族母语文学更容易满足读者对民族的诗意性生活和原始面貌的期待。"母语文学"是一个包含民族情感、呼吁民族认同的修辞方式，体现了作者对民族文化之根的守护和呈现，对提倡语言文化的多元性，具有特殊意义。

母语文学的创作过程中，作家的母语思维和母语表达十分重要。蒙古族母语小说的语言具有蒙古族文学的独特风采。蒙古族母语小说中作者运用充满草原风情的抒情语言，经常使用民族生活化的修辞手法，借用蒙古民族熟知而特有的事物，组成比喻或夸张，从而体现作品的文化内涵和民族性。在当代中国语境中，少数民族母语的话语空间十分有限，一些弱势语言面临着"失语"的危险。因此，作者的母语创作是传承和拯救母语的一种重要方式，尤其对那些生活在大城市中的远离母语环境的知识分子来说，母语写作和阅读是治疗失语之痛和失魂焦虑的良方。

（二）民族文化身份的建构。在现代性语境下，民族传统文化发生了很大的变迁，如何挽救民族文化危机是文学书写过程中亟待反思的一个重要问题。随着社会的变迁，蒙古族作家的自我主体意识逐渐觉醒，开始积极展现民族文化，表现出对本民族文化的高度认同。文化身份认同具有社会性和地域性。"文化认同过程既是空间性质的，也是时间性质的，更确切地说是人类在时空系统中相互塑造的过程，任何文化认同都交织着新与旧、过去与现在、本土与外来的文化记忆。"[1]蒙古族当代母语小说中，作者揭示了蒙古族传统文化的精神和命运。例如，革命历史小说中，作者表现了历史文化积淀中所形成的蒙古族历史命运和思

---

1 张雪艳：《中国当代汉族作家的"少数民族文学创作"研究》，博士学位论文，陕西师范大学，2010年，第13页。

想性格；生态小说中，作者表达了对草原生态安危的担忧；反思小说中，描绘传统文化面临的处境，重构传统文化，探索民族文化的未来。蒙古族当代母语小说的作者将时代特色和民族命运有机地结合在一起，突出民族精神，探索民族命运。

蒙古族文学史上民间文学占有重要的地位，有着本土的史诗、神话、传说、故事等优秀作品，它们传递着民族的原始记忆和文化传统。到了当代，其创作和传播趋于疲软态势，但作者常常从民间文学中吸取营养，重构民间文学，丰富作品的内涵。蒙古族当代母语小说中作者采用独特的叙述策略，传承了本民族的原始文学形式，民间文学本着自己的独特内涵进入了书面文学的文本，永久地保存下来。在重构民间文学的过程中，民间文学的内容和形式虽发生了变化，但作者努力保留其主题内涵、精神特征和表现手法，使得对民族传统文化的建构和民族性的重构成为可能。

蒙古族母语小说的创作中，作者对民族文化的积极建构达到了新的高度，但对民族文化缺陷的反思还不够。任何文化都具有其两面性，蒙古族文化必然包括许多积极、优秀的因素，但也不可避免包含了一些封闭、消极的因素。蒙古族文化中的封闭、自傲的性格是阻碍民族文化发展的绊脚石。新时期以来的蒙古族母语小说中，作者虽然反思了本民族文化的弱性，但还是停留在表层，民族劣根性的阐释不够深刻。例如，力格登的《人生的逻辑》，满都麦的《三重祈祷》等小说中，作者虽然批评了民族文化性格的弱点，但对民族劣根性形成的原因，以及如何克服等没有进一步阐释。因此，蒙古族当代母语小说中，作者思考了本民族文化的局限性和民族性的缺陷，但还不够深入。

三、叙述模式和创作手法的新变

二十世纪五六十年代蒙古族母语小说的创作方法和叙述模式比较单一。改革开放以来，蒙古族文学积极接触世界各国文学，作家的文学创作视野迅速扩展，蒙古族母语小说创作跨入了新的阶段。蒙古族当代母语小说中的人物形象、叙事模式和创造手法从单一向多样化拓展，充分表现蒙古族作家的创作个性，展现出蒙古族母语文学的独特魅力和自我超越。

（一）叙述模式。新中国成立初期的蒙古族当代母语小说以历史宏大画面为背景，用第三人称叙事视角，按故事发生的时间顺序叙述，形成了固定的叙事模式。叙事环境基本是解放前的蒙古族社会环境，例如，葛尔乐朝克图的《路》和哈斯巴拉的《故事的乌塔》按照故事发生的先后顺序叙述，偶尔采用插叙和倒叙的手法，作品的叙述内容简单而琐碎，从狭窄的角度展现了广阔的历史画面。但从新时期开始，蒙古族母语小说家借鉴西方现代小说的叙事手法，从新颖的角度叙述故事情节，使小说的叙述策略、文本结构和艺术风格比任何时期都要丰富。具体如下：

第一，叙事视角采用了多种模式，有全知叙述，第三人称叙述和故事内人物叙述等。例如嘎·希儒嘉措的《人骨崖》中，作者时而用自己的视角，时而用故事内人物的视角反思了国家、民族的命运。巴德巴的《弥留之光》中运用小说主人公乌拉岱的心理独白展现了他对往事的忏悔。第二，叙事时间的变形是新时期蒙古族母语小说最显著的特征。意识流小说打破传统小说按故事发生的先后顺序叙述的模式，按人的心理活动展开故事，不受时间、空间或因果关系的约束。"蒙古族小说经过故事小说、性格小说的发展阶段，现已迈入了心理小说的发展阶段。最近，人们把这种现象归为新时期蒙古族小说'内转型'现象。"[1] 新时期蒙古母语小说通常以正在进行中的一件事情为中心，通过人物内心情感的抒发或人物意识的延伸而回到过去的事情上，最终又回到现实，构成一种不断循环的立体结构形式。例如，力格登的《生活的逻辑》通过吉尔格勒巴图的心理活动描写，将过去和现在发生的一系列事情贯穿起来，显得故事情节真实感人。又如，满都麦的《圣火》和《碧野深处》的叙述打破传统，以人物的心理时间为轴，通过人物的幻觉或回忆来展开故事情节，叙事时间具有一定的主观性。赛音巴雅尔的《心灵的神马》是一部将传统叙事手法和意识流手法相结合的长篇巨作，小说通过阿木尔赛音的心理时间，将过去、现在、将来穿插在一起，时间颠倒，在似真似幻的叙述中再现了民族历史。这种叙事手法充分展现人物的内心世界，同时深刻揭示人物的性格和命运，体现人性的复杂，产生特殊的美学效果。第三，叙述内容和语言具有批判性和象征性。传统文化与现代文化的碰撞最大程度地体现在蒙古族母语小说家的创作中，文化冲突和裂变带来的焦虑与纠结成为小说文本最突出的情感特点。新时期蒙古族母语小说中带有主观性和评论性的叙述语言占很大篇幅，作者、叙述者、故事人物的评论无处不在，显现出叙述者的存在感。

1　舍·敖特根巴雅尔：《试论叙述学及其在蒙古族叙述作品研究中的应用》，《内蒙古民族大学学报》2003年第2期。

例如，满都麦的《四耳狼与猎人》以主人公巴拉坦的叙述语言来批评人性的冷漠、自私和贪婪。自二十世纪八十年代以来，蒙古族母语小说叙事模式的变化，不仅仅是小说形式和内容方面的变革，也是蒙古族作家理性探索的体现。

（二）创作手法。二十世纪五六十年代蒙古族作家总是从现实出发，反映现实问题，作品具有鲜明的时代性和思想性。现实主义侧重反映生活的本来面貌，真实性和客观性比较强。蒙古族当代母语小说除极少数几篇作品之外，大部分植根于社会现实，反映人民的生活状况和精神面貌，蒙古族当代母语小说中基本上不存在凭借幻想虚构出来的内容，可以说脱离幻想主义的束缚，进入了现实主义创作时代。阿·敖德斯尔、苏尔塔拉图等作家开辟了蒙古族现实主义文学的道路。如苏尔塔拉图的《严冬》以科尔沁草原为背景，书写了解放前蒙古族社会的现实矛盾和人民的生活状态。

二十世纪八十年代以来，蒙古族作家积极探索更多的现代艺术手法，小说创作中运用现实的、象征的、魔幻的、意识流的手法，提高小说的可读性。象征具有多义性和模糊性的特点，这一特点吻合了小说主题内含的需要。蒙古族当代母语小说运用象征手法，突出作品的主题意蕴。例如，阿云嘎的《满巴扎仓》中的秘方药典和蒙古象棋是蒙古族传统文化和蒙古族人民聪明智慧的象征；《野马滩》《黑马奔向狼山》中运用游牧文化的象征——马的意象来叙述传统文化的变迁及作者对民族文化的认同心理。满都麦的《元火》《圣火》中火是传统文化的象征，《三重祈祷》中骏马贯穿于整个作品中，象征一种坚强的意志和美好祝愿。蒙古族母语小说中，作者大胆使用魔幻的、荒诞的手法，作品显得幽默、神秘。例如，乌·宝音乌力吉的《信仰树》中作者将魔幻现实主义与本民族传统叙事经验相结合，充分展现了民族文化的神秘性。

二十世纪八十年代以来，蒙古族母语小说的人物形象塑造方法也发生了很大的变化：一是摆脱典型环境、细节描写、动作描写和作者的评论来塑造人物形象的传统，通过人物心理描写来塑造人物形象，尤其是意识流手法的运用使人物性格的复杂性突出；二是小说中的人物性格接近现实生活，突出民族性，塑造了一批独具特色的新形象，如守护者形象、寻根者形象、战斗者形象、女性形象等。例如，阿云嘎的《满巴扎仓》中的喇嘛、民间医生和女性，《大漠歌》中的吉格吉德等，在这些人物身上体现了蒙古族人民的思想意识和精神追求。满都麦的《马嘶·狗吠·人泣》中的嘎慕刺，《老苍头》中的老苍头，《雕龙玛瑙鼻烟壶》

中的洛布森等，这些人物都是草原传统文化的守护者，这些人物身上体现了民族性与现代性的融合，具有独特的个性，是蒙古族母语小说人物形象塑造方面的一个突破。

四、结语

蒙古族当代母语小说创作过程当中吸收和容纳他者的表现手法，积累丰富的艺术经验，从而获得的艺术创新的成就很明显。首先，审美的超越。蒙古当代母语小说家摆脱一切困境，开启了本民族小说创作的新的时代、新的思想主题、新的道路。其次，文化的超越。蒙古族当代母语小说在民族文化和时代认识方面超越了过去停留在赞美和批评的历史局限，上了新台阶。最后，创作方法的超越。新时期蒙古族小说方法与过去相比，已经超越了现实主义为主的创作观，探索现代创作手法，全新的小说创作手法正在新一代蒙古族小说创作队伍中形成并推广。正是几代作家的不断努力和付出，使蒙古族当代母语文学创作活动获得了很大的成就。

蒙古族当代母语小说创作是中国当代少数民族母语小说创作的一个缩影。通过对蒙古族当代母语小说创作的探讨和研究，一方面可以窥见新中国成立以来蒙古族母语文学创作甚至于少数民族母语文学创作所取得的成就，以及未来的发展趋势；另一方面我们也不难发现在这发生巨大变化的转折时期，少数民族母语文学创作依然还存在着很多的不足和缺憾。例如，对西方和我国主流文艺思潮、艺术表现手法借鉴得不够深入，不够灵活，没有完全摆脱自身的束缚；有的作家还陶醉在狭义的"民族特色"观；自觉接受和表现现代艺术实践还不够积极。对本民族传统文化当代命运的关注要进一步加强，尤其是农牧民的城市化和传统文化的现代化进程中的"现代少数民族"的精神状态需要深入掌握和准确再现。这一系列问题是少数民族作家在今后的创作实践中必须思考的命题。

（原载于《民族文学》2019 年第 10 期）

红日《码头》：多重阐释的空间

张柱林

　　红日的小说《码头》，读来饶有兴味，貌似简单，其实又非常丰富复杂，三言两语说不清楚。红日之前的小说，一般以主题或题材作为命题的主要考量因素，而《码头》却是以地点或空间作为着眼点。初看之下，似乎"码头"作为题名，并不特别切合小说的整个主题和所描述的对象，作品主要写的人物是老麻，他管理的是渡船，而不是码头，以"码头"为名好像偏了。仔细一琢磨，又不得不佩服作者的用心。没错，老麻是船夫，他的工作是开船把客人送到对岸去。码头是他的船停泊的地方，也是他等待客人或客人等待他和渡船的地方。一般的理解，码头是集散人货的场所，也是沟通和交流的场所，本身应该是开放的。吊诡的是，至少在汉语里，码头的引申义常常用来指一种封闭的场域，管理者据公为私，形成帮派、圈子，排斥外人和外来事物，这正是今天官方所反对的"码头文化"。老麻家世袭和垄断了当地的渡船业务，确乎将渡船当成了自己的"码头"，并形成了自己的一套规矩。其中的一条规矩就是要过河的客人不能喊老麻"开船"，因为当地土话（属壮语方言一支）里，这句话里有谐音"麻子"的意思，老麻脸有麻子，忌讳别人提及所有与麻子有关的东西。当地人都知道这个规矩，都会小心翼翼地避免在言语上冒犯老麻，所以这不会成为问题。

　　小说正是从有人坏了规矩开始的。这天来了一个陌生人，偏偏连喊几声"开船"，导致不痛快的老麻停渡三日，积压了大批要渡河的客人。老麻这样做，当然是表现自己权力的任性。本来这也不会成为问题，老麻气一消，自然就开船了。问题在于这位不懂老麻规矩的陌生人，竟然是新来的乡长"眼镜"。这是小说给我们制造的第一个意外，也是新乡长给老麻制造的第一个意外，后面就是一连串意外了。出于众所周知的原因，现在老麻自己反而成了不懂规矩的人，而且后果很严重。显然，在老麻的码头之外，还有更大的码头笼罩着世界。小说为我们揭示了由此引起的巨大不安：老麻立即戒掉了自己多年喜欢吃的"猪红"，改吃小米粥；他每天提前到码头观察，看看客人中是否有戴眼镜的新乡长，他想与之"和解"；他怀疑新乡长为了惩罚他，决定在河上建一座桥，显然桥一建成，两岸人民将立刻用脚投票，过河采用过桥的方式，而不再使用渡船的方式，想一想，谁愿再受老麻的气，他那些不成文的旧规矩，人们忍了多少年了，无非是受了过河只有老麻的渡船这个唯一选择的要挟。如果小说只写了这些，其实也相当有意思，其讽刺的内涵也展示得淋漓尽致了。

必须承认，《码头》可以有另外的读法，而且可能并不比上面的解读不合理。比如，桥与船的冲突。原先，两者的功能是一致的，都是为了连接两岸，便利交通，同时，它们各有各的优势和存在理由，至少是互补的。老麻能够掌握自己的"码头"，并且在听到政府即将在河上建桥的风声后，仍然泰然自若的一个原因，就在于他认为就两岸的人口和经济状况来看，建桥显然是没有必要的，成本太高而收益太低。但现实就是那么任性，河上的铁索桥就是建起来了。桥是老麻渡船的竞争对手，而且是一个过于强大的对手，他面临灭顶之灾，过河的人如果再也不坐他的船，他的生计危机就降临了。他的所有技能（如会游泳）和资源都是为渡船准备的，他只能靠船和水维生。更重要的是，新桥的建桥地址正好是在原来的码头和航线上，这简直是釜底抽薪，他连一点回旋的余地都没有。他试图找到新的出路，如开船到河中电鱼来卖，但这是违法的。他也证明了自己的存在价值，如新桥由于洪水带来的大树撞断了一根铁索发生倾斜，导致当时正过桥的十一个人掉入河中，老麻不计前嫌，积极开船救人，除了救起八人外，还将三名遇难者打捞上岸。他并非坏人，也没有幸灾乐祸的意思，但他的想法确实有一定道理：那几个遇难者如果不从铁索桥上过河，而是乘他的渡船，不就逃过一劫了吗？但铁索桥的好处一目了然，所以老麻还是被无情地抛弃了。那幅景象，似乎正应了古诗所言："沉舟侧畔千帆过，病树前头万木春。"其实老麻也并非完全是一个冥顽不化的人，他也曾与时俱进，将自己的船装上柴油机，改装成了负载能力更强的机动船。但这显然无济于事。时势弄人，老麻作为历史洪流中的个体，自然无力抗拒。虽然他表示自己宁死也不上桥，可这改变不了人们舍船就桥的局势。

我们还可以将小说读成一个由于信息不对称或不充分所导致的悲喜剧。从新乡长一面看，他不了解老麻的规矩或禁忌，导致自己无法渡河，必须绕道走大弯路，枉费了许多气力。当然，由于他掌握的资源远比老麻这个小人物多，所以老麻的自大丝毫无损于乡长的权威与力量。就像老麻所想象的，乡长可以下令修桥，一劳永逸地解除老麻利用停渡摆谱的威胁；他可以指示司法人员执行法令禁止电鱼，让老麻失去生财之道；他可以修路，让人们从其他地方过河，让老麻的船成为废船；他还可以雇用其他人守桥，让大家认为本该获得此职位的老麻失业……当然这些可能都出自老麻的猜测，因为他认为自己得罪了乡长，乡长一定会利用一切机会报复自己。根据小说最后的揭秘，我们知道，其实围绕着修桥所发生的一切，根本与乡长无关。当读者获知这一消息时，作为当事人一方的老麻已经死了二十三年。老麻由于没有掌握相关信息，终日处于巨大的惶恐中，在他身边发生的事情都被他错误地感知和理解。话说回来，在这种类似闹剧的误解中，却又折射出巨大沉重的真实，绝不仅仅只是一个庸人自扰的故事。小说在其中又设置了一个令人哭笑不得的情节：乡长其实上过老麻的船，他号为"眼镜"但并不戴眼镜。而老麻一直耿耿于怀的，就是乡长始终没有上过他的船，让他寝食难安。这又是信息不对称导致的恶果，"眼镜"不戴眼镜，让人摸不着头脑。当然，这也可能是老麻儿子怕父亲死不瞑目，在其临终前安慰他的谎言。

当然，我们的阅读可以把重心放在老麻这个人物身上。老麻在一个封闭的环境中自认为老大，又想当然地把周围发生的一切都视为和自己有关，是一个自大又自恋的人，同时，在他认为自己开罪乡长后，其所作所为却是可笑、可悲又可怜，他的悲剧有自身性格缺陷的因素起作用，比如同在修桥时由于码头上的店铺被拆而失业的老潘，就因为信息灵通或转圜得快，获得了守桥的职位，而老麻却意外地丢掉了这个本应该属于他的工作。同时又必须看到，他的命运其实又为他无法左右和控制的社会环境所决定。小说最后揭示谜底，修桥一事是上级布置的扶贫攻坚项目，无论是乡长或老麻，他们的行为根本无法改变任何事实，用我们曾经熟悉的话说，就是事物的发展不以任何个人的意志为转移。扶贫是一项前无古人也可能后无来者的巨大历史规划，将从根本上改变无数人的生产与生活方式，这一点，老麻并不知道，但小说家用自己的作品，通过他这个形象展现给了读者。

（原载于《民族文学》2019 年第 11 期）

书写现实的理性目光和开放胸怀

——读向本贵的长篇小说《两河口》

贺绍俊

　　向本贵是一位非常诚实的现实主义作家。为什么要用"诚实"来形容他的现实主义写作？因为他对生活很诚实，对现实很诚实，对自己的文学书写也很诚实。他在现实生活中发现了问题，也看到了希望，他会很诚实地将这些问题和希望写进自己的小说里，我们会从他的小说里，读到生活的真相，也读到一位作家的诚实之心。他最新的长篇小说《两河口》就是一部这样的作品。

　　两河口是龙坪县的一个村子。小说的一开头就把读者带到了两河口村一派欣欣向荣和喜气洋洋的情景之中。这个村子在全县的名声都很响亮，差点就评上了县里的最美示范村，这里有成片的蔬菜大棚，有闻名的种粮劳模，村支书丁有旺信心百倍，他为两河口村的发展制定了一个切实可行也鼓舞人心的方案，全村的人在村支书的鼓动下也一个个摩拳擦掌，但就在这样一种热烈的气氛中，小说的画风陡转，随着杨杰副市长来两河口村检查指导工作，一个非常严峻的问题摆在了两河口村的全体村民面前：市里决定在两河口办一个西南五省周边地区最大的商贸物流中心，两河口村的三千多亩水田和旱地要全部征用，全村的两千多口人都要从两河口村搬迁出去。对于两河口村的村民来说，这是一个关乎生存和家园的大问题。征用土地，村民迁移，随着城市化和现代化的进程越来越深入，这已成为农村普遍存在的现象，也常常成为农村问题的焦点。我在不少反映农村现实的小说中读到了作家们对这一现象的关注和立场。无论作家们选取什么样的角度来反映农村的征用土地，有一点则是共同的，即他们都会鲜明地站在人民性的立场上来对待这一农村现象。作家们担心普通农民在这样的征用和迁移中利益受到侵害，担心农民因为缺乏话语权而无力维护自己的公正诉求。人民性立场同样也是向本贵所有反映农村现实生活小说最根本的出发点，因此在讲述两河口村的村民迁移时，他首先考虑的是如何才能保证村民们的利益不会受到侵害，如何让迁移的村民能够更好地生活，而小说情节基本上就是沿着这一思路展开的。但向本贵并不是孤立地揭露农村征用土地中存在的问题，而是将其放在整个农村建设进程中来看待，因此农村土地征用是整个现代化进程中不可避免的措施，关键在于征用的方案是否有利于人民的整体利益，是否体现了公平公正的原则。向本贵是将两河口的土地征用作为一项正确的政府决策来设计的，从这里可以看出，向本贵在书写现实时具有一种理性的目光。正是通过理性的目光，他看到了农村卷入现代化大潮的必然趋势，一些农村的土地将转变为城市用地，一些农民也将转变为城市的市民，他在小说中将这一趋势称之为"华丽转身"。向本贵早就认识到，农村要获得飞跃性的发展，就不可能停留在传统的老路上徘徊，农民要做好与传统告别的心理准备。十多年以前，向本贵就写过一部反映农民迁移的长篇小说《苍山如海》，尽管小说所写的移民是由于某山区要兴建水电站而进行的，但向本贵正是通过移民的故事去探寻农民因为不得不离乡背井而带来的心灵震颤和建设新家园而点燃农民内心希望的火焰。这部小说的主题也是非常明确的，要表现中国古老的农业文明在巨大的变革之中向现代文明迈进的艰难和必然，展示传统的农业文明在变革中的阵痛和新生。《苍山如海》的这一主题在《两河口》中得到了进一步的展开和深化。

小说大致上分两部分内容。前面的篇幅主要讲述的是给两河口村民们进行理赔的工作。后面的篇幅主要讲述的是两河口村民在迁移之后如何寻找新的生活方式。理赔涉及公平和公正的问题，说到底就是一个检验是否真正具有人民性的问题。市一级权力机构是为了全市的经济发展而做出在两河口村建设商贸园的决定，具有充分的合法性，这一决定应该是从全市人民利益出发而做出的，那么它是否真正代表了人民，首先就会从理赔工作中表现出来。小说中的杨杰副市长无疑是一个能把人民装在心中的好干部，他深深懂得理赔工作的重要性。小说写到了理赔工作中村民的不同表现，有的在房屋面积的测算上有疑问，有的要去找领导讨说法，还有的赶紧补种树苗想获得额外的赔偿，等等。难得的是，杨杰对待这一切都采取理解和体谅的态度。他告诫他的秘书："别动不动就给公安局打电话。祖祖辈辈住惯了的热土地，突然就没了，你能让他们没一点情绪，没一点眷恋？"当他的部下阻止两河口的群众上访来找他时，他会对部下勃然大怒，说"几个群众来找我，肯定有事情嘛，要你赶来拦他们做什么。大惊小怪啊"。即使他被李万隆无意中推下河堤摔成了重伤，也丝毫不责怪李万隆，在重伤期间仍牵挂着两河口村的理赔和迁移工作。理赔工作得以顺利进行，其中出现的种种矛盾也能很快得到解决，根本原因就在于政府部门坚定把握了保证人民群众利益不受损害的原则。其实，小说前部分对理赔的书写还是为后部分写开辟农民新生活做铺垫的。因为从理赔工作中凸显出两河口村的迁移所具有的人民性，是让读者能够接受两河口村征用土地和迁移的事实。同时有了这一铺垫，两河口村的村民在迁移后没有消沉和抱怨，而是各自主动寻找新的生活方式，也就合情合理了。

面对农村的现实，向本贵还具有开放的胸怀。这就使得他能够从发展和辩证的角度去书写农村现实，既不会停留在农业文明的立场上，为往昔田园风景的消失而抒发伤感和哀怨的情绪；也不会孤立地盯着眼下的困难和问题而满足于做一个批判的勇士。他不回避现实的困难和问题，但他力图将困难和问题置于时代发展的大背景下去认识，他从困难和问题中看到了希望和转机。正是以开放的胸怀去面对农村的迁移现象，他才提出了"华丽转身"，并以小说的方式去描述华丽转身。这是《两河口》最有价值的描述。向本贵看到了农村发展的整体趋势，农村发展在现代化的推动下，必然会有大量的农民改变身份，他们将告别土地，融入城市，要开启新生活。向本贵将其称为"华丽转身"。向本贵通过诚实的书写，让我们看到了华丽转身后的丰富多姿。比如种田的劳模杨广文华丽转身后只能给别人打杂做小工，但他带着一拨人勤劳肯干，后来经过实践的磨炼，成立起了一个能承接大型土木工程的公司，他也成为了公司的经理。有的村民则从安置棚的茶棚做起，有了一定基础后便在休闲购物一条街上建起了茶楼。年轻的人们更能适应新的变化，他们租一间房子，装几台电脑，就做起了电商。当然，向本贵并没有把华丽转身描述成一件非常容易的事情，相反他要强调的是，华丽转身对于农民来说，不仅意味着生活方式发生了改变，而且在文化心理、思想观念上都要经受新的挑战。这是一个艰难的转变和寻找过程。小说重点通过村支书丁有旺的经历非常生动地表现出这一点。丁有旺是农村的一位好支书，他把两河口村建设成了最美乡村，但告别土地后他一度也找不着北了，只能靠卖苦力去城里拖板车。但他并不气馁，怀着一股认真学习的态度与城市密切接触，很快找到了创业的空间。他凭着自己的热情和诚信，将几位大学生和村民吸引到一起，成立了一个广告装潢公司，并成功地承办了香河大桥通车典礼。丁有旺完成了华丽转身，他也由衷地认同这一转变，虽然两河口村的田园风光已不存在了，但他意识到人们仍在这片土地上有所收获，只不过收获的不再是瓜果蔬菜，而是将这里变成了一个流金淌银的聚宝盆。丁有旺虽然在华丽转身中主动积极地改变身份，但他有一点始终不会变，这就是他的共产党员的身份。他在内心里仍把自己看成是两河口村的村支书。在他看来，两河口村尽管不存在了，但大家仍然在两河口这片土地上生活。流水有情，乡音不改。他心里始终在想着要不遗余力地帮大家一把。丁有旺是向本贵饱含热情塑造的人物形象，向本贵将自己开放的胸怀也赋予了丁有旺。我们便跟随着丁有旺，看到了农村充满希望的未来。

（原载于《民族文学》2020 年第 1 期）

"少即是多"：作为可能性的少数民族诗歌

——《民族文学》2019 年诗歌综述

霍俊明

    当代中国曾涌现出一大批优秀的少数民族诗人，他们完成了对个体、族类和时代以及历史的多重命名和诗性发现。随着二十一世纪以来的文化开放以及崭新的诗歌生态，少数民族地区的诗歌也逐渐发展、壮大、繁荣，中生代和新生代诗人目前已经成为写作的主要力量。尤其是近年来，习近平总书记在中央民族工作会议和文艺工作座谈会讲话中强调的民族文化融合和民族团结的重要性，在少数民族诗人这里得到积极、有效的贯彻，这也是"一带一路"背景下民族文化向世界进行展示的重要契机。

1. 愈益开阔和多元的"民族诗歌"

    在阅读完 2019 年全年《民族文学》所刊发的少数民族诗歌后，我重新找到了久违的阅读兴奋点。这更多是来自少数民族诗歌创作的新的可能性空间和愈加开阔的写作前景。《民族文学》在 2019 年，一共刊发了七十多位诗人的数百首诗作，其中有长诗、组诗以及抒情短诗，有自由体、民歌体和半格律体，涉及藏族、维吾尔族、鄂温克族、塔吉克族、满族、蒙古族、哈尼族、纳西族、锡伯族、仫佬族、土家族、白族、苗族、壮族、侗族、回族、傣族、彝族、羌族、布依族、土族等二十多个民族。

    谈论少数民族诗歌人们往往会强调其地域性、民族性、异质性以及集体无意识形成的传统等等，但我们也应该注意到少数民族诗人在抒写本民族的文化和现实的过程中也存在着表层、浮泛、刻板、符号化的现象。正如吉狄马加所强调的："诗歌虽然具有其自身的特点和属性，但写作者不可能离开滋养他的文化对他的影响，特别是在这样一个全球化的背景下，同质化成为一种不可抗拒的趋势。""与二十世纪中叶许多伟大的诗人相比较，今天的诗人无论是在精神格局，还是在见证时代生活方面，都显得日趋式微，这其中有诗人自身的原因，也有社会生存环境被解构更加碎片化的因素，当下的诗人最缺少的还是荷尔德林式的，对形而上的精神星空的叩问和烛照。具有深刻的人类意识，一直是评价一个诗人是否具有道德高度的重要尺码。"（《个人身份·群体声音·人类意识——在剑桥大学国王学院徐志摩诗歌艺术节论坛上的演讲》）这让我们再次想到了重要的诗学命题，尤其对于少数民族诗歌而言，诗歌既是个体的和民族的，又是世界的和人类的。而值得强调的是中国作为一个多民族国家并不缺乏对各民族的"母语"予以追念和书写的优秀诗人，从来不缺乏关涉宏大的"民族"旨向和经由时代"大词""大景观"所构成的民族史诗，也不缺乏具备思想能力和智性载力的"精神之诗"，不缺乏个人体温、生命的真切热度和生存体验之复杂的"个人之诗"。这多种向度的诗歌写作同时构成了少数民族诗歌景观的扇形展开和精神辐射。

对于少数民族诗歌而言，一定程度上，"少即是多"。"少"是指具备少数民族身份的写作者，而"多"则是多样的民族文化和差异性的诗学面貌以及写作向度的多种可能性。而从诗歌的本体依据来说，诗歌的秘密或者法则正是"以小博大""以少胜多"。而真正的诗歌应该能够在"少数人的写作"与"多数人的阅读"之间取得有效的平衡。这些"少数者"首先要面对的就是时代和社会现实，当然更重要的是现实境遇对诗人的精神事实的影响以及诗人对现实的文本观照。全球化和城市化的时代少数民族诗人的责任在于使得个体生存、"少数"基因、母语、文化传统、历史序列在当代语境中得以持续发展和有效赓续。真正的诗人能够将民族性、宗教、哲理、玄思、文化和生命、现实、时代、历史的两条血脉贯通，能够避免诗歌眼界的狭隘性，从而更具有打开和容留的开放质地以及更为宽广、深邃的诗学空间。

通过此次阅读，我发现很多少数民族诗歌写作无论是在精神型构、情绪基调、母题意识还是在语言方式、修辞策略、抒写特征以及想象空间上，它们的基调始终是对生存、生命、文化、历史、宗教、民族、信仰甚至诗歌自身的敬畏态度和探询的精神姿态，很多诗句都通向了遥远的本源性写作的源头。这无疑使得他们的诗歌在共时的阅读参照中更能打动读者，因为这种基本的情绪，关于诗歌的、语言的和经验的都是人类所共有的。这种本源性质的精神象征和相应的语言方式在一定程度上带有向民族、传统和母语致敬和持守的意味。这也是一个个少数民族诗人的"梦想"。而任何一个民族和部落以及个体所面对的诸多问题都是共时性的,打开了面向生存、世界、历史、文化、族群和人类的尽可能宽远的文化空间和诗性愿景。

在民族文化的精神坐标上,少数民族诗歌中的意象谱系基本可以分为两个向度。"向上"的是天空、雪山、高原、寺庙、高塔;"向下"的是大地、草原、丛林、河流、居所。这两个维度的意象实则是一体同构的。对于精神维度向上的诗歌而言,宗教或类宗教的信仰和想象占据了中心位置,这也是对生命和生存的终极追问,比如仁谦才华(藏族)的《东大寺:空与不空》,比如凡妹(回族)的小长诗《天堂景象》:"偌大的园子里,高大的康济寺塔 / 静立。一个人站得太久了 / 比它更沉默的是不远处的大寺、罗山 / 略显突兀的你。幸好,幸好 / 由于暗,一些隐藏的与夜色无比和谐"。北野(满族)的诗歌尽管处理的也是草原和塞外的空间,但是他的诗歌更多则是个人经验和想象力对实有或虚拟化的历史空间和文化空间的深入介入和修辞化改造。质言之,这是经过了智性和个人化的历史想象力过滤之后的诗,从而更为开阔也更为深入,因为这一切都最终归拢到一个诗人的认知能力和修辞能力,"我在河边的阴影里,看着对岸 / 芦苇招摇,半明半昧 / 白鹤在它的深处建了一个新巢 / 取代旧巢的,是水幕里 / 一盏雪亮的探灯 / 虹光流入河水,星空泛起无语的漩涡 / 宫门今夜早早关闭 / 演皇帝的人,是一个阴阳脸青年 / 他在凉亭吃烤鱼,喝啤酒 / 脸上的油彩,浮起前朝的乌云"(《武烈河》)。我注意到这些优秀的诗歌文本的共性,即它们都是诗人的个体体温和独特的生命文化、族群记忆的言说,是历史和时代对话中具有启示录意义的"民族史"和"地方志"。我看到了一个个诗人、一个个生命是如此实实在在地与大山、草原、高原、河流以及火焰一样的民族记忆不可分割地融合在一起。他们不故弄玄虚也不故作高歌,无论是高声还是低语倾诉,他们都流淌着本民族的血液。他们的每一个音符、声调和和声都生发自本源性的地带。

2. 诗歌空间:精神对跖点与写作原点

随着加速度的城市化进程对原生态地区和文化的影响,随着现代性时间对传统的地方性时间和农耕时间的挤压,少数民族写作也遇到了不小的挑战——这种挑战既是现实层面的也是诗学层面的。在当下,诗人仍能葆有"少数者"的身份和精神方式以及写作方向就显得更加重要,而且更富于文化诗学的启示性寓意。

在此语境之下谈论《民族文学》2019 年发表的诗歌作品就具有了强烈的现实意义。

空间秩序和时间伦理都发生了巨大的变化，相应的人们的生存境遇、处世态度以及诗人的眼光也必然发生调整。在世界时间和全球化图景中诗人的眼界是什么样的？通过想象和修辞打开时空或者通过现代化工具压缩时空，诗人对待现实、历史和世界的态度是什么？这是包括少数民族诗人在内的写作者们要共同回答和应对的现实问题和诗学问题。从诗歌空间来看，现在的少数民族诗人越来越呈现出开放的姿态，本土空间、城市空间和异域空间同时在现代性进程中进入诗人的视野，而从精神向度和思想载力来说，这些诗歌也更具有对话性和容留空间。阿顿·华多太（藏族）在组诗《白俄罗斯行纪》中通过地方空间、世界时间重新面对了历史和现实，可贵的是诗人对历史保持了个人化的想象力。当然，我们还必须注意到从原乡意识出发的很多诗人仍然在诗歌中承担了过去时的记忆者和历史时态的考古挖掘者的身份。这不只是一种现代境遇中的故乡情结，而更多是观照个体存在以及整个世界的态度和方式。

空间的景观化与边地文化（地缘文化）抒写成为少数民族诗人的共性追求，空间的新奇化、陌生化成为很多写作者的诉求。诗人与空间的互动有着相当悠久的历史，而对于已经被符号化、消费化的空间而言，今天的少数民族诗人该从怎样的角度，以怎样的行走方式，重新去发现边地生活仍是一个值得分析和反思的话题。从这个层面，诗人应回到写作的原发点，回到个人经验和生命体验上来，要尽可能地避免套路化的边地写作。由此，我想到了吉狄马加的一句诗："如果没有大凉山和我的民族／就不会有我这个诗人"（《致自己》）。

这些空间地带既成了少数民族诗人的元素性背景，也成了他们得以眺望一个个更高山峰和远方的精神支点与飞翔的依托。娜仁琪琪格（蒙古族）和孛·额勒斯（蒙古族）则仍然关注着蒙古族的母体，比如草原，比如民族颂歌，这是一种精神的回望和根性记忆的追溯，是对物性、人性和神性的重新打量。鲁瑛（鄂温克族）则将我们带到遥远的北方，在敖鲁古雅河、白桦林、桦子垛、驯鹿的意象和弦中弹拨着鄂温克族古老的琴声。这近乎是一段民族的谣曲，也近乎是凝固了的时间雕像。彝族诗人俄尼·牧莎斯加关注的仍是一个民族的精神源头和地方性知识，仍有着对民族创世史诗探询和对话的当代热情，他的诗歌对大凉山的自然以及文化进行了深情而深入的抒写，鸠拉特科、呷克衣、三坪子、蓑草（龙须草）等那些陌生的地名和植物得以在诗歌中重生，"我的先民教会了我这些／对不起了，我一直以为／死了，儿孙自会找你来给我超度／衣衣，衣衣啊，蓑草哟，蓑草／我没有多想，现在遇着你了／我一定记住你模样／一定得记住。我得对我的无知负责"（《衣衣·蓑草》）。

值得注意的是，进入到当代诗歌史视野的少数民族诗歌更多的是汉语文本，有的少数民族诗人是直接用汉语写作，有的少数民族诗人是通过母语写作然后再译成汉语传播。巴什拉尔说："哪里有烛火，哪里就有回忆"，而对于少数民族诗人来说则是哪里有母语哪里就有记忆，母语是他们诗歌写作的原点和精神策源地。真正意义上的作为"母语"的少数民族写作已经发生了不小的变化。诗歌、母语和民族文化之间的对应和呈现关系并非是明确的直线，而更像是血液和河流的关系。少数民族诗人对语言、文化、生命的宗教般的虔敬成就了其诗歌特殊的成色。在这一点上，诗歌成了承载母语的最为恰切的姿势，诗歌就是语言的宗教。蒙古族诗人阿尔泰几十年来仍坚持用母语写作，他的长诗《祖国——念国于大西洋之岸》就是在出行异国的路上对祖国的赞颂，"我遥望——／不可替代的祖国"。诗人的视点和角度因此发生了变化，但是拉开的物理距离反而获得了诗人对精神母体的无限亲近感，从而该长诗为读者提供的空间和情感向度就更为立体化。类似的用母语创作的还有维吾尔族诗人依布拉音·尼亚孜和阿迪力·玉素甫、蒙古族诗人索·额尔登以及塔吉克族诗人肉孜·古力巴依。尤其是肉孜·古力巴依采用了传统的柔巴依（四行诗体式）的形式抒写的《颂歌》代表了少数民族诗人对祖国和时代的赞颂之情。这体现了其诗歌对民族和母语的记忆功能。正如布罗茨基所强调的那样，"诗歌是对人类记忆的表达"。"人类"既指向了整体性的国家和族裔，同时又是家族和个体的。白庚胜（纳西族）的《玉龙山宣言》《少数民族》《纳西族》等诗就是一份少数民族的诗歌宣言，全景式地展现了少数民族的地理文化和民族根性，在传说、历史和现实的绚烂交响中发出长久的精神膂力。出生于 1935 年的白族诗人晓雪是 2019 年《民族文学》刊发的少数民族诗人中年龄最长者，他在出行路上抒写的系列诗作充满了历史感和现实感。

"出生地"对于少数民族诗人而言已不只是单纯的地理概念，而是精神坐标和命运的胎记，尤其是在流寓时代，诗歌空间就必然承担起精神载力和现实感。冯娜（白族）的《出生地》《云南的声响》让我有一种阅读的震惊和陌生，这来自诗人为我们提供的陌生而又动情的既真实又想象的复合空间结构。这一空间既指向了遥远的过去，又同时抵达了此时代的生存现场和存在境遇，"人们总向我提起我的出生地 / 一个高寒的、山茶花和松林一样多的藏区 / 它教给我的藏语，我已经忘记 / 它教给我的高音，至今我还没有唱出 / 那音色，像坚实的松果一直埋在某处 / 夏天有麂子 / 冬天有火塘 / 当地人狩猎、采蜜、种植耐寒的苦荞 / 火葬，是我最熟悉的丧礼 / 我们不过问死神家里的事 / 也不过问星子落进深坳的事 // 他们教会我一些技艺，/ 是为了让我终生不去使用它们 / 我离开他们 / 是为了不让他们先离开我 / 他们还说，人应像火焰一样去爱 / 是为了灰烬不必复燃"（《出生地》）。满族诗人赵子德的诗歌声调是比较低沉的，正如一个人坐在故乡的山顶，他对眼前一切的瞭望都是为了重新找回另一个久违的我。一个诗人用孤独来填充孤独，用劝慰完成对夜晚的泅渡，也是温暖之光在诗歌中的照彻。彝族诗人阿炉·芦根则在《龙吟寺想起妈妈》《招魂》《哭嫁歌》《八斗村的遥望》中对家族、故乡的生命结构和文化空间进行了重新抒写，这也是个体的精神成长历程。白族诗人何永飞则在小长诗《滇西安魂曲》和《扛着群山奔跑》中抒写了地方志和风物记，同时又凸显为时光书和安魂曲。石才夫（壮族）的枧河，锁鹏（回族）的"北闸"，弦河（仫佬族）的"翁子沟"，藏族诗人完玛央金的古雅川，他们都建立起一个个精神坐标空间。在彝族诗人阿卓务林的组诗《万格山条约》中，我目睹了一个诗人与故乡的约守。阿卓务林的诗越来越安静，越来越自足，内敛和辐射的情感方向和观察世界的角度同时出现在他的诗歌中。他既可以为"针尖麦芒"般的细节予以擦亮，也可以对茫茫湖水、莽莽群山发出赤子般的叩访。尤其是其诗歌中出现的火光，那些夜晚中的火镰、火绒草和圣火在体现出民族特性的同时，也携带了诗人对繁复的现代生活的省思和检视，"我占据有利位置，占卜未来 / 那毫无预兆的明天。而幸福或灾难 / 谁也不知道什么时候从什么方向 / 突然改变谁盲目的行程。那燃烧了 / 一亿次的夜晚，它的火镰 / 也必将生锈，质地多好的火绒草 / 再无法把它唤醒、点燃"（《祖先的火镰》）。

诗人应该尽可能地去除地方性知识的惯性影响，在词与物的彼此校正以及求真意志中对时间和空间予以精神现象学层面的还原。这既是此在的命名和发现，也是对彼岸和不可见之物的叩访。其间既有诘问和对话，也有化解和劝慰。从综合角度考量，诗歌对于少数民族写作者而言既是精神胎记又是词语道义和精神法则。

3. 诗人的现实感与存在境遇中的时间之诗

少数民族诗人除了处理本民族的特有题材之外，也将视野投注到日常情境之中，关注现实生活以及个体复杂的情感，回到生活现场去感受、发现、抒写日常之诗和现实之诗，整体呈现出风格各异的创作局面。

日常中的现实和诗歌中的现实是两回事，任何执于一端的"现实"都会导致偏狭或道德化。真正的写作者应该具有冷峻的"旁观者"和水深火热的"介入者"双重身份，从而发现日常中"新鲜的诗意"。石才夫（壮族）的《老人与树》就是一首日常之诗，但是最终却超越了现实表象从而提升到精神现象学和寓言化的效果，"下楼买药／看到一位老人／手拿起钉锤／正在拔除扎在树身上的／钉子／拔了一颗／接着拔下一颗／拔完一棵／接着拔下一棵／我站在路边／看他动作／几乎忘记了／买药"。费城（壮族）则在偶然经过的一棵树那里找到了自己母亲的形象，这是精神投射在客观对应物上的结果，"我怀揣秋天一般的心事／走在树影间，听树洞发出回音／仿佛母亲在声声喊痛"（《母亲树》）。陆少平（壮族）则在《玻璃器皿》中让我看到了诗人对一个物象的细致入微而又具有象征意味的命名能力，这样的诗需要诗人去穷尽核心意象的各种可能，通过诸多的角度和精神对位去揭示暗含的真相。同时，物象也是心象，这同样体现了诗人的认知能力和想象限阈。凡姝（回族）和丁丽华（彝族）则分别在《祝你们平安》《站在一棵野生稻前》通过微观视野对那些微不足道的为我们日常所忽视的事物给予了观照，这也是对生命万物的现象学还原。由此，我想到了凡姝（回族）的一句诗："有多少粒微尘就有多少种人生"（《天堂景象》）。海郁（回族）同样是采用了内在化的视角，这种类型的诗歌更多是向内心聚拢的，从而对身边之物以及生命经验赋予了更多的精神审视。王玫（傣族）将视线转到了普通的生存场景之中，世情、人情的悲欢离合以及底层生活的广角镜头都得以浮出现实的地表。马永珍（回族）则在系列诗作中聚焦于"马老六"这一中心人物，将我们的视线拉回到西北地区——更多的时候这一空间处于安静和孤寂当中，无论是幽默、欢快，还是忧伤、深情，这一切都在"马老六"和乡村的原点中得以围拢和升腾。这是普通人的生活，这也是城市化时代乡村历史的一段见证。"80 后"青年诗人田冯太（土家族）借助《时空里的糟姜》抒写了一段个人史和悲欣交集的家族编年史，从而"糟姜"作为该诗的核心意象和离开故乡鄂西山间（湖北省来凤县）的人（个体）

具有了精神同构的可能，"异乡"和"他乡"也具有了相互指涉和彼此贯通的意味。从语言方式和修辞来说，田冯太的这首小长诗一直处于"隐喻"和"反隐喻"、"表现"和"呈现"的平衡之中。大朵（壮族）则在《梦游的萤火虫》《伐木》《家祭》等诗中回到了故乡和过去时的视点，诗歌成为个体和家族的记忆载体，这是回溯，也是追挽，这是个体的时间乡愁。袁伟（苗族）则在新时代的视野中重新抒写和审视乡野世界和乡村生活，在新旧的诗性比照中为我们奉献出了"田野笔记"。牧歌（壮族）在《热爱的事物都爱一遍》《奔跑的犀牛》《把山路扛在肩上》《贩卖家乡》《把村庄搬空》等系列诗作建立起精神视野的回乡坐标，这也是在城市和乡村的双重视野中仍持有个体的乡村牧歌，这是一位乡村精神乌托邦的留守者。

诗人从来都是时间的言说者，他们承担了历史遗迹和过去时空间的考古者，从而诗歌是万古愁，是幽思怀古，是观物证己。

匡文留（满族）和吴茹烈（布依族）则分别在组诗《红楼随笔》和《在苟坝，三月是一盏马灯》中，直接将视线投注到遥远的历史深处，从而通过个人化的历史想象力与现实之间建立起精神对话。曹有云（藏族）的组诗《有梦斋札记》则回复到了诗歌的对话功能和诗人的精神生活，在与其他诗人和经典文本的对话中，诗人找到了精神依托和灵魂伙伴。土家族诗人芦苇岸同样是借助诗歌营建起个人的精神空间和写作边界，组诗《一个人的辽阔》就通过个体主体性、认知边界、精神能力与事物、器具和故乡空间建立了深度的对话机制，主体和客体彼此激活、相互映照。这印证了一句话："认知的边界就是诗歌的边界。"青年诗人马泽平（回族）近几年来诗歌的成长速度很快。作为一个西部诗人，至今仍生活于村庄的诗人，马泽平的诗同时在开阔和深入中进行，建立起诗歌和存在之间的对话机制。无论是面向孤独和无望还是面向欢愉和期许，他都始终能够以纯正、坦然的诗歌面貌出现，看似波澜不惊却如细微的闪电直指内心。满族诗人姜庆乙在十二岁时因病致盲，但是诗歌成了他的光明之源。"在黑夜中写作"使得姜庆乙的诗歌一直是温暖的、朴素的、宽怀的、明亮的，"似乎真有一隙光亮／渗入梦境／去了／没去过的地方"（《昨夜，忘了关灯》）。

综合来看，这些少数民族诗人的"民族之诗""地方之诗"以及"日常之诗""现实之诗"因为个体境遇的差异而充满了诸多可能的空间。他们的写作实践证明民族记忆、个体现实和未来时间应该是三位一体的，是彼此接通、相互打开的。诗歌中的"民族""空间""现实"以及超拔于现实之外的时间想象力是融为一体的。从整体上看，这些少数民族诗人在普遍关注独特的民族文化传统和地方性知识的同时，也关注现实生活及个体复杂的情感，不同代际的诗人呈现出风格各异的创作局面和独特的语言特性。与此同时，具有人性和生命深度甚至具有民族信仰的总体化的诗歌写作也愈发引人注目。

2019年《民族文学》发表的少数民族诗歌为我们考察一个时代的多元化的诗歌空间提供了具有现实意义和诗学价值的阅读平台，我们也期待着少数民族诗歌能够更为多元、开放。

（原载于《民族文学》2020年第1期）

七十年来家国，三千里地山河

——《民族文学》2019 年"庆祝新中国成立 70 周年"专题综述

李美皆

"庆祝新中国成立 70 周年"是中国 2019 年的大事，为此，《民族文学》特设全年主题专栏，并推出第 9 期、第 10 期两个专号。这些专栏专号作品，聚焦了少数民族七十年来最值得关注的历史与现实问题。尤其可贵的是，它们并不因"庆祝"的主题而流于浮泛的歌颂，在文学品位和内容的广度、思想的深度、干预生活的力度上都达到了相当高的水准。

一

七十年来，少数民族地区的人民过得怎么样？即贫富问题，是一个首先应该关心的问题，也是一切关心的出发点和落脚点。由"老少边穷"这个特定词语，就可以知道少数民族地区的贫困问题还是比较突出的，所以，2019 年《民族文学》"庆祝新中国成立 70 周年"专栏的首要内容，就是扶贫问题。写得最好的，也集中在这一主题上。事实上，这一主题也是《民族文学》一以贯之地关注的重点。可以说，再没有哪一本文学刊物，像《民族文学》这样执着地关注民生疾苦问题。

向本贵（苗族）的小说《上坡好个秋》（第 6 期）、吕翼（彝族）的小说《马腹村的事》（第 7 期），王蕾（黎族）的散文《什荣：你不再遥远》（第 3 期）、彭愫英（白族）的散文《追梦高黎贡山》（第 3 期）、刘晓平（土家族）的散文《高山上的花园》（第 9 期）、许敏（壮族）的散文《"广西了不得！"》（第 11 期），都是写少数民族地区的扶贫问题。

向本贵的《上坡好个秋》，有一种久违的赵树理风格，非常接地气。它几乎囊括了当下农村扶贫中会遇到的所有问题。

张兴祥是单位的主要领导，原本是不会下乡扶贫的，只因市里对有扶贫任务的单位提出了硬标准的考核要求，他才来到了对口扶贫村上坡村。上坡村的村支书和村主任是王成旺一人兼任的，其他村干部都进城打工了，村里只剩他一人主政。张兴祥一来就了解上坡村的人口、田地、收入、空巢老人、留守儿童和贫困户的建档立卡等，王成旺只有一句话：上坡村的事情很难办。张兴祥的工作目标首先是摘掉村里六个特困户的贫穷帽子，同时对其他的困难户重点扶持。马上就有一个需要攻坚脱贫的特困户刘生原找上门来了。刘生原是一个长得有模有样的小伙子，却油头滑脑好吃懒做，只因娶不上媳妇，扶贫要求是：给我找个老婆。这是一个让人想起赵树理笔下的"小腿疼""吃不饱"之类的人物，这样的人物农村几乎世世代代都有，俗称懒汉二流子。但刘生原这种新型懒汉二流子的产生，又带着新的时代特点。他去城里打工被骗，拿不到工钱；回来在镇上打工并谈上恋爱，但女孩父母要十五万彩礼钱，他拿不起；而且彩礼行情见涨，从十五万到二十万、二十五万……他永远追不上；最终，他破罐子破摔了。许多农村姑娘进城打工后不再回来，留在农村的姑娘以稀为贵，农村小伙娶妻难，这是一个普遍问题。农村流传"八大怪"，光棍多就是其中一怪。还有一怪是：扶贫物资下乡来，懒汉比谁跑得快。因为生活无望，人的自尊度就大大降低了。对此，王成旺都有牢骚："扶贫工作有百利但也有一个不足。要我说，扶贫但决不能扶懒。没饭吃让他们饿死，没衣穿让他们冻死。如今的好政策娇惯出来的毛病，还有脸要你扶贫工作队给他找老婆。"但张兴祥没有这么简单看待问题，他试图走近刘生原，从根子上解决他的贫困问题。他把恋爱时老婆织的毛衣送给刘生原穿，他在刘生原夜里作恶学鸡叫时来到他臭气烘烘的家，钻进他臭气烘烘的被窝，与他零距离交流。当他听到刘生原说"只要是女人，跛脚的瞎眼的我都要""我讨女人只要能睡觉，能生孩子，就心满意足了"时，"心里有一种说不出的滋味，还有一种隐隐的疼痛"。他是带着感情来的，他是用心在扶贫。因此，当张兴祥带领村民选择脱贫致富项目，造册登记扶持资金时，刘生原头一次没有捣乱闹事上访。王成旺竖起大拇指说，"这样的事情，只有你张干部做得到，去年县里来的那个女干部，看见刘生原就把鼻子捂起来了。你张干部是我们农民群众的贴心人，上坡村真要在你的手里变了样子，大家都会记着你的恩情"。

王成旺说的女干部，是一个文化局的年轻女干部，能说会道，还会写锦绣文章，可是，在上坡村待了半个月就不肯再来了，年底县里验收，"五改三整"不合格，"二精准"根本没有做，挨了批，最后哭着回去的。扶贫绝不是做做样子，而是必须扑下身子去干工作，比如张兴祥所做的：先是带着六户特困户和部分困难户参观邻村的养殖大户、桃梨果园和大棚蔬菜，过后又从市里请来几个技术人员讲大棚蔬菜的种植技术，桃梨果木的栽培和管理，家禽家畜的科学喂养，最终才定下来两户人家准备办果园，两户人家准备办养猪场，一户人家准备种大棚蔬菜，一户人家准备养蜜蜂。张兴祥为第一特困户刘生原所做的，更是根本性地改变其人生轨迹：他通过自己的关系，在一位老板的公司为刘生原解决了就业，进而解决了他的"光棍"问题，刘生原就再也不可能是一个懒汉二流子了。果然是仓廪实而后知礼节。

张兴祥没有什么豪言壮语，但确实是一个求真务实的扶贫干部。张兴祥在王成旺家搭伙，他对王成旺老婆说："不要把我当成市里来的扶贫干部，就当是你们家的亲戚，有什么话就对我说，有什么事就叫我一声。"王成旺说："扶贫干部有三怕，一怕对口扶持户不配合，二怕上面来人检查，三怕精准扶贫变成精准填表。"但是，只要有了张兴祥这样的心贴心做实事的态度，还何怕之有呢？张兴祥对于农村问题还有更深的思考，而且希望更多的人参与进来，当王成旺抱怨一些专家教授不够实事求是随意指点时，张兴祥衷心希望：我们的专家教授，不但要心想着农村和农民，还要放下身段，到农村来，到农民群众中来，走一走，看一看，甚至生活一些日子，是一定会给农民群众提出更多有益的、实用的，还能见效快的建议的吧。——可见其心切。这也是作者对于解决农村问题的一片拳拳之心。

《上坡好个秋》的语言也非常贴近乡土。比如，写张兴祥作为单位主官却下来扶贫的原因：有扶贫任务的单位格外地紧毛了。写邹桂花在夏日农田里：一副汗爬水流的样子。"紧毛""汗爬水流"，这都是当地语言，能迅速把读者带到上坡村的语境里去。再比如，上坡村的农民赵成启因过失致人死命而去服刑时，所做的事就是在西湖农场挑大粪桶，于是，上坡村人就用"去西湖农场挑大粪桶"来代指犯法服刑这件事了，颇具赵树理的农民式的幽默。

吕翼的《马腹村的事》中的主人公是马腹村的扶贫队长泽林。与张兴祥不同，泽林在原单位省住建局只是一个看图、查资料、写文件的普通干部，单位要有一位干部下村挂任扶贫队长，泽林是正科级，他所在的那个处即将有一个副处级位置空出来，泽林最适合，但厅里分管扶贫的领导找他谈话说，提拔得有基层工作的经历，于是泽林就来到了马腹村。泽林觉得此地民风淳朴，自然环境比大城市好，自己有机会过过新生活，挺不错的。问题自然是有，但泽林用积极态度去应对，很享受自己的工作成绩，出山公路修成，他也不要村民们宰羊跳舞放鞭炮感谢，他原本就是一个低调的人，当前清风正气的形势更使他杜绝奢靡之风。

在为村民筹建新房的问题上，泽林遇到了困难：一个叫尔坡的村民不配合。尔坡的祖上曾是马腹村的头人，所以他家的宅子曾经很显赫，但年久失修，即将毁于一旦。尔坡高中毕业后外出打工，只有结婚时匆匆忙忙回来过一次，婚礼没办成，他一去不复返。根据一些迹象，尔坡似乎又曾经回来过。金沙江边的风俗是要在堂屋正面的墙上悬挂祖先的灵筒，灵筒只能守在老屋，不然，魂不守舍，祖先回不来。仙逝的人有三个灵魂：一魂归赴祖界，一魂留守葬地，一魂入灵筒。驻守在灵筒的，须供在老家的正堂屋，和家人在一起，不能带走。尔坡祖先的大灵筒旁边挂的小灵筒，是尔坡的。活着的成年男人也有灵魂，外出就得挂。没有子嗣挂外面，有了子嗣就移进来。尔坡家的小灵筒移进堂屋了，由此推断，尔坡是回来过，而且已经有了孩子。金沙江边的人非常注重灵魂的归宿，作恶者的灵筒是不能进堂屋的，高尚者和贡献多者，灵筒则可以挂得高一些。

作为一种叙事策略，小说把尔坡婚礼未成的原因隐下不表，只写尔坡的神龙见首不见尾，故意失联，偶尔联系上一次也是神秘不吐真言，所以，村里不知他究竟是落魄还是发达。根据他自己提供的落魄状况，泽林把他上报为建档立卡户，每月给他往银行卡发放政府补助。现在，泽林申请把他家的房子列入县级文物保护单位进行修缮，对本地发展旅游产业也有利。建房的政策是自己建房为主，政府帮助为辅，因此，必须找到他。但村主任木惹跟尔坡有过节，只有泽林亲自去找。

泽林在省城的烂尾楼见到了尔坡，尔坡说自己的血汗工钱都葬在这里了，自己一无所有，也只有栖身在这里。看着尔坡近似于"讨口"的生活，"泽林心里一酸，差点儿流出眼泪"。他马上原谅了尔坡此前的撒谎。恰好此时，泽林的儿子打电话来了。原来泽林的家庭也有一系列的问题：他的妻子季老师是省城小学老师，家里都是季老师在操心。儿子大学毕业后一直在参加入职考试，二十七八岁还没考到合适的岗位，没有收入。泽林是个知足常乐的人，妻子却更为家庭的未来着想，她做了一笔投资，结果被骗；捉襟见肘为儿子买房，结果成了烂尾楼。因此，她的精神几近崩溃，儿子打电话来就是让泽林关心妻子的状况。泽林不仅尊重金沙江边人的信仰，他自己也有朴素的信仰或者说做人的原则：他向善、诚恳、认真。不拿不该拿的，不吃不该吃的，不去不该去的，是他的准则。所以，他是一个清贫的人。在投资买房这样的事上，泽林是被动的，当妻子为房子的首付找他时，他正在马腹村为村民建房的事进行实地考察，他拿不出钱，只能打开视频聊天，让妻子看那些快要倒塌的老屋，说："他们的生活，比我们难多了。"但这并不能平衡妻子的心理，她说："贫困户房子破了，有人管。我的破了，谁来管？儿子找不到工作，谁来管？"这是一个扶贫干部妻子的心声。作为一篇扶贫主题的小说，《马腹村的事》没有回避扶贫干部本身的困难，可以说，扶贫的人本身也需要被"扶贫"。

扶贫干部尽管自身物质匮乏，却仍然要拿出心力热力来使扶贫对象脱贫，其精神就更加升华而触动人心。

这篇小说的构思精巧处在于，泽林当时所处的，正是自己家买的烂尾楼。他为村民建新房而辛苦追踪尔坡，相见处却正是自己家的烂尾楼。尔坡听着泽林跟儿子的电话，心里五味杂陈。"他一直以为，这些所谓吃国家饭的人，有吃不完的饭，用不完的钱，高高在上，颐指气使。想不到，他们也有他们的疼。他们为了房，为了生活，居然也会不快乐。"

泽林打完电话，与尔坡一起烧火烤土豆吃，两人边吃边聊，心理距离终于拉近。尔坡讲自己打工的辛酸，也讲对马腹村人的失望，包括把他家的房子用来做牛厩。他还认为，木惹一直在整他。泽林一一给他澄清误会，并给他看县上发的《关于马腹村头人文物保护单位核准的通知》。泽林说："这下，你祖上留下的房子，修缮、管理就不是你个人的事，是国家的事，是马腹村的事。经费呀什么的，不用你操心了。"尔坡向泽林深深鞠躬道谢："对不起啦，我们山里长大的人，就是有个小脾气。如果连祖先的灵筒都没有置放的地方，那就真的要完蛋了。泽林队长，你这样帮助我，我代表祖先谢谢你！"两人靠着水泥墩子烤着火，坐了一夜聊了一夜，临走时，自家已经很困难的泽林，还掏出两百块钱递给尔坡，让他买米买厚棉被，尔坡接过那滚烫的钱，眼睛红了，心里酸了，泽林眼眶也湿了。

无独有偶，《上坡好个秋》中，也有一个扶贫干部与扶贫对象深夜促膝交谈的情节。扶贫干部怎样深入扶贫对象的心？怎样算是同甘共苦从而把扶贫工作做好？这就是一个很好的示例。感化是要用心的，温暖是要用行动的，这样的情节、这样的动作，是扶贫工作真正做到家的最好体现。美国经济学教授阿比吉特·班纳吉和埃斯特·迪弗洛所著的《贫穷的本质》一书中写："扶贫政策方面充斥着立竿见影的泡沫，事实证明这一点儿也不奇怪。要想取得进展，我们必须摈弃将穷人贬低为固定形象的习惯，花点儿时间真正去了解他们的生活，包括这种生活中的复杂和多彩。"这两篇小说中的两位扶贫干部所做的，无疑就是这样的事情。

在泽林的感化下，尔坡回到了马腹村，留下了据说是借来的三十万，让村里把自己家的房子按村民活动场所的标准来建。房子修好后，尔坡带着老婆回来了。原来这些年在外，他们早已奋斗成功，做了公司老板，之所以装穷不回来，是因为对马腹村失望。尔坡当年娶妻时，说好借木惹家的房子做新房，木惹老婆临时拒绝，使尔坡背着老婆无处安放，惹怒岳父家。他从此对马腹村结下仇恨，再不回来。他的装穷，其实是对马腹村人感情的考验。金沙江边的人们，耿直好义重荣誉，但固执起来，九头牛也拉不回，容易结冤家，一结就是世代为仇。当然，重仇的人必然也会重义。这一次尔坡回来，木惹媳妇重新帮他补办婚礼，仇怨消泯，尔坡慷慨地贡献出自家宅子做村民活动室。这个花好月圆的结果，就是扶贫干部泽林所有苦心孤诣的努力的最好回报和肯定。

《马腹村的事》不仅写了扶贫干部的难，也写了村干部的难。马腹村的村主任木惹就是一个典型代表。

早些年的村干部，当的是头人，是真正的领导，一呼百应，利益不算少。现在不行了，要求严，规矩多。当的哪是头人？是孙子！稍不注意，还会惹火烧身。利益？根本就谈不上。机关每天上八小时的班，可村干部不止，眼睛一睁开，就开始办事。晚上回家，水没有喝上一口，又有人找上门来。夜里躺下了，门还有人敲，院子里的狗还在叫。

先前村里的干部，在家里就能办公，还可以种地，可以养牲口，可以做生意，吆五喝六、划拳吃酒也不是没有过。现在不行了，现在村委会才是家，天天有任务，时时要迎接检查。

待遇呢，少得可怜，一个月一千多块钱……家里地种荒了，牲口少了，有点儿土特产也没有时间送出山去卖，家庭经济日渐萧条。

所以，木惹的媳妇家里地里一肩挑，无法忍受了，满肚子怨气，木惹回家看到的是冷脸。木惹也受不了了，去辞职。乡领导下乡回来还一身泥，说："天底下所有有责任心的干部，都累。谁不累？上级来调研过几次了，说不准很快就会有村干部转正的政策。建议你考虑考虑。"但是两年过去，转正还是没消息，木惹又想辞职。到村口，被族里老者拦住指着鼻子说："想当年，我马腹村的汉子，如果战死在疆场，是要检查伤口的！"这话的重量，当地人明白。数千年的金沙江畔械斗不断，战死要验伤口。伤口在前，是迎敌而上死的，家族骄傲，隆重祭奠。伤口在后，那是逃兵，死了也要尸陈荒野，灵筒不能进堂屋。听了这番重话，木惹不可能再退缩。

这是转变作风后农村干部的现状，也是当前良好风气的缩影，村干部虽然委屈，老百姓却是欣慰的。

《马腹村的事》极具地方特色，既写了金沙江畔的民风民俗，也写了金沙江畔人的灵魂底色，而且，还运用了大量的金沙江畔的谚语，比如，勇敢的人穿虎皮，懒惰的人蹲火塘。猎犬有志，不舔别人的洗脸水；穷人有志，不吃富人的剩菜饭。这些金沙江边的谚语，也是千百年来这一方人的精神风骨的概括。

《上坡好个秋》与《马腹村的事》这两篇小说，是对扶贫工作的深度反映，是作者深入生活的产物，其内容虽为虚构，但因生活肌理的细密扎实，甚至使文学的艺术化都显得不是那么重要了。读完这两篇小说，对于扶贫干部的工作与生活，差不多体验了一遍；对于农村扶贫内容的明暗短长杂七杂八，也有了一个基本了解；对于农村的出路与希望何在，也会引发长久的思考。文学对于现实的反映、对于社会生活的干预，莫过于此了。

扶贫是一个时代话题，也是一个文学主题，但它并非想当然地送送扶贫物资那么简单，每一个关心民生疾苦的人（包括作家、评论家）都应该追问一句：当我们谈论扶贫的时候，我们在谈论什么？《贫穷的本质》是一本关注全球贫穷问题的书，它关于贫穷的某些流行观点，比如，援助越多，穷人的依赖性越强，外部援助不起作用等，都是在实地考察的基础上，力求得出可靠的结论，中国也是两位作者考察的十八个国家之一。该书认为，扶贫政策失败的原因，在于人们对于贫穷的理解不够深刻，好钢没有用在刀刃上。当然，中国的扶贫作为一项重要的国家政策，自有不同之处，但思考与行动，是任何扶贫中都需要的，《上坡好个秋》与《马腹村的事》这两篇小说的诞生，无疑是思考与行动的一部分。《贫穷的本质》一书认为，一个也许早已很普遍但正确的信息，一旦传递并被他们接受，其效果可远远高于捐钱或者捐物。《上坡好个秋》中，张兴祥带着扶贫对象参观养殖大户，请技术人员传授蔬菜种植技术等，都是在提供一种有益的信息，只有这样，才能改变穷人的短视，保证其可持续发展。文学反映是实践探索的延展和深化，当下中国，需要《上坡好个秋》《马腹村的事》这样的"中国故事"。

彭愫英（白族）的散文《追梦高黎贡山》（第3期）也是写扶贫问题，但更大关注点放在致富而非脱贫上，以优美诗意的语言，描写了怒江州扶贫攻坚中出现的致富典型袁开友的美好生活，使扶贫话题上的沉重感一扫而光。

少数民族地区重要的现实问题，除了扶贫，就是教育了，鲁玉梅（土族）的《藏乡教师陈廷英》（第3期）、姚静（彝族）的《留在山头的光阴》（第3期）两篇散文，都是写贫困地区的教育。《留在山头的光阴》专门写2006年推出的针对西部地区及贫困地区进行的特岗教师政策，又叫"特岗计划"，可以说是"教育扶贫"。

当许多少数民族作家在关切乡村的贫瘠问题时，凌春杰（土家族）在小说《指挥一座山》（第9期）中，写出了一个"不匮乏的乡村"，它提亮了作为扶贫对象而存在的乡村，其表达也更有文学上的升华意味，令人耳目一新。凌春杰对于农村问题的思索显然更具创新性，当农村人大量拥向城市以致农村空心化成为一种普遍焦虑时，凌春杰以逆向的当然也是假设性、探索性的思维，一反当前普遍存在的人口流动的方向，让到过城市、且不无成功的农村人回归农村。在城市文明与乡村文明的拔河中，凌春杰站在农村文明这边，努力寻找和凸显农村生活的可取与可贵，比如天高地阔生态宜人安宁舒缓等。主人公张良回到村子后，开了个百货店，生活无虞，同时还能陪伴年迈的母亲。对于农村生活的寂寞，凌春杰也为张良找到了排解之法：用唱歌软件录歌，发到平台上去，打入人气榜。这不仅自娱自乐，还让他交到了朋友，精神情感上都有了寄托。虽然周围很难找到合适的姑娘，但远方的姑娘在他心里，也是幸福的。歌曲参与打榜的同时，他也把家乡风物发上去，让外面的人知道自己的家乡，喜欢自己的家乡，来到自己的家乡。"指挥一座山"，就是像一个音乐指挥家一样，指挥山间的雾霭流岚起伏起舞，一种浪漫瑰丽的想象。山间万物被激活，乡村也就被激活，人们的乡村向往也就被激活，新的乡村想象就应运而生。这，是出于对一片热土的极度热爱和惜护。

凌春杰肯定乡村生活的价值，肯定"归田园居"的生活走向，对于乡村的出路，也做了一些设身处地的探讨，提出了一种可能性和可行性，这种思考是有一定突破性意义的。身为一个乡村走出来的孩子，这种探讨可能也是出于对当下普遍唱衰乡村的不甘和反驳，是对"每个人的故乡都在沦陷"的一种鼓舞性的回击。从长久的意义上来看，农村出路的探讨，可能比扶贫还有建设性意义，这也是这篇小说的价值所在。

二

庆祝新中国成立七十周年，当然少不了革命题材的作品，那既是"却顾所来径"，也是试看当代风流。这类作品分虚构和非虚构两类，虚构类有小说《一颗黑豌豆》《旋转的世界》《生死无界》《还魂草》，非虚构类有《生是为中国 死是为中国——刘伯坚罹难记》《平安绣》《落叶掩埋住的青春》等。

吉米平阶（藏族）的小说《一颗黑豌豆》（第10期），写已届暮年的一对老革命夫妇，时时穿越到革命战争年代，与解放西藏时牺牲的战友们相遇，逝去年代的故事由此展开。现在，物质生活已是如此富足，甚至富足到令人不安，可是，在革命战争年代，有多少战友饿死了，只需几颗黑豌豆而已，他们就可以活下来，可是，他们就是缺少那几颗黑豌豆。革命年代的物质匮乏与精神的刚劲相对照，革命年代的物质匮乏与今天的物质富足也形成对照，而隐含的对照则是：今天的物质富足与精神状况的对照如何？这是一个问号，也是一个警醒，如一颗黑豌豆一样，时时顽强地提示着人们：不要忘记我们是怎样走来的！小说细密书写革命年代的滚热的战友情意，包括人与小青马，都是战友之间的手足之情。所以，逝去的并没有消失，他们永远与战友一起活着，活在他们的灵魂中，活到他们的暮年，然后一起苍老。同时，逝去的人对于活着的人，终生都在施行一种无形的监督，使他们慎独，使他们保持着内心的警醒，使他们不会变质。这一颗黑豌豆，就像一颗子弹，深深地嵌在主人公的灵魂中。吉米平阶还进行了艺术上的可贵探索，意识流手法的运用，使《一颗黑豌豆》在小说艺术上得到提升，尤其在革命题材的历史叙事中，别具一格，不同凡俗。

益希单增（藏族）的小说《旋转的世界》（第10期）写西藏的民主改革，属于"西藏往事"的叙事范畴。它以扎实的史料打底，以对人物内心的细腻反映，以及对旧西藏各阶层人的心态的精准把控，使小说在沿着历史线索推进时丝毫没有"拘于史实"的乏味感和局限感，使读者的阅读注意力始终跟着小说行进，因而在同类题材小说中获得超优的审美感受和阅读满足。

杨莉（白族）的小说《生死无界》（第8期），写一个为战友守墓的人，寻找战友李忠的故事。守墓人，守的是战友情，是自己灵魂的忠义。然而他去寻找李忠的过程却蹊跷不已——李忠居然是一个在故乡不存在的人。最终谜底揭开，原来在家乡他不叫李忠，他叫王连中，改叫李忠是因为过继给了一个李姓人家。其实，第一次寻找时遇见的疯女人，就是李忠即王连中的女人。唯独她，肯定有一个李忠的存在，却只是被当作疯话。他们的孩子四岁时死了，女人觉得愧对李忠，疯了，所以，没人知道李忠是谁了。这个故事几乎是因叙述策略而成立的，小说设置了一个圈套，解套的过程撑起了小说的张力。最终，守墓人把女人带回墓园，并娶了她，从此共同守着墓中的战友们，墓里墓外，生死无界。

非虚构类的作品有：那家伦（白族）的散文《我们永远向太阳》（第4期），写1950年昆明学生参军，随着共和国欢快成长的激情岁月。苏长仙（壮族）的散文《放歌右江"小平号"》（第8期）写百色精神、右江灵魂的革命传承。陶永喜（苗族）的报告文学《硝烟散去忠魂在——"三大战役"主题采访纪实》（第9期），写作者对三大战役发生地的实地走访考察，复活往昔峥嵘岁月。胥得意（蒙古族）的《落叶掩埋住的青春》（第12期）则写森林武警这支业已退出军队行列的光荣部队的一个分支——大兴安岭奇乾消防队的队员们的苦乐人生，他们不避艰苦，苦中作乐，坚守着那绝世的营盘，那隐藏在大兴安岭深处的传奇。

卜谷（满族）的中篇纪实《生是为中国 死是为中国——刘伯坚罹难记》（第5期），写刘伯坚1935年从被俘到牺牲的过程。作者具备很强的纪实基本功，参考了大量档案资料，访问了刘伯坚的很多后人和相关研究人员，严谨翔实，深入人物内心，是有灵魂的革命书写。同时，又有着语言的重量和表达的厚度，铿锵得令人心痛和动容，"于未来，他曾无数次憧憬过梦幻般的幸福团聚。如今，却不得不直面毁灭。既然身陷囹圄，纵有九十九个生的选择，为了一个理由——信念，他毅然选择死亡"。从容赴死是因为胸中有坚定信念，这样诚恳的表述，从容地彰显了信念的力量，是主旋律作品中的上乘之作。

刘青梅（土家族）的《平安绣》（第5期）写婶婶的故事，一个土家族"红嫂"的故事。这其实也是所有为革命奉献的女性的故事，是地母般博大深厚的爱情和母性的故事。土家族女人出嫁时要带绣花丝帕到婆家给自己深爱的男人，这丝帕的含义就是爱情的分量。但是，叔叔牺牲后，婶婶依然在绣着，为叔叔的战友们——那些陌生的亲人。这丝帕中凝聚着深情的重量，带着湿润与光泽，饱满地阐释了军民鱼水情深。诚意，是讲好中国故事的关键。

三

七十年来，各民族的文化与生活在新中国的大家庭里发生了什么存续流变与
鼎革？现状如何？这自然也是"70周年"专题要涉及的一个重要方面。

秋古墨（哈尼族）的小说《坝兰河上》（第8期），写为了争夺哈尼人的《牛
皮鼓舞》的继承权，乡与乡之间进行着激烈的角逐。而最后，两乡的头人和解，
各自拿出强项来合作，共同排练《牛皮鼓舞》，参加"彩云民族歌舞大赛"。许多
少数民族的传统文化项目被列为非物质文化遗产，这种文化遗产的归属继承和发
展，是一个普遍性的问题，这篇小说对此进行思索，并给出了一个符合当下和谐
社会理念的解决之道。

杨俊文（满族）的散文《不落的船歌》（第8期），是一篇触探赫哲族文化
的佳作，有热爱，有震撼。他们和鱼／挂在一张思念的网上——作者用这句诗来
提炼赫哲族作为"鱼皮部落"的内在精髓。写到孙玉民这个人物：打鱼时他是渔
民，从船上下来他是作家，而且是赫哲族中唯一的中国作协会员。他的作品不
完全产生于案头，有些竟然是出自小小的船头。他还是得意于江水对船体的拍
打，觉得这种拍打像是生命的律动，而在律动中跳出的文字，又总是让他感到欣
喜与惬意，甚至觉得眼下的江流是文学的流淌，而自己正是这个江流之上的泛
舟人——这是文学与生活的多么理想的关系！列入国家级非物质文化遗产名录的
"赫哲族鱼皮制作技艺"、赫哲族独创的口头说唱艺术"伊玛堪"，在作者笔下，
都有着悠远的深情以及来自生命内部的史诗般的律动。文化的魅力在于其生命
力，发现和写出这种生命力，才能真正抵达它的魅力，以此为路径，这篇散文完
成得非常理想。

李俊玲（布朗族）的散文《跳跃的河山》（第9期），写布朗族山歌的前生今
世。它不仅写出了山歌的内在精神——在空旷的山林恣意释放自我；写出了山歌
与世世代代布朗人的生活和劳动的关系；还考据了山歌的种类："古本山歌""野
山歌"（也叫"花花山歌""跑马山歌"），以及后者蕴含的生命野性；考据了对歌
的种类：抬爱山歌（赞美与欣赏对方），苦情山歌（幽怨地哭诉），戏耍山歌（彼
此打趣玩耍）等。最后，通过一位步入耄耋之年的奶奶级歌手的叹息，留下了对山

歌式微的叹惋：老了，我们唱不动了，现在的年轻人也不会唱了，都听手机唱了。

以感官的便捷为原则，借助科技的现代化，很多饱含原始生命力的文化形式被覆盖了，而新的文化生命力也不见得能够创造出来，这确实是值得忧心的。而许多文化保护和对民族文化的记录与书写，都不过是回光返照的挽歌。但只要挽歌在，希望就在，如果连挽歌都没有了，那才是彻底的悲哀。

四

民族感情，也是共和国七十年来值得书写的重要内容。

王开（满族）的散文《在皮恰克松地看见了什么》（第 12 期）以一位体验生活的作家、一个援疆干部的母亲的身份，来到新疆的皮恰克松地，深深感受到：皮恰克松地的一草一木于"我"而言都是至亲至爱的血肉之情。每到一处，总有当地的兄弟姐妹招呼她：吃吧，吃吧。她从这"吃吧，吃吧"的真诚中，"悟出一个游牧民族的慷慨性格"。这篇散文中充满浓浓的爱意和慈悲，而且难得的是，虽然书写的是一个常见的主旋律，却写出了三毛的撒哈拉的味道，意蕴非凡。

杨建军（回族）的散文《离祖国最近的四天》（第 7 期），记叙自己作为一名援助新疆的干部，在中秋节到新疆边境的人家去走访的经历。身在边疆，离祖国的心脏似乎远了，然而，他却感觉更近了："在离家万里的边疆生活里，有那么几天我觉得自己离祖国很近很近。"是当地人的古道热肠的情感，拉近了"我"与祖国的距离。"远远看见月尔尼沙汗老奶奶抱着盘子，站在家门口看着车路，见我过来连忙招手，老奶奶边说边指，指指家门口的国旗，指指我，又指指盘里的羊肉，把羊肉直往我怀里塞，听不懂老奶奶说什么，我不知如何是好。翻译赶来才明白，老奶奶想说，我是国家来的亲戚，在她家没有吃好，必须要带羊肉在路上吃。"这，是对于民族情感、家国情怀的最好阐释。

黄松柏（侗族）的散文《那年我们去西藏》（第 7 期）写 1980 年，十一位贵州应届师专毕业生，代表贵州自愿去西藏高原当教师的历程，其中有高原反应的痛苦，更有对藏族同胞情意的感动，还有把知识带到高原的成就感，朴实无华，却有润物无声的情感效果。

艾贝保·热合曼（维吾尔族）的散文《学做一颗星星》（第 10 期），则独树一帜地写了一位"民考汉"的学生对自己民族以及兄弟民族的反观。"有些地方就完全不一样，不要说不同民族喜结良缘被当成眼中钉，肉中刺，躲避瘟疫一样被族人嘲讽，甚至谩骂。"这种省察，可能很多人都有，但难得见到表述。"竟然还有一些人用'新疆第十四个民族'这样带有明显贬损色彩的字眼，取笑和挖苦民考汉学生。在这些人看来，'民考汉'背离民族传统，破坏母语纯正，是瓜地里长出的变种瓜，披着民族的外衣，却不尽民族的本分，不伦不类，因而不能算作维吾尔族一分子，不能代表维吾尔族。"这种直率的批评，虽是不平则鸣，然而也是需要勇气的。作者对于国家认同和母语纯粹性，给出了自己的见解：不论哪个民族，操何种语言，首先是一个国家公民，学好用好国家通行语言文字，天经地义，丝毫不能含糊。这是国家认同的最重要前提，也是文化认同不可或缺的最坚实基础，没有任何理由抵触和排斥。所谓保护母语的纯粹性，其实根本站不住脚，带有很大的欺骗性、麻痹性。实际上学好汉语获益最大的是我们自己，对维吾尔族来说更是如此，尤其在南疆，一些乡村民族单一，生产落后，日子过不到人前头，其中有一点，就是过不了语言关，走不出家门闯荡世界——所有这些实在话，既是真知灼见，同时也是出于对自己民族的爱之切。这是一篇有勇气的文章。我们需要更多这种"针灸式"的文章。

五

少数民族尤为重情重义，情感书写也是"庆祝新中国成立70周年"专栏专号的题中之义。

巴音博罗（满族）的散文《大河守望者》（第12期）是献给父亲及一代默默坚守的水文人的歌，读来令人痛楚又赞叹：巴音博罗，果然出手不凡！这是一篇有痛感的文字，有父子两代生命重量的文字，在广袤的情感与诗意的视野中铺陈开的文字。它给你锥心之痛，又给你广阔情感时空中的大安慰。立体的情感总是饱满而多义的，你无法层层剥离，只有照单全收，含着血泪与微笑。写诗出身的巴音博罗，注定不会只是贴着地面书写一个芸芸众生中的父亲的生平而已。他是内省而"绝情"的：尽管我与父亲的关系并不十分融洽，也并不亲密和睦，但我血管里的血脉之河总是在夜深人静时告诫我：你那以河为生的父亲正在衰老、逝去，像人世间最后一道夕阳，绚烂而决绝。它是华丽而哀伤的咏叹调：哦，父亲，父亲！带给我苦痛的生命和北方广袤原野的父亲，带给我汹涌湍急的数条北国河流的父亲啊，虽然我俩性情迥异，爱好迥异，甚至是完全生活在两个不同精神世界里的完全陌生的人生伴旅者，上天却让我们有缘生长于苦难年代同一部家族史的同一根树丫上。就像肯特里奇的一幅画，我们因为出生、成长、成熟、衰老、消逝而一起见证生命之歌里严肃而荒诞的那部分，那是真实的，也是爱的另一种传奇——这里面，还可以看出巴音博罗作为画家的特质。儿子是无法选择父亲的，而儿子又是希望以父亲为旗的，当儿子不能以父亲为旗时，那"严肃而荒诞"的彼此见证，似乎也构成了一首满含泪花的生命之歌。

　　巴音博罗完全突破对父辈歌功颂德的"孝子"模式，冒人子之不韪，勇敢地解剖了父亲，而又与新时期文学中的"弑父模式"不同，他的解剖不是精神上的超越，从精神上，他早已超越了父亲，他要超越的是传统的父子情感的人伦羁绊，他有恨铁不成钢，他也决不认为父亲都是对的。这种不韪是含着不忍的，然而他更不愿意背叛自己，违拗自己，他是勇敢而诚实的，决不做作，也不为习见所绑架。在儿子的眼里：我父亲天生就是个爱热闹，爱开玩笑，哪儿人多便往哪儿凑的角色，却偏偏摊上一份这世界上最孤寂的工作——水文测量员。我父亲像一条流浪狗一样无辜却安静。我父亲在他外表鲁莽果敢之下又极其胆怯如鼠。作为这样一位父亲的长子，巴音博罗很小就把自己变为男子汉了，父子的权威秩序，似乎很容易就翻越了。当"药是他的口粮，酒瓶依然是他的梦和嗜爱"时，作为儿子，除了弃疗的无奈，还能有什么呢？连恨铁不成钢都没了，他认了：自己无法选择的父亲，就是这样一位父亲。但再隐忍的痛也还是痛：我知道父亲的日子快过到头了，空酒瓶像一座枯岛，而父亲是船翻后的一截漂浮的旧船板。对于这样的痛，他是不加保护的，实际上是更深地把自己暴露于痛苦之中。就连对父亲在水文站测流的工作：成年累月守在祖国最偏远也最荒凉的大河边的水文工作者——我也把他们称之为给大河把脉的人，儿子也没有用"我对这土地爱得深沉"之类的词句来进行抒情，而是赤裸裸地直面本质：我觉得没有语言的生活是一种极其可怜的丧失全部生之快乐的生活。人成为一块会喘息的石头，一截会吃饭的木头，人还使人还原生活的本相：苦涩和无奈。这篇刚性的文字，有冷峻的审视，有诗性的悲悯，是一部压实了的涓涓流淌着的时光大书，父亲——那位老水文工程师，就在儿子的文字中，汇入了时间的永恒河流。

　　读巴音博罗的文字，有一种高手过招的过瘾感，实际上，他的文本也是采撷了很多高手的灵魂相通的文字，他的丰富和博大是一读便知的。或许，高水平的表达总是容易相通，读巴音博罗的"父亲传"，很容易联想起一些名作，比如，电影《大河之恋》：表现一条河流与父子三人，大河流淌着生命的意义；再比如，电影《大鱼》：表现父子的终于和解，当儿子明白父亲对于过去的浮夸讲述只是保留一生激情的一种方式时，父亲的生命在儿子的怀中汇入了永恒河流。这些似曾相识的闪烁的情感，是一种复杂模糊又坚定的生命交融的父子之情的缩影，它们告诉读者：并非只有歌颂了，你才算写对了自己的父亲。

每次看到少数民族作家笔下的母亲和姐姐，总是被一种古老的情感所浸润。徐晓华（土家族）的散文《优雅的土地》（第 11 期）写瓦屋桥这片优雅的土地上，人们致富以后的美好生活，是一篇清新唯美的田园散文。作者写"金山银山"背后的"绿水青山"，无不是用含情的目光，而又绝非矫情，无论是雨水中的樱桃、洋芋花，还是苞谷苗、莴苣，都带着来自大自然、更来自人心的葱茏的美意。"几个做农活的人，披蓑戴笠打花伞，淘水沟，起苕垄，扯辣椒秧。雨直风斜，雨具起伏，田野就活泛起来……大雨动了屋檐水，哗哗泼在檐下的青石上，溅碎的雨点直往身上蹦，老伯还能安睡，心底倒是宽绰。"当"田园荒芜"成为一种对趋向空心化的农村的普遍慨叹时，徐晓华这样的田园书写，实在是复苏了一种令人尊敬的传统散文的优雅，其笔下正该是"优雅的土地"。尤其最后写到的二姐，是一个向光性极强的人，每一点来自家国的关爱，她都心怀感恩，"一个心怀温暖的人，最能感知世间的温暖；一颗善良纯粹的心，最能感知岁月的花好月圆"。她爱花、爱人、爱人世，她的柔情与温存，都有着极其光明的传达，世界因为这样的女子而明亮。

杨云芳（普米族）的散文《姐姐的新家》（第 3 期），写受苦受难的姐姐，承受饥饿和家暴也不肯离婚，一直不离不弃地把姐夫送到坟墓。受过现代教育的人，必然对此是"哀其不幸怒其不争"，作为妹妹的作者也是如此，然而，她终究又醒悟道：我忘了设身处地地想一下，她要怎么"争"才好呢？我忘了她为了这个家就没念几年书，她只学会了辛勤地劳动才会有收获，学会了忍让，宽以待人……这就是少数民族作家笔下的很多的"姐姐"，她们平和地承受苦难的馈赠，终生留在原地，而又以柔和的目光注视弟弟妹妹们走向远方。她们不是母亲，却胜似母亲，她们以降级的圣母情怀哺育了弟妹，而又不求回报——如传统母亲那样。当弟弟妹妹们翅膀硬了，就自觉有了拯救姐姐人生的权力：虽然我们出自好心，但无形中导致了对姐姐的生活指手画脚，情不自禁地告诉她要这样要那样，虽然没有颐指气使但多少有点先入为主，很多时候姐姐都是被动接受我们的这种"关爱"。过了这么多年，我终于想明白了，姐姐应该拥有她自己的生活，活成她自己想要的样子。当弟弟妹妹们不再是空降到姐姐的生活中，而是跟姐姐一起站在她的田野上、她的家园中，才真正体会到姐姐有自己想要的生活，有自己的"诗和远方"。"姐姐"们面对生活的韧力，实在是看似强大的"弟弟妹妹"们所不能比拟的。她们贡献爱的同时，使自己强大。

宁克多杰（藏族）的散文《母亲》（第 10 期），写一位藏族母亲倔强、正直、要强的一生。她身上，可以看到很多民族的母亲的缩影，唱出来都是歌，写出来都是泪，然而又仿佛平淡无奇。

除了以上主题，《民族文学》2019 年"庆祝新中国成立 70 周年"专栏专号还有一些丰富的内容和内涵。

写新中国七十年来的可喜变化。比如，谷运龙（羌族）的散文《变脸》（第 10 期），通过自己不同时期出国所看到的外国人对自己的表情变化，写出国家强大对于个人的影响；马克（回族）的诗歌《祖国，亲爱的祖国》（第 2 期），写共和国的追梦之路；柏叶（彝族）的散文《山寨记》（第 11 期），写彝族村寨的可喜变化。

写祖国壮丽河山，抒无限爱国之情。比如，李炳华（满族）的散文《拾梦澧水河》（第 6 期）、田润（土家族）的散文《茅岩河，土家人的母亲河》（第 6 期），写本乡本土本民族的壮丽山川河流；曾入龙（布依族）的诗歌《祖国，比一枚橙子大》（第 9 期）状写祖国河山之美，充满浓浓的民族自豪感。

写战胜各种灾害，体现国家关怀的。那家伦（白族）的纪实散文《战胜疟疾》（第 8 期）写云南边疆各民族人民有组织全方位大规模地对疟原虫血吸虫展开大决战；韩玲（藏族）的散文《劫难深处》（第 12 期），写对 2019 年四川藏区的一场山洪泥石流灾害的国家救助与民众自救。

七十年来家国，三千里地山河，各民族的团结、美好、奋进，是各族人民幸福生活的底色，也是《民族文学》"庆祝新中国成立 70 周年"专栏圆满收官的基础和保证。

（原载于《民族文学》2020 年第 1 期）

往事未必如烟

——评小说《青烟》

海日寒（蒙古族）

但凡人类都喜欢说"往事"。

往事传来传去，说来说去，就成了"传说"。传说的对立面是"大说""正说"，也就是鲁迅先生所戏谑的"正传"。

都是说往事，比起"正说"，"传说"更接近于"小说"，传说一经文人笔墨滋润，添枝加叶，改头换面，就成了小说。

《青烟》就是谈"往事"的小说。而这"往事"恍兮惚兮，闪闪烁烁，如梦似幻，似有若无，时而确凿，时而乌有，大有天方夜谭之色香与韵味。

《青烟》说的是过去年代的故事。

这个"过去"实际上并不遥远，就是个八九十年来的事儿。这个事儿可能发生在内蒙古东部半农半牧地区，渊源从伪满洲国算起，历经土改、合作化、人民公社、大跃进，再穿过"文革"，结尾一下子蹦到了当下。

故事的叙事者是个身为作家的"我"，谈的是三代人的家族史，乐善好施的财主姥爷，神秘兮兮的萨满姥姥，来去无踪的舅妈"嗨"，老实巴交的舅舅阿穆达，争强好胜的姨妈乌力吉，还有"我"的父母阿都沁夫和乌日娜的爱恨情仇，如烟往事。

故事的主角是舅妈"嗨"。

嗨是个来路不明，且来去无踪的"女人"。

她神话般的来和传说样的去，都宛如青烟，飘忽如梦，来时一阵瓢泼暴雨，去时一场鹅毛大雪，中间还有几次无缘无故的"失踪"和"回归"，让小说有了真正的传说品质：神秘、无稽、恍惚迷离、大异其趣。

嗨到底是人是鬼，是妖是仙，是幽灵还是亡魂，都不重要，既是传说，就让它传说般迷离下去。关键是嗨代表了一种"民间"愿望，一种可望而不可得的美好愿望，一种人性的、善良的、苍生的、纯朴的、无法实现的"渴望"。

嗨的飘忽而至与扬长而去，都证明了这只是一次对民间愿望的象征性满足。就像弗洛伊德的"梦"，狂欢节的"戏"，蒲松龄的聊斋，尼采的"日神"幻影。所以，嗨的故事也只能以民间母题方式加以编织，穿上"当代历史"的道具服装，穿梭在革命与历史的边缘地带。

明眼者可能一眼就能看穿嗨的故事来自动物故事——"动物报恩"母题，人与动物成亲故事。此类故事中最著者当属名扬海内外的"白蛇传"。蒙古族民间故事中也恰巧有《两个小龙女》的故事——小伙子救助小白蛇，后来小白蛇的妹妹化身为人，委身于善心小伙子，过上幸福日子的故事。据说，人蛇成亲故事最早来自印度，蒙古本土出产的是《跛腿的小黄羊》，在日本却有一个鼎鼎大名的"仙鹤报恩"。

《青烟》的故事母题更接近日本"仙鹤报恩"故事，善心救助、报恩成亲、无奈离去。结构主义者说，一切故事皆是一个故事，这个不假，但关键在于如何"玩儿"这同样的故事。就像魔术，明知那玩意儿是"假的""骗人的"，却要兴致勃勃地去"上当"，乐此不疲地去"相信"，也许这就是小说的真谛：假作真时真亦假，无为有处有还无。

姨妈乌力吉无疑代表了一种"权力话语"——历史理性、庙堂和宏大叙事。她和舅妈嗨正好是一对冤家，与处在中间地带的阿都沁夫和乌日娜以及姥姥胡和鲁形成三足鼎立之势，"庙堂"一步步渗透、征服、取代民间力量，嗨三番五次的失踪，在边缘中求生存，终于在"大雪覆盖"之夜一去无踪。姨妈乌力吉无疑是这次历时性较量的胜利者，她用威权挤走了嗨，取代了村长哈丹，后来继续升迁为苏木（公社）的掌权者，再后来又成为市场经济时代的第一批受益者和既得利益者，可谓顺风顺水，要风得风要雨得雨，尽显弄潮儿本色。

真心怀恋嗨的只有两个人：一个是永远的边缘人——舅舅，羊倌阿穆达——他既是主流历史的边缘人（小民），社会生活的边缘人（山人），也是理性世界的边缘人（疯子）；另一个就是"我"——后来成为作家——知识分子的叙事者，他不但因为嗨的失踪而号啕大哭，后来还写作《青烟》这篇小说来纪念他的舅母——嗨。他是小说的第四股力量，不过他的力量只在于"写作"本身，他无法改变历史之金刚不坏之身。

既然是传说，神秘与象征就在所难免。

神秘与象征本来是民间与传说的常态，后来因"现代性"的步步紧逼，就像舅妈嗨一样从中国小说里消失了半个多世纪。舅妈再无音讯，而神秘和象征却乘着拉美文学"魔幻现实主义"的西风飘忽而至，改变了八十年代以来中国小说的既定格局。"寻根文学""先锋小说"之后神秘与象征有了正式"户口"，时不时闪现在各个民族文学山野之中，用"民族传统"去回应卡夫卡、茨威格、马尔克斯、鲁尔福、阿斯图里亚斯、卡塔萨尔、帕维奇。

神秘与象征首先是一种叙事范式，即"传说"型写作。小说又一次远离了"历史"（大说），重回民间，重回街谈巷议，重回稗官野史，用民间陌生化的口吻和眼光讲述往事，解释存在。其二，神秘与象征也是一种氛围，与理性的、清晰的、白日的、主流的、权威的叙事方式完全不一样的神经兮兮的、模糊的、傍晚的、边缘的、被放逐的叙事方式，一种诗化的、酒神性的、潜意识化的叙事方式和氛围。其三，神秘与象征当然也是故事和情节，人物和事件，被民间智慧浸泡过后发酵的意象和母题。用以上三点解读《青烟》的神秘与象征，我想肯定会轻车熟路，游刃有余。

谈笑间往事灰飞烟灭，站在"自然""民间""传统"一边的舅妈、舅舅和姥姥一个个退出历史舞台，只有一位孤独的作家，用微薄的小说召唤着他们的亡灵，小说结尾处出现了象征性的一幕，母亲招魂的声音：

乌恩其回来！

乌恩其是蒙古语，"真诚与忠诚"的意思，也许我们在现代性进程中失去的正是"灵魂"所依存的存在之家——"真诚与忠诚"。

《青烟》采用了"元小说"或"元叙事"方式。

即作者揭示自己小说"虚构本质"的叙事方式。

这在"传说型写作"中是一种常态，也是一种必然。小说既然志在传说，何必妄论历史。历史就让历史学家去写吧，小说家能做的就是：写出历史的欲望——潜藏在历史、人性和意识深处的"梦"。

（原载于《民族文学》2020 年第 5 期）

光辉绚烂的新世纪蒙古族文学

策·杰尔嘎拉（蒙古族）

历史的车轮开进二十一世纪以来，特别是党的十八大以来，在习近平总书记关于文艺工作的重要论述的指引下，我国新世纪蒙古族文学，乘改革开放的浩荡东风，阔步走向一个更高更新的历史阶段，紧扣时代脉搏，与社会共进步，与人民同呼吸，在多元文化格局下出现了新的辉煌，涌现出一大批颇有影响力的草原作家和草原文学作品。在全国文学总体格局里，尤其与少数民族地区相比，具有自己鲜明而生动的特点和特殊而重要的地位。

在全球化、科技化、市场化、城市化、网络化的背景下，新世纪蒙古族文学日益彰显着它的强大前进势头和较高的艺术水准，出现了不少新的元素、新的生长点和新的希望。令人振奋的是蒙古族一大批作家创作势头十分旺盛，不断推出重头的突破之作。在新时期李凖荣获第二届茅盾文学奖，玛拉沁夫、白雪林荣获全国优秀短篇小说奖，邓一光荣获首届鲁迅文学奖之后，在新世纪鲍尔吉·原野获得了第七届鲁迅文学奖散文奖，他还连续三年被内地和海外评为中国大陆十大散文家之一；邓一光的《我的太阳》荣获全国十佳长篇小说奖，《狼形成双》荣获全国十佳短篇小说奖；席慕蓉获台湾年度诗选"年度诗奖"、中华文化人物奖；萨仁托娅的长篇小说《静静的艾敏河》和长篇纪实文学《草原之子廷·巴特尔》，双双获得全国"五个一工程奖"；郭雪波的小说《大漠魂》获台湾联合报文学奖中篇小说首奖；韩静慧的作品获冰心儿童文学图书新作奖；包丽英的长篇小说《纵马天下——我的祖先成吉思汗》获姚雪垠长篇小说奖；满都麦小说研讨会和鄂尔多斯作家小说研讨会先后在北京召开，反响很大，得到首都文学评论界的一致好评；阿云嘎创作的蒙古文长篇小说《满巴扎仓》经翻译后，《人民文学》以中文版、英文版向全国、向世界推广；力格登的儿童文学《蚂蚁王国历险记》被蒙古国选定为"世界儿童优秀读物"用基里尔蒙古文出版；满全的《飞鸟集——一段天边的浪漫故事》在蒙古国用基里尔蒙古文出版。进入新世纪之后，布和德力格尔的长篇小说《蔚蓝的星空》、乌仁高娃的散文集《天痕》、《满都麦小说选》、希儒嘉措的散文集《元上都探古》、白金生的纪实长篇小说《阿斯根将军》、韩静慧的儿童文学《恐怖地带》、布仁巴雅尔的报告文学《创业史诗》、宝音乌力吉的长篇小说《信仰树》、特·官布扎布的《蒙古密码》、《那顺乌日图散文选》、仁亲道尔吉的《新时期蒙古族文学批评》等荣获全国少数民族文学创作"骏马奖"。这是新世纪蒙古族文学的一道亮丽的风景。

草原文化作为中华文化三大源头（黄河文化、长江文化、草原文化）之一，其"崇尚自然、践行开放、恪守信义"的核心理念，为蒙古族作家提供了丰厚的创作源泉。广大蒙古族作家立足本土，挖掘地域文化、民族文化的精髓，以个人化的写作来解读历史、现实和文化。启动"草原文学重点作品创作扶持工程"以来，已出版《霍林河歌谣》《印土》《草原上的老房子》《北方原野》《骏马·苍狼·故乡》《一匹蒙古马的感动》《细微的热爱》《草原文学新论》《草原文化与蒙古族诗歌转型》等作品，一些作品获全国少数民族文学创作"骏马奖"、全国"五个一工程奖"以及自治区文学创作"索龙嘎"奖。多部作品已经成为创建草原文学品牌的精品力作，这也是新世纪蒙古族文学的另一个亮点。

进入新世纪以来，蒙古族小说创作势头良好，中长篇小说喜获丰收。蒙古族长篇小说每年出版 10 到 20 部。这一时期优秀长篇小说有：《有声的雨》（巴图孟和）、《红月亮》（斯·巴特尔）、《混沌世界》（海泉）、《戈壁滩上的三只弱命》（布仁特古斯）、《故乡的热土》（莫·哈斯巴根）、《阴山殇》（孟和）、《蔚蓝的呼日胡》（哈斯布拉格）、《暖春》（苏尔塔拉图）、《蔚蓝的科尔沁》（海伦纳）、《复活的草原》（齐·莫尔根）、《二连》（乌顺包都嘎）、《广袤的塔小术塔拉》（贡·巴达尔胡）、《苍茫戈壁》（色·玛喜毕力格）、《忧蒙蒙泪霏霏》（特·布和毕里格）、《胡硕图的人们》（高·阿拉塔）等；中篇小说有：《十三渡》（额敦桑布）、《山间草地》（朝克毕力格）、《森林之叹》（巴布）、《密密的胡杨林》（阿尤尔扎纳）等；短篇小说有：《黑马奔向狼山》和《狼坝》（阿云嘎）、《骏马·苍狼·故乡》（满都麦）、《神威》（希儒嘉措）、《蔚林花》（乌力吉布林）、《紫山岚峡谷》（甫澜涛）、《彼岸》（白芙蓉）、《女人的命运》（萨仁高娃）、《热恋中的巴岱》（娜仁高娃）等，都是深受蒙古族读者喜爱的小说。短短十几年，有这么多长中短篇小说问世，这在整个蒙古族文学史上也是从未有过的。

这一时期蒙古族长中短篇小说创作的共同特点是，描写蒙古民族的风土人情和蒙古族人民宽容、憨厚、质朴、勤劳、自信的性格与勇敢顽强的精神，以及对美和力量无比崇尚的传统文化心理积淀，从审美的层次上感知、把握和表现。这是蒙古族小说创作审美特征深化和艺术品位提高的重要标志。

在蒙古族短篇小说创作中，阿云嘎、满都麦不仅倾心致力于汉语创作，而且蒙古文短篇小说在他们那里被铸造得更为精致更为纯粹也更具有文学的审美意义。可以说，他们的优秀短篇小说把蒙古族短篇小说的审美性推到了一个新的高度。勃·额勒斯的中短篇小说集《圆形神话》就是从历史的维度来进行民族性书写。他的多数小说都是从民族历史深处挖掘题材，展示作家对民族历史的理解和民族性格的建构。海勒根那的短篇小说集《父亲鱼游而去》，也是把草原民族的强悍、热烈、粗犷和神性的生命魅力淋漓尽致且不乏力度地展现了出来。其小说语言明快又富有冲击力的表意效果，十分符合现代人的阅读节奏。

满都麦的象征小说、阿云嘎的民族寻根小说、希儒嘉措的文化小说、力格登的幽默小说、哈斯布拉格的侦探小说、白音达来的动物小说、赛音巴雅尔的意识流小说、伊德尔夫的新荒诞小说、布林的魔幻小说，对固有的、传统的东西，大胆地提出挑战。他们的作品突破了旧的规范，在思想和艺术上都进入了一个新的境界。

新世纪蒙古族诗歌精品佳作有：《诗歌春秋》（都古尔苏荣）、《阿尔泰新诗选》、《勒·敖斯尔新诗选》、《齐·莫尔根新诗选》、《阿古拉泰的诗》、《博·巴彦都楞诗选》、《阴山魂》（苏尤格）、《诗的忧伤》（那·熙乐）、《在成吉思汗的故乡》（那·乌力吉德力格尔）、《鹤》（仁·斯琴朝克图）、《蒙古人》（多兰）、《遥远的雨季》（道日那腾格里）、《倾听寂静》（策·朝鲁门）、《遥远的雪山》（海日寒）、《从一只鹰开始》（白涛）、《色玛》（哈·巴图吉日嘎拉）、《火鬃》（哈斯乌力吉）、《郊外的秋天》（腾吉斯）、《不借我爱》（沙·莫尔根）、《第五季节》（宝·希贵）、《初夜》（博·乌吉莫、诺·贝尔）等。以特·官布扎布、博·宝音贺希格、特·思沁、德·斯仁旺吉拉、蒙根高勒、伊勒特、斯日古楞为代表的蒙古族新诗歌的探索者们的诗歌在感觉上、思维方式和方法上都进行了多层次多角度的探求和变革。新时期涌现的这批蒙古族中青年诗人在更高的艺术层次上、更广阔的领域内深入人们的心灵，使人们能更真实且丰富地接受宇宙和人生的全景。他们的创新意识和所开创的艺术探索的多元局面，在民族的优良传统上注入了"现代主义的性灵"，完成着蒙古族诗歌重大的艺术转轨。我们的诗人们重新开掘隐藏在情感深处的诗的美学，去凝视映射在个人情感中的时代虹霓。于是便逐步形成一种多元互补的诗歌创作格局。这便是审美的多样性与审美特征发展的趋向性相并存。所谓多样性，主要指艺术风格、表现手法和创作方式是多样的，可以在更广阔的天地里去发现新鲜的美和多样的美。所谓趋向性，是指诗人们逐步认识到意象符号应包容更丰富的精神内涵和文化内涵，使诗区别于空洞的呐喊和直白的抒情，对于哲理的传达不再是警句和格言，而是以意象的隐喻和暗示，表现对生活真理和心灵奥秘的崭新发现。诗人们更加注重意象的含蓄性和空灵感。特别有趣的是蒙古文诗歌中传统诗歌和现代派诗歌进入新世纪以来坚持两个极端的人少了，相互学习、相互借鉴、相生相映，形成了互动共存的生动局面，这是未曾有过的文化现象。

进入新世纪以来，蒙古族散文具有崛起之势。从传统的美文散文和游记盛行到新世纪文化散文和随笔杂文兴起，也是内蒙古文学的一个亮丽的风景。如希儒嘉措的《元上都探古》以渊博的史学知识、丰厚的艺术修养、沉重而宁静的心态，对蒙古族历史文化，对草原名胜古迹、人文景观做出深层次的提示与解读、剖析与思考，成为蒙古族文化散文的代表作。希儒嘉措将蕴含着风雨洗礼过的文化沙金淘炼出来，给以炫目的色彩。鲍尔吉·原野出版了《掌心化雪》《梦回家园》《善良是一棵树》等多部散文集。他的散文思想深刻、艺术精湛，曾获得《人民文学》散文奖和"中国新闻副刊奖"金奖。

优秀散文还有：《游牧人笔记》（乌仁高娃）、《饮马星河》（哈斯乌拉）、《额·巴雅尔散文选》、《温情宇宙》（苏尔塔拉图）、《樱花赞》（策·杰尔嘎拉）、《仙境云烟》（斯琴毕力格）、《大地的烙印》（宝音巴图）、《细雨濛濛》（乌云）、《情暖人间》（义·诺尔吉玛）、《等待爱的玫瑰》（乌云格日勒）、《爱的感觉》（斯·茫罕夫）、《面孔》（图门乌力吉）、《寻梦集》（阿拉坦巴根）等；报告文学有：《品读阿尔泰》《写意阿云嘎》（布仁巴雅尔）、《旭日干传》（策·阿拉达尔图）、《苍天》（博·吉儒木图）等。

新世纪之前的十五年，蒙古族电影就走上了创新发展之路。这一时期的蒙古族电影创作在内容上有了极大的拓展，英雄人物的历史题材影片《成吉思汗》

《骑士风云》《东归英雄传》《悲情布鲁克》《一代天骄成吉思汗》等，是蒙古民族强烈的民族自豪感和根深蒂固的历史情结在银幕上的集中展示，是蒙古民族在文化意识自省的基础上，对马背民族英雄岁月的追忆与缅怀。尤其是塞夫、麦丽丝的"马背动作片"系列更是开启了蒙古族银幕形象的自我确立之旅。新世纪蒙古族电影不再承袭新时期史诗般恢弘壮阔、富有视觉冲击力的"马上动作片"的美学特点，而转向了对蒙古族人民现实存在状态的客观书写，并对民族心理进行了深入的挖掘。银幕上的草原影像和人物的心理情感相契合，呈现出一种内涵丰富、舒缓温情、极具情感张力的文化美学风格，具有抒情诗般的美感。这一时期的蒙古族电影可称为草原诗化电影或意象影片。

继塞夫、麦丽丝以系列"马上动作片"所构筑的关于草原民族历史寓言的热情展示之后，宁才、哈斯础鲁、卓·格赫、白音、萨仁图雅、孙泉喜、诺敏花日等中青年电影工作者扛起了蒙古族电影电视的大旗，开始了对草原民族文化寓言的银幕抒写，其作品的主题更加丰富、深刻，表现形式与艺术手段更加成熟、多样。

塞夫、麦丽丝合作导演的《天上草原》获得国内大奖二十多项。这部电影开启了蒙古族电影表达民族文化心理与生命哲学的新主题。与《天上草原》题材相似，同为讲述蒙古族牧民帮助汉族同胞的影片《锡林郭勒·汶川》《寻找那达慕》，还有表达人与动物亲密关系的影片《德吉德》《乌珠穆沁的孩子》《蓝色骑士》《长调》都包蕴着崇尚生命、生命平等的主题。《红色满洲里》《狼袭击的草原》写了革命历史题材，反映了主流话语。《季风中的马》反映了都市文明给古老游牧文化带来的巨大冲击，表达同类主题的还有《帕尔扎特格》《索米娅的抉择》《我的母亲大草原》。《额吉》描写了三千孤儿的题材，表达了蒙古额吉的博大无私的胸怀。展现蒙古人物风情、关怀草原人民的生存境遇、表达现代蒙古人的文化焦虑、刻画现代化与本土文化间的冲突的作品还有《圣地额济纳》《尼玛家的女人》《斯琴杭茹》《梦故里》等等。这些影片都在不同程度上显示着创作者对人类各个民族不同文明的存在性与合理性的深层思考，以及针对人类文明逐渐走向单一化的深刻质疑。

新世纪蒙古族电影在探索、创新电影表现形式与手法技巧方面做出了积极的努力。比如对原生态母语电影创作的自觉追求；在风格类型上向散文电影、纪实风格电影的多维度扩展；将自然风光、民风民俗、歌舞竞技等独特的草原元素由单纯的视听奇观转向内蕴深刻的文化表征；民族题材微电影创作的日趋兴盛等等，都成为新世纪蒙古族电影取得优异成绩的有力保障。

特别值得提出的是蒙古语电影电视的创作和拍摄是新世纪蒙古族文学的一大突破。在新世纪之前就有深受蒙古族人民喜爱的《母爱》《驼峰山》《乔达尔和诺拉金》《黑骏马》《遥远的特尔戈勒》《沙柳和它的影子》等蒙古语影视。进入新世纪又创作并拍摄了24集电视连续剧《在草原上》和故事片《诺日吉玛》。

《诺日吉玛》荣获了第30届中国电影金鸡奖5项提名，摘得"最佳中小成本影片奖"和"最佳女主角奖"。该片编剧、导演、主演都是蒙古族人，是一部民族性最浓的纯蒙古语优秀电影。这部影片让角色深深植根于生活，融真实性、独特性和突破性为一体的创新精神，在当今演艺界是弥足珍贵的。该片获大奖的主要原因一是得益于成功地塑造了一个不同凡响的蒙古族妇女的典型形象，二是得益于剧本的创新性。该片实现了在优秀草原文化传统基础上，对抗战题材影片的思想超越。《诺日吉玛》之所以能够扣人心弦、耐人寻味，是因为它试图以历史的经验、时代的高度、深刻的思辨、宏阔的视野将抗战影片的思想诉求推向更高的文化层级。

《在草原上》，由蒙古族著名演员、荣获2015年金鸡奖最佳影片《诺日吉玛》的导演巴音额日乐担任总导演，荣获2015年金鸡奖最佳女演员的巴德玛担任女主角。该剧在如诗如画的草原景色中展现了改革开放三十多年来，乌珠穆沁草原发生的巨大变化。《在草原上》不采用高大上的传统说教方式，而是把重大的历史变革融汇到牧民的日常生活细节中，通过一个个鲜活生动的人物形象，一段段幽默风趣的生活对话，一则则曲折感人的真情故事，反映自治区成立70年来草原人民在思想观念上、生产生活方式上的深刻变化，从而引导和启迪今天的广大牧民群众努力实现畜牧业现代化，建设绿色家园，追求更加美好幸福的生活。

这部电视连续剧从编剧、导演到主要演员全是蒙古族并用蒙古语演出，是在本土拍摄制作的民族演员阵容最强、专业化水平最高的蒙古语电视连续剧。不但蒙古族观众看了感到格外亲切，这部剧在全国少数民族影视当中也占有特殊地位。

新世纪以来蒙古剧创作有了新的发展。内蒙古戏剧家协会组织了"复兴蒙古剧工程"并举办了蒙古剧征稿奖励活动。这次活动就收到84部蒙古剧剧本。这些剧本从爱情、家庭、民族文化历史、风俗习惯及反腐败等多方面反映了社会问题，以丰富多彩的故事情节和生动鲜明的艺术形象展示了蒙古剧的时代精神和艺术魅力。新世纪以来出现了《满都海斯琴》《安代传奇》《沙格德尔》《银碗》《巴丹吉仁的传说》《蒙古象棋传说》《黑缎子坎肩》《驼乡新史》《长调歌王哈扎布》《英雄的察哈尔》《枫树之爱》等优秀蒙古剧。

随着新世纪蒙古族文学创作的空前繁荣，蒙古族文学理论评论也得到了快速的发展，出版了一批质量较高的文学史和文学理论研究专著、文艺评论集。其中，最值得一提的是巴·格日勒图主编的内容丰富、图文并茂的《蒙古学百科全书·文学卷》的出版。具有较高学术价值的文学史有：荣·苏赫、赵永锐、贺什格陶克陶主编的《蒙古族文学史》，特·赛音巴雅尔主编的《蒙古族当代文学史》，苏尤格主编的《蒙古族现当代文学史》，托娅、彩娜编著的《内蒙古当代文学概观》，哈斯巴拉主编的《蒙古族儿童文学史》，乌·苏古拉、丹碧主编的《卫拉特蒙古当代文学史》，呼日勒沙、巴·苏和、宝音陶格套编著的《科尔沁文学概要》等。当代文学评论集有：《内蒙古蒙古文学五十年》《走进花的原野》《奶茶和咖啡》《嬗变与研究》《奔向学术巅峰》《内蒙古优秀文艺评论选》《蒙古族现当代文学多元解读》《智慧的花束》《20世纪卫拉特蒙古小说研究》等大型多人集。比较优秀的个人集有：《文苑沉思录》《蒙古族文学五十年》《批评的视角》《新时期蒙古文学若干问题》《蒙古文学发展史引论》《蒙古现代文学理论批评研究》《蒙古文学潮流论谈》《比较文学与蒙古文学》《蒙古小说发展概述》《新疆蒙古文学研究》《评论·研究·欣赏》等。

新世纪还出版了《额尔敦陶克陶全集》《巴雅尔教授论文汇编》《索德那木拉布坦文集》《色道尔吉论文集》《钦达木尼文论集》等已故五位蒙古文学大家的文集和理论评论集，其意义重大，因为他们把毕生精力都献给了蒙古文学事业。进入新世纪以来，新时期涌现的著名评论家刘成、包明德、包斯钦、哈达奇刚、巴·苏和、仁钦道尔吉起着承前启后的作用。刘成出版《草原文学新论》和《当代马克思主义文艺理论中国化的最新成果》，在构筑"草原文学"理论体系和学习解读习近平文艺论述方面起到先启作用。包明德出版《陶励集》，发表《文学的民族性与世界性》等文章，提出蒙古族文学坚守民族性的同时面向世界的问题。包斯钦出版《批评的视角》，提倡蒙古族文学理论评论观念更新的问题。哈达奇·刚出版《新时期蒙古文学若干问题》、仁钦道尔吉出版《新时期蒙古文学评论》、巴·苏和出版《蒙古族生态文学研究》等论文集，在蒙古族文学评论领域发挥引领作用。

　　然而，在蒙古族文学理论研究领域成就最为突出的还是以巴·布林贝赫教授为代表的一批专家学者。世纪之交，蒙古族著名诗人巴·布林贝赫在蒙古诗学研究方面先后出版了《心声寻觅者札记》《蒙古族诗歌美学论纲》《蒙古英雄史诗的诗学》《直觉的诗学》等诗学专著，填补了蒙古族诗歌美学研究的空白，并突破了旧的单一的研究模式，把蒙古史诗研究推向一个新的高度。纳·赛西雅拉图《蒙古诗歌史诗研究》和苏尤格《蒙古诗歌学》比较深入系统地研究了蒙古诗歌的诸多问题，提出了许多新的探索性问题。在蒙古文论研究方面，巴·格日勒图的《蒙古文论史纲》和《蒙古文论集录》代表着这一领域新水平，作者对蒙古文论历史发展，在不同文化背景下，不同学术流派及其理论形态和审美追求下的形成，做出了比较系统全面的理论概括，使蒙古文论研究更趋理论化、体系化。

　　此外，以道润腾格里、海日寒为代表，以乌日斯嘎拉、额尔敦哈达、萨日娜、策·朝鲁门、敖敦、娜米雅为中坚力量的一大批蒙古族文学博士硕士走进蒙古族文学评论战线，是蒙古族文学界最亮丽的风景。他们深入探讨现代文艺理论，文化视野开阔，对蒙古诗学和文论诸多方面进行深入系统的研究，出版了一批有前沿水平的理论专著。如：乌日斯嘎拉的《蒙古诗学体系论》、海日寒的《蒙古诗歌中的现代流派》、那顺巴雅尔的《蒙古文学叙事模式及其文化蕴涵》、额尔敦哈达的《和谐匀称的创作论》、道润腾格里的《批评的功能》、敖·阿克泰的《当代蒙古族小说艺术变迁》、萨日娜的《文化的变迁和蒙古族小说艺术》、青格勒图的《跨世纪蒙古文学现象批评》等。这一批高层次的理论批评专著的问世，大大提高了蒙古族文学理论批评的水平，也必将对蒙古族文艺理论评论的繁荣和发展产生举足轻重的影响。

　　总之，新世纪蒙古族文学取得了辉煌的成就，诗歌艺术发生深刻嬗变，小说出现突破性进展，散文报告文学发展很快，戏剧电影电视文学突飞猛进，理论评论崛起。无论在作品的数量还是质量方面，新世纪蒙古族文学历史性的超越是大家公认的。

　　回顾总结新世纪蒙古族文学的辉煌成就，我们感到兴奋和自豪。同时也毋庸讳言，蒙古族文学作品走进全国行列的顶尖作品并不多，在创作题材的选择上独具一格的也不多。有些作品构思落套，叙述语言陈旧。理论批评跟不上的现象比较普遍，少数民族母语写作的作品用汉语文翻译跟不上的现象更是严重。对蒙古族作家来说，首先要解决的问题是要超越自我，不应满足在本民族文学中取得的成就。其次是积极吸取先进文化的经验，认真解决包括观念更新、创作手法更新、叙事模式更新等方面的问题。既保持和发扬传统，又借鉴和吸收其他民族有益文化养料，不断丰富、发展和完善自己审美需要的民族性。再次，还应该更加自信、更加大气。

我们正站在新的历史起点上，任重而道远。伟大的时代呼唤富有时代精神、独特品格和地域特色浓烈的精品佳作的涌现，呼唤蒙古族文坛涌现文学大师。我们一定要在习近平关于文艺工作重要论述的指引下，坚持以人民为中心的创作导向，担当起时代赋予的神圣使命，讴歌时代，反映人民心声，积极开拓蒙古族文学艺术的新天地。

（原载于《民族文学》2020 年第 5 期）

写鸟界，更是写人类

——光盘《傍晚的告别》及其南方写作

张燕玲

在拙文《野气横生的南方写作》中，我提到作家精神原乡与地方性写作，他们"根扎原乡，心生情怀，通过各自的文本，凸显了'地方性'对于文学空间的整体建构价值"，尤其新一代广西作家，如林白的北流、东西的桂西北、鬼子的瓦城、凡一平的上岭村、朱山坡的蛋镇、光盘的沱巴山等，他们直面故乡文化内部的现实，尤其底层疼痛的人生命运，呈现出较为明显的个人印记和南方写作的审美风格，并成为当代中国一个独特的文学存在。

瑶族作家光盘近十年更是凸显这种文学自觉，他书写文学原乡在社会巨变中的人心之变，彰显着奇崛荒诞的文学个性，刊发在《民族文学》的新作便是其一。《傍晚的告别》是光盘以人间里的鸟界为内容的五个短篇小说，讲述了五个城乡融合进程中关于鸟的故事，捕鸟养鸟斗鸟等等，试图以鸟界观照人间现实，在写实中融入奇幻，开掘梦境、自然万物生灵、民间传说、民俗风物等元素，探秘沱巴乡人的心理，社会巨变中人性的幽眇和瞬间的裂变，及其生命的卑微与坚韧。作者把人物的命运交织于城乡融合的现实、南方自然与寓言传说的图景中，打通现实与非现实、人间与鸟界、地方与世界、形而下与形而上的叙述能力，生猛奇异、蓬蓬勃勃，既穿透世道人心，又获得文本内在的审美关系。小说人物各自成章，又精神相通，互文见义。

五个短篇，写鸟界，更是写人类。《傍晚的告别》看似一个沱巴山区鸟界的江湖传说，却满是对人心不古的讥讽。借鸟行骗的不良巫师对当地一个著名的养鸟人说，"我从你家门口经过，无意中看到院子上空有不祥气团，特意进来告诉你，并帮你排除。……你的鸟将在两个月后的第一天全部死掉，死于一场莫名的瘟疫"。于是，不信邪的聪明养鸟人，与巫师，与围观起哄的村人进行了一轮轮斗智斗勇，终因不胜其烦，尤其是看客村人推波助澜的愚昧，为了保护自己珍爱的鸟，也不允许巫师的欺骗敲诈，在一个傍晚，养鸟人以死而后生的计谋，与自己心爱的鸟们做了一个悲壮的告别，放飞它们，并从此远离鸟界。小说对人性的揭示直逼世道人心，直抵生活本质，颇具思辨性。

《鸟抬轿》是个解梦寻根的故事。瓦城六十余岁的沱巴人芥川做了个被鸟抬轿的梦。"他睡在长方形轿子里，四只鸟展翅抬着。前后左右是他的亲友，他们吹吹打打，欢歌笑语。"当经过家乡"沱巴山区上空，他周身聚集许多不同类型的鸟，它们像刚才的亲友一样欢快地叫着，像护送又像迎接"。百思不解中，他回到"神秘而怪异，流传许多待解之谜"的瑶寨沱巴山区，恳求师公巴漠解梦，他在师公指认生梦之地挖梦，在暴雨中无法从墓道般的梦坑爬出，他穿越梦境，历经荒诞。久居瓦城的芥川终于认清了自己潜伏内心深处的茫然和隐秘创伤，及其要叶落归根的梦想。光盘以鸟抬轿子的荒诞性，揭示城乡融合中人心之变与人性之光。

如果说《鸟抬轿》中的群鸟只是为主人公抬轿，《鸟从下游来》谱写的可谓鸟界的情义篇。特大暴雨下的沱巴，全镇的斗鸟冠军杜尚苟的英武斗鸟，不同寻常地从下游的家呼啸而来，斗鸟亚军老德误解前来为主人疯狂呼救的义鸟，反为这只著名斗鸟的到来而狂喜不已，怀着侥幸之心贪为己有，并以其强健劲道炫技鸟界。洪水退后，真相瞬间唤醒了老德的人性，他放飞了义鸟，当他们夫妇来到被洪水冲垮不见人影的杜家，看到残垣断壁上哀鸣的那只斗鸟。回想此前义鸟的狂叫呼啸和义无反顾的挣扎，原是它对主人的承诺。从此，这只义鸟的狂叫，就"一直停留在老德未来的白天黑夜里"，老德宣布永远退出斗鸟界，以此惩罚自己一时的贪念。人性与鸟性瞬间的幽明裂变，在光盘的白描中，如日月经天江河行地般昭然，斗鸟舍身救主的义薄云天，充满了情深义重的精神魅力。小说南方风物生猛奇异，而叙事却节制内敛，颇具节奏，是这组小说中的佳构。

同具悲情的还有《鸟投湖》，沱巴山区里湖村的开渔节三月三，捕鱼人刘社洲一天也打不到一条鱼，鱼们像消失了似的，当他第三次穿过浓雾来到被村人代代视为吉祥之地且鱼肥水丰的野鸭湖捕鱼，却发现满湖的死鸟，上千只鸟集体投湖了。一时猜测谣言四起，并成为沱巴山区新的传说。里湖村人集体的疼痛，还在于"鸟界也许发生了大事，对人来说，并不是什么不祥之兆"，但却无法扭转里湖村以外的人对他们的猜测与避讳。人们在谣言中乱了方寸，六亲不认，相互失信伤害，恐慌如病毒自下而上无序蔓延，人类的脆弱与人心之变，发人深省。可贵的是刘社洲对村人的关照抚慰，让恐慌的里湖村多了人世的亮光和人性的温暖。

《掉光羽毛的老鹰》则是一则寓言，一个鸟界"农夫与蛇"的故事。沱巴兽医不顾全村人反对，用心治愈了上门求治的掉光羽毛的老鹰，羽翼渐丰的老鹰不仅恢复了肉食动物的本性，不仅自己常回兽医家叼食过去陪护它的鸡，还呼朋唤友群叼众鸡，老鹰恩将仇报在残酷的大自然中生存下来了。光盘把兽医救治秃鹰，以医治过程和病情一点点好转来层层推进故事，细致入微地揭示了鸟性与人性的丰富性。

五个故事，承载着光盘一如既往的充满寓言性和野草般的文学想象，他对人物命运的黑色幽默和含而不露的调侃，充满奇幻与荒诞色彩。如果说光盘此前作品的荒诞性更多在于故事的荒诞上，如《王痞子的欲望》的荒诞是养大女儿来报恩；《英雄水雷》的水皮与雷加武，在纵火者与救火英雄荒诞地被社会指认的错位中，一路狂奔纠错反而错上加错，更加荒诞；《去吧，罗西》是通过宠物墓地，写人生的荒诞等等。而鸟界系列则更注重鸟界与人间、动物性与人性互文中的荒诞感，以此揭示生活的荒诞性。光盘是用变形异样的文学目光揭示其间的生活荒诞，它们都生长着鸟的翅膀，有着辽阔的艺术视野，并着上光盘精心编织的荒诞、夸张、变形的外衣，野气横生地飞跃盘旋在光盘的沱巴山区，以及他钟情的充满野气的南方意象：高峰溪流，泥泞山道，湖泊森林，疯长的万物，潺热暴雨。荒诞使鸟欢快抬轿，使斗鸟有情有义，使鸟儿开口，使鸟上门求救，使群鸟以死抗争，使秃鹰恩将仇报；荒诞，还用鸟眼看人间，用沱巴镇"万宝地"生梦，用沱巴山区瓢泼暴雨、滔滔洪水演绎弱肉强食中人性的坚韧与辉光；荒诞还穿越沱巴山区瑶民的民俗和文化，开渔节、年度斗鸟赛等民间节庆，巫师，师公，神鬼巫术，佛事道场和鸟文化等等，塑造了一批有血有肉的个体的人物，或者说在荒诞不经中，令读者感受到南方异质性的风物习俗，更看到了人物、人性与人心，以及生活的本质，这便是烟火气息旺盛的人间，也是人类的普遍性。写鸟，更为的是写人，表面荒诞，内在的探索和追问却直抵人的灵魂深处，在叩问呼唤着人性。一如不良巫师谶语的夸张，巫师自夸善为养鸟人消灾，还荒诞地获得愚昧的村人推波助澜，巫师深知并利用了人间看客的恶声；而被外部庸众围困的养鸟人，其实是在弘扬人性的正直和善意，二者殊途且不同归。如此在荒诞中犀利追问人性的，还有《掉光羽毛的老鹰》，我们每一个人都可能是兽医，因为人性本善；我们也可能是反对医治的村人，因为明白人都知道老鹰抓小鸡的本性；而同时，我们也可能是老鹰，因为生存，要活下去。光盘用拟人化的变形手法，生动描述了老鹰与兽医的一次次医患对话，在老鹰为了活着与找回自我的过程中，这个永远无解的残酷而矛盾的寓言，既荒诞又真切可感，并还原了生活的真相。尤其结尾，又一只掉光羽毛的老鹰哆哆啄门求医，兽医"我将它迎进家门。// 重复的故事由此开始"。这便是我们荒诞的生活，明知不可为而为之。于是，光盘的黑色幽默变得意味深长，野气横生。光盘就这样实践着他写鸟界，更是写人类的艺术构想，他笔下的生活也有了宽度、深度与力度。

想与光盘商榷的是，我对他语言的敏感性还略感遗憾。本篇小说的叙事虽显示了光盘新颖的叙述视角，粗粝鲜活和黑色幽默的语言个性，尤其叙事有质感，对生存借以黑色幽默和含而不露的调侃，令人会心会意，颇具文学张力。可惜这种有质感的叙述不够持久，不时出现间歇性疲软，比如他的小说大多开篇结尾叙述很有质感，但中间却不同程度拖沓，甚至故事推进层次严谨老实到略显呆滞，也许这与他化学实验室的青春记忆相关。

但瑕不掩瑜，可以说在广西乃至全国，光盘都是一位富有创作激情和艺术理想的实力派作家，否则一个学化学的理工男，何以三十年坚持不懈，创造力不断，影响力精进。我参加过 2002 年夏在桂林召开的"青年作家光盘作品讨论会"、2015 年秋在北京举办的"广西后三剑客：田耳、朱山坡、光盘作品研讨会"，深知他作品独特的艺术样貌、荒诞的艺术手法、新奇的艺术视角、寓言的丰富性与深刻的批判力。总之，鸟界系列让我们顺着光盘的目光，从鸟界观察这个瞬息万变的鲜活世界，像他那样读出鸟界与人间的微小与强大，南方沱巴瑶山与人类的普遍意义。是的，光盘的叙述表面是江湖恩仇般的荒诞故事，潜伏着的却是普通人心灵深处的隐秘创伤，人间的悲凉，于是，他的小说"散发着一种蓬勃的江湖草莽之气"（李敬泽语），也张扬着沧桑的人间正道与人性微光，超越南方，沟通世界。

（原载于《民族文学》2020 年第 6 期）

发掘脱贫攻坚的内生动力

——《太阳出来喜洋洋》阅读散记

蒋登科

贫困是人类面对的共同敌人，消除贫困是人类一直在探索的发展主题。数千年来，这个问题并没有得到根本解决。只有在新时代的中国，消除贫困、全面实现小康才成为全局性的任务，而且时限、目标、措施都非常明确。可以说，中国开展的消除贫困的工作是人类历史上的壮举，也是人类发展中的重要事件。

在脱贫攻坚、全面建成小康社会的进程中，中国大地上涌现出了很多可歌可泣的人与事。不少文艺作品以脱贫攻坚为题材，书写人们战胜贫困的时代精神。我读过不少以此为主题的诗歌、散文，参观过书法、绘画展览，也关注过一些影视作品。

我出生在偏远、落后的大巴山农村，每年都会回到山里的家乡，切身感受到脱贫攻坚的艰难。我听到的很多故事非常精彩，甚至觉得，只要把这些故事讲好了，就可能成为优秀的文艺作品。因此，关注现实、以真实作为追求的报告文学（以及相关的纪实文学、非虚构文学等）成为书写脱贫攻坚的重要文学样式，也就势在必然。在重庆，黔江作家姚元和的《脱贫攻坚手记》就是值得关注的作品之一，作者以自己的亲身经历、以驻村第一书记的身份、以一个村庄的变化为样本，书写了脱贫攻坚中的人与事，虽然样本不大，但其中所表达出来的艰难、奋进、收获、喜悦等体验，记录了我们这个时代的精神脉动。何炬学是另一位从黔江走出来的作家。他的报告文学《太阳出来喜洋洋》有一个副标题"重庆脱贫攻坚见闻录"，采用的是另一种角度。他不是贫困户，也不是扶贫干部，而是以一个作家的身份，深入脱贫攻坚第一线，采访、体验、解剖脱贫攻坚中的丰富案例，以"见闻录"的方式展开了他对脱贫攻坚的审视，涉及的地域、人物、事件等更为丰富和多元。

在中国的版图上，重庆是一个特殊的区域。它是直辖市，但全市大部分地区是山地、丘陵，呈现出大城市、大农村的地理格局和经济社会发展状况，城乡差距虽然在不断缩小，但还没有得到根本的改观。尤其是渝东北的大巴山和巫山山区、渝东南的武陵山区，距离主城较远，自然条件比较恶劣，这些地区的发展也就相对滞后。也正是这些地区，成为重庆脱贫攻坚的主阵地。

何炬学的这部作品让我们读到了不少精彩的故事，也读到了令人感动、振奋的精神。作品的五章分别涉及重庆地区的文化底蕴、地理地貌及其对发展的影响、贫困群众脱贫致富的探索及其成效、扶贫干部的忘我奉献、脱贫工作中升华出来的新的文化、精神、志气等等。可以看出，发掘文化、提炼精神是贯穿作品的中心，既涉及贫困地区的原生文化，又有从脱贫攻坚中生长出来的新的文化形态，这就使作品显得有底蕴，有血肉，有向度，也有高度。

作品以《太阳出来喜洋洋》《黄杨扁担》《娇阿依》等民歌开篇，并通过这些民歌将渝东南地区串联起来，这一地区属于武隆山区，是苗族、土家族等少数民族的聚居地，也是重庆发展相对滞后的区域。作者通过这些民歌介绍了这个地区的民族民间文化，又勾勒出坚毅、奋进、喜悦的文化精神。作品还涉及诗人子鹄的《巴女谣》和刘禹锡、黄庭坚等人创作的大量"竹枝词"，这又勾连起长江及三峡区域，将视角转换到大巴山、巫山地区。作者还以巴蔓子为例，讲述了自古以来巴人刚毅、忠诚的性格。

这种回顾，既是对文化、精神的梳理，也是对重庆人性格、追求，尤其是不服输的精神的一种审视，并由此奠定了整部作品的基调。用作者的话说，就是：

> 在武陵山区的高山之巅，在秦巴山区的雪岭之上，在浩浩的长江之滨，在湍急的乌江谷底，在主城流光溢彩的灯影下，在大山深处的小寨子里，一种气场总是围绕着我，一个旋律总是回响在我的耳际。这旋律，就是太阳出来喜洋洋的歌唱；这气场，就是"喜洋洋精神"。

这种挖掘、提炼，找到了重庆脱贫攻坚的内在动力和奋进方向。人们正是在这种底蕴与精神的推动下，积极投身于这项伟大的工作。

寻找致贫原因，梳理贫困状况，是作家关注脱贫攻坚的基础。他通过整整一章的篇幅追问了一个问题：一方水土能否养活一方人？这一章虽然也写到了摆脱贫困的事例，但更多的是追问、反思造成贫困的各种原因。只有找到贫困的根源，才能精准施策。作者通过五组"镜头"，以蒙太奇的方式对此进行了解读。

彭水的赵绪淑是残疾人，她的老家基本上不适合人居；城口的陈明祥外出打工，但得了肺病，最终导致贫困，只有回到家乡治疗；石柱的邹国志是一个勤劳的人，但无论他怎样努力，依然没有摆脱贫困，他因此总结了这样的心得："这穷乡僻壤里，无论你怎么努力，如果还是传统的那些作为，那就几十年也不会有什么作为。"城口的文泽尾因为家乡贫困，全家在多年前搬迁到四川万源，后来又回乡创业……第五组"镜头"没有罗列具体案例，作者说："算了，略去吧。因路、因水、因地、因灾、因病、因难、因学，乃至因心而贫的镜头，还可以继续推送下去。就此打住吧，以上四个镜头的组接，我们已经可以看到重庆贫困的深度是个什么样子了。"导致贫困的原因实在太多了，他也由此感受到脱贫攻坚任务的艰巨。

脱贫攻坚的主体是置身贫困中的人们。第三章"选择：宁愿苦干，不愿苦熬"关注的就是他们中的代表。作家通过深入采访，挖掘到了一些典型案例，并对这些通过自己的方式摆脱贫困的群众进行了多侧面的解剖。彭水人谢清因为妻子得病，成了贫困户，但他通过养牛摆脱了贫困，还从中获得了自己的心得："要养好牛，你得把自己变成一头牛。"这句话深含哲理，正是作家所挖掘的重庆文化精神的现代延伸。黔江的王贞六年近古稀，但他还在四处追花养蜂，同时带动乡亲参与其中，带领大家一起脱贫致富。他说："七十岁的人了，自己也像一只勤蜂，没有停下来的时候。"这种追求的背后肯定有精神因素的支撑，作家也从他身上发现了责任感和崇高感。巫溪的李绪斌是一个残疾人，从小就没有尊严，他做过各种生意，但最终还是在家乡养牛而脱贫，还借牛给乡亲饲养，使他获得尊严的梦想通过自己的劳动实现了。彭水的任天英对高位截瘫的爱人不离不弃，悉心照顾十九年，既体现了她的不服输精神，也书写了一段令人动容的爱情故事。酉阳的乔戌仙本是一名留守妇女，但在外打工的丈夫、儿子在工地上摔伤之后，家里的重担就落在了她的肩头，她通过自己的劳动致富了，而且在镇上修建了门面房，开办了民宿。陈朋来自石柱县中益乡，父亲去世，母亲体弱，哥哥残疾，虽然勤劳，但家庭环境改变不大。他甚至通过酗酒来麻痹自己。后来，他参股了村里的药材种植基地，并参与管护，很快脱贫。2019年的4月，总书记到石柱考察，查看了他家的粮食储备，还在他家院坝里组织召开了座谈会，一家人都感到无限光荣。他积极申请入党，成为家里继外公、母亲之后的第三代党员。这些案例来自不同的区域，有男有女，有老有少，因为不同的原因而成为贫困户，但作家抓住了他们的共同特点，就是通过勤劳、奋斗摆脱了贫困，其中一些人在自己富裕之后，还带动乡亲们共同致富，体现出一种责任和担当。

当然，既然是国家行为，脱贫攻坚就不只是贫困户的事，而是整个国家、各级党委政府都在积极参与的事。在重庆，到 2019 年 9 月，从市、区（县）两级选派的贫困村第一书记达到一千九百一十八人，选派驻村工作队员（含乡镇街道选派）一万七千多人。重庆市文旅委副主任王增恂，带着妻子一道下乡扶贫，是首个把家临时搬迁到偏远乡镇的副厅局级干部，也是众多扶贫干部的代表。重庆还组建了十八个扶贫集团，集中对全市十八个深度贫困乡进行帮扶。2014 年以来，有十二名扶贫干部牺牲在扶贫工作一线。从这些数字可以看出，脱贫攻坚是国家在最近几年的头等大事，因为消除贫困是对人权的最大尊重，是共享理念的切实落实。用何炬学第四章的命题来体现这种追求非常贴切："帮扶：用的是洪荒之力"。作家选择了五个扶贫干部作为典型，称他们是脱贫攻坚的"助力者"，通过一些事例挖掘他们内心深处对脱贫攻坚工作的认识，尤其是他们无私的奉献精神。这五个扶贫典型，身处不同的地域，工作方式各不相同，赵茂兴在秀山的富裕村修路、种植核桃、中药材、高山蔬菜；王运洪在黔江的双石村解决饮水问题、发展产业，自己垫钱购买茶树种苗、肥料，组织村民参加培训，甚至打算将家里的房屋抵押贷款；游四海和钱代彬在武隆的艳山红村整治环境，发掘文化，通过美化环境带动人心的美化，使艳山红村真正红起来了；罗燕在城口联丰村修路、建房、抓产业，四处奔波为村民解决具体困难，使村庄美起来了，富起来了。更值得一提的是栗春容，她本来在外打工，收入不错，但最终却担任了奉节县草堂镇的失能供养中心院长，护理各种类型的失能人员，解除了他们家人的后顾之忧，使他们有心情、有时间投入到脱贫之中。在新一轮的脱贫攻坚中，很多人为消除贫困付出了聪明才智，付出了心血，甚至付出了生命。只有在中国，我们才会见到这样的案例，而且是一群又一群，一批又一批。

在扶贫工作中，扶智、扶志是根本，只有变输血为造血，才能避免脱贫之后的返贫。在作品的第一章，作家梳理了重庆的历史文化，挖掘了重庆人不屈不挠的奋斗精神，这种精神是支撑脱贫攻坚不断取得成果的财富和动力。而在具体的脱贫攻坚工作中，这种精神经过现实的融合、提炼，又会生长出新的精神，成为新的动力。因此，作品的最后一章虽然篇幅较短，但它所关注的内容却值得我们深思。作家介绍了"中国诗城"奉节县的鹤峰乡莲花社区的农民诗社和他们的作品；还介绍了一首歌曲《牵挂》，是写扶贫干部牵挂、关爱贫困乡亲的："蹚过湍急的河流，翻过陡峭的山峰，脚踩泥泞的小路，我们去搬掉贫穷"，深情感人；来自酉阳车田乡贫困家庭的十二个孩子，被特招到重庆市杂技团学习，开启了扶贫工作新方式，孩子们既学到了本领，又领悟了一种精神，返回家乡之后，自然会给家乡带来新的活力，也带来生机和希望。

通过梳理，我们可以看出，这部作品在结构上的演进逻辑大致是这样的：挖掘重庆的文化底蕴、寻找导致贫困的根源、讲述"奋斗者"的脱贫故事、赞颂"助力者"的全心投入、提炼脱贫攻坚中生长的新精神，最终形成首尾照应、以文化和精神串联、以脱贫扶贫故事支撑的文本结构。这看似闭环式的结构，在建构作品整体性的同时，也蕴含着一种再生性——新的时代精神将引导脱贫攻坚走向深入，走向成功。

何炬学是一个多面手，他写小说、写诗，也写散文和报告文学。他的报告文学中有着小说般的故事，有着诗歌般的追求，注重对精神和内在世界的挖掘，对语言的提炼，由此增加了作品的厚度和深度。他注重作品结构和内在逻辑的处理，使我们在众多案例中不会迷失，而是顺着总体的演进线索，一步步深入到作家所关注的现实之中，深入到崇山峻岭之中，深入到奋斗者和助力者的生活和心灵世界，并由此体会我们这个民族的历史的深厚、时代的博大和未来的希望。因此，我们读到的不是单个的人，不是单个的事，而是一幅广阔的画面，是千百年来无数代人梦想的实现。当然，相比于波澜壮阔的脱贫攻坚战，何炬学所关注的案例，只是其中很少的一部分，但透过这些故事，我们看到了脱贫攻坚所取得的成效，看到了中国未来发展的希望，也看到了全面实现小康社会的壮美图景。

（原载于《民族文学》2020 年第 6 期）

致敬每个不平凡的 "1"
——读《组焊工包全球》

李斯颖（壮族）

　　一个国家要屹立于世界民族之林，需要有担当有创新的脊梁人物。中篇小说《组焊工包全球》写的就是这样一位组焊工——包全球。包全球所在的东方重工集团通过改革重组，开始转向大国重器——大型盾构机的生产。如何在世界同行面前赢得国际竞争力，做出符合国际标准的盾构机，是东方重工浴血重生的关键之举，而这一关键之举中的核心人物就是主人公。小说用不到三万字的篇幅，讲述了包全球如何背负生活与工作之重压，成功完成大型盾构机筒体制作的过程。

　　小说情节十分紧凑，所述时间压缩在包全球铸造与修整盾构机筒体的有限工期内，一开始就让人绷紧了神经。包全球虽身经百战，是东方重工的头号技术人员，然而庞然大物的筒体由若干块钢板焊接完成，技术难度超出了他的以往经验。尤其是此次工程关系集团的生死存亡，关系一万多职工的饭碗，让人不由得捏了一把汗。包全球在工作中遭遇的主要是盾构机筒体坍塌、关键部位焊接错位两个难题。与此同时，家中老母亲突发脑出血瘫痪在床，妻子好不容易怀孕又受伤，让他措手不及。这多重意料之外的压力纷至沓来，不同矛盾交替穿插，形成工作—家庭—工作—家庭问题不断循环升级的情节链，贯穿小说的始终，让人随着矛盾的纠葛发展产生了一气读完的欲望。

　　小说中有关包全球的外貌描述寥寥无几，但他执拗顽强、敢打敢拼的性格特征却撑起了小说的气场。这个"个子不高木墩似的东北男人"，"粗剌剌的糙人"，专业技术过硬，不迷信国外监管人员的解决方案。他依靠自己的长期经验，突破原有的技术瓶颈，顺利解决了筒体铸造过程中的两次危机，赢得了国外顾问（监工）奇里科夫的赞赏与敬佩。在别人看来沉闷火暴、倔强顽固的性格之下，包全球却有着丰富细腻的情感。他重情重义，对习惯性流产的妻子不离不弃，甘愿丁克也不离婚。然而，妻子意外有喜，他那种抑制不住的激动，和每一个中年得子的父亲何其相似。面对母亲，包全球是一个想尽孝心却又疏于探望的儿子；面对妻子，他是一个想分担家事却常常加班的丈夫；面对姐姐和姐夫，他是一个心怀感激却又鲜于问候的弟弟；面对刚刚来到妈妈肚里的孩子，他是一个欣喜若狂却又关照不周的父亲。种种状况看似都是突发事件，却深刻再现了当下中国社会普遍的"中年危机"之真实情境。如何去破去立，主人公给我们做了一个很好的示范。

小说将小人物和国家命运交织在一起，让人感受到每一个个体与中国崛起的息息相关。尽管主人公只是一个没有学历的"小人物"，却凭借多年经验成为集团"各车间班组的王"，背负着铸造盾构机核心部件的神圣使命。这期间，他也面临了常人所无法避免的"生老病死"等问题，也要处理家中的突发事件，陷入分身无术的困境。然而，他凭借着精湛的技术、绝不服输的拼搏精神，排除生活与工作的困难，在专业技术领域为国人争了气。与此同时，他自己的生活也拨云见日，愈发美好。包全球所参与的东方重工盾构机生产是当前中国国企加快产业结构改革、打造大国重器的一个缩影。包全球的经历就是中国制造业努力突破发展顶板、参与世界竞争的顽强民族精神的具体写照。穿插其中的外国监工的质疑、否定、愤怒，到最后反转的称赞，真实映现了国际社会对待中国崛起的复杂心态与日益认可。如今，中国的发展正在从传统的粗放式向集约式转变，从初加工向深加工产业延伸。要从简单的手工作坊向自主创新、高精尖产品行业发展，推进产业升级，既要经历转型的阵痛，更要忍受漫长的蜕变过程，付出极大的牺牲。艰难困苦，玉汝于成。小说通过以小见大的叙述方式，小人物排除万难走出逆境，喻示民族的复兴指日可待。人如其名，包全球所生产的优质高端科技产品正在突破藩篱，在东西方都得到认可，走向"包全球"的战略格局。

与紧张的情节相呼应，作者的语言冷峻沉静，似乎如同铁板钢筋般不带感情色彩，让人嗅出了企业里机器吱喳作响的不近人情。小说开篇就是一句简单却让人无奈的话："简体严重塌腰变形成了不幸的事实。"包全球面临的最大难题就这么被径直抛出，甩到了人们的脸上与心里，问题鲜明尖锐，一点都不拖泥带水。笔者似乎可以透过文字，感受到主人公的内心压力："他觉得体内的血快拧干了，他成了一只水分耗尽的烂苹果，皱皱巴巴的令人厌弃。但他仍然在斗争，孤独的阿喀琉斯是勇士，而不是懦夫。"小说的文字带有未来主义的色彩，以通感转换和黑色幽默为主导的行文风格构成了奇异的张力，给我带来一种畅快淋漓又美妙特别的阅读体验。诸如说到安全帽："这个长长的现代厂房里面，所有的颜色天生沉郁，因此橘红色的安全帽就成了缤纷的花朵，开得招摇而笃定。"细细品读，小说每个字句中又蕴藏着脉脉柔情，带着钢筋水泥所没有的体温。说到包全球老母亲突发脑出血，"包全球激灵一下，浑身汗毛直立起来，这些毛发制造的唰唰声就像三九严寒扬一瓢热水瞬间结冻成冰碴"。主人公恐惧、忧虑的心情跃然纸上。当他的妻子意外怀孕，他还不知情时就"甚至觉到那是一团气，在他的五经八脉里游走，打通穴位，所经之处热烘烘的舒服"。温暖的喜悦让人感同身受。有时，作者并不直接叙写主人公的心理状态，而是采用了借景喻情的手法，却使得人物心理变化更为直观深刻。例如，当包全球完成筒体制作之后，"他爬下筒体，扔下面罩，摘下安全帽，一屁股坐在地上，长长地嘘口气。这时他才发现，外面已经下雨了，微雨斜风送来习习凉爽，辽沈平原酷暑顿消"。笔者的心情也和他一样，清爽轻松地结束了阅读。小说的用词还彰显了浓郁的东北特色，地方风格明朗。诸如"可咋整""磨叽""嘟噜"等词汇，是历史上满汉文化交融的产物，东北人爽朗豪放坚毅果敢的性格由此浮现。

当代中国人的国企文化情结在文中得到了生动的诠释。包全球的父母都曾在国企打拼，国企的成长壮大有他们奉献的汗水与青春。包全球与父母一样，对东方重工集团有着深厚的感情，他上下班坐着集团的班车，用内部餐券购买集团自己生产的各种食物，对外总是自豪地用"俺家"来特指集团，让人备感亲切。这叙述里凝聚着中国两三代人难忘的国企集体记忆，正如包全球母亲的总结："我就知道我老头子和儿子这辈子和那个厂捆上了，它就是我的魂儿。"虽然国企改革曾经引起工人下岗失业、人才流失等诸多问题，但像包全球一家这样的国企人依然挺过来了，他们对国企、对国企背后的国家依然怀着浓浓的感情、深深的爱。他们和中国一起，经历着国家发展战略的调整与转变，经历着浴火重生的艰难曲折，实现了"小我"与"大我"的同步突破，最终在企业的成功转型与飞速发展中找到了新的精神寄托。

包全球的大铁锤虽然在小说中只提及八次，但却是一个十分重要的文化意象。这把铁锤是他父亲的遗物，在缺乏先进设备的年代，父辈的铆焊工"完成一件活全是一锤一锤砸"。大铁锤是不可或缺的工具，它凝聚着他们对自己工作深沉的感情。在小说一开始，大铁锤就在包全球与外国监工的争吵中登场："包全球死活不同意，手里的大铁锤往料堆一杵，长短不齐的铁棒雪崩似的滚下来，奇里科夫慌忙躲避，两脚比跳踢踏舞倒腾得还快。对手狼狈，包全球几欲鼓掌欢庆，但机智地忍住了。"包全球的工作形象似乎和铁锤粘在了一起。有一次，"包全球把大铁锤一横，顺势依坐在一堆下脚料上"；又一次，他"换上工作服，扣好安全帽，拎起墙角的大铁锤，来到天车吊着的筒体面前里里外外仔细查看"；再一次，"包全球捡起铁锤，说杜炀你快弄走他，别让他在这打扑棱脚了"。铁锤是父亲的魂，"大铁锤在，父亲就在。父亲的灵魂守着他，守着车间，他的心里就充满自信和力量"。铁锤是中国工人阶级的象征，是中国人民力量的象征，可以砸碎一切因循守旧和封闭禁锢。

作者敏锐的触角还伸向了当下社会的不少焦点问题，并试图在小说中提供可能的解决方案。无论是东方重工集团的国企改制、人才流失，还是力图攻克盾构机关键技术赢得国际认可，再到老龄化社会趋势引发的中年危机，还有年轻人如何安居乐业等，基本上真实反映了当下中国社会多方面的现实问题，让人产生更为全面的共鸣。例如，包全球的徒弟杜炀面临结婚、买房压力而无法安心工作，导致心思恍惚，焊反了结构件："虽然沈阳房价相对于全国不算高，杜炀却难以企及，哪怕在二环外买房交首付，杜炀也力不从心。买不了房子，婚结不成，对象就有黄的危险。"如今大多数刚踏入社会的年轻人，都会面临这类问题。如同父亲一样的师傅包全球便计划通过资助、介绍新活等办法希望徒弟留下来，成为集团新一辈的传承人。中国的企业文化就是在这样的家庭般互助的氛围之中得以代代相传、生生不息。

稍有遗憾的是，小说为了凸显包全球对父辈手艺活的继承和发扬，无意中把中国铆焊工解决问题的方式降级为经验先行的敲敲打打。两次问题的解决方案分别来源于主人公的灵光一现与父亲托梦的启示。当奇里科夫为他们不按程序设计组装而气急败坏时，杜炀和其他人只是为外国人的死板较真捧腹不已。包全球与奇里科夫之间的摩擦，给人造成了中国技术经验与科学原则之间对立的印象。实际上，要打造超一流、为国际所认可的中国重器，愈发精准的机械手段、一丝不苟的程序执行要求是必须的，是与传统经验并行不悖、相映生辉的。只有二者都得到充分重视，实现有机融合，中国制造才可能站在科技强国的平台上与世界对话。除此之外，为了追求文字阅读的奇幻效果，小说语言表达有时候过于烦冗。

瑕不掩瑜，小说选择大多数读者并不熟悉的盾构机铸造为纵贯主题，把家庭生活横穿其中，在有限的篇幅里运用经纬的交织编出了当下中国人生活的一幅动态画面，绘写了中国人的精气神，让人看到了中国的大国担当。正是像组焊工包全球这样一个个具体的、不甘平凡的"1"，撑起了中国新时代伟大复兴的梦想。致敬最美劳动者，致敬中国梦。

（原载于《民族文学》2020 年第 8 期）

女人离奇失踪之后

——雍措《深海》读后

张　莉

雍措是近年来崭露头角的藏族青年作家，2016 年获第十一届全国少数民族文学"骏马奖"。《深海》是她的一篇卓有意义的小说。这小说有凶杀，有秘密。关于一个行凶后男人的心路，让人很容易想到最近大火的网剧《隐秘的角落》。

主人公是个脸上有痣的男人，他竭力让自己看起来普通一点，再普通一点，以使众人无法注意到他。他杀了人，东躲西藏，小说写出了他生活中的惊心动魄，尤其写到他在酒店里突然被几位警察查房的惊恐。当小说家叙述主人公的惊心动魄时，其实也潜在说明他渴望安定，想找到一个不被查房的房间。这便是他最终买下那个房子的原因。当然，卖给他房子的那个人也有故事，那个男人想摆脱旧房子的困扰，于是主人公与房主交易了房子，一手交现金，一手交钥匙。

在新的住所，罪犯开始重建生活，也可以说重新认识生活。当然，他没有如我们所期待的那样变好，事实上，小说最终也没有一个转折性的结局。小说有意味处的细节是，他来到那所房子，体味到房间女主人的气息。

> 就在那一刹那，我从枕头里闻到了一种陌生又熟悉的味道，那是泪水的味道，我发誓我闻到了。我对那味道很是敏感。自从害过一个人，我经历过的状况只有我自己最清楚。我一下扔掉了那个枕头。我从死里回来，我大口地呼吸着屋里的空气，等平静下来，我转过头看对面的窗户，两朵云在玻璃上慢慢向前游。然后慢慢消失。

更重要的是故事。他在房间里发现了美好的爱情故事。故事使他回想自己如何将前女友推下山去。故事引领我们进入人心深处的深海。他开始看房间里更多的书和故事。

> "我使劲把自己往这些故事里按。按得自己都难受了，我还是不放

弃。但是这些故事总有很多难以缝合的缝隙，让我从故事里分神。有些故事写得并不好，漏洞百出。还有些故事，让我难受极了，却没有出口可寻。""我把故事又重新看了一遍。这个故事每看一次都会吸引着我。那个场景让我想到我害过的那个人。"

小说当然是男性视角的作品，但是，我们却看到那些隐匿的女人们的际遇、命运和故事。看得出，她们都栽在所爱男人之手。小说以另一位男人的视角讲述过房间女主人的生活：

> "她说，晚上睡觉的时候，她把所有的窗户都开着。所有的。她睡在我和妻子卧室旁边的那一间。她一整夜一整夜地听我们房间里的动静。她说我妻子的声音真好听，她也学着那娇滴滴的声音。那声音柔软得让她酥了自己。她还说，那一刻，她一点都不难过，她为一个女人得到全部的爱幸福着。"那兄弟用双手捂着脸。
> "她是一个好女人。"他低着头，他的声音从捂着脸的双手里溢出来，闷闷的。
> "我不知道她什么时候租下了我家对面的房子。如果知道，我可能会提前做些什么？至少可以不让她那么难过地看着我的生活。如今，我找不到她，她就那样不辞而别了。"他在啜泣。

这是关于女人陷入爱之深渊的故事，由心烦意乱的男主人公讲述，别有复杂意味。这部小说里，男人视角里有两个女性悲剧，一个是前男友将前女友推下山，那个她由此命丧黄泉；另一个则是女人看到了有家室的男人与妻子的恩爱，深夜痛哭，一点点失望直到绝望，最后跳楼而死。"她是从一座高楼上跳下去的，她是个会写故事的女人，可惜现在她自己也是个故事了。"

女人是无声的，是被男人和他身边的男人们讲述的，某种意义上，她们在小说中是空白，但也无处不在，事实上，她们的际遇构成了小说真正的推动力。空白的和无处不在的女人构成了小说真正的深海，就像是生活中处处都有深海一样。——他和她之间到底发生了什么，使他不论采取何种手段都要摆脱她？这是小说中的深海，正是在这里，空白和女人显现了力量。《深海》这部小说写的是什么呢，写的是两个男人都被女人的爱紧紧相逼吗？不，它写的是两个陷在爱的幻象的女人，最终又被她们的爱人伤害。

小说中人物没有名字，没有地理风光，它似乎在哪里都有可能发生，小说写了我们时代最常见的都市一景。难道不是吗，微博热搜上常常有杀妻故事热点，而最近、此刻的一则便是一位中年大姐无缘无故地消失，之后被发现是其丈夫所害。她像极了小说中失声的女人、空白的女人、有如深海一样的女人。小说中，杀人者在东躲西藏，而那个被杀的女人呢，她们如何被发现，怎样才有真正的声音，世界怎样才能还她们公道？小说没有回答，小说以沉默写出了命运之于她们的残酷。

关于一个男人杀害前女友后东躲西藏的故事，并不新鲜，如何讲得陌生化，如何讲得惊魂，是小说家面对的难题。《深海》的意义在于从杀人凶手角度写出，显现了一位新锐小说家知难而进、不断探索的勇气，这是这部小说让人赞赏处。

必须说到"深海"在小说里的无处不在："数着数着，一架红色翅膀的飞机从小窗户里显现出来。它在窗户的小方格里飞，慢慢地飞。不，不应该用飞，而是游，像一条孤独的鱼儿游在深蓝色的海里。它游过一朵朵白云，游过一片片海，最后慢慢消失了。""一架飞机从远处飞来。一架飞机在海里慢慢游，慢慢游。"这是比喻。天空是海，而飞机则是海里的鱼。这是新鲜的视角，而与这视角相对的，则是倒置的美学，一切在这样的倒置中产生了陌生化和间离化效果。

如果说"深海"是这部小说的一个关键词，那么"故事"则是另一个通关密码，它使一个在逃的人慢慢苏醒，"他妈的，在看完一个故事之后，我竟然想起了自己最不想回忆的事情。自己和自己相处，有时会比害一个人更恐怖。我撕碎了那页故事。我想学着里面抱着卖花布的姑娘一样，大哭一场。我半夜出门将那盆黑色的纸灰倒进了垃圾桶。天空响起一架飞机飞来的声音。我走到门口，站在那个小孩站过的地方，我想起他问我：你见过飞机吗？……夜里好多飞机从某个地方飞来，又从某个地方落下去"。

故事是"无用"的，故事是"虚弱"的，但故事又无处不在，随时随地进入人的心海。在那个新的房间里，无论怎样厌恶故事，那个人也逃脱不了故事，这便是小说《深海》的另一个内核。很显然，我们的作家有一颗古典的文学心。由此，《深海》显现出它另一种意义上的追求：女人消失了，故事会流传，那个人他忏悔吗？

（原载于《民族文学》2020年第9期）

新中国语境下土家族文学的崛起与繁荣

向笔群（土家族）

引　言

　　土家族文学的崛起与繁荣与新中国命运与共。1957 年 1 月，土家族被国家确认为单一的民族。民族的国家认同，使土家族在体制上具有单独的民族文学存在，土家族文学才有崛起与繁荣的可能。特别是改革开放新时期以来，随着鄂西、黔东、渝东南等地区的土家族民族成分相继得到国家承认，一大批土家族作家如雨后春笋，跻身中国文坛，成为中国少数民族文学百花园里的一道靓丽风景。

　　20 世纪 50 年代，湖南的黄永玉、汪承栋、孙健忠；湖北的萧国松；重庆的孙因、冉庄；贵州籍的思基等土家族作家在中国文坛崭露头角。黄永玉 1950 年在《文汇报》发表长诗《罗素街报告书》引起关注。汪承栋 1955 年创作第一本反映边疆少数民族地区各族人民新生活的诗集《从五指山到天山》，先后出版短诗集《雅鲁藏布江》等二十多部。孙因 1952 年在《西南文艺》发表长诗歌《唱着歌儿上北京》与《老红军》《做道场》等小说，受到文学前辈沙汀的称赞扶植。孙健忠发表《小皮球》《五台山传奇》等小说，表现出不凡的创作实力。思基是第一个土家族文艺评论家。从 20 世纪 50 年代到 70 年代，他先后出版《生活与创作论集》《过渡集》等三本文艺评论集，涉及文学的性质和任务、文学与生活的关系、文学的借鉴与发展、文学的批评作用、文学的教育与功能、文学的现实主义传统、文学与作家的世界观等，在文学评论界引起较大反响。冉庄在 20 世纪 50 年代，创作一系列山水诗歌，歌颂巴山蜀水与祖国的日新月异。纵观改革开放以前土家族的文学，大多与时代语境密切关联，凸显土家族作家在一定历史时期的创作指向。

　　土家族文学真正崛起是在改革开放新时期。20 世纪 80 年代，湘、鄂、渝、黔等地区相继成立系列土家族自治县，土家族作家的群体逐渐扩大，土家族文学创作强大的阵容开始形成。土家族作家意识到自己的民族文化与民族精神，开始以民族的自尊心与自豪感创作。湖南的黄永玉、颜家文、孙健忠、蔡测海、田瑛等，湖北的李传锋、温新阶、叶梅、陈步松、刘小平、吕金华等，重庆的孙因、陈川、吴家敏、冉易光、任光明等，贵州的田永红、田夫、何立高、安斯寿、刘照进等作家引起关注。黄永玉诗集《曾经有个那种时候》获1979—1982年全国新诗（诗集）评奖一等奖。1981年全国第一届少数民族创作评奖的诗歌获奖篇目中，汪承栋的《雪山风暴》、颜家文的《长在屋檐的瓜秧》双双获奖，凸显出土家族诗歌在当代中国诗坛的地位。在全国第二届少数民族文学创作评奖的诗歌获奖篇目中，颜家文的《悲歌一曲》、汪承栋的《月夜》获奖，再一次将土家族诗歌纳入中国少数民族诗歌创作的国家体系。孙健忠的《甜甜的刺莓》获首届全国优秀中篇小说奖，《留在记忆里的故事》获首届全国少数民族文学创作奖短篇小说奖，《醉乡》获第二届全国少数民族文学创作奖长篇小说奖，中篇小说集《倾斜的湘西》获第四届全国民族文学创作奖，使土家族作家小说创作进入中国当代文学的国家视野，特别是长篇小说《醉乡》在当时中国文坛产生了巨大的影响，受到广大读者的好评就是有力例证。李传锋的《退役军犬》获第二届全国少数民族文学创作奖；蔡测海的《远处的伐木声》1982年获全国优秀小说奖，小说集《刻在记忆的石壁上》《母船》《麝香》分别获第一、二、三届全国少数民族文学奖，再一次显示出土家族文学创作的巨大冲击力。陈川的中短篇小说集《梦魇》1993年获第四届全国少数民族文学奖；阿多《清明茶》（散文）获第四届全国少数民族文学创作奖（新人奖）；喻子涵《孤独的太阳》获第五届全国少数民族文学创作奖。冉庄的《冉庄诗选》获第六届少数民族文学创作"骏马奖"，冉云飞的散文集《手抄本的流亡》获六届少数民族文学创作"骏马奖"。田永红小说集《走出峡谷的乌江》、冉冉的诗集《从秋天到冬天》、彭学明的《散文方阵彭学明卷》、温新阶的散文集《他乡故乡》获第七届少数民族文学创作"骏马奖"。叶梅的中短篇小说集《五月飞蛾》、张心平的报告文学《发现里耶》、邓斌与向国平的评论集《远去的诗魂》获第八届少数民族文学创作"骏马奖"；李传锋的《白虎寨》获第十一届全国少数民族文学创作"骏马奖"。这些文学事实表明，土家族文学创作在新时期中国少数民族文学创作中没有缺席。田耳的中篇小说《一个人张灯结彩》获得第四届鲁迅文学奖，成为史上最年轻的鲁迅文学奖得主，更是将新时期土家族文学创作推向一个新的高度。

新中国成立以来，土家族文学令人瞩目的成就，彰显了一个民族的文学在历史语境中的突起与繁荣。

一、土家族文学异军突起

土家族文学是一个历史语境下的民族文学概念，如果没有国家对土家族民族成分的认定，土家族文学显然就不可能产生。可见，土家族文学的产生、发展与繁荣，与新中国历史语境紧紧相连。

土家族文学的突起，从历史层面可以分为两个不同的时期。第一个时期，是新中国成立之后，国家对土家族的确认之后，一些具有土家族身份的文学作者开始创作，就使土家族文学诞生；第二个时期，就是改革开放之后，土家族民族成分的进一步确认，使土家族作家的阵容进一步扩大，同时使土家族文学创作得到进一步的扩展。

第一个时期为土家族文学发轫阶段。土家族文学创作由于民族成分基本上只限于湘西。真正意义上的土家族作家只有湖南的黄永玉、汪承栋、颜家文、孙健忠等人，重庆（四川）、贵州、鄂西北等土家族作家是后来民族成分确认后，按民族成分归结于土家族作家群落。比如重庆的孙因、冉庄，贵州的思基，湖北的萧国松等作家。这些作家的成就受惠于国家的历史进程。

第二个时期为土家族文学崛起与繁荣阶段。改革开放之后，土家族完全得到国家确认，土家族区域不断扩大，扩展到湖北、四川（重庆）、贵州等相关区域。土家族作家的阵容也就随之扩大。这一时期，土家族文学开始迎来创作的春天。

土家族文学的崛起，不仅仅是单一文学类型的出现，而是各种文学文体同时产生。20世纪80年代，其中最早是诗歌，代表诗人有黄永玉、汪承栋、颜家文、萧国松等。黄永玉的诗集《曾经有个那种时候》在当时的中国诗坛引起很大反响。长期以来，黄永玉以绘画闻名于世，而他的诗歌却是一个另类，在当时确实是中国诗坛的一道风景。汪承栋的《雪山风暴》、颜家文的《长在屋檐的瓜秧》凸显出改革开放初期土家族诗歌创作的成就。

孙健忠、蔡测海、李传锋、孙因、陈川等人是改革开放初期土家族文学小说创作的代表作家。孙健忠从1956年开始发表《小皮球》《阿大阿二》等儿童文学作品，在湖南文坛引起关注。改革开放时期，孙健忠开始将自己的笔融入他所在土地，创作《甜甜的刺莓》《留在记忆里的故事》等中短篇小说，长篇小说《醉乡》在当时少数民族文坛产生了巨大影响，成为土家族文学创作成就的重要的标志。蔡测海主要从事短篇小说创作，《远处的伐木声》是土家族作家第一次获得全国短篇小说奖的作品，将土家族短篇小说创作推向一个相对的高峰。蔡测海的小说深植于土家人现实生活的土壤，紧紧依附土家族的文化母体，努力开掘土家族历史文化的内在精髓，作品在很大程度上构成了土家族历史文化的亚文本，是对土家族生活的艺术描写和艺术概括。[1] 李传锋的短篇小说《退役军犬》，是以新视角书写动物的小说，将人性与动物的特性相融在一起，体现了独特的艺术魅力。孙因的中篇小说《奇特的姻缘》是当时"伤痕文学"的代表作品，表现一对知识男女在特定背景下的人生悲喜剧。陈川（与人合作）的《钟声又响了》曾与周克芹名噪一时的《山月不知心里事》放在一起加以评论。可见，土家族文学受到文学界的关注，也表现出土家族作家的创作水准。

"新时期以来，文学自身的内部机制激活，土家族区域内多个少数民族自治县的相继建立，使土家族文学创作走向繁荣和发展的新时代。"[2] 土家族文学创作已经形成一定的阵势，显示出前所未有的潜力。

二、土家族文学群落的形成

20 世纪 80 年代后期，土家族文学创作如雨后春笋，日新月异，形成相对独立的几个土家族作家群体，如湘西土家族作家群、鄂西土家族作家群、渝东南土家族作家群、黔东土家族作家群等。

土家族作家群是一个相对的群体概念，湘、鄂、渝、黔交界地域是中国土家族的主要分布地域，虽然在地理因素方面有一定的标识，但对民族的认同感基本一致。

湘西土家族作家群指湘西州、张家界市、怀化市等区域的土家族作家群体，以黄永玉、颜家文、孙健忠、蔡测海、彭学明、田瑛、黄光耀、覃儿健、刘晓

---

1 王金霞：《土家族作家蔡测海小说研究》，重庆师范大学学位论文，2012年。
2 向笔群：《当代重庆少数民族文学简论》，《民族文学》2011年第9期。

平、仲彦、成均、陈颉、向延波、龚爱民、鲁絮等为代表。鄂西土家族作家群指恩施州、宜昌市的长阳、五峰等地土家族作家群体，以李传锋、温新阶、叶梅、陈步松、田天、野夫、阎刚、邓斌、吕金华、谭功才、刘小平、胡礼忠、甘茂华、陈孝荣、萧筱等作家为代表。渝东南土家族作家群是指重庆东南部土家族作家群体，以孙因、冉庄、陈川、吴家敏、冉易光、任光明、冉冉、阿多、苦金、饶昆明、姚明祥、舒应福、邹明星、姚元和、冉云飞、谭国文、笑丛中、冉丽冰、袁宏、黄光辉、亚军、何春花等为代表。黔东土家族作家群指贵州东部的土家族作家群体，以田永红、田夫、张进、安元奎、刘照进、张贤春、安斯寿、何立高、徐必常、晏子非、赵凯、冉茂福、水白、蒲秀彪、田儒军等为代表。这些作家在各自的文学领域做出令人惊喜的成就。几个区域的土家族作家群落出现，呈现出土家族文学创作的繁荣态势。

土家族作家群落相继产生，将土家族文学创作推向一个高峰，土家族文学创作达到空前的繁荣。

虽然同为土家族作家群，但由于地缘因素等方面的影响，各个土家族作家群落具有各自的创作特色。湘西土家族作家群以湘西的土家族地域文化为母体为创作对象，着重表现湘西各族人民在历史进程中的文化足音；而鄂西土家族作家群体的创作对象为鄂西神秘的文化与清江流域的文化元素；渝东南土家族作家群则是以武陵山地域文化为背景，同时书写乌江流域的文化进程；黔东土家族作家群基本都是以乌江流域的文化流变作为创作指向。地域性、民族性写作成为土家族作家群基本创作源泉，民族进程的心理历程成为土家族作家书写的文学路径。大多数土家族作家都是以自己生活的土地与本民族文化为写作对象，用现实主义的创作手法书写民族的历史进程，表现自己生活土地上文化固守与变化的冲突，创作出了具有鲜明民族特色与个性的文学作品，在中国少数民族文学创作百花园里争奇斗艳，散发出民族文学的芬芳。如孙因的中篇小说《麝香楼》写渝湘交界处土家族人在历史长河中的文化冲突，书写土家族人在改革开放时期的嬗变历程。如李传锋的长篇小说《白虎寨》就是以土家族的图腾白虎作为书写因子引出一个地域社会变革的历史图景。田永红的长篇小说《盐号》以乌江盐号为题材对乌江流域历史文化进程回望。刘小平的清江系列诗歌以土家族发源地清江作为创作因子，进行历史与文化的诗学透视。冉仲景的诗歌《摆手舞曲》探寻土家族的活化石"东方迪斯科"摆手舞的文化根源，展示土家族文化的历史与丰富性。喻子涵的"南长城系列"以黔东与湘西地域的文化标识"南长城"为载体，书写历史在这片地域上的足迹。刘照进散文将地域文化融入现代意识，探寻地域的精神文化图景。彭学明的湘西系列散文，如散文集《我的湘西》《祖先歌舞》等无一不是以湘西为写作元素，表达作家对民族地域精神的抚摸和触痛。特别以自己母亲为原型的长篇纪实散文《娘》更是将彭学明的散文推向一个新的高度，凸显散文的真与情，被业内人士称为当代的"孝经"。周立荣的小说集《山骚》、长篇散文《巴土长阳》从自己生活的长阳土家族文化出发，挖掘民族的根脉。谭功才的散文集《身后是故乡》《鲍坪》以他的家乡鄂西北为写作对象，表现那个地域人们的生存景况。张贤春的《神兵》以红三军在黔东建立革命根据地和黔东神兵参加红军为背景，书写官逼民反导致角口神兵产生的起因和其参加红军的曲折历程。刘晓平著有诗集《秋日诗语》与散文集《张家界情话》等作品，被韩作荣称为"城市与乡村的寓言"。胡礼忠的诗集《清江流歌》《巴地荡千觞》立足地域，以土家族聚居地的物事为书写对象，地域文化使命感成为他诗歌中无法割舍的内质。苦金的中篇小说《远寨》以本民族题材为创作母体。刘年出版诗集《为何生命苍凉如水》《行吟者》，散文集《独坐菩萨岩》，从另外一种眼光回望自己的故土，民族情结与地缘元素构成创作的主色调。鲁絮的"新土家风"系列诗歌以传统土家族民歌形态语言融入新诗创作体式，表现手法游离于传统与现代之间，引起了诗歌界的关注，其实这是一种民族精神的文化坚守。大量的创作实例表明，新时期土家族作家以自己生活的地域与民族作为创作的基本经纬，形成"标签式"的民族文学创作特征。

当代土家族文学创作，大多凸显出自己的民族精神，表达对自己足下土家族文化精神的认同，开始文化自觉向文化自信的转变。当然，有一些土家族作家以现代文学的表达形式进行创作，如冉冉、芦苇岸、朵孩、非飞马、任敬伟、蒲秀彪等土家族诗人，他们以现代表现手法进行创作，作品具有后现代主义创作的倾向。

三、母体文化精神的汉语表达

土家族是一个只有语言而没有文字的民族，长期被归结于汉族或其他民族的体系，汉语作为土家族的主要书写工具。但是土家族作家并没有因为文字表达因素而放弃母体文化精神的表达。母体文化精神就是民族文化精神，她是一个民族文学创作的根魂所在。在不少土家族作家笔下，土家族的传统文化精神成为他们创作的母体：从土家族的文化根脉出发，表达民族的文化精神与历史进程。

在土家族作家中，注重民族精神表达的作家比比皆是。孙健忠、李传锋、蔡测海、颜家文、萧国松、冉仲景、刘小平、周建军等人的作品中，有意识地融入土家族传统文化元素与文化精神。如李传锋的《最后一白虎》与长篇小说《白虎寨》；叶梅的短篇小说《撒忧的龙船河》；孙因的中篇小说《麝香楼》；刘小平的诗集《鄂西倒影》；萧国松的长篇叙事诗《廪君与盐水女神》与《老巴子》；冉仲景的诗集《从朗诵到吹奏》等作品都具有土家族传统文化精神。

孙健忠等 20 世纪 50 至 60 年代的土家族作家，他们建构土家族族群符码主要体现在两方面，即通过对土家族地域风光的描画、民俗风情的展现、人物形象的塑造以及对土家族民族精神的弘扬、历史文化的追溯、本民族语言的自觉运用等显性和隐性土家族族群符码的张扬，表达了建构土家族族群符码的强烈愿望。以蔡测海为代表的 20 世纪 70 至 80 年代的土家族作家，则对土家族族群符码的建构表现出了某种程度的困惑。[1]

白虎是土家族图腾，李传锋新近出版的长篇小说《白虎寨》就是以一个文化象征而探讨土家族的民族精神，具有一定的民族精神寻根意义。从民间立场的视点切入，恩施作家李传锋将土家族白虎文化、丧葬礼俗、女儿会与时代改革精神融会贯通，在传统与改革、历史与现代的激烈碰撞中展示出李传锋创作的民间文化底蕴。[2] 土家族作家李传锋通过小说《白虎寨》展开了一幅土家族的丧葬仪礼、女儿会等节日风俗的民俗风景画，通过对独特的民俗文化解读，表现了对土家族传统历史文化的守护。[3]《白虎寨》是一部近距离描写"三农"题材的小说，主题是写以幺妹子为首的回乡打工青年，全力追赶时代步伐，突破传统思维桎梏，艰难探索，不懈奋斗历程的作品。但是，作者没有简单地将这个历程放在某种熟知概念之下，而是置放在具有悠久历史与丰厚文化的土家民族历史背景下，在对当代生活激烈变革的描绘之中，不断地观照历史，以强烈的民族文化意味贯穿全

1　郝怀明：《土家人美好心灵的歌颂者——介绍土家族作家孙健忠》，《民族文学》1982年第7期。

2　康蒙康迪：《白虎寨的民间文化阐释》，《大众文艺》2014年第8期。

3　杜姗姗：《历史与现实的交融》，《文学教育（上）》2018年第9期。

书，从而获得小说的历史厚度和文化张力[1]。

蔡测海小说无论是《母船》《麝香》，还是《今天的太阳》《穿过死亡的黑洞》等，都是在揭示本民族的历史文化和民族命运。蔡测海的小说创作长期深植于土家人现实生活的土壤，紧紧依附土家族的文化母体，努力开掘土家族历史文化的内在精髓，作品在很大程度上构成了土家族历史文化的亚文本，是对土家族生活的艺术描写和艺术概括。[2]

颜家文写过散文、小说，主要成就是诗歌，他的诗采用"竹枝词"的格调，以土家族民歌的形态，朗朗上口，歌唱一个时代的精神，反映一种时代的情怀，如《歌声好似坝中水》，讲究诗歌的格律，具有现代格律诗歌的情调，被人称为"民歌体"运用最好的诗歌。颜家文的诗歌将土家族传统文化与民歌融为一体，进行新诗体的创作尝试，具有一定母体民族文化创新精神。

汪承栋将武陵山区土家文化与藏族文化融为一体。汪承栋青少年时代接受汉文化教育，20多岁扎根西藏，长期使用汉语进行诗歌创作，主要反映藏族地区的生活，这使汪承栋其诗其人成为中国多民族诗坛上的一道靓丽的风景线。[3] 时代主题让汪承栋定调将藏族民情风俗通过诗歌展示无遗，浓郁的民族情调在诗歌中充分表达。

孙因与诗人冉庄一道被公认为重庆少数民族新文学缔造者。从20世纪50年代初开始发表文学作品，纵观孙因的文学作品，创作题材涉及历史与现实。长篇小说《秦良玉》就是以石柱土家族女土司秦良玉的抗金爱国事迹为题材创作，其中的民族情怀与爱国精神熔为一炉。冉庄的诗歌以山水为主，表达诗人对祖国大好河山的无比热爱之情。吉狄马加在《坚实的足迹——序冉庄文集》里认为：作为一个少数民族诗人，冉庄以创作大量的山水诗篇赢得了诗坛的普遍关注，冉庄在创作中追求人与自然的和谐美，追求明朗清新的风格，诗作大多简洁而富于韵律，注重语言的锤炼，把一种地域的文化精神延伸为民族的审美状态，传达了诗人内在的生命感受。

萧国松的《老巴子》是一部具有史诗性质的土家族叙事长诗，一共15000

1　龚光美：《一部民族语境下的乡村史诗》，《恩施新闻网》2014年1月9日。

2　奎曾：《民族地域文化与民族文学》，《中央民族学院学报》1992年4月。

3　李鸿然，汪承栋：《从酉水到雅鲁藏布江》，《中国当代少数民族史论》，云南教育出版社，2004年11月。

多行（约 50 万字），篇幅而言，接近意大利诗人但丁的《神曲》。诗中主要叙述一个虎（巴人）的家族，在不同历史时期的精神行为表现，一个民族艰辛的成长过程，表现出土家人前仆后继、生生不息的民族生存状态，其实也是讲述一个民族历史进程。《老巴子》是萧国松在文化自觉意识支配下摘取土家族"老巴子"神话和故事创作的一部大型文学作品，该作品融通了多种民族艺术表现手法，将土家人的生活写得入木三分。因此，《老巴子》是一部浓缩的土家族历史，再现土家族生活的不朽篇章，是一部土家人传统知识的有效记录[1]。

叶梅在《中国作家》发表短篇小说《撒忧的龙船河》，自此蜚声文坛。此后，她连续推出了一系列中短篇作品，显现出卓越的创作特色，取得丰硕的创作业绩，获得了广泛的赞誉，并构筑起其"独特而奇异的小说世界"。[2] 联合国教科文组织主办的《世界小说选》曾在翻译转载其作品时注明：叶梅以对鄂西土家族风土人情的描绘引起了文学界及读者的关注。[3] 叶梅散文更多的是现实题材，对生活的描摹贴切自然，具有温度和质感。她的散文集《根河之恋》，突出表现不同民族在改革开放中的巨大变迁，同时以文学的笔调袒露真性情，以赤子之心拥抱山水、生灵、人间，超越了世俗的功利和狭隘，呈现出中华民族"你中有我，我中有你"及各民族的生命伦理、文化价值和梦想，展露了作者深厚的人文情怀。书中浸染着沈从文笔下涌流的隽永、深邃、剔透，展示多民族历史文化及其充满灵性的思想，在当代散文创作中可谓独具特色。

甘茂华的《穿越巴山楚水》，书写巴山的风景风情，展示地域文化的美学。甘茂华的散文突破了风俗风情展示民族精神的视阈，而以文化意象为经纬结构全文，折射了土家族民族文化灵魂和土家人的人生观、价值观以及在现代意识下对民族文化的执着守望。[4] 黄光耀创作的"土家族三部曲"《土司王国》《虎图腾》《白河》都是探寻土家族文化精神的作品，作者力图从土家族传统文化精神中找到一种民族进程的密码。谭功才的散文集《鲍坪》，隆重的歌舞送亡人，便是巴人土家族世代传承下来特有的风俗和豁达而独特的生死观。[5] 覃儿健从 20 世纪

1　林继富：《记录民族历史，彰显民族精神——萧国松和他的老巴子》，《湖北民族学院学报》2010 年第 2 期。

2　杜李：《舞蹈的叶梅》，《中国民族报》2019 年 1 月 13 日。

3　石一宁：《根河之恋：叶梅散文的新境界》，《人民日报》2018 年 6 月 19 日。

4　胡用琼：《土家族作家甘茂华散文的文化意象》，《新闻爱好者》2010 年第 11 期。

5　王威廉：《一个人的地方志》，http:blog.sina.com.cn/dishangxingwenku。

80 年代初始,陆续出版有《张家界的传说》(合作)、《匪酋》、《一个乡党委书记的手册》、《张家界掌故》、《故乡的河》、《儿健随笔》等多部文学作品集,作品多以湘西土家族题材创作,地域与民族元素构成他写作的主基调。龚爱民发表有中篇小说《嫁给黄河滩》《寻亲七十年》《与死神交手的日子》等作品;长篇小说《寻亲》,通过讲述一个红军家族历时近 80 年,将在长征途中失散的亲人及其后裔一一寻回的曲折故事,从民间的视角出发,巧妙反映了我党在长征时期、抗日战争时期、解放战争时期带领各族人民争取民族独立、建立红色政权,在和平时期建设新中国的艰难而辉煌的历程,凸显了家国共存亡的主题。被称为"一部由牺牲、泪水与寻找编织的红色家史;一部由草根百姓诠释家国意义的生命传奇"。徐必常的诗集《毕兹卡长歌》试图从土家族的历史长河中寻找土家族文化的延续性。向迅的散文集《鄂西笔记》真实记录鄂西的历史文化的变迁。大量的创作事实表明,当代土家族作家大多将自己母体文化以汉语表达,折射出一种民族文化精神的理性回归。

四、多重写作的包容与创新

土家族文学具有多重的创作态势,各种文体应运而生。诗歌、散文、小说、报告文学、儿童文学、评论等文体在中国少数民族文学领域都有一定的影响。在土家族作家中,不少人属于多栖作家。大多数土家族作家在继承母体文化精神的同时,具有开放意识,接纳其他民族文学创作经验和体式,在文体建设方面进行大胆创新与尝试,成就令人瞩目。

土家族多栖作家有张心平、田天、冉冉、向卫国、冉仲景、仲彦、刘照进、向迅、芦苇岸、路曲等,他们擅长各种文学文体写作,在多种文学文体领域都有一定建树。如张心平除创作短篇小说集《岁月之磨》、中篇小说《血色织锦》等外,报告文学集《发现里耶》获全国第八届少数民族文学创作"骏马奖"。田天出版《田天报告文学选》《蒹葭苍苍》《从汉正街到洛杉矶》等十多部报告文学、小说、散文和其他作品。《田天报告文学选》获第四届全国少数民族文学创作"骏马奖"。向卫国既写诗歌又从事诗歌理论研究,出版文论集《诗意的皮鞭》、诗集《悲剧的叙事之初》、学术专著《边缘的呐喊——现代性汉诗诗人谱系学》《目击道存——北窗诗论集》等诗学著作,是土家族学者型作家诗人之一。芦苇岸写诗的同时也写评论，有《蓝色氛围》《芦苇岸诗选》《坐在自己面前》等三部诗集、《多重语境的精神漫游》《当代诗本论》两部评论集。冉冉出版诗集《暗处的梨花》《从秋天到冬天》《空隙之地》《朱雀听》，同时发表中短篇小说《八月蔚蓝》《爱上本一师》《妙菩提》《开吧，梨花》《看得见峡谷的房间》等。向迅写诗也写散文，出版《谁还能衣锦还乡》《寄居者笔记》《鄂西笔记》等作品。

不少土家族作家在坚守民族文化精神母体的汉语写作的同时，大胆进行文体创新与探索。比较有影响的如冉仲景、周建军、安斯寿、何山坡、谯达摩、刘照进等人，他们提出创作观点并且实践自己的创作思考，而且取得了一定成果。冉仲景在诗歌创作题材和诗体这两个领域进行探索与拓展，对诗歌文本范式进行大胆试验。他的长诗《梦幻长江》将诗歌与散文两种文体巧妙嫁接，形成宏大的诗歌五重奏，给人一种似梦似幻的感觉，彰显了一个少数民族诗人的文化探索精神。周建军主张将"生命意识与使命意识，民间立场与先锋精神融进去，化为无形的诗美"，其代表作品《招魂九章》就是典型的代表。诗人用现代意识去考量古代诗人屈原，具有先锋写作意识。刘照进提出的诗性散文创作、安斯寿的"生活写作"、谯达摩的"第三条道路写作"都体现出土家族作家的创新思考与创作路径。何山坡出版《灰喜鹊》因定价原因，引发诗歌界热议，被媒体评为"史上最牛诗集"，成为诗坛重要的诗歌事件。在创新的路上，无论成功与否，这种创新精神值得推崇。

"80后"的彭绪洛，长期从事儿童文学创作，出版长篇小说《少年冒险王》系列、"彭绪洛科学探索"系列《兵马俑复活》《楼兰古国大冒险》《郑和西洋大冒险》《宇宙龙骑士》《我的探险笔记》《虎克大冒险》等60余部，是土家族的高产作家，在儿童文学领域反响较大，是土家族作家创作中的一枝奇葩。

土家族文学创作还有一个文化现象，就是不少土家族作家从诗歌开始创作然后走向散文、小说等其他文体的创作，如孙因、冉冉、刘小平、刘晓平、冉仲景、刘照进、仲彦、向迅、向延波等。从诗歌开始进入其他文学体式创作，使他们的其他文学作品呈现诗意化，语言精练而且具有文学张力。

土家族作家具有传统民族文化坚守与多重文化的包容，在创新中接纳，与共和国历史的进程休戚相关。在新的历史长河中，将谱写新的历史乐章，融入共和国文学史的大合唱，这是土家族文学发展的历史必然。

（原载于《民族文学》2020年第10期）

新时代少数民族文学书写话语转向观察

——2020 年《民族文学》小说阅读印象

邱　婧

　　近年来的少数民族小说，有着丰富的创作面向，从当代文学史的角度来看，在少数民族题材的文学创作中，原本较为固化的书写模式，在遇到新的时代情境之际，不再仅仅限于对民族风情的表述或者纯粹的乡土抒情，而是裹挟着更多的时代内涵，产生了较为显著的风格转向。正如长期对少数民族文学创作进行观察的学者刘大先所言："现代文学以来的边地，是由普遍性时间（现代性）中的主流价值在差异性空间（地方）中不平衡播散的结果。得益于全球化经济方式的扩张和媒介技术的更新，边地的差异性空间在新时代语境的文学中获得敞开，并行的是关于文学观念和文学意识的自觉改变，进而显示出其变革性的意义。"自然，在当下，中国少数民族文学创作面临着更加丰富而多元的语境，因此，少数民族文学书写的内涵和外延更为广阔，既有传统封闭的乡土、历史书写，也有"走出者""外来者"与少数民族地方性知识的互动。

　　因此，我将以 2020 年《民族文学》刊载的小说作品为例，来看待这一创作转向，并期待为中国多民族文学创作的总体走向提供一些建议和思考。比起以往，2020 年显然是不平凡的一年，纵观《民族文学》全年的作品，小说创作大概可以分为以下几类：首先，抗击新冠肺炎疫情题材和脱贫攻坚题材均在当下的小说创作中占据了一定的比例；其次，不同地域、不同族群的抗战题材书写也在不同维度上彰显了中华民族共同体意识；盘点《民族文学》刊发的其他题材小说，还可以发现，有一部分是历史题材与家族史叙事，另一类则延续了乡土与日常生活的书写，对"小人物"的生命体验进行观照，尽管这类小说在修辞和叙事风格上存在着较大的差异性，但是我仍然将其归为相同的类别并在其内部展开对比研究。

文学与疾病：如何书写"抗疫"？

与往年《民族文学》刊载的作品有所区别的是，本年度有若干篇少数民族小说的主题较为鲜明，尤其体现在对人类疾病和普遍灾难的认知上，也就是"抗疫"题材的书写。2020 年伊始，新冠肺炎的肆虐为人类带来了突如其来的痛苦与灾难，那么，对于中国这个多民族国家而言，在不同的地域、族群、场景和情境下，人们究竟是如何看待疾病以及创伤？创作者又是如何书写"抗疫"题材？《民族文学》推出了系列关于"抗疫"题材的小说，这些作品是作家潜心观察后的产物，也包含着对人类命运共同体深切的情感。

蒙古族作家苏笑嫣擅长对日常生活的表述，她在《肺炎之"年"》中选择了更为直面现实的题材——在武汉，人们如何面对这场突如其来的疫情？在她笔下，武汉封城前后若干个互不相识的同城陌生人所遭遇的一切被串联起来：一个不明病因的小白领，一位满怀悲壮的医生，一个坚守岗位的护士，以及不仅仅为了生计更为了帮助别人的出租车司机。当新年的钟声响起的时候，这座城也蒙上了一层悲壮的底色，志愿者和逆行者们无所畏惧地行走在空荡的城市之中……

土家族作家吕金华的《抗疫团》，立足于湖北恩施的一个土家族村寨，设计了一个家庭三代人在过年期间处于不同地域的"悲欢离合"，展示出地方视角对于疾病、灾难的认知和具体实践。作者有意编排了孙子在武汉学医、儿子儿媳返乡过年、老父在家乡守望的惊心动魄的情节，转到在一个少数民族村寨如何看待疫情、组织防疫的具体生活场景，形成了一个闭环的叙事。

朝鲜族作家金革的《3D 口罩》是一个充满温情的短篇小说，讲述了母子在疫情中互相牵挂的故事。回族作家段弋在《工钱》中描写了云南澜沧江地区一个小城的抗疫故事，其中两家人的纠葛成为整个故事的核心：一位尽职尽责的傣族医生，以及一个承担防疫工程改造的木匠家庭，体现了医者仁心的精神内核。白族作家郑吉平的《满园春色关不住》描写了在贵州小城的父母和在武汉务工的儿女之间的思念之情，以及面对灾难时陌生人之间的暖意。

另外，彝族作家吕翼的《逃亡的貔貅》同样是一部书写抗疫题材的感人力作。第一人称"我"是一个个体商人，在这场疫情风暴来临之前，还去参加了城市里的"万家宴"，随即，因贩卖野生动物生意而陷入债务危机的"我"离开妻女，只身逃往老家金沙江和乌蒙山的深处。作为当地祭司的父亲收留了他，认为儿子冒犯了神灵，老父亲还做了很多法事。正当他走投无路之时，远方又传来令人震惊的消息，他生活的城市被病毒侵袭，并迅速陷入黑暗之中。也正是在此时，他得知妻子生病了，很多陌生人生病了，包括他日夜挂念的小女儿，都陷入了这场灾难之中。

此刻，远在彝山的"我"的老父亲开始用朴素而又传统的方法为远方的生灵祈福："在点火之前，搬来了一大堆发黄的经书。皮绳解开，陈味扑面而来。七零八落的经书，像座圣塔一样矗在我们面前。父亲要通过那些只有他自己才看得懂的文字，请来剿杀瘟疫的神灵，释放灭掉貔貅的能量。那神灵不是一个，而是一群。是高原之神、江河之神、火焰之神、山林之神、动物之神、善良之神。还有天空中的鹰神、雁神，村子里的牛神、马神，庄稼地里的荞麦神和土豆神……"听新闻中说，面临着这场疫情的地区，不仅仅是儿子生活的那座城市，还有更远的地方，这时，母亲帮父亲找来两张地图：中国地图和世界地图，"父亲双手接过，找来羊毛毡子垫底，小心地摊开第一张，再同样小心地摊开第二张。他用牛角卦压住冷风吹起的边角，俯下身子，细心地看了一回。我想他是在找马腹村的位置，找金沙江、长江流过的位置，找三峡、沙城和砥屺社区的位置，再找中国甚至更为辽阔的地方"。小说开放式的结尾喻示着村庄防疫工作的开始：驱鬼，招魂，白色，防护服，这一切刚好暗示着人们对于疾病的认知。在这个西南山村的地方性知识里，貔貅就是造成这场疫情的源头，而作为祭司的父亲，要竭尽所能去驱赶它，一如对全人类的关切。

脱贫攻坚：时代主题与乡村书写

近年来，脱贫攻坚的主题也频繁体现在少数民族作家的作品，尤其是中短篇小说之中，并在地方性知识和民俗学素材、人类学民族志书写等元素方面表现尤为突出。

在本年度的长篇小说《两河口》中，苗族作家向本贵以较大的篇幅描述了武陵山区的少数民族村寨如何在脱贫中转型的奋斗经历。从满布农家乐的全县最美示范村到开辟商贸园、大力推广非物质文化遗产和旅游，这个乡村共同体实现了较大的转型，小说还着意涉及民俗元素，对"两河口"的吼龙、祭龙神文化着墨甚多，从而增添了整部小说的广度和深度。

在讲述精准扶贫题材的作品中，瑶族作家瑶鹰在小说《赐福》里塑造了一个贫困户杨五七的形象，"我"作为他的帮扶者，一直在与他斗智斗勇，刚开始杨五七对自己的"贫困户"身份无法释怀，后来在"我"对他的悉心照顾和帮扶之下，生活慢慢步上正轨，不仅养了牛，还治好了病，与儿子全家团聚。

毛南族作家谭志斌的《荒园逸事》侧重讲述贫困户自身的奋斗，扶贫干部的援助正如春风化雨。故事一开始，就展示了男主人公大树所面临的心理困境：父亲卧床不起，他心爱的姑娘又受父母之命嫁给了一个傻子，而他本人在不停地抗拒帮扶干部为他申请的"贫困户"标签。后来，他去了矿山打工，又回来试图承包果园和养殖场，正当他面临着资金等困难的时候，县扶贫办的姑娘雨薇伸出援手，为贫困户创业申请了较多的便利措施，大树也开始了自力更生的新生活。

侗族作家石庆慧的《等待山花烂漫》设置的场景是寒假期间的大学生返乡过年，清莲和杨山都是从侗族乡村走出来的在读大学生，除了少男少女之间的情愫之外，他们还有一些共同的想法和目标，比如打算毕业后返乡，改变乡村的现状。青年一代不仅对民俗传统的消逝发出感伤和忧虑，还对乡村建设有着更加丰富和多元化的设想。另一篇《女人树香》则采用交叉叙事的方法，将一个饱受折磨的少数民族女性树香的经历和"我"作为扶贫干部去帮扶树香男友一家的经历交叉书写，极富张力。

维吾尔族作家热孜古丽·卡德尔的《星光灿烂》则是从一个青年女性的角度出发，去看待男友为"访惠聚"驻村所做出的牺牲和努力。小说主要以对话的形式展开，风格灵活生动。

蒙古族作家海勒根那的《请喝一碗哈图布其的酒》写到了一个蒙古族村庄在精准扶贫之后的变化，故事的主线是乡亲们请"远方来的朋友"喝酒的一天，实则描述了大学生第一书记是如何和村民一起用双手改变生活的，叙事夹杂着蒙古族饮酒、赛马、射箭的民俗，十分生动，而故事的结尾，远方的朋友归去，村庄的新变也被一点点展示出来："彼时高个子已经走远，他转过身向乡亲们挥手致意。他蹚着一眼望不到边际的没膝深的锦鸡儿，这是牧民们人工播种的，过去这里曾经是寸草不生的流动沙丘，如今变成了万亩枝繁叶茂的饲草地。此时头顶之上，数不清的云雀和百灵鸟赛着歌喉，此起彼伏，仿佛一场以天为幕的盛大合唱；近处，清澈的乌力吉木仁河如同一条银带缓缓伸展，飘动；远处，群山如黛，白云像昂扬的雪峰一样高耸，又似一群天马奔腾踢踏。高个子就向着奔马似的云山走去了，一会儿间消失在大野深处。"

中华民族共同体意识的彰显

1938年12月，著名历史学家顾颉刚在云南昆明创办《益世报·边疆周刊》，在这一时期，一个极其重要的学术争论正围绕着顾颉刚发表于此刊的《中华民族是一个》文章展开。当时，顾颉刚考虑到抗战特殊时期的需求，如是鼓励知识青年："不知道有多少青年热血沸腾，欲报国而无所适从。我现在敢对他们说：我们之所以要抗战为的是要建国，而团结国内各种各族，使他们贯彻'中华民族是一个'的意识。"中国是一个统一的多民族国家，彼时，各民族不分语言、宗教信仰和文化差异，英勇抗战，团结御辱，彰显了中华民族共同体意识。

本年度《民族文学》上刊发了回族作家冶生福的抗日题材小说《白马东去》。这部小说从微观视角即一个回族青年的参军经历切入，讲述了勇猛的青海骑兵抗击日本侵略者的经历。抗日骑兵师以原青海海南警备司令部所属第一旅为基础，合并驻防河西走廊的马步青部的部分官兵，并征调大通、互助、湟源三县的民团，由回、东乡、撒拉、保安、藏、汉等民族组成，共八千多人，这支多民族的地方军队，打击了局部地区敌人的嚣张气焰，不仅彰显了中华民族共同体意识，更是在抗战中留下了浓墨重彩的一笔。小说以骑兵师在河南淮阳一带英勇作战的历史事件为蓝本，描述了骑兵们浴血奋战的场景，感人肺腑，尤其是在小说结尾处，作为幸存者的战士决定对牺牲的战友们举行民族葬礼的场景，另外，回族战士为藏族战士寻找寺庙超度的场景也令人动容。

彝族作家罗家柱的《阿妹马帮》着眼于滇南马帮的变迁，通过一个青年女性施增美的自我成长，绘制出一幅多民族边地抗战救亡的磅礴历史画卷。其中，作家塑造了系列生动鲜明的人物，除了女主人公之外，还有在不同情境和不同时期分别加入共产党队伍的父亲、三哥、四哥，尽管在小说里清晰可见"革命加爱情"的叙事线索，然而作家提供的边地题材和地方性知识又将这一主流模式加以淡化和消解，细节处理十分生动。

瑶族作家莫永忠的《火种》书写了瑶族地区抗日的往事。瑶家人的火塘原本是不会熄灭的，为了躲避日军的轰炸，火塘只好熄灭，再使用火石取火。主人公赵福民身兼数职，既是小学的教导主任，又是地下党，还组织去县城增援自卫队。火种成为当时最迫切的需求。小说围绕"火"展开，叙述了一个瑶汉杂居的村庄抗战的悲情历史。"赵福民从白米香手里取出两块带有她体温的火石，小心翼翼地搁进背篓里，搁进孩子的襁褓里。赵金猫安抚白米香说，孩子，盘王一定会保佑你和孩子平安无事的。"随后，赵福民就投入了战斗，直至牺牲。

抗美援朝题材的抒写在本年度也成为创作的亮点，比如蒙古族作家刘泷的《生死冲锋号》，从一位老兵的黄铜军号，缓缓展开其对抗美援朝战场上的往事的回忆。当时年仅十七岁的他，担任了司号员，在阵地上仅剩下七名战士的时候，他们凭借坚定的理想信念，支撑到最后，取得了战役的胜利，而这个铜号则成为老兵一生难以释怀的珍贵物件。

历史书写与家族史叙事

历史题材书写也是本年度《民族文学》所刊作品的重要主题之一。苗族的第代着冬在《门神》中以陌生化的视角侧面描述了红军经过西南地区少数民族乡村时的场景，尤其是一个当地青年追随红军的历程，在作家的叙事中娓娓道来：青年的家人不断收到他从未知的远方寄来的信件，在云南、在贵州，而老父亲和弟弟则在山村一隅继续安静地生活着，他们的人生如同平行线，直到后来有人来收集红军的民间史料，那些经历了岁月洗礼的信件才得以重见天日。土家族作家温新阶在《最后的抉择》中，讲述了一个湖北地主家庭和走向"革命"的儿子及其他家人之间的纠葛，与很多革命叙事不同的是，作家提供了一个反向的视角，儿子最后走向了反面的角色，而在个体家庭的传统模式中惯常被边缘化的女性形象——他的小妾，被塑造成进步角色，以自己的牺牲换取了其他同志的安全撤离。

白族作家景戈石在《长管手枪》中描写了 1936 年红军经过一座白族村寨的故事。小说从一个孩子的视角展开叙事，他和青梅竹马的邻居女孩一起读书、狩猎，然而土匪扫荡村寨并打破了往日的宁静，在父亲和祖母的鼓励下，他们决定去参加红军，并将红旗插到了区公所的楼顶上。小说中多次出现围绕着寨子门前古枫木树的叙事，具有十足的象征意味。作家还穿插了许多与自然相关的场景，比如雪花、古枫木树、围猎等等，将边地生活的书写和历史事件结合得恰到好处。

另外还有蒙古族作家肖龙的《青烟》。作家以第一人称书写了一部蒙古族家庭的家族史，其中塑造了一系列风格迥异的人物形象：作为萨满的姥姥胡和鲁，如同浮萍摇摆不定却又积极参加"运动"的姨妈乌力吉，身份来历不明，神秘但又宽容待人的舅妈"嗨"（她没有名字和来历），以及不问世事只热爱羊群和自然的舅舅阿穆达。小说极具张力，以童年的"我"的视角设置了时间线索，名义上以舅妈的多次失踪为叙述的主线，实际上，作家在小说里运用了大量的民俗、象征与寓言，而这一切又与当代历史上不同时期的事件和运动形成了鲜明的对比，从一个微观角度即村寨民众的日常生活经历来看待外界的风起云涌。

布依族作家王杰的《月光下的玉镯》从九十五岁的老人卜根去世讲起，回忆了他与老庚、卜鸟，以及他与恋人周文秀之间的爱恨纠葛。卜根为保护周文秀免受继父侵害，利用老庚的身份抓捕了卜鸟，并在押送途中杀掉了他，并由此背负了杀人犯的名声，后半生一直活在村民的冷漠中。"我"作为离开乡村进城的年轻一代，一直关注着他们的故事，并且见到了故事中的女主人公周文秀，最终得知他们在未曾聚首的情况下彼此和解。

满族作家修瑞的《旧闻报道》讲述的是一个中年人为了替作为抗日英雄的爷爷找回清白而四处奔走的事。尽管其爷爷和父亲早已去世，两代人都在坚持不懈为洗刷冤屈付出了安稳生活的代价。记者秦牧野成为这一追溯史料事件中的关键人物，他不仅查找档案，还走访了很多当年事件中的关键人物，最终追溯到了许家老人抗日义举的重要证据。小说的特色还在于复线的叙事，不仅折射出了当下一些现实的社会问题，还糅合了精准扶贫等乡村社会较为常见的现实素材。

同样是书写战争，壮族作家陶丽群的《七月之光》以交叉叙事的形式书写了一个单身越战老兵老建的伤痕回忆："岁月静静流淌，没有战争的漫长岁月，老建再也不是原来的老建了，原来的老建永远留在那场战争里，留在那个下雨的湿漉漉的异国傍晚里。老建在半夜的雨中陷入无边的痛苦，他不再是白天的他，这个老建是脆弱的，无助的，破碎的，他需要一个温暖的怀抱，需要一只温暖的手，安抚他孤寂的无处安放的悲伤灵魂。他靠着床栏杆，垂着头坐在黑暗中。黑暗带来的无助是更深的无助，黑暗带来的悲伤是更厚重的悲伤。"时间扭转到当下，老建收留了一个越南来的孤儿，孤儿只会叫他"爸爸"，这触碰到了他心中最柔软的部分，此时，他青年时期的爱人也回到他的身边，人生仿佛又重新开始了。

彝族作家魏婕的《花街女》讲述了二十世纪六十年代印尼华侨在外受到排

挤，归国在云南华侨农场务工的往事。作家设计了两个不同的场景来回切换，一边是华侨刚归国，被安排到云南傣族地区老乡家居住生活；另一边是在遥远的巴厘岛，描写民众的日常生活和对排华法案的忐忑不安。作家不仅观照了华侨回国，傣族当地人的生命体验也被融入小说中，多元化的视角是其小说的一大创作特色。

现实主义书写：日常生活与"小人物"观照

关于小说的现实主义特征，瓦特在其代表作《小说的兴起》中曾针对形式的"现实主义"与日常生活的摹写进行了剖析。回到中国语境，当代小说创作在中国社会转型期已经经历并完成了复杂多样的现代主义技法的冲击和洗礼，在当下的文学创作中，观者不难感受到，现实主义的创作复归较为显著。在新的时代语境下，书写个体生命的体验，同样是新世纪少数民族作家们关注的元素之一。因此，他们将写作内化在对小人物的观照和对带有地方性知识的日常生活的描写中，实现了其现实主义的叙事特性。

蒙古族作家阿云嘎用蒙汉双语进行创作，是蒙古族双语作家的代表人物之一。作家使用汉语创作的小说《狗事》，从动物保护的视角出发，讲述了一条流浪狗的经历。比起以往大开大合的叙事模式，《狗事》恰恰从日常生活的细节着手，讲述男主人公桑杰发现一只被大型犬追逃的流浪狗的事情，桑杰将流浪狗收留并命名为"花花"，"花花"没有安全感，还经常生活在被大型犬撕咬的风险之中，桑杰出于正义感，决定举报违反规定的大型犬主人，事情开始变得充满挫折且扑朔迷离起来，他通过朋友得知那个狗主人之所以飞扬跋扈是因为"上面有亲戚"，一场斗智斗勇的"战役"开始了……值得一提的是，作家设计了小区和狗肉馆一条街交替切换叙事的场景，其中不仅涉及动物保护这个单纯的向度，还牵涉更为复杂的伦理思考。比如，食狗肉民俗与养狗风潮之间的冲突，也映射了地方性知识在全球化进程中发生的剧烈变化，也正是因此，这部短篇有着独到的人文意义。

瑶族作家光盘的小说《傍晚的告别（外四章）》将魔幻叙事和日常生活勾连起来，讲述了一系列关于养鸟人的故事。作品掺杂了较为真实的日常叙事和作者创作惯性的魔幻底色，既浸染了世俗生活中的黑色幽默，比如将普通人对于孩子高考的焦虑与对鸟价格的考量喜剧性地关联起来，也有与神巫相关的书写，比如巫师对养鸟人和鸟瘟的预言和刁难等等。这系列作品均以沱巴镇这一地理设定为圆心，围绕养鸟的题材展开叙事，描述了南方边地的风物和人性的复杂。

土家族作家秦风在《特殊陪伴》中，描写了一对老死不相往来的女性邻居高大兰和梅三娘是如何在回归乡村生活之后达成了和解，偌大的山村最后只有这两位老人，足以彰显城市化进程中乡村的尴尬处境。蒙古族作家秀兰的小说《神树的孩子》以神树和第一代老人的托梦为主题，描写了两个家族三代人之间的纠葛，展示了蒙古族朴素的生命观和价值观。朝鲜族作家金昌国的《秋分》也讲述了两家人之间的情感纠葛。随着两家各自的小女儿遭遇了煤气中毒，作为普通工人阶层的两对父母，在情绪和生活的双重压力下艰难求生。仡佬族作家杨衍瑶的《醒来吧，孩子》铺陈了一个孩子经历了意外后在母爱的庇护之下奇迹般生存下来的全过程，在所有人劝母亲放弃的时候，母亲一直坚信会有希望。满族作家李伶伶的《城市里的地瓜花》叙述了从乡村进入城市务工的女性之间的友情，尽管生活有着挫折、磨难和猜疑，但是温情战胜了这一切。满族作家夏鲁平在《雾岚的声音》中，讲述了一个平凡的乡村妇人，在漫长的时光中，是如何对待亲人和情感的，故事的开头作家着意营造的关于房产归属的紧张关系，经过儿子返乡与继母的单独相处，到了最后便自然而然消解了。

满族作家王开在《组焊工包全球》中塑造了一个敬业的组焊工形象，他和国外工程师围绕着焊接技术斗智斗勇，又要兼顾生病的老母亲和妻子，书写了普通人在奋斗的日常生活。回族作家马碧静在《花斑蟒》中书写了一群青春期的孩子在"花斑蟒"传说笼罩之下的校园生活，尤其对校园暴力进行了详细的描述，随着故事的发展，作者逐渐揭示出，施暴者本人也曾经是受害者，最终女孩们握手言和。

毛南族作家孟学祥的《远行客》中，四十多年没有回过故乡的老母亲，在爱人过世之后，坚持在儿子的陪同下，返乡看望自己列的名单上的人，一个个向他们道歉，希望能够在有生之年得到和解，同时也平复自己内心的困境；同样书写老人的内心世界，壮族作家凡一平的《韦旗的敬老院》彰显了人性的温暖，退休的警察韦旗一生中抓捕了很多罪犯，也见识了人间的悲苦冷暖，他退休后办了一家敬老院，这里既有出狱的年迈的罪犯，也有被害人的亲属、罪犯的父母等等，老人们的内心世界孤独而躁动，甚至出手围殴了韦旗。韦旗非但没有放弃，还总结了失败的原因，给予老人们更多的关爱和尊重。

侗族作家龙思韵的《鹏鸟》是一部都市题材小说，确切来说是深圳的城市书写，作家设置了一对青年男女的婚恋故事，男方是在深圳出生的"深二代"，女生则是从外地来深打拼，除了生命个体的虚无感之外，还有两人之间自然的恋爱被裹挟了某些更加宏观而世俗的东西，让人无法脱身。

苗族作家戴小雨的《公鸡喔喔叫》关注的是一个较为封闭传统的乡村社区里留守老人和女性的生存状态。作家通过这一中篇小说，描述了隔壁两位留守老人之间的剑拔弩张、留守老人和儿媳之间的矛盾、外乡人和当地村民的紧张关系。最终，内心苦闷的儿媳带着对外界的向往和离开乡土社会的决绝，随着外乡人远去，而留守的老人们继续忍受着孤独和愤慨。作品还塑造了典型的"外来者"的人物形象，更加衬托出在地的老人们的无奈与感伤。

维吾尔族作家阿拉提·阿斯木是一位优秀的双语作家。其新作《他人的篝火》是本年度《民族文学》上刊发的为数不多的长篇小说之一，带有鲜明的个人写作风格。他这部较为日常口语化的作品取材相当丰富，维吾尔族的俗语被灵活地运用其中，另外，维吾尔族文学中对鲁迅作品的接受，维吾尔族文学作品的翻译，新疆各地的地方性知识，以及对于文学、历史的认知均被收罗其中。

彝族作家段海珍的《封山》以民族志式的书写介入到少数民族乡村的日常生活现场。在《封山》中，作家设置了一个矛盾的现场：古老的乡村传统和外界的伐树产业侵入之间的冲突。彝族有着独特的生命观和自然观，"祖灵"是这个族群传统文化中十分重要的一个向度，小说中的主人公出身于毕摩世家，当外界商业化的伐树产业造成山里绿色的消失和连续的干旱时，他只有为树木招魂："他梦见他和爷爷罗天才去给山下的主家招魂做法事。爷爷让他扎了草狗和草鬼，他熟练地一一用牲礼敬献了祖神和各路神灵。祈求他们保佑主家健康平安。敬献到树神的时候，阿波罗天才对他说，罗应山，你长大了就是我们梨花坳的大毕摩，你要守护好屋后的这片大山。大山是我们老祖先的祖灵地，我们老祖先死后的魂就住在松树林里。我们的小松树是有魂的，所有的树都是有魂的。树有树魂，人有人魂。树的魂不在了，人的魂就没有地方居住了。"

在传统和现代性之间：以藏族题材小说为例

本年度《民族文学》刊发了一系列藏族作家的小说，我将这些小说集中在一起进行对比，试图以藏族文学在当下的发展和多元化创作为例，窥视新世纪少数民族文学的创作走向。自二十世纪八十年代以来，一些藏族当代小说具有鲜明的现代主义文学特征，比如扎西达娃、万玛才旦等作家的创作。藏族作家雍措则在本年度发表的小说《深海》中延续了藏族小说的现代主义风格走向。作为康巴藏族作家群的青年作家，雍措近年来的写作经历了不断的转型，从《凹村》到《深海》，她逐渐隐匿了个体和族群色彩，而是走向了关于现代性的思考。一场在小酒馆里毫无意义却一直延续下去的对话成为叙事的主体，不免让读者联想起《等待戈多》这样的荒诞主义美学，而这部小说充斥的意识流书写又将话题指向更加深远的关于人类生存状态的探索。当然，与此相似的还有毛南族作家谭自安的《请你进来坐一坐吧》和回族作家马碧静的《大鱼》，《请你进来坐一坐吧》全篇仅仅关注了一对男性邻居的日常起居，采用意识流和写实交叉的手法进行书写，实则折射出这个现代社会人与人之间交往的异化和共情。《大鱼》则是对一群因拆迁一夜暴富的青年人在一场漫无目的的聚会中的对话进行白描，从而折射出其内心的虚无。

回到藏族小说的书写，一些作家将目光投向更加写实的藏族地区的日常生活，其中不乏普世性的悲欢，也穿插了较为浓郁的藏族民俗。比如龙本才让的《一条沟，两眼泉》合理运用了大学生返乡等极具时代感的素材，描述了一对藏族青年男女的爱情故事。主人公是一个外出求学的藏族青年，在毕业后回乡担任了小学藏文老师并遇到了心上人，他选择的对象，不是传统意义的门当户对，而是与其同龄，但中途辍学的女孩，并且已经有了一个孩子。婚事显然遭到了全家人的极力反对，但他依然坚持了自己的选择。原本平铺直叙的故事融合了家族史等元素，显得更为跌宕起伏，比如男青年的母亲在阐述反对的理由时，讲述自己的光辉家族历史："我曲俄叁智家族，是个头顶上无飞过鸟，脚底下无流过水的。父系贵如金子，母族纯似海螺。可你卓果家呢，只不过是个从黄河对岸流浪到此地放羊糊口的，是在黑泉源头上撒了尿，得恶性黄水病的人。我可不要这类人的后裔！"而青年男女的反抗、内心的思想斗争也被作家描写得淋漓尽致，是一篇较为出色的中篇小说。

值得一提的是，本年度藏族作家的小说中还出现了一系列较有特色的女性形象：班丹在《索珍提亲记》中塑造了另外一类母亲的形象，同样是为儿子的婚事担心，她马不停蹄地四处上门提亲，可是现实和她的想象相差甚远，与她和族人对年轻一代婚姻的设想似乎完全背道而驰，藏族传统婚俗受到了来自外界的巨大冲击，而索珍还对此一无所知，在一次次的受挫和碰壁中，她完成抑或说是经历着关于现代性的想象——"去城里"，这样她的儿子才能更容易找到婚姻和归宿。在洼西的《太吉梅朵》里，作家从一个藏族儿童的视角出发，讲述了一个藏族乡村女教师的半生与出走，颇有意味的是，小说直面现实的个体困境，有大量的风物和心理描写，以此消解了作为常见的乡村教师题材小说的叙事风格，而塑造了一个更立体的人物形象，梅朵并不是一个完美无私的形象，而是有着自己的欲望与无奈，她曾试图改变自己的身份，但最终还是服从于命运的安排，在远方度过暮年。

不难发现，藏族作家们在描述民俗传统和现代性的时候，通常会选择两种不同的路径：空间的移动和时间的流转。比如，尹向东在《醉氧的弦胡》中构建了一个二元对立的情境：在成都和草原之间，藏族老人是如何实现日常生活空间的转换？在草原，昔日的贡布是一个英雄般的闪光形象，而在成都，他却不能习惯城市的生活，依然心系原乡，最终还是返回了草原。这样的叙事显然是空间的移动，"草原"本身则成为理想化的、民俗传统完整的实体。而泽让闼的《新桃旧符》，设计了一个在城市工作的藏族三口之家，他们在县城机关单位上班，女儿看迪士尼的动画片，是充分接纳了现代社会话语的藏族家庭。作家围绕这样的场域，描绘了一群试图延续着传统的民俗生活的亲戚朋友的观念变革。比如，来家里诉苦的舅舅舅妈，为女儿的婚姻操心，两人各执一词，一方坚持"传统习俗"，另一方则看到了社会的变化，比如"母乳钱""舅舅送亲"等习俗是如何演变的；而另外擅长"十三战神"祝酒词的叔叔则感慨在乡村生活的变迁："看着祖辈留下来的土地变得荒芜，长满野草灌木，心里也不好受。牛马牲口成了累赘，接二连三全都卖了。没有庄稼，就没有饲料，很快连猪都没办法喂了。可笑的是，每次上神山，我们还念那些古老的祈祷辞，祈求神灵保佑六畜兴旺，可家里就剩一条看门狗了。有些人家现在连狗也不养了。要不了多久，恐怕村寨里连狗叫声都听不到了。"

何延华的《拉姆措和拴牢》描写了一对并没有血缘关系的女性相依为命的故

事，弟妹拉姆措嫁过来的时候，并不知道大姑姐拴牢精神有问题，她很快就接受了这个残酷的现实，丈夫长年在西藏打工，她独自承担了这个家庭的重担，决定带拴牢去附近工地打工，攒钱给她治病。在一次意外事故中，拴牢用生命救了她。拉姆措是一个朴实的藏族妇女，不仅关心如何挣钱养家糊口，在她目光所及之处还有更广阔的东西，比如对自然的敬畏。这部小说不仅体现了藏族民众对于生命轮回的认知，还体现出其自然观念，即对生态环境的保护意识。因此，多样性的心理描写是这部小说的亮点之一。

创作风格十分突出的，还有本年度《民族文学》推出的玉树作品专辑，其中小说类包括藏族作家秋加才仁的《遗失的故乡》和白玛的《棕色的白马》。当代藏族文学中，"行走"的主题十分常见，《遗失的故乡》也是延续了这一主题，以主人公周游草原为主线，"那个下午太阳温暖地照耀在草原，我朝着远方开始自己的征途，对于游牧人行走荒野般的草原是天生的特长，面对茫茫草原从来没有觉得恐惧和劳累"。这样的游荡是浪漫主义的，也是对草原的热爱。并且，主人公是经受过藏族史诗和经文熏陶的，在他的学习中，"格萨尔王的经历让我感觉到世界很精彩，外面的世界更精彩，住在天上的神灵，天空的年神，地上的山神，赞族，水里的龙族和人类共同构成了这个复杂美丽的世界"。这部作品偏向散文化的叙事，看似漫无目的的行走，其实指向了藏族对于自然和世界的思考。并且，很多私人化的体验穿插其中，比如写到男主人公身体的欲望，关于温泉的体验等等。

白玛的《棕色的白马》中运用了较多的藏族传统素材，由八十五岁的阿嗡的单方面的口述作为整篇小说的主要内容。当孙女问起过去家族里发生的事情，她的回忆缓缓展开，讲述了一生的经历与家族内部的爱恨纠葛。总体而言，从藏族题材创作的丰富性和多元化，就可以窥视出中国少数民族文学创作的多重面向，也在相当程度上揭示了少数民族作家们在族群传统和"现代性"之间游走的多元创作走向。

当然，在少数民族文学研究的语境下，还有很多新问题需要注意，例如，少数民族小说题材的多样性同样与作者代际的多元化相关，有很多"八〇后""九〇后"的青年创作者加入创作队伍之中，在题材的选择上既有宏大叙事的面向，也有私人化经验的可能性。另外，"流动"在全球化、现代性的巨大洪流冲击之下，始终在新世纪的少数民族文学创作中作为一个大的命题出现，在本年度的小说作品中也不例外，正如前文所言，在少数民族作家的选材中，我们不难发现，纷杂的人物形象中，既有离开族群和村寨走向远方的"出走者"，也有闯入村寨的"外来者"，还有更多的离乡后归来的"返乡者"，第三类"返乡者"的形象则是以往少数民族文学中较少（至少不曾大规模）出现过的，而在本年度的作品中，可以看到大量的人物形象作为曾经出走现在意图或者已经"返乡"的形象出现，结合当下的时代语境，这也是少数民族文学创作的新兴题材之一。总体而言，本文只是对 2020 年《民族文学》刊发的小说进行的纵览，而本年度少数民族小说创作也有着更加广阔的场域，还有待读者发现与体味。

（原载于《民族文学》2021 年第 1 期）

生态题材现实主义小说的新探索

——读谷运龙中篇小说《鸣声幽远》

王　迅

　　随着习近平总书记生态文明思想的提出，生态题材越来越受到文学界的关注。谷运龙中篇小说《鸣声幽远》就是属于生态题材的作品，是以审美的方式对总书记生态文明思想的一次回应。为了迎合时代主旋律，一些"直奔"主题的作品充斥文坛，其实这些作品很少对生态现象、生态问题进行有效的审美开掘和艺术表达。要么由于缺少生活体验，文学创作的烟火味不足，要么审美转换不够彻底，停留在生态现象层次的描述。而生态文学的世界经典，如《瓦尔登湖》《寂静的春天》，不但以文学性震撼读者，更重要的是包含了独特的生态视角和深刻的生态思想。谷运龙不仅拥有坚实的生活体验，而且能把人与自然的关系放在现代文明发展的坐标上加以审视，以独特的生态视角反观人类从迷失到自省的心路历程。

　　二十世纪九十年代以来，中国经济社会转型到现在已近三十年。作者基于这样的时代背景来观察人与自然的关系在中国经济腾飞过程中所发生的嬗变。自然生态发展与社会观念密切相关。九十年代商业化语境中，人的消费欲望不断膨胀，导致了自然生态的失衡，人类与自然的关系出现异化。谷运龙的叙事从中国社会经济转型中人心的变化出发，既指出了商业主义漠视大自然的主体性而导致了生态灾难与环境破坏，同时又通过人的主体性转变昭示出人类自我反省的可能。

　　如何以平视的角度看待万物生灵，是作者创作这部小说之前所考量的命题。当下生态题材小说中，作者往往以俯视姿态或者说在人类中心主义视野中去打量自然生态，而没有把自然与人类当作两种平等的生命个体对待。文学写作中，除了要秉持这种平等意识，生命体之间的"灵魂"沟通也并非不重要，正如刘亮程所说，"自然文学也好，生态文学也好，都是通过人的灵魂与自然界的灵魂沟通而后达致的表达"。谷运龙秉持万物有灵的观念，把人类与自然的互动置于平等视界之中，紧扣主人公与鸟类的关系演变而展开，人的故事围绕鸟的命运而变得跌宕起伏，而鸟的命运因为人的境遇和心态的变化而改善。

人类与自然的互动是小说的主线。主人公春风及师傅秋阳都是捕鸟者，而夏花则是贩鸟人。小说以捕鸟者的视野作为开端，写春风出师后直抵神溪沟捕鸟。春风通过与鸟"对视""对话""对歌"，精心培育出了骁勇善战的两只画眉：金刚和火炭。它们在斗鸟中独占鳌头，大获全胜，为春风高价出售赢得资本。应该说，春风是一个成功的捕鸟人，而捕鸟的动机来自欲望的膨胀。小说这样写道："春风几乎把神溪沟和周边的山林中的所有观赏鸟、鸣鸟、斗鸟捕尽了。以前，春风一说起神溪沟就浑身是劲，一说起鸟就口若悬河。总是把钱看得比命还重。他曾对夏花多次说过，那些在山林里飞翔的观赏鸟，在他的心里就是一张张飘飞在空中的红票子，那些在山林中珠落玉盘、滴水穿石的鸣叫就是一串串掉落在钱盒子中的银币金币，那些在山林中打斗的斗鸟就是去银行和别人的衣兜里为他叼来钱币的吉祥鸟富贵鸟。"经过春风驯化的画眉，一只比一只厉害。然而，当他出售火炭后，突然对捕鸟失去了兴趣，"一下就枯萎下去了，如一只不战而败的斗鸟，一点精神都没有了"。其实，这种突转并不突兀。因为作者把人类与鸟类同等视之，以平视视角让主人公对画眉产生了怜爱之情："他喜欢火炭的鸣叫，它那声音总是把人带到很远、很高的地方去，然后又一声声地把人从远处和高处唤回来。"春风因爱鸟而心疼鸟，不愿让这些可爱的小精灵为了人类的享乐而去做无谓的牺牲，所以迟迟没有出售那只令他心爱无比又所向无敌的火炭。

随着叙事的推进，画眉的生存状态从人类视野中的猎物、玩物转变成与人类平等相处、和谐共生的精灵。当然，这种转变是与主人公的内心醒悟相伴随的。物欲极度膨胀的结果是，春风逐渐意识到捕鸟、斗鸟中人类所犯下的罪行，因为心爱的画眉只要是成了斗鸟，结局必然是死。这一结果是如此残酷，让春风无法面对。为了摆脱这种负罪感，春风和夏花开始经营旅游购物的行当，出乎预料顺风顺水。如果说，夏花是一个执拗的拜金主义者，那么，此时的春风已经疲于经营，越来越厌倦于都市的喧嚣。那么，他该怎么办？对此，作者依然沿着人物心理线索推进叙事，揭示经受商业主义大潮淘洗之后人心的另一种走向。

物质欲望满足的背后是精神的空虚。而对春风来说，困惑还不止于此。其实，山林和山林中的红嘴相思、金喙八哥、虎皮鹦鹉和画眉早已与春风融为一体，对多年前的捕鸟、斗鸟场景，他虽身在都市却难以割舍。过去的一切唤起了主人公回归山林的冲动，同时也可以让他从都市的喧嚣中抽身。基于这样的心理分析，皈依乡土的欲望就成为小说后半部故事推进的动力源。是的，通过捕鸟、斗鸟、售鸟，春风和夏花赚取了人生第一桶金，然而，这也成为春风罪恶感的主要来源。为了强化这种罪恶感，作者特别强调了曾经与春风一起参与斗鸟的人如今被关进了监狱的遭遇，一方面说明了环保法制体系得到完善，捕鸟、斗鸟的行为将会受到遏制；另一方面，这并没有让主人公因免于追究而感到"幸运"，而是依照应承担的法律责任，掐算着自己的刑期，加剧了因"那些长成刀剑的罪过"而导致的精神折磨。显然，春风回归山林的举动正是出于这种内心的诉求。

从人物关系来看，春风与夏花开始是业务上的合作伙伴，到后来结为夫妻，就像两条河流汇入大海，一切看起来都是那么顺理成章。从山林转移到城市，他们把旅游购物的生意也做到了极致的程度。尽管如此，两人观念的分歧却不可忽视，这种分歧还不仅仅是经营观念上的不同，更重要的是人生格局上的差异。因此，作者通过两个人物从追求趋同到分道扬镳的过程揭示了两种人生境界。从捕鸟到斗鸟，以至出售，春风一度鬼迷心窍，甚至为之疯狂。而春风对画眉的驯化，使之在斗鸟中取胜，然后以高价卖出，一路走来，都是在贩鸟人夏花的"点化"之下完成的。喜结连理之后，夏花在既有的商业主义轨道上滑行，成就了亿万家业。然而，对春风来说，物质生活得到极大满足的背后是精神的空虚，有愧鸟类的那种负罪感也是如影随形。基于这种差异，就技术层面来说，作者通过春风前后心理和观念的变化揭示了生命的裂变过程，这样就避免了静态化、平面化的人物勾勒。同时，作者没有回避这种裂变过程中人性的矛盾与冲突，而是将人物置于商业语境中来观察的。夏花就是商业意识形态的符号，随着叙事的推进，与春风之间的冲突愈演愈烈。其实，这种冲突说穿了就是两种人格的冲突。此时的夏花"被城市的喧嚣和铜臭熏出烟火味的一颗心"，失去原有的"新鲜"和"清凉"，而春风却厌倦了财富的积累，甚至有些"怕富"和"恨富"了。因为他意识到城市化进程中商业利益追逐下人性的扭曲。这是一种自我反省。这种反省与师傅秋阳临终遗言"以生报死"不谋而合，驱使他以放生画眉的方式来缓解负罪感所带来的精神折磨，同时也出资修路、建水池、购苗木，以复归凤凰山生态之魅。

值得注意的是，抒情化叙事是这部小说的主要修辞。作者试图打破传统情节化小说的叙事套路,在今昔对比中建构一种怀旧情绪,而这种情绪指向先前美好的生态环境,与现实中的败落荒芜的景象构成强烈反差。这种触目惊心的反差为主人公重返山林、构建人与自然和谐共生家园的人生选择提供了逻辑支撑。

首先是小说语言的感觉化。小说中大量使用描写手法,以建构叙事的诗性维度:"春风走在大街上,车灯汇成的河流让他云里雾里,喇叭汇成的河流一点点掏空他的心,将他撕裂。这样的景象中,他仿佛看见一只只雪马鸡、锦鸡在天空中翩翩飞翔,那么华丽的羽翼怎么变得巫婆的脸一样。耳际轰然响起画眉、相思、鹩哥的鸣叫,那么清丽的鸣啭怎么变得厉鬼的恸哭一样。心灵的那份僵硬,似乎让世界上所有的鸟羽抚过,都难有一丝的慰藉,浑身上下的燥热,似乎自然界所有的鸟鸣穿越也难生出一点点的清凉。"这种语言饱含着叙述者的情感,相比那些宣教式的生态小说叙事更具艺术感染力。其次是画面感的营造。作者之所以如此用心勾勒山林之图,是为了传达对昔日原生态山林的怀旧情绪:"好像在梦中,他听见了山鹊的啼鸣,喳喳喳喳,接着是斑鸠的咕咕咕……老学究一般的晨语。春风被这越来越紧的叫声唤醒了。他的眼前就有几只山鹊在洞口的树枝上雀跃,鲜红的喙总叼着这样干枯的啼鸣,尾羽却出奇地长。斑鸠又叫了几声,没睡醒一样的声音稠稠的。天光不是从枝叶间筛漏下来,仿佛是天上瀑布一样倾泻而下,和着这样的天光,所有的鸟雀都宣泄起来,构造成明丽的交响,充盈在神溪沟这个美妙的清晨。"这是三十年前的神溪沟,一派自然和谐的原始风貌。这样的段落在小说中俯拾皆是,在追溯往昔中透着一股清新之感,为主人公选择回归山林这一心理逻辑做了铺垫。当然,在这里,我并不是单纯强调这部小说抒情化叙事所包含的自然主义倾向,而是说,只有把人的命运融入大自然的命运中,文学中的生态书写才有可能成为批评家傅小平所说的"有生命有呼吸的生态"。

语言的感觉化与画面感的经营必然导致情节的淡化。可以说,这部小说的情节非常简单,人物自然也不多,这缘于作者对现实主义叙事模式的新探索。某种意义上,一切生态危机都来自人类的心态危机。从人类心态出发探讨生态伦理,更容易切近人与自然之间的微妙关系。出于这样的考虑,作者致力于人物心理裂变过程的分析,而这种裂变基于人物心路历程的自然延伸,并非来自作者的主观意愿。主人公的出走与回归的情节设置遵循一种内在的精神线索。如果说当前生态小说更多是如张韧先生所说的"就事论事"的社会性批判,不乏警示意义,那么,谷运龙的叙事则从人类在现代文明进程中从自我迷失到自我反省的层面来把握人与自然的关系，不同于一般意义上对人类侵犯自然的谴责、批判与反思，更有着直击人心的力量。在这个意义上，谷运龙的写作路子超越了当前生态题材文学的表层再现主义，以人物精神世界的梳理和分析确证了现实主义小说的真实观。

（原载于《民族文学》2021 年第 2 期）

呈现作品与生活的敌意并拥抱生活

——我读《翅影无痕》

申霞艳

  诗人里尔克在《安魂曲》中写道：生活和伟大的作品之间，总存在某种古老的敌意。诗无达诂，这句诗总是让我浮想联翩，感受到作家的主体性与对象的周旋，这敌意构成创作难度的一部分，艺术必须既展示又克服这"古老的敌意"。像旅行一样，当一种文体走过漫长的道路之后，它所携带的行囊越来越重，既有来自各处搜罗的珍宝，也有毫无价值的一次性纪念品。当代小说家无一例外都得处理自己日益沉重的行李：古典文化、民间文化和西方文化互渗互融，这个过程是流动不居、变化无常又因人而异的。《翅影无痕》呈现作品与生活的敌意并拥抱生活。梁志玲于我是一个新鲜的名字，履历显示她是广西崇左壮族人。《翅影无痕》带领这个名字飞越千山万水才来到我面前，而我要经过各种"无痕翅影"的情绪竞赛方能携带我的"前见"进入她的山水和世界。"翅影无痕"意象来自诗歌"小鸟已经飞过，天空没有留下痕迹"，作为题眼，标示了一种不求闻达、专注创造、潜心此时的艺术态度。小说构思巧妙，围绕文艺汇演的节目选择、舞剧改编两个大的部分展开。

  前半部分围绕五月的文艺汇演展开：会议的众生相、有限资源的掠夺战、官场排序、新闻报道等等都有套路，作者以戏谑而真实的笔触将基层文化生态描绘得惟妙惟肖。男主角李力身份为办公室主任，在中国办公室主任是意味深长的角色，介乎各种微妙的平衡之间。而会议这种日常而又超日常的活动最是能显示中国文化的奥秘，显示传统人情世故与现代公共空间的抵牾，熟人社会的文化依然不知不觉间渗入现代文明秩序中。

  男一号李力最重要的功能是扭结和陪衬。他让全部人物乃至路人甲、乙共同构成暗含张力的画面，他成为我们的认知装置，我们得以透视近旁的风景。在会议室，他衬托即将退休的黄馆长；在真正的艺术创作中，他陪衬充满活力与思想力的舞剧编辑廖青月……他的犹疑、他的老到、他的梦、他的敷衍，都在我们的心底形成倒影。透过李力，作家也传递自己对当今时代的思考。李力与恋人小皂的对话颇具当代性：

小皂问李力：你喜欢乡村生活吗？

李力说：我喜欢城乡缓冲的地带，比如县城，往前一步可以进入大城市，往后一步可以来到乡村，如果是随时可以抽身而走的乡村生活，我可以喜欢，反之，不喜欢。

小皂有点愤愤不平地说：说到底你还是不喜欢农村的。田园牧歌不好吗？

李力说：我只是在喜欢进退自如的生活，和一个地方美不美没有关系。如果我不离开小镇，我现在就像眼前的那位老板一样在镇上卖老友粉，你就做老板娘得帮我天天洗碗赶苍蝇。

眼前的乡镇是真实的，因为李力可以随时抽身而走，所以还算是亲切的。他只需要和小皂来见见丈母娘，以后有了结婚证加持，走马观花一样路过镇子到屯里住上一两晚，只要不是把根须扎下来，乡村都还是亲切的。

李力的回答是真诚的，这就是当下大多数人对于乡村的暧昧态度。虽然我们绝大部分人来自乡村，希望乡村能建设得更美好，但我们都乐意居住在都市，将乡村想象成记忆中的田园牧歌加以歌颂。改革开放的本质就是城市化，从路遥的《人生》开始就在探讨人的身份认同。城乡的关系发生了历史性、结构性的剧变，这种变化是全方位的、裹挟性的，现代文明秩序替代了传统的农业文明模式，而如何让传统依然具有活力的部分彰显乃是当代人的重任。在这种铺垫中，舞剧编辑廖青月所做的一切才显得如此可贵。她是原初意义上的采风，她是在生活、在体验、在沉潜、在爱。这正是《翅影无痕》所倡导的一种人生价值，是艺术家应该持有的人生态度。她慢慢走进小皂的生活世界，理解酸菜携带的乡村生活史，理解小皂的逃离。生活的逻辑和艺术的逻辑互相纠缠，小皂一家的生活史断断续续地镶嵌在讲述过程中，历史的光芒斜照现实，为小说增添了沉重的底色；劳动生活进入艺术创作之后获得轻盈的双翼，超越现实的桎梏，舞剧领我们仰望飞翔的小鸟、云朵和天空，去悟艺术和生活的永恒辩证关联。

后半部分主要是廖青月对乡村大婶们自编的酸菜舞的改编。与李力的敷衍态度不同，廖青月沉浸此在生活，她对乡村乡民有深情，故能进行艺术提升，其中的几处改动具有启示意义，比如以 LED 屏幕来展示大酸菜坛，这既是真实再现也是让现代科技参与到舞剧中；还有一处是灵机一动，让哭闹的孙女也参与到舞蹈中，这样使画面有了孩子的生气和伶俐，也有了代代传承的寓意。灵感光临有准备的心，点睛之笔让舞剧有了源头活水，悠长的生命力在艺术和生活中流淌。自《诗经》开始，文艺就在摹写人民的劳作，到高科技的今天，小说、戏剧乃至一切艺术的源泉依然离不开生活。无论何种境遇，都应该实实在在地生活，既平凡又诗意，既看到事实层面也理解价值层面。

酸菜是小皂家几代的传承，但也变成她最辛酸的童年记忆熔铸于她的人生之中。人生的多种滋味跃上心头，酸甜苦辣，酸菜的发明本身是苦涩的故事，是"民生之多艰"。饥馑一直是农业文明"惘惘的威胁"，也是二十世纪中国文学书写的重要资源。

小皂父母与制作酸菜的关系这个核心情节上是受了《红高粱》的影响。我们都还记得，"我奶奶"与余占鳌是在高粱地里相爱；余占鳌的一泡尿意外地成就了高粱酒"女儿红"，戴凤莲死于高粱地，而且对"我奶奶"牺牲这段描写，莫言借鉴了革命浪漫主义传统进行排比抒情，放大了奶奶临终的眼：天空中翱翔的白鸽，云彩，故乡的气息以及长满红高粱的大地……"我奶奶"对自由的追求既有自我的部分也有超越的部分，爱与正义犹如白鸽的双翼让文本飞翔。

《翅影无痕》中，小皂是母亲和父亲在酸菜坛旁孕育的，母亲的头发还弄坏了一坛酸菜；而小皂的父亲则因捞酸菜不慎掉进酸菜缸里淹死了，当时母亲外出，小皂只有五岁。我想从概率上来说这种偶然性的死亡是完全可能的，但全盘回顾，情节所能拓展的向度过于简单。爱情固然能让贫穷焕发一层想象的诗意，但也不可忘记"贫贱夫妻百事哀"的古训。父亲死于酸菜坛的情节除了给小皂远离酸菜以可理解的理由外并不能承担其他叙事功能，小说延展度打了折扣。但小说在城乡结合方面的努力值得肯定。小皂找到了艾草养生作为职业，并由此了解城市生活的侧面。文化生产乃权力运作的一部分，小说对官场文化秩序及其虚伪进行了批判。小说中对比设置加强了叙述效果，如糖的甜与菜的酸，酸菜与艾草的气息，文化官员与艺术家对待艺术的态度。酸甜相依相生，甜都旁边就是酸菜产地。造物缄默，其安排自有深沉之意。酸菜是天意对劳动人民的意外赠予，帮助贫寒家庭渡过难关。如今，物质丰富了，酸菜沉淀着往昔的忆旧参与到都市消费生活之中。

如何处理传统和民间文化资源一直是学界和作家们共同关心的一个问题。梁志玲借舞剧改编处理这个问题。作为少数民族聚居区，广西的地域文化色彩浓郁,《刘三姐》成为家喻户晓的山歌,也被今天的消费旅游文化所征用。艺术的生命力经得起各种误读和挪用。廖青月捕捉到艺术的根本,那就是感受生活,于静默处谛听神意的低语,于喧嚣处沉思欲望的高歌。艺术创作和酸菜的发酵异曲同工。

只是有时候沉淀在内心深处,有时候会蒸腾出来让更多的人看到体味一下,这人间的气味永远不会被囚禁在一个地方,只要有热度它都会逃逸出来。

每一个人身上都有正在发酵的气息,这过程可能是酸酸馊馊的,但是只要有这样的气息存在,就证明生命在蓬勃地向不可预知的方向裂变、转化,我们着迷于探索神秘,这种探索也许就是我们活着的意义吧。

每个人携带着生命的印迹而来,这人物的根性就像手机出厂携带着相关的硬件配置。艺术所做的是发现这根性,培育并雕塑这根性,给予这根以足够的营养,顺势而为,滋养就能破土而出,终成树木。

（原载于《民族文学》2021 年第 3 期）

生的悲辛与爱的传奇

——《沙坨里的暖霞》阅读札记

沈庆利

　　读完郭雪波的这篇《沙坨里的暖霞》，笔者禁不住联想起张贤亮创作于 1979 年的短篇小说《邢老汉和狗的故事》。那篇小说还被改编成电影《老人与狗》，由著名艺术家谢晋导演，谢添和斯琴高娃分别饰演男女主角，他们的"本色"出演给观众留下了深刻印象。郭雪波与张贤亮一样，把同情关爱的目光投向最边缘、最底层的"鳏寡孤独老人"，讲述了发生在他们身上的一段曲折动人的感情生活。只是相对于《邢老汉和狗的故事》蕴含的厚重历史感与冷峻的反思精神，郭雪波这篇小说更像是对底层边缘者的倾情礼赞，一曲"爱的传奇"、爱的颂歌。如果说《邢老汉和狗的故事》是一篇深邃的现实主义作品，那么《沙坨里的暖霞》则是洋溢着理想主义色彩的传奇之作。

　　相比于张贤亮笔下的邢老汉，小说中的腾罗锅遭受了更多不幸和不公：九岁那年他失去母亲后便过起了饱受虐待的生活。因为被迫睡在冰冷的土炕险些冻成"瘫小子"，他那"狗爹"却在江湖游医的蛊惑下以"治病"为名，把他"像一头放在开锅上烫毛的猪"似的捆绑了手脚，架放到热气腾腾的木格子条板上"烤蒸"。他虽死里逃生，却从此落下了遍布全身的疤痕和畸形的"罗锅"腰背，只能"奇丑无比地活在这个世上"。但腾罗锅虽遭受太多的伤害和屈辱，回报给社会的却是一颗纯朴善良的心灵和苗壮旺盛的生命力。在他们那个地处科尔沁沙地南端的养畜牧村，放牧牛羊是村人们代代相传的传统。为了让牛羊获得足够"粮草"，放牧人需住到离家较远的野外窝棚，"早先生产队集体那会儿，队长派出羊倌牛倌就可。现在都承包单干，谁家也不愿意出个人舍家离村住野外窝棚，遭那份罪去"。多亏腾罗锅自告奋勇挺身而出担当起这份责任。他无牵无挂孤身一人，吃得了别人吃不了的苦，对牲口的照料又尽职尽责，于是他成为大家口中的"钱袋子""小银行"和可敬可嘉的"他大爷"。

　　"他大爷"在野外窝棚旁"遭遇"破衣烂衫蓬头垢面的"疯女人"苏珊，既纯属偶然又是冥冥中的必然。疯女人原是"北边煤矿"的职工家属，丈夫死于矿难，她拖着身孕来矿上见到丈夫的骨灰盒，因经受不住打击而精神失常，半夜里跑出来"半道就流落在塔敏查干沙坨子中"。她简直像上天（其实是创作主体）派遣的下凡到腾罗锅身边的"七仙女"，对"他大爷"来说可谓是百年修来的"福分"和"缘分"。虽然在遇到腾罗锅之前已有不少村人发现了这个疯女人，并试图将她"捉住"扭送政府有关部门，但她一则失心失智、操着一口谁也听不懂的南方方言，无法与人沟通；二则动辄以尖牙利齿"咬伤了不少人"，甚至差点儿放火点燃村旁的草垛。奇怪的是这个疯女人对谁都"龇牙咧嘴"露出咬人的架势，却唯独在腾罗锅面前一下子变得温顺起来，只是对着老罗锅"咻咻傻笑"，后来干脆赖在腾罗锅的窝棚里住了下来。她是怎么凭着自己的本能和直觉"认定"了腾罗锅就是她未来的"伴侣"和最终归宿的？在笔者看来，如何把疯女人对腾罗锅的信任、依靠过程写得"贴切自然"，而不让读者误以为仅仅是创作主体的"一厢情愿"，应是这篇小说成败的关键。好在作家没有让我们失望。

在众人眼中这位疯女人几乎已丧失人之为人的资格，厌弃她、排斥她乃"理所应当"；人人都怕跟她接触惹祸上身，人人都像躲避瘟疫一样躲避着她，甚至放狗咬她，将其远远驱离。在疯女人饥渴交加、半死的时候，多亏腾罗锅及时向她伸出援手，接纳并收留了她。而感染和感动疯女人心灵的，不仅是腾罗锅的善心善行，更是一种"守望相助"、生死相依，乃至舍生忘死的依恋情感。腾罗锅不仅在疯女人走投无路的困境中给了她及时救助，还把她像仙女一样"供着"，施之以不求回报的关爱。他任由疯女人住进自己家中"把土炕占为己有"、"鹊巢"虽被"鸠占"却心甘情愿、"乐得如此"。在疯女人难产之际，要不是他使出"搬山倒海"般的力量踏着三轮车冒险将其送往医院，疯女人或许早就"一命呜呼"了。

通过腾罗锅与疯女人之间一系列心灵对话、情感交流，作家表现了两人日久生情、"相濡以沫"的情感深化过程。腾罗锅经常念叨的一句"从十九代祖宗那儿就欠你的了"，在自我解嘲之余表达出宗教徒般的倾情付出情怀。而疯女人尽管与他不能进行正常的言语交流，却可以通过"像是点头又像是摇头"一类肢体语言相呼应。疯女人在被呵护被照顾中感受到前所未有的幸福，腾罗锅在付出和照料中也享受着难得的快乐。他的倾诉终于有了倾听的对象，他的孤独寂寞终于得到填补，他的爱欲也有了升华与宣泄的渠道。他后背上那个丑陋的罗锅盖成了疯女人乐意抚触的"宝贝罗锅山","疯女人一摸就上瘾了,一摸而不可收"。两个苦命人在相互呵护、相互抚慰中滋生出满满的爱。到后来轮到腾罗锅发烧昏迷的危机时刻,"疯婆子"同样发动"蛮力",不顾一切把他背到医院抢救。如此一来,两人已是"难舍难分"、生死相依。有意思的是汉语里的"爱"字最初就有一个"欠"字旁,从"望文生义"角度看未必没有"欠情""还情"之类寓意所在。正如曹雪芹在《红楼梦》里喟叹的:可怜风月债难酬!而"爱"的基本表现则离不开"抚触"和爱抚。蒙古族作家郭雪波通过这篇小说颇为贴切地演绎了"爱"的真正内涵。但女人"疯傻"之后才回归如此"返璞归真"境地,"大智若愚"地冲破了世俗偏见,"慧眼识珠"地感受到腾罗锅丑陋外表下的闪光灵魂,不能不说又包含某种悲怆和反讽意味。或许只有在生命危难时刻,人才能回到最原始、最本初,也最本真纯粹的"爱"?而"疯女人"这一形象难免会让一些女权主义者感到女性被丑化、"物化"的嫌疑。尽管她绝不等同于西方名著《简·爱》中的那位"阁楼上的疯女人",腾罗锅也与契诃夫《苦恼》中的马车夫姚纳有天壤之别。

另一方面,尽管这是一篇浪漫传奇之作,腾罗锅的纯朴良善与当地"某些部门"有关人员之间的冷漠自私形成的对照,还是颇给人以"触目"之感:"疯婆子"在村里出现已非一日两日,直到被腾罗锅救助在家,成为人人相传的"花边新闻",才惊动"有关部门"。可那疯女人一见到派出所和妇联的干部就"瑟缩在墙角","又恢复了见人就咬就抓就打的往日风格",不能不让人生出很多疑窦:莫非她曾受到这些人的排斥和责骂而形成了条件反射?而干部们在腾罗锅家"折腾半天"也想不出任何解决办法,将"行善积德"做好人好事的机会硬是"塞"给了孤单无依的腾罗锅。要不是腾罗锅善良淳朴、敢于担当,谁能担保"疯女人"不凶多吉少?更不要说疯女人被送到精神病院又从中逃出,那里的"有关人员"竟然"从未询问过",岂非咄咄怪事?本应以救死扶伤为己任的旗医院面对重症病患竟企图见死不救。此等"社会怪现象"不能引起人们足够的省察和警觉,那便是见怪不怪,习以为常了?

小说最后,腾罗锅在政府"生态治沙"政策号令下失去了全村"放牧员"的岗位,但他没有因此气馁,而是带着自己的"疯婆子"加入浩浩荡荡的治沙大军。这位"挂着拐杖的九十度老罗锅"尽管常常被队伍落后好远,却依旧"雄赳赳气昂昂"地干劲十足。此等画面真是豪气满怀又不无悲壮:这样的老百姓堪称是天底下最好的老百姓，有这样的好百姓实乃中华民族之福！小说的结局更是充满意外"惊喜"：疯女人苏珊还带来了自己丈夫的矿方抚恤金加"保险赔偿金"共两百万，再加上"蚯蚓诗人"通过网络为腾罗锅和疯女人募捐的"民间捐助款"，加起来他们获得了三百来万巨款。这真是天上掉下的财富大馅饼。连腾罗锅本人对此都惊得目瞪口呆"半天回不过神来"，如听天方夜谭般无法相信自己的耳朵。但这是真的，千真万确是"真的"！——叙述者如是告诉他（我）们。虽然在笔者看来这未免有些俗套，却未必不是广大读者心理现实的真实写照。

生本不易，幸而有爱，好人就应该有好报。深受传统文化浸染的中华儿女始终秉承这样一种朴素坚定的信念："善有善报，恶有恶报，不是不报，时候未到。"而"报应"的绝佳方式当然是"现世报"，而且来得越快越好，太迟了就来不及了！虽然并非所有"爱的传奇"都有这么美满的结局，并非所有的善行都能获得如此丰厚的回报，我们还是要为这种"苍天在上""感恩人间温暖"的美好信念而激动不已。

（原载于《民族文学》2021年第4期）

为中国革命的先驱者塑像

——读金伟信的长篇小说《塑像》

李云雷

2021 年是中国共产党成立一百周年，金伟信的长篇小说《塑像》以党的早期活动家和领导者之一马骏为主人公，为我们讲述了他短暂而辉煌的一生，塑造了其光明俊伟的伟大人格，也让我们更深刻地理解了我们党的历史和"唯有牺牲多壮志，敢教日月换新天"的革命精神。

对于很多人来说，"马骏"是一个陌生的名字。为此小说在"引子"中特意引用了其塑像底座上的一段文字："马骏（1895—1928），男，又名马天安，字通泉，号淮台。回族，吉林省宁安县（今属黑龙江省）人。1912 年考入吉林省立一中。中国共产党的早期活动家和领导者之一，中国革命的先驱人物，中国共产党成立初期第一批入党的回族党员……"在这里，我们可以看出马骏身份的特殊性，他不仅是我们党的早期领导者之一，也是第一批入党的回族党员，这对于同样是回族的作者金伟信来说，无疑具有一种特殊的吸引力。

小说的正文从马骏的狱中生活开始，以他三次入狱为主要线索，为我们展现了马骏英勇不屈的斗争精神与斗争生活。1919 年五四运动爆发后，山东镇守使马良残酷镇压群众，破坏济南的"回民救国后援会"等爱国团体，杀害了爱国回族领袖马云亭等，并抓捕大批学生，制造了震惊全国的"济南惨案"。8 月 26 日，天津各界联合会公推马骏赴京请愿，被京津请愿学生推为总指挥。马骏率领四千多人在天安门请愿，要求惩办马良和释放第一次请愿的代表，结果也遭到逮捕。

这是马骏第一次入狱，小说在开头以想象的笔触还原了那个历史画面："那个高个子军警用钥匙稀里哗啦打开铁栅门，回手使劲儿推了一把他面前的小伙子，嘴里不耐烦地嘟囔一句什么。那个小伙子还没有任何准备，被这么一推，身子前倾过去，左肩胛撞在铁门立框的栏杆上，一阵咣啷啷的潮湿的声音像水流似的，漫过阴暗悠长的甬廊。小伙子捂着肩膀，干脆站在那儿不走了。正是他的那个左肩胛，刚刚在天安门的门洞里被军警的木棍打过，现在经这么一撞，剧烈疼痛起来。"此处的描述很有层次，有声音、有色彩、有疼痛感，一下就将我们带入到那个生动的历史场景中。随后小说讲述了马骏与监狱老看守老蔡的密切关系，通过老蔡勾连起了义和团运动、护国战争等爱国运动，也为后面老蔡为他通风报信埋下伏笔；又通过马骏的回忆讲述了他在吉林的成长经历，他回乡与青梅竹马的杨秀蓉结婚的过程，通过他与新来的狱友许锡仁的关系展现了他在五四运动中的巨大影响，这段关系也为他将来的人生突变伏下了暗线。

小说用比较长的篇幅描述了马骏在南开中学的活动、演讲与影响。他在刚进南开时代表新生所做的演讲中，就谈道："我们身上的责任是非常重大的，挽救我们的国家，唤醒我们的人民，这就是我们自己的责任。决不能指望他人，我愿与诸君共同努力"，"那时张伯苓校长就坐在前排，在向他微微领首。周恩来、郭隆真、刘清扬他们等他讲完站起来起劲儿地给他鼓掌"；他和周恩来等排演新戏《一元钱》，"想到自己和恩来还像正儿八经的演员那样演过不少学生新剧目，他忍不住笑了一下"。"那次在天津河北公园的空地上，上百人聚拢，看他们演那个《一元钱》。恩来男扮女装饰演的村妇'孙慧娟'，获得了满场的喝彩"。五四运动在北京爆发后，天津学生积极响应，"1919年5月的一个黄昏，有一些血气方刚的年轻人在天津南开学校'敬业乐群会'的小礼堂里集会，讨论组织天津学生临时联合会的建议和请愿活动计划"。

在反对马良残酷镇压爱国群众的运动中，也涉及了民族问题，小说中写道："第二天一大早，他们就来到了绿瓦青砖古色古香的天津清真北寺。……马骏接着说：'乡佬们，我们都是有良知的人，爱国是我们的本分。山东亡矣，国家的命运处在风雨飘摇的时期，无论汉、蒙、回、藏，还是满族、苗族，都有变成亡国奴的危险。中国是回民的祖国，大家自觉的时候到了。我们要为自己的祖国去联合各民族爱国同胞，反对军阀政府，严惩凶手，严惩卖国贼！'这些民众都站起身来了，都举着胳臂高喊着：'严惩马良……严惩卖国贼！'"在这里，清晰地展现了马骏的民族意识，他不仅认同回族的身份，更认同中华民族的家国情怀。

小说通过对马骏的营救，以周恩来联结起了李大钊、张申府等党的早期领导人以及少年中国学会、青年工读互助团、曙光社、人道社等进步团体，充分显示了社会进步的气象。在出狱之后，马骏也因"昔日孙悟空大闹天宫，今日马骏大闹天安门"而获得了一个绰号——"马天安"。1919年9月，马骏和周恩来、郭隆真、邓颖超等二十多位男女青年成立了革命团体——"觉悟社"，马骏的代号是二十九号，化名"念久"。1920年，他回天津参加抵制日货的斗争，再次被捕入狱。

这是马骏第二次入狱，"马骏躺在低矮的木床上，也竟自想到，自己离上次被捕，还不到半年啊。难道警察厅的监狱，就是给这些爱国的学生准备的吗？家里人一旦知道了，会为自己承受多少担心和痛苦啊。他们现在的境况是什么样？自己的事情，他们迟早是会知道的啊"。敌人试图以亲情感化马骏，他们千里迢迢找来马骏的父亲马喜贵，但没想到竟然起了相反的作用，听了儿子一番话后，"马喜贵望着儿子挺起的胸膛、飘然的胡须、英光四射的眼睛，自己也被感动得掉下泪来。他擦了擦老泪纵横的双眼，坚定地说：'孩子，你妈……没白养你这个儿子！'马骏紧紧握着父亲的手，激动地叫了一声：'父亲！'"——真是英雄的父亲，英雄的儿子！不仅令敌人徒唤奈何，也让读者为之动容。经过艰苦的斗争，到7月17日，北洋军阀政府的审判庭不得不宣布"所有被告，于今日予以开释"，出狱的马骏受到青年学生与社会各界的热烈欢迎。

出狱之后，马骏积极参与觉悟社的编辑工作，参加陶然亭与李大钊等人的聚会，"在门额挂有'陶然'二字匾的亭子和曲廊里，李大钊身穿长袍，手摇竹扇，同邓中夏、刘清扬、周恩来、马骏、郭隆真、邓颖超等一些男女青年，代表京津两地的进步团体，各方取道至此如约聚会"。正是在这次聚会上，"邓中夏说，'方才，李大钊主任讲到的要确立共同的、明确的主义，即是布尔什维克主义，就是共产主义。''共产主义……'众人重复着说。'对，共产主义！'李大钊站起身，大声地接下去说，'我希望你们带动更多的青年学生，到全国各地，同工农群众同呼吸、共命运。因为20世纪的中国革命，必定是滔滔滚滚的群众运动！在这个伟大的变革运动中，共产主义思想将成为最核心、最有力的指导思想！'"在这里，我们不仅可以看到党的早期宣传工作的生动场景，也能感受到共产主义对一代青年的吸引力。

1921年7月，马骏在天津入党，成为天津的第一批共产党员之一，"1921年岁末的一个清晨，在哈尔滨火车站，身穿灰布棉长衫的马骏走出站台。他的脸已略显瘦削，这跟他在火车厢里一夜没有合眼也是有些关系的。他这次回来，可不是回家省亲的，他已经成为一名共产主义者，是受着中共北京地方执行委员会的派遣回到东北来开展党的地下革命工作的"。在哈尔滨，马骏组织"救国唤醒团"，开展反帝爱国宣传。他在宁安建立了吉林省第一个党小组，是东北党组织的创始人之一。1925年"五卅运动"时，他联合社会各界组织了"吉林沪案后援会"并任会长。同年10月，他被派往苏联莫斯科中山大学学习。1927年大革命失败后，马骏回国，任中共北京市委副书记兼组织部长，负责重建和恢复北京市各级党的组织。1927年12月，由于叛徒出卖，马骏第三次被捕。

小说中描写了这惊心动魄的一幕："进来的是两个便衣特务，随后十余名警察一下子冲进屋子里来了。一个领头儿的问：'谁是马骏？''我是。'马骏说。那个人愣了一下，说：'还真是你。大胡子，跑不了了。共产党的市委副书记吧？跟我们走吧。'"更令人惊异的是叛徒，"进来一个人，大家回过头望过去，是他们的熟人许锡仁。他的脸色很不好，很白，很难看。马骏立刻知道他是叛变了。外面人有什么事儿把那个警察叫出去了。马骏走到许锡仁前面，低声却是狠狠地问：'你是怕死啊，还是怕打？''怕打……'许锡仁站在那里怯生生地说"。在狱中，马骏拒绝了张作霖高官厚禄的诱惑，受尽敌人的严刑拷打，于1928年2月15日英勇就义，年仅三十三岁。在小说的"尾声"中，写到了人民英雄纪念碑上"五四爱国运动"的浮雕，"一群男女青年学生举着废除卖国密约的旗帜，慷慨激昂地来到天安门前。人群高处，一个穿长袍、长胡须的年轻人正在向围着他的群众演说"。一个老妇人"伸手摸了摸那个'长胡须的年轻人'的脸，回过头时已经看见她老泪纵横了"。

整部小说以马骏的革命历程与狱中生活为线索，展现了他从五四学生领袖转变为党的早期领导人，在反革命政变中被军阀张作霖杀害的过程，而马骏作为回族党员的特殊性在作品中也得到了显现，可以说填补了这方面的题材空白。在文学史的脉络中，以知识青年为主人公的有巴金的《家》、柔石的《二月》、杨沫的《青春之歌》等，但《家》和《二月》并没有涉及实际的革命进程，《青春之歌》所写的是1935年"一二·九"运动学生的经历，晚于马骏所生活的时代；在描写革命者的小说中，蒋光慈的《短裤党》描写1927年党的干部杨直夫等组织上海工人武装起义的过程，法国作家马尔罗的《人的状况》同样描写1927年的上海工人起义，与马骏牺牲的时间几乎相同；罗广斌、杨益言的《红岩》写的是新中国成立前夕的狱中斗争；陈忠实的《白鹿原》中鹿兆鹏的经历与马骏有相似之处，但他被纳入了家族史的框架中叙述，并非小说的主角。少数民族题材的作品中，在我有限的阅读范围内，尚未发现有主人公能与马骏的人生光彩相媲美者。即使从党史上来说，兼具五四学生领袖、党的早期领导人以及少数民族身份的人，也是极为少见的。金伟信的《塑像》以马骏为主人公，可以说别具慧眼，为我们打开了一片新天地。但另一方面，或许是资料有限，或许是对革命者的崇敬，作者并没有将马骏纳入具体的历史情境中进行更丰富的精神挖掘，只突出了其作为革命者的一面，这也让小说留下了些许遗憾。

（原载于《民族文学》2021 年第 6 期）

新时代哈萨克牧民生活的多重变奏

——读叶尔克西·胡尔曼别克长篇小说《白水台》

吴道毅（苗族）

或许，对哈萨克族女作家叶尔克西·胡尔曼别克来说，长篇小说《白水台》称得上是她具有某种标志性意义的作品。这种标志性意义，主要在于她用长篇小说的宏伟构架，女性作家温婉、细腻的情感，与行云流水般的文字，以新牧区建设为聚焦点，在现实与历史的交汇中，对新中国成立以来哈萨克牧民生活进行了颇具厚度、深度与新意的民族志叙述，从而为繁荣我国新时代少数民族文学与哈萨克族文学做出了积极贡献。

具体而言，《白水台》以地处新疆准噶尔盆地北沿的白水台村的尤莱·叶森家族为个案，采用多重变奏的方式对新时代哈萨克牧民生活加以诗性叙述，不仅细致地展示出哈萨克人逐水草而居的生存方式、军民守边防的民族大义与新牧区建设的崭新成就，而且准确地把握了哈萨克牧民勤劳智慧、善良乐观、热爱祖国、锐意改革与创造幸福生活的精神品质，由衷地讴歌了党的牧区政策的深得民心。

《白水台》民族志叙述的一个重要维度或主题曲，是对哈萨克族游牧生活的真实书写与深刻阐释。"逐水草而居"是白水台哈萨克牧民的主要生存方式。随着季节变化，他们跟着牛羊在草地上不断移动，在春、夏、秋、冬牧场或营地之间不断"转场"，这当然是草原的自然规律所决定的。可贵的是，小说对哈萨克牧民转场活动的书写，没有停留于对民族奇风异俗的展览或表象化叙述，而是通过艺术的"深描"，着力寻绎哈萨克牧民生存方式的真实内涵与哈萨克文化作为地方性知识的核心密码。小说有意穿插了一段女包户干部孟（即孟紫薇）参加尤莱·叶森家族牛羊转场的体验之旅，让读者跟随孟的身心一起走进了哈萨克牧民游牧生活的深处。最初，孟参加这次转场的动机似乎只是好奇。但当这场体验之旅结束之时，她才真正深切理解到转场的异常艰辛及其对哈萨克牧民生存的决定性意义，也深刻理解了哈萨克牧民的独特生存方式与文化观念，乃至最终明白村主任阿斯喀尔安排她参加这次活动的良苦用心。原来，在白水台，"牛羊转场是牧人一年中最大的事儿，随便不得"。为此，牧民往往不仅为转场举行盛大仪式，而且在驼队先行还是牛羊先行、驼队中每头骆驼行走的先后次序、骆驼背上毡房龙骨的走位与男女主人坐骑的方位等细节上，都非常讲究，不能出现丝毫差错。这些，既决定着转场的直接效果，也决定着牧民一年的最终收成。对于牧民来说，牛羊就是他们的"庄稼"或"麦子"。转场，正是他们至关重要的一个"生产"环节。因为这样，即使聘请有代牧的工友夫妻，在转场时节，尤莱·叶森也亲自压阵不说，还会让妻子卡米拉参战，尤其是叫来当兽医的弟弟威成·叶森鼎力相助。以前，草原地形复杂，河流众多，山路崎岖，气候多变，转场若遭遇雨雪天气，人畜伤亡事故多有发生——尤莱·叶森的大哥胡安就在转场中坠崖身亡。所以，转场对哈萨克牧民来说是一项巨大的挑战，然而却难不住勇敢、顽强与智慧的他们，再大的困难他们都能克服，再大的牺牲他们也能承受。胡安去世后，妻子带着女儿改了嫁，尤莱·叶森肩负起一家之主的重任，把侄子叶瑞克当作亲生儿子抚养成人。"逐水草而居"的生存方式还催生了哈萨克牧民独特的精神文化。尤莱·叶森不仅爱护牛羊，对马抱有深厚的感情，而且学会看天放牧，学会夜间依靠北斗星的指引识别方向，跟星星、天空说话等成为他精神生活的重要部分。对少年叶瑞克来说，马更是成长的摇篮。退役军马——红不仅在草原赛马中一再为他带来冠军的荣誉，而且让他经受生活的磨炼，培养出吃苦耐劳的品格。红的荣誉感、自律精神与顽强意志力等等，给成长中的他带来良多教益。

《白水台》民族志叙述的另一维度或主旋律，是表现哈萨克牧民赤诚的爱国情怀，展现边疆地区军民一家亲的新型关系，赞扬军民联合保边疆伟大事业中哈萨克人的勇于担当和自觉的中华民族共同体意识。守边护边不仅是他们的神圣职责，也是他们长期形成的高度自觉的爱国意识。保卫边疆的伟大事业、社会主义时代的新型民族关系，使哈萨克族与守卫祖国边疆的人民军队亲如一家，形成了军爱民、民拥军、各民族团结友爱与军民联合保边疆的优良传统。白水台正是这样的典型。边防军不仅不畏艰苦守卫边疆，为处在边境的白水台牧民安居乐业创造和平的环境，而且主动为牧民们看病送药、排忧解难、赠送生活用品，乃至协助他们转场。白水台牧民视子弟兵为亲人，积极参与守边。叶森家族几十年中与边防军结下深厚情谊，成为"世交"。新中国刚成立不久，尤莱·叶森的父亲既是牧民又兼任护边员。作为牧民，他和妻子把远离父母的战士们亲切地称为孩子们，请他们到家中喝茶，他本人常给军马换铁掌。作为护边员，他认真地履行职责，不让牛羊越过国境线。他在世时，边防连医术高明的罗军医为难产中的尤莱·叶森成功接生，挽救了母子性命。他感恩不尽，诚恳地请求罗军医为儿子取名，罗军医非常高兴地为孩子取名雨来。这一名字源自《少年英雄雨来》，当地发音便是尤莱。罗军医后来又为威成·叶森接生并给他取名卫星，当地发音便是威成。可以说，尤莱·叶森和威成·叶森的名字生动地诠释了边防军民鱼水情深的佳话。改革开放初期，尤莱·叶森把为边防军放羊看作无比光荣的拥军工作，与钟连长结下深厚情谊，曾经与妻子卡米拉都成为不穿军装的军人，还将部队分配给他的军马——红当作自己的灵魂，钟爱不已。至于威成·叶森，则直接入伍参加边防军，在西藏阿里把四载青春岁月贡献给祖国边防。一句话，哈萨克牧民血管里流淌的，是对祖国的无比忠诚。

《白水台》民族志叙述的第三个维度或变奏曲，是展现牧区实施脱贫攻坚战取得的丰硕成果，描绘新牧区建设的巨大成就，歌颂新时代党和政府富民惠民牧区政策的伟大，并揭示新形势下牧区出现的新问题与新矛盾，展望牧区未来发展的光明前景。在白水台，伴随着脱贫攻坚战的推进，政府实施了一系列为牧民谋福利、造福祉的政策。比如，修通了各季牧场之间的公路，牧民的转场方式由传统走向了现代，变得安全而便捷。政府主要出资修建牧民定居点，为牧民在定居点修建了新农屋、暖圈、养殖小区、幼儿园、小广场、村道，配备太阳能路灯，种植景观树，牧民有了安居之所，牧民人均年收入达到一万元以上，生活幸福指数不断攀升，牧区与城市生活的差异大大缩小——白水台正是近五六年来兴起的牧民新村。牧民生产方式与就业方式发生重大变化，代牧作为新型牧业方式在白水台出现，一些牧民的后代——如经过城市文化洗礼的叶瑞克、巴格娜夫妻，还有尤莱·叶森大学毕业的大女儿，除放牧外，他们开辟新的就业渠道，当起了出租车司机，餐馆或商店老板，或加入城市公务员行列，不再成为牧民。或者说，像叶瑞克夫妻这样的视野开阔、头脑灵活与重视科技的新一代牧民开始出现。科技兴牧在白水台成为新的时尚，牧畜的品种改良、科学喂养在白水台愈益显示出巨大优势，为牧民增收致富贡献伟力。草原旅游业逐渐成为牧区经济发展的新增长点。生态保护思想在牧民心中不断生根发芽。拿尤莱·叶森来说，过度放牧对草原的破坏使他不断培养起生态保护意识，深刻地懂得了必要的禁牧对保护草原、重建人和草原和谐关系的重要性。但对尤莱·叶森这样的老一代牧民来说，告别传统的过程也将是一个艰难而痛苦的过程。某些因循守旧的生活观念仍然束缚着他的思想——如固执地采用原始方式转场，家长制习气较为严重。他和侄子之间的冲突，很大程度上便是传统与现代两种观念之间的冲突。叶瑞克表面看是要向叔父要回登记在他父亲胡安名下的草场使用权，实际上旨在取代叔父用全新的方法经管牧场，并全力报答叔父、婶娘的养育之恩，绝非忘恩负义。通过对包户干部孟的形象的塑造，小说生动地诠释了政府干部为人民谋福利的根本宗旨，展现了包户干部带领群众脱贫致富奔小康的神圣职责，并提出一贯在城市工作或从事理论工作的青年干部走进田间、大地的必要性。对孟来说，来到白水台担任包户干部的过程，既是她把党的富民惠民政策切实贯彻到牧区的过程，又是她实现自己思想情感蜕变的过程。她与帮扶对象建立感情，深入细致地了解牧民的思想动态，疏通他们的思想，为牧户过上更加富裕的生活出谋划策，乃至出钱出力，因此成为了帮扶对象的贴心人。经过工作的历练，具有哲学专业素养的她更是深刻体会到，自己缺的不是理论知识，而是对基层的了解。只有走出象牙塔，走向大地，走进田野，服务百姓，自己学到的知识才能接上地气，有用武之地。孟的思想境界的升华，尤莱·叶森和叶瑞克矛盾的化解，叶瑞克的成长与成熟，等等，预示着新牧区建设征程中白水台牧村百尺竿头更进一步的美好前景。

作为长篇小说新作，《白水台》具有不少值得称道的艺术特点。一是把现代主义文学叙述经验水乳交融地融会到作品当中。作品总体看是一部现实主义小说，但写法上却保持开放的艺术视野，积极吸收了国外现代主义小说的叙述经验。这主要表现在对美国著名作家福克纳《喧哗与骚动》《我的弥留之际》等叙述技巧的成功借鉴。福克纳《喧哗与骚动》《我的弥留之际》等的一个重要叙述经验，是把家族生活的同一个事件分配给不同的家庭成员或重要当事人从不同的角度加以讲述，从而形成小说叙事的多声部合唱，凸显人物不同的思想个性，展现人类生活的对话关系。《白水台》用活了福克纳的这一叙述经验，把尤莱·叶森家族的家族史、游牧史、军民联合守边的佳话等，依次让孟、卡米拉、叶瑞克、威成·叶森等从各自的视角加以讲述或现身说法，从而全方位、近距离展示出哈萨克牧民时代生活的多彩画卷。二是把尤莱·叶森与叶瑞克叔侄之间的矛盾设置为叙事枢纽，并在开头设置悬念，有效地吊起了读者的阅读胃口。三是让孟以外来者与类似民族学家的身份，以田野调查、人物访谈的方式，走进尤莱·叶森家族生活的幽微深处，通过她的介入将尤莱·叶森与叶瑞克的矛盾层层剥离，并开启城市与乡村、传统与现代的某些对话。四是人物的个性化。尤莱·叶森的憨厚、直爽，威成·叶森的风趣、敬业，叶瑞克的灵活、进取，孟的耐心、细致，就是如此。

（原载于《民族文学》2021 年第 6 期）

为新时代的审美原则作注

——简评王华的长篇小说《大娄山》

周景雷

　　脱贫攻坚，让贫困人口和贫困地区同全国一道进入全面小康社会，是党的十八大以来中国共产党人向全国人民、向全世界做出的庄严承诺，是我们这个时代最为重大的主题之一，因之，这也成为当下文学创作最为重要的命题之一。在面向这个命题展开文学想象的时候，既需要我们克服过去多年以来所形成的某些创作习惯和审美惯性——比如基于对主流意识形态不同认识所形成的现实迷惑和基于对历史、人性的迷恋而导致的历史迷茫等，更需要在这种克服中从视角和逻辑起点上实现创新性发展和创造性转化，为新时代建立新的审美原则。在这样的背景下，王华的长篇新作《大娄山》，或许就能为这种新的审美原则提供更为切实的注解。

　　《大娄山》讲述的故事发生在脱贫攻坚进入最后的决胜阶段，土平县县长姜国良在完成了本县脱贫攻坚任务后调任邻县娄山县，继续带领全县开展脱贫攻坚工作。小说从娄山县整体脱贫展开叙述视角，选取了碧痕村、月亮山和易地扶贫搬迁安置点金山社区作为三个"叙事点"，并以此为触角向外不断勾连，艺术地再现了中国脱贫攻坚进入全面小康社会的波澜壮阔的现实画卷。小说着重刻画了娄娄、陈晓波、李春光、王秀林、周皓宇这群普通的英雄形象，他们有的是当地的基层干部，有的是返乡大学生，有的是驻村第一书记，有的是志愿者。尽管出身不同、身份各异，但他们都将热血洒在了这块贫瘠的土地上，都牺牲在了脱贫攻坚奔小康的路上，在他们的身上所呈现出的责任与奉献、日常与忘我、平凡与担当正是这个时代精神的具体写照。作者通过小说叙述，挖掘了作为本位工作的一般责任、作为基层干部的平凡人生、作为社会中人的日常生活在初心使命的指引下，向更高层面进行价值转化的政治根源和精神根源。这部作品表达了对这群最为普通的英雄们的一种最崇高的敬意。应该说，这是在一种深刻体认基础上的真诚表达。习近平总书记在全国脱贫攻坚总结表彰大会上说道："在脱贫攻坚斗争中，1800 多名同志将生命定格在了脱贫攻坚征程上，生动诠释了共产党人的初心使命。脱贫攻坚殉职人员的付出和贡献彪炳史册，党和人民不会忘记！共和国不会忘记！"在这个意义上来说，小说《大娄山》正是对习近平总书记这段话的鲜明、生动的文学注释。

一直以来，王华的创作总是向下潜行，她对底层和民生的关注以及由此生发的对社会结构和广大民众生存质量的追寻，成就了她的从散点出发而聚焦整个社会发展的能力。特别是，从近年的创作来看，王华越来越主动地拥抱大时代的变迁，自觉承担起了记录时代的文学使命。《大娄山》就是这样一部作品。小说完成于中国脱贫攻坚战取得全面胜利之际，它把新时代重大的政治主题纳入创作视野，既继承了开启于中华人民共和国成立初期所确立的社会主义文艺的写作范式和审美规范，继承了以《山乡巨变》等经典作品为代表的社会主义现实主义道路，又能够结合自己的创作特点，确立了符合时代特征的审美原则。这主要表现在以下几个方面：

一是自觉地将政治使命、政治任务乃至政策纳入到创作主题，融入到日常生活当中，并以此结构起整部小说。小说开篇就写到姜国良到异地担任县委书记、代县长，不是喜悦而是忧心忡忡，之所以如此乃是因为到那里继续开展脱贫攻坚工作，这虽非他所愿，但他别无选择。整个故事以此为核心展开。在这个故事中，作者没有刻意强调中央的要求和国家政策，特别是没有以所谓的文件或会议精神的方式来传达某种理念，但读者又无时无刻不感受到强烈的政治和政策信息。其实，作品中所精心描述的苗寨的文化开发、整体搬迁和时时刻刻悬在他们头上的"检查""评比"和资料准备，又都全部凸显了在脱贫攻坚过程中所有工作和行为的政治和政策属性。它所提供给我们的经验既不是生硬的政治动员和政治概念，也更不是欲说还休、遮遮掩掩的刻意回避，而是带有着鲜明的意识形态属性的基于对脱贫攻坚战背景下所形成的日常生活。当然，这个日常生活不是扶贫对象的，而是姜国良们的和那些牺牲了生命的基层干部、第一书记和志愿者的。这样一种艺术思考和写作方式合理地把握了文学作品在呈现政治活动时所可能带来的争议，为我们提供了新鲜的经验。

二是与此前或者同类创作相比，作者在对笔下的人物进行描摹时，不是聚焦在或刻意聚焦在人性的本能上，更不是以所谓的人性的深度挖掘来展示艰难性、复杂性和内心的自我搏斗。曾经在很长时间里，人性成为衡量一切文学的标准，特别是在人性的本能倾向中，多年以来我们投入了很多精力，这固然在很大程度上挖掘了某些文学的特质内涵，但这显然不是人性的全部，也不是具有中国风格的文学话语体系的全部。人性中的社会倾向也许更能在价值层面展现出真实的自我。在小说《大娄山》中，面对着脱贫攻坚的艰巨任务，面对着大山深处的穷苦乡亲，也许适合营造那种人性中的本能倾向，但作者始终注意着叙事上的克制，她常常通过展示那些普通的英雄形象所流露出来的社会属性来唤醒人性中的温暖、阳光和力量。在这方面可以说县委书记姜国良这一形象非常具有典型性。姜国良从邻县到娄山县任职是有牢骚的，在面对月亮山村民不理解党的政策拒绝搬迁时是有愤怒和无奈的，在面对花河镇的扶贫问题时也是有"恨"意的，这些都是他作为一个人的正常反应，特别是当母亲住院、病亡时，期望能够陪伴母亲、送母亲"上山"的愿望都是尽人子之责的本能反应。但作者并没有放大这些，相反作者表现了作为动力和惯性的责任、信念和党性如何指引着他向既定的目标迈进。在这一点上，我们发现了《大娄山》向"十七年"红色经典致敬的某些传统，这是可贵的。

三是小说《大娄山》在塑造英雄群像的过程中也对关于英雄的观念进行了重塑。习近平总书记曾说，"一个有希望的民族不能没有英雄，一个有前途的国家不能没有先锋"。英雄的"事迹和精神都是激励我们前行的强大力量"。在中华民族的语境中，虽然英雄的精神和价值一脉相承，但在不同的时代，体现英雄的精神和价值的方式却是可以因时而异。就脱贫攻坚而言，可以有轰轰烈烈的雄心壮举，也可以有默默坚守和奉献的日常工作，而后者可能更加符合生活的本色。在《大娄山》中，作者王华正是从这样一个角度来看待英雄的。也就是说，从审美的角度而言，她更加强调了英雄的日常性和平凡性。比如，在小说中，我们不能说那些牺牲的同志不是英雄，但除了王秀林外，我们又很难列举出那些牺牲了的人到底有哪些壮举。比如，娄娄牺牲于返程途中的车祸，李春光牺牲于劳累后一场睡眠中的心源性猝死，而周皓宇的牺牲则是源于一次野猪的意外冲撞……但是我们又不能不说他们的牺牲是有价值的，是有激励意义的。正是由于他们的牺牲，才有了龙莉莉、彭语和周以昭等人的前赴后继。可见，这种平凡的英雄及其所呈现出的精神价值同样是有穿透力的。尤其值得注意的是，王华几乎没有在描述他们牺牲的那一刻上浪费笔墨，也没有在这些细节上进行纠缠，常常像闲笔一样一带而过。这样的改变和创新，一方面契合了对奋斗在基层的英雄的日常性界定和确认，另一方面也为我们的英雄想象留下了空间。从艺术性的角度来说，给人耳目一新的感觉。

四是小说也在文化反思和交融的基础上提出了新的文化发展命题。一个民族作家的创作最终不可能不反映到文化上，一个民族地区的脱贫攻坚也不可能不在文化层面有所回应。在这个意义上，虽然表面上看小说《大娄山》书写了脱贫攻坚和英雄的故事，但延伸性的思考却是通过脱贫攻坚来进一步铸牢中华民族共同体意识。从文化反思的角度来说，小说着重描写了月亮山村老一代人对易地搬迁的沉默和抵触。在作者引导读者一步步向这种抵触的深处探究的时候，我们发现其真正的原因却在于他们对民族传统文化和精神家园的坚守以及这种坚守与文化再造之间的纠葛、冲突。小说以迷拉、丙妹在搬迁后仍可回山探望（喂狗）和守护神树为通道，为民族文化的接续和传承提供了隐喻。从中华民族共同体意识角度而言，小说用大量的笔墨描述了丙妹不仅能够开口说话，而且能够通过茅人节、唱山歌等方式广泛参与不同民族间的交往交流交融。特别是小说所铺陈的另外一条线索，为救苗族山民而牺牲的扶贫干部王秀林之女王亦男与丙妹之间的少年友谊，也为未来预设了无限希望，这些势必会在现代化进程中进一步强化中华民族共同体意识。

小说在叙述风格上并未刻意追求地方性色彩，但其清新质朴的语言，简洁流畅的细节描摹和稳健成熟的叙事架构却处处体现着民族风、地方味，这进一步增强了阅读的趣味和艺术感染力，不失为新的审美原则的重要补充。

（原载于《民族文学》2021 年第 7 期）

少数民族女性文学的地方书写

——以获"骏马奖"的女作家作品为例

张淑云

在人文主义地理学看来，地方是具有人类生活经验和意义的空间，包含人的经验、价值和尊严。地方意味着与丰富的人类经验相关联，即经济关系、社会关系、文化关系、生态关系等。没有人的活动，地方便没有意义，人在空间中的生产生活经验才使地方具有意义。地方一方面具有地理意义上的指向，同时也具备丰富的文化意义。地方不仅是地理现象，还是承载"人一地"活动的基本空间单位，地方对个人或族群的身份认同具有深刻的作用，地方就是具有人文意义的地理环境区域，地方强调人类主体的意义，并强调这是物质主义与人本主义的重要差异。人对空间有更多的经历和认知后，并附着了人的情感之后，就将"空间"转换成为了"地方"。我国五十五个少数民族，生活在中国版图辽阔的大地上，从南到北，从东到西，在自然地理、气候环境、风俗文化、宗教信仰等方面存在明显的差异，各自生活的区域具有鲜明的地方性特征，这也使各民族的文学创作具有各自独有的特征。少数民族女性文学因其民族文学传统、民族文化资源、女性的思维方式和审美观念等的独特性，形成了风姿各异的地方性的文学样态，特别是在全球化和多元化语境下，少数民族女性文学更凸显出其地方性知识特征和鲜明的民族文化记忆。

一、被依恋的地方：地方书写中的人地关系

全国少数民族文学创作"骏马奖"目前共举办了十二届，共有七十八位女作家获奖。从作家的写作区域而言，以我国的地理版图自东向西来看，七十八位少数民族女作家大体可以分为东北地区有十二人（吉林七人、辽宁四人、黑龙江一人）约占女作家总数的百分之十五，内蒙古有九人约占百分之十二，新疆有九人约占百分之十二，青藏高原有七人（西藏六人、甘肃一人）约占百分之十，云

贵高原二十六人（云南十三人、贵州七人、四川五人、重庆一人）约占百分之三十三，京津三人约占百分之四，广西三人约占百分之四，其他地区共约占百分之十，包括湖南二人、湖北一人、陕西一人、海南一人、江西二人、宁夏一人、山东一人。单从省份来说，云南、贵州、四川、新疆、西藏、内蒙古等北部、西部少数民族聚居区的获奖女作家在数量上颇占优势。"骏马奖"获奖女作家所在之地大体上位于经济欠发达地区，民族民间文化保存较完整，民间创作资源较为丰富。从女作家的地理分布可以看出，北京作为中国的首都，经济文化发展中处于中央的位置，但在"骏马奖"评奖中并不处于优势地位。同样，处于内陆和东部省份的获奖女作家也并不多。由此可见，少数民族女性文学创作，多体现边缘的风采，是边地风物与文化的呈现，其地方性特色是对"中心"的补充。

"骏马奖"获奖女作家的地理分布与其族群分布具有极高的吻合性，如吉林主要以朝鲜族作家为主，内蒙古主要以蒙古族和达斡尔族作家为主，辽宁主要以满族作家为主，西藏主要以藏族作家为主。云南是我国少数民族最多的省份，五十五个少数民族中，云南省就有五十一个，其中世居民族有二十五个。云南获"骏马奖"的十三位女作家来自九个少数民族，除回族以外均为云南省世居民族。新疆、贵州、四川等地获奖女作家的族别也基本属于所在省的世居民族。由此可以看出，各地的世居民族与各民族相互交融杂居构成地方共同体，各民族作家在创作时必然受地方文学生态和多民族交错杂居的地方文化的影响。对于散居于各地的少数民族作家的创作除带有本民族的文化印迹以外，亦受所居之地文化的影响，如来自云南、北京、山东、宁夏等地的回族女作家，她们的作品除具有回族文化特质，还融入作家所在之地的文化，形成了地方的生动记忆。族群（民族）的形成离不开一定的地理范围，地理是族群形成的物理环境空间。少数民族女作家的创作始终注重与民族传统的结合，地方意识、地方认同是少数民族女作家始终坚守的文化认知。

地方不仅仅是一处风景，更是凝结了人的情感归属和心灵记忆的空间。一个地方对人情感和思维有着重要的影响，而一个地方的人的行动、思想、感受，以及人们赋予该地的意义和价值又成为这个地方的一部分。地方书写意味着文学作品具有一种地缘性的创作方式。而这种地缘性与作家的人地关系分不开。少数民族女作家在人地关系中，往往表现出一种地方依恋感。段义孚以恋地情结来描述人与地方或环境之间的情感关系，在他看来，人对环境的反应可以来自触觉，即触摸到风、水、土地时感受到的快乐。更为持久和难以表达的情感则是对某个地方的依恋，因为那个地方是他的家园和记忆储藏之地，也是生计的来源。从中国少数民族的分布情况来看，各少数民族主要生活在中国版图的边疆地带，地方书写在少数民族女性文学中占据着举足轻重的地位，她们的作品对边地风物与文化的呈现，在中华文化的大花园中，体现美美与共的地方文化特色。"地方"不仅仅是故事发生的要素之一，更是少数民族女作家创作的灵感来源。她们的作品体现了对家乡和民族的依恋，从而构建出地方身份和地方认同感。

白族女作家景宜说："我是苍山洱海的女儿！"她的《美丽的红指甲》《骑鱼的女人》《岸上的秋天》《洱海，漂着一只风筝》等小说写了生活在苍山洱海之间的白族女性的精神风貌。满族女诗人王雪莹自称"马背女儿"，她的故乡位于辽北山区一个满族人聚居的乡镇，她的诗歌抒写着故土与乡愁。蒙古族诗人萨仁图娅自称"大凌河的女儿"，辽西大凌河水滋润了萨仁图娅的诗情，她在诗集《当暮色渐蓝》中写出了对生活的热爱和对真善美的歌颂。藏族女作家将自己视为"雪域女儿"，创作了一系列优秀作品，白玛娜珍的《复活的度母》、格央的《雪域的女儿》、央珍的《无性别的神》等，描写出西藏女性的心路历程。女性与地方的特殊联系使女性写作充满了对更为广泛的差别或地方性话语的发现与书写的可能。"女儿"这一身份具有独特的属性，有人的情感性，有家庭的伦理性，而文化继承性是"女儿"们最重要的特性。作为地方之女，她们视生长的地方为"父母"，继承地方的文化习俗、家族传统等是"女儿"的本能。少数民族女作家自视为地方的女儿，以一种女儿的身份展开创作，把身为女儿的继承意识融入作品中，使地方的文化传承得以用文学的形式来展现。

地方理论的兴起体现的不仅是人类空间意识的高涨，同时也是中国文学研究自身发展的必然要求。文学研究从传统的线性思维向空间形态的拓展，通过对文学"版图"与"场景"的还原，可以重新发现作家隐秘的心灵世界。作家与地方之间的关系，是一种辩证的互动关系。一方面是地理环境对作家创作的作用与影响，另一方面是作家创作对特定的人文地理环境的影响。可以这么认为，"地方"有些时候是由作家在作品中创造出来的。有些地方，尽管表面上是客观存在的，实际上却出自虚构。萨义德在《东方学》中以雨果、歌德、内瓦尔、福楼拜、菲茨杰拉德等人的作品为例，论述一种关于东方的特定的写作类型，认为这一神化了的东方来源于一种民族幻想和学术幻想，意指一种想象和虚构的特质。

在少数民族女作家的作品中，一方面"地方"影响着作家的创作；另一方面，作家也塑造了"地方"。列斐伏尔的《空间的生产》强调我们的行为和思想塑造着我们周遭的空间，段义孚认为文学艺术可以帮助创造一个可见性的地方。龙宁英笔下的湘西苗族世界、和晓梅小说中的丽江纳西族世界、叶梅的鄂西土家族世界等，无不是作家在想象中塑造的"地方"。作家对文学地理景观的描绘，重在从山地、河流的地理版图中不断探寻地方或民族的文学精神。在地方理论视域下研究少数民族女性文学，会发现，从题材到精神气质都发生新的转型，体现了中国文学地图中的边缘活力。对于从边缘向中心推进的少数民族女性文学而言，在与全国乃至世界文坛互动的过程中逐渐走向成熟并获得了独立的审美特征。

二、被唤醒的地方：文化传统的绵长记忆

获"骏马奖"的女作家作品中的"地方"既呈现为对风景、环境、风俗习惯等文化现象的认同，又给予个人或集体一种安全感或身份感。她们所处的独特的地理位置和地貌特征，对文学创作造成很深的影响，表现出强烈的民族和地域性特征。少数民族女作家的地方书写，源自对故乡文化传统的书写。故乡是人的生命的起点，也是精神的依托，地理意义上的故乡承载着一个人的原乡记忆，给人一种认同感和安全感，由此"故乡"转化为"地方"。对少数民族女作家来说，"故乡"意味着一个有着象征意义的"地方"，而不仅仅是行政区划的名称。她们通过文学作品唤醒了一个"地方"，并在地方书写中重构民族和个人的记忆。那些具有地理性标志的山川河流，都是她们的精神故乡。

彝族女作家冯良在第十二届"骏马奖"的获奖感言中说道："'西南边'特指我的老家凉山，它掩藏在山重水复之处，历来少人至，其风物人情也少人知……但纵然时空相隔，凉山都不曾离开我哪怕须臾，她是我生命的缘起、情感的依托。"正是家乡凉山在激励冯良，使她在回望与怀想中展开文学的翅膀。同样，梅卓也在获奖感言中说道："感谢青海的山山水水，我在这里出生、成长，这里是我的家园，也是我精神上的原乡。"在故乡，少数民族女作家们获得一种家园认同感，故乡具有了地方性。经由这无限的情感脉络，作家在记忆中重构故乡的历史与文化。作家对故乡的情感认同亦是一种地方性文化认同，而"故乡"又是一个不断延展的"地方"，作家从村庄走出，到乡镇，到县城，到城市里，甚至

到外省的迁移过程，也是"故乡"不断展开的过程。生活于县城的人，他的故乡可以小到村庄，也可以大到乡镇；生活在城市的人，他把县城看作自己的故乡；对于生活在外省的人，他的故乡则是另一个省的名字；移居国外的人，他的故乡就是国家。行政区划对人的地方认同有着重要的影响。少数民族女作家对故乡的地方依恋，可以唤醒地方活力，使得传统文化在文本中被保存。

往事记忆是每个人生命的起点，滋润着每个人的灵魂，成为人们观察、体验和认识这个世界的基石。家乡莫力达瓦始终是达斡尔族女作家苏莉心中的一方神圣空间和安顿灵魂的地方所在，苏莉的散文集《旧屋》主要描写了作家记忆中的风物习俗、童年趣事，表现出对这一片地理空间民族文化的深情眷恋。苏莉以一种平淡清新而又细腻的笔触，讲述着自己生命印迹中的人与事，蕴含着丰富的文化内涵。苏莉回望着达斡尔族的传统文化，在作品中展现了一种民族认同的经验，字里行间溢满对本民族的热爱之情。达斡尔族女作家阿凤的《木轮悠悠》讲述了达斡尔族的制车技艺。勒勒车在辽阔的草原上丈量着土地，悠悠地爬过草原母亲的胸膛，缓慢而安静地驮载着牧歌般的生活。勒勒车就像人类灵魂的摇篮，孕育着人与自然的和谐共生之美。小说结尾写到学制车的兄弟俩已进入年迈，当年喜欢的姑娘也成了老太太，草原开始退化，人们已由勒勒车的迁移生活，变成了一家挨一家的村子的定居生活。阿凤既写了游牧民族对新生活的向往，也写了对勒勒车文化传统的绵长记忆。

满族女作家庞天舒的《落日之战》、鄂温克族女作家杜梅的《在北方丢失的童话》、达斡尔族女作家萨娜的《你脸上有把刀》等作品是对大兴安岭的历史与现实的执着书写；纳西族女作家和晓梅的《呼喊到达的距离》、回族女作家叶多多的《我的心在高原》、佤族女作家董秀英的《马桑部落的三代女人》等是对云南高原文化的探寻；土家族女作家叶梅的《五月飞蛾》、苗族女作家龙宁英的《逐梦——湘西扶贫纪事》构建了湘楚大地的生存空间。这些作品都是作家对地方的记忆重构，在地方的书写中走进历史深处、抵达历史的真实，叙述个人对历史的深刻记忆和人生的复杂体验。在这里，富于戏剧性的民族记忆融化在人物血液中，弥漫在家庭生活氛围里，更镌刻在人物的心灵深处。特殊的文化意味与人物命运的多舛，与家庭的沧桑剧变交相辉映，具有力透纸背的力量。

作家在民族原始记忆的释放中，体现出对某一地方的情感和依恋。地方文化与同居于记忆一角的民族历史的互动，是地方书写中无法割裂的部分。少数民族女性文学在某种程度上，由对地方史的想象和叙事完成了一种对本地的历史记忆和民族认同的建构。地方叙事文本亦以自身的卓越性参与到文化史的书写中。书写藏族的历史和文化是藏族女作家写作的初衷，也是其创作的原动力。央珍的《无性别的神》通过一个被宁玛派僧人说成是"命相不祥"的贵族小姐央吉卓玛的命运变化，展现了二十世纪西藏社会的历史变迁和藏族文化的独特风貌。作品表现出作家对于西藏社会历史的深入思考和对传统藏族文化的强烈反省意识。央珍在《无性别的神》中注重对拉萨特殊意义的地方书写，以更宏观的视角观察时代更迭中的风云巨变，对西藏现代化进程进行了反思。雍措的散文集《凹村》通过对凹村日常生活和生产方式的描述，对生活场景和现实嬗变的描摹，建构出对康巴文化的认同，唤醒康巴藏族群体的文化记忆。少数民族女作家以更为强烈的文化自觉和文化自信意识，构建历史记忆与族群记忆。

不论岁月如何走远，故乡之地的自然环境和历史文化在少数民族女作家笔下演化出一种精神气韵，成为文学中被唤醒的地方。地方风物的熏陶和浸染，使她们不断回望往事，故乡本身的存在就如同这暗夜里的光，始终指引着前行的方向，不论人生走向何处，回望来时路，依然有一束光照亮着未来。故乡是作家们的一片精神净土和灵魂栖居之地，故乡的袅袅炊烟、虫鸣鸟唱、溪流水塘早已沉浸在她们的生命体验中，成为创作的不竭源泉。

三、被形塑的地方：文化中国的美学形象重塑

随着经济社会的发展，文化也日渐多元化，少数民族女作家往往从个体生命经验出发，在文学创作中表现出丰富与多样的状貌。她们的创作既有对优秀传统文化的坚守，又有对男权传统的批判，从整体上看与二十世纪女性写作的思潮共融共生，既显现为女性文学在民族化和本土化方面的实践，又在现代性的探索中彰显超越传统的先锋性特征，在中华文化的传承与创新中展现了一种别样的途径。少数民族女作家因其自身受教育程度的提高而具有开阔的创作视野，在理论层面更容易接受中西文学理论的多元化资源，在创作中往往打破了单一的民族性书写，在文学创新思想的指引下，重视文学的形式和内容的时代性特色，既彰显着少数民族女性文学的文化意蕴，又形塑着文化中国的形象。

少数民族女作家并未过多陷于女性写作中身体叙事的阴影，而是在历史、民

族与家国的层面展现强烈的文化自觉和文化自信意识，她们在讲述个体生命故事的同时，也在文本中传达出少数民族女性曾被遮蔽的美好的一面，借由女性的眼光来实现文化中国形象的重塑。"文化中国"是一个文化意义上的中国概念，它蕴含着一个在经济上日益现代化的中国向世界展示自己博大浩瀚的文化内涵、开放进取的文化品格、崇尚和平的文化理想的由衷愿望。少数民族女作家的创作不仅仅是对本民族文化的追忆，还在于她们的创作立足于地方，通过文化创新的方式接通文学互动的脉搏，实现地方形象的分享，从而体现出少数民族女性文学审美观念对文化中国形象塑造的意义。

中国文化内向型的气质使中华民族形成了极富尊严的自我意识，这种意识又是中国人强烈的民族自尊心和自豪感的精神源泉，而只有具有强烈自尊心和自豪感的民族才能以"天行健，君子以自强不息"的奋斗精神，去拼搏、去开拓，去发展自己民族的文化，使之尽善尽美。也只有这样的民族、这样的文化，才具有顽强的生命力。梅卓的《神授·魔岭记》以《格萨尔王传》四大战役之首的"魔岭大战"为背景，讲述了藏族少年阿旺罗罗历经各种磨难与修炼，最终成长为一代神授艺人的故事。《格萨尔王传》代表了古代藏族民间文化与口头叙事的最高成就，被誉为"东方的荷马史诗"，由于在青藏高原活态传承了上千年，反映了藏族历史文化的多样性与深厚度。东查仓部落的人们自称为格萨尔王的后裔，千年来传承着史诗的珍贵传统。在浓郁的史诗氛围中长大的男孩阿旺罗罗，本性善良纯真，天赋异禀，他临危受命，走上了格萨尔大王的寄魂山阿尼玛卿，在转山过程中，通过寻找、体验、求教和学习，经过不懈努力和执着追求，寻师、寻父、寻找自我，在多位得道大师、史诗人物、山神地祇的帮助下，最终获得传统的艺人帽和珍奇的圆光技艺，成长为新一代神授圆光艺人。达斡尔族女作家萨娜关注东北大兴安岭地区的历史与文化，在《有关萨满的传说与纪实》中塑造了"索伦"和"阿勒楚丹"的英雄形象，他们对达斡尔文化经典的传承与保护，彰显了强劲的民族生命力。满族作家庞天舒作为蓝旗兵的后裔（满族镶蓝旗人）勤奋攻读历史资料，写出了长篇小说《落日之战》。小说中的女主人公笕楚是集美貌、智慧与美德于一身的"和平使者"，在民族历史进程中承担着平息战乱开启交流的历史重任，庞天舒写出了白山黑水之间女性坚韧与伟大的形象。

中国文化的内向型气质所铸造的深沉执着的爱国主义感情，更是数千年来中华民族保家卫国、发扬文化传统的强有力的精神力量。英雄历来是中国文化价值中重要的内容，英勇无畏的精神气概唤醒了民族和国家的新生。在《补天裂》中，霍达饱含着中华民族的爱国激情，以历史真实为基础，以真情实感为笔墨，着力塑造了易君恕、邓伯雄、邓菁士等爱国志士在中华民族面对灾难时所表现的英雄气概。当古老的中国面临内忧外患的情况时，这些英雄人物以不屈不挠的民族精神形塑了英雄的中国形象。《补天裂》的出版是向香港回归祖国的献礼，"补天裂"出自远古时代的神话传说，女娲炼五色石补苍天，这一凝聚中华民族原初的奋斗精神的神话，是力挽狂澜救危难于水火的民族精神的象征。易君恕等人是爱国英雄人物的化身，也是中国精神的体现。在力挽狂澜的斗争中，他们以一腔爱国热忱，铸就了中华民族精神之魂。《穆斯林的葬礼》中的韩子奇本着对中国文化的守护之心，忍辱负重，寂寞前行。《万家忧乐》里写了基层领导干部、年轻的电影工作者、名震海外的老画家、远洋渔业的弄潮儿等一批在平凡的岗位上勇于奉献、敢于开拓的建设者，霍达"写出了一个又一个的中国魂"，霍达善于发掘在民族振兴中饱经坎坷而又奋斗不息的当代英雄精神。

肖勤在《好花红》中，塑造了米摆、柿子、花红、苦根、秀秀等鲜明的人物形象，他们向死而生的生命是一种永生的精神存在。叶梅的小说集《五月飞蛾》写了长江三峡流域鄂西地区土家族的生活。叶梅依附民族文化母体，寻绎民族文化秘密，挖掘山地少数民族地方与民间文化资源，赞扬一种宽容博大的精神体系。伍娘为了化解两个男人的仇恨，在祭祀舍巴的这一天，将自己作为牺牲品供奉给神灵，用自我牺牲消解了两个男人甚至两个民族之间的隔阂和情仇。王华写《雪豆》的最初构想缘自对一个水泥厂引起的环境污染问题的关切，在小说中构想了一个移民村庄，以"生育"话题展开小说情节的建构。王华关注的是有关民生的命题。也就是说，她把《雪豆》的地方性上升到国家层面的高度看待。她看待问题的出发点不是从个人好恶和感受力出发，而是从整个国家利益的角度，把文学与社会发展联系起来，视野更见开阔。王华小说所具有的文化内蕴，使其具有更高的社会学价值。这些女作家讲述了各族儿女的英勇故事，最终汇成一个英雄中国的形象，谱写了中华好儿女的颂歌。

四、结语

在传统与现代之间，种族记忆渐趋淡化，身份意识混杂，多元文化冲击日渐激烈，少数民族女作家更自觉地追求族群价值的表述，她们为民族文化传承、民族身份延续而写作。她们以其天然的女性生命本质，更贴近自然，远离物质世界对人类精神的异化，她们不仅植根于民族传统文化的土壤，而且站在更高的艺术层面，来审视民族文化与精神。她们能更深切地体验生命的本真，深刻思考民族历史和人类生命存在的意义，在自然与生命的原生形态中，展现文化继承变迁的过程。少数民族女性文学显现着一个潜在的话语征候，呈现出独具民族特色及地域特点的地方性知识特征和殊异性的文学现象。她们以众声和鸣的方式参与着与其他民族文学、主流文学的对话与合作，以其独特的美学形态和地方性知识特征成为当代中国重要的文学及文化现象。少数民族女作家在民族故事的讲述中，既展示中国山河之壮丽，也展示中华多民族美学之丰富，弘扬中国传统哲学、美学精神，传承中华文化精神。对"中国梦"和"中国故事"的地方性书写形成诸多不同于主流文学的艺术特征和审美形态，蕴含着丰富而复杂的边缘性书写经验，对原始自然生态和神性气息的艺术描绘，对民间风俗礼仪的审美再现，对宗教信仰和生死轮回观的民族志书写，使少数民族女性文学呈现出典型的民族特色和地方特色。

（原载于《民族文学》2021 年第 7 期）

生命的领受与伦理的风暴

——读李约热《捕蜂人小记》兼及其他

曾 攀

一

担任五山乡三合村第一书记归来后，李约热有了新的分身——李作家。李作家不是一天养成的，而是在一次次进村入户中走出来的。与其说李作家是一场虚构的叙事者，不如说其应中国当代乡土变迁的新的召唤而诞生。他仿佛在赶赴一场不容缺席的约定。就像在小说里，他来到村民家中，照理不能停留用餐，但乡情难却，便不得不一次次坐在村民的饭桌前，喝他们的酒，听他们的故事。

在李约热那里，乡土不是一个前现代意义上的静止的场域，那里有人性的困境，有情感的跌宕，有历史的衍变，在生命的领受中更有伦理的风暴。乡村大地上生命的升落、起止，莫不如常，正如冯至在《十四行集》中所表述的："过去的悲欢忽然在眼前／凝结成屹然不动的形体。"可以想见，在乡土世界，对此更多的则是一种对于生活与生命安之若素的"深深的领受"；然而，在"那些意想不到的奇迹"或是乏味无奇的寻常之中，领受只是起点，其中往往夹杂着更为隐秘的心性。李作家将乡土的人们引以为朋友，在这个过程中，他们的讲述与作为观察者和复述者的李作家的叙述是多有不同的，最重要的在于后者时常将前者所简单言说的城乡生活经验，置于难以廓清的伦理风暴之中，将传统的意绪言行打上现代性的烙印，以此透析人性、洞察人心，进而图解生命、考究世情。

二

李作家首先是驻村的第一书记，扶贫攻坚是他的工作和使命，他走村入户、登记拍照、开会研究，起初，他和他的乡村朋友们并不一致。他和赵洪民谈起文学，谈到莫言，"人类的情感朴素得很，哪怕是一个八竿子打不着的人，他取得非凡的成绩，只要跟你是同一个族群，你会由衷地高兴。当初莫言获得诺贝尔文学奖，李作家就是赵洪民这样的感觉。跟赵洪民不一样的是，李作家读过很多莫言的作品，好些作品他很喜欢"。从身份经验的差异，到精神观念的认同，李作家在不断接近乃至迎合乡间的人们；很快，李作家成为了农民的朋友。这次，在小说《捕蜂人小记》中，他来到赵洪民的家，喝了他们的酒，听他和他的前妻讲起匪夷所思又入情入理的婚姻。在这个过程中，他自始至终都是倾听者，同时也是参与者。他甚至爬上了赵洪民的摩托车，一同冒险捕蜂。我始终在想，对于李约热和他的新乡土叙事来说，李作家是一个什么样的角色？他固然是记录者和见证者，也是局中人和改造者——无疑这是一种双向的改造——更重要的，他是叙事者和想象者。好就好在，李作家不拔高自我，他善于凝视那个悲欢离合总关情的乡土人间，在他的观测路径中，很多人物身上都有一种阔达、洒脱，他们领受生命的无常与恒定。在此过程中，李作家是李约热的主体性裂变，同时也是农民朋友们个体经验及意志的分岔，是他们领受生命时的见证者，也是其中之伦理风暴的设定人，他以此凝聚异质性的声音，形塑小说的调性。

　　小说在讲述野马镇的农民赵洪民，或者赵洪民在讲述自身时，经历了小说故事与情感的必要起伏。乡间的捕蜂人生活固然是他现下的安稳及养家之计，事实上，当年的他更向往城里的生活，也曾难以割舍木板厂钟铁的女儿钟丽华，他释放了自己的欲望，他急于想改变自己的命运，但彼时他已与赵桃花结婚。他两方相瞒，推着钟丽华在南宁游南湖，为她学鸟叫，和她产生了感情，但最后还是遭遇了挫折，老板钟铁能抬举他，也能弃置他。尔后赵洪民回到乡土，回到妻子身旁，改变命运的冲动破灭后，他开始领受甚至承受命运的遗恨和伤痛。如果故事只说到这里，那抛妻弃家的赵洪民，似乎难予同情，但小说的重心在于，赵洪民领受了生命的挫败之后，同时也在面临隐约的伦理风波。如冯至在他的《十四行集》中提及的，"我们准备着深深地领受／那些意想不到的奇迹"，捕蜂人赵洪民养野蜜蜂，同样要等待"奇迹"，是靠天吃饭，"跟那些开着卡车拉着蜂箱一路追赶花期的养蜂人不同，赵洪民养野蜜蜂，完全靠运气，就像有些地方的人抓野猪回家来养一样，都是朝不保夕的事情"。但他依旧坚持，近乎执拗，他始终在寻觅，与李作家突突地开着摩托车，在乡间颠簸奔波，为寻一窝蜜蜂。在指望"意想不到的奇迹"中，赵洪民为了妻儿，只能随时准备"深深领受"，接纳那些奇迹的生成或无成。在这个过程中，妻子赵桃花似乎也毫无怨尤，这隐约透露出一种情感的线索，也即赵洪民为弥补妻子赵桃花的宽恕，他自此勤恳干活儿养家，冒着危险捕蜂维生，也不得不容下妻子以及自我关于那段情感的调侃。当然，这其中的"领受"不是逆来顺受，在赵洪民那里也没有乐天知命的人生哲学，而是性情的质地使然，是和赵桃花一样的朴素而坚实的感情，无不代表着乡土世界的情感结构中的另一重伦理。

前妻赵桃花同样在领受生活的结和坎、感情的起与伏。在她那里，仿佛一切都会在随遇而安中迎刃而解。她天性豁达，凡事不逞强，也不勉强，她为了他们的家唠叨操心，她和他来到南宁城里，一个在洗涤店，一个在木板厂。赵洪民对老板钟铁的女儿钟丽华动了心，赵桃花知道他想改变命运，她要成全他，当他碰了钉子回来，她又接纳他。她确乎总是如此坦然，质朴真切，随遇而安。尽管"她的眼睛掠过一丝落寞"，但他们还是结了两回婚，在李作家面前依然谈笑风生：

"前妻"说，我就是笨，嫁他两回，相当于被同一颗石头绊倒两回。

在同一条河上淹两回。赵洪民说。

挨同一根木棒打两回。"前妻"说。

在同一张床上……有福自然在。赵洪民说。

小说结尾，赵洪民始终专注于他的捕蜂生活，仿佛不曾历经情感的变迁，在负担生活的重担中也没有崇高的心意，生命的领受不是一种需要刻意提升的境界，他和李作家只专注于劳作的时刻，对生活的动荡与贫乏泰然处之如冯至的"我们整个的生命在承受"，在他们身上不再是简单的一个农民的属性，而是土地般的无言而浩大，是正心诚意地领受并求取于自然。他们的生活和婚姻，那些也许仅代表着前现代的情感生命，却以其朴质如山石而泽被当下。或者这是我们现在所缺失的一种情感模式，在汲汲于物质，苟且于功利的当下，剥离掉那些绚丽的或黯淡的外衣，祛除争讼和纠葛，回到人的自身，思考命运流转中的精神安放。

三

然而，问题从来不是如此简化，生命的领受并不是全部，更重要的还在于潜隐其中的伦理的风暴。小说最后，赵洪民带着李作家捕蜂，"那群野蜜蜂越来越近。赵洪民和李作家一人一把装满沙子的塑料容器，严阵以待。赵洪民手指上的绷带格外醒目"。受伤的手指俨然成为了赵洪民生命的一种隐喻，生活中的轻伤不下火线，小说固然传递出了某种力量感；然而在我看来，赵洪民缠着绷带的手指，还喻示着赵氏夫妻两人之间难以愈合的伤口。在《捕蜂人小记》里，采蜜本身不再像杨朔的《荔枝蜜》一样附会自然比附劳动，追逐野蜜蜂对于赵洪民而言只是维持生计、养家糊口的方式，对于这样的生活状态，赵洪民与之同行，默然领受。冯至《十四行集》第一首《我们准备着》，从开始时的"我们准备着深深地领受"，到最后"我们整个的生命在承受"，可以说，从领受到承受，这是赵洪民面对生活以及赵氏夫妻之间情感的另一重揭示。

赵洪民领受着乡土从自然到伦理的馈赠，甚至包括"前妻"施以的前现代式的宽容乃至纵容。他心意未遂，从南宁回乡，从厂长女儿钟丽华身边回归妻子赵桃花那里，随后选择了"承受"——在乡下成为一个平凡无奇甚至庸庸碌碌的谋生者和捕蜂人。然而在赵氏夫妇貌似平和安宁，甚至玩笑调侃中，"敏感的李作家"却"看到了"赵桃花的"落寞"，如是揭开了另一种无法弥合的裂缝，甚至内里可能掀起新的风暴。更进一步说，李作家叙述中的赵桃花的在场与缺席，实际上暴露了他的无意识，甚至透露出整个当代中国乡土叙事中的潜在的洞见和不察，即如何处理携带着前现代意味的中国乡土世界的现代性经验，此中的女性意识在不断发抒之时又不得不面临的回撤和退让，诸如小说中对赵桃花处境的一语带过，滋生了欲言又止却又难以忽略的性别议题，指示着女性如何在被叙述中实现真正的自我表述，又如何在自我表述中呈现出真正的主体声音。于是在这里，则不得不将仿佛被提示实则却被掩盖的赵桃花以及钟丽华的意义加以呈示。

在二十世纪以来动不动讲抗争讲反叛的中国文学，诸如赵桃花这样的形象可谓少之又少，似乎她只是前现代的一个缩影，小说中，赵洪民与赵桃花婚后即将猪、牛全部变卖，甚至"地也不种了"，一起到南宁城里打拼。然而问题出现了，他们遭遇了一次情感的危机。在赵洪民进城面对资本和欲望的那次现代性冲动中，她协商未果，主动选择了回撤，退到她最柔软的腹地而不至于再受伤痛。这似乎只有在岁月静好的乌托邦世界中出现，在当下我甚至怀疑赵桃花的存在。为此我问过李约热，这是不是真实故事？他说真人真事。如果你没有像李作家一样，扎根在乡村的土地，深深领受过乡土中国的每一个罅隙和缝孔，也许会觉得对赵桃花而言，这是匪夷所思的选择。但不得不说，小说中仅仅依靠赵洪民与赵桃花之间简单的"幽人一默"，似乎并不能完全抵消赵洪民当初在南宁给妻子带来的冲击与冲撞。他每天练习，为钟丽华学画眉叫，他闻到并沉醉于她身上的香水味，最终，他为了她放弃了她。然而他被弃之后竟然浪子回头，赵桃花也竟然不计前嫌。

　　当然，将现代意义上的爱情观置于一对朴质的乡民夫妇中似乎看起来并不合理，但再朴素的情感，也能感知到来自爱人的背叛和伤害。需要指出的是，小说重要之处不在于将一个情爱悲剧说圆了，而在于揭示伦理的漩涡中生命的处境和情感的重置。李作家所叙述的《捕蜂人小记》，除了现实中的捕蜂生活，事实上更嵌套着赵洪民叙说的他和赵桃花的结婚—离婚—复婚。问题就出在这里，在赵洪民和赵桃花身上，尤其在自称"前妻"与"前夫"的家庭中，李作家的新乡土伦理出现了裂变，那种稳固的情感开始发生危机，在此过程中不断显露出弥补裂缝的尝试与未果。熟悉李约热小说的人都清楚，这是他的一种讲述与修辞的方式，让我想起他在小说《李壮回家》中隐而不彰的线索，李壮离城返乡后匪夷所思地变得精神失常，其中缘由，应当是李壮当初为了王小菊同时也为了进城入京而出走。从当李壮回乡时恍惚间不断念及的"杨美，我爱你！杨美，我爱你啊！"，可以推断他曾经求索的爱人以及城市生活已然幻灭，故而他一方面失心疯落魄返乡，另一方面则是带着对杨美的羞愧与内疚而念念有词。但是小说并没有明言，故事也戛然而止，这就需要去推断甚至猜测，更需要设身处地于人物所经验的精神伦理漩涡中去辨析和判别。

　　不仅如此，在《捕蜂人小记》里，木板厂老板钟铁的女儿钟丽华也同样需要被重估。很显然，她是倾心于赵洪民的，因为他的诚实可靠，有趣、有情、有义。他毫不介意她的残疾之身，推着她遍游南湖，为了她学习画眉以及各种鸟儿的叫法，他与她近乎两情相悦。然而就因为小说中的一句钟铁的变卦，他们的命运就此改变，而且丝毫不见钟丽华反抗的声音。某种程度而言，她也是这段感情中被遮蔽的受害者，是被掩盖的失声者。当然，这和小说的叙事重心有关，其将更多的笔墨放在了捕蜂人的身上，然而，如果将这样的被遮蔽的声音还原出来，也许这个捕蜂人更为丰富立体。但问题还不在这里，而在于叙事者李作家本身的伦理预设及倾向，同时也在于他的叙事笔法。他将他们置于伦理风暴的中心，却又仿若轻轻略过，詹姆斯·伍德专门提到小说的这个问题，"如果说一个故事的生命力在于它的富足，在于它的富余，在于超出条理与形式后事物的混乱状态，那么我们也可以说，一个故事的生命富余在于它的细节，因为细节代表了故事里超越、取消和逃脱形式的那些时刻"。好的小说，往往能够通过细节的凸显或隐匿，逸出其本来的结构，寻求新的价值余数，且通过细节的显现或隐蔽，从而"超越、取消和逃脱"既定的形式框架。如是之言有尽而意无穷，延伸出了新的价值重估，个体的意志及征兆也得以从所置身的情感和伦理的风暴中得到表征。

我一直以为，李约热写乡土，有意思的地方不在于故事与经验的曲折，而在生命的领受与伦理的风暴，在于既有的形式收束之外的新的精神衍生。就像在《情种阿廖沙》里面，身为警察的阿廖沙，竟然爱上了死刑犯刘铁的妻子夏如春。如此置于风暴之中心的情感，才得以窥探精神及人性的真切回应。《幸运的武松》里边，作为知识分子的"我"和黄骥仗义执言、两肋插刀，然而却在行动上不断延宕，在真正付诸行动的世荣面前，充当了"幸运的武松"，但是话说回来，徇私报仇捅刀伤人的行径，是否又于律法有违呢？现实的"幸运"是否又遭遇了另一种的不幸？李约热在问题状似解决之后，似又隐含了新的问题。《郑记刻碑》中，父亲死前的良苦用心，为儿子郑天华写下了两百多张写有野马镇所有中老年人的碑字，但在郑天华心里，却仿佛遭到了羞辱，于是他将父亲遗留的碑字付之一炬。《我是恶人》里面，"恶"成为野马镇的精神底色，却又由此透露出非同寻常的伦理旨向，黄少烈刚愎自用却不乏内在的自省，马进虽鲁莽凶悍但充满义气担当，而偏执激进的黄显达始终秉持良善，"我是恶人"，恶的身旁站立的是人，在伦理的暴风眼中，恰恰裹挟着人性深层的掩藏，也不断揭开貌似昭彰实则藏匿的内在伦理。

不得不说，野马镇本就是一处混杂动荡的场域，野气横生，人物放荡不羁甚至恶由心生，但始终不拘囿于单一的判断，李约热自己说过："天地，众生，都是大文章。天地让人心生辽阔，众生让人心存悲悯……如果对历史作一次回望，你会发现，我们的'个人史'更多地被淹没在时代的洪流中，在所谓的'大事件'后面，有多少孤独的身影，有多少以血祭旗的人生，还有沉默者。这个时候，作家要做的就是'抢救整理'的工作，将一个个'人'还给属于他的时代。"可以说，李约热在他的小说中铺设了一个开放而多元的伦理世界，个中人物，仿佛在坦然领受了生命的施予或冲撞之后，却又不得不被频频投掷于伦理的风暴之中，他们在那里经历情感与精神的洗礼，同时剥落自身的面具，鉴照真实的欲望和意志。如是，才可显露真实的人与人性，也才真正揭示出贴切的乡土与中国。

（原载于《民族文学》2021 年第 8 期）

温和而坚定的力量

——关于向本贵的《业委会主任》

卓 今

> 树谦和地弯腰轻叹
> 我能否为你介绍我的朋友太阳
> ——T.E.休姆

　　家庭是最小的社会单位，比家庭大一点的社会单位，在农村是村落，在城镇里就是居民小区了。林苑小区是一个只有三百六十户人家的小区，比起那些动辄十万人的巨无霸小区，已经算是很袖珍了。即便这样的袖珍小区，它也面临社会发展的大问题：市场经济下的房地产开发和物业管理问题，民主选举制度的试验，各路权力的博弈，道德伦理的规约，人的文化发展需求等等。它还浓缩了人间世相百态，时刻上演着光明与黑暗、正义与邪恶、进步与保守的对抗。作为文学素材，饮食男女、爱恨情仇、鸡毛蒜皮、大大小小的八卦故事一抓一大把。苗族老作家向本贵选取一个居民小区作为观察对象，可以从容地展开情节，精细地雕琢人物。在思想主题上也有以小见大的"野心"，这是小说家用巧力的诀窍，一位老练的作家有着社会学家的观察视角，善于选择比较容易把握而又能得出突破性成果的观察样本。这个小区几乎是所有小区应该有的样子，它是现代社会普遍的、抽象的小区，而它产生的一系列错综复杂的问题又十分具体，手无实权的业主委员会主任如何解决这些问题？人们似乎从来没关心过这个话题。

　　作家向本贵的形象与小说主人公竟有些相似，见过向本贵的人都会有这样一个印象，朴素随和的老人，腰间别着一个手机夹子，里头装着老式诺基亚按键手机。这篇小说《业委会主任》，从精神气质上看，差点就以为是写的他自己。林苑小区住着一位低调谦逊的居民张先成，他毫不起眼，驼着背，满脸皱纹，穿着过时的洗得发白的中山装，脚上永远是一双沾满尘土的黄跑鞋，整个人看上去土气、普通，是人堆里最不被人关注的那种人。如果不是业主委员会选举，谁也不会注意到林苑小区这个人的存在。张先成退休之前是一位林场工作人员，"他把自己一辈子的心血和精力，全都奉献给两个林场的林荟森秀，花馥苗葱"。长期在森林里工作，与山林树木为伴，有鸟鸣虫吟作催眠曲，有星星月亮点缀梦境。退休后回到"人间"——人口稠密的城里。长期受大自然的教化，身上带着像山泉一样干净纯粹的品质，在人群中却成为一个另类。一辈子没有当过官的他，被推举为业主委员会主任，他像管理森林一样管理一个有三百六十户居民的小区，对生存环境的优美和舒心有一种属于职业病的强迫症。他下决心要把林苑小区管理得舒舒服服。他的行为成为一股清流，他爱护树木花草一样爱着每一个人，于是，超常的管理才华行云流水般发挥出来。当然，这还不是小说的重点，重要的是他用一种特别的方式感化着每一个人。他用行动感化那些市侩的、俗气的见利忘义之辈。小说看上去是在讲一个简单的故事，人物甚至没有走出小区院子，却巧妙地铺开两条线索，明暗相嵌，主次互换，最后来了一个既在情理之中又在意料之外的结局。

故事的线索简单清晰，顺着一条主线叙述下来。面对管理混乱、民怨沸腾的林苑小区，和平社区的刘德仁书记决定组织一场业主委员会选举。刘德仁的初衷是希望从在职的林业局干部中选出几位来当主任和副主任。然而，民主选举常常会有一个意外的结局，驼背跛脚的退休干部张先成意外当选。刘德仁不好当面废除选民的意愿，"脸色发青，心里憋着气"地公布了选举结果，话里带刺地交代新任主任这个难以完成的重任。这是一个没有任何报酬的职位，纯粹义务劳动。人们不理解当这个官有什么好处，有人议论："当它做什么，一文钱的补贴没有，小区里的麻纱事却是不断。"张先成却毫不推辞，他是这样解释的："我有退休工资，用不完，要什么补贴。麻纱事情多，好啊，不然，才闲得慌。"他狂热地、精细地、深情地管理着这个小区。他像个突然抓住机会准备东山再起的野心家，撸起袖子，鼓足干劲，决定要干一番事业。一个住宅小区的业委会主任能干出什么惊天动地的大事？事实上最终不仅没干出什么大事，还差点丢了性命。张先成追求的"大事业"，就是让三百六十户居民从此告别混乱烦心的日子，过上称心如意的生活。他的管理"手段"其实并不高明，比如，走错门的患阿尔茨海默症的老人，错把张先成当成她的儿子，张先成想起自己没有尽到孝的亲娘，把老人背回 A 栋 1 单元 402 交给她的儿子；伍玉芬的屋顶漏水没人管，物管主任邹同杰一毛不拔想赖账，张先成威胁他不补漏就号召大家不交物管费，资本妥协了，乖乖地做了防漏；一排门面出租，八家餐馆八个大排烟筒对着居民楼呛，店主不愿花钱改装烟管，推诿扯皮，张先成找来环保局执法人员责令整改，还组织一帮退休老人搬着板凳坐在餐饮店门口嗑瓜子，轰走前来用餐的食客，店主们只好照办；外来车辆乱停乱摆挤满了院子，张先成要求物管整改，不改就不交物管费，从此车辆井井有条；小区宠物狗太多，满地狗屎，张先成跟养宠物狗的退休副局长吵了一架，逼他捡拾狗屎，从此没人敢让宠物狗随地拉屎。要不是小偷坠楼事件，林苑小区几乎就是一个完美的小区。小说用小偷事件结尾，来了一个比"文明小区"奖牌更有价值的升华。小区里的居民因为有这样一位热心能干、甘于奉献的业委会主任而心满意足。

故事还有一条暗线，明线是现实，暗线是影子，现实拖着影子走，而这个"影子"才是最深的现实。两条线索平行交织，小说直到结尾时暗线才突显出来，成为小说的高光部分。小说从开头到中后期，暗线都是若有若无的，仔细看才能抽出这个内在逻辑，发现他是有意铺就的。患有阿尔茨海默症的老太太走错门，张先成一看这不是顾生柱副局长的娘吗？电话打过去，顾副局长却忙着带孙子、逗狗玩。张先成背上驮着老人敲开顾副局长家的门，却遭到顾副局长的奚落和嘲弄："张主任还真进入角色了啊。"一辈子没当过官的张先成毕竟还是"不够老练"，脸红、心虚，还多此一举地辩解了几句："多好的一个小区，弄成这个样子，总得有人张罗吧。"这条暗线第一次露出一点端倪，它同时也是推进情节的一个要素。副局长抚摸着毛色发亮的宠物狗，扬言将不听话的老母亲送去养老院。顾副局长的人物形象有点眉目了。顾生柱这位退休的副局长余威还在，他养的宠物狗将大便拉在人行道上，他却不管不顾。张先成给顾生柱四个选择，一、捡狗屎；二、不捡狗屎就让狗自己吃掉狗屎；三、交罚款一百元；四、上小区白榜名单（用当下流行的一句话就是"社死"）。面对四项选择和围得越来越多的看热闹的人群，顾生柱选择了把狗屎捡起来丢进垃圾桶里，样子非常狼狈。他的所作所为看上去就是一个"有背景"、不服管的刺头。"岁月静好，日子怡然，时间就过得快，转眼就过年了。"张先成和邹同杰商量着办了一个春节联欢会，挂春联、猜灯谜、唱歌跳舞，好不热闹。顾生柱这位原副局长，他的书法在林业局是颇有些名气的，趁此机会要好好露一手。只见他"手执银毫，落纸生辉"，得意之时还不忘记让向他讨要春联的张先成难堪。活动正酣，有人喊抓小偷。一个疑似小偷的黑影从四楼防盗网钻出来，两只脚悬在半空。人们还没回过神来，"那团黑影麻布袋子般从上面掉了下来。保安吓得抱着脑袋往一旁躲避，顾生柱也赶忙往后缩了缩身子。张先成却是把两手张开，还向前跨了一步，第二步还没有来得及迈出，只听到咔嚓一声脆响，就什么都不知道了"。小偷才伤了点皮毛，张先成却断了一条腿。四楼是退休副局长顾生柱家。原来，小偷从保安老乡那里得知林苑小区顾副局长家最有钱，这天趁顾副局长正在搞书法秀，潜入顾生柱家里，发现一箱子一扎一扎的百元大票，"把衣服口袋塞满，还没拿掉箱子的一个角落"。副局长巨额财产来历不明，纪委介入，小偷带出一桩贪腐案。恶，受到了惩罚；爱，无差别地拯救了每一个人。一个意味深长的结尾。

干净秀美的语言，轻松清爽的基调，主人公张先成的精神气质，给这个小区带来某种力量，这种力量是什么样的力量呢？它像一片有着生物多样性的亚热带森林，被一阵微风轻轻拂过，每一个生命体都感受到这种细致的抚摸。一种有原则的爱，这个看似普通的事业，而一般人却难以做到优秀，它需要某种坚持和坚守。这位腰弓背驼的业委会主任自上任起，他自己也不断地扬弃自己，一步一步地升华。尽管只是一个无报酬无级别的小官，却与过去做一个普通林场职工不一样了，他要对抗三种力量：第一种是以物管主任邹同杰为代表的资本的力量；第二种是以林业局退休副局长顾生柱为代表的来自人性恶的力量；第三种力量是寡妇伍玉芬引诱下自我欲望的膨胀——同时也是最难战胜的力量。小说的可贵之处是写出了这个普通人真实的内心。他当选这个没有分文报酬的主任，从他自己的出发点来说是为大家做点事，不虚度晚年，不让人生空虚。当被人挖苦是过官瘾时，他也有点心虚，还做着完全不必要的辩解。被长得有几分姿色的寡妇喜欢，但被要求为她做违背原则的事的时候，他也有过内心的挣扎，他想既保住原则，又能保住这份暧昧，自己贴钱为伍玉芬的儿子赔偿撞坏的栏杆，以及被打伤的人的医药费，以此平息内心的矛盾和伍玉芬对他的怨恨。但他面对恶势力时没有丝毫恐惧，为林苑小区无私奉献的决心也从来没有动摇过。小说成功地塑造了这么一个小人物，一个谦逊低调的邻居，有着温和而坚定的力量。

（原载于《民族文学》2021 年第 9 期）

新时期以来壮族文学的繁荣发展

欧造杰（壮族）

　　壮族是我国人口最多的少数民族，壮族文学是我国文学的重要组成部分。新中国成立初期壮族文学获得了初步的兴起，但在新时期才进入一个崭新的繁荣发展阶段，壮族文学迎来了百花齐放、姹紫嫣红的新局面。新时期以来的壮族文学得到了健康发展，并经历了从复苏、探索到走向繁荣的变化过程。这种繁荣不仅体现为数量众多的文学作品，获得了一系列重要的文学奖项，而且形成了一个壮族作家群体，在广西文坛占据重要的位置。同时壮族文学批评与研究也得到了重视和加强，出版了许多重要的著作，总结了壮族文学创作的经验和成果。经过多年的努力，壮族文学在 21 世纪初调整布局，开拓创新，形成全面繁荣的局面，在全国文坛产生了广泛的影响。

　　壮族文学的崛起有着特定的政治、历史、文化背景，与新时期文艺领域的拨乱反正、解放思想有着很大的关系。改革开放初期，由于政治生活、经济生态的环境得到改善，为文学创作提供了良好的氛围。广大壮族作家的积极性得到解放，他们参与到社会改革开放和现代化建设的实践中，从各族人民的生活和文化中汲取丰富的营养，在文学创作的题材、数量、质量上都有了很大的提高。1978 年党的十一届三中全会召开，制定了"解放思想，实事求是，团结一致向前看"的方针，使作家们开始放手从事文学创作。1979 年全国第四次文学艺术工作者代表大会，废止了在文艺创作和批评领域的行政干预和命令，强调要遵循文艺创作的规律，让文艺家充分发挥个人的创造精神。这次会议激发了作家们的文学创作热情，并以新的姿态创作和发表了很多作品。同时新时期的文学思潮对壮族文学产生了重要影响，80 年代国内兴起的改革文学、寻根文学、通俗文学等文学思潮，带动了壮族文学的发展，与全国文学主潮的步伐遥相呼应，广西还出现了"百越境界"和"88 新反思"的文艺争鸣现象。此外，壮族特殊的地域环境与历史文化积淀提供了丰富的文学宝藏。红水河和左右江流域是壮族人民的集中地，从这里成长起来的作家如陆地、韦其麟、韦一凡、冯艺、韦俊海、黄佩华等的文学创作最具有本土意义，也最能代表壮族文学的民族特色。

新时期以来壮族文学的发展大体经过了新世纪前和新世纪两个时期。

一、新世纪前壮族文学的复苏与发展

新时期壮族文学获得了恢复和快速发展。"文革"结束后不久的 1978 年 3 月，广西恢复了文联和各个协会的工作和活动，平反了《美丽的南方》《元宵夜曲》《刘三姐》等 8 部优秀作品。1980 年、1986 年、1996 年广西先后召开了第三次、第四次、第六次文学艺术工作者代表大会，探讨繁荣发展广西文学的有效方法和途径。20 世纪 80 年代广西作家协会多次举办文学创作讲习班，吸收少数民族作者参加学习和创作，还定期举办广西少数民族文学评奖活动，涌现出一批批的壮族作家。新时期以来一些壮族老作家相继去世，同时一批中青年作家朝气蓬勃，显露出开拓奋进的文学力度，壮族文学形成了一支自己的创作队伍。从年龄层次看，形成了老、中、青结合的作家群体。属于老一辈作家的有陆地、肖甘牛、周民震、莎红、张报、华山、梁宁、万里云、蓝鸿恩、黄勇刹、黄青、蒙光朝、黄福林、丘行、古笛、韦星朗、韦洁晶、李春鲜、黄日昌、黄宝山等；步入中年的作家有农冠品、王云高、韦纬组、潘荣才、凌渡、韦文俊、陈雨帆、苏长仙、韦显珍、韦志彪、黄士鼎、陆伟然、韦编联、韦以强、韦照斌、韦明波、韦银芳、涂世馨、蓝直荣、苏方学、何津、红波、苏永勤、严小丁、张武、肖丁三、覃绍宽等。在新时期壮族文学崛起的过程中，新成长和涌现出来的青年作家有韦一凡、黄钲、黎国璞、蓝阳春、何培嵩、孙步康、韦元刚、梁芳昌、张波、谢树强、蒙齐华、黄灿、林万里、邓锦凤、莫勇继、陈多、岑献青、黄凤显、郭辉、黄堃、黄琼柳、李甜芬、黄神彪、黄承基、农耘、路少平、李华荣、黄佩华[1]等。他们大多数加入了广西作家协会，少数还成为中国作家协会的会员。有的作家如万里云、苏方学、岑献青、黄承基等长期居住在广西境外，还出现了少数女作家韦洁晶、陈多、李甜芬、韦银芳、黄琼柳等。

新时期的壮族文学创作出现了空前的繁荣景象，作品数量众多，品种和体裁

---

1 黄绍清：《壮族当代文学引论》，桂林：广西师范大学出版社，1993年，第33页。

齐全。不仅小说、诗歌取得了很大的发展，散文、报告文学、文学剧本也有长足的进步。在小说创作方面，长篇小说、中短篇小说多管齐下，题材和内容丰富，体现了壮族新时期文学的主要成就。1979 年王云高与人合作的《彩云归》获全国短篇小说奖，是广西文学首次获得的全国文学创作奖。陆地是当代壮族文学中资格最老和贡献最大的作家，在新中国成立初期就创作了长篇小说《美丽的南方》，新时期之后他进入了小说创作的高峰期，先后出版了《瀑布》的第一部《长夜》、第二部《黎明》。这部长达 100 多万字的长篇小说在思想内容和艺术技巧上都有新的突破和成就，标志着陆地小说创作达到了新的高度。《瀑布》塑造了壮族青年革命家韦步平在现代领导南方农民运动和英勇斗争的光辉形象，反映了 20 世纪初期我国西南某一地区广阔的现实生活和复杂的革命斗争情况。小说主题思想突出，故事情节生动曲折，线索主次分明，人物形象真实感人，表现了作者高超的艺术才华。小说 1981 年获全国少数民族文学创作长篇小说一等奖。韦一凡的长篇小说《劫波》描写了壮乡白鹤村的生活环境，反映了韦姓家族两代人之间的爱恨情仇故事，表现了近半个世纪以来壮族乡村人民生活百态和变迁情况。小说成功塑造了韦良山的生动感人的艺术形象，他反对封建专制和极"左"思潮，同时又有保守落后和消极复杂的一面。小说故事波澜起伏，语言清新流畅，富有传奇色彩和悲剧气氛，具有强烈的现实感和批判性。1990 年丘行出版了长篇小说《山城剑影》，描写解放战争时期壮族地下党员岩奇林深入南方龙马市进行革命斗争并取得光荣胜利的故事。他与特务分子斗智斗勇，挫败敌人的阴谋诡计，最终迎来了龙马市的成功解放。小说还通过主人公和黄秋凝的爱情纠葛，塑造了岩奇林舍己为人的光彩照人形象，具有扑朔迷离和扣人心弦的艺术魅力。

这一时期出版的长篇小说还有《乱世枭雄》（陆君田、黎国璞）、《冬雷》（陈漫远、王云高）、《摩根世家》（张波）、《明星恨》（王云高）、《天眼》（潘荣才）等，中短篇小说集《槟榔盒》（农穆等）、《故人》（陆地）、《江和岭》（黄钲）、《上梁大吉》（潘荣才）、《姆姥韦黄氏》（韦一凡）、《白罂粟》（孙步康）、《日出处，月落处》（岑隆业）等。其中，韦一凡的创作成就突出，其短篇小说《姆姥韦黄氏》、中篇小说集《被出卖的活观音》、报告文学《百色大地宣言》（合著）先后三次获得全国少数民族文学创作优秀奖。90 年代后又产生了一批全国所熟悉的壮族青年作家如韦俊海、黄佩华、凡一平等，他们的文学创作不断获得广西的各类文学奖项，在广西甚至全国文坛产生了一定的影响。其中，韦俊海著有长篇小说《大流放》《浮生》《春柳院》、中短篇小说集《苦命的女人》《河》《引狼入室》《红酒半杯》等。他的小说多描写桂西北红水河流域的民族生活和人物故事，体现出在现代文明冲击下少数民族文化心态的变化，具有浓郁的地域生活气息和民族文化色彩。

新时期散文创作势头强劲，散文家队伍迅速扩大。周民震、凌渡、黄福林、蓝阳春、苏长仙、岑献青等都结集出版了自己的散文集，包括黄福林的《蹄花》、蓝阳春的《歌潮》《回响》、苏长仙的《山水·风物·人情》《云絮飞花》、岑献青的《秋萤》等。这些散文作品不仅数量众多，而且逐步引起了国内散文界和批评家的关注，有的还被收入各种权威的散文选本和选刊。其中，成绩最为突出的是凌渡、蓝阳春。凌渡是"80年代广西文坛最具代表性的散文家"[1]，他走遍了祖国南方的各地，从平凡的生活中发现散文的艺术美，先后出版了三部散文集《故乡的坡歌》《南方的风》《听狐》，内容多描写广西本土的少数民族生活与风土人情，生动展现了地域自然风光和民族风貌，反映了少数民族的生存状态和心灵世界。在描写自然景色的同时，作者善于通过精巧的构思和灵活的结构来抒发真挚的感情，其语言朴实流畅、清新含蓄、洒脱亲切，表现手法灵活多样。蓝阳春的散文集《歌潮》多描写广西少数民族地区的生活，叙述本土的故事和人物，抒发对民族和国家的深厚情感。这部散文集不仅标志着蓝阳春的散文创作开始走向成熟，而且也奠定了他在广西文坛的地位。此外，周民震以创作电影文学剧本而誉满全国，同时他还创作了众多的散文作品，他的散文集《花中之花》描绘了广西少数民族的风土人情，赞美了崭新的社会主义生活，其语言清丽，意境优美，自成风格。

在诗歌创作方面，韦其麟、莎红、黄青、农冠品、李甜芬、黄琼柳、黄堃、韦文俊、冯艺、黄承基、黄神彪、蒙飞等都创作出了优秀的诗歌作品，取得了可观的成果。韦其麟善于通过壮族民间传说来进行创作，其叙事诗集《寻找太阳的母亲》具有历史的古朴色彩和民族风味，又有强烈的时代情感和文化内涵；短诗集《含羞草》和散文诗集《童心集》则充满了哲理的思考。莎红的短诗集《山欢水笑》《边塞曲》《唱给山乡的歌》言简意赅，情真意切，意境清新。黄承基90

---

1 温存超，陈代云，李琨等：《广西当代文学》，吉林：吉林大学出版社，2014年，第155页。

年代后到广东社科院文学所工作，但始终关注家乡和民族，其诗歌既弥漫着八桂文化的气息，又充满着现代的思考。他著有诗集《南方血源》《断续风雨》《亚热带》《远航》等，感情充沛、豪放刚健、语言优美，在广西80年代的诗坛有较大的影响。黄神彪出版了散文诗集《吻别世纪》《随风咏叹》《花山壁画》《圣母的祝愿》等，其中1990年出版的长篇散文诗《花山壁画》代表了他诗歌创作的最高成就，在中国文坛引起热烈的反响和讨论，被誉为"民族史诗性的作品"。这时期较为重要的诗歌集还有黄青的《山河声浪》、古笛的《山笛》、农冠品的《泉韵集》《岛国情》、黄堃的《远方》、陆伟然的《流云集》、韦文俊的《金凤凰》等。此外，李甜芬、黄琼柳等壮族女诗人也有不俗的表现，她们在80年代分别出版了诗歌集《"四页"草》和《望月》，内容充满着时代气息，风格各具特色。和新时期的壮族小说和散文相比，壮族诗歌创作显得相对薄弱，还缺乏在全国具有重要影响的著名诗人和作品。

在报告文学和剧本文学方面，新时期的报告文学才逐步发展起来，从事报告文学创作的壮族作家很少，主要有苏方学、何培嵩、韦明波、陆文祥等。其中，何培嵩是成就最大的一位，他专注于报告文学的创作，撰写了《归客》《住手！死神》等数十部报告文学作品，在壮族当代文学中具有特殊的地位。其中《归客》1990年获中国作家协会第三届全国少数民族文学创作"骏马奖"。何培嵩善于描写全国的体坛名将、影视明星事迹，赞美他们的坚强毅力和崇高品质。他的报告文学取材于现实生活，新闻的真实性和文学的形象性相结合，具有一定的可读性和感染力。此外，苏方学的《祖国的翅膀》、陈雨帆与人合作的《国门虎将》、韦明波的《五枚军功章》、潘荣才的《飞翔和海鸥》、蓝阳春的《英雄铁骑》等，都是新时期较好的报告文学作品。从事电影戏剧文学创作的主要有周民震、韦洁晶、陈雨帆、苏方学等，其中，周民震在新中国成立后就致力于影视文学创作和多部舞台剧本，新时期以来他撰写了剧本《鬓边的花儿》《甜蜜的事业》《彩色的生活》《彩桥》《心泉》《春晖》《远方》等十多部电影剧本。他的影视文学创作遵循现实主义的方法，从现实中取材，具有深刻的现实意义，同时幽默风趣，雅俗共赏，在思想性和艺术性上都达到了很高的水平。

从新世纪前壮族文学的发展中，我们可以看出壮族小说创作以现实主义为主潮，多描写革命历史题材的斗争和人物故事，再现了现代中国艰苦卓绝的革命战争、土地革命和当代乡村的巨变过程，反映了广西少数民族地区在改革开放中的真实状况。散文创作则以描写广西本土的自然山水和风土人情为主，具有浓郁的地域文化和民族特色。诗人们运用创新的艺术形式和手法描写了新时代的生活内容，具有多元化的创作个性和风格特点。报告文学则以记录新时期的生活题材为主，塑造了时代楷模和先进人物，彰显了崇高的思想主题和艺术魅力。

二、新世纪壮族文学的繁荣与创新

新世纪以来壮族文学创作保持了良好的创作势头，各个文学体裁继续取得优异的成绩。在小说创作方面，作家们多描写我国改革开放初期农村社会的变化以及城乡差距所带来的文化冲突问题。在思想主题上更加深化突出，体现了作者深厚的民族情感。黄佩华、凡一平、李约热、陶丽群等作家继续签约，主攻长篇小说创作。黄佩华具有自觉的民族意识，致力于描写壮族人民的历史与现实生活。他先后出版了小说集《南方女族》《远风俗》、长篇传记《瓦氏夫人》、长篇小说《生生长流》《公务员》《杀牛坪》等作品，体现出鲜明的壮族文化底蕴和艺术特色。黄佩华曾多次获壮族文学奖、广西文艺创作"铜鼓奖"、全国少数民族文学创作"骏马奖"等。凡一平早年出版了多部都市题材的小说如《跪下》《顺口溜》《变性人手记》等，反映了现代文明的危机和复杂的人性冲突。从 2008 年开始，他致力于写乡村题材的小说，创作了《扑克》《撒谎的村庄》《上岭村的谋杀》《上岭村编年史》《上岭阄牛》《蝉声唱》《我们的师傅》《四季书》等中长篇小说，反映了壮族地区农村生活的现状。凡一平的多部作品被改编为电影，取得了良好的市场效益和社会效益。他因此也被称为"浑身是戏"的作家，还被称广西文坛的"四君子"之一。李约热出手不凡，出版了长篇小说《欺男》、小说集《人间消息》等，他的作品以中短篇小说为主，努力打造一个以"野马镇"为中心的文学世界，多反映乡土人物的生存状况，突出他们坚韧顽强的精神，同时善于利用怪诞、幽默的手法去揭示生活的悲剧现象[1]。其中，《人间消息》2020 年获得全国第十二届少数民族文学创作"骏马奖"。此外，陶丽群是优秀的壮族女性作家，她以中短篇小说见长，创作有《回家的路亮堂堂》《一个夜晚》《起舞的蝴

---

1 欧造杰：《"野马镇"的文学世界——读李约热的小说集〈人间消息〉》，《中国民族报》2021年1月22日。

蝶》《母亲的岛》等作品。其中，2016 年《母亲的岛》获第十一届全国少数民族文学创作"骏马奖"。她的小说常截取生活的片段，结构扎实紧凑，语言精准流畅，意蕴深刻而耐人寻味。新世纪的壮族小说仍然聚焦于地域文化生活的描写，集中反映了新时期壮族地区人民的生存现状和复杂人性的变化，具有浓郁的民族特色和地域特点，也反映了壮族人民的风俗习惯和心理特征。

在散文方面，作家们继续聚焦广西本土的少数民族文化资源，真实记录了家乡的秀美景观和个人的生活经历，表达了热切的家国情怀。冯艺、庞俭克、严凤华、石一宁等人十分活跃，取得了散文创作的新成就。冯艺的文学创作涉及诗歌、散文和小说多种文体，尤其以散文见长。他从 90 年代起连续发表和出版了散文和散文集《朱红色的沉思》《云山朗月》《逝水流痕》《桂海苍茫》《边地无声》《瑶风鸣翠》《红土黑衣》《沿着河走》等。其中，散文集《朱红色的沉思》《桂海苍茫》分别获第四届、第八届全国少数民族文学创作"骏马奖"。前者以优美而简练的文笔，深沉而强烈的感情，表达了对祖国、家乡和人民的无限热爱之情，以及对民族历史和文化的思考。后者描写了广西多元、异质、独特的人文地理，深入挖掘和探究了广西人文历史和民族心理。他的散文知识丰富、文笔优美，体现了作者对历史与现实的思考。庞俭克出版了散文集《秋天的情书》《三十岁男人自白》等，1995 年因散文创作成就突出获庄重文文学奖。他的散文形式多样，构思巧妙，语言精练，别具一格，充满激情和灵性，表现出强烈的生命意识和文化内涵。严凤华出版了散文集《窗外是风景》《一座山，两个人》《民间记忆》《左江烟云》《四季飘香》等，作品多聚焦于八桂风物和民族习俗，详细记录了广西世居民族丰富的历史文化内容，风格自然朴实、语言淡雅亲切。长期在北京生活和担任《文艺报》《民族文学》编辑工作的石一宁发表了众多的散文作品，新世纪以来出版了散文集《薄暮时分》《湖神回来了》《履痕心绪》等，记录了自己的生活见闻、时代变迁和当代文艺活动的情况，抒发了对人物命运的感叹和游子乡愁的情感。

新世纪以来不断涌现出一些青年壮族作家和诗人，如潘莹宇、黄土路、费城、黄芳、梁志玲、黄鹏、荣斌、梁洪、牙韩彰、三个 A 等，他们不断有新的作品推出，运用多元化的艺术手法形象地表达了个人的敏锐情感和思考。重要的作品有潘莹宇的中短篇小说集《跨越门槛的姿势》，黄土路的小说集《醉客旅馆》、散文集《谁都不出声》《翻出来晒晒》、诗集《慢了零点一秒的春天》等，尤其以诗歌创作见长，内容多表现故乡和亲情，情感真挚，细腻动人。荣斌长期进行诗歌创作，先后出版诗歌集《面对枪口》《卸下伪装》《在人间》《自省书》等，取得了可喜的成绩。长期担任《当代广西》主编的牙韩彰2019年出版了散文集《屈指家山》，描写了广西的名山大川和家乡的人物故事，充满着浓郁的文化气息和人文情怀，表达了热爱家乡和故土的真切情感。此外，钟日胜以自己的亲身经历为基础，2010年创作的长篇报告文学《非洲小城的中国医生》，记录了一名中国医生不远万里去非洲援助医疗工作的感人故事，作品获第十届全国少数民族文学创作"骏马奖"。此外，不少文学作品特别是长篇小说被成功改编为影视剧，一些作品还被翻译成外国文字在海外出版，扩大了壮族文学与作家的影响力。

近年来在中国作家协会等相关部门的大力扶持之下，壮族作家的队伍不断壮大，不少壮族作家如费城、赵先平、黄芳、向红星、罗瑞宁、周未、罗南、钟日胜、黄吉韬、梁志玲、韦荣兵、李明媚、蓝海洋、韦孟驰、陆祥红、周龙、黄格等先后加入中国作家协会。截至2019年，广西作家协会共有会员2202人，其中少数民族会员866人，占39%，而壮族作家占主体，形成了老、中、青梯队整齐的多民族作家队伍。[1] 随着网络文学的快速崛起和繁荣，一些壮族青年作家还利用网络媒体进行文学创作，纪尘、费城、忽然之间～、施定柔等活跃在各种网络文学网站上。中国民族文学网、广西文联网、广西民族报网等发表了众多壮族青年作家的文学作品，体现了壮族文学的网络化趋势和多元化发展的局面。

此外，壮文创作也得到了发展。壮文初期主要是记录和整理壮族民间口头文学，新时期以来广西为促进壮文的发展，积极探索壮文进校教育教学的实践发展，从小学、中学到大学的壮语教育发展良好。用壮文创作的作家主要有韦以强、苏长仙、蒙飞、黄新荣、李从式、陆登、陆世初等人。1983年韦以强、苏长仙第一次推出壮文散文《卜万斤》，荣获第二届全国少数民族文学创作优秀散文奖。1986年秋《三月三》壮文版创刊，扩大了壮族文学的传播和影响力。2005年广西设立首届壮文文学奖，李从式的山歌《深情重如山》和陆登的中篇小说《短脚阿和》等五篇作品获奖。2007年余执出版了小说集《天知道》，蒙飞和黄新荣创作的长篇小说《节日》成为壮族历史上第一部长篇小说，并于2008年获得全国少数民族文学创作"骏马奖"。随后，蒙飞用壮文创作的《山重水复》

---

1 石才夫：《绚丽多彩的新时代 广西少数民族文学》，《文艺报》2019年9月6日。

《风吹过街》等曾获多项奖励。从 2018 年开始，广西民族报社与余执、尹福建、钟希增、陆如刚、凌秀香、谭喜花等壮文作家进行了首次"壮文作家作者"签约，他们创作的壮文作品产生了较好的社会影响。

壮族当代文学的繁荣还体现在文学刊物上。《广西文学》《三月三》《广西民族报》，以及《柳州日报》《南宁日报》《河池日报》《百色日报》等民族地区的报纸，发表了众多壮族作家的作品并获得了较好的发展。在广西文联主办的文艺期刊中，存在历史最长、最有影响力的是《广西文学》，在推出广西优秀壮族文学作品、培育壮族青年文学人才方面做出了突出的贡献。该杂志创立于 1951 年 6 月，1957 年 1 月至 1980 年 6 月曾先后改为《广西文艺》《漓江》《红水河》《革命文艺》等，是广西文学的重要刊物。在 70 年的历程中，《广西文学》在不同历史时期推出了许多优秀的少数民族文学作品，如陆地的长篇小说《美丽的南方》《故人》、韦其麟的诗歌《莫乞之死》、黄飞卿的短篇小说《五伯娘和新儿媳》、周民震的戏剧《三朵小红花》等，在广西和中国文坛上产生了重要影响。该杂志近年来还创设"广西诗歌双年展"品牌栏目，连续推出本土诗歌大展等，为壮族作家发表文学作品提供了一个很好的园地和平台，这对繁荣壮族文学创作和壮族文化艺术都具有积极的意义。

三、壮族文学批评的收获与成果

文学批评与研究是壮族当代文学的重要组成部分。随着壮族新时期文学的兴起，对壮族文学的批评与研究也逐步增多，一批广西壮族批评家和学者加入了对壮族文学的批评队伍当中。壮族文学批评主要围绕壮族文学史、壮族民间文学和壮族作家文学创作来展开评论与研究，其中，又以壮族作家文学评论为主，并贯穿着壮族文学批评的主线和脉络。梁庭望、周作秋、黄绍清等在壮族文学史论，蓝鸿恩、黄勇刹、农冠品、韦苏文在壮族民间文学评论方面分别做了卓有成效的工作，撰写了一批文学批评与研究的著作。在壮族作家文学批评与研究方面，胡树琨、覃伊平、谭福开、杨炳忠、雷猛发、黄承基、黄伟林、石一宁、罗瑞宁、欧造杰等成为主要的代表。

首先，在壮族文学史论和民间文学批评方面，1979 年广西师范大学的欧阳若修、周作秋、黄绍清、曾庆全编著了《壮族文学史》（3 册），新世纪初欧阳若修、周作秋、黄绍清、覃德清编著的《壮族文学发展史》则注重从历史的角度论述壮族文学发展演变的过程，增加了壮族现当代文学的内容。1993 年黄绍清的《壮族当代文学引论》则是壮族当代文学研究的奠基之作，总结了壮族当代 20 多位作家文学创作的丰硕成果。2007 年雷锐的论著《壮族文学现代化的历程》，详细论述了广西壮族文学的现代化过程与发展规律问题，对多位壮族当代作家及其文学作品进行了独到的分析，具有较高的理论价值和创新意义。在壮族民族民间文学批评方面，新时期以来先后出版了广西多位学者的研究著作，包括蓝鸿恩的《广西民间文学散论》、黄勇刹的《歌海漫记》《采风的脚印》《壮族歌谣概论》、梁庭望与农学冠合著的《壮族文学概论》、韦其麟的《壮族民间文学概观》、潘其旭的《壮族歌圩研究》、莫非与陈多合作的《民族文学论稿》、陆里的《壮族文学概况》、周作秋编的《周民震韦其麟莎红研究合集》、蒙书翰编的《陆地研究专集》、钟世华编的《韦其麟研究》、欧造杰编的《凡一平研究》等，这些著作丰富了壮族文学批评的内容，拓展和深化了壮族文学研究的深度。

其次，在壮族作家文学批评方面，不仅壮族批评家初步形成了群体，而且编著和出版了壮族文学批评的著作。1991 年王敏之、雷猛发编著《广西壮族文学评论集》（上、下集），收入了 80 篇壮族当代文学的评论文章，全面展现了新时期以来壮族文学发展的真实面貌和主要成就。这一时期出版的壮族文学批评家的著作主要有：杨炳忠的著作《桂海文谭》、黄绍清的《壮族现代文学卮论》、雷猛发的《残雨集》《感悟探索——雷猛发评论集》、胡树琨的《刘白羽作品欣赏》《百花集胜——优秀短篇小说欣赏》、黄承基的《文学价值论》《文学审美论》、石一宁的《走向文学新天地》《民族文学：现场与思考》、陈丽琴的《壮族当代小说民族审美导论》、罗瑞宁的《审美与欲望的纠缠——转型期中国文学研究》、欧造杰的《边缘地带的活力——广西当代文艺理论与批评的构建与发展》、周飞伶的《守望乡土走向现代——壮族新壮文文学研究》等。其中，黄伟林是广西新时期以来最活跃和最重要的壮族文学批评家，他一直专注于广西当代文学的批评与研究工作。新时期以来他发表了众多的文学评论文章，出版了《桂海论列》《转型的解读》《文学桂军论》《中国当代小说家群论》《广西多民族文学的共同发展》等著作。其中，《转型的解读》1999 年获第六届全国少数民族文学创作"骏马奖"，是壮族批评家中唯一获得此奖项的学者。

新时期以来，广西文艺界多次召开民族文学研讨会，深入探讨了广西民族文学特别是壮族文学的民族特色与成就。如1981年5月《广西文学》编辑部主持召开文艺的民族特色问题座谈会，1987年初召开的首次壮族当代文学讨论会，2020年6月广西文联主办的新时代广西少数民族文学创作研讨会等。批评家们还多次召开壮族作家作品研讨会，帮助壮族文学创作发展。如丘行长篇小说《山城剑影》研讨会、陆地小说创作研讨会、何培嵩报告文学研讨会、周民震戏剧作品研讨会、黄佩华小说创作研讨会、陆地诞辰100周年暨文学创作研讨会等。1987年广西成立了壮族作家创作促进会，[1] 该会自成立以来，积极发现、团结和培养文学新人，为推动壮族文学的发展做出了重要的贡献。在壮族作家创作促进会的推动和组织下，成立了壮族文学奖和壮文文学奖，每三年评奖一次，有效激发了壮族作家们的文学创作热情，推动了壮族文学的繁荣发展。

壮族新时期以来的文学取得的进步是全方位的，其背后的原因也是多方面的。它离不开老一辈作家陆地、周民震、蓝鸿恩、黄勇刹、韦其麟等人的带头和推动作用，并始终坚持文艺为人民服务、为社会主义服务的正确方向。壮族是一个勤劳朴实、开放包容的民族，壮族作家们始终坚持艰苦奋斗和团结协作的精神，在文学创作上批判地继承文化遗产，反映民族精神，增强民族特色。壮族当代文学创作的繁荣，得益于中央和广西壮族自治区党委、政府的高度重视和大力支持。广西少数民族文学"铜鼓奖"、壮族文学奖、壮文文学奖等奖项的成立，则发挥了很好的引导和鼓励作用。广西文联和作家协会举办了多次少数民族作家培训班、作家笔会和改稿会，还组织一些民族作家到各地参观考察，开阔了他们的视野。《民族文学》《广西文学》《三月三》《广西民族报》等报刊，对壮族文学的繁荣发展发挥了重要的平台作用。此外，广西文艺评论家协会和壮族作家创作促进会等在推进壮族文学创作的过程中，发挥了中介和服务功能。广西区内外的文学批评家们多次组织壮族文学研讨会，进行经验交流，不断归纳和总结壮族作家文学创作所取得的成就和艺术特色，体现了壮族文学批评与理论的自觉，有力推动了壮族文学创作的进步与繁荣。

总之，新时期以来壮族文学有了全面快速的发展，这些作品在内容上真实反映了壮族地区的社会生活、民族性格和社会风貌，塑造了具有民族性格的人物形象和富有民族特色的典型环境；在语言形式上吸收了大量的壮族民歌进入作品，

1　雷猛发：《壮族当代文学研究的总体构想》，《学术论坛》1987年第5期，第41页。

因此在总体上表现出较为突出的民族特色。新时期以来的壮族文学虽然取得了较大成就，但也存在不少问题，主要表现在一些作品的民族特色还不够鲜明突出，艺术形式还较陈旧。作家的素质修养还有待提高，特别是壮族女作家人数稀少，青年作家后劲不足。与汉族和其他兄弟民族较先进的文学相比，壮族当代文学还显得相对滞后，无论在思想性和艺术性方面、数量和质量方面，与国家的发展和时代的进步还有一定的距离。壮族当代文学作品数量虽大，但拳头产品不多，特别是目前还没有获得鲁迅文学奖和茅盾文学奖的作品，有全国影响的名作家还不多。可喜的是，近年来广西加大了对长篇小说创作的扶持力度。一批壮族作家干劲十足，锐意进取，新时代的壮族文学有望获得更大的成就和突破。

［基金项目：2019 年教育部人文社会科学研究规划基金课题"壮族当代文学批评研究"（19XJA751005），河池学院 2021 年高层次人才科研启动费项目"新时期以来少数民族文学批评研究"（2021GCC008）］

（原载于《民族文学》2021 年第 9 期）

在爱者与被爱者的合一里齐声默吟

——读马金莲的《爱情蓬勃如春》

苏　涛（回族）

一

苏格拉底说过，"不从爱情开始，永远不会懂得什么是哲学"。爱情一向是诗人、剧作家、小说家所着力耕耘的田地，马金莲也不例外。但读者和评论家在谈论马金莲的小说时，似乎很少注意到她笔下的爱情书写。马金莲文学作品中的爱情，代表了或者说书写了一种中国乡土社会中传统的情感模式，从中展现了西部农村妇女的日常生活与婚姻状态，以及在纯良的两性关系之下那种对生命历程的体认和对于人生从来如此的感叹，传达出一种干净和拘谨的生命所怀有的深深的知感，同时浸润着一抹不能排遣的淡淡忧伤。这尤以她早期作品中的"碎媳妇"形象为代表。某种程度上而言，"碎媳妇"可以说是马金莲笔下一类女性人物群像的缩影。在小说《碎媳妇》中，"两个人见了面，互相瞅了一眼"便将自己的一生交给了这个男人，从而"学会了忍耐、沉默、吃苦、吃亏"，一个懵懂的少女通过未知的婚姻成为女人，而爱情则在永世的悲欢中沉默不语。这是一种典型的马金莲式的爱情与婚姻书写，在马金莲笔下的家庭伦理与家庭氛围中，读者可以感受到一种独有的稳定感、重心感、舒缓感，以及一种近乎喃喃自语的情感独白，生命如一条小溪流般没有大的曲折，生活则似一架固定机位的摄影机呈现从日出到日暮。

而在新作《爱情蓬勃如春》中，马金莲笔下的那种稳定感被打破了，小说中隐藏着一种起伏的情感状态，舒缓的叙事风格也有所改变，她笔下惯常的那种沉默与顺从变成了压抑和倾诉，以及父女之间不可抗拒的宿命性转折。通过《爱情蓬勃如春》，马金莲试图阐述一些更为复杂而尴尬的社会问题，这在她以往的创作中已见端倪。相较于她之前的女性形象塑造，木清清这一年近四十的大龄未婚女性体现出马金莲对现实的精微观察，她一边关注老年人的婚姻问题，一边深入开掘大龄未婚女性的情感及心理世界，在平行的叙事之下展现出她对当下中国社会的某种体恤和介入。在电影大师小津安二郎的著名影片《秋刀鱼之味》中有这样一个意味深长的情节，平山先生终于将女儿嫁出后，一个人落寞地去那家老板娘长得像他去世妻子的酒吧喝酒，老板娘见他看起来比平时正式和肃穆，便问他道："今天从哪里回来？是葬礼吗？"平山先生想了一下，苦笑道："嗯，也可以这么说吧。"父亲对女儿的爱在某种程度上是最难以表达的情感，因此可以想象女儿的出嫁对于一名父亲意味着什么。但倘若角色互换，女儿目送父亲"结婚"会是一种怎样的体验呢？小说《爱情蓬勃如春》便提供了这样一个丰富且耐人寻味的文本。

二

小说开篇于三十好几依然未婚的木清清的择偶观，"木清清择偶的标准是她爸木先生。高大，英俊，脾气好，对老婆几十年如一日地疼"。这个略显苛刻的择偶标准让木清清成为大龄剩女几乎是必然，所有相亲对象最后的关口并非取决于对方如何，而是她眼中那个"完美"的父亲形象。因而当木太太去世后，木清清更多了一份不出嫁的理由，她自觉不自觉地"补位"上去，替代母亲去完成女性在这个家庭的使命及职责，这不可避免地唤醒了她体内压抑的"埃勒克特拉情结"。小说中有段心理描写尤为精彩，"如果木先生不是木太太的丈夫，她也不是他的女儿，那么有一天她遇到了木先生，会不会不顾一切地爱上他？并且死心塌地地要嫁给他？"木清清在幻想中实现了"和父亲结婚"这一隐秘愿望，从而巩固和坚定了自己未婚的合理性。但她并没有意识到，她对父亲的"爱"让她跟现实世界与真实生活隔离开来，她以为在失去母亲之后她便可以与父亲相依为命，但沉默的木先生的态度却让真相逐渐浮出水面，"你有你的生活，爸也有爸的生活，爸才五十九岁，还有几十年日子要过，这后面的日子，我想过得质量高一点"。木清清对父亲让她从家中搬离的要求大为惊骇，但即便如此，木清清也并未读懂爸爸的意思，依然在自己的思维轨道里想着怎样"对爸爸好"。小说的高潮出现在木清清无法打开父亲家的房门，她成为父亲家庭生活中真正意义上的"闯入者"，而小丽的出现则让小说完成了真正意义上的反转：情感的反转以及位置的反转，特别是小丽"眼神荡漾起一抹似乎放肆又似乎胆怯的神色"，一种荡漾着荷尔蒙气息的亲密感让木清清的压抑走向爆发，她由慌乱到气愤，终于摔门而去。

从木太太生病到去世，木先生的照顾和操劳木清清是看在眼里的，那是一种相濡以沫的情感，是一种难以言说的疼痛，这些，都真真切切地与爱有关。正因如此，让木清清以为失去了妻子的木先生肯定会在思念中孤独终老，而这也正是小说的高明之处。叙事省略是《爱情蓬勃如春》的一大特色，与父亲的再婚主线并无实质关联的一些支线情节颇值得玩味，隐蔽的留白被用来表现"背面"的主题，所有的惊涛骇浪不过都是木清清一个人的内心世界。木清清习惯了和父亲相依为命的模式，在这种模式中她找到了一种生活的平衡感和存在感，但当小丽出现后，这种平衡感被彻底打破，此时的木清清陷入了"一个人的战争"。小说将木清清微妙复杂的心理活动刻画得入木三分，在一系列的内心活动中让我们看到木清清心理变化的全貌。然而，一个人的战争没有赢家，在漫长的自我交战中，爱的真相也逐渐清晰。小说在父亲与小丽的婚礼中结束，作为女儿的她盛装出席，木清清在华丽的妆容衬托下越风姿绰约，就越代表着她所"失去"的那一部分的宝贵，她接受了父亲的再婚，接纳了小丽的位置，但读者仍然能感受到一种不可名状的忧伤。

三

1979 年张洁发表了《爱，是不能忘记的》，小说以一种"逆向"叙事，从三十岁未婚女儿的视角回忆和讲述了母亲的情感经历，作品中绵延着一种凄美的、理想主义的、柏拉图式节制的崇高，令读者久久不能忘怀。就连小说中作为母亲爱情信物的契诃夫小说选集，似乎也代表了那个年代的爱情符号，似一曲身心皆没有灰尘的《爱的箴言》。随着中国社会的现代化进程，子女如何对待父母的爱情似乎是当代文学中一个有意味的主题，这也是现实主义写作的意义所在：不但要真实地反映时代，同时也应该如实反映时代的情感。从这个角度而言，马金莲的小说《爱情蓬勃如春》即是一部从子女的视角深入思考父辈婚姻及情感问题的现实力作，和张洁所处时代不同的是，老年人的婚姻和爱情在今日有了更多现实层面的考量与困境，这个时代对爱情的考验来自四面八方，保护爱情和重新创造爱情不单是文学的题目，更是这个时代需要深入思考的题目。如果不相信爱情，我们还能相信什么？在《爱情蓬勃如春》中，通过木清清的视角读者可以看到父亲对生活依然葆有的那份热情，在爱情面前那颗不受年龄影响的渴望的心，以及一种抑制不住的蓬勃的生命力。小说在面对父亲再婚这一主题时，展现出了父亲勇敢的跨步，而这个跨步是父亲对待爱情的姿态，也是试图传达给女儿木清清的爱情观：爱情是美好的、浪漫的，但爱情更应该是真实可感的、有烟火气的，渴望亲密的生活本身。

在《爱情蓬勃如春》有节奏的叙事之下，还隐藏着一些隐秘的内容：人与人之间该如何表达自我和沟通彼此？我们每天所面对的亲人，很多时候其实都是对方眼中熟悉的陌生人。父母之于子女，需要更多的是了解、理解和谅解，特别是正视父母追求爱情的权利。小说中木清清在审视父亲爱情的同时，其实更需要审视自己。无论时代怎样变化，即便人人都将追求自己的利益作为普遍的信念，爱情也永远是一个反例。有意思的是，马金莲颇善于书写死亡，但读者不知道她笔下的死亡将在何时何地以及怎样发生，这就像她笔下的爱情一样，注定会发生，但总有一种不可预知的偶然和必然。不管是碎媳妇的无措，还是木清清的守候，在如水的光阴里，在爱情与婚姻的角逐中，生命漫长而又短暂。在马金莲的小说里，我们并没有看到理想中的爱情，因为爱情从来是生活不是剧本，是现实不是幻想，她在小说《爱情蓬勃如春》中所要讲述的并不是个天真的故事，因为生命的成长必须"脱轨"，这是人生的常态，也是人生的魅力。文章总是要结尾的，但爱情的话题却很难结束。我仿佛看到木清清穿着洁白的婚纱，手挽着她的爱人步入婚礼的殿堂。在爱情萌发的那一刻，世界和生命随之有了意义，好像全部的存在都是为了等待那一刻的来临，就让我们在爱者与被爱者的合一里齐声默吟，因为，只有爱情蓬勃如春。

（原载于《民族文学》2021 年第 10 期）

人与动物和谐共处的深度探索

——读《太平有象》

宋家宏

太平村来了大象，这庞然大物的到来，太平村还有太平吗？

《太平有象》要表达的是一个生态文明建设的主题：人与动物如何和谐相处？小说取材于云南民族地区，而且有一定的现实生活作为素材，它要表达的却不仅仅是一个民族与地域的问题，而是一个人类文明的重大主题。

小说以阿嘎和木呷两个彝族青年进山途中救了一头初生的小象，历经艰辛，喂养它，治好它的伤，并与小象建立了感情，最后使小象回归象群为中心线索，让读者体会到，人与其他生物和谐相处，是历史与社会发展的必然要求，是生态文明建设的重要内容；而要达到人与动物和谐共处的境界，还有许多问题需要解决。

小说的叙事逻辑非常严密。两个彝族青年在小象危难之时，救出小象，这是他们善良心性的表现。云南少数民族中有许多民俗，是基于朴素的生态文明观念形成的，对不同生命的尊重，存在于许多民间故事、民间文化中，世代相传，形成了朴素的生态文明观念。对初生的小象，他们有恻隐之心，救出了落入陷阱的小象，自己却陷于两难之中——此事一旦暴露，他们有可能被别人误认为是猎象的罪人，此时，国家的环保法律法规已经广为宣传；而要养活小象，又非他们的财力、精力能够承担，但是他们还是义无反顾地承担了这一重任，并且得到两位家长——村主任沙玛和毕摩乌火的支持。

小说回叙了这个彝族村寨在故乡大包山的往事。那是一个苦寒之地，他们依靠农耕文明维持着基本的生存，却难以阻挡工业文明的入侵。马鸿鹄不顾一切地开矿，大包山被破坏得千疮百孔，这与村民们的朴素理念完全相悖。老毕摩从古老的传说中找到了驱逐马鸿鹄的依据，阿嘎的爷爷不惜雇凶杀人，却犯了法，因此身陷牢狱。他们面对工业文明的入侵，束手无策。纯朴的乡间、民族地区经历了许多类似的事。他们想尽了办法，力图保住自己原有的家园，也没能阻挡工业文明的强势推进。马鸿鹄之死纯属意外，在他们看来却是天意。

　　人与动物是一个血肉相连、相生相伴的整体。现代科学已经证明，人类与动物存在天然的亲缘关系，在自然不断的更替演绎中，和植物一起构建了整个世界的生命之网，只是由于进化过程中复杂多样的基因组合，人类的进化明显比其他物种快得多，人类文化的不断演进发展，使人类已经慢慢从同类动物群落中脱颖而出，变成了"高等动物"。但是既然人类源于动物界，就难逃动物界的自然法则：弱肉强食。又因为是"人"，而有了久远的思维能力和行动能力，人制定了一系列属于人的法则，制约"弱肉强食"的自然法则，以保持大自然生命网的平衡关系，也是在维护人类自身的生存与发展。文艺复兴后，人发现了自己是"大写的人"，是"万物的灵长"，在推动人类文明发展的过程中发挥了重要作用，但同时也将人类推向了与其他生命体不平衡的地位，人类总想征服自然，统率一切生命体，淡化了与自然界的平衡观念。随之产生的工业文明，使人的力量超前强大，会使用工具的人，发明了各种武器，冷兵器演化成了热兵器，甚至核武器，哪怕面对巨型动物也无所畏惧，动物，在人的面前变成了普遍的弱者。人的欲望空前高涨，一些人推崇"丛林原则"，人性之恶被调动起来，人性中本属动物性的"弱肉强食"膨胀开来。侵略战争的发动者甚至将"弱肉强食"的自然法则施于人类自身，此时其他生命体更不在这类人的眼中！

　　小说中描写的马鸿鹄、段晓果一类人，是人类贪欲膨胀的代表，马鸿鹄为一己私利，以工业文明的面目出现，随意破坏大自然，也破坏了彝家山寨清平安宁的生活，逼得彝家人想杀他。在人类文明史上，哪一次战争不是因为一些人的贪欲引发的呢？段晓果也是为了一己私利，威逼利诱木呷和阿嘎，要偷卖小象。他们完全丧失了人类应有的恻隐之心、善恶之心和是非标准。

　　反观《太平有象》中大包山的彝家太平村，将自己在党和政府领导下修复的家园让出来，再重新开辟新的家园，让弱小的黑颈鹤有更好的生存之地，并把异乡建设得比故乡更美好，更适宜人居住，是何等的高尚！这是生态文明建设中作为"高等动物"的智慧与眼光，也只有人作为"高等动物"才具有这样的行动能力。太平村的山民们说不出生态文明建设的大道理，但是他们有世代相传的朴素理念，他们有善恶之心，善恶的标准符合自然发展的基本规律，也符合人类自身发展的需要。小说所写的党和政府基于生态文明建设理念的决策，符合大自然生命网平衡发展的需要，也符合人类自身发展的需要，维护了彝家山寨人的根本利益，因而得到了太平村人的拥护与配合。

从苦寒之地移居到温暖之乡，太平村的彝家人在异乡重建了他们的故乡——比故乡更美的新太平村，正当他们开始安居乐业时，大象来了！这回来的不是弱小的黑颈鹤，而是强悍的巨型动物，它给在异乡建新家园的彝家人带来的是福还是祸？成为小说整体的悬念。相对弱小的黑颈鹤、强悍的大象，小说让太平村人面对两种截然不同的动物，表达作家的思考，自有其构思的深意。

由于无力承受经济与精神的双重重负，在一个月黑风高之夜，两个年轻人将小象悄悄地赶进了雨林深处。这是他们能想到的摆脱被人误解又使小象获得新生的唯一办法。送走小象，两个年轻人却寝食难安、苦苦牵挂；小象又因受伤归来求救，这是小说写得极为精彩的篇章，成为人与动物和谐相处的动人画面。彝家小伙阿嘎与傣家姑娘岩香在救助小象的过程中萌生爱情，两人表达爱意的情调，木呷的嫉妒，写得生动有趣。小象也有了名字——平平，这是人类对人与动物和谐共处最美好的祝愿。平平安安是对小象的祝愿，也是对这个世界最美好的祝愿，是人与动物和谐共处的良好祝愿。象为媒，也是小说的华彩部分。

也许，一般的小说写到这里可以结束了，成为一个人与动物和谐相处的大团圆结局，可以温暖许多爱好大团圆结局的读者的心，但潘灵没有这样来结束他的小说，他把小说的深度又推进了一层。正当阿嘎和岩香举行婚礼时，成群的大象来了，它们来寻找小象，它们不会懂得善良的彝家人为它们的小象的付出，它们破坏了婚房与婚礼，彝家人新建的家园也惨遭毁损。

人与动物和谐相处并不像人想象的那样顺利、那样自然。人已经成为"高等动物"，其他动物，哪怕发展到较高阶段的灵长类动物，也远远不能企及人的阶段，人与动物没有对话的通道和可能。动物还停留在本能阶段，许多时候，动物之间类似于人的情感表达，动物对人的感情是人移情于动物，将动物拟人化了，其实，这些只是它出于本能的驱使。近年来，报刊上发表了许多人与动物冲突的新闻，云南西双版纳野象伤人，青藏高原雪豹偷袭家畜，广西、四川等地野猪下山"抢粮"等，就是峨眉山那些天天与人相处的猴子，也给游客造成了数不清的困境与损失。城市中的宠物狗对小孩与老人造成的困扰已经成为一个应该高度重视的社会现象。

动物在人类面前，面对整体的人类，仍然处于弱势；而人在受到保护的动物面前，个体的人，尤其是单独面对巨型动物的时候，又必然处于弱势。人怎样才能与动物和谐共处？这是一个问题，一个很重要的生态文明建设的大问题。

　　人口在增长，得到保护的动物也在增长，地球资源却是有限的，局部地区的资源更为有限。要解决这些问题，人还得发挥"万物之灵长"的优势，制定法律法规，既要保护动物，也要保护因此受到损失、承担了生态文明责任的弱势人群。法规的约束，道德的自律，能起到一定的作用，但生态的问题，还需用生态的办法来解决，这是专家们应该研究的大事，是当务之急！小说不避嫌疑，直面生态文明建设中的大问题，引人深思。

（原载于《民族文学》2021年第11期）

新疆少数民族当代诗歌美学特征分析

吐逊江·亚森（维吾尔族）

新疆各族人民共同创造的文化底蕴酝酿了少数民族诗歌的审美特征。共同的地理空间和文化空间的影响，使新疆少数民族诗歌在美学特征上呈现出诸多共性。这些共性主要体现在新疆少数民族当代诗歌，特别是新时期以来新疆各民族诗歌创作的意境、语言、形式等方面。

一、意境美

意境是主观情感与客观事物相互交融而产生的情感体验空间。诗歌的意境是具体、有形的情景和虚幻、无形、存在于人们想象中的艺术境界构成的统一体。前者构成了诗歌意境中的实境，而后者构成了虚境，正所谓"象外之象，景外之景""境生于象而超乎象外"。新疆少数民族当代诗歌中的意境同样具有虚实相生的特点，在诗歌意境的营造过程中形成了独特的诗歌风格和美学追求。

（一）诗人对生命美的追求

新疆少数民族当代诗歌擅于以具有强烈生命力的意象表现、挖掘生命之美。在诗人眼里，最真实的、最朴素的生命也是最美的。他们擅长从现实生活中发现美的生命，并如实生动地表现出来。新疆少数民族诗歌中常见"月亮""太阳""草""花儿""鸟""树木""马"等自然意象，有些意象本身是生命体，有些是没有生命的，而诗人将其视为有"灵"的生命，将自身的情感与审美观念渗透到其中，表现出对生命美的追求。这是新疆少数民族诗歌中常见的现象，也是诗人追求生命价值、向往生命美的一种表现。比如，哈萨克族诗人库尔班阿里·乌斯曼诺夫这样写道：

插上了翅膀自由飞翔，

围着月亮，吻着阳光

和星星畅谈

在天空自由地唱歌 [1]

　　"月亮""星星""阳光"离人类距离遥远，然而诗人将它们想象成可亲可近、可以"围着""吻着"，并与之"畅谈"的生命。诗人借助想象"插上了翅膀"，抒发了对自由美好生活的向往和追求。

　　新疆少数民族诗人的赞美诗以及哲理诗，一方面抒发对生命的崇敬与向往，另一方面倡导人与自然和谐共处。这些诗歌不直接号召人们"热爱生命""珍惜生命"，而是通过对人类心灵与大自然和谐共振的美好生命体验的生动表现，来表达诗人的审美立场。在他们看来，心灵世界与自然世界的和谐、现实生活与自然环境之间的高度融合是诗歌审美的最高追求。

　　柯尔克孜诗人谢尔格在《当我看到故乡》中写道：

彩蝶盘旋在头顶上，

敲击我心中的弦线。

歌唱的鸟群让我想起，

妹妹那张美丽的容颜。 [2]

　　显而易见，本诗不仅仅是情景描写与抒情，诗歌后两句充分体现出诗人的审美观念。"鸟群"的歌唱让我想起"妹妹"的容颜，生动而巧妙地刻画出了对生命美渴望的"我"的形象。鸟群的歌唱与姑娘美丽的容颜本无直接关联，然而，鸟的"歌唱"让人心情轻快舒畅，"妹妹那张美丽的容颜"同样给诗人带来幸福之感，二者之间产生一种内在的关联，他们都是生命的美丽所在，即生命之美的表现形式。在诗人眼中，"人"的生存、人的感受和情感与自然是一体的，生命的美好就存在于"大自然"和"人"的有机结合之中。

1　转引自李鸿然：《中国当代少数民族文学史论》（上），云南教育出版社，2004年，第509页。

2　中国作家协会新疆维吾尔自治区分会、新疆维吾尔自治区民族事务委员会编：《天山之歌》，新疆人民出版社，1984年，第256页。

从以维吾尔族诗人铁依甫江·艾力尤夫，哈萨克族诗人库尔班阿里·乌斯曼诺夫，蒙古族诗人策·乌力扎巴图，塔吉克族诗人塔碧勒迪·吾守尔、买买提·肉孜，锡伯族诗人郭基南等诗人为代表的新疆少数民族当代诗歌创作中，我们不难发现，诗人们不仅将个体的生命体验与自然融为一体，同时也自觉地将"生命"的价值与民族、时代、国家紧紧联系在一起。因此，各民族和谐相处于新疆辽阔壮美的自然环境之中，同伟大的祖国母亲同呼吸、共命运，成为不少诗作的主题。比如维吾尔族诗人铁木尔·达瓦买提的《长城，中华民族之魂》中写道：

> 我愿做一块青砖
> 铺在你的身边
> 我愿做阵阵清风
> 吹走你身上的灰尘
> 我愿做一棵青草
> 给你增添一份绿荫
> 我愿做一朵白云
> 永远漂流在你的上空[1]

"长城"本是无生命的客观存在，然而在诗人笔下，它是中华民族精魂的汇聚，是祖国母亲的象征。于是诗人想象自己的生命化入自然界的"清风""青草""白云"之中，为中华民族、为祖国增添一份富有生机与活力的美好。诗人选取柔美的意象、营造和谐的情境去表达诗人胸中炽烈的爱国之情。

（二）生态美与崇高美

新疆是多民族聚居地，各民族自身的历史文化丰富多样，各具特点；又在不断交流、融合中形成多民族共同团结奋斗、共同繁荣发展的文化土壤。如果说世代生活在新疆的维吾尔族、哈萨克族、蒙古族、柯尔克孜族、锡伯族、塔吉克族等各民族有一个共通的传统价值，便是注重人与自然共生关系的生态文化传统。环境的变化关乎新疆各民族的生存命运，因此，对自然的崇高敬意及追求生态和

1　铁木尔·达瓦买提：《生命的足迹》，作家出版社，2000年。

谐、"天人合一"的审美境界成为新疆少数民族当代诗歌的一个比较显著的美学追求。

分析新疆少数民族当代诗歌中的意象，便可以发现其中"河流""草原""太阳""月亮""山脉""星星"等意象的出现频率较高。自然界是我们的共同生存空间，万物皆在自然的怀抱中生存。当代新疆少数民族诗人创造性地继承传统生态审美观念，在诗歌创作中不断探索创新，运用大量自然意象，以表现博大而温柔的自然生态之美，触发读者崇高的审美感知与审美共情；通过对人与植物、动物、山川流水、沙漠、草原、绿洲等自然环境关系的探讨，表达享受自然、赞美自然、敬畏自然的生态审美观。比如，维吾尔族女诗人图拉罕在《胡杨、土地及其他》中，高声赞美胡杨守护大地的神圣与坚韧：

> 我们听不到岁月的风声和命运的咆哮
> 也听不见乌鸦在风中最后的悲鸣
> 只有你啊，大地的守护神
> 是蹉跎岁月中一切生灵命运的见证[1]

维吾尔族作为在绿洲和沙漠并存的自然环境中生活的民族，与大自然接触甚广，在他们的诗歌创作中，更是毫不吝啬地将周边的自然景物与自身的情感连接在一起。胡杨是新疆干旱、缺水气候环境中生长的树木，它的生存能力强，象征着坚韧不拔的精神。胡杨凭借强大的生存能力，守护着这片广袤土地生态环境的平衡。在这首诗歌中，诗人表达了对胡杨的崇敬，这崇敬来自诗人"文化基因"中对生态环境的重视与守护。

二、语言美

诗歌是语言的艺术。可以说，诗歌对语言美的要求比其他文学体裁更严格一些。新疆各民族诗人通过独具匠心的修辞，遣词造句，形成各有特色的写作风格。换言之，新疆少数民族诗歌的美学风格，是诗人们在诗歌语言方面不断探索

---

1 图拉罕:《胡杨、土地及其他》,《民族文学》2004年第1期，第66页。

的结果。他们不仅继承本民族的写作传统，还吸收汉族和其他少数民族的文学语言表现技巧，融会贯通，实现诗歌语言美的创新与提升。

生动精妙的语言及恰当的修辞手法的运用，对加强诗歌艺术感染力、提升其审美价值起着至关重要的作用。柯尔克孜族诗人吉·额布拉依的《我们、山及白毡帽》一诗便清晰地表现了这一点：

> 头顶着蓝色的天空，
> 雪峰戴着我们的毡帽。
> 边檐是广阔无边的绿色草原，
> 黑色的压缝如清泉流淌不断。
> 白色山脊犹如阿克库拉奔向月亮，
> 我们就像玛纳斯骑在马背上。[1]

"蓝色的天空""广阔无边的草原"，以及"奔向月亮"这些生动且准确的语言，营造出置身蔚蓝色的天空下、无边无际的草原上、如奔月般形态的山脉之中，使人联想到柯尔克孜族的英雄玛纳斯骑在马背上的情景。诗人将当下的"空间"与"玛纳斯"所处的"时间"连接起来，身为玛纳斯的后代的自豪感便呼之欲出。

又如柯尔克孜族诗人额·玛木别特阿洪在《松树》一诗中写道：

> 我要把笔直的悬崖曲弯，
> 再安一根坚韧的弓弦。
> 从山坡上拔出松树，
> 把它劈成利箭。
> 箭头用纯钢铸造而成，
> 射向那蓝色的苍天[2]

---

1 曼拜特·吐尔地：《新时期柯尔克孜族诗歌创作》，《民族文学研究》2002年第2期，第9页。
2 额·玛木别特阿洪：《松树》，《新疆柯尔克孜文学》1981年第2期，第56页。

诗人巧妙地将比喻与夸张的手法结合在一起，二者相得益彰，将诗句的感染力推向极致。使人读起来，好像乘着诗人的想象之翼，徜徉在语言文字的花园里。像"悬崖""弓箭""松鼠""钢""苍天"等带象征意义的意象，被诗人以完美的修辞手法呈现；从拉弓到射箭的动作变化，与从山坡到苍天的视线移动，无不体现诗人在修辞上投入的苦心与匠心。

三、形式美与音乐美

形式美和音乐美是构成诗歌审美意蕴的重要组成要素。席勒在《审美书简》中提出，"真正的艺术品不能光是靠内容，形式也同样很重要。内容再广大，再高尚，它只能在有限的心灵上起作用，形式却使它得到真正意义上的审美自由"。平行式（parallelism），也被译为"平行结构"或者"平行法则"，拥有相同或相近句法结构的短语、从句或句子的重复是平行式的核心表征。排比平行诗句指一个诗节中采用两行或者两行以上具有相同句法结构的诗行，在形式和意义上存在着并列关系。排比平行诗句、平行句、递进句等平行式，是在新疆少数民族当代诗歌中常见的，也是重要的诗歌形式美表现形式。维吾尔族诗人铁依甫江·艾力尤夫的诗歌中就常见排比平行诗句，比如：

> 感谢，专员，感谢您，
> 感谢，东道主，感谢关爱。
> 感谢您，给我剪刀，
> 让我参与剪彩。[1]

在这首诗中，前三句都以同一个词语"感谢"开头，音节数以 10+9+10+9 形式交替重复。在"siz"（您）、"hörmitiŋiz"（关爱）、"däwitiŋiz"（谦让）运用相同的韵脚。在句子结构、韵脚和意义方面构成了平行式，构成诗歌结构美和形式美，加强了诗歌的节奏性和音乐性。

新疆少数民族当代诗歌在形式美与音乐美方面的特征是对文学传统的继

---

1 铁依甫江·艾力尤夫：《诗选》，新疆人民出版社，1985年，第249页。

承，读者在阅读这些少数民族诗歌的过程中，会感受到其音律和谐的特点。即使在语速比较快的情形下，这些诗歌的韵律节奏依然清晰可感。而且，在诗歌的韵律中，还能够明显地感觉到某些因素的反复出现和某些对应的规律在发挥的作用。

哈萨克族诗人夏侃·沃阿勒巴依在《夏牧场的傍晚》中这样写道：

> 是谁在天际里
> 牧放着云团，
> 给它们披上了
> 血一样艳丽的衣衫？
> 是谁在草丛里
> 播下一苗苗火，
> 在幽深的草甸
> 红彤彤地点燃？ [1]

该诗的句法结构是以"是谁在什么里／中＋问句"为主，这种结构的反复构成该诗递进平行的形式美感。维吾尔族诗人铁木尔·达瓦买提这样写道：

> 你的花枝可是金银铸就？
> 你的草原是锦缎还是刺绣？
> 你的山峦戴着白色的盖头，
> 你悠悠的河水轻吻着垂柳。 [2]

诗歌中相同的句法结构，也就是"你的＋花枝""你的＋草原""你的＋山峦""你＋悠悠的河水"反复出现，前两行为疑问，后两行是肯定。这些平行式的运用，在实现形式美的同时，也增强了诗歌的朗朗上口的韵律和节奏，从而成就了诗歌优雅的音乐美。

---

[1] 转引自李鸿然：《中国当代少数民族文学史论》（上），云南教育出版社，2004年，第511页。

[2] 转引自李鸿然：《中国当代少数民族文学史论》（上），云南教育出版社，2004年，第495页。

结　语

　　新疆少数民族当代诗人在继承与借鉴本民族传统文学的主题思想、意象选取、艺术表现形式等各种手段的同时，积极跟随时代的发展变化，主动汲取古今中外文学中关于"美"的创造经验，在诗歌创作中呈现了独特的美学特征。更重要的是，新疆当代少数民族诗歌创作中所呈现的意境美、语言美、形式美与音乐美，将为新一代少数民族诗人诗歌的创作与创新带来一定的启发。在审美意义上，新疆少数民族诗歌创作作为中华民族诗歌领域丰富多样而又个性鲜明的存在，在不断推进诗歌地域性写作的同时，亦为中国多民族文学的发展与创新提供一个独具魅力的灵感源泉。

（原载于《民族文学》2021 年第 11 期）

蔡测海的精神乡土或文化乡愁

黄菲莴

尽管蔡测海不太喜欢"有点文人情态"的"乡愁"这个词，但乡愁的确是他作品传达最多的一个文化信息。在文化乡土上，鲁迅有赵庄，沈从文是边城，蔡测海的精神乡土则是一个被他叫作三川半的半虚半实之地，这里隐喻着作者文化上的乡愁。格村大约是三川半的一个部分，他把融合了孔孟庄严、楚骚浪漫、巫傩神秘的文化人格负载在格村的人物和山川之上，无处不见文化的隐喻。

首先可见的就是人物的命名。作者惯常重视主人公的命名，在《地方》那个长篇中，作者以守世、盗名、雨、露、仁宽等字命名人和山川万物，传达着符号的象征性。在这个短篇中，同样可见这一命名的隐喻。亥因生于亥时而命名。亥时微阳起，接盛阴，乃万物深藏、以待萌发之时。寓意着亥深具女性阴柔之美，丰厚饱满，又在最动人的年华，生命蓬勃灵动。亥还带着身世的神秘来到格村，四婆婆说她是用绣花针从花朵里挑出来的，这是作者最美好的人性寄寓，也表明这种美好只是一个真实的幻影。古老文明的烙印已然是一朵花在梦里的声音，一只果子的梦。四婆婆和亥这两个孤独的身影，是古老文明留存的痕迹，"那些失踪的花，失踪的鸟，失踪的蝴蝶和金甲虫，都是四婆婆用绣花针挑出来的。四婆婆长寿，她的针线更长寿，这样，那些失踪的，就不会再失踪"。亥和四婆婆是美好文化人格的化身，她们温和而坚定地守护着这些自然和生灵的尊严，却也暗示着古老文明的最终宿命。

文化上的湘西是丰厚而多义的。这里有血性剽悍的风骨，成就了水运宪的《乌龙山剿匪记》，黄晖的《血色湘西》；也有美丽忧伤的边城，永远的翠翠。在诗意乡土的想象上，沈从文的文化湘西延续到了蔡测海的写作之中。这不仅是主题和风格的延续，更是一种生命意识的传递。沈从文说，"神圣的伟大的悲哀不是一把眼泪一摊血，一个聪明作家写人类痛苦或许是用微笑表现的"。这种温和和淡然同样表现在蔡测海的身上。在格村古老而缓慢的时光中，蔡测海摩挲着那些散落在石头上的文明碎片，试图将它们永远留在诗意的想象之中。

格村时光悠长，一切都很慢。太阳在东边，木楼在西边。太阳在西边，木楼又挪到东边。人会活很久，然后安排一场病，讲一些故事，只言片语，散落在格村的时光和角落里。陪伴人的只有漫无边际的时光和那些时光里的故事。有一天你也会变成故事，陪伴别人的时光。太阳升起，太阳落下，这大概才是生命的自然形态。这种朴素的生命观显示着古老民风的豁达与智慧，也才生发出万物有灵的尊重与包容。"鸡鸣狗吠的声音经过这里，回音也经过这里，几百种声音经过这里，人和石头就很安静。人就是石头的眼睛和呼吸，石头是人的耳朵和心跳。"主人不在的时候，狗就是这里的主人，掌管着村子里的一切。土地丈量遇到坟就绕过去，"坟地叫阴地，归阴间管。他们也不量河流和峭壁，那是鱼和猴子的地方"。万物与人共享这方土地，是世界本来的样子，或许在这种生命的平等相待之中，人才有了更多的安全和自由。而身份的确认则成为古老和现代的分歧。自从亥到了格村，就是格村人，她的美好和在"我"耳朵上留下的印痕都是她存在的证明，但现代文明认为"有户口的人，才算正式的人"。亥没有户口和身份证，因此在现代文明的入口折返，从巴黎回到泥巴，回到以生命和人情确认身份的格村，嫁给"我"这个从小就被她咬了耳朵的命定之人。但谁又能说这不是属于生命真正的幸福呢？

小说中，现世人生的苦乐和楚地人的浪漫结合在一起。老桂木匠会看云，天上现鲤鱼鳞，不会下雨，久旱，很准。奶孩子的二嫂却对五嫂说，等男人回来，就会下雨。两个不知愁的女人，把天旱当成玩笑；也把生活的苦化作思念的甜蜜和期待。盼着男人回家的女人，见男人从坡上下来，急忙转回屋里，杀鸡煮饭，假装没看见男人。女人不碰钱袋子，只是打量回家的男人。钱不钱，人未变就好。

情感的含蓄在现代社会已是一种奢侈，人们甚至对此不屑，但格村的人们就这样平淡地守住了这份纯粹。

但文明的可爱之处还在于，这里生长着善良纯真，也容纳下人性的恶意与狡黠。"媒人进门时说，那个人有一只眼睛看不见。出门时又说一句，那个人有一只眼睛看不见。其实，那个人就是瞎子，把瞎子一双瞎眼分成两只说，以为有一只好眼。"她们看到亥没有户口和身份时，问她要不要嫁给劁猪匠，有没有户口，不看重，能生孩子就行。善恶相生，生死无界，才是乡土上最真实的气息。

在二十世纪八十年代先锋小说鼎盛的风头里，蔡测海与韩少功、谭谈、彭见明、水运宪等众多湖南作家被称为"文学湘军"昂首文坛。他们坚守了母语写作的传统，保留着浓厚的汉语韵味和传统文化基因。"水是跟一条河到来的，雪是有了冬月和腊月才会落满山岗。"女人们"穿上绣花鞋，每处落脚，就有花开，格村成一匹织锦，一个开花的季节。山那边的邻居，河那边的邻居，所有的村落，开满鲜花。格村也是一朵花，一朵向日葵。后来，我去遥远的北方，回望南方，金色的向日葵，心中生出暖意"。这是梦里永远的故乡，是一河云霞的天堂。这样朴拙又清新的文字并不着意拉动情节，只是营造着一个地理和心理都隔膜着现代文明的世外桃源，让人感动。湘西在蔡测海身上留下了深深的胎记。他性格散淡，率真自由，气质洒脱，又不乏草莽之气。在他而言，写作更多是天赋和自然天成，比起谈论文学，他更享受打牌的世俗欢乐。他与自然和传统有着天然的亲近，这种写作就不是刻意为之，不是冷静观照下的文明审视。真挚地写物写人，就是写自己。故事中温和的叙事，诗意流动的语言，就是一种真诚情感的自然流淌，浑然天成。只是，这散落的美好人性总是隐现着淡淡的其实是艰难的忧伤。这恐怕既是现代以来乡土小说的传统，也是乡土文明的宿命。那些原始的美好的形态终将消逝在现代文明的视野。沈从文在边城中的忧伤，也是迟子建对雪原的留恋，当然也在蔡测海对三川半或者格村的情感里。

（原载于《民族文学》2021年第12期）

交往交流交融：少数民族文学发生的现场

——2021年度《民族文学》小说阅读报告

何　英

　　2021年是中国共产党成立一百周年，也是全国脱贫攻坚战取得全面胜利的一年。本年度的小说，既有表现国家层面的宏大主题，突出国家认同、国家凝聚力和主流文化观，也有反映社会生活方方面面的日常角落、彰显人文性、倡导向上向善的进步理念。这些小说有的主动拥抱大时代，承担起记录时代的使命；有的成为少数民族在现代化进程中的心灵见证，进入少数民族文学与现代生活交往交流交融的现场，从而凸显出二十一世纪以来少数民族文学繁荣发展的现状，令人看到"边缘活力"的新鲜魅力。本年度小说具有一个突出的美学特点，那就是共通性、交融性和对话性。绝大多数作品的作家个性相较于民族性显得更为突出，这些小说从故事本位来看，已无多少符号式的民族文学标签，而是呈现出叠加的多维的文化内涵，表现出某种程度的观念革新和范式转型。而民族性与现代性的杂糅，则涵盖了当下少数民族文学的发展图景。其深层内涵则是多样的思维认知方式、精神情感态度，以及民族文化记忆。中国文化的丰富性、多元一体性，得到了充分展示。

一、中国故事的多样表述

　　在中国共产党成立一百周年之际，回族作家金伟信以小说的方式缅怀革命先烈。长篇小说《塑像》讲述了党的早期活动家和领导人之一的马骏短暂而光辉的一生，是一篇凸显国家凝聚力和主流文化观的作品。小说中多个细节表现了这一点："中国是回民的祖国，大家自觉的时候到了。我们要为自己的祖国去联合各民族爱国同胞，反对军阀政府，严惩凶手，严惩卖国贼！"在这里，作者清晰地表达了以马骏为代表的回族同胞的国家观和爱国情怀。马骏第二次入狱时，敌人找来马骏的父亲，试图以亲情诱使马骏投降。没有想到的是，老父亲反而坚定地支持儿子的革命行动，"他擦了擦老泪纵横的双眼，坚定地说：孩子，你妈……没白养你这个儿子！马骏紧紧握着父亲的手，激动地叫了声：父亲！"读到这里，读者既为马骏为中华民族谋解放的英雄气概而感动，更为有这样一位理解他、支持他的父亲而动容。这些细节彰显出中华民族的历史，是各民族共同奋斗、休戚与共的历史，体现了各民族是荣辱与共的命运共同体的主流价值观。作品从题材角度来说，具有开拓性意义，但也许正是因为如此，小说主人公的塑造显得较为缺乏生活内容的细节和个性。

哈萨克族女作家叶尔克西·胡尔曼别克，今年出版了两部长篇小说，《白水台》正是其中的一部。小说以尤莱·叶森家族为叙事主线，用交响诗一般的手法呈现出哈萨克族人民传统的游牧生活、爱国守边的军民鱼水情以及改革开放以来牧区发展的新面貌、脱贫攻坚取得的新成就。在叶尔克西·胡尔曼别克早期小说中，对本民族文化心理、民俗风情的描写，历来有着精湛、细腻的表现。到了《白水台》，不但有着本民族民俗生活的生动描写，更多是一种各民族文化交融，你中有我、我中有你的精彩呈现。如叶森家族几十年与边防军人相濡以沫。罗军医成功地接生了尤莱·叶森，挽救了母子性命，尤莱·叶森的父亲请求罗军医为儿子取名，罗军医欣然为孩子取名雨来。这一名字源自《少年英雄雨来》，哈萨克语发音便是尤莱。后来，罗军医又接生了威成·叶森，为他取名卫星，哈萨克语发音便是威成。又如，包户干部孟紫薇与叶森一家建立起深厚的感情，她在深入牧区、帮扶牧民的过程中，自己的精神境界也得到了升华。这些生动、鲜活的故事，使小说有关民族团结、民族融合的表现，实际上超越了一种表层的，或者某种宣传意味的话语方式，而进入到丰厚、生动、火热的生活深处。小说的深刻内涵还表现在，并不回避少数民族在迈向现代化的过程中所遇到的与传统告别的诸种不适、不舍和迷惘。对尤莱·叶森来说，转变、变化是一个令人不安和痛苦的过程。他固执地采用原始方式转场，不接受汽车等现代交通工具的使用，维护着家长制的威严……但年轻一代的侄子叶瑞克却能紧跟时代，成为哈萨克族新人的代表，他将接续起尤莱·叶森的生活使命，迈进充满希望的未来。小说中的人物如尤莱·叶森、叶瑞克、卡米拉、威成·叶森等，也成为当代少数民族文学画廊中精彩的人物群像。

除了小说主题思想上所达到的高度，小说另一个令人惊喜的表现是美学上的突破和创新。这种突破和创新，其实还是小说思想的体现，即多民族文化、语言交融、杂糅之后绽放出的新异魅力。整部小说的语言远离拘谨、单调而表现出大开大合、泼墨泼彩一般的美学风格。各民族文化、思维上的交融，使小说的语言受益匪浅。

王华的《大娄山》把脱贫攻坚的政治主题用日常生活的方式结构出来，叙述了娄娄、陈晓波、李春光、王秀林、周皓宇这群普通英雄的故事。他们是基层干部、返乡大学生、驻村书记、志愿者，他们中有的牺牲在了脱贫攻坚奔小康的路上。他们在平凡的岗位上体现出讲责任、有奉献、勇于担当的忘我精神，是时代精神的写照。与《白水台》相似的情节是，月亮山村老一代人对易地搬迁政策，表现出了尤莱·叶森式的不理解与不接受。究其原因是月亮山村这个祖祖辈辈居住的地方于他们而言，已是民族传统文化和精神家园的象征。因此，在传统与现代之间，在传承与创新之间，产生了文明的张力。正是这些带有人文性的描写，极大地增强了小说的艺术内涵。

二、民族性与现代性的美学张力

肖勤的《你的名字》，是一幅当下文化、经济模式和复杂多样的社会诸种力量交锋、角逐和博弈的现世图。其中，人性、权力、空间、情境等的复杂关联，使小说具有强烈的道德力量感。

"身份政治"，已成为困扰现代人的魔咒。枫叶寨的滚月光和小市民冯愉快，都有各自的身份问题：前者是苗寨人如何融入城市生活，成为"城里的月光"；后者是籍籍无名的小市民如何挣脱自己无名的人生，擦亮自己的名字，摆脱袁百里的阶层歧视，被权势"看见""认出"。他们的"身份"问题在袁百里这里交汇、解决。故事叙述分两条线索，一条是冯愉快心理层面的成长经历，一条是滚月光在现实社会中的奋斗过程。本来看似平行的两条线索交叉在袁百里这里，碰撞出这个时代最立体多维的生活现场。冯愉快尽管是一个多少有些心理变态的小人物，但对于袁百里式的蛮霸恶行、权力的傲慢，这个小人物却迸发出最强悍的正义能量，不但帮滚月光洗清了杀人的嫌疑，还拯救滚月光于破产的边缘。一个猥琐的小人物主持了公平与正义。滚月光成为小老板之后，人们尊称他一声"月总"，但袁百里的妻子、县领导等人物，仍不肯叫他一声以示平等和亲切的"月光"，这意味着他依然是县城的他者，他的融入之路也许还很漫长。由此，滚月光的身份问题内隐着城乡对立结构、民族文化概念，从而揭示出当下民族文学书写的深刻力度。

谷运龙的《鸣声幽远》，以诗意化的笔触讲述了春风从一个捕鸟人到大自然的维护者的故事。是二十世纪九十年代中国经济社会转型，人与自然关系异化，导致自然生态被破坏，人类尝到恶果之后自我反思这一主题的具体表现。春风们在物欲满足之后的精神空虚，使他们越来越强烈地意识到人类对鸟、对大自然所犯下的罪行，通过今昔对比，产生了回归山林的冲动。这种内心的诉求，和秋阳的临终遗言"以生报死"，使春风付诸行动：放生画眉，出资修路、建水池，购苗木，修复凤凰山的葱茏与和谐。小说超越了此类小说通常会有的站在道德制高点上的批判与谴责，而是通过人物的自省、反思，意识到人对环境的依赖，人与自然的亲密关系，人不能背叛这种亲密关系，大山养活了人，人非但不爱护自然反哺自然，反而变本加厉地掠夺大山的资源。这种自省与反思，有着直击人心的力量。小说具有空间地理中民族性的审美特征与经验，如人与鸟对视、对话、对歌等基于生活体验的唯美描写，这些都似乎不是一个生态概念可以一言以蔽之的。"有情"，这种对待万物的人生态度和平等意识，亦是小说的情感底色。不但那些鸟、整个凤凰山，以及与秋阳师傅的情义所代表的那种古老和谐的情谊关系，可能更是作者想要追寻的。小说在写法上也是值得称道的，整个文本以一种诗性叙述、淡化情节的方式结构，而语言所追求的抒情性与想象性，仿佛诗歌的通感，小说的艺术性有了进一步开掘。

本年度最引人关注的生态事件，大概就是亚洲象在云南的北移南归。潘灵的《太平有象》正是与此题材有关的小说。小说以朴实幽默的笔调讲述了彝族太平村的两次搬迁、人与动物的故事。正如好的小说总是从中间讲起：沙玛发现了一片狼藉的甘蔗林，并捡回了野象的胎盘。与此同时，阿嘎和木呷在雨林深处救下了被陷阱所伤的小野象。两家又是喂养又是为小象疗伤，在这个过程中，阿嘎与傣族姑娘岩香产生了爱情，可是两家的财力已经养不起小象了，阿嘎与木呷受了坏人的引诱，决定把小象卖到国外去。小说插叙了沙玛的父亲俫武买杀手要杀掉滥开矿产致使太平村生态恶化的马鸿鹄的过往，被判重刑的父亲的经历使沙玛发誓，"要把太平村和大包山建设成美丽的家园"。由于沙玛带领全村人的努力，太平村的生态恢复到从前，大片湿地引来了黑颈鹤。两只黑颈鹤交颈而死的爱情故事传遍了乡里，州上要搬迁太平村。新的太平村又来了亚洲野象，在阿嘎和岩香成亲的前一晚，扫荡并推翻了沙玛的院子，太平村又一次要搬迁到县里……小说中人们对动物的喜爱与维护令人泪目。这种感情是一种天然、朴素的推己及人的感情，比如沙玛和乌火毕摩都把小象叫作"象儿子"，乌火更是声称：大象来我们太平村，叫太平有象，是吉象，大吉之象。太平村为了黑颈鹤、亚洲象，不停地搬迁自己的家园，他们把这些野生动物当作了自己家园中的成员，为了它们，可爱的太平村展现出了人类高贵、悲悯的平等心和慈悲心。

梁志玲的《翅影无痕》，以办公室主任李力的视角，围绕着一群县文化馆人，从文化馆的会议室写到基层文艺展演，再到乡镇与城市的古老对立，中间夹叙着李力女友小皂一家经营酸菜的过往，讲述了东部沿海与西部少数民族地区在经济、文化上的差距不断增大，文化心理距离也不断增大的背景中，城乡关系的一种新动向。山东某城市女孩廖青月作为文化馆的新人，衬托出黄馆长的人浮于事、李力的随波逐流，与小皂竭力逃离酸菜所代表的乡村生活相对，廖青月却返回乡村，不但为小皂母亲和村民们编排了一出高质量的舞蹈，还最终落户村镇，当了一名乡村教师。这种反向的流动，与李力和小皂的逃离形成鲜明对比。廖青月是一股清新的力量，她的奋斗与活法，闪现着理想主义的光彩。小说称许了廖青月这样有理想、有作为的青年人，也使读者意识到廖青月这样的青年人正是中国的希望所在。小说的语调平静而浅淡，像流水一般和缓，于不动声色中揭开当代生活的面和角。

向本贵的《业委会主任》是一篇直击日常生活现场、近距离展现城市生活细节的小说。家，"是我们在世界中的一角"，是"我们最初的宇宙"。家宅关系着人的安定幸福，是人的藏身之所、休憩的港湾，是存储记忆与历史的空间，是隐秘的心理生命的存在。因此，小说因其独特的场域问题的揭示，而具有浓郁的人间烟火味道。也因之显出小说题材的可贵。小说开出了社群关系的新处方，提高了社区生活的文明度。而这一切，都有赖于一位退休老干部——业委会主任。当业委会主任一个一个地解决业主与小区的矛盾，读者感受到了人间生活的明亮与暖意。而在此过程中，一位可亲可敬的老人形象也跃然而出。

三、爱情的定义

本年度小说中还有一些令人或激动感喟或沉思倾听的爱情故事。如《捕蜂人小记》《爱情蓬勃如春》《沙沱里的暖霞》等。

郭雪波的《沙沱里的暖霞》讲述了一个残疾人与疯女人的爱情故事。主人公腾罗锅是一个典型的"生活赠予他痛，他回报以爱"的人物。他有着重度残疾，成日背着山一样的罗锅活着，与他丑陋的外表形成反差的是天使一般的心灵。周围那些健全人对比于腾罗锅，反而显得自私、渺小：旗医院的见死不救、有关部门对疯女人的漠视、村民看笑话一般把收留疯女人的机会硬塞给腾罗锅。疯女人在腾罗锅的悉心照料下，渐渐有些正常意识了，两人也产生了生死相随的感情。小说的结尾是善有善报的大团圆结局，多少有些理想主义的传奇色彩。但不可否认的是，这是一篇具有净化功能的小说。处在生活最低处的人们，蚯蚓一般地生存着，紧挨着土地。但他们同样拥有着高贵的人性的尊严与爱的能力。

尼玛潘多的《提亲》，是众多小说中最具差异性表述色彩的小说了。叙事精妙、细腻地展示了民族性与现代性的美学张力。小说通过提亲的诸多细节，昭示出主体性身份的流动性与建构性、传统与现代的嬗变。直到最后，小木匠才明白，琼珠拒绝提亲的理由竟然是："连自己是什么都不知道，还想娶媳妇？"以及他听任父母安排、慌张胆小、鬼鬼祟祟的样子。原来，小木匠在琼珠那里活成了没有主体性的存在。他不明白，"自己一直顺着父母的意愿，却成了不干正事"。小说的冲突与戏剧性焦点在于，琼珠母亲本来觉得嫁入木匠世家是荣耀，而琼珠也并不是老木匠夫妇的首选，实在是本地的女孩都出去打工了，才不得已向琼珠提亲。在他们印象里，琼珠一心想去拉萨，是个不安分的女孩。令人意外的是，提亲却以失败告终。木匠世家的光荣与尊严，被提亲失败击得粉碎，极大地打击了老木匠一家的自尊心和面子。提亲这一情节，将老老木匠、老木匠、小木匠的三代生活，折射出来。而小木匠天天喝着可乐，看起来现代，却只是有着外在的现代标签，内里仍然是一个没有完成主体性建构的前现代人物形象。而琼珠与顿且兄弟，显然比他更现代，小木匠与他们在意识模式上已经产生了鸿沟。比如小木匠误解顿且与琼珠的关系，使他即使与自己的同龄人，也产生了文化心理上的距离。

李约热的《捕蜂人小记》演绎了爱的另一种定义。这种爱的定义，基于乡村宗族的亲伦关系，像土地一般厚实、朴素。正是这种爱，使赵桃花愿意重新接纳背叛过他们婚姻的赵洪民，"被同一颗石头绊上两回"。赵桃花是这样解释的："说老实话，我也希望他跟钟老板的女儿成家，赵洪民不是忘恩负义的人，他真当上钟老板的女婿，有了钱，他不会不管我……"这在城里的李作家看来是大有深意的，因此他记录下这个故事。赵桃花象征着接纳一切、可承重的乡村，是赵洪民们的归宿。赵洪民在城里打工的时候，产生了对资本的现代性冲动。因为"我们太穷了，一片树叶飘在头上，都希望它是钱"。冲动失败之后，把精神重新安放在赵桃花的乡村。赵桃花则亲眼看着马巧枝成了精神病，因此觉得每天能清醒着上楼下楼，其实是一件幸福的事。赵桃花变得豁达。她对爱情的设定也许并不高，仍保有着乡村的情感结构，爱情也许就是彼此帮衬、原谅和宽宥的情义。值得称扬的是作家的写法，令人联想到屠格涅夫的《猎人笔记》。作为"精准脱贫工作组"的李作家，走村入户，喝他们的酒，听他们的故事，既是观察者，也是参与者。他以见闻录的形式、精练的语言及独特的视角，呈现了这个最新版本的乡村爱情故事。

马金莲的《爱情蓬勃如春》，这个表面看来并无"民族"色彩的小说，在其深层底里，其实暗隐着对少数民族文学主体性本质化、固定化的文学意义上的突破：正因为作家的民族、女性身份，使她有足够的激情把这个日常生活中司空见惯的故事描摹出来，作家试图通过精准还原故事流程解决自己的震惊或疑惑。心目中的父亲形象、父亲与母亲的爱情神话，在小说最后其实有某种意义上的坍塌，小说的主人公面临着关于爱情信念、关于父女亲情模式的现代性的重建。这篇小说也寓意着少数民族女性写作的观念革新。

（原载于《民族文学》2022 年第 1 期）

看得清纹脉和方位的乡土志

——2021 年度《民族文学》散文综述

李林荣

一、敞开散文世界的县域空间

纵览 2021 年各期汉文版《民族文学》，在长篇作品、中短篇小说和专题报告文学所占据的醒目位置之外，散文类作品一如既往，保持着一百余篇的编发规模和宽广的题材覆盖面。除第 6 期是长篇小说专号，其余十一期都设有散文栏目，此外，六个文学实践小辑也多为散文组合。在散文栏目和文学实践专辑，各有约六十位作者的散文新作亮相。再加上诗歌，《民族文学》作为国家级综合性文学期刊的厚重、沉稳和开阔，在它的汉文版这里，鲜明呈现而又一直延续。

通读之下，很容易注意到：2021 年汉文版《民族文学》刊载的百余篇散文，篇幅体量参差，具体主旨不一，但素材选择的取向却相对集中，绝大多数都着力于探察远离都市圈和大城市的县城、乡镇或村庄的人情风物和生产生活变迁。这本来也是包括《民族文学》在内的许多传统文学纸媒上时有所现的散文样式之一。不过，在 2021 年《民族文学》汉文版推出的这百余篇散文里，或有意使然，或无意所致，在别处和别的文学体裁中流行成风、泛滥如潮的那种一头扎进都市圈和大城市的写法，大面积地消退了下去。与此同时，县城、乡镇和村寨这些地方，则越来越多地成为搭建作品的主场景和作者瞄准的主焦点，而不再仅仅是映衬在都市圈边缘、穿插在大城市间隙的远景点缀。

从较浅近的视域看，以上情形似属偶然。然而，如果从改革开放四十多年来，县和县以下的乡镇、村落一直在为中国社会深广变迁的恢弘画卷编织着最细密、最鲜艳、最强韧的经纬线这一现实着眼，那么，向来被称为基层地区的县城、乡镇和村落在文学世界里的扩展，就不能算是小事，相反，应该称之为文学创作响应和追随社会现实发展的一大步跨进。如今，已然显露在散文创作一角的这步跨进，在小说等其他体裁领域，还未见充分表现。尤其近十年间，县域社会治理和县域经济得到了更加强劲有力和全面切实的政策措施推动，县乡村镇这一中国文化传统和社会结构的根基层面重新被激活、被照亮、被赋能。新闻舆论行业和民间自媒体都闻风而动、顺势而为，对县乡村镇投入高强度的关注，相关的报道和信息时时冲上热搜或催生网红。

一个县域社会蓬勃活跃的时代已近在眼前。对此，散文、小说、诗歌等纯文学体裁的创作反应，虽然好像来得慢了一拍，但正如它们一贯擅长的那样，迟缓伴随着观察的细腻和表现的深切，也连接着历史的纵深和社会的全局。而时代变迁的步伐见诸文学，之所以有必要、有价值，根本的缘由，即在于文学形式的建构可以帮助人们从突破一时表象的深度和高度，重新感受和理解事物。这也正是2021年《民族文学》汉文版上的百余篇乡土气息扑面的散文，让我们读来最为期待的一点。

二、大时代微叙事的社会纵深

凡描写，必落实地；每记述，多溯既往。这种史地志式的写作路数，在《民族文学》汉文版的散文类作品中，沿袭多年，几成通例。即便是一些散文短章，在其他报刊上常幻化为闪烁其词、云遮雾罩的呓语小品，到了《民族文学》这里，也总要归于铅华洗尽、素面朝天、如实道来的原生态。针对县乡村镇的生活空间和历史渊源展开的书写，自然会因此显得愈加扎实、愈加细切。

2021年第1期刊出的特·官布扎布（蒙古族）的《一个叫蒙古的追梦人群》及其外一篇《一条小溪流入大海的故事》，是《民族文学》全年散文中仅有的两个尽显大叙事气派的篇章。前者依托《蒙古秘史》和《世界征服者史》，演述蒙古族波澜壮阔而又充满戏剧性冲突的历史。后者对东胡族群自公元前206年楚汉争霸之际至公元398年北魏迁都平城为止长达六个世纪的曲折遭际，进行全景勾勒：先因欺压匈奴而招致战祸，遂分裂为由避处之地的山名而得名的乌桓和鲜卑两支，尔后多番伺机，纵横决荡于中原和匈奴之间，起落反复，终至"五胡乱华"时期，以归化汉族、融入中原的结局，从史册中消敛了踪迹。同为内容承载厚重之作，前文泥于文献爬梳，拘束稍多，后文思绪灵活点染，神气更足。

而2021年《民族文学》汉文版所载的大多数散文，都做出了将视角和取材范围置于县域层次的选择。如第4期上，谭功才（土家族）的《南方道场上的白虎》通过地方风物和生活画面的今昔对比，为作者家乡从鄂西土家族苗族自治州更名为恩施土家族苗族自治州的一页历史变迁，留下了个人记忆的见证。同在第4期上，赵晏彪（满族）的《把历史刻在碑上》记录走访云南普洱市宁洱县的见闻，意在为今天的读者重述1951年普洱建起"新中国民族团结第一碑"的感人故事，同时也报道当地社会生活的崭新风貌。

第7期散文栏目里加注着"纪实"标签的两篇长文，周建新（满族）的《静静的鸭绿江》和艾贝保·热合曼（维吾尔族）的《高于生命的使命》，分别讲述现在年近九旬的解放战争和抗美援朝战斗英雄、"时代楷模"孙景坤与现在年近八旬的护边守边模范、"人民楷模"布茹玛汗·毛勒朵的先进事迹，进而推展开辽宁丹东从土改到抗美援朝直至今天的社会发展画卷，以及位于祖国版图最西端的边陲小城新疆乌恰六十年来各民族干部群众团结戍边的奋斗史。人与事糅合，点与面呼应，面向时代的大叙事和聚焦具体人物行为细节的微叙事交相贯穿，在传统的通讯宣传文体的基础上，搭建起了精细考究的叙事架构。取材和风格类似的作品，还有第4期莫景春（毛南族）写韦拔群开展农民运动的革命老区广西东兰的红色往事和建设新貌的《红水河红》，刊于第11期的董祖斌（土家族）写处于昔日的湘鄂西革命根据地和湘鄂川黔革命根据地交叉要冲的湖北省鹤峰县的《群峰静默》。

依着人们读散文时对出于第一人称视角的作者自述内容，常抱有更多期待的习惯，用"我"的亲历亲闻对社会发展和时代巨变做出滴水见太阳般的生动印证之作，可能是散文文体的众生态里最朴素也最可亲的一种。第1期登载的奥斯曼（撒拉族）的《岁月的猎枪》，从回顾作者本人从警生涯入题，引出对于父亲生平经历的深情忆述：年轻时曾凭借枪法好的一技之长担任村民兵连长；在物质生活艰苦的年月，猎取鹧鸪、岩羊等野物，贴补家人和乡亲吃食生计；后又尝试从事收购虫草，却总是更看重和藏族同胞的友情，把收购价尽量抬高；最终在缴枪禁猎的政策号召下，干净彻底地处理了自己心爱的猎枪。与以往《民族文学》上刊载过的反映猎人生涯的小说、散文或纪实文学作品，多着重刻画人物最后归于身心纠结的忏悔状态不同，《岁月的猎枪》排除了戏剧化的突转桥段，全力突出"我"和父亲两辈人对家庭、村庄和社会的时代变迁同情共感的精神联系。对于与此不同之处，比如"我"不忍举枪杀生的心理细节，尽管也有触及，但仅是点到为止，不做过多的铺排渲染。

第 2 期白庚胜（纳西族）的《灯火往事》和廖献红（壮族）的《居所的微光》两文，一取点松明看书的早岁时光做起点，一取父母半世纪前自建村宅的家庭故事为引子，同样沿用了"小切口 + 微叙事 + 大历史"的传统散文篇章形制，传递着从个人生活角度所感受到的时代进步节拍。

三、历史纹脉中的景物与名物

刻画、考证那些对乡邦人文具有标志意义的特殊名物，原是所谓"载道"与"言志"交相变奏的古典诗文传统的一脉支流，论其旨趣，大抵偏向个性化的"言志"，但也可以堂而皇之地寄托"载道"大义。近年，或因物质文明高度发达的社会现实和讲求物质品位的生活风尚的牵动，这一流脉在散文创作中的复兴迹象日益明显，只是在《民族文学》的散文栏目里，足以体现这一迹象的篇什暂时还不多见。一先一后从第 2 期和第 11 期露面的韦光勤（壮族）的《北京塘涟漪》和姚瑶（侗族）的《禾儿秀》两文，可谓这方面的补白添彩之作。

《北京塘涟漪》描摹、考辨的对象，是绵延在广西罗城经融水洞头去往贵州铜仁的二级公路旁侧的一片面积多达三百亩左右的水塘。水塘的名称"北京塘"乍听颇为时尚，其实际来历却与它成于人工兴建的历史一样久远、一样扑朔迷离。几番寻索，得诸民间传说、方志文献和乡贤著述中的信息，连缀起来，已近乎一幅上起明朝万历二年、迄今已近四百五十年的县乡历史长卷。为谋水利之便和塘鱼收益而兴修，又因与此相关的利益争执激起持续不断的诉讼官司，"北京塘"里荡漾的层层涟漪，历历在目的文本记录，活生生的乡俗民情，拼接出一部不折不扣的百衲本风土志。

烟火气更浓郁的《禾儿秀》，文如其名，是对黔东南苗族侗族自治州下辖的县级市凯里的特色饮食——苗族名称作"禾儿秀"的酸汤，所做的实景实地探访和相关日常生活习俗考。胜过类似题材散文多滞于静态说明而显得平实有余、神采不足的庸常做法，《禾儿秀》行文欢快而又诗意盎然，赋深接地气的细节描写以流畅的画面动感，规避溢美自夸之辞，力陈身临其境的现场体悟。

乡邦生活的地方特色，唯有在建制完整的一座城镇或一个村落，才能积淀为规模庞大、内涵丰富的人居形态。这正像在小说天地里，《阿 Q 正传》比《狂人日记》更饱满，《呼兰河传》比《倾城之恋》更厚实。致力于把握一座城镇或一片乡村的总体风貌或全景气象的散文，比凝视一草一木、记叙一人一事的散文，更难写好，但一旦写好，它的冲击力和感染力也会更强。

分别刊于第9期、第12期的李俊玲（布朗族）的《小城人物》和彭愫英（白族）的《走进知子罗》，就是这样既展现了写活一座城的雄心，也确实写出了耐得住细读的质地和意趣的浑朴之作。《小城人物》以"人物"做题，实际写到的，却远不止一时一地的一群人。作者自小居住的滇西施甸县城里二十世纪八十年代初至今四十余年来，各色人等的生活样貌及其所牵连的世态民风徐缓有致地推移变换，叠印着天真烂漫的一代孩童走过青春岁月的匆匆脚步，也醇化了他们临近人生后半程时渐生梦里花落、秋意日盛之慨的苍茫心境。而与这样的心境相匹配的，又是恰似秋阳般朗润爽利的语句："我所住的地方只能称之为小县而已，这里曾经有一个傣语的称谓——'勐底坝'，意为温暖的地方，因傣族先祖白夷踏足这里的第一感受而得名。……的确，历经了沧海桑田，世事变迁，我依然觉得施甸坝子是如此地四季如春，舒适安逸，冬天没有凛冽之感，夏天也无酷热之苦，以致来这里工作的北方朋友对季节有种不信任感，怀疑时间是凝固的，感知不到它们该有的更迭。"

和《小城人物》一样以"我"的视角贯通全篇的《走进知子罗》，比《小城人物》多了一层交代"我"的行踪，并且由此把实地观感和采访特写紧密衔接起来。文题所示的知子罗，坐落在怒江之畔的碧罗雪山海拔两千零二十三米处的山梁上，位处盐马古道和茶马古道的交会点，1954年至1975年期间曾是云南省怒江州首府碧江县城区的所在地，之后随着怒江州首府迁址和碧江县撤销，知子罗从1986年开始，划归为福贡县匹河怒族乡的一个村。这段一路降格的历史背景，曾一度使知子罗陷落在废弃之城的阴影里。

近年，在决战脱贫攻坚的政策部署下，知子罗村作为典型的边境民族高山直过贫困村，得到了易地扶贫搬迁安置和央企扶贫援建、东西部扶贫协作等项目的全面支持。村内原州、县机关办公用房，分配给当地怒族、傈僳族、白族等多民族群众，作为居民住宅；村外的易地扶贫搬迁安置点，新建了与生产、生活和旅游服务适配的高楼群。融游记、采访和纪实报道于一体的《走进知子罗》，为所有这些令人欣慰和振奋的变化，提供了来自"我"和"我"所见到的客栈老板、农家乐女主人、扶贫车间工人、驻村工作队队长，以及碧罗雪山村寨老乡的多角度、多侧面的亲历亲闻佐证。

题材和形式跟《走进知子罗》相似的，还有第 2 期美桦（彝族）的《金沙江畔的春色——驻村扶贫札记》和第 9 期鄢玉蓉（回族）的《桑园沟畔的人家》。前文以较大的篇幅比重直录走访农户的谈话和见闻，展示了作者在位于金沙江畔的四川凉山州会理县彝汉杂居的贫困村——红格拉，从事驻村扶贫工作的日常情境。后文形似非虚构专访，采用列传式的人物亲历叙事，对宁夏银川市郊的两个已建成三十五年的移民吊庄村——中庄村和友谊村正在经历征地拆迁改造，以及同步出现的村民转入农村企业和合作社务工的生产、生活方式转变，做了抚今追昔的深度报道。

四、落地定位的多样态乡土志

也许未来的中国文学编年纪事的册页上，会有一个条目，标明 2021 年是"自然写作"的口号和旗帜在文坛重新高扬的一年。无论是作为简单的说法，还是作为深奥的理论，"自然写作"所指的都是一种源远流长的写作习惯：以大自然为对象，或者密切关联自然生态。它动机单纯，顺乎人对自身生存处境永怀好奇之心和敬畏之意的天性。只要具备基本的写作条件、表达能力和接触大自然的便利，人们随时随地都可以投身其中。但好的"自然写作"，至少还需要做到能够给读者传递来自具体真实的自然场所和自然情境的确切信息，不能只为作者本人尽兴而兀自空对空地虚构或者煽情。

究其本质，"自然写作"是基于科学观察经验和社会交流需求的一种纪实与对话双声复合的表达方式。纪实对自然真相负责，对话向社会受众敞开。每一次货真价实的"自然写作"行为，其效能和意义都在于增进人对自然的认识和理解、密切人与自然的相互依存关系。而保证这一点的首要前提，就是作者写出的"自然"，能够在他和广大读者共同拥有的生活经验中，实实在在地落地定位。假如有机会，每一位读者都能按照作者所述的地点和方位，找到并且确认作者所写的每一处自然景况，进而还能在不跌破可信度底线的情形下，重复体验被作者写过的身临其境的感受。看起来，这很像是过分苛刻的一种要求，但在"自然写作"生发流转的文学表达和社会话语交际的场域内，如果连求证于作者和读者的共同经验这一关都过不了，那么"自然写作"中的"自然"，说到底还仅仅是主观世界里的一抹虚影，既疏离于真实的自然，更无从支撑起人与自然的真实关系。

概观《民族文学》历年所刊散文，语象层面的一个普遍特征，就是对时间、地点、方位等场景细节，往往都有切实交代。较之别处常见的某些以凌空高蹈为能事的玄虚软文，这种细节实打实的散文，无疑显得不够轻盈超逸，贴地太近，坐实太狠。但这样一股贴近发力的狠劲儿，却恰好是根植大地的"自然写作"所急需和必需的。在"自然写作"缘以扩展的乡土田园和旷野生态之间，对于科学价值和人文意义都十分重要的物种多样性和文化多样性，也非得从确切细分的地理方位和时间坐标点上，才能厘清辨明。

《民族文学》汉文版 2021 年第 5 期的散文栏目，似刻意又似偶然，归集了以下五篇作品——查干（蒙古族）的《塔格塔图的月光》及外二篇《云蒙林深不可测》《起飞白园的那一行白鹭》，温新阶（土家族）的《草本乡村》，王立（苗族）的《基佑遐思》。连篇读来，印象组合，正是从内蒙古通辽山野，到北京密云林区和台湾阿里山，又到河南洛阳伊水两岸的龙门石窟和白园，再到鄂西丘陵草甸，以至黔东南剑河县的基佑苗寨，绵延千万里，涵盖南北东西，自然与人文的多样性风貌如七色光谱般斑斓多彩的一幅宏阔图景。其他各期的散文，虽未形成专辑拼图效应，但也多有落地定位清晰明朗、对自然生态与乡土文明交互关联的繁复样态，给予独特观照的朴实之作。

举其要者，如第 3 期朝颜（畲族）写赣南山乡元宵节舞蛇灯习俗的《擎着灯火的村庄》，第 4 期左中美（彝族）写彝人世居之乡维系于人神感应的村风民俗和生命体验的《母土》，第 8 期吉米平阶（藏族）写野生动物保护和考古专业人员在青藏高原腹地辛劳工作的《藏北三章》，第 10 期王胜华（苗族）写云贵高原乌蒙山村寨的亲人、农事和风物的《乌蒙山的苔》，第 11 期叶雪松（满族）写辽河湾芦苇荡里割苇、拾柴、搅鱼的冬令旧俗和萦绕其间的亲情记忆的《下南塘》，第 12 期韦秀观（壮族）写广西都安县澄江河和西林县驮娘江流域的今日风光和流年碎影的《河流奔腾不息》及外一篇《驮娘江畔句町行》，都各有所胜，值得有心读者注目留意。

五、为乡土赋形，为众生代言

2021 年适值中国共产党成立一百周年，在为纪念和庆祝这一特殊历史时刻而进行的写作中，纪实、述史这两种类型的散文表现格外踊跃。前已论及，从2021年《民族文学》上的百余篇散文里延展开的人文历史和自然生态风景，多对应着县乡村镇这一社会基层空间。其中，最显眼也最重要的部分，就是与中国共产党百年奋斗征程的早期阶段和最新篇章直接关联的革命老区和处于脱贫攻坚决胜前沿的边远农村。如第12期刊发的罗南（壮族）的作品《播撒火种的人》，以四万三千多字的篇幅，复沓并扩充了第4期莫景春（毛南族）的《红水河红》讲述过的"拔哥的故事"，对漫漶在史料文献深处的韦拔群、黄伯尧、陈洪涛等农运先驱为开辟和巩固桂西北根据地而浴血奋战直至壮烈牺牲的革命事迹，做了贯穿一线的梳理和再现。随着先烈们音容笑貌和战斗风采的清晰闪回，滚滚历史烟云过处，东兰、凌云、右江等革命老区沧桑百年的峥嵘地气也从文中升腾弥漫，散发出源于民风水土的重重温热。

革命先烈是老区精神最高最突出的人格代表，脱贫攻坚战中铸就的新型干群关系，更能映照出新时代乡土文化的精神光彩。相比于此，在人生日常和个体遭际的层面上，能显现更强烈、更特别的文化代表性或者精神典型性的人物，多半是风骨奇崛的作家或艺术家。第2期的"锦州行"小辑中，叶梅（土家族）的《一只鸟飞过锦州》、周晓枫的《天路山海间》着力描摹城市生态的一面，素素的《卧看流云自沧桑》和杨海蒂的《锦州的南山》着力钩沉史实的一面，还有杨俊文（满族）的《云起医巫闾》和张翠的《穿越"北极海"》着力纪游览胜的一面，面面衔接，差不多已组成一卷扇屏式结构的锦州过眼录。

古耜写人记事并且陈情辨理的《萧军与许淑凡》，却以劈头闯入之势，打破了这组扇屏画幅将一切头绪归于岁月静好之态的整体平衡。而细察文中所述所论，其实作者竭力想要开掘的，又正是锦州当地的乡土人文气质在萧军这一历史人物生平行迹的关键点上所迸发的亮色。至于萧军对待不通文墨的结发妻子以及之后对待萧红的做法，是否只有诉诸好男儿义无反顾担当家国大义的高调阐释，才算得到彻解，显然还有再做推究的余地。

无独有偶，第4期的"西昌行"小辑里，兴安（蒙古族）的《书生胸臆有经纶》也是一篇着眼于审视、重估历史人物的人格境界和艺术成就，并且关联着地方人文和时代背景分析的精到之作。在作者翔实的举证、坦率的论说中，马骀先生，一位生于四川西昌、祖籍青海西宁，自青年时期即定居上海的回族画家，一位与张大千师出同门、艺术造诣和理论见识的水平都在张大千之上，却终生低调行事，身后又横遭诬妄的耿介之士，其精神形象赫然兀立了起来。

　　置身环绕着都市文化消费的时尚话语转盘不断回旋的文学潮流之中，每一个对文学的前景和现状都还满怀信心的写作者和阅读者，都不难感觉到：视大城市的生活经验和大城市的流行文化为文学世界的唯一底色和唯一格调的错觉或者偏向，依然在片刻不停地放大、加剧。整个社会的物质存续根基和精神文化根系深扎之处的底层乡土，还远未被文学的聚光灯充分照亮。在文学媒体的莽莽丛林中，像《民族文学》这样长年以质朴无华、广接地气的品格自许自持的刊物，始终为来自广袤乡野的作者和作品，支撑和维护着一条进入文学殿堂的平坦通道。

　　即使是对于沉浸在城市生活里的作者和读者，这也是一份幸运，因为他们由此得到了一个可以就近瞭望远方乡土的窗口。期待这个窗口里的风景越来越精彩，更期待这个窗口内外两边的生活现实和文学表达，在新的时代高度上及早实现理想中的大融合。

（原载于《民族文学》2022 年第 1 期）

地域性的当代多样形态与少数民族作家的现实主义书写
——以甘南藏族作家为例

安少龙

今天，文学创作中现实主义书写的回归已成为一个重大的时代话题，特别是在以"民族性""地域性"为主要辨识度的少数民族文学创作中，如何将现实主义的创作理念、方法与对地域性的彰显有机融合，创作出既富有地域特色，又具有深刻的时代特征的优秀文学作品，已成为少数民族作家们自觉的创作追求。长期以来，"地域性"已经在众多少数民族文学作品中有所体现，考察当代少数民族文学的"地域性现实主义"创作实践，甘肃甘南部分藏族作家的汉语创作无疑是比较适恰的样本之一。

甘南藏族自治州位于甘肃省西南部，地处青藏高原东北边缘与黄土高原西部过渡地段，被费孝通先生称为"青藏高原的窗口"和"藏族现代化的跳板"。甘南区域面积四万多平方公里，人口六十多万，有藏、汉、回等多个民族，其中藏族人口占比最高，约为全州人口的百分之六十。区域内农区与牧区并存，农耕、游牧与城镇等多种生活方式交融。甘南的"地域"面积广大，自然和人文资源丰富，民族和文化多样，这些特征都使它具备了饱满的文学地理学元素，充沛的地域文化活力和宏阔、纵深的文学叙事空间。无论从区域空间体量和自然地理特质，还是从地域文化的容量来看，甘南都是解剖、言说"地域性"比较理想的标本。

一、地域性的多种样态与文学表述的无限可能性

在这里，我们有必要对"地域性"做一些文学实践层面的理解。即便当代中国的社会现实决定着"现实主义"的各种层面和样态，"地域性"仍未能形成固定的参照指标，在文学创作中它往往表现为各种分散的地域元素。其中有一些是比较稳定的，比如地理、自然、历史、传统以及物态文化等方面的内容；而另一

些则是变动不居的，比如人的观念、习俗、内在精神特质等，而后者具有层次更深、根源更复杂等特点。"地域性"的内涵也随着时代的变化而不断更新，尤其在当代，它更成为一个流动的概念，与人的生活空间、文化背景的变化密切关联。

作家的创作都根植于自己的文化"母体"，地域文化是其中最重要的资源之一。在这个意义上，每个作家都具有自己的"地域性"。事实上，许多作家自觉或不自觉地担当起"传播"地域文化的使命，接受关于"地域性"的种种规约，创作符合读者期待视野的作品，进而构成"地域文学"的符号集群景观。然而，也有不少诗人、作家不希望读者或评论家给自己贴上地域性的标签。还有一种情形是，我们在一些诗人、作家的作品里找不到符合特定地域性想象的特质，他们的写作基本不指涉所在地域的自然和人文符号，那么，"地域性"的阐释在解读其作品时便会失效。这后两种情形迫使我们去重新思考"地域性"在具体文本中的呈现方式及形态。

应该看到，"地域性"写作并没有可以套用的模式，除了那些固态的地域文化，对于"流动的"地域性，不同的写作者有不同的认知和阐释。对一个作家来说，"地域性"存在于他（她）发现并以自己的方式呈现出来的有价值和意义的底层，因此，它可能呈现为各种看似与之并无关联的现象、事物和形象。

"地域性"在文学作品中通常呈现为三种主要的样态，大众熟悉的地域文化符号的各种个人化审美形式；对地域性的独到"发现"：即在大众熟悉的地域文化符号之中发现的陌生化的东西，表现为一种新的美学元素或独特的审美经验；由地域性的一般生活事项以及内在经验转化而生成的、可以升华为与"人类"普遍经验相通的东西。我们可以把这三种样态的写作分别称之为地域性的再现、再造和超越。当然，文学中也不乏从文本到地域的反向指涉的特殊例子，在此暂不列入我们的话题之内。

事实上，不断自我突破几乎是所有地域性写作的诗人、作家的共同追求。而只有不断实现对地域性的超越，自我突破才成为可能，也才可以实现。

二、甘南藏族作家地域性写作的实践与探索

新世纪以来，在地域性书写方面，无论是诗歌还是小说领域，甘南的部分藏

族作家都进行了深入的探索，例如小说家道吉坚赞对于地域性与时代性相结合的探索，完玛央金的散文对于地域经验的审美提纯，诗人牧风对于"青藏高原"的人格化赋形及歌咏，扎西才让在诗歌和小说中对于地域的重构与再造，王小忠在小说和散文中对于地域文化变迁的观察与剖析，诗人刚杰·索木东的流动的地域性抒情，作家严英秀都市书写中故乡观念的投射等等，都为拓宽和深化甘南文学的地域性表现空间积累了一定的经验。

（一）诗歌：对地域神韵与气象的捕捉

甘南独特的地域和文化资源给予甘南诗歌一片在雪域高原上安静、自足生长的沃土，形成了一个地方性写作的诗歌现象。如果对新世纪以来的甘南诗歌进行一个粗线条的考察，一个明显的感受就是，在甘南诗歌中存在一些"同质"却"不同型"的东西。"同质"主要是指不同代际的诗人们共有一种根源自同一地域的自然风貌和民族生活的体验方式，亦可称之为本土化的诗歌经验或诗歌经验的本土化现象。而"不同型"是指诗人们的抒情风格的多元化，在诗歌的呈现方式上，不同诗人根据个体经验的切身性形成了自己特有的诗歌语汇，并表现出各自迥异的艺术个性。

藏族诗人扎西才让是甘南"第三代诗人"中公认的领军诗人，他近年来的诗集《大夏河畔》（作家出版社 2016 年版）、《桑多镇》（长江文艺出版社 2019 年版）等既是深植于本土文化的地域性诗歌文本，又对地域元素进行了个性化的重构与再造。例如扎西才让笔下的"大夏河"在他的许多诗中还有另一个名字"桑多河"。"大夏河"是甘南大地上的一条真实的河流，但"桑多河"，并不特指哪一条具体的河流，它在甘南大地上无处不在，又无迹可寻。所以，在他的两部诗集中，"河"并不是一个特定的地理空间或物象，而是一个承载着一段地域历史与生活的时空意象、一个人类存在的背景意象，是诗人的美学创造。更多的，它是一个关于"时间"的隐喻：河水的滔滔不绝，与时间的绵延性有某种惊人的一致，"岁月的长河"便成为这方土地上人类"存在"的最好的舞台和载体，也成为文学"言说"最重要的关照对象。在诗集《大夏河畔》中的《在大夏河源头》《隔世的等候》等诗篇里，"大夏河"直接就成了"历史""岁月"意象的转喻。而"河水"的流动性、不确定性也成为个体独特的生命意识的一种镜像，"我想面对大夏河上弥漫的黑夜／诉说我的陈年往事"（《墨鱼》）。

　　频频出现在扎西才让诗集中的"桑多山""桑多镇"的意象也具有同样的特性和意义。"桑多山"这个概念符号的所指可以是甘南大地上的任何一座具体的山。一方面，山是自然存在，另一方面，山又是一种精神象征，它对应着高原民族的性格特质、禀赋，成为高原精神的象征。在有些诗篇中，山被"神格化"，这与藏民族敬山崇山的观念不无关系；而在另一些诗篇中，山又被人格化，高原民族与自然相依存的情思自然流露于其间。例如"晚风里的桑多山／已经像只熟睡中的疲倦的豹子"（《晚风里的桑多山》）；"哦，美妇人雪山，此生此世／你我灵肉相依，有着万千欢爱／哦，守夜人雪山，这么美丽／回到我们的梦里，是一片瓦蓝记忆"（《酒后雪山》）。

　　尽管诗集中有不少直接以"桑多镇"为题的诗篇，但扎西才让并无意于讲述一个叫"桑多"的藏地小镇的"镇史"。在他笔下，桑多镇既是一个悬置在历史中仅供想象的"飞地"，也是一块被生生死死、欢乐和忧伤所纠缠的热土。在许多诗篇中，桑多这一方土地上的人血液里流淌着远古人类充沛的生命能量和旺盛的情欲，他们元气充沛、野性十足，携带着浓郁的荷尔蒙气息，他们的身上似乎寄寓着扎西才让对于理想"人类"和理想生活的想象。作为地域的"桑多"的独特性，吸引扎西才让在诗歌中营造出独特的时空，并与扎西才让在一系列小说中构建出来的"桑多镇"构成了奇特的互文关系。扎西才让创造的"桑多"意象可以看作是地域诗人在本土文化内部突破、超越"地域性"局限的一个案例。

　　藏族诗人牧风的散文诗注重多角度地表现生息繁衍于甘南草原上的群落与个体，及诗人对高原民族历史与现实的体悟与思考，并涉及人与高原自然之间的"心灵感应"。在他笔下，甘南的地域性具有了某种形而上的精神特质。

　　牧风的许多散文诗中，都在演绎着一个"自我完成""自我升华"的主题。这些诗歌比较突出的特点是有一个"放眼"视角，而后是一个视野被"打开"的过程。之后，诗人又反观自我，进入深沉的内省。不同视角的转换又能与诗中抒情主体的视角相融合，因此，牧风诗中的"自我"往往有一个"眺望"或者"沉思"的具体的"小我"和完成升华的形而上的"大我"相得益彰。例如《九月之菊》（《民族文学》2016 年第 2 期）从"眨动眼眸九月的草原与我的视线最近"放眼，诗人的视野迅即被打开："金盏之菊把辉煌的梦在秋天打开"，而后在对金菊"深刻潜藏在草原的激情"和"金黄的生命震颤"的感悟中，诗人的自我抵达一种生命本真的欢悦。牧风诗中的"大我"，与其说是诗人抒情主体的升华，不如说是他所追求的一种理想化的人格形象和精神境界。

牧风笔下几乎所有的草原、雪域意象都被赋予了丰富的精神内涵和多重象征意蕴，使他所营造的意境都具有超拔、向上的精神指向，这种指向有时是一种家国情怀，有时是一种民族心理图式，有时则是至善的人生理想。例如《九月之菊》中的"金菊"、《河曲马》（《北方文学》2018年第3期）中的"河曲马"、《玛曲，生命的亮光》（《民族文学》2016年第2期）中的"黄河"等，都超越了它们的自然属性，在诗人的关照中内化为某种文化符号或精神象征。《鹰》（《民族文学》2016年第2期）中起句"满目错叠的铁影"就使鹰的形象已经超越了其自然属性，接着在与鹰的"目光"的对视中，发现"一种孤独飞翔的思想"，因而这只鹰就不再是一只普通的鹰，而是一只完成了某种超拔的蜕变的"神鹰"。

散文诗可以用短小的篇幅和文字，容纳丰富的叙事要素，呈现宏大的题材和想象。在牧风的散文诗中，我们不仅可以看到青藏高原的苍凉、壮美，还能感受到一种辽阔、神秘、寂静、忧伤的审美意蕴。而在关于甘南故土的许多抒情篇章中，牧风用散文诗汪洋恣肆的想象与追问，代替了对历史传说、乡村往事的具体叙事，却仍传达了对甘南传说、往事的想象与沉迷。他的散文诗在抒情与叙事之间自由游走中，既保持了"形"的延展和宽松，又抵达"意"的挥洒、"神"的凝聚，始终与地域的高远、辽阔、凝重、神秘气象相呼应。

与许多甘南本土诗人有所不同的是，出生、成长在甘南的藏族诗人刚杰·索木东是在远离甘南的省会城市里歌咏甘南的。在他的诗集《故乡是甘南》（四川民族出版社2017年版）中的一系列诗歌中，"甘南"因为被诗人的情感与想象无限拉长了的空间距离而变成了一种具体而恒定的乡愁的代名词。对他而言，"甘南"不仅是一个乡愁意象，而且成了一个精神坐标，它包含着生活方式、情感方式、伦理、道德、价值标准等诸多方面的丰富意涵。甚至，这一精神意象也给了刚杰·索木东另外一个审视自己所处的城市文化的独特视角。这样，"甘南"就成了一个双向、双重的精神坐标，一方面它是诗人乡愁的寄托，另一方面它又成了诗人抵御城市文化之"消蚀"的屏障。因而，诗人的抒情主体总是在"返回故乡"与"反观城市"之间不停地跋涉、移位，甚至不惜用"游牧在一座城市"这样的诗句来表达这种错位的乡愁。从"生活在甘南"到"走出甘南"再到"回到甘南",是一个漫长的心灵之旅,令诗人生发对生活、对人生的无限感触。刚杰·索木东的诗歌创作通过对地域性流动的持续"追踪",有效地拓展了"甘南"这一地域意象的时空边际,亦是一种独特的地域性写作探索。

此外,藏族诗人花盛笔下的村庄迁徙题材及游子跋涉主题、诺布朗杰等"90后"诗人诗中的精神原乡想象与乡愁疼痛体验等,也都表现了当代地域性的流动性、离散性特质。

(二)小说:地域空间的再造与时代变迁的观察

在新世纪的文学背景下,甘南当代藏族汉语小说以本土立场、藏汉双文化视野、独特的民族生活内容、特有的现场切入视角,及文化思考、忧患意识、国家想象与阐释,在地域性写作方面形成了比较有冲击力的创作集群。

从题材选取来看,甘南的小说家各有侧重,有的关注精神信仰层面,关注现代化进程中城镇和乡村人的精神生活的变异;有的关注草原上原生态生活、农牧结合地带的社会变迁。有的则侧重从文化碰撞与对话的维度表现民族文化的交流、交融。具体体现在以下几位作家的创作中。

二十世纪八九十年代,甘南涌现出一批富有才华的小说家,藏族青年作家道吉坚赞是其中的代表之一。尽管他的主要作品都创作于二十世纪八九十年代,但他的小说理念是超前的。他的作品准确地传达了世纪之交那种充满活力,激情、理想、天真混杂在一起的时代氛围。他的文学理念与技巧,显然受到了当代文学中一些先锋作家以及西方现代文学的影响。他把这些文学资源与个人的生活经验和文化资源结合起来,形成地域性写作的线索和路径。他是用新的手法、新的视角书写甘南的最早、最重要的先锋作家之一。

道吉坚赞的短篇小说集《小镇轶事》(甘肃文化出版社 2004 年版)就是这个时期最重要的文本。这些小说写作之际,正是中国文坛"西部文学"的概念风起云涌的时期,受其影响作者也有意识地突出小说中的"西部氛围"。无疑,黄河上游的草原,是最具有西部气质的地域。小说把甘南玛曲放到"西部"的文化范畴和审美范畴中去审视,使其具有超越草原、超越藏族人生活的审美特质。

《小镇轶事》中的中篇小说《金顶的象牙塔》，创作于1991年，是道吉坚赞的代表作，小说主要表现的是二十世纪八十年代一个藏族小镇的日常生活剖面，作品好像是一幅徐徐展开的小镇当代生活的风俗画卷，可以说是作家近距离观察、体验时代的产物。二十世纪八十年代，社会正处在转型的起步阶段，但转型所带来的变化之快、之迅猛，却是令人措手不及的，草原上的这个小镇正是如此。作者对裹挟着小城快速变化的"现代化"的态度是困惑的，也是矛盾的，"时代确实变了，有时变得令人不可捉摸""我的生机勃勃，却隐呈病态的小城"。小说侧重表现的是人的变化，大杂院里所发生的一切就是当时时代和社会转型的缩影。虽然作者经常处在惊讶、困惑、失望之中，却不是完全的恐慌与守旧，变化中的小镇令他感到既亲切，又陌生；对未来既期待又迷惘。

作者在叙事中有意识地克制了同时代作家面对"现代化"这个主题时常见的焦虑心态和忧患意识，尽可能保留了一份乐观和从容。小说中对巴廓尔草原与小城生活的描写是平行交替穿插的，喧闹的小城与宁静的巴廓尔草原处处形成了对照。这是草原与城市的对比，也是传统与现代的对比、淳朴人性与物欲横流的对比。当然，巴廓尔草原不过是一个诗化意象、一个象征符号，作者真正秉持的，则是一种强大的文化自信，源自本民族深厚、博大文化的一种自信力。

在书写中这种"自信"带来了叙事的张力和活力，道吉坚赞的小说语言洋溢着源自藏民族文化传统的幽默、机智、圆熟，犹如醇厚浓香的酥油奶茶，散发着沉静、温润的魔力。道吉坚赞的许多小说中，写出了藏族人乐观、幽默的一面。他们随遇而安、心地单纯、好奇心强，但又喜欢捉弄别人、开别人的玩笑，也常常成为被捉弄的对象。他们的物质生活也许是困苦、贫瘠的，精神生活也许是单调的，但血液中的乐观天性是一种调和剂，给生活带来亮色和暖色。作为一个本土藏族作家，道吉坚赞却常常跳出本土视角"打量"一切，跳出藏族文化的边界看问题。他的视角，有时是内部透视的，有时是外来者的审视，这就使他获得了广阔的话语空间、充分的叙事自由度和游刃有余的从容，也使他的小说层次丰富，意味深长。道吉坚赞作为一个用汉语写作的藏族作家，采取对本民族文化传统与现代生活双向观察、剖析的写作策略，给许多藏族汉语作家提供了有益的借鉴。

如果说扎西才让在诗歌里营造的"桑多世界"偏抒情性质，那么他小说中的

"桑多"则是对诗歌中未能打开的叙事空间的一个拓展，是对诗歌中高度凝练的文化思考的一种延续。诗歌指向精神信仰，是一个关于心灵的审美维度；小说关注现实，构成一个关于现实生活的批判维度。这两个维度互相补充、共同构成他的桑多世界的"地域性"与"民族性"。小说尤其关注了被诗歌所超越、所遮蔽的现实，对以"桑多世界"为具体时空的藏地生活进行了一种深掘式的现实主义书写。

无论在诗歌、随笔还是小说中，扎西才让总有讲不完的"桑多"故事。在他的描述中，"桑多"虽然在甘南，其区域规模小于或相当于一个县，或者说就是一个小镇。但它又不对应某个具体乡镇，它是存在于现实与想象之间的一个虚拟时空，带有强烈的乌托邦气息。扎西才让笔下的"桑多人"也像从古老的藏族村寨中走出来的人一样，大多时候沉浸在某种原始的生命意识、恍如隔世的历史感和氤氲的神性氛围中，从而形成了他地域性写作的个人风格。

作为桑多镇的文化参照物的，是扎西才让笔下多次出现的另一个地名——杨庄。在扎西才让的短篇小说集《桑多镇故事集》（作家出版社 2019 年版）中，出现了"杨庄""桑多镇"两个地名。他笔下的杨庄是一个仅有五十多户人家的小村庄，与桑多镇相距并不遥远。这个村庄藏汉杂居，半农半牧，以农为主。事实上，杨庄的原型是扎西才让童年、少年生活的故乡，他更多的生活经验来自杨庄，杨庄故事也涉及藏族地区农村方方面面的问题。而桑多镇则是一个藏族聚居的古镇。在关于桑多镇的描述中，扎西才让多次提到它的古老，它的历史是由神话和传说构成的。这样的历史，使得桑多镇承载了许多神灵的故事，在这样的文化中生老病死的桑多镇人崇拜祖先、相信轮回和爱情，泰然面对高僧、美女、艺术家、失败的酒鬼等形形色色的奇人与源源不断的秘闻。这个桑多镇既古老又现代，百年前的风俗习惯与当代最新潮的生活方式"混搭"于这个嘈杂的小镇上。与杨庄相比较而言，桑多镇的藏族文化特征更为明显。扎西才让小说中的杨庄与桑多镇，构成一种文化上的差异格局，它们互为"异地"和"远方"。对杨庄人来说，五十公里以外的桑多镇就是远方，是一个陌生、神秘的地方。扎西才让以杨庄来想象桑多镇，又通过桑多镇来观察杨庄，乡村与城镇之间文化差异的细微之处纤毫毕现。

"桑多镇"是扎西才让的文学书写"再造"的地域文化意象，这个小小的地方，是藏族生活方式、文化观念的微缩景观，是一个小小的"异域"。但是扎西才让又不局限于"桑多","桑多"既是他精心营造的一个文学空间,又只是他观察世界的立足点和背景之一。

将藏族作家王小忠认定为一个地域性作家应该是比较准确的。首先,作为一个土生土长的甘南本土作家,无论在诗歌中还是在散文、小说中,王小忠的抒情、叙事空间基本上都是以甘南为坐标的,甘南风物、甘南文化、甘南的人和事是他写不尽的题材资源。另一方面,王小忠有一种地域性的自觉,即他较早地摆脱了地域性的思考局限和言说定式,进入对甘南生活的沉潜体验、独到观察和冷峻思考,从中找到属于自己的观察视角、叙事层面和表述方式。

王小忠的大部分小说表现的是游牧生活、农耕生活向现代城镇生活转型的题材,处理转型过程中产生的价值观、伦理观、生活方式、行为方式等各个层面的问题,尤其是其中各种观念盘根错节的冲突与行为纠结。在他的小说中,故事是首要的叙事元素,其次是人物形象的塑造。他的小说绝大多数叙事者,是小说中的一个人物,即村里人或当地人,有时是弱者、儿童,有时是一个既参与叙事行动又置身事外的边缘人,如同学、朋友、知情者。还有一些小说选择隐藏的叙述者,以一种本土立场、地域视角,最大程度地保留生活的原生态,混沌未明,却使小说的叙事有其自身的情境逻辑,包括乖张、偏狭,最大程度地保留了其追求的真实性、乡土性、地方性。

王小忠的小说在叙事上也形成了一定的共性特点,即注重以故事冲突结构叙事。例如《金手指》(《湖南文学》2017 年第 2 期)、《五只羊》(《芳草》2019 年第 2 期)、《夜如铅》(《广州文艺》2019 年第 7 期)写牧民受到某种诱惑来到城市,结果上当受骗,遭遇挫折和损失;《羊皮围裙》(《红豆》2015 年第 7 期)写一个老手工艺人,晚景凄凉,但更凄凉的是苦于找不到一个合适的手艺继承人的困境;《铁匠的马》(《芳草》2017 年第 6 期)、《谁厉害》(《红豆》2021 年第 1 期)书写汉族男人来到藏族村寨(或藏族女人到一个汉族家庭)所发生的文化融合的问题等。王小忠以文学书写的方式不断地探讨人与社会现实、传统与现代、家庭中的亲情、人际间的友情等当下生活各个层面的冲突。他小说中的人物身份各异:有诚信、韧性、忠厚,在付出经济损失之后经过努力赢回人品、回归故乡与信仰的牧民(《五只羊》、《凶手》(《青年作家》2019 年第 11 期),有身怀某种传统手工技艺的银匠、铁匠、木匠、皮匠,有在社会变迁中改变了品性的小银匠、混混儿、浪荡子，还有一些善良而弱小的，如银匠的女儿等一些草原上的女性人物。但他小说中的冲突很少表现为人物之间的矛盾交锋，而往往体现在价值观念层面的冲突。"冲突"是时代进步或人性成熟的一种必然代价，小说中的人物在碰撞与选择中各有得失，却没有真正的赢家。

从其小说中可以看出，王小忠的情感立场始终在弱者一边，他的目光总是温柔地投向那些善良的老人、儿童、妇女；那些进城谋求发展但屡屡上当受骗、一再失败，流落在"城市"里无处歇脚、饱受歧视与压抑的牧民；那些观念上因过于怀旧而抱残守缺、不接受新生事物，守着传统工艺和古老的职业道德不放，最终成为失败者，被时代淘汰的老手工艺人。但他要表达的并不止于同情和惋惜，而是一直致力于书写美好的人性品质，重现在现代生活中逐渐隐去的地域文化传统的光芒。

王小忠十分珍视得天独厚的地域叙事资源，同时具有良好的文化自觉意识和艺术探索精神，他坚持直面生活、关注问题的态度，执着地用老老实实的方法书写，形成了自己的地域性写作方向。

身兼作家、学者双重身份的严英秀近年来在相继出版的中短篇小说集《纸飞机》（中译出版社 2016 年版）、《严英秀的小说》（甘肃文化出版社 2014 年版）、《芳菲歇》（作家出版社 2016 年版）中一直持续着力于性别文化主题的书写。尽管作家本人一直警惕简单的身份化归类与界定，拒绝女性作家、西部作家、藏族作家等外在的身份标签，但在她的小说里，我们不难发现：她的现实关注层面、叙事经验、审美风格等无不与她的地域、性别、族群等属性有关。她以一种内在的文化自觉，对自己的文化资源进行了高度的整合；同时，也在民族和地域文化传统的接受与容纳中找到了牢固的写作支撑点。使得她在面对汹涌的现代性、面对无根的城市后现代欲望叙事浪潮时，能够持守本土立场、本土伦理价值观，并保持创作的坚定性和明晰性。

严英秀出生、生长在甘南藏族自治州舟曲县的一个藏族家庭，地域文化对严英秀创作的影响至少表现在三个方面。首先，在女性观念上，虽然她大部分小说的叙事主体是一位女性，但这个"女性"概念不是抽象、空洞的，而是具体的、生活化的，具有母亲、女儿、妻子、姐妹、朋友、同事、学生、教师等等身份，她把"女性"放在具体的社会伦理环境中去界定，放在一种有意义、有价值的生活和秩序中去认同，从亲情、爱情、友情关系中，从日常生活中细致入微地发现一系列"她"的形象。

其次，在男性观念上，我们注意到在严英秀的多部小说中作为次要人物出现的小城男人形象，虽然往往是社会生活中的普通人甚至是边缘人，但他们身上总是体现出一种简单而坚定的品质。他们的人性饱满，价值观明晰，道德感强，洋溢着生命活力，敢爱敢恨、重情重义，勇于自我牺牲，携带着在当代人身上隐形或近乎失落了的、带有古典蕴味的男性美德，与城市里流行的男性文化形成了鲜明的对照。

再次，在两性情感叙事中，严英秀既是一个有明确的方向感、界限感的作家，又是一个在传统观念支配下写作的作家。她的小说叙事似乎还恪守着某种古老的身体耻感与严格的道德洁操，而这也曾是传统文化尤其是西部民族传统美德中的重要组成部分。从严英秀全部的写作中，我们看到她对两性之间、夫妻之间、朋友之间、亲友之间等传统文化中稳定、牢固的伦理关系进行的近乎悲壮的维护。

以上这些，都可以看作是地域性在一个远离地域空间的作家的文化写作中作为根性因子的顽强存在，体现了作家身后的地域文化对她所关注的性别文化的某种补全。

（三）散文：地域生活诗意的审美提纯

从自然地理、民俗风情的角度来看，如果说有某一种文体可以最充分地体现地域性的话，这种文体无疑就是散文。藏族女诗人完玛央金作为甘南第二代诗人代表之一，散文写作也为她的文学世界开辟了另一方天地。她的近作散文集《洮河岸上》（四川民族出版社 2020 年版）以诗人的故乡——甘南州卓尼、临潭县沿洮河一带的农牧区为地域空间，以追忆的方式，再现了 20 世纪八九十年代的生活往事片段，用文字留住了传统乡村社会的最后一脉诗意和温情。收入其中的散文组章《昨天的太阳当头照》（《民族文学》2015 年第 1 期）中，通过乡村生活空间的六个典型剖面，表现了一个农家生活的全部内容。她用文字重塑了一个逝去的时代，呈现了以往的生活场景，给我们展示了一幅洮河两岸人家的"清明上河图"。她笔下的江南移民后代，这些农耕世家细水长流的日常生活坚韧而柔和，他们的生活细节织成一张绵密的地方性知识的意义之网。同样是收录于《洮河岸上》的散文组章《无尽丧事》中的叙事是靠一股浓郁的感情和绵长的思绪带动着，随性、自然地伸展开来。围绕"丧事"这个话题，作家采用"通透"的生死视角，用随意、自然的笔触，勾勒几个看似信手拈来的生活场景，在寥寥五千多字中，写尽了人生的况味。小说通过大量的乡村"丧事"的细节，给我们描绘了一幅藏族农区丧葬仪式的风俗画面，包含大量地域民间文化信息，具有文学人类学民俗志的价值。

作者对乡村的变迁也流露出了一种惋惜和伤感的情怀："伸向村外的土路多年后被柏油覆盖，一个个院落也消失在森林般竖起的高楼之下……脚踏水泥地仰头看天，还是昨天的太阳，昨天的云彩。"其实，改变的只是乡村的自然景观，只是一种生活方式，"昨天的"太阳依然照耀着今天的村庄。没有随着过去的生活方式一道逝去的，是人性中保留着的许多美好的东西，那是弥足珍贵的传统，是乡土文化精神的根基。

完玛央金的散文凭借精到的观察、细腻的情思、轻灵的表述，在诗与散文的结合点上找到了最佳的言说方式，笔触之间流溢着浓郁的生活意趣、浓郁的泥土味和烟火气息，以及深厚的人文情怀。她的散文创作从地域文化的根基深处传递出特定人群的日常生活审美之神韵，每部作品都仿佛是一件浑然天成、不事雕琢的艺术品。

另外，近年来王小忠的《静静守望太阳神》（海天出版社 2015 年版）、《黄河源笔记》（广西师范大学出版社 2019 年版）、《洮河源笔记》（广西师范大学出版社 2021 年版）等文集的陆续出版，应当被看作是甘南散文在一个新的方向上的有力突破。借助于非虚构写作的方法论，王小忠找到了一条深入现实的有效路径，介入关于牧业、草原、牧民，关于城镇化、社会底层等广泛的现实问题的思考和讨论，从而还原了在一定程度上被美学想象所遮蔽的甘南生活，在文学与日常生活的交汇处呈现出一个更加真实、可及的甘南。

总之，甘南的民族文化和地域文化使甘南诗人、作家自觉意识到文学创作之根的存在，使他们免于沦为全球现代化图景中的"孤儿"。与之相反，借由地域文化的滋养以及人与自然关系的体悟，甘南藏族作家们获得了更加自由、更加广阔的精神向度与文学表述空间。

三、地域性的超越与升华：对甘南文学的一种展望

言说甘南可以有多个不同的维度，仅从空间站位来说，至少有甘南内部的"本土立场"，甘南外部的"他者视角"；中国文学的高度，世界文学的广度等。如果仅从"本土立场"出发，我们当然需要甘南文学贴近甘南地域，呈现"原汁原味"的甘南自然风貌，反映甘南人民广阔的生活场景。从外部的"他者视角"来看，读者当然也期待在甘南文学作品中看到甘南地域文化符号的密集铺陈。这两个维度当然可以突出甘南的"本土"意义，并会产生社会各方所期待的某种文化宣传效应。而从"中国"与"世界"两个维度来看，甘南文学则需要把原生态的文学意象符号升华为形而上的文化元素，从中提取人类普遍的经验和本质意义。而要想使文学中的"甘南元素"具有"中国性"或"世界性"，它更需要的是地域元素的纯度和高度。

从这个意义上看，甘南文学自身仍然面临着一系列需要不断突破的问题，其中一个重要方面就是小说中本土性经验的现代转换问题，以及在后工业时代和全球化图景下诗歌意象与语言的更新再造的问题。从经验的转换到语言的突破，是比较困难的，需要找到一条适当的路径。而对当代甘南作家来说，这种路径的选择，首要的问题就是要从追求地域性表达，到超越浅表化的地域性书写，再转向真正深入到地域文化内部的有深度、有难度的写作，在解析和超越中去创造性地完成对"地域性"的重构。这当然是一个需要长期思考和实践的过程。

（原载于《民族文学》2022 年第 2 期）

小说与历史的互证

——读毕四海、任宝常的中篇小说《斑鸠》

胡 平

    毕四海、任宝常的中篇小说《斑鸠》最大的亮点，是不多见地讲述了关于房地产业的故事。房地产业是具有基础性、先导性、带动性和风险性的实业，在国民经济中占有重要位置，也长期备受大众瞩目。一部小说的发表，对这一产业的发展不会产生什么影响，但作品的确认真讨论了业内的现实和历史，体现了作者的社会责任感，这种创作精神值得称赞。

    小说以"斑鸠"命名，本与房地产无关，但这斑鸠是代代守护着老毕头儿在蛤蟆滩那座黄土坟墓的灵物。老毕头儿生前是个六级泥瓦匠，盖了一辈子房，家里十口却挤住在十一平方米的房子里。他不停地给房管所打报告，却无济于事，郁郁而终。他生前唯有在养育两只小斑鸠时"才难得露出一星半点的笑意"。斑鸠是感恩的，不肯舍老毕头儿而去，也让读者为蛤蟆滩那些普通工人家庭的居住条件而充满同情。而当市里终于决定，要以低于市场价百分之五十的价格出让八千亩地块七十年使用权，实施普及小康人家的十大民生工程之首项目，最大建筑公司老板毕天成也决定在当地大量招收建筑工人，以解决购房贷款问题时，蛤蟆滩人欢腾了，斑鸠们纷纷飞下树权落到人们身上。这就是小说才能带来的生动氛围，以具体生活场景和感情色彩表达出民众的心声，呈现了关于"房子是用来住的、不是用来炒的"之理念。

    《斑鸠》有四万字篇幅，通过毕天成的人生经历，几乎完整叙述了半个世纪以来国内房地产业的发展脉络。在小说里，最初并不存在房地产业形态，城市住宅主要采取分配形式，实行福利化，建房靠行政拨款，造成了资产的匮乏和居住条件的窘迫。改革开放以后，出现房地产元年和房地产市场，迎来了房地产业飞速发展的黄金时期，也带来大量居民住房条件的改观。这一产业在发展至一定阶段时，也出现了泡沫化和资本的无序、无节制扩张现象，后得到及时纠正，使产业回复到它的本质，获得健康长足的发展。作品里毕天成是一个活生生的过来人，他未必见识过一切，但确实成为了历史的见证者。在阅读过程中，读者能够不知不觉地伴随他的命运起伏感受到时代的变迁，重新审视身处其中的生活，收获是不言而喻的。当然，作者毕四海和任宝常不是经济学家，他们是小说家，更注重塑造业内形象，特别是通过对主人公们的刻画折射出历史风云，使读者更能够从人生态度和人生经验上得到一些启示，这种受益更为重要。

作者没有简单化地定位人物，使他们成为某种现成概念的化身。毕天成和梅芹是一对情侣，他们早在学生时期便两心相悦，但此后历经周折，直到男方成为S市首富，女方成为省住建厅厅长，脸上开始长出皱褶，也还没有走到一起。他们之间冲突不断，每次碰撞并不仅仅出于私人原因，而是与房地产事项相关。应该说，这样的情况，在生活中确实可能出现，由于观念而撕裂的关系并不少见。读这篇小说，人们不容易很快产生倾向性，或者说，倾向性会不断在男女双方之间转移。先是女方显得不近情理，后是男方表现出异样，而后又有反转。这正是两人迟迟不能进入婚姻殿堂的原因，也透视出房地产业常难以预测的态势。

毕天成与梅芹家庭出身迥异，毕天成的父亲老毕头儿是泥瓦匠，爷爷原来开过小铺子，算作小业主，在"文革"中成为"黑六类"，他也成了"狗崽子"。梅芹的父亲当过军长，属于老革命，她在运动中平安无事，此后当兵，很早立下从政志向，也果然仕途顺利。这样两个人，本注定无缘，但毕天成对梅芹的勇敢营救打动了梅芹，使梅芹不顾家人百般反对等候毕天成，曾从部队开出结婚登记介绍信去找寻心上人。不过后来出现在她面前的毕天成，先是"黑包工队"头目，后是首批房地产经营公司的经理，再后是申请到纽约发行五百亿美元债券的大企业家，这些都使以后成为市政府业务领导的梅芹感到为难和担忧。她不断向他施压，否决他的动议，当然不能想象她会一下子成为他的娇妻。小说里两人间真正缠绵和温情的写照并不多，倒不乏公事公办和剑拔弩张的较量，也属于从人物设计就开始注定的情境。

最初读来，有些读者会认为毕天成不是一个招人喜欢的角色，缘自人群中"凡为富必不仁"的习惯心理。但小说告诉我们，毕天成的奋斗历程对于国计民生有着不小贡献。在计划经济环境下，他的"黑建筑队"给S市盖起了一百多幢楼房，而占据正统地位的S市建筑公司却一座楼也未曾建起。房地产业发展初期，毕天成的房地产公司率先盖起五幢鸳鸯公寓，市政府只需承担三分之一补贴，由此打开了全市建筑行业的新局面。不能忘记，在他起步时期，住宅商品化还被视为是资本主义的东西，全国理论界为住宅属性争论不休。此时，毕天成从《资本论》中了解到马克思将住宅定性为商品，以理论的自觉开启了一个新时代的实践。毕天成，是历史进程中一代改革者中的一员。

梅芹虽然为人正派，恪守职责，但思想僵化较严重，对毕天成等的做法看不惯也难于接受。当她意识到毕天成的做法充满风险时，打着为毕天成着想的旗号，竭尽全力阻止他的步伐。正如她后来意识到的，"我的头脑，是在那个年月里长成的。我现在才知道，那个年月，在我的心灵中留下了一面镜子，如今任何问题，都会在那面镜子上得到反映。我想打碎它，却怎么也办不到"。可以讲，作者对她和毕天成的摹写，都是具有一定典型意义的，揭示了生活中两类人的不同生成。这两类人能够结为夫妻，需要迎来新的契机。

这契机来自毕天成的觉悟和梅芹固有价值的体现。当毕天成忘乎所以走向他的反面，在希尔顿大酒店楼顶停放着他的私人飞机，而把蛤蟆滩的居住困难户们忘得精光时，他就差不多了。在这一时刻，梅芹出现在他面前，用迎头棒喝使他终于清醒过来。他和梅芹一道回到父亲的黄土坟前，意识到自己参与制造的肆无忌惮的杠杆与资本的无序，以及无节制的扩张行为，已经悖离了房地产市场的本质，于是开始洗心革面，改弦更张，投入了全心全意为住房者提供住房的规划。他和梅芹长达三十多年未实现的姻缘，也获得了圆满。他们的关系甚至不完全属于私人关系，不断在否定之否定中演化。

小说中的其他人物也值得提及。老市长和周明书记，他们这些在历史的段落上真正出于公心而勇于承担个人责任的人，都属于使一方富起来的功臣，值得记住。东野所长那种不做事不盖房还想升迁通达的干部，从未绝迹，也耐人寻味。

历史总是要有人记载的，包括以文学形式。作为时代的书记官，作家的能力还是有限，因为时代变得愈加复杂。但他们只要起码忠实于生活面目和生活印象，不虚妄，不伪饰，怀有真情实感地去书写，就可能留下有价值的文字，形成与历史的互证。在这一点上，两位作者是有成绩的。

（原载于《民族文学》2022 年第 3 期）

"百鸟醉"与"火车来了"

——读第代着冬的短篇小说《火车来了》

郭　艳

　　这篇小说以年轻手工艺传人的视角讲述了时代之变中的技艺与技艺传承者。文本以细腻的笔触摹写了满满学银匠技艺的过程，老银匠言传身教，以最严格的要求来训练满满。满满最初采集洗银藤、锁银草熬成火候到位的液汁，用这种自制液汁清洗旧银器；接着拿着小铁锤空锤铁砧，训练手臂对于力量的控制；最后他对着一块小小银片千锤百炼，从而打造出精美的银器。在一个充满着变动的时代，有责任心的严厉老师和有天赋的勤奋学生配合得很默契，他们师徒二人在幽静如世外桃源的王官岭完成了传统技艺的传承。对于离家学艺的满满来说，王官岭是自己生命中一个独特的地方。一如那颗埋入土中的乳牙，他生命中的一部分留在了这里。传统和传统技艺所负载的精神血脉也由此灌注到年轻人的心性中。满满带着对银器打造最顶尖技艺"百鸟醉"的憧憬，开始了属于自己的银匠生涯。

　　满满银匠生涯开始的时候，也是山村发生变化的时候。"火车来了"是现代生活即将影响山村的隐喻。其实在火车来到鹤游坪之前，山村生活的淳朴也已然被商业的功利主义所侵蚀。满满和长河虽然都是传统银匠手艺的继承人，却选择了不同的生活方式。长河接受了现代商业逻辑，获取利益成为他生活的信条，由此长河最终因为斗牛事件从家乡仓皇出逃。而满满则在一个日益商业化的时代中，守着传承的银匠技艺，同时还真正完成了银匠技艺巅峰的"百鸟醉"。然而"火车来了"，满满心爱的女孩儿也乘着火车去了远方，毕竟那是个多金多彩又充满诱惑的世界。最终，期待银匠技艺受到保护的满满也走了。至于他去了何处，是否回来……这些小说文本并没有给出明确的答案。

　　这个短篇的题材并不特殊，是常见的乡土式微的故事，然而却显示出对于时代乡土裂变不一样的摹写。小说文本语言优美而克制，在平和宁静的叙述中，凸显主人公满满独特的性格特征。满满对于传统的敬畏与温情，体现在一系列的细节和场景叙写中。他在默默接受着师父严格技艺训练的同时，对于自身所处的山村景物和人伦风俗有着发自内心的温情。比如满满一有空闲，就带着天赐在山村之间游走，并答应带天赐去看"火车"；月圆之夜倾听师父讲述"百鸟醉"的故事，对传统有着虔诚的敬畏；深深体验到乡居生活的幽静与美妙：红绸般的流云，归巢的斑鸠，银色蛛丝上夕阳的光芒，敲打银子的声音在安静的土地上流淌……这种对于身处美好景致和人伦风情的感悟，体现出一种与少年躁动心性不相符合的温情。这种来自民族文化血脉深处的温情，让年轻的小银匠真正沉浸到传统技艺的学习和领悟中。同时，在"火车来了"的时代变化面前，文本以主人公淡淡的乡愁和随遇而安的性情作为叙述背景与底色，乡村的人物和故事显得不那么紧张和焦躁。长河的推销术和生意，长河与漆匠合伙在斗牛比赛上作弊，乡村里男女老幼对于新奇事物的好奇、犹疑与不确定等等，这些都和满满坚持自己传统银匠技艺并置在文本中，显示出现实生活的本质真实。小说因此走出了对于新旧更迭变化简单的价值判断，从而走向更为开阔的审美维度。

相对于中国近半个多世纪的现代化进程，小说所提供的场景和人物似新实旧。传统乡土转型中的裂变以及裂变中的疼痛几乎一直伴随着中国的现代化进程，近几代中国人在不同地域和文化中都体验了相似的经验。由此小说在呈现变化的时候，缺乏对于时代整体性经验的更为深切的痛感体验和命运感。"火车来了"是个非常有意义的象征——现代商业功利主义的生活和消费模式进入乡土，但是这也是一个被重复使用半个多世纪的象征。作者在文本中运用得很恰当，但是却没有对这个象征做出更深层内涵的发掘。"火车来了"已经发生了几十年了，应该有一些不同于二十世纪八十年代的思考。其实文本中出现的"百鸟醉"是更为独特的象征意象，作为银匠技艺巅峰之作的"百鸟醉"如何在小银匠手中成为现实，又如何在时代变迁中走向凋零、落幕抑或新生。小说可以通过这个承载传统文化意蕴的象征物，来呈现小银匠在"火车来了"前后的生活经历和生命体验，内省和反思现代性对于乡土生活（包括传统技艺）和伦理风俗的浸润或侵蚀，从而抵达更高的悲剧性审美意蕴。与此同时，现代化进程无疑不是悲剧而是正剧，那么在正剧上演的同时，如何保有美好的乡土和传统传承，这些就成为更加深入和内化的写作主旨。

（原载于《民族文学》2022年第4期）

文学仍要以现实主义精神向时代发言

——从谷运龙长篇小说《两江风》谈起

范玉刚

　　谷运龙的长篇小说《两江风》讲述了一个"扫黑除恶"伸张正义、维护社会稳定和发展经济的故事。近年来，随着国家治理能力不断提高，扫黑除恶专项斗争取得一系列成果，为中国持续创造"两个奇迹"夯实了社会基础。相应地，扫黑除恶与发展经济也成为文艺关注的热点话题。在信息资讯内爆，特别是自媒体如短视频、直播和微信发达的今天，文艺创作特别是文学书写不是变得简单而是变得更难了，在思想提炼和艺术表达等多方面都对艺术创作特别是现实题材创作提出了挑战。在数字化的信息社会，现实主义创作如何向我们说话？如何在信息泛滥中吸引读者？《两江风》启示我们，一部作品能够为时代发声和受人瞩目，从而实现与时代同频共振，首先要明白为谁写作、为谁代言，是沉溺于杯水风波的一己悲欢，还是融入人民生活的海洋。"为谁写作"不仅决定作品的思想境界和审美品格，更是对作家责任和艺术能力的检验。只有把艺术追求与时代主题在相互切近中，向着更高的境界迈进，展现出一个民族应有的精神力量，才能写出肩上的道义和胸中的乾坤。在艺术创作的道义制高点上，《两江风》以其精神境界的开掘，揭示了中国共产党没有任何个人的私利，而是代表人民的利益，全心全意为人民服务是中国共产党的宗旨和信念。人民就是江山，江山就是人民，守江山就是守人民的心。社会主义文艺是人民的文艺，高扬文艺人民性的创作与党的初心高度契合。回到作品本身，小说没有回避现实矛盾，对黑恶势力及其成因有着深刻认识，更有着深厚的家国情怀和为人民之心，使作品洋溢着向往光明的崇高之美。

一、现实题材与作家的艺术审美想象力

　　何谓现实，看起来似乎不言自明，实际上却不然。严格意义上讲，作家面对的所有东西都是现实，都有其现实性，是一种现实的存在，但对于有着现实主义

眼光的作家而言却又不尽然。显然，现实有着复杂的内涵、多重维度和无限性旨趣，理解现实、把握现实必然要高于现实。这个"高于"就是作家与现实互看的对象化能力，是作家应有的艺术审美想象力，正是这个"高于"要求作家执着于现实题材创作。所谓"现实题材"不是现实生活现成地摆在那里等待作家去发现和反映，而是以艺术的眼光，经由作家的情感、心理、思想、精神的浸润，使现实内化为主观化的"现实经验"，才能作为一种"现实题材"进入文学艺术。这个过程也是思想内容与外在表现形式相互寻求与契合的构思过程。它是作家的一种自觉选择和文学艺术的自主表达，是作家介入生活、发现生活、把握生活进入创作过程的结果。因而，现实题材关联着作家的创作态度和对艺术效果的诉求，是现实感的获得和艺术性的张扬。现实题材意味着作家对待生活和创作的某种态度，它既是一种文艺形态和创作方法，更是一种精神追求。何谓现实主义？秦兆阳先生在二十世纪五十年代曾指出："现实主义是指人们在文学艺术实践中对于客观现实和对于艺术本身的根本的态度和方法。这所谓根本的态度和方法，不是指人们的世界观，而是指人们在文学艺术创作的整个活动中，是以无限广阔的客观现实为对象，为依据，为源泉，并以影响现实为目的；而它的反映现实，又不是对于现实作机械的翻版，而是追求生活的真实和艺术的真实。"可见，现实主义文艺创作必须高度介入生活，"欢乐着人民的欢乐，忧患着人民的忧患"，作家和人民大众一同跃动着脉搏，反映人民的心声和愿望。

作家关注现实题材要倾听时代的声音，以文学的感悟力和艺术想象力回应时代之问。现实主义从不避讳艺术审美想象力，其可能性立基于现实性之上，从中体现一个作家的审美追求和价值诉求。当下，一些以扫黑除恶为题材的影视文学作品风靡市场，都有着良好的口碑与不俗的热度。大多数创作素材都取自现实生活的真实案件。艺术创作如何把一个政治命题（典型案件）转化为一种文学叙事，是对作家的哲学思考与艺术表达能力的考验。源于现实生活的真实案件，在技术处理上细节多采用艺术化处理，同时，为增强观赏性和娱乐化色彩，往往在严肃题材中加入适量喜剧元素，展现人性之美。不同于通常意义上的艺术创作，《两江风》带有更多作者生活的历练、真切的人生经历和身边人的故事，因而在艺术表达上更为真切与可信。

两江是码头，也是江湖，自然有着江湖人物的种种传闻。但这传闻在现实的两江县并不虚，那就是黑老大熊天坤和霸道贺胡子密织的蛛网。小说第一章起笔不凡，呈现了一幅20世纪90年代半岛市两江县污浊之气氤氲的时代背景，从而为主人公出场渲染了一层悲壮的色彩。"他们和当地一些官员沆瀣一气，编织出一条条无形而又韧性十足的绳索，有时还会变成美女蛇或蜘蛛精，缚住对抗他们的手足，扼住将发出正义之声的喉咙。"正是在氛围烘托得恰到好处、留下悬念、为高潮埋下伏笔之际，小说的主人公党一民作为两江县委副书记并提名为县长人选，在这种氛围中揭开了时代大幕。在两江县的权力真空被常务副县长白海峰把持半年多后，半岛市委左书记的话又在党一民的耳边响起："两江的工作重点在于如何还老百姓一个平安的生产生活环境，难点在于如何打击黑恶势力。市委选中你，是权衡了很多利弊的。你年轻，有脾气有血性有胆量，这是你的长处和优点，也是你在两江立住脚的本钱。但同时也是你的缺点。脾气大容易得罪同志，血性盛容易鲁莽行事草率决策。所以，关键时刻一定要冷静下来，遇事多和班子成员沟通研究，多向县委请示。特别要多和郝书记商量，他对两江的情况熟，工作经验丰富，办法多。要多向他请教和学习。"

小说的主人公党一民是一个不忘初心、崇尚使命的党员领导干部形象。这样值得讴歌、值得学习和尊敬的形象，在当下的文学作品中还是太少了。相对于知识型作家，作为官员型作家的谷运龙做过县长、县委书记、副州长和州人大常委会主任，有着丰富深厚的生活经验积累和人生历练的旷达。这使得中国共产党执政为民的理念与情怀自然地显现于文学创作中，并成为其坚持现实主义创作的自觉追求。同时，也促使其把目光投向现实题材，其作品透露出强烈的泥土气息，从中生长出扎根大地、致敬光明的人生葳蕤，在把握现实中彰显了一个有良知的作家的责任和担当，这是其作品人民性彰显的源泉所在。令我印象深刻的是此前他关注生态环境危机的小说《几世花红》，该作品不仅文采斐然，在文字的灿烂中还有一颗忧世之心和哀民生之多艰的人文情怀。今日的《两江风》更是在文字的遒劲有力中直面地方黑恶势力的猖獗，以现实主义精神生动诠释了中国共产党人是干什么的，以强烈的使命感还人民一片净土。习近平总书记指出："全党必须牢记，为什么人的问题，是检验一个政党、一个政权性质的试金石。带领人民创造美好生活，是我们党始终不渝的奋斗目标。"[1] 文艺作品要赢得人民的认

---

1 习近平：《决胜全面建成小康社会　夺取新时代中国特色社会主义伟大胜利》，人民出版社2017年版，第44—45页。

同，必须站稳人民的立场，为人民发声，为人民代言，深入生活，扎根人民。习近平总书记指出，"源于人民、为了人民、属于人民，是社会主义文艺的根本立场，也是社会主义文艺繁荣发展的动力所在"**1**。因此，党的十九大报告指出，加强现实题材创作，不断推出讴歌党、讴歌祖国、讴歌人民、讴歌英雄的精品力作。在深入生活、扎根人民中进行无愧于时代的文艺创造。关注现实题材，坚持现实主义创作，谷运龙有着坚定的信念。他在访谈中说："观照现实、反映现实甚至于批判现实将和自己结伴前行，终此一生。"《两江风》源于生活，自然有着现实生活中泥土的粗糙与野气，但其中的质朴与真诚使其对现实题材的发掘始终保有艺术性的文心，各种机缘的杂糅共在促使作品实现了中共党员的初心与文学初心的交融，在作者的深刻思考与人生哲理熔铸笔端中实现了小说文心与党性的有机统一，这使《两江风》有着一种卓异的风采。谷运龙在访谈中说："这个形象还不够丰满，还有不少需要打磨和雕琢的地方。但有时粗粝也会是一种风格。"党一民形象的塑造尽管略显粗粝，却是鲜活的、立体的、有尊严的、有追求的、活着的人，他可以和我们交流对话，诉说人生的悲欢离合与不屈的抗争，向我们传达共产党人应有的信念，为官一任就要担起责任，就要把这块土地上的人民装在心中，哪怕自己付出儿子、爱人的生命也决不向黑恶势力低头。在一定意义上，小说诠释了"党的根基在人民、血脉在人民、力量在人民，人民是党执政兴国的最大底气。民心是最大的政治，正义是最强的力量。党的最大政治优势是密切联系群众，党执政后的最大危险是脱离群众"**2**。揭露黑暗是为了展示光明，生活中不可能没有阴暗面，现实生活中总有不尽如人意的地方，有责任感的作家总是以光明驱逐黑暗，用直面现实的勇气和乐观主义精神对待眼前的不如意，以文学的温情和浸润人心的力量，鼓舞人们在黑暗面前不气馁、在困难面前不低头，用理性之光、正义之光、善良之光照亮生活。因为他们懂得"清泉永远比淤泥更值得拥有，光明永远比黑暗更值得歌颂"，只有塑造最美的人物、讴歌奋斗的人生，才能以文艺的力量坚定人们对美好生活的憧憬和信心。小说中党一民赢得民心是现实主义创作的胜利。它说明现实题材没有过时，现实主义创作也不会过时。

---

1 习近平：《在中国文联十一大、中国作协十大开幕式上的讲话》，人民出版社2021年版，第7页。
2 《中国共产党第十九届中央委员会第六次全体会议文件汇编》，人民出版社2021年版，第95页。

二、当下现实主义精神应有的价值指向

在各种资讯和信息高度发达的今天，对一个作家而言仅仅满足于做一个时代的"记录官"显然是不够的。如何源于生活而高于生活，从中彰显现实主义精神，是对一个有出息的作家的考验。诚然，现实主义要求作家必须关注生活、深入生活、扎根人民，以一种深刻的、历史的眼光，从生活的芜杂和琐碎中，在各种生活场域和人物命运的展开或人物性格演变中展现出某种普遍性规律或本质性价值，并借助各种细节或场景彰显某种内在的意义。文学史表明，那些有着内在的意义或灵魂的作品才是好的作品。康德认为美的艺术品作为天才作品除了合于鉴赏的尺度外，最重要的还在于它须有"精神"或"灵魂"。所谓"精神，在审美的意义上，就是指内心的鼓舞生动的原则"[1]。这个原则不是别的，正是一个艺术家应该把审美理念表现出来的能力。在他看来，取悦感官的"快适的艺术"除了供人们一时的欢娱和消遣外别无深趣，而以反省的判断力而非以官能感觉为准则的艺术则"促进着心灵诸力的陶冶，以达到社会性的传达作用"。康德心目中的艺术指向的是有灵魂的、美的艺术，在坚持现实主义创作中弘扬主旋律，坚持艺术为人民的属性，而不是图解政策。这在今天仍是何谓好的作品的一个尺度。

"文者，贯道之器也。"文艺从来不是花里胡哨的能指的漂浮，而是在与时代同频共振中为时代画像、为时代立传、为时代明德，从而体现出鲜明的价值导向。事实上，文艺只有向上向善才能成为时代的号角。相对于对什么是现实主义的悉心领会，什么不是现实主义则可能更为清晰明确。"图解现实、概念化、机械化、简单化的写作不是现实主义；投机性的迎合政治的功利写作也不是现实主义；高大全、空心化、模式化、生活等级化的写作更不是现实主义。"[2]毛泽东同志曾指出，"缺乏艺术性的艺术品，无论政治上怎样进步，也是没有力量的。因此，我们既反对政治观点错误的艺术品，也反对只有正确的政治观点而没有艺术力量的所谓'标语口号式'的倾向"[3]。所谓现实主义精神是作家在作品中对人的命运和生存境遇的一种真切关注和深刻的感同身受，体现出一种基于理想主义的

---

1 ［德］康德：《判断力批判》，邓晓芒译，人民出版社2002年版，第158页。

2 吴义勤：《通向现实主义的路到底有多远？》，付秀莹主编《新时代与现实主义》，作家出版社2019年版，第15页。

3 毛泽东：《在延安文艺座谈会上的讲话》，《毛泽东文艺论集》，中央文献出版社2002年版，第69页。

乐观精神的高扬，一种直面现实的批判与抗争而生成不屈的意志，以及在理念上把人民装在心中的"俯首甘为孺子牛"的谦卑，这使作品的主人公能有尊严地从作品中向我们走来。好的小说一定能创造出令人印象深刻、鲜活独特的人物形象。所谓鲜活独特一定是带有时代特征和时代气质，从人物形象中解读出时代精神和时代独有的印记，这样的作品才能紧紧抓住时代。就此而言，《两江风》在抓住时代中成为一部直面现实、揭露黑暗、伸张正义、展示光明的优秀现实主义作品。

所谓现实主义绝非照镜子式地反映生活，而是以艺术理想、审美理念和价值诉求烛照生活，从中体现出忠于生活基础上应有的价值指向与典型性，这是对作家艺术构思能力、审美表达能力和把握时代的哲思能力的检验。现实主义不是一个标签，而是一种精神追求和价值指向。它既是一种题材的选择，也是一种面对现实生活和坚持文学介入如何表达的态度。对于现实主义，恩格斯在1844年4月的书信《致玛·哈克奈斯》中，有一个经典论述，"现实主义的意思是，除细节的真实外，还要真实地再现典型环境中的典型人物"。英雄是民族最闪亮的坐标，浓墨重彩记录英雄、塑造英雄，让英雄在文艺作品中得到传扬，礼赞英雄从来都是文艺创作的永恒主题。扎根脚下的土地，文艺作品才能灌注生气。之所以强调现实主义是一种精神追求，乃是表明作家对待现实的一种态度、勇气和气魄，从而把自己摆到人物命运的起伏中，以平凡表现伟大，以作品赢得读者，而不是肤浅地贴上什么主义的标签。文似看山不喜平，好的小说一定是在情节冲突和一系列事件中刻画人物性格、揭示人物命运。《两江风》有一系列冲突和事件令人印象深刻，如霸道的贺胡子在公安局门口的大街上修房子，贺胡子的跋扈形象跃然纸上，也把矛盾冲突推到风口浪尖，成为对党一民执政能力的严峻考验。如何处理矛盾冲突和事件？拆除贺胡子的违建房，惩办菜霸任春光，化解高利贷危机，收回熊天坤的矿山，等等，都是在与黑恶势力的正面较量和主动出击中争夺民心，巩固党的执政基础。在维护社会稳定的斗争中，党一民越来越讲究策略，他在政治上和性格上越来越成熟；同时，作为县长他还要抓经济发展，上水电站项目，引导农民种植经济作物，推动县域国企改革，抗洪救灾，坚持依法治理，等等，都是在提高老百姓收入和把人民大众装在心中，以经济社会发展赢得民心，同样是对党的执政基础的夯实。这一系列的情节演进和性格塑造，充分展示了作者的才华和凌云健笔，也使党一民的形象立起来、立得住。《两江风》把扫黑除恶与社会稳定、推动经济发展关联起来，不仅关乎现实中如何体现中国共产党执政为民的理念和治理能力，也关乎文学叙事如何合乎逻辑地展开，从生活真实迈向艺术真实，从而聚焦于人物形象塑造，在矛盾冲突的情节展开与情感起伏的波澜中使主人公党一民的形象进一步饱满，也显现出作者笔力的遒劲。

大踏步地走在中国式现代化道路上，中华民族伟大复兴不是敲锣打鼓就能实现的，作品也深刻揭示了人民的美好生活不是轻易就能实现的，幸福是奋斗出来的，是中国共产党人特别是党的领导干部付出沉重的代价换来的。党一民为了与黑恶势力做斗争，为两江县的发展创造好的条件，付出了血的代价，经受了沉重的打击，这也锤炼了党一民执政为民的坚定决心和理想信念。小说在人物性格刻画和事件冲突中塑造了拥有担当意识和责任感的党的领导干部形象。正是无数普通共产党员和党的领导干部铸就了中国共产党的伟大，正是他们在实践中践行了伟大的建党精神。同样，也正是精神力量使这部作品焕发出一种震撼人心的力量，在文笔的汪洋恣肆中荡开一种艺术的境界，在真切地触动心灵中感受着人物命运的起伏和情感变化的波澜不惊。它启示着我们，现实主义文学在今天依然是有力量的，优秀的文艺创作依然需要以现实主义精神向时代发言。

三、在彰显文艺的人民性中书写现实主义精神

新时代为什么还要倡导现实主义创作？吴义勤认为，无论我们进入了怎样的新时代，现实主义仍然是无法替代的，仍然是最受欢迎的，仍然是我们最为需要的。"首先，现实主义文学是帮助我们认识自己所处时代的特殊视角和重要工具，是它让我们获得了对于现实身在其中又出乎其外的能力，是它提供了超越'不识庐山真面目，只缘身在此山中'之迷茫的可能。其次，现实主义是最能唤起我们审美共鸣与价值认同的文学形态。现实主义在中国的兴盛既是中国特定的时代需要决定的，同时又是中国主流文学观念和审美心理主动选择的结果。"[1] 现实主义是一种时代要求，历史地看，一切轰动当时、传之后世的文艺作品，反映的都是时代要求和人民心声。文艺创作不能徒有其表、花里胡哨，而是要在文字、色彩

---

1 吴义勤：《通向现实主义的路到底有多远？》，付秀莹主编《新时代与现实主义》，作家出版社2019年版，第10—11页。

和线条中注入真诚的为人民的心。"能不能搞出优秀作品，最根本的决定于是否能为人民书写、为人民抒情、为人民抒怀。"**1** 新时代文艺要高扬文艺的人民性。"江山就是人民、人民就是江山，打江山、守江山，守的是人民的心。中国共产党根基在人民、血脉在人民、力量在人民。"**2** 习近平总书记指出，"人民不是抽象的符号，而是一个一个具体的人，有血有肉，有情感，有爱恨，有梦想，也有内心的冲突和挣扎"**3**。人民就是生活中的每一个人，就是我们身边的人。《两江风》是一部张扬人民性的现实主义作品。

初来两江县的党一民经历了叵测又惊心的"县长选举事件"，小说的一干人物悉数登场，展示了一个有利于人物性格发展变化的特定环境。人物与环境一同成长：在为人处世中形成饱满的性格，在扫黑除恶中实现两江县的河清海晏。这一幕既是给党一民的"下马威"，也定格了党一民处事不惊的历练与担当，同时也揭示了环境的恶劣与人心叵测。黑恶势力的猖獗使党的执政基础面临挑战，预示着对民心的争夺将更加激烈。其实黑恶势力的恶并不全然写在脸上，俨然不是江湖码头的打砸抢，甚至还披上了公司合法化的外衣。小说即使书写黑恶势力也没有符号化，尽管有着某些套路的痕迹，却写出了一种复杂性与变化起伏。两江县县长党一民与黑老大熊天坤第一次面对面，就揭示了黑恶势力公司化的面孔以及如何渗入地方经济社会运行。有真实的环境才有可信的人物，英雄是在平凡中炼成的。"一个县的两个当家人就这样被钱的问题套得牢牢的开不了工，管着几千平方公里土地的人却被如何让这片土地富裕和美丽起来深深地困惑着。还不如一个熊天坤，要风得风要雨有雨。沙石、矿山、电源点，这些本该造福两江的资源，却如流金淌银的河，哗哗地流进他的私囊。"在小说中，水电站事件不仅串联起民族地区的发展与国家部委的支持，还把党一民的人物成长摆进去了。从初来的被动到主动打开局面，在与黑恶势力的斗智斗勇中展示了人物的历练和心理的起伏，使人物形象没有止步于扁平化与定型化，这是成为好作品的基础。文学介入现实必然要写出生活的复杂。小说在担当和造福一方中刻画人物性格的成长，也塑造了颇具典型性的社会环境。"市委任命一民为两江县委书记，白海峰转任两江县政协副主席。"党一民在历练中对政治有了更多的领悟，"政治是一片开阔的

---

1 习近平：《在文艺工作座谈会上的讲话》，人民出版社2015年版，第16页。

2 习近平：《在庆祝中国共产党成立100周年大会上的讲话》，人民出版社2021年版，第11页。

3 习近平：《在文艺工作座谈会上的讲话》，人民出版社2015年版，第17页。

旷野，让你的胸怀和格局变得更大，同时又是一片高远的蓝天，让你的境界变得更高，更是一个浩瀚的海，让你的情变得更深"。中国共产党追求的政治"是指阶级的政治、群众的政治，不是所谓少数政治家的政治"。这种政治观决定了以人民为中心的价值导向。同样，文艺创作也必须坚持高扬人民性。习近平总书记一再强调："文艺创作方法有一百条、一千条，但最根本、最关键、最牢靠的办法是扎根人民、扎根生活。"在人物形象塑造上，不仅党一民的形象具有性格与精神的成长，贺玲玲同样也不是一个符号化或扁平化的人物，而是有着情感波澜、心理变化与性格的发展，是一个有个性的新女性。虽然天下黑社会套路差不多，但小说也描绘了黑老大熊天坤在挖政府墙脚与政府争夺人心中的谋略、手段，其势力之大和对沙矿石资源的控制已经影响到政权稳定和地方经济发展，令人对党一民的安危（大民之死、秀玉发疯被害）揪着一颗心，从而定格了一个迎难而上的共产党人形象，以及背后以郝书记、左书记为代表的党组织的坚强领导。

小说叙事始终保持在"扫黑除恶与坚持依法治国"的一定张力内，菜霸、保护伞、集资、群体上访、安置下岗职工、解决就业、办戒毒培训班、发展经济、建原生态文化试验区，只有收回沙场，斩断黑社会财路，才能摧毁滋生黑社会的经济基础。"一个政府对老百姓而言是真正的天和地，天朗气清，万物才能生机盎然。"小说艺术地呈现了经济发展与社会稳定的关系，文字的汪洋恣肆并没有冲击文本应有的理性认知，可谓"斜逸并不旁出"，小说叙事始终合乎生活逻辑展开，有一种从容的克制，这是艺术扎根生活的体现，更是作者基层生活的厚积薄发。"只有心里装着老百姓的人，才装得下天下！只有满怀真情的人，才消化得了罪恶！"这就是共产党人的胸怀和气魄！小说叙事张弛有度，节奏感把握得很好，接地气的语言为小说增色很多，如贺玲玲是"春光在她脸上摇曳出浅浅的微笑"，任春丽是"她那饱含着晨露的目光和闪耀着秋韵的神采点燃了玲玲秋山的霞彩"。从容悠然的笔法显示了作者驾驭材料的能力很强，情节设计跌宕起伏、戏剧性冲突也很抓人，使"扫黑题材"的艺术性创作有了提升，显现出一种单纯政治性诉求和商业娱乐相融合之上的艺术把握，使现实主义精神得到充分彰显。显然，《两江风》是作家谷运龙下了很大功夫也颇见功力的一部文学作品，是一部有着现实主义精神追求的优秀文学作品。基于作者多年深厚的生活积累和人生阅历，是以艺术观照现实又高于现实的审美想象力的艺术构思，以其创作题材"扫黑除恶"和改革发展的艰难触及人心，它是文学又是生活，是高于生活的文学，其复杂的能指不能简单地贴标签。因此，对它的理解和定位要放在现实主义文学版图中来思考和展开，在多维度的解读中阐释作品的丰富意蕴和创造价值。谷运龙以其作家的良知和很高的政治站位，在彰显问题意识和人文情怀中高扬了文艺的人民性，在为人民抒怀和为人民抒情中真正践行现实主义精神，凸显了文学的魅力。《两江风》以其对现实题材的关注和对艺术卓越性的追求赢得读者的喜爱和认同，它使我们看到了人民精神的成长，相信它既能赢得读者的口碑和评论家的认可，也一定能通过市场的检验。今天我们正处在一个关键的时期，一个民族的复兴需要强大的物质力量，也需要强大的精神支撑，"举精神之旗、立精神支柱、建精神家园，都离不开文艺"。现实主义文艺无疑是铸就民族精神和时代精神、增强人民精神力量的最好方式和路径之一。

小说文本结构独具匠心，双重线索相互交织的复线结构使整个小说漫而不散，犹如一首不老的川江号子，在作者用心调度中张弛有度。一条明线是代表两江县委、县人民政府的党一民和黑老大熊天坤围绕沙石（矿山）资源控制权展开的激烈争夺，沙石资源是盘活和发展两江县经济的命脉所在，因此对沙石资源控制权的争夺成为结构全篇的轴心。整部小说围绕沙石资源的争夺展开人物命运的刻画，成为各种矛盾冲突和情节展开的斗争场域；一条暗线是有情有义的主人公的个人情感的波动，围绕党一民与三个女人（妻子秀玉、同事贺玲玲和初恋任春丽）的情感纠葛及其对个人品性、道德操守与人间真情的讴歌，展现了人性渐趋丰富与性格的饱满。当然，小说还有进一步提升的空间。任何一部优秀作品都有不断生长的内核，和可以升华到哲思境界的"文心"。就此而言，《两江风》的"文心"还有待进一步凝练和明晰化。

［本文为国家社科基金重大项目"习近平总书记关于文艺工作重要论述与新时代中国文艺理论学术体系建构研究"的阶段性成果，项目批准号 18ZD006］

（原载于《民族文学》2022 年第 5 期）

爱和罪，以及救赎的可能性
——关于刘荣书的长篇小说《信使》

金赫楠

　　关于小说《信使》，作者刘荣书说，他想将一个破案故事中的戏剧性和悬疑感写得好看、好读，更想在这个过程里探讨和呈现自己关于罪恶、爱和救赎的思考。

　　《信使》显然是一部颇具可读性的案情小说。是的，阅读它的过程中，我始终提着一口气。小说开始于退休刑警曹河运对一桩命案的回忆，整部作品开篇第一句便是"故事开始的时间是 1986 年"。穿越岁月的一桩旧案，因为当年的办案刑警曹河运和死者遗属孤女江一妍内心深处始终不曾释怀的执念，并在一系列偶然和必然的驱使下逐渐拨开迷雾、距真相越来越近。"翻案"的过程，在作者节奏舒缓、绵密的娓娓道来中，我们能够感受到平静水面之下的汹涌与沸腾，我们知道一定会有一个出乎意料的谜底在等待读者，但《信使》叙述节奏所营造出来的悬置感以及不落俗套的情节设置，又让人实在猜不出那个最关键的"包袱"会在哪一刻突然抖落。刑警曹河运多年以来的念念不忘和惴惴不安，身边不断增加着新内容的案情笔记本，孤女江一妍恍如隔世的童年记忆和谜团重重的当下生活，二人多年后再次相见的相互敞开心扉，以及他人讲述中另一个涉案人陆小斌的前世今生与心路历程……这些情节中或隐或显地透露出来的点到为止半遮面的案情线索，紧拽着读者的戏剧与悬念期待，即便我们知道谜底早晚会揭晓，但又实在猜不透会在哪一刻揭晓，始终提心吊胆地提着一口气在等待。作为案情小说，《信使》情节跌宕起伏的同时在常识和现实逻辑上并无明显的硬伤，这并不容易，传奇性、戏剧感与符合逻辑性在写作实践中往往容易顾此失彼，而这恰又关乎小说叙事的有效性和说服力。可以说，《信使》在故事层面，是一部叙事扎实且现实感与戏剧性、可信度与可读性平衡得恰到好处的案情小说。

　　然而我们对一部小说的期待，也许不仅是一个好看的故事和阅读过程中的"爽"之所在。案情小说一直是类型化写作中非常主流和畅销的门类，"纯文学"

写作中也不断出现相关题材的佳作，比如近年来广受好评的双雪涛《平原上的摩西》、石一枫《借命而生》、须一瓜《太阳黑子》等。一部以刑案为基本题材的小说，它的阅读吸引力和文本魅力究竟在哪里？文学意义上的独特审美价值又是什么？除了前面谈到的戏剧性、悬念感所带来的阅读快感，案情小说更大的魅力和文学价值大概源自其间穷形尽相的人情和人性，一种极端情境下人情的闪耀或黯淡，以及人性中善与恶的集中交汇和交锋。在每一桩罪案背后，围绕它的种种遮蔽和探究过程里，人性中那些复杂微妙的因素更容易彻底显形和淋漓抖落，而这正是文学最关注、最擅长表现的东西。

作为读者，我在阅读过程中始终提着的那口气，不仅来自情节的跌宕和波折，更源自小说字里行间弥漫着的一种无形却又分明令人感觉拥塞、庞大的东西——当小说的主人公们多年后试图再次回到历史现场去重新探求谜底，翻查旧案，不仅仅是尘封多年的被遮盖的真相大白于世的过程，还是涉案诸人与外部力量抗拒挣扎、与自我内心缠绕搏斗的艰难过程，更是被遮掩的正向人性不断复苏的过程。当年主理命案的刑侦副队长曹河运，在"成功"结案后顺利受奖升职，但他始终"心里有鬼"，结案后仍未解开的诸多疑点在随后的很多年里一直成为曹河运竭力逃避又无法释怀的内心折磨和等待。命案受害夫妇留下的孤女江一妍，虽刻意选择了背井离乡的屏蔽和遗忘，"她愿意做一个没有来路的人，自此改头换面"，但年少记忆仍然坚固地存留在她的内心深处，甚至会突然以某种方式倾泻和爆发，严重干扰着正常的人生节奏和状态。少年时无意中充当了信使的陆小斌，怀揣着双重秘密，在赎罪和爱慕的复杂心理驱使下用假冒身份以非正常的方式走进江一妍的生活，却始终不能真正舒展自己正常的情感和世俗人生，小说中陆小斌跪在江一妍床头深情注视她的"令人动容、却又不乏诡异"的画面细节，就是他"像忏悔，还是爱得不知所措"的内心写照。而涉案的其他人，陆家良、谢战樱、赵局长等等，小说关于他们的笔墨较少，但不多的情节中亦在表现这些人多年来内心或多或少的不安甚至罪恶感。一桩尘封多年的旧案，之所以能重新回到视野中来，始于江一妍最终想要与现实生活和真实过往的和解，更是曹河运、陆家父子多年来或等待或逃避的对真相的真正了解。人们曾经的爱与罪以及救赎的可能，此时此刻汇集在这桩陈年旧案的重新侦查和审判中，来自现实和法律层面的审判和拯救，更是灵魂和内心的审判和拯救——小说的人物塑造和主题呈现，在这个过程中得以实现。

小说名为《信使》，"多么雅致而富有神圣感的名字"。而"信使"在这部小说中有时是邮递员带来的一封信，有时是自己亲手送出的一张字条，有时是神秘的突然来信和汇款，又或许还可能是一个身份、一种使命。在整个故事中"信使"扮演着颇为复杂的角色，对曹河运来说，他这辈子的好运气都是邮递员带来的；对江一妍来说，曹警官曾是一名专门向她递送亲情的信使，而另一封不明来路的信函成为自己绝望中阻止自杀念头的幸运之神；而对陆小斌来说，他曾经在完全不知情中去送达"将要降临的厄运"，又带着爱和罪的双重重负一次次送出救赎自己和江一妍的希望和可能。又或者，在这些具象的"信使"之外，它还隐喻着生命和人生当中无法预期和阻挡的到达，命运的到达，带着或强烈或微弱的希望，或温煦或冷冽的气息。如同小说中江一妍哲学意义上的领悟："在她成长经历中所发生的那些变化，就是被信函，以及类似信函的东西所左右的。"

　　多年前偶然在《人民文学》读到刘荣书的一个短篇《浮屠》，以及后来在《十月》遇到的中篇《珠玉记》，两篇小说读来皆是惊艳，由此形成了我对刘荣书小说创作的基本好感。虽同在河北，然而我和他并不算熟悉，一起参加过多个文学会议，交流基本也就限于每次见面时的寒暄和席间的碰杯。在我印象中，刘荣书的面相和性格皆是典型北方汉子的豪爽、质朴甚至有点北方的粗粝。但读他的小说，那种叙事语言的诗意和优美、叙事节奏的缓慢与舒展，那种对"北方"精细却又全不做作的雕琢，又让我猜想他应该是热爱南方的，或许还曾迷恋过苏童与余华的小说。一直认为刘荣书是一个在当下被低估的小说家，或者说，他是一个足够成熟同时又颇具潜力的小说家，其新作《信使》中再次展现出来的讲故事的功力和对人性描摹探究的能力，令人对他以后的小说创作更怀阅读的渴望与期待。

（原载于《民族文学》2022 年第 6 期）

讲故事者的幽默与匠心

——评李司平小说《流淌火》

李 壮

一

我不认识李司平，但我认识李司平的小说。三年之前我就读过他的小说，那个中篇的题目是《猪嗷嗷叫》，《中国作家》2019年第5期青年作家专辑的头题。当时就有好几位同行小伙伴向我推荐《猪嗷嗷叫》，据说——我还没有去严格地求证落实——那篇小说是李司平的处女作。处女作写成这样是很令人吃惊的。许多人写作多年充其量也只能做到"熟练"，而李司平甫一出手却能够做到"老辣"——在今天的文学话语场中，"熟练"很多时候未必是个好词儿（这个行当里面有许多年轻人显然过于"熟练"了），但"老辣"则是百分百的褒义。在兼有"熟练"一词身上那些不存疑问的正面含义的同时，"老辣"还意味着放松、自信、自带腔调。那是一种"兜里有钱，脚下不慌"的感觉。具体到李司平，那就是"兜里有故事，笔下不慌"。不慌，就有更大的空间凸显出自己的风格：喧哗，脆落，一眼看过去好像有点儿浑不吝，但背后似乎又藏着几分情怀和深沉。这是李司平的个人辨识度。要知道，《猪嗷嗷叫》处理的是"脱贫攻坚"题材，类似主题的文学作品前几年在市面上产量极大，但李司平的这篇依然给我留下了很深的印象，原因就是有个性、有想法、有辨识度。

所以我才说，我"认识"李司平的小说。这年头，小说很多，写小说的也多，但真能让人"认识"的人和作品恐怕并没有想象的多——很多时候，你把作者名字遮住，可能就"认"不出来了；或者隔段时间再去回忆，你就把一篇小说和另一篇给"认"混了，因为它们搁在一起实在长得差不多。

扯得远了。然而并非是瞎扯。李司平这次拿出的小说作品是《流淌火》，依然老辣，依然有想法有特色，依然能让人"认识"。这是它值得大家一读、也值得我来一谈的原因。

二

具体来说，《流淌火》值得一提的地方，首先在于故事本身：作者显然有一个很好的故事，也很会讲故事，但偏偏又能够把这个故事晾到一边儿，让我们一度仿佛忘掉了故事。

《流淌火》的故事有两层，一层是"治病"，另外一层是"还命"。两个故事因果相依、环环相扣，把这篇小说里近乎所有的人物关系、对话独白、经验细节、彩蛋伏笔，全都包裹起来使之"形散而神不散"。然而，作者却是采取了一种颇为特别的方式：从这"因果"、这"扣环"上来讲，"治病"是"小逻辑"，李司平却将它"往大里写"；"还命"是"大逻辑"，李司平偏将它"往小处落"。小故事（治病）往面上"显"，大故事（还命）往底下"藏"。前者是"一沙一世界"，后者是"四两拨千斤"。

我想，写到这里我已经没有办法不去"剧透"这篇小说的情节了——好在，我想大概不会有很多人是习惯先读评论再看小说的吧！《流淌火》讲的就是一个"有病治病，欠命还命"的故事。先说"病"的事儿。故事的主人公"我"有一种怪病，那就是排尿困难，白天总是尿不出来，一到晚上就尿床。"我"几经辗转试图找出病根、寻求根治，却长期没有进展，直到"我"认识了女主人公王晓慧——如同一种玄学，"我"跟王晓慧在一起的时候（作为男女朋友在一起或者仅仅作为同事在一起），"我"的病就好了。"我"困恼于尿床并寻医问药的故事，构成了小说的主体内容。考虑到王晓慧莫名其妙成了"我"的"药"，于是"我"与王晓慧之间的爱恨纠葛当然也属于"困恼于尿床并寻医问药的故事"，并且是其中最重要的部分。"让王晓慧再次回到我的身边"，几乎就揭示了小说最基本的故事线。在一篇小说里，一旦出现叙事目标，伴随而来的必然是巨大的叙事阻力。对"我"来说，阻力非常明晰：王晓慧只是"我"的前女友，她如今在消防队工作，现男友是隔壁队的另一位消防队员。

于是"我"也考进了消防队上班。再于是，"病"的故事引出了"命"的故事："我"家其实欠着消防队的命。当年，租住在"我"家的消防队队长马森凯（马队），因为"我"家疏忽所导致的火灾事故，失去了自己的妻子和妻子腹中的孩子。一尸两命，这是"我"家欠消防队的，巧的是如今马队又变成了"我"的领导兼战友。

——好吧，只能再剧透另一处情节、一个李司平一直藏到小说最后的"包袱"：当年那场火灾，其实正是由年幼顽劣的"我"引起的。因此"我"才会有心理创伤，才会成年之后依然尿床。"病"的故事把"我"和读者一步步引向了"命"的故事，然后我们发现，"病"的根儿其实就是"命"。欠下的命。

因此《流淌火》的故事逻辑其实是非常清晰乃至雄辩的：要治病，先还命。怎么还？答案就是，让"我"也成为消防队员，去火场里救人。有趣的是，李司平在具体讲故事的时候，并没有这么直愣愣、清晰且雄辩地去写。太清晰太雄辩，那就不是小说了。《流淌火》非常聪明地绕开了"命"，而用主要的精力写"病"；"生死""救赎"这样的沉重主题被置换进了"尿床"这样说大也大说小也小的话题套子，写得七弯八拐、四下飞溅、沥沥拉拉，但又充满趣味。甚至直观来看，这个故事都可以被浅显地形容为"我"跟前女友的情感纠葛。

避实而就虚、拿小事讲大事，这是高明的讲故事手段。作者故意把"命"悬置起来，而一遍一遍兴致十足地讲"病"，把一个"还命"的沉重故事装扮成一出"治病"的荒诞喜剧，待到我们已充分地沉浸于这个故事，待到该展示的风景和人物都已经展示完毕……这才当头棒喝，图穷匕见，把谜底揭开——然后我们会意识到，小说中其实已经埋了那么多的伏笔、那么多的暗示。一切都水到渠成。这是讲故事者的匠心。

三

有必要提醒一点。把两层故事连接起来的，是一种完全肉身化的、带有喜剧色彩和荒诞感的，甚至可以说完全登不了大雅之堂（我想即便在现在也大概很少有小说会大张旗鼓把它作为主要的经验处理对象）的行为：撒尿。或者说得更加准确一点，是撒尿这种行为的病变／失控状态——尿失禁。

如果说"故事层套""环环相扣"还属于小说结构的纯技术层面，那么李司平选择用来"套"和"扣"的这件道具、这组装置，则是非常"风格学"的话题了。什么风格呢？古典一点叫"寓庄于谐"，现代一点叫"黑色幽默"；理论化一点叫"反讽"，属于"笑的政治"（这样的词显然会联系到巴赫金，让我们想到他对欧洲长篇小说兴起的话语分析，以及对拉伯雷《巨人传》等作品的经典解读，进而牵扯出"狂欢化""民间精神"一类被反复使用过的概念），用大白话说则是

"假装不正经"。这一点倒是跟《流淌火》里"我"的形象风格颇为一致，甚至能够形成互文。

我想，这也是一种本事。我们看到的这位小说家，能从一桩特别"不小说""不审美"的事件中间，写出激情，甚至写出一种历史感来：

> 五岁那年我意识到撒尿是自己一个人的事情，妈妈已经教过我"男子汉"应该如何自己拉下裤子"自力更生"。六岁依然尿床的我开始意识到那是个极为不雅的毛病，我脸红但又没脸没皮。二十多岁，已经不会脸红了，而是习以为常、灰心丧气，有脸没脸都是一个样儿。尿床其实并不可怕，令人绝望的是每一次尿床都伴随着梦中的蛇群和鼠群，导致我大白天见到老鼠和蛇都会膀胱一松闹出洋相。我生来胆小如鼠吗？可我从小又是我们这片儿天不怕地不怕出了名的"混世魔王"。五岁我拿着"落地响"将幼儿园的小伙伴儿吓得哭爹喊娘；一年级过家家玩打仗，我揣着满兜的小鞭炮和一盒火柴，率领我们一小的孩子向隔壁二小发起猛烈"进攻"。

这样的事情在许多小说家那里或许是狗咬刺猬一样无从下嘴，李司平在此却几乎像猫逮耗子一般充满热情。这是一门邪门的"武功"——当然，并不能算是独门的。能熟练掌握这门"武功"显然意味着天赋——有幽默感的作家在今天总归是太少太少了。然而事情又不仅仅关乎天赋，因为《流淌火》终究在最后还是回到了其庄严郑重的一面，就像小说的题目，"流淌"天然地跟"水"联系在一起，而"水"与"火"是相克的；然而两个看似犯冲的词（"流淌"和"火"）结合在一起，又的确是一个真实存在且贴合于这篇小说的专业名词。这篇小说的幽默和庄严、戏谑和情怀、轻快和沉重，也正是这样二律背反般地结合在一起，并且形成了强烈的风格冲击力。

四

最后，补几句延伸性的感想。

必须承认，小说的开头——我指的是开头的第一小节——最初是使我心底一凉的。那是一段沉郁的、语言密度极大的关于梦境的描写，关于蛇群、关于鼠群、关于孤独的个人的无助状态。贯穿着这段描写的是如下风格的句子："我眼睁睁地看着它们朝我奔涌而来，绷紧了身体，当它们穿过我的身体，我发现自己打了个冷战。"

老实说，我有点儿害怕这种写法。原因是这种阴冷的、扭曲的、超现实的笔触，在今天的年轻作家笔下实在是太多见了。"孤独的个人的无助状态"当然是典型且重要的，问题是，当一大群同龄人都扑上来用几乎雷同的办法去写它的时候，读者和评论家都会很容易疯掉。有一种说法，有一个卡夫卡是幸运，有一千个卡夫卡是灾难。我想我大致能够体会。有一千个卡夫卡或许也并不是灾难，但前提是那一千个写作者真的能够在艺术水准上抵达"卡夫卡"；如果只是拥有一千个卡夫卡的拙劣模仿者，那确实是一件够灾难的事情。我们将会看见一千个包裹着"超现实痛苦"的皮囊，在天空中装模作样假飞的家伙——并非全部，但至少其中的绝大部分，大概都会很快在文学的航线上失速坠下来。

好在从第二小节开始，李司平就回到了正常的语调：真实、生动、接地气。好吧，第一小节确实是在写梦，而这个梦又关乎整个故事的根本动力，甚至在细节上暗示着小说的关键内容。于是这一节必须要有，进而风格的割裂在文本层面也就可以理解了。但这其实引出了一个更宽的话题，那就是当下青年写作的瓶颈与风格陷阱。很多人确乎就是按照第一小节的路子通写全篇的。

这是一种体量颇大的症候，我当然无法在此充分展开。我只能在它与《流淌火》接壤的地方谈论它：我希望看到更多年轻作家，能像李司平一样把一个故事砸"实"，砸出更多的烟火气。这固然关乎能力，也同样关乎态度，是写作习惯问题，也是写作伦理问题。与此类似的，还有如何写英雄的话题：曾经"高大全"式的英雄写法当然已经过时，然而"反英雄的英雄"式的写法似乎也已经落伍——任何一种已经成为常识乃至流行模式的叛逆，都很容易沦为虚无。《流淌火》说到底是一个关于英雄的故事，并且并非一人一事，它也关乎"你可以成为他，他可以成为你"式的英雄精神。就像《猪嗷嗷叫》通过小闹剧来写"脱贫攻坚"的历史大实践，《流淌火》通过尿床顽疾来写英雄和英雄精神，同样具有某些启示性的意义——这是《流淌火》在文本之外，更高更远的延伸价值。

（原载于《民族文学》2022 年第 7 期）

作为一种生命需要的写作

——读格日勒其木格·黑鹤的小说《叼狼·双子》

梁鸿鹰

在我看来，这个世界上最起码有两种类型不同的写作，一种写作大致是从作家头脑中生发出来的，往往是冥想、沉思的结果，渗透了作者对世界的认识，揭示了作者自己的内心律动，以大篇幅的自语、独白、呓语等为主要特色，譬如爱伦·坡、波德莱尔和普鲁斯特等的写作；另一种写作则大抵是从现实生活，从自身亲历生发出来的，像是人生一个个片段的展开，抑或是一系列行动的铺陈，比如海明威、杰克·伦敦及高尔基的创作，他们将写作建立于实际发生的一切之上，他们以自己在这个世界上行进、体验、参与的一切作为写作最牢靠的基础，他们的文字充满了世界的五光十色、生活的盎然生机，以及与外部世界的激烈互动，善于将自己的经验化为写作素材，以对世界的感受与观察为主题，围绕与外部世界万物的交往谋篇布局，笔下的文字体现出强烈的与现实的对照性、纪实性，甚至实录性特色，我以为，黑鹤的创作是第二种情形中的一类代表。他的小说似乎无一字不是来自真实的生活，是身边生活的点点滴滴成就了他的思路、情绪和文字，不是他想模糊小说与生活的界限，而是他的小说完全来自生活，以小说诠释着别样的生活。在他的笔下，不再有生活与文学的界限，也看不出作家对生活的随意安排、搭配或故弄玄虚的"驾驭"，黑鹤将对动物的书写作为一种生命的需要，他参与生活，与自己身边的动物一起，感叹生活、见证生活，如此而已。

黑鹤是个典型的自然之子，被草原与乡村所养育，北方广袤的森林和草地养育他的开朗与豁达，而他也从来就没有离开过草原，他的童年时代为草原上的人们与草原上的各种动物所环绕，草原是他人生的"血地"，不可或缺的生命、志业发展之地。在他的作品里，那个巨大的永恒性存在，以及作为大自然及社会生活背景的存在，就是广袤的草原，在他的笔下，草原是个脱离了复杂社会关系的存在，在这部小说里进而被浓缩和具体化为"营地"。这个营地可能位于内蒙古呼伦贝尔陈巴尔虎旗吉祥草原，与广袤的草原一样，是一个与都市相对立的人类生存空间，没有高楼大厦，没有车水马龙，相反，承载着心灵焦虑、精神兵荒马乱的都市人的梦想。在这个营地里，主人公"我"养育动物、收养动物、训练动物，和它们友好相处，不单是作为一种生活方式，也作为一种生命的需要。小说延续了黑鹤写作与大自然与动物水乳交融的特点。在小说里，作者通过描述主人公"我"与小斗士、莱西、宝络、莎鲁特等的生死相依，又一次成功书写了人与动物，特别是人与犬类的亲密相处。人与各种动物生死与共的纠缠、相知、相伴，构成小说《叼狼·双子》最为核心的精彩内容。

有人的写作靠情节的曲折离奇引人入胜，而黑鹤的小说《叼狼·双子》则仿佛是静水深流的叙事，让人读来欲罢不能。黑鹤凭借着娓娓道来的讲述，成功地把我们带入了一个跟人们日常生活体验完全不同的世界。在这个世界里，主人公"我"的一切行为、思想、意志，都完全围绕着自己的那些爱犬和动物，人的生活与爱犬即动物的生活达到完全的重合与一致。在这部小说里，爱犬早已经不再是宠物意义上的动物，而是主人公体现自己生命体验的有机组成部分。小说的所有文字都立体呈现着主人公"我"与每只爱犬命运的关联，这些爱犬的命运与主人公本人的生命体验和情感变化紧密联系在一起。作者文字优雅冷峻而从容不迫，叙述中克制着对草原犬深沉的热爱之情，看似不动声色的讲述，实际上凝聚了他对动物的实地观察和亲历见闻，比如，作品说道："它们（犬类）需要爱，但是更青睐奔跑的自由。它们害怕我些许的抚摸和拥抱会削减它们的自由，所以再次跑开了。"体现了作者对犬类本性的认识，也体现着他对动物生命的尊重，解释和表达了他对人类文明的理解，对人类与自然、与动物应有关系的深入思考。

作者之所以致力于揭示人与动物相处之中的体验，感悟这些体验的独特性，咀嚼人生命中与草原和动物往还的情感曲折，还在于对游牧民族、对北方草原上人们的风俗、习性、生命律动的深深依恋，他显然有一种为草原上的人们写心画像的志向。他透过草原上的现实捕捉自己熟识的亲人的影子，目睹这些曾经纵马在荒野中独行的人们慢慢老去，记录下已经在北方随着荒野一起消逝的传统，比如狩猎，比如驯养，比如放牧等等。

一般人通常会把狗、猫等当成宠物，利用它们的活泼可爱，去满足我们自己的情感需求，甚至疗救我们的伤痛，这些动物的特征、性格、习性，只有于我们人类有益的时候，才是可爱的。而在《叼狼·双子》那个人与动物所构成的世界里，主人公"我"与生活中的动物不是主人与宠物的关系，而是既可以是平等的伙伴、朋友，也可能是对手、冤家，比如主人公可以引导、矫正或训练它们，而不是利用和娇惯它们。黑鹤笔下的文字通往的是真诚而非虚伪，他在小说里展开的是人与动物相互靠近、对话与相濡以沫的各种可能，作品中的主人公永远不会装得比动物弱，更不会装得比动物强大和高贵。在黑鹤笔下，那些草原犬，以及所有的动物，不再是动物，而是与我们人类有着平等地位与性格的草原主人。

小说《叼狼·双子》的深刻之处还在于，作者无时无刻不在反思人类的行为。说到底，我们人类所经历的一切，我们所思考的，以及由此所采取的一切行动，最终都会对我们自己的生存起决定性作用。也许我们当中的许多人还不能很好地体会自己所处的是个多元的世界，他者的存在与我们的未来密切相关。"就在人类的身边，有很多并行的生灵，所有的生命都在共同分享这个世界。粗哑的、纤细的、短促有力的、悠长的嗥叫，其间也有断断续续的呜咽般的叫声。在更遥远的年代，它们的祖先就是这样嗥叫的。"原来，犬或者狗在一万五千年之前与狼分道扬镳，但那种"嗥叫"却作为一种表达情感的方式，在之后被它们一直存留在记忆之中了。"它们在城市中的同类这种本能正在基因里被慢慢剔除，毕竟这样的嗥叫会让人类联想到狼。无论是从更为古老的记忆还是幼年的童话里，因为恐惧与禁忌，他们并不愿意让自己的犬有这样的行为。"

《叼狼·双子》还为我们展开了一个更为深广的动物世界，以及这个世界与我们人类的关系。比方在呼伦贝尔草原上，马看起来一直像它们一万年前的祖先那样生活。它们的生活方式是，一个马群一般由一匹儿马和数十匹骒马以及幼驹组成。小说写道，"强悍的儿马独自管辖着自己的妻儿，在草原上除了要面对其他马群中儿马的挑衅和攻击，以防自己的骒马被对手掠走，也要随时警惕狼群的攻击。草原上的牧民，都以自己马群中的儿马能够驱散狼群而自傲。而小马更愿意主动接近人类，与人类的儿童一起嬉戏玩耍"。于是作者向我们讲述了在一个偶然的时机里，一个清瘦少年在与已经快成年的小马游戏时，骑在它背上的成功尝试，"最初小马略感不适，它跳动着将这少年甩落马下，少年并未受伤，而是欢笑着从草地上爬起。之后，这成为他们都喜欢的游戏。少年不断地爬到小马的背上，小马一次又一次地将他甩落"。终于有一天，少年又爬到了小马的背上，小马最终完全接纳了少年。人与动物，就应该是一个不断相互靠近、相互接纳的过程吧。

（原载于《民族文学》2022年第9期）

归乡者、失忆症与情感共同体

——读肖龙的小说《失忆症漫记》

乌兰其木格（蒙古族）

在现当代文学史上，归乡者成为乡土文学中常见而典型的人物，鲁迅的《故乡》、废名的《桥》、莫言的《白狗秋千架》等作品让我们看到归乡者的审世情怀及复杂情感。肖龙的小说《失忆症漫记》开篇即交代了"我"的归乡者身份——新冠疫情缓解后，"我"回到阔别多年的家乡。此时，昔日村庄中懵懂无虑的少年，携带着知识和身份的优势，经由旧友亲朋的谈话和回忆，完成了对故乡生存状态和精神肌理的扫描与质询。

在《失忆症漫记》中，肖龙向我们介绍了故乡那些平凡而又性格迥异的伙伴和街坊邻居。随着时代的变革和商品经济的发展，这些人物如舍伍德·安德森笔下的《小城畸人》一样，生活方式和思想观念随之发生裂变。与大多数归乡文学通过回忆深情追溯前现代乡村的宁静与祥和不同的是，肖龙小说中的乡村已然处于现代化的隆隆进程中。或者其生也晚，或者另辟蹊径，在作家的观察视野中，他没有按照归乡文学的惯性在前现代文明和现代文明间摆渡。作者"掐"去了农业文明统摄下乡土的悠然和人情的优美，故乡也无法为归乡者提供情感的抚慰或诗意的栖居。在变动不居中，仁义和温情的伦理体系也面临侵蚀甚或坍塌的危机："胡啵啵"的娘"耐不住寂寞"，丢下丈夫和孩子跟着唱皮影戏的男人私奔了；养殖场的老板扎木苏抛妻弃女，离婚续娶了名花有主的奥扬嘎；烧饼铺老板哈米德弃农经商，一门心思地想着发财致富；"大仙"塔拉整天装神弄鬼，有人却对她的谎言和迷信活动深信不疑……在沸腾的乡村中，村民们失去了归属感，在惶然中如无头苍蝇般乱飞乱撞。而且，浸淫在此环境中尚未长大成人的孩子们也被形塑，当"二赖子"家的养殖场倒闭后，他意识到："人们崇拜的向来不是人，而是附在人身上的职位和由职位获得的财富。一旦失去这些，你的社会价值就丧失殆尽，和普通人别无二致了！"这些描写，让我们感知到人物的病态、扭曲和畸变，令人唏嘘而不安。

如果稍加留意，就会发现这部小说的含混性，人物的确定性问题被悬置了，而不确定性在小说中比比皆是。比如小说中的石榴、铃铛、"胡啵啵"的娘等人物或是突然出现，或是突然消失。这些人物来路不明，去向也成谜。此外，在语言、情节发展和人物的结局上，也表现出"含混不清"的特质。这种不确定性、模糊性、暗示性可以引发读者的多种阐释或多种反应，其意义不仅可以加深读者对作品的理解，同时也暗示传统乡土社会的解体和转型。

恰是在这个意义上，使得《失忆症漫记》成为一个复杂的文本。小说以童年的几个伙伴为中心，在列传式的人物故事中掺杂着多重的价值判断。而且，每一个人物故事的展开，都与主要人物石榴发生密切的关联。仿若天外飞仙的石榴在一个春天的傍晚跟随堂叔阿尔斯来到了村里，石榴不仅不嫌弃阿尔斯的清贫，而且还"俊俏贤惠、懂礼节、明大义、上得厅堂下得灶房"，但如此出类拔萃的女性却旋即遭到了村里人的妒忌，女人们用悠悠之口宣示着她的诸种"罪状"——邪祟（失忆症的蔓延）、天灾（天没落一滴雨）、道德败坏（勾搭男人）、无用的花瓶（不能生孩子）等。

事实上，加诸石榴身上的罪责多属无稽之谈。在村里生活的时日，她德行无亏，身体健康，并不是不能生育。然而，有意味的是，随着石榴的到来，确实越来越多的村里人患上了失忆症，这种病症犹如瘟疫般在村里蔓延。某种程度上说，人的记忆确证着个体的存在方式，失忆则意味着身份的消解和认知的紊乱，而全村人罹患失忆症的严峻情状无疑是一种不良的心理状态的隐喻。对此，肖龙在小说中清楚地指出了村人患病的根源——嫉妒和焦躁是失忆症得以流行的始作俑者。打着灯笼也难找到的石榴，无意中触发了人性中阴暗狭隘的机关，而清热解毒药材对病症的有效缓解，则进一步揭示出病症的缘起和病灶的根源。失忆症的罹患，既是重要的叙事推动力，同时又是一种隐喻和象征。由此可见，肖龙笔下的怀旧书写在价值判断上没有带着滤镜去美化和粉饰，而是通过忠直的记录，描摹出乡村在现代化进程中的复杂情状，并试图溯源导致这一社会结构及其文化衰危的因由。

与人类世界的浮躁相似，自然界的平衡状态也被打破。自然万物同呼吸共命运的依生之美消失不见，物种与物种间充满了冲突和斗争。譬如阿尔斯家门前柳树上的喜鹊窝被使用阴招的乌鸦占领，它们赶跑了喜鹊，心安理得地霸占了喜鹊的家园。此外，持续的干旱和过度的采摘，致使山野贫瘠、植物锐减、生态环境恶化。小说虽没有生态话语的直接表达，但作家通过看似"闲笔"的文字，将自然生态、社会生态和精神生态串联并置，并追问与反思生态问题背后更为复杂多元的社会文化成因。

可以说，《失忆症漫记》借助孩童的眼睛，打开了乡村的日常生活，折射出人性的本真，并以此为契机阐明作家对于人性、社会与自然的独特思考，意在揭出病苦以引起疗救的注意。但肖龙的写作并不止步于此，他在不丧失经验的同时尝试以超越性和现代主义的艺术方式来舒缓生活的创伤和时代的焦虑。当失忆症在村庄愈演愈烈之时，人们在石榴消失的潭水里打捞上一块红色的石头，这块红石头幻化为一棵石榴树的幼苗，经过全村人汗水的浇灌，"眨眼间便长成荫可遮檐的大树，枝杈间一团团一簇簇地盛开起红似火焰瑰如锦缎的石榴花。与此同时，仿佛是某种神秘的呼应，一片彩云像蝴蝶的翅膀一样在傍晚的天空展开。随着一声惊天动地的霹雳声，倾盆大雨随即而至……"。大雨过后，所有失忆症患者不治自愈，人们的生产生活重回正轨，"在布谷鸟的声声呼唤中，田苗壮家开始播种，撒下秋天能收获牛奶的种子；'憨头'家烧饼铺的户外排档正式开张营业；'跳兔子'爹朝鲁将熟好的皮子挂满院子；'胡啵啵'爸爸孟和计划干完手头的泥水活，攒够盘费就去找赌气出走的老婆；'二赖子'家的养殖场扩大规模，在邻村建起了养殖基地；'皇后'家的扎匠铺关停了给死人'扎花圈'的业务，改成了为装饰公司做'绢花'手工艺；我家的诊所病人稀少了，我父亲乐得清净，看书品茶，无事就教铃铛说话"，不同个体面临的疑难得以化解，曾经的伤痕亦被修复。

由此，我们可以深刻地感受到作家在总体性的历史节律下的极尽弥合。在虚构与非虚构、现实主义与现代主义的汇融交织中，肖龙把讲述故事的年代描述为一种化解积怨、美美与共的时代。在过去的日子里，确乎是历史与个人的伤痕时刻，人深陷于巨大的虚无和断裂中，但随着时光的流逝和想象性的虚构，曾经的创伤被治愈，从而使得被侮辱与被损害者与当下社会达成了"谅解备忘录"。至此，作家将分裂的个体重新放置在一起，在圆融和整合中，归乡者以及小说中的人物，得以从庞大的虚无困顿中挣脱出来，并在互爱互助中缔结情感与生命的共同体。于是，朗健战胜了病患，光明驱散了阴暗，行动替代了虚无，圆满改写了残缺。在希望的魔法田野上，一切幽暗的地方都被照亮。

（原载于《民族文学》2022年第10期）

新世纪广西少数民族作家文学空间的建构

陈代云

进入新世纪后，地理批评、空间批评、文学地理学、人文地理学等概念都成了文学研究的热门词汇，罗伯特·塔利在《文学空间研究：起源、发展和前景》一文中认为，无论使用什么术语，研究的关键都是无处不在的地方感及地方关切感，因为地方感是思想、经验和存在的基本要素。对于少数民族作家来说，地方不仅包含了个人的经验与记忆，还承载着少数民族的情感与文化，因此，建构带有地域特色的文学空间不仅是写作的自然选择，也体现了少数民族作家的身份意识和民族责任感。广西少数民族作家笔下的文学空间不仅是对广西多民族地区自然风光、风土人情的描摹和书写，同时也体现了劳动人民传统的道德理想、价值观念、文化心理。同时，受中国文学主潮的影响，它在不同的历史语境中表现出不同的倾向和特征。

一

2005 年，壮族作家凡一平发表了小说《撒谎的村庄》，这是他写作转向的标志，此后他连续出版了《上岭村的谋杀》《蝉声唱》《上岭村编年史》《顶牛爷百岁史》等多部小说，将笔触从都市"撤回"乡村，并建构了一个以祖籍"上岭"为中心的乡村文学谱系。在同年出版的《广西文学 50 年》中，凡一平还被视为新市民小说的代表，但很快，评论界就需要重新定义凡一平和他的写作了。在一篇名为《离开》的散文中，凡一平说，20 世纪 90 年代初自己离开乡村是因为"一种乡村的困惑"，进入城市则是因为对都市的向往。当他从城市回到村庄，伏在家中写小说，他无限感慨地说道："城市在我之外或远方迷蒙，却在我的笔端或稿纸上淋漓酣畅。"

凡一平对乡村的"困惑"和"逃离"既包含着迎向经济大潮、改变个人生活现状的拼搏和努力，也包含着广西作家对写作道路的抉择和思考。新时期以来，随着现代文艺思潮的不断涌入，中国作家持续地探索着写作的可能性。在这样的文学语境中，广西作家也在努力改变 20 世纪五六十年代以民族民间文学为基础建构起来的广西文学形象。1985 年 3 月，梅帅元和杨克在《广西文学》发表了《百越境界——花山与我们的创作》一文，主张用文学"寻根"的理念来打通民族的过去、现在和未来，建构新的文学空间。在创作上，杨克、梅帅元、张宗栻、李逊、林白薇（林白）、黄堃、冯艺、黄神彪等人通过不断抒写花山、红水河、铜鼓、歌圩等独具特色的广西意象来追溯民族文化之源，塑造新的广西文学形象，其中最显著的成果是现代史诗和魔幻小说。几年后，一场被称为"88 新反思"的文学思潮开始引爆广西文坛，并开启了"振兴广西文艺大讨论"的序幕，青年作家以更加激进的姿态表达了告别刘三姐、告别百鸟衣的要求，他们热切地期望摆脱广西文化的民族性、地域性、边缘性，热切地期望融入中国文学的主潮。

今天看来，这些反思、批判和探索都是具体文学语境下的产物。凡一平感到自己有一种"乡村的困惑"，其实大多数青年作家和凡一平一样，也有一种"广西的困惑"。仫佬族小说家鬼子认为自己写作的转变发生于 1996 年，他对此前的作品不屑一顾，因为这些作品太"广西"了。在接受访谈时他说，"我 1996 年回过头去写小说的时候，首先咬定的就是不能再写'广西'小说了。我们既然选择了汉语的写作，那么汉语写作的前沿阵地在哪里，我们应该奔那个前沿阵地而去。"如果说 1949 年以来，广西文学都在努力寻找它与众不同的民族性和地域性，那么 20 世纪 90 年代，广西作家已经开始有意识地"逃避"民族和地域的共性，以独特的个性进入文坛，那些显在的"广西特色"在他们的作品中已经十分少见。在《中国文情报告（2004～2005）》中，贺绍俊谈到，20 世纪 90 年代以来，东西、鬼子、李冯等青年作家以现代和后现代的叙述方式呼啸而来，让文坛大吃一惊，这标志着广西文学出现了一种全新的面貌。这一批在 90 年代迅速成长起来的青年作家被评论界称为"文学桂军"。

身处中国文学现场的贺绍俊感觉广西作家"呼啸而来"，说明广西作家已经融入了中国文学的主潮，而身处广西的评论家则将这一文学现象称为"边缘的崛起"。坚守"边缘"体现了广西文学的自我体认，在少数民族地区，广西作家必然会面临民族性和地域性的问题。黄佩华在一次访谈中说，自己也曾写过一些都市化的作品，但感觉轻飘。作为"88新反思"的主将，他曾在《醒来吧，丘陵地》一文中批评广西文学缺少历史感、凝重感、责任感，所以他以身为壮族作家为荣，坚持书写桂西北的历史和现实，坚持表现民族特色和地域特征。在回顾自己的写作历程时，他与凡一平、鬼子一样，感到"文学意识的觉醒"得益于某种"离开"，"离开桂西北到城市生活后，那片土地的一切反而在脑子里变得愈来愈清晰，愈来愈有一种去表达的冲动"。拉康认为，人的自我意识是通过"他者"建构起来的，但他者视角下的自我并不真实，而是自我的异化。当黄佩华离开桂西北，当他自己也变成了"他者"，他的"自我"才变成一个反思性的"自我"，这就是黄佩华所说的"价值内化"。

鬼子在《艰难行走》中谈到文学与民族的关系时写道："有人说，我的创作与我那民族本身的一些渊源有关，但我却丝毫没有找到这样的一丝痕迹。"广西多民族间的文化交流与融合十分频繁，所以鬼子感觉么佬族和汉族其实已经没有太多的区别，在这一片土地上，真正影响他创作的是小时候对生命的思考。那时候他骑在房屋周围的围墙上，看着山脚下那一片坟场发呆，白天看坟场上的生死离别，晚上听坟场上狐狸的喧嚣。这些独特的个人体验将人生的变化无常以及生的恐惧、死的哀怜都烙进了鬼子的脑海深处，鬼子的小说直面苦难，直抵人心，他笔下的"瓦城"和他小时候看过的坟场其实并无二致，都是不同的生死场。

20世纪90年代广西少数民族作家对"广西"的逃避只是一种表象，他们逃避的仅仅是20世纪五六十年代以来民族和地域的共性，这些共性很容易湮没作家的个性，表现出趋同现象。

二

处所意识、文学绘图和地理批评是罗伯特·塔利文学空间研究最重要的三个概念。人文主义地理学的创始人段义孚认为，"处所"是由经验建构而成的意义中心，它可以是一个壁炉、一个家庭、一个村庄、一座城市、一个国家，甚至整个宇宙，而"意识"则是人对这个处所的依附感。可以简单地认为，处所意识是容纳作家灵魂和精神的文学空间，既包含段义孚所谓的"恋地情结"，也包含特里格所说的"地方恐惧"。20世纪五六十年代，广西少数民族作家在民族平等政策的感召和中华人民共和国伟大成就的鼓舞下走上文学道路，他们大多从收集、整理、改编民间文学出发，逐渐将笔触融入现实生活，从而奠定了少数民族作家文学的基本面貌。这正应和了黄绍清的直观感受：广西少数民族作家文学是在中华人民共和国灿烂阳光照耀下才迅速发展起来的。

陈思和认为，1949 年以后的共和国文学处于共名状态，20 世纪 90 年代之后则进入了无名状态，所以无论是刘三姐、百鸟衣、百越境界，还是 88 新反思、振兴广西文艺大讨论，无论是少数民族意识、地域文化意识，还是边缘化焦虑、现代性焦虑，都在追求广西文学的共性和整体性。20 世纪 90 年代之后，作家们逐渐退出了集体主义立场，不再在同一观念的引导下进行创作，他们打开了个人朝向万物的感官，聆听真实的声音，表达个体的感受。20 世纪 90 年代中后期的下岗潮、打工潮以及城乡差别让鬼子看到了日常生活中"阳光下的苦难"，这与他小时候总是看着坟场体验生死哀怜产生了共鸣，所以鬼子在书写苦难的时候，往往将人物推向死亡。

在黄佩华笔下，红水河畔、驮娘江边生活的壮族人民就像自己的乡亲，《远风俗》中的二姐不仅有作者姐姐的影子，她嫁去的岩怀村还是黄佩华的祖居之地，那里的贫穷和困苦给黄佩华留下了深刻的印象。黄佩华是一位坚持书写民族、家族命运的作家，他的《生生长流》《杀牛坪》等描写的都是身边人、身边事，这些作品既表现了桂西北乡民真实的生存状态，又承载着作者个人的成长记忆和文化认同。张燕玲将这种具有个性和地域性的写作视为"一种地理的文学自觉"，正是因为这种"自觉"，民族的、边缘的、民间的价值和立场不再是广西少数民族作家的外在标签，而是他们获得自我与解放的途径。

罗伯特·塔利用"文学绘图"来喻指写作，这个过程是世界的表征、改写乃至替代性想象，是对意义和整体的想象性建构。进入新世纪后，自觉地建构一个融入了作家生命体验的文学空间是广西少数民族作家的主动选择。这个空间边界清晰，各自独立，带有明显的个人特征，是作家相互区分的标志，就像湘西之于沈从文，高密之于莫言，香椿树街之于苏童。近年来凡一平的所有小说都和上岭有关，这个带有身份标识的文学空间延续了他在新市民小说中设置故事悬念、拿捏叙事技巧、探索复杂人性的优势，在写得好看的同时，凡一平不断思索的是："我的村庄生态越来越好，我的乡亲也变得比以前富裕了，但是欢乐却比以前少了很多，这是为什么？"青壮年男人外出谋生造成的性别失衡（《上岭村的谋杀》）、抱错婴儿凸显的城乡差别（《蝉声唱》），其实都是乡村之痛的表象，表象背后价值观念、道德伦理的冲突和崩溃才是发人深省的问题。在 2021 年出版的《顶牛爷百岁史》中，凡一平开始有意识地塑造乡村价值体系：顶牛爷在权力、金钱、欲望面前的抉择，他的道义和家国情怀，都显示了少数民族人民朴素的道德理想和价值取向。在创作谈中凡一平说："他的经历中有我曾祖父的冒险和神秘，有我祖父的坚忍和大气，还有我父亲和叔父的善良和忠诚。"可见，顶牛爷就是祖辈的化身，就是村庄和民族的历史，就是传统的意义和价值。

新世纪广西少数民族作家建构的文学空间大多连接着他们的出生地、成长地，因此带有显著的民族性、地域性。根据吴正锋对地名的考证，土家族作家田耳笔下的"佴城"原型就是田耳的家乡湘西凤凰县城。由于县城处于城乡交叉地带，脱离了乡土却没有融入都市，因此迷茫、浮躁，聚集了当下中国混沌丛生又生机蓬勃的现实，田耳的小说世界也呈现出灰色嘈杂的原始生态，他用零距离的平视视角抵近生活，观察体制之外小城居民的生死沉浮，具有写实意义。别林斯基认为诗人不一定要赞美美德、惩罚罪恶，但至少要为读者提供时代的答案，或者让读者为了这些沉重的、难以解决的问题而充满悲哀。田耳将人物放在明暗的交界处，时而残酷，时而悲悯，时而浪漫，时而荒诞，他在自己的文学空间里设置了一套自洽的道德体系和伦理原则，暧昧、含混。

民族和地域是地理批评的重要视角。如果作家也先入为主，往往会限制写作的自由，例如田耳的《衣钵》被评论家视为新乡土小说，大学生李可退一步是乡村，是道士，进一步则是都市，但田耳关注的并不是城乡差别，也不是湘西民俗，小说的地域成分和民族基因不过是小说语言、故事、文本显现出来的副产品，这就是写作和评论的区别。作家总是从自己的生命体验出发，去认识世界，去塑造人物。同样是以市县小城为背景，瑶族作家潘红日描写的就是一个体制内的世界，他用诙谐幽默的笔调塑造了一批市县乡镇干部，揭示了现实生活的矛盾，被称为新官场小说，这与他长期在桂西北担任基层干部不无关系。壮族小说家李约热在都安的山区小镇工作多年，所以他笔下的"野马镇"偏僻闭塞、民风古旧，承载了他对小镇生活平庸、空虚、无聊的刻骨铭心的记忆。壮族的陶丽群、瑶族的光盘、侗族的杨仕芳，与潘红日、李约热大体相似，如陶丽群笔下的莫纳镇就是一个氤氲着热带气息的边境小镇，这与她长时间生活在与越南山水相连的那坡有关，莫纳镇是陶丽群写作的原点和矿脉。

三

刘勰在《文心雕龙》中说，文变染乎世情，兴废系乎时序。作为上层建筑，文学的发展总是呼应着时代。习近平总书记在党的十九大报告中明确提出，"中国特色社会主义进入了新时代"。石一宁在阐释新时代文学的内涵时认为，"新时代并不仅仅是一个时间概念，它还是一个空间概念"，"在新时代的空间里，正在发生着历史的巨变，中国人民为实现民族伟大复兴的坚毅奋斗，正在中华大地上谱写壮丽的史诗"。少数民族文学因为特殊的地理环境和民族文化，既与祖国的伟大事业相向而行，又显示出独特的地域特色和民族特征。广西少数民族文学有一个优良的传统，那就是在中华民族共同体意识的指引下表现伟大的时代精神，如陆地《美丽的南方》对土地改革的表现、包玉堂《凤凰山下百花开》对社会主义建设的歌颂、蓝怀昌《波努河》对改革开放的思索等等，这些作品表现了不同历史时期少数民族地区翻天覆地的变化，描绘了各民族人民手挽手、肩并肩，共同奋斗，奔赴美好生活的历史画卷。但正如前文所述，20 世纪 90 年代以来，作家的个性越来越明显，所以，在新时代如何处理好个人创作与人民性的关系并不是简单的选择题，它常常表现为新的困境、新的挑战。

李约热将脱离社会和时代在编辑部看稿的日子视为"岁月空转"，所以担任第一书记驻村扶贫给他提供了重新思考写作意义的契机。在小说《八度屯》中，他写道，领导跟他说到柳青，他马上跟柳青撇清关系，"我不缺生活，想写的都还没写完，世上的路千万条，我有自己的一条"。因为时代变迁，有的人对柳青等老一辈作家投身时代洪流、扎根底层百姓、接受生活洗礼的写作经验已缺少认同。1952 年，柳青放弃北京优渥的生活到陕西长安县皇甫村定居，十四年他一直生活在农民中间，并向读者奉献了《创业史》这样贴近时代的优秀之作。写完《人间消息》和《李作家和他的乡村朋友》两部脱贫攻坚题材的小说后，李约热开始对"过去"和"现在"有了不同的认识，他在创作手记中说"我过去对文学的理解，兴奋点只停留在是否描摹了一种现实，即所谓的真相上面，很少去考虑作为一个写作者，自己真实的情感是否已经在人物身上倾注"，"下乡之后，虽然没时间去想想自己的创作，但我隐约觉得，我自己现在就活在乡村真实的情节里面，而这些情节蕴含经典"。所以当他再次将笔触伸向那些曾让他刻骨铭心的乡村生活，首先浮现在他眼前的问题就是：是否对人民有真感情？

和所有成熟的作家一样，李约热虽然融入了劳动人民的故事、生活、情感，但这并不需要以失去文学个性为代价，李约热的《人间消息》和《李作家和他的乡村朋友》都不是典型的脱贫攻坚作品，这些乡村故事依然发生在李约热"野马镇"的文学空间内，并与他之前的作品形成了对话。小说以第一人称"我"为叙事视角，不仅见证了乡间的隐痛，而且还融入了野马镇野蛮朴实、坚韧沉默、混沌驳杂、顽强粗粝的生存氛围之中。李约热开始和他笔下的人物、和野马镇的人们，分担生活的困苦、悲怆和欢乐，他小说的调子也逐渐从灰色变得明朗、温暖、悲悯。朱羽认为，其更大的启迪在于，真诚的写作者都应该"在中国特色社会主义事业的整体性指引下以现实的身位接近无尽的远方和无数的人们。只有这样，写作者才能重新获得久违了的严肃性与集体性；只有这样，当代文学才能获得真正的'当代性'"。

文学不是闭门造车，与劳动人民的血肉联系也不会无中生有。潘红日意识到，作为一名少数民族作家，"我有责任、亦有义务完成一部关于脱贫攻坚的文学作品，为这个伟大时代留下一个属于民族的见证"。所以他主动申请担任第一书记，到罗城仫佬族自治县寺门村驻村扶贫，他先后采访了190多名干部群众，笔记多达37.8万字，然后在此基础上完成了《驻村笔记》，这是表现精准扶贫的第一部长篇小说。

《驻村笔记》表现了精准扶贫给红山村带来的巨大变化，小说写道，"我们充分见证了党的光辉政策照耀下的贫困山区正在发生的深刻变化，见到了洒在山民脸庞、眉梢甚至睫毛上的雨露和阳光"。同时，小说也直面问题，展示了扶贫的复杂性、艰巨性，暴露了扶贫工作中存在的问题。与李约热一样，《驻村笔记》贯穿着潘红日个人的艺术风格：描写的是作家熟悉的乡村题材，塑造的是作家熟悉的基层干部和农民形象，保持了诙谐幽默的叙事语调，保持了一贯的批判精神。习近平总书记指出："人民不是抽象的符号，而是一个一个具体的人，有血有肉，有情感，有爱恨，有梦想，也有内心的冲突和挣扎。"第一书记毛志平是典型的新时代干部形象，他有理想信念，有智慧担当，有责任感，有使命感。老跛则是在脱贫攻坚中成长起来的"时代新人"，他从道公兼村干的小农意识中解脱出来，最后变成了全心全意为群众服务、一心帮助村民早日脱贫的新时代农民干部。小说还塑造了新时代少数民族人民的群像，24个预脱贫户突然"消失"，拒绝在"贫困户脱贫摘帽双认定验收表"上签字，他们的目的仅仅是为了挽留扶贫工作队，小说用这种朴素的方式表达了新时代少数民族的干群关系和家国情怀。

潘红日和李约热都主动将自己"嵌入"了时代，但他们的创作依然遵循个人艺术风格的脉络，因此他们的作品既保持了文学创作的个性，又贴近人民和生活。时代主题当然也是一种共性，潘红日和李约热的启示是：只要作家不脱离生活，保持艺术的定力，就能在个人的艺术风格和时代主题之间寻找到平衡的张力。

总的来说，进入新世纪后，广西少数民族作家建构的文学空间都融入了个人的生命体验和艺术气质。在新时代，只有继续将这种生命体验和艺术气质融入时代的洪流，才能创作出无愧于伟大时代的精品力作。

（原载于《民族文学》2022 年第 10 期）

独特的风景

——读阿舍的长篇小说《阿娜河畔》

韩传喜

  在中国当代文学书写中，新疆生产建设兵团与农场生活的独特景观始终未被充分重视、深入挖掘和生动呈现，直接取材于农场题材的小说更是少见，这是文学的一大遗憾。而阿舍的长篇小说《阿娜河畔》的及时出现不禁让人眼前一亮，作品以阿娜河畔的茂盛农场为主要场景，展现了长达半个多世纪的生活画卷，书写了波澜壮阔的农场建设史和建设者的情感变迁史，为"农场故事"增添了新的叙事维度和审美形态。

  自二十世纪五十年代以来，农场作为关键词，给人们留下了巨大的想象空间，新疆之外的人们，尤其是从未到过农场的人们，农场之于他们虽如雷贯耳却遥不可及，俨然是一个神奇而隐秘的存在。新疆农场不仅有着独特的地域属性，更带有鲜明的时代印记。正是因为这种地域性和时代性，如果不及时书写，随着时间的流逝，后世的人们极有可能再也不知道农场的历史样貌与发展轨迹，农场及其所承载的故事将被封存在历史的深处，很难恰切地转化为文化记忆与情感传达。

  《阿娜河畔》对农场的展现，始于自然风貌与人文景观的细致描写："茂盛渠将茂盛农场一分为二。左岸人多，住得也集中，场部、托儿所、卫生队、学校、商店、机械修配厂、加工连、种子库……都在这一片，积满尘土的马路和稀疏的林带已经显示出拓荒者的到来。沿着渠岸，一块块农田、菜地和果园由北而南缓缓伸向未开垦的荒原。场部和场直属单位的办公区已经换成了土坯垒就的平房，家属区都还住在地窝子里，讲究和勤快一些的人家会将全下陷的地窝子改造成半下陷式，也就是在挖出的坑洞上再砌上半米高的墙面，好让屋舍显得宽敞和亮堂些；右岸地广人稀，十二个生产连队、畜牧连、园林队……各农业生产部门分布其上，居民点星散于其间。农田里按季种植着水稻、小麦、高粱、大豆、葵花，无论庄稼还是野草，同样由北而南、由西而东迅速伸向未开垦的荒原。"作家阿舍为我们提供了一个典型的"无技巧"叙事的范本，开篇便确定了小说整体的叙述风格与基调。这种自然风貌与人文景观的描写，在小说中比比皆是，它们既是作品的有机内容，也在一定程度上控制着叙事的节奏，使得整个叙事波澜不惊、淡然铺开。在作家的笔下，农场的故事，如泱泱流水，顺势而动，一切情节皆随自然铺展地叙述，不疾不徐而又流畅裕如地展开，缓缓地打开一幅清晰勾勒的边疆人情绘本。

与这种素朴自然的环境完全谐适的同样是日常生活的本色叙写，小说所表现的内容全部为特定时代普通人的生活故事。而恰恰是这些最普通又最本真、最自然又最生动的记录，形成了小说独具特色的关于农场"史诗"般的描述。作家看似随意地选取了几个普通的农场建设者家庭作为表现对象，却在作品中演绎了农场数十年的历史变迁，塑造了时代迁延中进退变化的不同类型的农场人物典型。从小说客观冷静而又丰富全面的叙写中，即便不熟悉农场生活的读者亦能触摸到农场历史原有的生动肌理与鲜活质感。

阿舍力图真实全面地叙写一个个普通农场家庭的故事，以此来还原农场的本真面貌，为我们呈现了一幅幅真切的农场的风俗画、风景画和风情画。明双全祖孙三代的生活，是作品着墨最多的内容。明双全就地转业进入大生产，成为农场的第一代建设者，他的大儿子明中启随母亲李秀琴从老家来到农场，完成了农场第一个完整家庭的建构。明双全夫妇勤劳踏实、宽厚善良，中国传统劳动人民的优良品质在他们身上得到了集中体现。他们对农场强烈的归属感尤为让人感动。初来乍到时的农场，百里荒漠，千里戈壁，一片未开化的景象，但这丝毫未能影响他们对这片土地的热爱。正是这种开荒者的积极建设精神和以农场为家的情怀影响了他们的子女，也影响了周围更多的人。作为小说的主人公，明中启身上有着父辈坚韧的品质，对农场的执着甚至强烈于其他任何人。明中启的出场仪式是在农场小学开学典礼上完成的，比同班同学年龄更大也更为成熟，毫无疑问他将是同辈人中的典型代表，农场的希望和未来寄托在以他为代表的第二代建设者身上。终其一生，无论年轻还是年老，健康还是生病，农场永远是明中启心中最深切的牵念，是他身体与灵魂的立命之本与最终归宿，只要在农场上居留，在农场的学校里读书、任教，和农场无距离地亲近，他就会感到莫大的欣慰与满足。在农场几十年的发展变迁中，不断有人产生离开的念头，也不断有人真的离开，楼文君等一批上海知青离开了，弟弟明千安也离开了，就连自己的妻子石昭美也曾劝他离开，但他始终坚定从容，毫不动摇，正所谓"眼望四野万象，心如明镜磬石"。在时代的浪潮中，有的人注定是流动的，稳住不动的人毕竟是少数，尤其在农场这样艰苦的环境中，在数十年的岁月磨折中，更是如此，因此，明中启既独特又可贵。明千安则代表了另一种人生的姿态，他重情重义，敢作敢为，而同为农场子弟，与哥哥明中启不同的是，他不满足于现状，最终通过走出去完成了自我的突破与形塑。明珠读完大学之后选择反哺农场；明雨毕业后回到因半城，努力多年，终于拿到注册会计师资格；小雨从陕西师范大学毕业留在西安定居。至此，生活在农场的明家三代人都有了归宿，无论去留，他们与农场都是血脉相连，农场像一根引线，牵出了明家几代人生活中的千头万绪，又像一根纽带，连接起他们与农场的情感依归。"就在明中启成为茂盛农场子弟学校老师的这一天，明双全作为农场工作队代表，如期抵达上海，开始接收支援边疆建设的新一代知识青年。"这种叠加场景有着很强的隐喻意味，不仅预示着明中启和楼文君未来的感情纠葛，同时也预示着更多人的命运注定要在农场彼此纠缠，无论是石永青、成信秀、许寅然，还是楼文君、管一歌、王久宝，人生憧憬虽不尽相同，农场却是他们共同的舞台，在农场他们上演了交错丛生、彼此联结的人生故事。

农场故事中自然少不了感情纠葛，石永青、成信秀、许寅然三人的情感线索可谓一波三折，而明中启、石昭美、楼文君之间的情感冲突则更是委婉曲折。成信秀也是作品中的重要人物形象，阿舍对她非常重视，无论是形象描写还是情感勾勒，都倾注了极大的同情。"成信秀皮肤光滑，眉眼匀称，模样标致耐看，第一眼看是端庄，第二眼看是凛然不容侵犯，第三眼看过去就是温润和善，眉毛、双眸、鼻梁、嘴唇、脸形，恰如其分地聚在一张面容上，又极其恰如其分地彰显着各自，让人只觉得——这样的脸不是最美的，却是最好的。"成信秀一出场便惹人注意，在她身上寄托了作家的理想主义和浪漫情怀，内外兼修，重情重义，无论对待工作，还是对待生命中的两个男人，她都倾注了极大的热情和真诚，甚至在她平凡普通的日常生活中也蕴含着诗意，"阿娜河静静流淌，夕阳金红色的光芒越过河对岸浅金色的芦苇丛，斜洒在河面上，照得宽阔的河面一片金光闪烁。成信秀是头一次站在阿娜河边观赏落日，不由得连声赞叹——戈壁滩的美景真是震颤心肺"。成信秀又何尝不是戈壁滩的一方美景呢！而围绕明中启给楼文君写信一事，小说更是用了较大篇幅来展现明中启和石昭美之间的冲突与和解，写得饱满，极富张力。其中的一些细节处理精妙独到，令人唏嘘。整体看来，小说诸多细腻生动的细节描写，如珠似玉，缀结于平实流畅的叙述中，增添了作品的鲜活韵味与艺术感染力。阿舍借助于其生活细节的描摹，饶有意味地向读者展现了农场这片寂寥而又沸腾的土地之上，人们独特的生活方式及其隐含的丰富内容，它所映现的，除了明中启、石昭美、成信秀这样的个体生命及其日常生活，还包蕴着农场人面对各种生活磨砺时的不同姿态与艰难抉择，命运的起伏、人生的苦乐中，又透露着生命的坚韧与顽强。作家整理、加工、开掘各种生活的有用细节，倾力刻画其独特的趣味与生动的细部，从而成就了优秀的艺术作品。

应该说，每一个时代都为小说提供了无尽的思想资源和独特的现实材料，关键是看作家能否在纷繁的时代素材中发现更多精彩的故事，及这些故事中间丰厚的意蕴与况味，并把它生动地讲述出来。阿舍的高明之处在于讲述农场故事没有作浮面意义上的事件报道式的书写，而是在更深层次上呈现出独特的时代语境，呈现出特定环境下人物心灵的嬗变。作家是站在当下回望历史，既是对农场建设史的勾勒，更是对农场建设者的致敬。同时，区别于旁观式拉开距离的外部审视，小说显然是一种带有深刻体悟的内部审视。阿舍是新疆人，在农场出生长大，对于农场人日常的情感观念乃至生活细节，眼观耳听，身受心感，为她在小说中进行细腻逼真、生动形象的生活再现，提供了源源不断、用之不竭的丰富贮藏。对农场的生活体验深刻，带着深厚的感情来写农场生活，因此作品才会更有温度，更为细腻，更为感人。阿舍既是农场生活的体验者，也是农场精神的传承者，更是农场历史的记录者，她以内审的视角来写农场的发展变迁，但没有将农场写成一个封闭的世外隔绝之地，而是体现出开放的视野和格局，明千安的出走与对农场的回望，便是农场与外部世界辩证关系的一个恰切的隐喻。

最后，引用小说中的一段话结束我们的评论："茂盛渠的河床已经铺上了坚硬的水泥，这个时节，只有半渠不流动的水，一群群一拃长的小鱼神气活现地游来游去。三十年前栽种的白杨树都有脸盆粗了，笔直地沿着两岸向前延伸。桥头的视线很好，左右是碧绿绵长的渠水，前方是一望无际的棉田与果园，棉田与果园之间，一条平坦的柏油路通往淡紫色的天际线。空中全是晒热了的渠水散发出的湿热气息，浸泡在霞光里的棉田、马路、渠水、树叶、果园，像极了一幅色泽纯净的风景画，宁静又富有诗意。"历经几十年的奋斗与风雨沧桑，农场有着如此美好安详的图景，几代建设者应该感到欣慰了。

（原载于《民族文学》2022 年第 11 期）

爱情点燃的青春之火

——评索南才让的小说《黑城之恋》

孟繁华

　　读索南才让的《黑城之恋》，我情不自禁地想到了五十年代初期王蒙、宗璞等的青春写作。那是一个转折的时代，青年作家们发自内心地拥抱生活、拥抱时代，但他们选择了更尊重艺术规律而对其他方面不得不有所牺牲。所牺牲的某些方面，并不是那些青年作家有意为之，而是他们内心真实情感的诚恳流露。虽然不久他们因此遭遇了厄运，但是历史是公正的，二十多年以后，他们终于成了"重放的鲜花"，恢复了艺术的纯真面孔。如果说那是那代人的"青春写作"，最让人感动的，就是他们情感和修辞的诚恳，他们没有学会油滑和造作。

　　索南才让——这位刚刚获得了鲁迅文学奖的天才作家创作的《黑城之恋》，就诚恳到了五十年代青春写作的程度。不同的是，今天的索南才让不必再有当年的纠结或谨小慎微。他可以有如骏马，在他写作的荒原上任意驰骋。《黑城之恋》的故事发生在一个小城——黑城。这个名不见经传的小城，虽然也有大妈的广场舞，有休假的大学生，但总体上它安静，城市没有喧嚣，人心不大浮躁，本质上还是前现代的生活样貌。即便是恋爱中的一对青年男女，思想还不那么"开展"，特别是女孩文婷，泼辣可也羞涩，炽热却有节制。小说使用了双重比较的方法：一是讲述者"我"和恋人文婷对生活的态度、对黑城情感的比较。"我"是一个做虫草生意的人，生意说得过去，虽然每天无所事事，但对黑城有深厚感情。通过读书自学，对家乡、对生活有了新的认识。"我"对普通的日常生活兴致盎然，就是黑城的水，"尤其是喝了自来水一对比后——真是大不一样。这井水的那种干净至纯的感觉，太珍贵了"；还有母亲巧手编制的"百鸟朝凤图"，都深深地植根于"我"对黑城的情感深处，"我"少年时代建立起来的文化记忆几乎就是与生俱来："我"曾无数次地用脚丈量黑城的城墙——

　　我会一圈接一圈地走，走一步数一步，把每一步控制得差不多，越精准越好，乐此不疲。当然，儿时的游戏现在成为生活的一部分，并且是最核心中最难以割舍的那一部分。这些年我渐渐地才有些明白,我是把生活中日常的一部分很自然地转化为一种更具有意义的形式,我将去长途旅行的步伐浓缩在了黑城身上,具体在了少年时的城墙上。黄土坏的墙头,收缩了世界的比例,我不用离开,就可以走完整个世界。这就是我这些年从来没有离开过的原因。我总有一种感觉,或者更像是一种仿佛受到保护的直觉:这黑城的城墙,受尽岁月和历史的盘剥,经历了高原的沧海桑田后,重新焕发生气,宛如枯树抽芽,将再次成长起来。

但共同生活在一个小城的文婷不一样。一个青春早期的女孩,对人生充满了迷蒙和惆怅。在艺术家和跳广场舞的大妈那里,文婷看到了不一样的人生和未来。一方面,文婷隐约感到:那些跳广场舞的大妈"她们的现在,就是我的将来。她情绪低落","反正我看到了几十年后的自己,我是农村女人";一方面,文婷家里住过几个来黑城采风的艺术家。这让文婷看到了另一种生活或人生。女艺术家们看到了黑城的月亮又大又圆,"激动坏了","回来时已经四点了,我都冻死了,她们舍不得回来。我觉得她们这样的人真好,喜欢生活的美是真诚的。我有些奇怪,难道我们不真诚吗? 不一样,我们看见的生活是实实在在的生活,她们却能看见不一样的东西,那应该是隐藏起来的更好的一些什么,但我们看不见";"我很羡慕那位女老师,她的气质真好"。在艺术家的生活、情感方式和个人气质中,文婷觉得自己事事不如人,而且毫无前景可言,她的沮丧溢于言表。在这种状态下,"我"与文婷建立了恋爱关系。

艺术家的到来不仅在文婷心里波涛汹涌,而且"艺术家们谈吐不凡,我受到刺激,生出不甘之心。所以别说文婷,我也感慨良多,并做了决定"。这个决定改变了我的人生态度:"我现在越来越明白,一个人活过 25 岁,便会进入一个成熟期,这个成熟不是平常认为的那种成熟,而是以一种觉悟了的心态,开始寻找自身的一些东西,又去除一些怀疑的东西。来来去去地折腾,总会有结果出现的。当然,我现在并不想知道,我才刚刚开始一段旅程,姑且,将这一段人生称之为寻根吧。"这是我理性地思考人生的结果,更可惜的是——

这种现象也在文婷的身上出现了,我之所以喜欢她,不是因为她漂亮,是她的某种困惑与追问与我志同道合,我们有话说,尽管我们到现在都没有在这方面好好地、开诚布公地谈一谈,可是这不紧要,因为从一言一行中,我们已经交流了无数次,在更深的精神和意识中,我们交谈了无数次。我很庆幸能遇到她。

我们得承认,这是一篇非常正面,非常"主旋律"的小说,也是一篇爱情点燃了青春之火的小说。因小说写得诚恳，文婷的转变不仅不显得突兀或不自然，反而让人感到是水到渠成的结果。

小说还有一个"非常危险"的人物。这个人物是文婷的妹妹文洁，一个伶牙俐齿的大学生。她性格开朗，言辞犀利，与"我"和她的姐姐文婷都形成了比较鲜明的比较。如果小说沿着这条线索继续展开，一个"姐妹易嫁"的故事将不期而至。特别是文洁替姐姐文婷收下"我"的那束鲜花的情景以及文洁和文婷的对话——文洁潜意识里如果说没有对我的任何想法是不真实的。另一方面，文洁虽然是大学生，甚至有明显的优越感，但在讨论黑城历史的时候，她的华而不实的虚浮暴露出来了。"我"虽然是一个民间的历史爱好者，但毕竟读了很多历史书，文洁臆想的关于黑城的历史显然是经不住追问的。这也是"我"对虽然比姐姐文婷还要漂亮的文洁不曾动心的一个方面。在踏实又诚实的姐姐面前，漂亮的妹妹魅力尽失。这也是这条线索戛然而止的重要原因。但文洁不是一个可有可无的人物，正是在文洁和文婷的比较中，文婷的质朴、天真以及内心活动的一览无余，给人一种踏实、本分和安全感，这也正是文婷的可爱之处；而文洁伶牙俐齿甚至巧言令色，尽管有可爱之处，但终还是难以让人托付吧。

小说的青春气息，特别是小城青年男女特殊的交往方式、爱慕方式，充满了生活气息，那种生活中生长出来的语言，是无论如何都难以编排的。更重要的是，无论是有多少人拥向了大城市，拥向了那触手可及的"现代"生活，且不说他们的难处和付出的代价，单是他们无处诉说的心理创伤，都可能是永远难以愈合的。而"我"和文婷的"黑城之恋"、黑城生活，经过短暂的"现代冲击"，很快风平浪静，岁月静好。没有经过"现实"冲击的田园生活是前现代生活；经过"现代"冲击和洗礼的小城生活，一定是结实、温馨和心神安定的生活，因为对那曾经令人魂不守舍的"现代"，已经了然于心。

（原载于《民族文学》2022 年第 12 期）